Sophia Dill

Das Drachenherz

novum pro

Dieses Buch ist auch als
e-book
erhältlich.

www.novumverlag.com

Bibliografische Information
der Deutschen Nationalbibliothek:

Die Deutsche Nationalbibliothek
verzeichnet diese Publikation in
der Deutschen Nationalbibliografie.
Detaillierte bibliografische Daten
sind im Internet über
http://www.d-nb.de abrufbar.

Gedruckt in der Europäischen Union
auf umweltfreundlichem, chlor- und
säurefrei gebleichtem Papier.

© 2023 novum Verlag

ISBN 978-3-99131-966-5
Lektorat: Birgit Himmüller
Umschlagfoto: Tudorpopaart,
Refluo, Olga Miltsova | Dreamstime.com
Umschlaggestaltung, Layout & Satz:
novum Verlag

www.novumverlag.com

Climate neutral
Print product
ClimatePartner.com/16547-2201-1002

KAPITEL 1

Sein Magen knurrte wie verrückt. Das Knurren war so schlimm, dass er davon aufwachte. Im Halbschlaf konnte Nale Chyser nicht verstehen, warum sein Magen so sehr knurrte. Gestern Abend hatte er doch drei Schalen Gemüsesuppe und dazu zwei große Scheiben Brot gegessen. Jedem anderem würde davon übel, ihm jedoch nicht. Er konnte wirklich einiges vertragen, obwohl man ihm das gar nicht ansah. Nale war groß und noch dazu schlank. Außerdem war er nicht mehr der Jüngste, was ihn dennoch nicht davon abhielt, bei jeglicher Arbeit anzupacken. Viele Menschen wurden mit zunehmendem Alter ruhiger und saßen mehr herum. Das war bei Nale nicht der Fall. Er ging zwar manche Sachen ruhiger an, vor allem wegen seiner weiß-grauen, bis zur Hüfte reichenden Haare, die er hegte und pflegte, oder er ließ Vyrira so manches übernehmen, aber dennoch arbeitete er fleißig weiter. Dies trug wahrscheinlich zum Teil dazu bei, dass er so viel essen konnte, ohne zuzunehmen.

Abermals gab sein Magen ein Knurren von sich. Nale nervte das Geräusch immens, weshalb er es nicht mehr länger aushalten konnte, liegen zu bleiben. Damit sein Hunger etwas gestillt wurde, stand er auf, ging aus seinem Zimmer und schnappte sich eine Scheibe Brot aus einer Schale, die auf dem Tisch stand. Da er bereits sein Gewand anhatte, musste er sich nicht mehr ankleiden und konnte daher unbeschwert aus seinem Zimmer gehen. Es handelte sich um ein großteils braun gehaltenes, stellenweise, vor allem in der Höhe der Beine, mit grün versetztes, vom Hals abwärts durchgängiges Gewand. Nale fand dieses Gewand viel bequemer als Hosen und Hemden. Er musste einfach, wenn er das Gewand ausziehen wollte, zuerst zwei Knöpfe an der rechten

Schulter öffnen, die alles in der Position hielten, wo es sein sollte. Danach konnte er es einfach über den Kopf ziehen. Wenn er es wieder anziehen wollte, streifte er es dementsprechend wieder über den Kopf und schloss zum Schluss die Knöpfe.

Nale biss ein Stück vom Brot ab und ging kauend vor die Tür seiner Hütte. Als er hinaustrat, strahlte ihm die Sonne angenehm entgegen. Mit einem Blick zum Himmel merkte er, dass es heute wieder einmal ein herrlicher Tag werden würde. Denn schon jetzt gab es keine einzige Wolke am Himmel. Er ließ seinen Blick über die Lichtung und den kleinen Hügel, auf dem seine Hütte stand, weiter über seinen Kräuter- und Gemüsegarten bis hin zum angrenzenden Wald schweifen.

Er fragte sich, wo Vyrira steckte. Nale hatte nämlich beim Holen der Brotscheibe gesehen, dass die Tür zu ihrem Zimmer leicht offenstand. Für gewöhnlich war diese geschlossen. Es war ein geheimes Zeichen zwischen ihnen. Nale wusste durch die Tür meist, ob das Mädchen noch schlief oder bereits wach war. In diesem Fall bedeutete es, dass sie nicht mehr im Bett lag, sondern vor ihm aufgewacht war. Da er Vyrira nicht im Garten oder auf der Lichtung vor sich erblickte, war sie wahrscheinlich Pilze sammeln gegangen. Das Mädchen war immer vor ihm munter, aber normalerweise wartete es, bis er aufgestanden war. Dann sagte Vyrira ihm immer, wohin sie ging und wie lange sie ungefähr unterwegs sein würde. Vielleicht wollte sie einfach nach so langer Zeit wieder einmal den Sonnenaufgang genießen, was sie schon lange nicht mehr getan hatte, wenn er sich recht erinnerte. Sie sollte ja ihre Jugend noch genießen und nicht dauernd daheimbleiben und ihm bei der Arbeit helfen, dachte er. Vyrira war so ein fleißiges Mädchen, immer eifrig etwas Neues zu lernen und sie probierte alles aus. Ebenfalls erledigte sie alle Arbeiten so schnell es ging und mit einer Präzision, die ihn jedes Mal aufs Neue erstaunte. Daneben war auch ihr Wissensdurst unendlich, was ihn genauso faszinierte, und dafür liebte er sie umso mehr.

Trotzdem kam er nicht umhin, sich auch Sorgen um sie zu machen. Jedes Mal, wenn sie allein in den Wald ging, um Pilze und anderes zu sammeln, oder wenn sie Spaziergänge unternahm, fragte er sich, ob alles in Ordnung war. Immer wieder fragte er sich, ob Vyrira nicht überfallen wurde oder schlimmer noch verletzt im Wald lag. Nale ermahnte sich, ihr Freiraum zu lassen und sie nicht zu sehr einzuengen. Schließlich musste sie irgendwann auch ohne ihn auskommen.

Sie lebte seit ihrem Kindesalter bei ihm und er bereute keine einzige Sekunde davon, obwohl so einiges in ihrer Kindheit schiefgelaufen war. Daran konnte sie sich, sehr zu seiner Freude, nicht erinnern, da sie noch recht jung war. Er hatte sie aufgezogen wie eine Tochter, obwohl sie weit mehr war als das. Doch wenn er an die damalige Zeit zurückdachte, kamen ihm die Tränen. Nale hätte sich alles so viel anders gewünscht, als es wirklich gekommen war, aber er konnte nichts mehr dagegen tun. Er versuchte, das Beste daraus zu machen und Vyrira, wie versprochen, ohne große Erwartungen aufzuziehen.

Er schob sich den Rest des Brotes in den Mund. Während er dieses Stück zerkleinerte und hinunterschluckte, schritt er in seinen angelegten Garten. Er suchte sich das reifste Gemüse und die reifsten Gewürze aus, um etwas davon zu pflücken oder auszugraben. Von den Gewürzen sammelte er vor allem etwas Knoblauch und ein paar Zwiebeln. Des Weiteren kamen noch Pfeffer, Anis, Fenchel, Senfkörner, Zimt, etwas Ingwer, Petersilie und zwei Lorbeerblätter dazu. Er überlegte, ob er noch genug andere Pflanzen hatte, die er für Salben benötigte. Soweit er sich erinnern konnte, waren nicht mehr viele da. Daher beschloss der Mann, nachdem er das Wasser geholt hatte, in den Wald zu gehen. Sein Freund würde vielleicht schon warten.

Ihm fiel auf, dass der Boden seines Gartens wieder trocken war und so entschied er, nachdem er alles in die Hütte getragen hatte, Wasser aus dem See zu holen. Der See war zwar ein gutes Stück entfernt, aber ihm war das egal. An diesem Tag musste er so oder so Wasser holen, weil er sonst keins zum Kochen hätte. Wenn es nur wegen der Gewürze war, bat er Vyrira, zum See zu gehen, aber da sie nicht zu Hause war, war er gezwungen, selbst zu gehen. Nachdem er einiges gepflückt hatte und sein linker Arm vollgepackt war, ging er in seine Hütte zurück und legte alles auf den Tisch, der in der Mitte des Raumes stand.

Nale sah nach rechts, um festzustellen, ob die zwei Eimer dort standen, die er für gewöhnlich für das Wasser verwendete. Dies war nicht der Fall, weshalb er erst überlegen musste, wo die beiden standen. Wasser holen, gut und schön, aber ohne Eimer war dies unmöglich. Vyrira hatte die Angewohnheit, mindestens jede Woche alles umzuräumen, deshalb hieß es erst einmal suchen. Er suchte überall, selbst in seinem und in ihrem Zimmer, aber nirgends waren die Eimer zu finden. Nale rieb sich nachdenklich über seinen weißen Bart, der nur andeutungsweise vorhanden war. Er musste sich wieder einmal rasieren, aber dafür war jetzt keine Zeit. Der Mann dachte nach und dann kam ihm eine Idee. Mit großen Schritten durchquerte er den Raum, marschierte zur Tür hinaus, ging zur Rückseite des Hauses, die zum Wald zeigte. Genau dort fand er das, was er suchte.

„Da sind sie ja. Ich muss mit dem Mädchen wirklich ein ernstes Wörtchen reden. Jede Woche steht alles woanders und ich kann nichts mehr finden! Von wem hat sie das nur?"

Doch im Grunde kannte er die Antwort bereits. Es war seine Schuld, dass Vyrira das tat. Er gab ihr zu viele Freiheiten und ließ ihr alles durchgehen. Außerdem hatte er ihr all die Jahre hindurch erklärt, wie wichtig es war, Ordnung zu halten. Vor allem in seinem Beruf war es wichtig, eine gewisse Ordnung zu halten. Nale arbeitete als Heiler und versorgte jeden, der Hilfe benötigte. Besonderes Augenmerk legte er auf ein großes Dorf, das sich auf der anderen Seite des Waldes befand. Dort gab es jedes Jahr diverse Probleme wie Knochenbrüche oder verschiedene kleinere Wunden. Auch bei Geburten war Nale zugegen. Salben sowie deren Zutaten und Verbände mussten daher geordnet sein, damit er sie schneller wiederfand.

Nale schnappte sich zwei von den vier Eimern und verschwand damit. Nale genoss den Weg von seiner Hütte bis zum See und wieder zurück. Obwohl er außerhalb des Dorfes wohnte und daher von genug Natur umgeben war, war es trotzdem immer wieder schön. Hier gab es keine Menschen, die herumschrien und drängten. Er konnte Vyrira daher verstehen. Sie liebte genauso wie er die Natur. So oft es ging, sagte sie ihm, wie schön es hier war, und dass sie nie ins Dorf ziehen würde, nur um näher bei den Geschäften zu sein. Beide waren froh, wenn sie nach ihrem Einkauf wieder aus dem Dorf nach Hause kamen und wieder unter sich waren.

Nach langem Gehen erreichte er endlich den See. Einen Eimer nach dem anderen tauchte er ins kalte Wasser und füllte sie bis oben hin, damit der Spaziergang erst recht nicht umsonst war. Nachdem beide Eimer voll waren, ging er mit vorsichtigen Schritten zurück. Das Gras unter seinen Schuhen war etwas feucht und die vollen Eimer erhöhten die Gefahr, sich zu verletzen, deshalb setzte er vorsichtig ein Bein vor das andere. Nale war so in seine Gedanken vertieft, dass er nicht bemerkt hatte, dass er seine Hütte schon fast erreicht hatte.

Vor der Tür angekommen, stellte er einen Eimer davor ab und ging mit dem anderen zu seinem Garten, um diesen Punkt abzuhaken, bevor er ihm entfiel. Nach getaner Arbeit ging er zurück, sammelte den anderen Eimer ein, ging in die Hütte und stellte beide Eimer neben den Tisch auf dem Boden ab. Aus seinem Zimmer holte er seinen Rucksack, damit er etwas hatte, wo er die Sachen aus dem Wald hineinpacken konnte. Ein Messer hatte er bereits im Rucksack, daher holte er aus einem Schrank nur mehr einige bereits geschnittene Fleischstücke. Diese stopfte er in eine Tasche seines Umhanges, während er wieder hinausging und dieses Mal Richtung Wald marschierte.

Nale hatte noch nicht einmal den Waldrand erreicht, als ein Wolf zwischen den Bäumen heraussprang und genau auf ihn zu lief. Er musste mitbekommen haben, dass Vyrira nicht zu Hause war, ansonsten wäre er nicht gekommen. Die beiden freuten sich zwar darüber, sich zu sehen. Dennoch verbrachte Brandon mehr Zeit im Wald, wenn Vyrira anwesend war. Normalerweise wartete der Wolf im Wald, bis Nale ebenfalls dort war.

„Brandon, alter Freund. Hoffentlich hast du nicht lange gewartet", rief Nale dem Tier entgegen.

Der Wolf namens Brandon stellte sich auf die Hinterbeine und legte die Vorderpfoten auf Nales Unterarme. Als Antwort auf seine Frage berührte Brandons Zunge sein Gesicht.

„Danke, Brandon. Das reicht für heute. Diese ständige feuchte Begrüßung ist wirklich eine schrecklich nervige Angewohnheit von dir", sagte Nale und ließ die Pfoten von seinen Armen gleiten.

Gemeinsam machten sie sich auf den Weg tiefer in den Wald hinein. Der Wolf schlich hechelnd um seine Beine herum, aber Nale ignorierte es eine Weile. Er hielt Ausschau nach einem bestimmten Baum, von dem er die Rinde benötigte. Brandon war beharrlich, bis es dem Alten letzten Endes doch zu viel wurde. Sein Begleiter war schon immer eine Nervensäge gewesen und testete ständig Nales Geduld, wenn er etwas roch, das er mochte.

„Ja, ich weiß, dass du das Fleisch riechst. Hier hast du ein wenig, du Nervensäge."

Nale warf ein Stück des Fleisches weg. Gierig rannte der Wolf hinterher. Jetzt trabte Brandon ein Stück vor ihm her und wedelte glücklich mit seinem Schwanz. Minuten vergingen ohne eine weitere Störung, in denen der Alte nach dem gewünschten Baum suchte. Er suchte nach einer Buche, an der sich Wucherungen gebildet hatten. Diese wurden Feuerschwämme genannt. Nale benötigte sie einerseits für die Herstellung von Salben. Feuerschwämme waren hervorragend geeignet dafür, gute Salben herzustellen. Andererseits benutzte er sie zum Feuermachen. Zusätzlich sammelte er die Rinde des Baumes. Während er noch suchte, sammelte er einige Heilpflanzen und steckte sie in den Rucksack. Als er nach rechts sah, entdeckte er den Baum und ging in diese Richtung. Nale legte seinen Rucksack ab und blickte dem Stamm entlang nach oben. Er wollte nicht die Rinde, die in seiner Reichweite war, herunterreißen. Ihm war die am liebsten, die weiter oben war, und dies hieß jedes Mal klettern. Es gab einen bestimmten Grund, warum er die Rinde von weiter oben verwenden wollte. Der Grund war nämlich der, dass diese für Nales Zwecke sehr wertvoll war, da man aus ihr die besten Salben herstellen konnte. Die Rinde war an der richtigen Stelle. Einerseits nicht zu nah am Boden und andererseits nicht zu nah am Wipfel. Schön in der Mitte und genau dieser Teil der Rinde war am besten.

„Dann mal los. Pass ja auf meine Sachen auf und spiel nicht daran herum!", rief der Mann Brandon zu und holte das Messer aus einer Seitentasche des Rucksackes.

Er ließ es in eine der Taschen seines Gewandes gleiten und griff dann nach dem Ast, der ihm am nächsten war. Anfangs probierte er zaghaft, ob der Ast sein Gewicht auch wirklich hielt. Als er sicher war, zog er sich daran hoch. Er hatte generell nichts gegen das Klettern, aber es wurde mit zunehmendem Alter immer schwieriger. Langsam gelangte er weiter nach oben und blieb dann auf einem kräftigen Ast stehen, bei dem er sicher war, dass er sein Gewicht tragen konnte. Nun ging er daran, Rinde vom Stamm zu trennen. Jedes Teil, das er vom Baum lösen konnte, warf er Richtung Waldboden. Als er gerade ein erneutes, großes Stück Rinde vom Baum trennen wollte, rutschte ihm das Messer ab und die Klinge schnitt in die Handfläche seiner linken Hand.

„Verdammt!", fluchte Nale.

Sofort trat Blut aus der Wunde. Zum Glück hatte Nale immer mehrere Stoffstücke in einer Tasche seines Umhanges, falls so etwas einmal passiert. Er holte eins heraus und wickelte dieses so gut wie möglich um seine Hand. Der Schnitt schmerzte mächtig und wie er feststellte, war dieser recht tief. Wenigstens konnte er seine Hand bewegen. Das Rindenstück schnitt er noch vom Baum und ließ es fallen. „So, das genügt", dachte er sich, steckte das Messer zurück in seine Tasche und begann wieder Ast für Ast hinunterzuklettern. Beim letzten Ast angekommen, hüpfte der Mann von diesem hinunter. Dabei kam er mit den Füßen unglücklich auf dem Boden auf, sodass sein rechter Fuß umknickte. Nale kippte um und fiel zu Boden. Sitzend griff er mit einer Hand nach unten und tastete seinen Knöchel ab. Dabei bewegte er vorsichtig seinen Fuß. Schmerz fuhr durch den Fuß und der Mann unterließ weitere Berührungen und unnötige Bewegungen.

„Gerade jetzt muss das passieren. Mist! Heute ist wirklich nicht mein Tag", fluchte er.

Da konnte er sich etwas von Vyrira anhören, wenn sie es herausfinden sollte. Sie hatte bereits vor einigen Monaten bestanden, diese Kletterei zu übernehmen. Ab und an ließ er sie gewähren. Manchmal jedoch hörte er nicht auf sie und kletterte selbst hinauf. Auf einem Bein sammelte Nale die Stücke der Rinde ein und packte sie anschließend in den Rucksack. Jetzt bräuchte er nur noch etwas, um sich abzustützen, damit er den Fuß nicht allzu stark belastete. In dem Moment, als er sich umsehen wollte, kam Brandon auch schon mit einem Stock zu ihm.

„Danke dir. Was wäre ich nur ohne dich?", sagte Nale und nahm die Gabe entgegen.

Als Belohnung bekam der Wolf das restliche Fleisch. Den Rucksack aufgeschnallt, begann Nale, sich auf den Stock stützend in die Richtung zu humpeln, aus der er gekommen war. Auf seinem Weg zurück nahm er sich fest vor, den Fuß ruhen zu lassen und eine Salbe aufzutragen. Bevor er dies jedoch tat, wollte er zuerst die gesammelten Zutaten verteilen und das Essen für später vorbereiten. Nale wusste, wenn er die Sachen nicht erledigte, würde er keine Ruhe haben. Und Vyrira wollte er die Arbeit auch nicht überlassen. In dieser Hinsicht war er leider stur. Vyrira würde ihm zwar die Hölle heißmachen, wenn sie erfuhr, dass er verletzt arbeitete, aber das war ihm momentan egal. Ausruhen konnte er sich nach getaner Arbeit schließlich immer noch. Am Waldrand angelangt schleckte der Wolf zum Abschied eine von Nales Handfläche ab.

„Ich werde sicher bald wiederkommen. Sei vorsichtig im Wald. Nicht, dass du verletzt wirst."

Mit einem Knurren verschwand Brandon wieder im Wald. Nale blickte dem Wolf noch kurz hinterher, bis er sich mühsam weiter auf den Weg nach Hause machte. In der Hütte angekommen legte er den Rucksack auf den Tisch. Ohne sich weiter auf den Stock zu stützen, machte er sich daran, alles, was er gesammelt hatte, zu Recht zu schneiden und in Gläser zu füllen. Gerade war der Mann dabei, das Essen vorzubereiten. Doch in diesem Moment vernahm er die erschöpfte und verzweifelt klingende Stimme von Vyrira, die seinen Namen rief. Er ließ alles stehen und liegen und stürmte aus der Hütte. Vor der Tür angekommen sah er, dass sie einen jungen Mann stützte, der am Arm verletzt war.

„Vyrira! Was ist passiert?", rief er und lief ihnen entgegen.

„Das erkläre ich dir später! Hilf zuerst ihm!", antwortete sie erschöpft.

Den Rest des Weges zur Hütte übernahm Nale den Verletzten und legte ihn vorsichtig auf das Bett, das neben dem Kamin stand. Er sammelte alles zusammen, was er für die Wunde brauchte. Zum Glück hatte Nale immer genügend Salben für solche schweren Verletzungen parat und fertig angerichtet, um sich die Mühe zu sparen, erst welche anzurichten. Mit einem gezielten Handgriff holte der Alte ein Glas und einen Verband von einem Regal an der Wand und eilte mit beidem zurück zum Bett. Er schlug den zerrissenen Stoff beiseite und trug die Salbe auf den tiefen Schnitt, der unter der Schulter begann und kurz vor dem Ellbogen endete.

„Nach dem Schnitt zu urteilen, musst du ziemlich viel Blut verloren haben. Du hattest Glück, dass man dich gefunden und hierhergebracht hat, sonst wärst du verblutet. Inzwischen kannst du mir erklären, was das alles zu bedeuten hat, Vyrira!", forderte Nale, während er begann, seinen Patienten zu verbinden.

„Er wurde von Soldaten angegriffen. Ich war zum Glück in der Nähe und bin sofort eingeschritten", antwortete Vyrira, die auf der Bank beim Tisch saß.

„Du hast was gemacht? Wie hast du das angestellt, ohne großartig verletzt zu werden? Wichtig ist jedoch, mit welchem Gegenstand du überhaupt gekämpft hast?", fragte Nale verdutzt, während er sich unablässig um seinen Patienten kümmerte. Ihm war aufgefallen, dass das Mädchen nur einige Blessuren im Gesicht aufwies.

„Das Schwert, das du mir vor einigen Jahren besorgt hast, war meine Waffe", antwortete sie sicher, obwohl ihre Selbstsicherheit bei seinem Gesichtsausdruck blitzartig nachließ.

Auf das war er nicht vorbereitet und Nale betrachtete das Mädchen verwirrt. Erst als seine Lungen brannten, merkte der

Mann, dass er sogar vergessen hatte zu atmen, und holte gierig Luft. Dieses Mädchen brachte ihn bald völlig um den Verstand, wenn das so weiter ging, dachte er sich. Er fuhr mit dem Auftragen der Salbe fort, während niemand ein Wort von sich gab. Die einzigen Laute kamen von dem jungen unbekannten Mann, der trotz längerem Liegen immer noch stoßweise atmete. Als er den Arm fertig eingesalbt und verbunden hatte, stand er auf, ging zum Tisch und fing an, alles wegzuräumen.

Dass sie das Schwert mit sich herumgeschleppt und womöglich damit geübt hatte, beunruhigte ihn und bereitete ihm Kopfzerbrechen. Sie musste geübt haben, kam es ihm in den Sinn. Wenn sie eingeschritten war, bedeutete dies, dass sie in einen Kampf verwickelt gewesen war. Und als Ungeübte zu kämpfen, hätte nicht gut geendet. Nach den wenigen Blessuren zu urteilen, musste sie sich gut geschlagen haben. Oder aber, die Soldaten hatten vorerst den Rückzug angetreten, da sie nicht mit Vyrira gerechnet hatten und nicht unnötig Aufsehen erregen wollten. Sie konnten schließlich nicht wissen, ob nicht noch jemand in der Nähe war, um zu helfen. Trotzdem war er auch irgendwie stolz auf sie. Sie hatte trotz aller Ermahnungen, niemals eine Waffe in die Hände zu nehmen, höchstens als Selbstverteidigung oder Verteidigung für Unschuldige, ihren Kopf durchgesetzt. Er könnte sich selbst dafür beschimpfen, denn er war ja selbst schuld an der Misere. Schließlich war er es, der das Schwert besorgt hatte.

Nale stützte sich an der Tischplatte ab und fragte ruhig, den Blick auf die Tischplatte gerichtet: „Warum hast du mir nie erzählt, dass du mit dem Schwert übst?"

„Ich wollte nicht, dass du dir noch mehr Sorgen um mich machst."

„Ich mache mir immer Sorgen. Es will mir gerade nicht in den Kopf, warum du das getan hast. Du hättest dich selbst verletzen können und ich hätte nichts davon bemerkt. Die ganze Zeit über hatte ich dir geglaubt und vertraute auf dein Wort!"

Stolz war er natürlich auch auf sie, auf ihren Mut und ihren Ehrgeiz, aber das sagte er ihr nicht, zumindest noch nicht. Damit er etwas ruhiger wurde, schlug Nale mit einer Faust auf den

Tisch. Unglücklicherweise tat er dies mit der falschen Hand. Der Schmerz, der dabei entstand, war schlimm und Nale zuckte sogar etwas zusammen. Ansonsten ließ er sich nichts anmerken, dass etwas mit seiner Hand nicht stimmte. Hinter seinem Rücken vernahm der Alte die Stimme des Jungen und drehte sich zu ihm um.

„Sie hat es nur gut gemeint. Wenn sie nicht gewesen wäre, dann wäre sonst was mit mir passiert. Ich verdanke ihr mein Leben."

Für eine kurze Zeit herrschte Stille und Nale dachte über die Worte nach. Vyrira hat einen guten Eindruck bei dem Jungen hinterlassen, wenn er sich für sie einsetzte, dachte sich der Alte. Sein Zorn verflog, dafür stieg sein Stolz, weshalb er es langsam bereute, mit dem Mädchen in solch einem Ton gesprochen zu haben.

„Wenn du nichts dagegen hast, dann werde ich deine Kratzer versorgen, sonst entzünden sie sich noch. Zumindest den einen in deinem Gesicht, der wirklich nicht sehr gut aussieht", sagte er schließlich und in verzeihendem Ton.

Der Alte sah aus dem Augenwinkel, dass der Junge sie ständig beobachtete, aber schon in solch einem Zustand war, dass er beinahe seine Augen nicht mehr offenhalten konnte. Um ihm seinen Schlaf zu gönnen, meinte Nale zu ihm gewandt: „Am besten wäre es, wenn du eine Weile schläfst, solange die Salbe noch nicht vollständig wirkt. Der Schlaf wird dir guttun und bei der Heilung helfen."

KAPITEL 2

Mit einem Nicken schloss der Junge seine Augen. Nale merkte, dass er einige Augenblicke später eingeschlafen war. Auf seine Salben war Verlass. Sie waren effektiv und wirkten schnell. Während Nale derweil eine andere Schale mit einer anderen Salbe holte, wartete das Mädchen still an seinem Platz. Vor Vyrira auf der Bank sitzend, begann Nale dann ganz vorsichtig, die Kratzer an ihrer Wange und an ihrem Hals mit der Salbe zu bedecken. Sie hielt den Kopf gesenkt und ließ ihre Hände zwischen ihre Beinen hängen.

Um die Stimmung ein wenig zu lockern, fragte Nale: „Du warst bestimmt früh auf, um den Sonnenaufgang anzusehen, habe ich recht?"

„Stimmt. Obwohl ich ihn schon öfters gesehen habe, bezaubert er mich immer wieder. Übrigens tut es mir leid, dass ich heute Morgen nicht auf dich gewartet habe. Das letzte Mal, als ich ihn gesehen habe, liegt schon ziemlich lange zurück und ich habe mich spontan dazu entschlossen."

„Das braucht dir nicht leid zu tun. Den Sonnenaufgang muss man einfach immer wieder ansehen."

Vyrira schwang ein Bein auf die andere Seite der Bank, sodass sie nun die Bank zwischen ihren Beinen hatte und sich ihr Kleid ein wenig darüber spannte. Auf der anderen Seite ihres Gesichts waren keine Kratzer, daher wischte der alte Mann seine Hand an einem Stück Stoff ab und stellte die Schale mit der Salbe auf den Tisch. Vyrira ließ wieder den Kopf hängen und spielte mit ihren Händen an ihrem Gewand herum. Ohne ein Wort zu sagen, beobachtete Nale das Mädchen eine Weile.

„Ich bin stolz auf dich, Vyrira. Du hast dir selbst den Umgang mit dem Schwert beigebracht und das finde ich bemerkenswert", meinte der Alte und stupste dem Mädchen mit einem Finger gegen dessen Kinn.

Das tat er immer, wenn er das Mädchen beruhigen wollte, nachdem sie eine heftige Diskussion hinter sich hatten. Gleichzeitig versuchte er mit dieser Geste, die Stimmung wieder etwas zu heben und die Sache als erledigt abzuhaken.

„Weißt du was? Erzähle mir alles. Denn ich will alles wissen, von den Übungen bis hin zum heutigen Vorfall."

„Wenn du es wirklich hören willst und solange Zeit hast? Es wird etwas dauern!", fragte Vyrira.

Ein wenig schüchtern blickte sie ihn an, und als er ihr deutete, sie solle ruhig anfangen, begann sie, ihre Geschichte zu erzählen. Währenddessen stand Nale auf, ging um den Tisch herum und fing dort wieder an, wo er vor Vyrira und dem jungen Mann geendet hatte.

„Also, es war so. Heute Morgen war ich bereits vor Sonnenaufgang wach. Obwohl ich noch müde war, plagte mich die Sehnsucht, wieder einmal aufzustehen und mir den Sonnenaufgang anzusehen. Ich zwang mich, weiterzuschlafen, aber es funktionierte nicht und so bin ich aufgestanden. Außerdem dachte ich mir, wäre es auch wieder eine gute Gelegenheit, mit dem Schwert zu üben."

„Wie hast du bisher geübt? Du warst, soweit ich mich erinnere, meistens in meiner Nähe. Und die vor allem wichtige Frage ist, welchen Gegner du hattest. Du wirst dir wohl nicht einen Bewohner aus dem Dorf dazu geholt haben."

„Nein, das habe ich nicht, zumindest nicht immer", antwortete das Mädchen und half Nale beim Kochen. „Ich habe am Anfang einfach mehrere Male auf einen Baum eingeschlagen. Und wenige Male hatte ich Unterstützung vom Schmied, bei dem du das Schwert gekauft hast. Du musst wissen, dass er, wie er mir erzählte und ich auch bemerkte, ein hervorragender Meister im Umgang mit dem Schwert ist. Als ich ihm erklärte, ich wolle den Umgang ebenfalls erlernen, hat er mir seine Hilfe angeboten.

Und es stimmt. Meistens war ich in deiner Nähe, aber ich muss gestehen, dass ich mich des Öfteren davongeschlichen und dich manchmal sogar belogen habe. Sonst hätte ich mich nicht mit dem Schmied treffen oder allein üben können."

Wenn sie nur wüsste, wozu er fähig war, dann würde sie erst staunen, dachte Nale, behielt es aber für sich. Er hatte nicht vor, ihr jemals davon zu erzählen. Da das Mädchen ihm beim Kochen behilflich war, war das Essen schneller fertig als gedacht. Es war nichts Spektakuläres, eine einfache Gemüsesuppe, die sie mit einer oder mehreren Scheiben Brot verspeisten. Um dem jungen Mann seine Ruhe zu gönnen, trugen sie alles, was sie fürs Erste benötigten, in Nales Zimmer. Die Hütte war so angelegt, dass man, wenn man eintrat, zu seiner Rechten Regale, zwei Schränke und noch zwei kleine Tische, die allesamt an der Wand aufgereiht waren, sah. Gegenüber der Eingangstür befand sich der Kamin mit dem zusätzlichen Bett und dazwischen war ein großer Tisch mit zwei Bänken und genauso vielen Hockern. Und wenn man vom Eingang nach links blickte, konnte man zwei Türen erkennen. Hinter jeder Tür befand sich ein Schlafzimmer, eins, von der Eingangstür aus gesehen die linke Tür, gehörte Vyrira, das andere klarerweise Nale.

Als das Mädchen noch kleiner war, war eins der Zimmer nur für Gerümpel reserviert gewesen. Aber als sie älter geworden war, musste alles, was nicht mehr gebraucht wurde, verständlicherweise verschwinden. Es war jedoch keine große Tragödie, weil vieles Müll war. Nachdem Nale und Vyrira das Zimmer aufgeräumt und geräumig gemacht hatten, hatte er sich selbst gefragt, wofür er das alles überhaupt verwahrt hatte. Einige Erinnerungsstücke jedoch, die er in diesem Zimmer gelagert hatte, bewahrte er heute in seinem auf. Nun in seinem Zimmer angelangt, nahmen beide auf dem Bett Platz und während sie aßen, fuhr Vyrira mit ihrer Geschichte fort. Sie machte nur dann Pausen, wenn sie Suppe in ihren Mund löffelte und hinunterschluckte.

„Wie gesagt, ich hatte mir vorgenommen, heute wieder zu üben. Bevor du dir Sorgen machst, sage ich gleich, dass ich natürlich so lange wartete, bis die Sonne aufging. Der Sonnenaufgang war herrlich. Schade, dass du ihn nicht gesehen hast. Auf jeden Fall sah ich der Sonne mehrere Minuten zu, wie sie hinter dem Horizont hervorkroch, bis ich mich letzten Endes dazu entschloss, einen Baum zum Üben zu suchen.

Ich marschierte lange von meinem Aussichtspunkt weg, bis ich den richtigen gefunden hatte. Jedoch hatte ich keine Chance, ordentlich auf diesen einzuschlagen. Denn ich vernahm nach Kurzem Geschrei und Klirren und da hat mich die Neugier dazu geritten, den Geräuschen auf den Grund zu gehen. Um nicht entdeckt zu werden, schlich ich mich an und versteckte mich hinter dichten Sträuchern. Ich sah Jason, der von sechs Soldaten, unfairerweise hatten zwei von ihnen Pferde, umzingelt und bereits schwer verletzt worden war. Als ich gemerkt habe, was los war, bin ich aus meinem Versteck und half. Als alle erledigt und die beiden Soldaten auf den Pferden verschwunden waren, brachte ich ihn zu dir und das war es im Großen und Ganzen."

Nale hatte während Vyrira erzählte, zwar aufmerksam zugehört und hin und wieder ein Kommentar abgegeben, war jedoch gelegentlich in seine Gedanken vertieft gewesen. Nachdem er die Schüssel geleert und sie mitsamt der von Vyrira neben seine Beine am Boden abgestellt hatte, lehnte er seinen Kopf gegen die Hüttenwand hinter sich. Seither war sein Blick die ganze Zeit starr zur gegenüberliegenden Wand gerichtet, ohne dass er diese wirklich wahrnahm. Währenddessen hatte er seine Arme vor der Brust verschränkt und seine Beine überschlagen. Wenn Vyrira recht hatte und wirklich zwei Soldaten davongeritten waren, dann kamen sicher bald mehr von ihnen. Nale fragte sich, warum Soldaten hinter einem jungen, verletzten Mann her waren. Der Alte nahm sich vor, den Jungen zu fragen, wenn dieser wieder wach war. Das könnte zwar noch ein paar Tage dauern, aber er konnte warten. Von Weitem drang Vyriras Stimme an seine Ohren, die ihn aus den Gedanken riss.

„Was hast du gesagt? Ich habe gerade nicht zu gehört!", sagte er entschuldigend und sah das Mädchen an.

„Ich habe nur gefragt, warum du die ganze Zeit humpelst", wiederholte Vyrira und blickte zu ihm auf.

„Schau mich nicht so an. Ich habe etwas im Schuh und hatte bisher noch keine Zeit, es herauszuholen", log er und versuchte dabei eine unschuldige Miene aufzusetzen, obwohl ihm erst wieder eingefallen war, was vor nicht allzu langer Zeit passiert war. Er hatte eigentlich vorgehabt, den Knöchel ruhen zu lassen, aber durch den Zwischenfall war ihm seine Verletzung entfallen. Es war schon früher vorgekommen, dass er Verletzungen vergessen hatte. Er unterdrückte einfach den Schmerz, was nicht gerade eine schöne Angewohnheit war. Vyrira hatte nie Erbarmen gezeigt, wenn sie es herausfand. Da konnte er reden, so viel und solange er wollte.

Er war sich zwar sicher, dass das Mädchen nicht nachgeben würde, aber ein Versuch war es dennoch wert. Obwohl Vyrira ihn streng ansah, hatte er einen Hoffnungsschimmer. Er hoffte wirklich inständig, dass das Mädchen ihm die Lüge abgekauft hatte. Plötzlich, sodass er einen Schrecken bekam, schnellte Vyriras Oberkörper nach vorne, fiel auf seine Beine. Ihre Hände waren blitzartig beim Fuß. Er hatte nicht einmal die Chance, seine überkreuzten Beine zu lösen, denn sie lag mit dem gesamten Oberkörper und Gewicht auf seinen Beinen. Nale spürte, wie der obere Teil des Schuhs etwas zur Seite geschoben wurde und hörte dann einen Zischlaut. Mit finsterer Miene drehte Vyrira ihm das Gesicht zu.

„Wusste ich es doch. Du hast dir den Knöchel verstaucht und ihn nicht ruhen lassen."

„Der Knöchel schmerzt nicht so sehr. Ich kann gehen und das reicht mir vollkommen."

„Du bist nicht gegangen, sondern gehumpelt! Und so wie du dir Sorgen um mich machst, mache ich mir auch welche um dich", sagte Vyrira und richtete sich wieder auf. „Warum hast du keinen nassen Stoff oder eine Salbe darüber gegeben? Wann ist das passiert?"

„Ich wollte zwar einen um den Fuß wickeln, aber ihr seid mir dazwischen gekommen und ich habe völlig vergessen. Und es ist passiert, als ich Rinde für eine Salbe besorgt habe. Ich bin von einem Ast gesprungen und ungünstig mit den Füßen aufgekommen."

„Du hast darauf vergessen?", fuhr das Mädchen ihn an. „Für gewöhnlich verspürt man doch Schmerzen, wenn man sich den

Knöchel verstaucht. Anscheinend muss ich die Versorgung übernehmen. Ich werde dir einen Verband auf den Knöchel und einen frischen um deine Hand geben. Und ja keine Widerworte, denn du hast deine Chance verspielt, es selbst zu tun."

Auch wenn Nale widersprochen hätte, das Mädchen hätte sowieso auf die Arbeit bestanden. Daher zuckte er einfach mit den Schultern und ließ alles auf sich zukommen. Vyrira stand auf, eilte aus dem Zimmer und verschwand dadurch aus seinem Blickwinkel. Das Mädchen brauchte nicht lange, um wenige Augenblicke später mit einem Messer und einer Schüssel mit Wasser wieder zu kommen. Abermals verschwand sie und kam kurz darauf mit mehreren größeren Stücken Stoff und einer Salbe auf zwei Fingern wieder zurück. Sie setzte sich dann zu seiner Linken, um besser an die Hand zu kommen. Nale sah verwirrt auf das Messer und zog seine Hand etwas von ihr weg.

„Was willst du mit dem Messer?"

„Ich muss irgendwie den Stoff von deiner Hand holen. Mir wird es wahrscheinlich nicht möglich sein, ihn einfach so von der Wunde zu bekommen und herunterziehen möchte ich ihn nicht. Nach dem zu urteilen, wie der Verband aussieht, könnte der Stoff nämlich auf der Wunde kleben. Würde ich daran ziehen, würde die Wunde nur weiter aufreißen. Es wäre daher ratsam, das Messer zu benutzen", erklärte Vyrira und legte den Verband das und Messer auf ihr Knie.

Nale bereute es dem Mädchen alles, was er über Salben und ihre Wirkung und das Verbandanlegen wusste, beigebracht zu haben. Aber wichtiger war zu fragen, weshalb er sich überhaupt beschwerte. Er war selbst schuld an dem Ganzen. Als Vyrira noch kleiner war, hatte sie ihn so lange genervt, bis er ihr alles gezeigt hatte. Immer wieder gab er nach und er fand, dass er es nur zu Recht in mancherlei Hinsicht bereute. Es war zwar nicht schlecht, dass sie ein wenig Ahnung davon hatte, aber ihn machte es wahnsinnig, wenn sie überfürsorglich war.

Vyrira drehte die Hand, bis die Innenseite nach oben deutete. Sie wies ihn an, die Hand so zu lassen, wie sie sie haben wollte, und machte sich dann daran, den provisorischen Verband mit dem Messer zu öffnen. Nale versuchte, die Hand ruhig zu halten, aber das war nicht gerade leicht. Denn er wollte die Hand instinktiv zurückziehen, wenn das Messer der Wunde zu nahekam. Nachdem der blutgetränkte Verband von der Wunde verschwunden war, betrachtete Nale diese und fuhr mit einem Finger darüber, während das Mädchen das große Stück sauberen Stoffs in die Schüssel mit Wasser tauchte.

„Anscheinend hattest du ziemliches Glück. Du hast es geschafft, dich nicht allzu sehr zu verletzen, obwohl die Wunde nicht gerade zu verachten ist."

„Die hier ist gar nicht mal arg. Ich hatte schon viel schlimmere, die mehr geschmerzt haben als diese hier."

Vyrira schüttelte den Kopf und begann das Blut um die Wunde mit dem nassen Tuch weg zu tupfen. Nale sah, dass sie vorsichtig zur Sache ging, aber das nützte in diesem Fall überhaupt nichts. Einmal fuhr der Schmerz so heftig durch die Hand, dass der Alte sie zurückziehen wollte, aber Vyrira reagierte schnell. Sie hielt seine Hand fest, damit sie weitermachen konnte. Danach trug sie die Salbe auf und sobald die Salbe verbraucht war, verband das Mädchen die Hand mit Geschick.

„Fertig. Ich hoffe, dass ich dir nicht allzu sehr wehgetan habe", verkündete Vyrira.

Nale begutachtete die Hand und musste sich eingestehen, dass das Mädchen wirklich eine gute Arbeit geleistet hatte, und lobte es dafür. Den neuen Verband würde er nicht so schnell herunterbekommen, das war sicher. Während er noch immer seine Hand betrachtete, stand Vyrira auf, umrundete seine Beine mit der Wasserschüssel und nahm neben ihnen auf dem Boden Platz. Dieses Mal konnte Nale nicht anders und sagte, dass sie sich keine Mühe machen müsse, da er seinen Knöchel verbinden würde, bevor er zu Bett ginge.

„Nein, das erledige ich jetzt und hier. Ich sagte doch, ich will keine Widerrede", erwiderte sie in strengem Ton.

Den Stoff tauchte sie dann ins Wasser und stellte die Schüssel auf den Boden. Danach deutete sie Nale, ihr den Fuß zu reichen. Seufzend löste der Alte seine Beine voneinander. Er hatte sein rechtes Bein gerade über das andere gehoben, als sich Vyriras Hände näherten. Nale wusste, warum sie das tat. Sie wusste genau, dass er dies nicht wollte und sie versuchte, ihn daran zu hindern, seinen Fuß vor ihr zu verstecken.

Vyrira griff mit beiden Händen nach seinem Bein und führte es dann zu sich. Sie setzte seinen Fuß mit der Ferse auf eines ihrer Beine. Während sie den Schuh öffnete, hielt sie sein Bein fest. Vorsichtig streifte sie den Schuh vom Fuß und stellte ihn neben sich auf den Holzboden. An seinem Knie vorbeischielend, bemerkte Nale, dass der Knöchel zu einer unangenehmen Größe angeschwollen war. Er wunderte sich gerade selbst, wie er noch hatte gehen können. Ein Blick zu Vyrira genügte, um zu sehen, dass sie mit aufgerissenen Augen die Schwellung ansah. Mit zwei Fingern berührte sie leicht die Schwellung, wobei selbst diese kleine Berührung nicht schmerzfrei war. Nale zuckte zusammen.

„Entschuldige. Ich wollte dir nicht wehtun."

Nale tat es mit einer Handbewegung ab und deutete ihr, dass es ihm gut ginge. Sie bückte sich, um mit Wasser getränkten Stoff aus der Schüssel zu holen. Das überschüssige Wasser drückte sie aus und breitete den Stoff wieder zu seiner vollen Größe aus. Langsam legte sie den Stoff auf die Haut und umwickelte den Knöchel vollständig. Einerseits war die Kälte eine Wohltat für die Haut. Doch andererseits kam sie so plötzlich, dass es schmerzte. Vyrira strich danach geistesabwesend über den Fußrücken und hielt ihren Blick stur nach unten gerichtet.

„Warum machst du das?", hörte Nale das Mädchen leise hinter dem Vorhang aus Haaren fragen. Als er nichts erwiderte, klemmte sie eine Seite ihrer Haare hinter ihr Ohr und sah ihn an. „Ich verstehe nicht, warum du dich manchmal so kindisch anstellst. Warum nimmst du manchmal die Verletzungen nicht ernst? Und weshalb erzählst du mir erst davon, wenn es zu spät ist?"

„Dafür kann ich dir beim besten Willen keine Erklärung geben. Aber eins kann ich dir sagen: Mir geht es selbst manchmal auf die Nerven."

„Es muss aber eine Erklärung dafür geben!"

Wieder sank ihr Blick auf seinen Fuß. Ihre Hand stoppte mit dem Auf- und Ab-Bewegen. Nale richtete seine Augen auf Vyriras Gesicht und sah ihr an, dass sie immer noch über die Sache nachdachte. Einige Sekunden beobachtete er das Mädchen, bis er sagte: „Denke nicht darüber nach, Vyrira. Es bringt nichts, dass du dir deswegen deinen Kopf zerbrichst!"

„Aber das lässt mir einfach keine Ruhe", entgegnete sie und stand auf.

Aber sie blieb nicht lange auf den Beinen. Denn sie setzte sich rechts neben ihm auf das Bett, nachdem sie behutsam seinen verletzten Fuß abgestellt hatte, und lehnte sich an ihn. Beruhigend legte er ihr eine Hand auf den Oberschenkel.

„Warum machst du dir eigentlich, auch bei jeder Kleinigkeit, Sorgen um mich?"

„Ich mag es nicht, dich leiden zu sehen. Und wenn du mir nie sofort sagst, was dir fehlt, artet es noch mehr aus", antwortete das Mädchen.

„Ich will aber nicht, dass du dir Sorgen machst, erst recht nicht wegen mir. Daher versuche ich immer wieder, dir nichts zu erzählen. Ein junges Mädchen wie du sollte sich nicht schon in jungen Jahren über so etwas Sorgen machen. Manchmal machst du nämlich aus einer kleinen eine große Verletzung. Was wäre, wenn du bereits einen Ehemann und Kinder hättest? Da hättest du keine Zeit, dir Sorgen um mich zu machen. Da müsste ich mich allein um alles kümmern."

„Und wie ich die hätte. Ich würde mich trotzdem um dich sorgen, ob mit Familie oder ohne. In diesem Punkt wirst du mich nicht so schnell los, wenn überhaupt."

Nale seufzte. Er hob seine Hand von ihrem Oberschenkel und drückte sie auf die freie Wange von Vyrira. Es war zum Verzweifeln. Das Mädchen würde nicht so schnell aufgeben, auch wenn er noch so oft auf sie einredete. Er befreite seinen Arm, beugte sich nach vorne und schaffte es, die Schüssel, die noch immer neben seinen Beinen auf dem Boden stand, in die Finger zu bekommen.

„Was hast du vor?"

Ohne zu antworten, befeuchtete er noch einmal den Stoff um seinen Knöchel. Mit einer Hand zog er sich den Schuh an, während er mit der anderen den nassen Stoff festhielt. Als er aufblickte, stand auf einmal Vyrira vor ihm und hatte die Hände in die Hüften gestemmt. Er wollte gerade aufstehen, da drückte sie ihn an den Schultern wieder nach unten. Mit einem sehr altbewährten Trick brachte er sie trotzdem dazu, zurückzuweichen. Da ihre Arme auf seine Schultern gerichtet waren, konnte er sie mit Leichtigkeit kitzeln. Nale schritt humpelnd durch die Hütte zur Eingangstür hinaus. Vyrira nahm sofort die Verfolgung auf.

„Tut mir leid, aber du bringst mich trotzdem nicht dazu, länger sitzen zu bleiben", sagte er, nachdem er draußen angekommen war und sich umgedreht hatte. Währenddessen humpelte er weiter, doch nun rückwärts.

„Na, warte. Ich werde dich schon erwischen, dann bekommst du eine Abreibung, die du nicht so schnell vergisst."

Sie nahm Anlauf und rannte auf ihn zu. Als sie auf ihn zu sprang, wich Nale geschickt aus und sie landete der Länge nach im Gras.

„Das musst du eindeutig noch üben. So schnell wirst du mich nicht erwischen."

Vyrira war sofort wieder auf den Beinen und rannte abermals auf ihn zu. Dieses Mal konnte Nale nicht mehr ausweichen. Noch bevor er ausweichen konnte, trat er mit seinem gesamten Gewicht auf seinen verletzten Fuß auf. Aufgrund der Verletzung schoss ein Schmerz durch seinen Körper, sodass er gezwungen war, plötzlich sein Gewicht zu verlagern, damit er weiter gehen konnte. Und ausgerechnet in diesem Moment stürzte sich Vyrira auf ihn. Nale konnte sich nicht mehr halten und fiel zurück. Er traf so hart auf den Boden, dass ihm die Luft aus den Lungen gepresst wurde. Das Gewicht von Vyrira, die auf ihm landete, verschlechterte die Situation ungemein. Sie verschwendete keine Zeit, sondern begann sofort ihren Gegenzug. Nale krümmte sich unter ihr, als sie anfing, ihn zu kitzeln. Er flehte um Gnade, aber sie ignorierte ihn. Vor lauter Lachen musste er auf einmal husten. Er drehte sich auf eine Seite und

Vyrira kletterte von ihm herunter und setzte sich hinter seinen Rücken hin.

„Es wird schon wieder. Lass es raus", sagte Vyrira und klopfte besorgt und sanft auf seinen Rücken. Nale stoppte und schnappte sofort nach dem Mädchen. Die Attacke kam für sie überraschend, sodass sie einfach nur einen kurzen Schrei ausstieß. Er packte sie an den Oberarmen und sie landete auf dem Rücken.

„Waffenstillstand?", fragte Nale und sie nickte.

Er ließ ihre Arme los und rollte sich auf den Rücken. Nale wischte sich die Augen trocken, legte seine Hand anschließend auf seinen Bauch und blickte in den Himmel. Still blieben sie so eine Weile liegen, bis Vyrira nach seinem Arm griff, der neben ihr im Gras lag, und ihre Arme darum schlang. Ihre Finger überkreuzten sich mit seinen und das Mädchen strich mit dem Daumen darüber, während sie eine Wange an seinen Oberarm drückte und ebenfalls in den Himmel blickte.

„Glaubst du, dass noch mehr Soldaten kommen?", fragte Vyrira nach einer Weile.

„Ich bin mir nicht sicher. Nachdem, was du mir erzählt hast, bin ich der Meinung, dass es so kommen wird. Aber solange keine hier sind, brauchst du dir keine Sorgen darüber machen."

Vyrira stieß ihn mit der Faust gegen die Rippen und meinte, er solle nicht vergessen, dass sie sich nun selbst in einen Kampf einmischen konnte und er sie nicht behandeln sollte wie ein kleines Kind. Nicht lange danach und völlig unerwartet schlang sie einen Arm um seinen Hals und drückte ihm einen Kuss auf die Wange. Er tat es ihr gleich und gab ihr ebenfalls einen.

„Du solltest dich wieder einmal rasieren", meinte sie und strich mit einem Finger über die Bartstoppeln.

„Vergiss nicht, dass ich mich nicht so oft rasieren muss. Rasieren kann ich mich in paar Tagen auch noch oder gar erst in einigen Wochen. Aber jetzt genug geredet. Der Tag war sehr stressig. Außerdem wäre es angebracht, bis es dunkel wird ein wachsames Auge auf den jungen Mann zu werfen. Währenddessen könntest du mir mit den Salben helfen, die ich heute noch zubereiten will. Zudem muss noch eine Salbe auf den Knöchel."

Das Mädchen löste sich von ihm und stand als Erstes auf. Als sie auf den Beinen war, reichte sie Nale eine Hand, um ihm beim Aufstehen zu helfen. Dankend nahm er ihre Hilfe an und richtete sich auf. Einen Arm auf ihrer Schulter und einen von ihren hinter seinem Rücken gingen sie zurück. In der Hütte angekommen, unterhielten sie sich noch eine Weile leise miteinander.

Als vor den Fenstern die Dunkelheit hereinbrach, unterbrachen sie ihr Gespräch und ihre Arbeit, wünschten dem anderen eine gute Nacht und gingen zu Bett. Nale blieb noch wach, da er sich über die Soldaten Gedanken machte. Doch der Schlaf übermannte ihn letzten Endes und er sank in einen traumlosen Schlaf.

KAPITEL 3

Amanda Martins verstand die Welt nicht mehr. In den vergangenen Tagen, nachdem sie in diesen merkwürdigen Fall verwickelt gewesen war, passte einfach nichts mehr. Und das Verhalten ihrer Eltern machte ihr auch noch zu schaffen, als sie ihnen davon erzählt hatte. Je öfter Amanda darüber nachdachte, desto weniger verstand sie die Situation.

Es war ein ganz gewöhnlicher Tag Mitte Juni gewesen. Amanda hatte dasselbe getan wie immer. Sie war früh von zu Hause aufgebrochen, war zur letzten Veranstaltungsfeier ihrer nun ehemaligen Schule gegangen und gegen Mittag wieder nach Hause unterwegs gewesen. Wahrscheinlich war es ein Fehler gewesen, an diesem Tag zu Fuß von ihrer Schule nach Hause gegangen zu sein. Sie hatte mindestens zwei Stunden für die Strecke benötigt. Das Mädchen hatte es sich jedoch in den Kopf gesetzt, die Zeit nicht in einem Bus zu verschwenden. Und außerdem hatte sie es an dem Tag nicht eilig gehabt. Ihre Eltern waren, wie schon ungefähr sechs Monate zuvor, jeden Tag voll und ganz mit ihrer Arbeit beschäftigt gewesen. Selbst da, als sie zu Hause waren, hatten sie sich nur um ihre Arbeit gekümmert.

Amanda verstand, dass sie anstrengende Berufe hatten. Ihr Vater war vorübergehend zum Leiter der städtischen Tierklinik ernannt worden, da sein eigentlicher Chef zu einem Seminar in ein anderes Land reisen musste. Und es wurden laufend verletzte Tiere vorbeigebracht. Wie ihr Vater ihr einmal erzählte, war es schon immer sein Wunsch gewesen, Tieren zu helfen, was die Arbeit erleichterte. Aber da momentan nur er und zwei weitere Tierärzte in der Klinik waren und der Papierkram auch erledigt werden musste, hinkten sie mit der Arbeit etwas hinterher. Und die Arbeit ihrer Mutter war, wie Amanda von ihr erfahren hatte, in letzter Zeit ebenfalls anstrengend. Im Rathaus, wie Miranda einmal sagte, gingen Tag für Tag immer mehr Meldungen aufgrund einer Wahl innerhalb des Rathauses ein. Obwohl die Wahl nicht die Bewohner von Drallston hinzuzog, war die Organisation dennoch das reinste Chaos.

In diesem Sinne konnte Amanda davon ausgehen, dass niemand daheim war, um sie zu empfangen. Und da sie an diesem Tag alle Zeit der Welt hatte, wollte sie ihre Beine vertreten. Sie hatte sogar vorgehabt, ein wenig im Zentrum der Stadt, wo die meisten Läden waren, herumzustöbern, aber dazu kam es nicht. Amanda war noch nicht lange unterwegs gewesen, sie schätzte so fünfzehn oder zwanzig Minuten, als aus heiterem Himmel ein Mann und eine Frau von hinten auf sie zu stürmten. Amanda bekam anfangs gar nichts davon mit, da sie an diesem Tag Kopfhörer in den Ohren und die Musik nicht gerade leise aufgedreht hatte. Somit hörte sie weder die Rufe der Passanten noch sonst irgendetwas. In diesem Moment geschah etwas, dass sich das Mädchen nicht erklären konnte.

Sie hatte noch nie irgendeinen Kampfunterricht genossen oder gar jemals zuvor solch ein starkes Gefühl für Bedrängnis in sich gespürt. Ihr wurde ganz mulmig zumute. In ihrem Inneren kribbelte es furchtbar und sie spürte, jawohl spürte, dass sich von hinten etwas Gefährliches näherte. Amanda hatte noch nie zuvor so ein ungutes Gefühl verspürt und drehte sich mit der Hoffnung um, dass da doch nichts war. Doch sie wurde eines Besseren belehrt. Als sie die beiden Personen auf sich zu rennen sah, war sie aus irgendeinem Grund kampflustig und bereit, sich gegen die beiden zu wehren, obwohl sie normalerweise jeglichem Kampf aus dem Weg ging. Die Frau war die erste, die Amanda erreichte. Sie war bereit, sich auf das Mädchen zu stürzen, aber sie bekam einen solch ordentlichen Tritt in den Magen, dass sie ein Stück in die Richtung flog, aus der sie gekommen war.

Und den Mann vermöbelte das Mädchen ebenfalls mit einer Leichtigkeit, die sie sich heute nicht erklären konnte. Amanda hatte noch gesehen, dass etwas Schimmerndes seine rechte Hand umkreiste, bei dem sie nicht recht wusste, was das sein sollte. Die schimmernde Hand war auf sie gerichtet, und obwohl Amanda Angst verspürte, griff sie nach der Hand, verdrehte diese und schleuderte den Mann mit einem Ruck zu Boden. Er stand auf und griff wieder an, dieses Mal zeitgleich mit der unbekannten Frau, die sich schwerfällig auf die Beine gerappelt hatte. Die beiden steckten so einiges weg, aber nach einigen Schlägen sahen sie nicht mehr ansehnlich aus. Erstaunlicherweise hatte Amanda bis dahin keinen einzigen Kratzer abgekommen.

Sie bemerkte, dass der Mann und die Frau ziemlich geschwächt waren, deshalb war sie bereit davonzulaufen, doch da erschien neben ihr ihre Großmutter Helen Anderson. Das Mädchen erschrak sich heftig, da sie nicht gehört hatte, dass sich jemand näherte. Amanda wurde bewusst, dass sie immer noch die Kopfhörer in den Ohren hatte, nahm sie deshalb heraus und stopfte sie in ihre linke Hosentasche. Helen stand direkt vor den Angreifern und sprach leise, aber ganz energisch mit ihnen, da sie mit ihren Händen wild herum gestikulierte. Seit dem Auftauchen ihrer Großmutter war auch ihr unangenehmes Gefühl verschwunden und Amanda schämte sich für das, was sie getan hatte.

Das Mädchen beobachtete, wie die beiden vor ihrer Großmutter einen grimmigen Blick an sie richteten, sich umdrehten und anschließend von dannen zogen. Seit dieser Minute wich ihre Großmutter nicht mehr von ihrer Seite und begleitete sie nach Hause. Selbst als sie im Haus von Miranda und Leonard angelangt waren, blieb Helen so lange, bis die beiden ebenfalls zu Hause waren. Dort unterhielt sie sich im Wohnzimmer allein mit den beiden, während Amanda in ihrem Zimmer blieb und abwartete. Helen war es wichtig gewesen, zuerst mit ihren Eltern einmal allein zu reden, da sie etwas loswerden musste, was momentan nicht für Amandas Ohren gedacht war, erklärte sie ihrer Enkeltochter.

Minuten vergingen, bis die Tür zu ihrem Zimmer aufging und Leonard und seine Frau eintraten. Nachdem ihr Vater sie aufgefordert hatte, genau zu schildern, was vorgefallen war, hatte

Amanda in ein paar Minuten alles erklärt und beteuerte, dass sie nichts angestellt hatte.

„Wir wissen, dass du nicht daran schuld bist, Kind", meinte Miranda, nachdem ihre Tochter geendet hatte.

„Stimmt. Die beiden wollten anscheinend an jemandem ihren Frust auslassen und du bist ihnen über den Weg gelaufen", fügte ihr Mann grimmig hinzu.

„Aber warum ich? Könnt ihr mir das erklären? Und könnt ihr mir auch erklären, woher ich mich auf einmal, ohne mich groß anstrengen zu müssen, so gut verteidigen kann? Habe ich etwa, als ich noch kleiner war, einen Unterricht besucht, in dem ich Verteidigung und Angriff erlernte?", fragte Amanda ihre Eltern verzweifelt.

Sie war den Tränen nahe und wollte einfach nur noch heulen. Ihre Mutter nahm sie behutsam in die Arme und sagte: „Nein, hast du nicht. Du hast etwas in dir, das dich zu solchen Schritten befähigt. Und aus demselben Grund wusstest du auch, dass die beiden von hinten an dich herankamen, ohne sie vorher gehört zu haben."

„Was ist es? Ich hatte dieses Etwas doch vorher auch nicht, warum also jetzt?"

„Du hattest es seit deiner Geburt in dir, aber bis jetzt blieb es in dir verborgen, wie in einem verschlossenen Kästchen. Doch heute öffnete es sich bei dem Angriff und das Etwas trat ans Tageslicht", erklärte ihr Vater und strich ihr beruhigend über den Rücken.

„Doch was ist dieses Etwas?", wiederholte Amanda verzweifelt.

„Bitte gib uns noch etwas Zeit, bis wir alles diesbezüglich geklärt haben", bat Miranda sie. „Es wird nicht gerade einfach werden, die notwendigen Schritte einzuleiten und dir alles zu erklären."

„Und wie lange wird es dauern?"

„Nicht allzu lange. Versprochen!"

Und seit dieser rätselhaften Unterhaltung waren mehrere Tage vergangen und Amanda hatte immer noch keine Antwort bekommen. So langsam fragte sie sich, ob das Versprechen doch nicht ernst gemeint und einfach nur ein Ablenkungsmanöver war. Wahrscheinlich wussten ihre Eltern selbst nicht, woher Amanda auf einmal das alles hatte, was sie beim Angriff gekonnt hatte.

Anfangs hatte sie jeden Tag auf ihre Eltern gewartet und gehofft, dass sie endlich eine Antwort erhielt, doch sie waren wieder im selben Trott wie Wochen zuvor. Die Arbeit hatte sie wieder voll und ganz eingenommen und sie machten den Anschein, als hätten sie diesen merkwürdigen Tag völlig vergessen. Nach dem vierten Tag, an dem Amanda noch auf eine Erklärung gewartet hatte, hatte sie das Warten aufgegeben und war zu dem Schluss gekommen, dass das Versprechen einfach eine Finte gewesen war. Weitere acht Tage ohne jegliche Reaktion waren vergangen.

Amanda saß an ihrem Schreibtisch und blätterte die Zeitung durch. Sie hoffte, nach ihrem vortrefflichen Abschluss an der Hochschule für Gastronomie in Drallston eine Arbeit in dieser Richtung zu bekommen. Nachdem sie ernüchtert feststellen musste, dass keine Angebote infrage kamen, las sie die übrige Zeit die Zeitung durch. Während sie gerade an einem Artikel, der über einen Häuserbrand in einer Stadt einige Kilometer von Drallston berichtete, vertieft war, bemerkte sie nicht, wie ein Fremder sich durch den Dachboden Eintritt in das Haus verschaffte. Und das auch noch bei eingeschalteter Alarmanlage!

Das Mädchen bemerkte den Fremden erst, als dieser absichtlich mehrere Gegenstände zu Boden stieß und diese teilweise auf dem Boden zerschellten. Das Geräusch von zerspringenden Gläsern drang vom Dachboden herunter durch die weit geöffnete Zimmertür an Amandas Ohren. So schnell sie konnte, ließ sie die Zeitung fallen, schnappte sich ihren Tennisschläger, der seit Jahren nutzlos in ihrem Zimmer herumlag, vom Regal neben dem Bett und eilte zum Dachboden hinauf. Das Mädchen musste nur aus ihrem Zimmer nach rechts und die Treppe, die in der Nähe ihres Zimmers war, nach oben gehen. Die Tür zum Dachboden stand offen und sie konnte ohne stehen zu bleiben mit erhobenem Tennisschläger einfach weitergehen.

Oben angekommen konnte sie nicht viel sehen. Draußen verdeckten die Wolken die Sonnenstrahlen und deshalb drang kein ordentlich erhellendes Licht durch die beiden Fenster. Und Amanda wollte das Licht nicht anmachen, da sie befürchtete, in der Sekunde, in der sie ihre Konzentration auf den Lichtschalter richtete, angegriffen zu werden. Daher schlich sie einfach weiter und richtete ihr Augenmerk auf die Dunkelheit.

„Na, das ging ja flott. Ich hätte mir nicht erwartet, dass du so schnell auftauchen würdest, nachdem ich einige Gegenstände demoliert habe. Bewaffnet bist du auch noch. Wie köstlich", ertönte eine erheiterte Stimme, die Amanda eindeutig als die eines jungen Mannes identifizierte.

„Zeig dich gefälligst, du Feigling, sonst fange ich an, jeden Gegenstand einzeln zu verschieben. Ich kann dir gleich sagen, dass ich bestimmt nicht zimperlich sein werde, auch wenn der Großteil hier meinen Eltern gehört", antwortete Amanda und blieb ein paar Schritte von der Tür entfernt stehen.

„Oh, ein Hitzkopf! Du wirst mir immer sympathischer, weißt du das?"

Schritte ertönten vor ihr und im trüben Schein des Lichtes, das durch das Fenster ungefähr drei Meter von Amanda entfernt hereindrang, erschien ein junger Mann. Auf den ersten Blick passte das Aussehen zu der Stimme, doch die Erscheinung verunsicherte Amanda. Sie hatte dasselbe ungute Gefühl wie an dem Tag, an dem sie aus unerfindlichen Gründen angegriffen worden war.

„So und nun sage mir, wer du bist und was du hier willst. Und wie hast du es überhaupt geschafft, ins Haus zu kommen? Die Alarmanlage ist aktiv!", forderte Amanda den Unbekannten auf.

„Und, wenn ich es dir nicht sage, was machst du dann? Mir den Schädel mit einem einfachen Tennisschläger einschlagen?", erwiderte er sichtlich amüsiert.

„Falls nötig, versuche ich es. Ich ziehe ihn dir so lange über den Kopf, bis du mir freiwillig die Antworten gibst."

„Na, na, so springt man doch nicht mit seinen Artgenossen um. Das gehört sich nicht."

„Artgenossen? Ich bin im Gegensatz zu dir kein Einbrecher. Also bin ich keineswegs ein Artgenosse, falls man Einbrecher überhaupt als eine Art ansehen kann."

„Anscheinend weißt du es nicht", sagte der Mann und sah Amanda verdutzt an.

„Was weiß ich nicht?"

„Du weißt nicht, wer du bist und welche Fähigkeiten du besitzt. Schade, ich dachte, du wüsstest es schon. Aber sei es drum. Du wirst es bestimmt bald erfahren, denn soweit ich mitbekommen habe, ist deine Kraft vor Kurzem ausgebrochen."

„Schluss mit dem Blödsinn!", fuhr das Mädchen aufgebracht den Mann an. „Ich habe keine Ahnung, von welcher Kraft oder welchen Fähigkeiten du redest. Ich will endlich wissen, wer du bist! Wenn du es mir nicht verraten willst, dann rate ich dir, so schnell wie möglich wieder zu verschwinden, bevor ich mich nicht mehr halten kann und aushole."

„Ich verstehe. Ich wollte eigentlich nur einen kurzen Blick auf dich werfen, da ich hörte, dass du diese spezielle Person sein sollst, von der eine Überlieferung berichtet", erklärte der Fremde. „Dein Zorn ist ausschlaggebend für deine Kraft, was dich noch so unglaublich viel stärker macht. Wie ich merke, ist deine Kraft ein wahres Feuerwerk, das du jedoch erst noch zu kontrollieren lernen musst. Den Zorn hast du eindeutig von deinem Vater. Mein Name ist übrigens Hunter. Ich bin sehr erfreut, dich kennenzulernen, Amanda Martins."

„Woher kennst du meinen Namen?", fragte Amanda erstaunt.

„Seit dem Übergriff auf dich vor über einer Woche wurdest du von ein paar Leuten von mir beobachtet. Sie beschatteten dich und trugen so viele Informationen über dich zusammen, wie sie nur finden konnten. Und ich habe schließlich eine Verbindung zwischen dir und der Überlieferung gezogen. Um mich von deiner angeblichen, noch nicht kontrollierten Kraft zu überzeugen, bin ich heute hier und weiß nun, dass du diejenige bist."

„Und wie haben sie mich beschattet, ohne dass ich etwas davon mitbekommen habe?"

„Meine Leute sind professionell auf ihrem Gebiet, aber um dir das zu erklären, benötige ich eine Menge Zeit, und die habe ich jetzt nicht. Vielleicht kommst du selbst drauf, wenn du erst einmal deine wahre Identität kennst und deine Fähigkeiten kontrollieren kannst", antwortete Hunter und blickte auf seine Armbanduhr. „So, genug geplaudert. Ich habe mich viel länger als eigentlich gedacht mit dir unterhalten. Wir sehen uns bestimmt wieder. Und versprich mir, deine Fähigkeiten zu trainieren."

Vor Amandas Augen löste sich sein Körper in Rauch auf. Selbst der Rauch verzog sich von selbst, ohne in irgendwelche Ritzen oder Rillen zu verschwinden. Toll und wieder keine Antwort bekommen, wie er ins Haus gekommen war, dachte sich Amanda und ließ den Tennisschläger sinken. Wenn er jedoch so hereingekommen war, wie er eben verschwand, dann hatte sie ihre Antwort, aber sie glaubte an solche plötzlich auftauchenden und verschwindenden Erscheinungen nicht.

Während der nächsten Stunden, bis ihre Eltern schließlich zu Hause waren, saß sie vorm Fernseher im Wohnzimmer, das sich im Erdgeschoss befand, und schaltete von einem Kanal zum nächsten. Selbst als Amanda einen geeigneten Film gefunden hatte, ließ ihr der Eindringling keine Ruhe. Sie berichtete schließlich ihren Eltern von dem Kerl und allem, was er ihr erzählt hatte. Nachdem sie fertig war, zog ihre Mutter ihr Mobiltelefon aus der Hosentasche, drückte kurz herum und führte es schließlich zum Ohr.

„Du musst sofort vorbeikommen", war das Einzige, was sie sagte, bevor sie das Telefonat wieder beendete.

Sekunden später ertönten Schritte vom ersten Stock, wo sich die Schlafzimmer und ein Bad befanden, und Amanda vernahm, wie jemand die Treppe herunterkam. Augenblicke später erschien wie aus dem Nichts ihre Großmutter in der Tür zum Wohnzimmer. Amanda war verblüfft, denn sie konnte sich nicht erklären, wie ihre Großmutter so schnell hier sein konnte. Und vor allem stellte sich das Mädchen die Frage, wie die Frau sich im Haus aufhalten konnte. Amanda wusste nur zu gut, dass heute den ganzen Tag, bis Miranda und Leonard von der Arbeit kamen, niemand außer sie selbst und dieser Hunter im Haus waren.

„Was gibt es so Dringendes?", fragte sie Leonard.

„Wir müssen es ihr heute sagen", antwortete Miranda anstelle ihres Mannes und erläuterte kurz, was Amanda ihnen Minuten zuvor erzählt hatte.

„Sieht wirklich übel aus. Wir hätten dir sowieso bald alles gestehen müssen, aber anscheinend war jemand anderes etwas schneller als wir und musste dir einen Floh ins Ohr setzen. Für unseren Geschmack weitaus zu früh", meinte Helen an ihre Enkeltochter gewandt und setzte sich neben sie aufs Sofa.

„Könntet ihr aufhören, in Rätseln zu sprechen? Dieser Hunter ist mir damit auch auf die Nerven gegangen. Sagt es mir einfach, was auch immer es ist, und die Sache hat sich damit erledigt."

„Erledigt ist es damit nicht. Wenn du es weißt, fängt der ganze Spuk erst richtig an."

„Stimmt. Aber es sei dir versichert, dass wir alles daransetzen werden, damit du den besten Unterricht bekommst. Das heißt, wir werden deinen Unterricht gestalten, aber nur, wenn du es auch selbst willst. Es gibt natürlich noch eine zweite Lösung, aber dazu kommen wir später", fügte Miranda hinzu.

„Dann bin ich mal gespannt, was ihr mir zu sagen habt. Denn ich will endlich wissen, was hier gespielt wird", sagte Amanda etwas gereizt und lehnte sich mit vor der Brust verschränkten Armen zurück.

„Wie du willst", meinte Leonard. „Ich weiß, du glaubst nicht an übernatürliche Dinge wie Zauberei, Werwölfe oder Vampire. Trotzdem musst du wissen, dass es solche Dinge wirklich gibt. Es leben Menschen unter uns, die Magie besitzen oder eines dieser Wesen sind. Und du, Amanda, bist eine von den ganz wenigen, die vier Bestandteile in sich tragen."

„Ein Teil ist der eines Vampires, der der größte von den vieren ist", hängte Helen an. „Du kannst dich deswegen bei deiner Mutter bedanken. Eigentlich war sie ein gewöhnlicher Mensch, doch im zarten Alter von achtzehn Jahren hat sie sich ausgerechnet in einen Vampir verguckt, obwohl ich sie vor diesem Typen gewarnt hatte. In einem schwachen Moment wurde sie schließlich von ihm gebissen."

„Ach, ich bitte dich, Mutter. Wie lange willst du mir das noch unter die Nase reiben? Ich war verknallt und als ich merkte, dass er mich nur belogen hatte, war es zu spät."

„Was die anderen Teile anbelangt", fuhr Amandas Vater im ruhigen Ton dazwischen. „Diese sind zu einem kleinen Teil vorhanden. Einerseits trägst du die Gabe in dir, die du von deiner Großmutter übernommen hast. Auch hast du noch von ihr einen Teil eines normalen Menschen in dir. Von mir hast du die Gene eines Werwolfes."

„Moment. Wie soll ich das mit dem Vampir- und dem Menschenteil verstehen? Ich habe mal gelesen, dass Vampire unsterblich sein sollen."

„Du hast recht, wir sind unsterblich und bleiben normalerweise in derselben Gestalt, in der wir gebissen wurden", erklärte Amandas Mutter. „Du wirst ebenfalls ewig leben. Der menschliche Teil trägt dazu bei, dir die einen oder anderen Probleme zu bereiten. Du wirst womöglich Schmerzen wie ein gewöhnlicher Mensch verspüren. Jedoch werden sie gering sein, da du nur zu einem ganz kleinen Prozentsatz menschlich bist. Deine anderen Veranlagungen, die vom Vampir und vom Werwolf, werden wohl dies größtenteils überschatten. Wie aber das eigentliche Ausmaß sein wird, können wir jetzt noch nicht sagen. Wie schon gesagt, bist du wohl eine von sehr wenigen Personen mit solch einem Erbmaterial, was noch nicht zufriedenstellend erforscht wurde.

Nichtsdestotrotz kannst du dein Aussehen jedoch verändern, was ich nicht kann. Du kannst dich zwar nicht zu einem Werwolf verwandeln, obwohl du dessen Fähigkeiten besitzt, so kannst du jedoch dein Alter an deine Umgebung anpassen. Wenn du zum Beispiel die nächsten vierzig Jahre in Drallston leben solltest, kannst du deinen Körper altern lassen. Und wenn du in vierzig Jahren in eine andere Ortschaft ziehst, kannst du wieder jung werden."

„Wer beweist mir, dass ihr recht habt? Ihr könnt mir willkürlich irgendeine Geschichte auftischen. Ihr müsst mir erst einmal Beweise bringen, damit ich euch nur einen Funken Glauben schenke."

Helen hob eine Hand. Die Handinnenseite deutete nach oben und Amanda fragte sich, wofür das gut war. Noch während sie das dachte, entstand eine kleine Flamme, die über der Handfläche schwebte und immer größer wurde. Miranda war derweil vom Sofa aufgestanden, bückte sich jedoch gleich wieder. Sie packte, während Amanda immer noch die Flamme anstarrte, das Sofa an der Unterseite und hob es mit einem Ruck und mitsamt ihrer Tochter und Mutter in die Höhe. Erschrocken, dass sich die Sitzgelegenheit bewegte, klammerte sich das Mädchen in den Bezug und blickte nun ihre Mutter an, aus deren Mund nun zwei spitze Zähne herausragten. Der größte Schock aber war der, als Leonard an Behaarung gewann und sich nach vorne krümmte, bis er schließlich wie eine Art Hund auf vier Pfoten im Wohnzimmer stand. Solche Beweise hatte Amanda nun auch wieder nicht erwartet. So etwas konnte man nicht mit irgendwelchen Hilfsmitteln bewerkstelligen. Vor allem bei ihrem Vater war es unmöglich, da er sich vor ihren Augen in einen Hund und dann wieder zurück in einen Menschen verwandelt hatte.

Da nun die Beweislage geklärt war und alle wieder ordentlich auf ihren Plätzen saßen, besprachen die vier, wie es weiter gehen sollte. Amandas Eltern meinten, sie hätten eine Frau gefunden, die in völliger Einsamkeit und Abgeschiedenheit lebte und die bei Anfrage gerne Leute wie Amanda unterrichtete. Sie hatten der Frau zwar schon einen Brief bezüglich des Unterrichts geschrieben, aber bislang noch keine Antwort erhalten. Leonard und Miranda betonten jedoch, dass sie den Unterricht machen würden, falls die Frau Amanda doch nicht unterrichten wollte oder gar Amanda keine Lust hatte, sich von einer Fremden einweisen zu lassen.

Amanda meinte, sie wolle den Unterricht dieser Frau besuchen. Doch das Mädchen betonte, dass es den Unterricht abbreche, falls es nach einiger Zeit der Meinung war, der Unterricht sei doch nicht das Wahre. Und wie es der Zufall so wollte, erhielt die Familie Martins eine Woche nach ihrem Gespräch über das Thema ein Antwortschreiben und die Bitte, dass Amanda Anfang August zu ihr kommen solle. Dem Schreiben war auch eine Wegbeschreibung beigefügt, damit Amandas Eltern wussten, wo sie ihre Tochter abliefern mussten. Gegen Ende Juli hatte das Mädchen ihren Koffer gepackt und war zur Abreise bereit. Am ersten August setzten sich Amanda und ihre Eltern ins Auto und fuhren zum Eingang, der als Höhleneingang getarnt war. Dort angelangt, verabschiedete sich Amanda von ihren Eltern und trat in den Eingang und ins Ungewisse.

KAPITEL 4

Dieser Papierkram brachte sie noch um den Verstand. Anstatt weniger zu werden, hatte Trish Layt das Gefühl, dass der Stapel von Dokumenten von Minute zu Minute immer größer wurde. Eigentlich war sie nicht der Typ, der ständig am Schreibtisch hockte und irgendwelche Briefe oder Dokumente durchsah und diese eventuell beantwortete oder diese nur unterzeichnete. Für gewöhnlich war sie eher der Typ Mensch, der am liebsten durch die Gegend zog und auf den Straßen für Ordnung sorgte. Sie brauchte Bewegung und würde mit ihrer Gabe mehr erreichen, als in einem Büro zu versauern, in dem sie nicht einmal machen konnte, was sie wollte. Trish hatte auf Wunsch ihrer langjährigen Freundin und Leiterin des Unternehmens, Elisabeth Harrett, in dem sie nun arbeitete, die Stelle als Stellvertreterin angenommen.

Elisabeth wusste, wie sehr die Magierin am liebsten für Ruhe und Ordnung außerhalb des Büros sorgte. Trish glaubte, dass ihre Freundin ihr deshalb einen Posten in der Sicherheitsabteilung gegeben hatte. Wahrscheinlich, so glaubte die Magierin, wollte Elisabeth ihr dadurch einen kleinen Trost spenden, um die verlorene Genugtuung der Gerechtigkeitsbekämpfung wieder gut zu machen. Und Trish musste sich eingestehen, dass es im Grunde genommen gar nicht mal so schlecht war. Die Sicherheitsabteilung war eigentlich dafür da, dass die Waren, die nicht zum Hausgebrauch für normale Menschen geeignet waren, im Haus blieben und ordnungsgemäß entweder ins Ministerium oder an jemanden mit der Gabe oder ein magisches Wesen gingen. Der Nachteil für die Mitarbeiter dieser Abteilung war, dass sie abwechselnd in der Nacht im Unternehmen bleiben mussten.

Das Unternehmen, welches ihre Vorgesetzte aufgebaut hatte, war einerseits ein Bürogebäude, das eng mit dem Ministerium für Magie zusammenarbeitete. Nicht nur mit diesem Ministerium, sondern auch mit dem für Kreaturen und Wesen der magischen Welt, wobei der Kontakt zu diesem Ministerium nicht allzu eng ist. Der Grund dafür war der, dass in dem Unternehmen ausschließlich Leute mit der Gabe arbeiteten. Die Firma war zwar nicht die einzige, in dem ausschließlich mit der Gabe Gesegnete arbeiteten, davon gab es nämlich genügend. Es gab jedoch genauso viele Firmen, in denen nur Kreaturen und Wesen arbeiteten. Und um das Ganze abzurunden und den Menschen nicht allzu sehr zu schaden, hatten die, die keine übernatürlichen Talente besaßen, auch die Chance, Unternehmen zu gründen. Um den Schein eines normalen Unternehmens zu wahren, handelte Elisabeths Firma mit allen möglichen elektronischen Geräten, die auch ein gewöhnlicher Mensch kaufen und benutzen konnte. Genauer gesagt, verkaufte sie nichts, sondern fungierte eher als Lager, bevor diese Dinge schließlich im Verkaufsraum landeten. Da in den Lagerräumen auch Gegenstände waren, die nicht ganz ungefährlich waren, war das Gebäude außerhalb von Hills Neck gelegen.

Ein weiterer Pluspunkt, der für Trish sehr günstig war, war der, dass die Magierin sich dort niedergelassen hatte. Sie konnte ein wunderschönes Haus mit Garten ihr Eigen nennen, wobei ihre Eltern ihr bei der Finanzierung ein wenig unter die Arme gegriffen hatten. Ray und Martha Layt waren nicht gerade erfreut gewesen, als auch noch ihre Tochter auszog. Vor allem Martha wäre es am liebsten gewesen, dass ihre Kinder auf ewig unter ihrem Dach wohnten. Wobei sie Terence, Trishs drei Jahre jüngeren Bruder, nicht so sehr im Auge behielt wie Trish. Denn Trish schlug mit ihrer Karriere eher in die Richtung ihres Vaters, der ebenfalls der Typ war, der sich am liebsten ins Getümmel warf, statt auf der faulen Haut zu sitzen.

Terence war der Erste gewesen, der vor fast sechs Jahren bereits das Elternhaus verlassen und mit seiner Frau und seinem Kind ein eigenes Haus bezogen hatte. Aber Trish blieb nicht für lange allein bei Ray und Martha und hatte sich ein paar Monate nach seinem Auszug kurzerhand auf das Angebot ihrer Freundin eingelassen. Was auch nicht gerade eine rosige Aussicht war, jedoch war es die beste Lösung, von ihren Eltern wegzukommen. Das Angebot war gerade treffend, da der Arbeitsplatz einfach weit genug von ihrer Mutter weg war.

Wenn die Magierin so darüber nachdachte, glaubte sie hinter den Grund der Finanzspritze für das Haus gekommen zu sein. Trish hätte sich das Haus auch auf Kredit genommen, wenn es nicht anders gegangen wäre, aber aus unerfindlichen Gründen wollte ihre Mutter unbedingt einen Teil mitfinanzieren. Obwohl ihre Mutter wusste, dass Trish wie ihr Vater nicht ruhig sitzen konnte, hatte Trish keine Widerworte für den Auszug bekommen, sondern war so gut es ging unterstützt worden. Und Trish glaubte, dass ihre Mutter nur allzu froh darüber war, dass ihr Mädchen sich nicht für die Kampfeinheit im Ministerium beworben hatte, sondern das Angebot von Elisabeth angenommen hatte. Martha war eine durchtriebene alte Magierin, aus der man einfach nicht schlau wurde.

Als Trish gerade über ihrem immer weiter unter Papier verschwindenden Schreibtisch mithilfe ihrer Gabe mehrere Schriftstücke nach Abteilung und Dringlichkeit sortierte, klopfte es an der Tür. Sie rief den Besucher herein, ohne den Blick von den umherschwirrenden Papieren und denen auf dem Schreibtisch abzuwenden.

„Bilde ich mir das nur ein oder sind die Stapel seit meinem letzten Besuch gewachsen?", hörte Trish die Stimme ihres Vaters fragen.

„Du bildest dir gar nichts ein, denn die sind wirklich gewachsen", antwortete seine Tochter und richtete ihren Blick auf ihren Vater. „Was verschafft mir die Ehre deines Besuchs, Dad?"

„Brauche ich jetzt etwa einen Grund, um mal bei dir vorbeizuschauen? Du weißt doch, dass ich nicht so sehr unter Termindruck stehe."

„Ich kann mich aber erinnern, dass du in den letzten Monaten ziemlich oft eingespannt wurdest, weil es so viele Probleme gab. Also sag nicht, du hättest keinen Druck!", konterte Trish.

Sie verteilte mit ihrer Gabe die Papiere, die sie über ihrem Schreibtisch sortiert hatte, auf zwei Regale, die beide von Trish aus gesehen rechts neben der Tür standen. Anschließend rieb sie sich die Augen und streckte sich in ihrem Sessel. Um zumindest ein wenig Bewegung zu bekommen, stand sie kurze Zeit später auf und vertrat sich ein wenig in ihrem ansehnlichen Büro ihre Beine, während ihr Vater eintrat und die Tür hinter sich schloss. Als Trish ihn ansah, bemerkte sie, dass einige weitere graue Haare seine eigentlich schwarzen durchzogen. Beim letzten Mal, als sie ihren Vater sah, hatte sie diese noch nicht bemerkt. Sie musste sich jedoch eingestehen, dass sie den Zauberer vor etwa zwei Monaten das letzte Mal gesehen hatte und da hatte sie auch nicht genau auf sein Aussehen geachtet.

„Was ist? Wieso starrst du mich so entgeistert an?", fragte Ray verwirrt.

„Entweder haben die vielen Einsätze der letzten Monate dir ziemlich zugesetzt oder du wirst einfach nur alt. Du hast nämlich ein paar graue Haare, die ich vorher nicht an dir gesehen habe. Entschuldige, wenn ich es so offen ausspreche."

„Es sei dir verziehen. Ich glaube übrigens, es ist ein wenig von beidem. Es wird halt nicht gerade leichter, wenn man älter und zusätzlich so gefordert wird. Zum Glück gibt es momentan keine weiteren Ausfälle mehr und die verletzten Mitarbeiter sind wieder einsatzbereit, was mir wiederum zugutekommt. Ich habe seit langem wieder zwei Wochen Urlaub bekommen. Die sind zwar erst Ende Juli und bis dahin sind es leider noch drei Wochen, aber ich bin froh darüber."

„Hört sich beinahe so an, als wärst du gar nicht glücklich, solche Einsätze zu bestreiten?", fragte Trish mit einem hinterlistigen Grinsen und zog ihre Kreise um ihren Schreibtisch.

„So meinte ich das nun auch wieder nicht!", widersprach er. „Du wärst an meiner Stelle ebenfalls froh, wenn du nach Monaten endlich mal wieder Urlaub hättest oder zumindest ein paar Tage frei. Ich muss sagen, dass ich überglücklich war, mal zu mehr Einsätzen eingeteilt worden zu sein. Aber wenn ich daran denke, dass ich manchmal gerade mal zwei bis maximal drei

Stunden Schlaf am Tag, sogar auch am Wochenende bekommen habe, wird mir offen gestanden jetzt noch übel."

„Dir geht es wahrscheinlich an die Nieren, aber Marlana wird es bestimmt genossen haben, so viel zu tun zu haben."

Marlana Pall war eine Schulkameradin von Trish und nun Chefin der Kampfeinheit des Ministeriums für Magie, in dessen Truppe auch Trishs Vater war. Sie hatten beide denselben Unterricht bei derselben Magierin genossen und sie hatten sich ständig in die Haare gekriegt. Doch irgendwie waren sie dadurch zu den besten Freundinnen geworden, die man sich nur vorstellen konnte. Sie stritten sich zwar immer noch und keiner wollte so wirklich in deren Nähe kommen, wenn sich mal solch eine Situation ergab. Denn da beide die Gabe besaßen, konnte es mal ziemlich heftig werden. Jedoch konnten die Magierinnen sich auf die jeweils andere blind verlassen. Die beiden waren in puncto Kampf und Einsatz ihrer Gaben ein eingespieltes Team und sie wussten, wie sie gemeinsam genügend Gegner zur Strecke bringen konnten, ohne große Hilfe von anderen zu benötigen. Zumindest war es so, als sie gemeinsam noch den Unterricht genossen und sich mit jedem angelegt hatten.

„Du wirst es wahrscheinlich kaum glauben, aber sie beschwert sich ebenfalls seit geraumer Zeit."

„Wirklich? Ich dachte, sie liebt es, sich zu bewegen."

„Das stimmt schon. Sie beschwert sich hauptsächlich deswegen, weil du nicht dabei bist. Ihr wäre es lieber gewesen, wenn du die Arbeit hier gar nicht erst angenommen hättest."

„Was hätte ich denn groß machen sollen? Wenn ich mich im Ministerium beworben hätte, hätte mich Mum nie ausziehen lassen. Und ich wollte nicht bis in alle Ewigkeit bei euch wohnen und mir ihr Gejammer anhören, weil sie Angst um dich *und* mich hat."

„Du könntest dich ja jetzt im Ministerium bewerben. Jetzt, da du allein wohnst und nichts mehr von deiner Mutter zu befürchten hast, hättest du die Chance. Mich wundert es, dass du nicht längst eine Bewerbung abgeschickt hast."

„Stimmt, das hätte ich tun können. Ich könnte es ja immer noch, aber Elisabeth würde mir dann leidtun. Ich kenne sie genauso lang und aus demselben Unterricht wie Marlana. Und obwohl ich mit Marlana um einiges mehr Freude hätte, hat mir Elisabeth die Möglichkeit gegeben, endlich von zu Hause wegzukommen, ohne mir große Sorgen um Mum zu machen. Du weißt ja selbst, wie überfürsorglich und ängstlich sie ist, wenn du zu einem Einsatz musst und nicht gerade in einer guten körperlichen Verfassung wieder nach Hause kommst. Und um die Sorge und ihren heftigen Diskussionen auszuweichen, habe ich hier die Stelle angenommen. In diesem Sinne bin ich Elisabeth einen großen Gefallen schuldig. Außerdem verstehe ich wirklich nicht, wie du es mit Mum aushältst und das auch schon so lange, mehr als dreißig Jahre!"

„Früher war sie nicht so, wie du sie jetzt kennst. Sie war viel einfühlsamer und gelassener, aber seit du und dein Bruder auf der Welt und älter geworden seid, sank ihre Stimmung in den Keller. Und es wird immer schlimmer, das kannst du mir glauben", meinte der Zauberer. „Aber lass deine Mutter nur meine Sorge sein. Du bist seit so vielen Jahren ausgezogen und hast diese Arbeit, dass du dir keine Gedanken um deine Mutter machen musst. Wie viele Jahre sind es nun? Fast sechs Jahre? Außerdem habe ich bereits eine Taktik entwickelt, wie ich sie am besten rumkriege, damit sie sich beruhigt."

Während ihr Vater sprach, klopfte es an der Tür und eine schüchterne, aber fleißig arbeitende Roseanne, die Trish zu ihrer persönlichen Sekretärin auserkoren hatte, trat ohne Umschweife herein. Wie Trish feststellte, hatte die Frau einen Packen Papiere auf dem Arm. Sie war sich sicher, dass der gesamte Stapel wieder in ihren Zuständigkeitsbereich fiel, aber sie wurde eines Besseren belehrt. Es war nicht der gesamte, sondern gerade einmal nur das obere Drittel.

„Wie wichtig ist es dieses Mal?", fragte Trish ihre Sekretärin in gelangweiltem Ton, blieb zwischen der Magierin und dem Schreibtisch stehen und nahm den Stoß entgegen.

„Dieses Mal ist es nicht so dringend. Die Papiere können auch bis nach deinem Urlaub warten, also musst du dich damit nicht hetzen. Wichtiger ist der Haufen, den ich dir gestern vorbeigebracht habe", antwortete Roseanne verlegen, während sie zwischen Trish und Ray hin und her schielte.

„Da du das gerade ansprichst. Ich hatte gestern doch noch die Gelegenheit, einen Teil davon durchzusehen. Ich bin nämlich doch früher als geplant mit dem vom vergangenen Freitag fertig geworden."

„Wurde auch schon Zeit. Dann kann ich gleich alles mitnehmen, was fertig ist, oder willst du es dir noch mal durchsehen?"

„Nein, du kannst alles mitnehmen. Die Papiere sind im Regal links von der Tür. Das gesamte zweite Regal von unten gesehen ist mit dem Haufen belegt. Und was soll das heißen, es wurde Zeit? Wenn du mir zwei Stapel, die eine Höhe von einem geschätzten halben Meter haben, vor die Nase legst und das auch noch vor dem Wochenende, dann dauert es. Außerdem musste ich noch einen anderen Stapel, der etwa halb so hoch war wie die anderen beiden zusammen noch fertigkriegen. Es ging fast das gesamte Wochenende wegen dem Papierkram drauf, damit ich fertig werde."

„Sei froh, dass du nur das hattest", erwiderte Roseanne und holte einen Teil der Papiere vom besagten Platz. „Elisabeth hatte weit mehr, als du glaubst."

„Stimmt. Als ich das letzte Mal bei ihr im Büro war, war ihr Schreibtisch nicht mehr zu sehen. Die Papiere stapelten sich bereits vor diesem auf dem Boden", pflichtete Trish der Magierin bei.

Roseanne verabschiedete sich leise von den beiden und schloss die Tür hinter sich. Trish wusste, dass sie in einigen Minuten den Rest holen würde, aber sie wollte zuallererst Trish und ihren Vater allein lassen, damit die beiden in Ruhe weiterreden konnten. Während Trish zu ihrem Schreibtisch gewandt die Papiere durchblätterte, trat ihr Vater an sie heran und schielte über die Schulter seiner Tochter. Dies war eine Kleinigkeit für ihn, da er fast zwei Köpfe größer war als Trish.

„Weil gerade wieder das Stichwort Urlaub gefallen ist. Ein Vöglein hat mir gezwitschert, dass du Ende Juli beziehungsweise Anfang August Urlaub hast. Ebenfalls zwei Wochen wie ich, bloß um eine Woche versetzt. Deine erste Woche überschneidet sich schön mit meiner zweiten", sagte Ray, während er nach einem Blick über ihre Schulter den Schreibtisch umrundete und zum Fenster trat.

Während er hinaussah, antwortete seine Tochter: „Das Vöglein war bestimmt Roseanne. Denn sie hat es gerade angesprochen und ich habe es dir nicht gesagt."

„Nein, von ihr habe ich es nicht, sondern von Elisabeth. Ich habe sie nämlich beim Eingang getroffen, als ich ins Gebäude wollte. Wir plauderten ein wenig und als ich meinen Urlaub ansprach, hat sie erwähnt, dass du auch einen in Anspruch nimmst."

„Ach, wie nett sie doch ist und alles ausplaudert. Hat sie dir übrigens auch gesagt, wie viele Problemfälle wir hereinbekommen haben, seit die Streitigkeiten schlimmer geworden sind? Da habe ich mir auch zu Recht eine Auszeit verdient", entgegnete Trish, legte die Papiere willkürlich auf einen Stapel und trat zu ihrem Vater ans Fenster.

Da das Gebäude mehrere Kilometer außerhalb der Stadt und im Wald war, konnte Trish vor ihrem Fenster Bäume erblicken. Trish schätzte, es waren so um die zehn Kilometer, wenn nicht sogar mehr. Es war zur Sicherheit aller Menschen in Hills Neck, damit, falls etwas schief ging, ihnen so wenig wie möglich zustieß. Zu ihrem Glück war ihr Büro im vierten Stock und in einem Teil des Gebäudes, von wo sie wenigstens über die Baumwipfel hinwegsehen und den Himmel betrachten konnte. Es gab noch zwei weitere Stockwerke über dem, in dem Trish sich befand, die jedoch selten benutzt wurden, außer vielleicht für etwaige Personalbesprechungen oder Übungen. Und das Gebäude erstreckte sich über eine Fläche von ungefähr einem Hektar. Allerdings war unterirdisch etwas mehr bebaut, um erst recht sicherzugehen, dass man auch im Notfall genügend Platz hatte. Der Großteil der Oberfläche war bebaut, aber es war auch eine Grünfläche mit genügend Sitzmöglichkeiten und etlichen Blumen und Sträuchern angelegt. So konnten sich die Mitarbeiter in der Mittagspause hinaussetzen, falls es das Wetter zuließ.

Trish taten die Mitarbeiter leid, die in den Kellergeschossen arbeiten mussten. Unter der Erdoberfläche befanden sich genauso viele Geschosse wie oberhalb der Erdoberfläche. Die Mitarbeiter hatten jedoch keine Möglichkeit, sich die Farbenpracht der Natur anzusehen. Das Einzige, was sie sahen, waren labyrinthartig angelegte Gänge und Tausende von verzauberten und nicht verzauberten Gegenständen. Wobei in den letzten Monaten die verzauberten überwogen, soweit Trish es wusste.

„Ja, das hat sie erwähnt", antwortete Ray.

„Ich kann dir sagen, so viele Gegenstände, die unerlaubt verzaubert und dann unter die Menschen gebracht worden sind, hatten wir noch nie. Und es ist wahrscheinlich nur ein Bruchteil, von dem wir wissen. Du hast eben miterlebt, wie sehr ich gefordert werde. Der Stress ist nur deshalb so heftig, weil viele Stücke ins Ministerium überstellt werden müssen, damit man sich ordnungsgemäß darum kümmert. Wir haben ein sehr gut geschultes Personal für diese Dinge, aber für manche Probleme fehlen ihnen dennoch die Mittel. Einmal ist es sogar passiert, dass ein Kuscheltier und ein Fahrrad, beides böswillig verflucht, aufeinander losgegangen sind. Also, beide Zauber reagierten im schlimmsten Maße aufeinander und unsere Mitarbeiter hatten ihre Mühe, beide voneinander zu trennen, ohne gegen die Auflagen des Ministeriums zu verstoßen."

„Sieht so aus, als hättest du auch alle Hände voll zu tun, um für Ordnung zu sorgen. Und es sieht so aus, als wäre deine Arbeit unter Elisabeths Führung alles andere als ungefährlich."

„Das kannst du laut sagen. Sage es aber ja nicht Mum, sonst kann ich mir was anhören."

„Keine Sorge, von mir erfährt sie nichts. Ich weiß, dass du lieber der gleichen Arbeit nachgehen würdest wie ich, aber diese hier ist auch nicht ohne. Und deine Mutter macht sich auch so genügend Sorgen, das kann ich dir sagen. Da wir gerade bei deiner Mutter sind. Du weißt, dass sie und Elisabeth sich hin und wieder telefonisch unterhalten?"

„Und wie ich das weiß. Elisabeth erzählt mir immer, wann sie das letzte Mal mit ihr telefoniert hat."

„Na, dann kannst du wetten, dass sie sicher auch auf den Urlaub zu sprechen kommen. Ich weiß nicht, ob deine Mutter bereits über deinen Urlaub Bescheid weiß. Und wenn nicht jetzt, dann wird es wohl nicht mehr lange dauern. Sie wird dir bestimmt einen Spontanbesuch abstatten wollen. Ihre Abteilung hat genügend Personal, deshalb kann sie ihre Freizeit besser einteilen. Einerseits aus dem Grund, weil viele neue Mitarbeiter eingestellt wurden, und andererseits, weil meine Abteilung keine Verletzten mehr hervorbringt. Ich warne dich daher vor, dass du bestimmt von uns Besuch bekommst, aber unangekündigt."

„Danke für die Warnung. Ich richte schon mal das Gästezimmer her, da ich sicher bin, dass ihr bestimmt in der Woche vorbeikommt, in der unserer beider Urlaube sich überschneiden. Ich wette, ihr werdet sicher auch bei Terence vorbeischauen."

„Ich glaube, das werden wir, zumindest an einem Wochenende. Da hat wenigstens auch Susanne ein wenig mehr Zeit und ich will ja noch mit der Kleinen Zeit verbringen, ohne dass sie zum Unterricht muss."

„Da hast du recht. Genieße die Zeit mit deiner Enkeltochter, solange sie noch klein ist. Von meiner Seite sieht es nämlich nicht allzu rosig aus, was Beziehungen und Kinder kriegen angeht."

„Ach, komm schon. Du bist noch jung. Ich sage dir, ehe du dich versiehst, wird auf einmal der Richtige vor der Tür stehen und du wirst dich Hals über Kopf in ihn verlieben."

„Hoffentlich hast du recht. Und ich hoffe, es geschieht bald, da ich nicht gerade jünger werde. Es kann passieren, dass ich auf einmal so alt bin wie du jetzt und immer noch allein."

„Schlag dir das aus dem Kopf, verstanden?", forderte der Mann sie auf.

Er schlang seinen linken Arm um ihre Schultern und zog Trish an sich. „Bei dir dauert es eben länger, bis du den richtigen Mann gefunden hast. Terence hat halt ziemlich früh seine große Liebe gefunden, was jedoch nicht heißt, dass du es ihm gleichtun und eine Beziehung mit Muss heraufbeschwören musst. Genieße die Zeit, solange du noch allein bist. Und wenn es dann so weit ist, werden deine Mutter und ich uns mit dir freuen."

„Danke für deine aufmunternden Worte", sagte die Magierin und umarmte ihren Vater.

„Wenn das geklärt ist, dann werde ich wieder verschwinden. Vorausgesetzt, du lässt mich los und brichst mir keine Knochen mit deiner kräftigen Umarmung."

„Natürlich. Ich will ja nicht, dass du wegen mir gleich von einem Heilkundigen untersucht werden musst oder gar die Arbeit versäumst und dadurch Probleme bekommst."

„Das du immer gleich so dermaßen übertreiben musst!", meinte Ray und lachte laut.

Sie ließen voneinander ab und traten gemeinsam vom Fenster weg. Trish begleitete ihren Vater noch zur Tür. Dort bückte er sich und gab ihr einen Kuss auf die Wange, bevor sie sich verabschiedeten und er aus ihrem Büro trat. Trish blickte ihm nach, wie er an den Schreibtischen der Angestellten vorbeimarschierte und schließlich um eine Ecke bog. Die Magierin schloss die Tür und setzte sich wieder hinter ihren eigenen Schreibtisch. Während sie daran dachte, dass sie bald eine Auszeit von diesem Papierkram hatte und sich auf einen Besuch ihrer Eltern freuen konnte, machte sie sich wieder daran, Papiere durchzulesen.

KAPITEL 5

Als Jason aufwachte, kam es ihm vor, als hätte er nur einige Minuten oder nur einige Stunden geschlafen. Die Müdigkeit war immer noch da, trotzdem richtete er sich auf. Beim Aufrichten benutzte er beide Arme, was ihn erstaunte. Als er saß, begutachtete Jason seinen Arm. Es befand sich ein Verband darum, weshalb er die Stelle nicht begutachten konnte. Stattdessen betastete der junge Mann die Stelle. Die Stelle schmerzte minimal bei der Berührung. Des Weiteren bewegte Jason den Arm und musste erstaunt feststellen, dass auch hierbei fast keine Schmerzen zu spüren waren. Nach seinem Zeitgefühl zu urteilen, sollte dieser nach dem zu schließen, was vor dem traumlosen Schlaf vorgefallen war, noch fürchterlich wehtun.

„Schon ausgeschlafen?"

Jason drehte seinen Kopf von seinem Arm weg und sah den alten Mann, der ihn von der Tür aus beobachtete. Soweit seine Erinnerungen richtig lagen, war es derselbe Mann, der ihn verarztet hatte. Der junge Mann glaubte, die Tür nicht gehört zu haben, obwohl er nicht mit Sicherheit sagen konnte, dass diese auch wirklich zu gewesen war. Vom Bett aus und durch das durch die Tür strahlende Licht sah Jason zwar nicht sehr deutlich, dennoch bemerkte er, dass der Alte etwas in seinen Händen hielt.

„Ja. Wie lange habe ich geschlafen?", antwortete Jason schließlich.

„Du hast, wenn man den heutigen Tag dazuzählt, drei Tage und zwei Nächte durchgeschlafen! Fast hätte ich geglaubt, du schläfst noch eine weitere Nacht, aber da habe ich mich wohl geirrt. Nach der Wunde zu schließen und danach, was Vyrira mir erzählt hat, hattest du den Schlaf aber auch bitternötig!"

Der Alte war in der Zwischenzeit zum Tisch gegangen und hatte die Sachen, die er in den Händen gehalten hatte, auf den Tisch gelegt. Danach bewegte er sich geschmeidig zum Bett herüber, auf dem Jason saß, und setzte sich hin. Vorsichtig begann er den Verband zu öffnen und dann vollständig zu lösen.

„Wie es aussieht, ist die Wunde sehr gut verheilt, während du geschlafen hast. Der Großteil der Wunde ist verschwunden und es wird wahrscheinlich keine Narbe zurückbleiben! Du hattest wirklich Glück", meinte der Mann lächelnd, nachdem er den Arm begutachtet hatte.

„Stimmt, denn wenn das Mädchen mir nicht zufällig geholfen hätte, wäre ich in mehr als einer Hinsicht verloren gewesen. Ich danke nicht nur ihr, sondern auch Euch wegen der Hilfe. Wie kann ich mich wegen der Unannehmlichkeit erkenntlich zeigen?"

„Das Erste, was du machen könntest, ist, mich nicht so förmlich anzusprechen. Es reicht mir, wenn du mich mit meinem Vornamen ansprichst, nämlich Nale. Und was die Unannehmlichkeit anbelangt, darüber brauchst du dir keine Gedanken machen. Wir bekommen nicht so oft Besuch, geschweige denn so einen dringlichen. Außerdem war es mir eine Freude, helfen zu können."

Während Stille über ihnen hing, war Nale aufgestanden und zu einem Regal, das neben der Tür an der Wand befestigt war, gegangen. Dort holte er ein Glas unter unzähligen anderen hervor, stellte es wieder zurück und zog ein anderes links von dem vorherigen heraus. Dieses musste nun das sein, welches er gesucht hatte, denn er schraubte den Verschluss herunter und kam wieder zu Jason zurück. Nale schmierte ein klein wenig von dem Inhalt auf die Verletzung und sagte dabei, dass die Salbe den Rest der Wunde heilen würde und es nicht mehr nötig sei, einen Verband zu verwenden.

Als der Alte nach erledigter Arbeit das Glas wieder zurückstellte und sich, nachdem er sich die restliche Salbe von den Fingern gewaschen hatte, daran machte, das Gemüse und die Gewürze in einer größeren Schale zu waschen, fragte er: „Was machst du hier in Granton, wenn die Frage erlaubt ist?"

Natürlich war es klar, dass diese Frage gestellt wurde, und Jason hatte nur auf sie gewartet. Aber dass der Alte nicht fragte, weshalb Soldaten hinter ihm her waren, war verwunderlich und brachte Jason etwas aus dem Konzept. Trotzdem blieb er bei der Antwort, die er sich in den Minuten der Stille zurechtgelegt hatte. Der junge Mann antwortete, dass er nur in der Gegend sei, weil er einen Verwandten besuchen möchte. Und während er das sagte, dachte er sich, dass Nale bestimmt etwas erwidern würde, aber dieser sagte nichts und schnitt still vor sich hin weiter das Gemüse.

Diese Stille verwirrte Jason noch mehr. Entweder hatte der Alte gemerkt, dass er gelogen hatte, oder er nahm seine Antwort ohne Wenn und Aber hin. Er war jedoch auf den Moment eingestellt gewesen, dass trotzdem weitere Fragen folgen würden. Letzten Endes gab sich der Junge doch geschlagen und meinte, dass er eigentlich jemanden suche.

„Dachte ich mir und ich nehme an, dass du auf deiner Suche bestimmt Aufsehen bei den Soldaten erregt hast. Umsonst hätten sie dich nicht verfolgt", meinte Nale lächelnd.

Er hatte also doch recht gehabt. Der Alte hatte ihn durchschaut und zwar wegen eines kleinen Details. Die Soldaten waren der Punkt gewesen, weshalb seine Ausrede zum Scheitern verurteilt war. Nale hatte ihm aber die Möglichkeit gegeben, die Wahrheit zu sagen. Jason hatte vergessen, die Soldaten besser einzubringen, was ihn schließlich verraten hatte.

„Ganz genau deshalb. Ich weiß langsam nicht mehr, wo ich noch suchen soll. Granton ist mein letzter Ausweg, den Mann zu finden, wobei ich nicht daran glaube, ihn überhaupt zu finden. Ein Freund von mir hat mich gebeten, auf die Suche zu gehen, weil es dringend ist. Er konnte sich nicht auf die Reise begeben, weil er seine Familie und viele andere Menschen beschützen wollte."

„Wie kann ein einzelner und gewöhnlicher Mann dir helfen? Und wobei eigentlich?", kam es dieses Mal von Vyrira, die vor wenigen Sekunden aus einem Nebenzimmer getreten war. Jason schätzte, dass es sich um ihr Zimmer handelte.

„Soweit ich weiß, soll der Mann nicht so gewöhnlich sein. Er soll jemand sein, der Zauberkräfte besitzt und der talentierteste unter allen ist. Laut eines Freundes wäre nur dieser Zauberer in der Lage, uns vor dem Ruin zu retten", antwortete Jason.

„Du meinst also, dass du einen ganz speziellen Zauberer suchst, den du sonst nirgends auf der Welt gefunden hast. Und du hoffst, dass er sich in Granton aufhält", sagte Nale nebenbei. „Warum bist du nicht nach Zentril gereist? Dort hättest du eher eine Chance, diesen Zauberer zu finden als hier. Soweit ich nämlich hörte, leben dort genügend mit der Gabe Gesegnete. Ich war selbst noch nie dort, weshalb ich das wahre Ausmaß der Personen nicht bestätigen kann. Aber wie ich schon sagte, hättest du dort die besseren Chancen als hier. Die Stadt gilt unter der normalen Bevölkerung nicht umsonst als die Stadt der Magie und Wunder."

„Wenn ich gekonnt hätte, wäre ich auch dorthin geritten."

„Was soll das heißen?", fragte Nale und wandte sich von seiner Arbeit ab.

„Hast du etwa noch nichts davon gehört? In Zentril lebt niemand mehr, seit die Stadt überfallen wurde und dort viele umgebracht wurden. Mein Freund, der ebenfalls Zauberer ist und der mich überhaupt zu dieser Reise überredet hat, hat mir abgeraten, dort zu suchen."

„Überfallen? Ich dachte, Zentril ist die bestgeschützte und größte Stadt, die man sich nur vorstellen kann und die jedem Angriff entgegentritt ohne Schaden zu nehmen. Außerdem weiß ich, dass dort genügend mit der Gabe Gesegnete leben, sodass ein Eindringen noch zusätzlich verhindert werden kann."

„Du hast recht, aber das war einmal. Seit fast einem Jahr lebt dort keiner mehr und jeder fürchtet sich überhaupt in die Nähe der Stadt zu kommen. Das alles nur, weil zwei Zauberer die Macht an sich reißen wollen und die Stadt nur wegen des wertvollsten Schatzes, dem Drachenherz, angriffen. Leynfor und Ryan Mertin sind die Schlimmsten, die man sich vorstellen kann."

„Hängt etwa deine Suche mit den Zauberern zusammen?", fragte das Mädchen.

„Richtig erkannt. Er wäre derjenige, der bestimmt die Macht hätte, das Drachenherz zurückzuholen, die beiden in die Hölle zu schicken und den Frieden wieder einkehren zu lassen. Zentril, teilweise meine Heimat Ergase und Wyrland sind schon unter deren Kontrolle gefallen. Kryra und Granton sind die einzigen Gebiete, die noch frei sind, wobei ich denke, dass Kryra bald folgen wird."

„Wie kann es sein, dass die beiden ihre Macht so schnell ausgebaut haben? Es müssen sich doch Zauberer und Magierinnen ihnen in den Weg gestellt haben. Mich wundert es überhaupt, dass diese Tragödie uns noch nicht zu Ohren gekommen ist. Im Dorf hier in der Nähe leben viele Geschichtenerzähler und Weltenbummler. Ihnen wäre es bestimmt zu Ohren gekommen und sie hätten es weitererzählt."

„Viele waren mutig genug, es zu versuchen, und soweit ich weiß, waren einige von ihnen auch stark genug, um einen Kampf zu wagen, aber keiner hat es überlebt. Sie haben es geschafft, die Übernahme der ganzen Welt hinauszuzögern. Deshalb ist Granton wahrscheinlich noch frei. Nur noch wenige haben überlebt, die verstreut und versteckt leben. Ihr zwei habt wahrscheinlich deshalb nichts gehört, weil ihr viel zu weit weg von Zentril lebt. Ihr hattet bisher Glück."

Jason stoppte mit seiner Geschichte. Er war zu aufgewühlt, um noch etwas zu sagen. Außerdem hatte er alles erzählt, was er wusste. Es gab also nichts mehr, das wichtig zu erwähnen gewesen wäre,, und sehr zu seiner Freude stellten weder Vyrira noch Nale Fragen. Während weiter Schweigen sie beherrschte, beobachte Jason wie Nale ein Holzstück aus einem Korb, der unter dem Tisch stand, holte und dieses dann in das Feuer im Kamin warf. Ein Topf, aus dem bereits Dampf stieg, hing bereits auf einem Haken über dem Feuer. Der Alte war bereits mit seiner Arbeit fertig, als Vyrira gerade einmal dabei war, einen Teil des Fleisches zu bearbeiten und dieses in mundgerechte Stücke zu schneiden. Um die Arbeit zu beschleunigen, schnappte sich Nale das restliche Fleisch und zerkleinerte es. Nacheinander warfen die beiden dann alles klein Geschnittene in den Topf und rührten hin und wieder um.

Nach weiteren Zutaten und weiteren vergangenen Minuten drang der Duft des Essens an Jasons Nase. Ausgerechnet als er den ersten Zug in seine Lungen saugte, knurrte sein Magen und es wurde von Minute zu Minute immer schlimmer. Jetzt merkte Jason, dass er seit Tagen nichts mehr gegessen hatte. Vyrira holte für alle Schüsseln, Becher und Löffel und legte alles auf den Tisch. Sein Magen brachte ihn um den Verstand, so sehr verlangte er nach Essen. Gerade als er wieder ein Knurren von sich gab, verkündete Nale, das Essen sei fertig. Mit wackeligen Beinen ging Jason zu dem Tisch und setzte sich auf einen Hocker. Das Mädchen nahm seine Schüssel, füllte sie mit der Fleischsuppe und stellte sie anschließend wieder vor ihn hin. Dann reichte sie ihm ein großes Stück von dem Brot, das er dankend annahm. Nun kam auch Nale zum Tisch. Zuerst befüllte er Jasons Becher, dann den von Vyrira und zum Schluss seinen eigenen. Daraufhin wartete er geduldig, bis auch das Mädchen ihre Schüssel mit Suppe gefüllt hatte und Platz nahm. Als sie saßen und anfingen zu essen, fing Jason selbst an, sich den Mund zu füllen und das nicht gerade langsam.

„Willst du noch einen Nachschlag?", fragte Vyrira, nachdem der junge Mann die erste Schüssel Suppe verdrückt hatte.

Mit einem Nicken reichte Jason seine Schüssel dem Mädchen, das rechts von ihm saß. Dieses Mal ging er es etwas ruhiger an. Zwischen den einzelnen Bissen machte er nun mehrere Pausen. Einmal fragte er, ob es ihnen recht wäre, dass er so viel esse. Er hoffe, dass er ihnen nichts wegaß. Doch Nale beruhigte ihn und meinte, er könne ruhig zuschlagen und so viel essen, wie er wolle. Während Jason weiter aß, stocherte der Alte in seiner Suppe herum, anstatt sie zu essen.

„Warum isst du nichts, Nale?", fragte Vyrira.

„Ich habe einfach keinen Hunger. Entschuldigt mich kurz", antwortete dieser und stand auch schon auf.

Jason sah von seinem Essen auf und beobachtete Nale, wie er zur Tür hinausmarschierte. Vyrira hatte dasselbe getan, bloß stand ihr zusätzlich vor Erstaunen der Mund offen.

„Unglaublich. Für gewöhnlich isst er bei Weitem mehr als ich und langt auch ordentlich zu. Aber so hat er sich noch nie verhalten."

„Vielleicht hängt es mit meiner Geschichte zusammen", vermutete Jason.

„Kann sein, was ich für unwahrscheinlich halte. Keine Geschichte der Welt würde ihn so aus der Fassung bringen, dafür kenne ich ihn gut genug."

Nale musste seinen Kopf freibekommen und seine Gedanken ordnen. Das, was Jason gesagt hatte, brachte ihn zum Nachdenken. Ein gutes Stück von seiner Hütte entfernt auf einem Abhang blieb Nale stehen und starrte in die Ferne, während er seine Arme vor der Brust verschränkte. Der Wind fuhr ihm durchs Haar und wehte die kürzeren Strähnen, die ihm ins Gesicht hingen, nach hinten.

Minutenlang stand er still da, starrte in die Gegend und dachte über die Stadt und sein Leben nach. Aus heiterem Himmel ertönte hinter ihm ein Winseln und er drehte sich um. Brandon stand hinter ihm. Sein Blick war traurig, so als wüsste der Wolf, was Nale gerade durch den Kopf ging und wie ihm zumute war. Das Tier kam auf ihn zu, setzte sich genau rechts neben seine Beine hin und winselte abermals. Nale strich dem Wolf über das Fell und vertiefte sich in seine Gedanken. Die Geschichte machte ihm zu schaffen. Er kaute die ganze Zeit jedes Detail in seinen Gedanken durch. Er konnte es einfach nicht glauben, dass Zentril wirklich untergegangen war. All die Jahre hatte er gedacht, die Stadt, die immer ein hohes Ansehen genoss und die als uneinnehmbar galt, würde niemals von zwei Möchtegernzauberern eingenommen werden.

„Ich glaube, mein alter Freund, unsere ruhige Zeit ist vorüber", meinte Nale an den Wolf gewandt, während er immer noch in die Ferne blickte. Brandon sah zu ihm auf und bellte einmal, um so zu fragen, wie er das nun verstehen solle.

„Hast du etwa auch nicht mitbekommen, was passiert ist? Ich dachte, deine Freunde würden dir so einige Information zu zwitschern. Dann will ich dir sagen, was los ist: Vor wenigen Augenblicken habe ich erfahren müssen, dass unsere Stadt untergegangen ist."

Wie als Antwort sprang Brandon auf und knurrte Nale an. Mit gefletschten Zähnen und in Angriffsposition stand der Wolf da, als wolle er den alten Mann auf der Stelle zerfleischen. Aber Nale wusste, dass dies nur gespielt war.

„Hör auf mit dem Blödsinn und beruhige dich gefälligst!", fuhr Nale den Wolf scharf an. „Ich weiß selbst, wie verrückt sich das anhört. Aber du musst ehrlich zugeben, dass es klar war, dass irgendwann irgendwelche Leute auftauchen würden und versuchen, die Stadt einzunehmen und das Drachenherz zu stehlen. Leider ist dieser Fall jetzt eingetreten und wir haben nichts davon mitgekriegt, geschweige denn dagegen etwas unternommen. Ich weiß selbst nicht, wie sie dies geschafft haben. Es ist ihnen offenbar auf mysteriöse Weise gelungen.

Es war wirklich ein Glücksfall, dass der Junge gerade hier in dieser Gegend vorbeikam und ausgerechnet von Soldaten verfolgt wurde. Dies und die Geschichte von eben hängen ganz bestimmt zusammen. Daher bin ich der Meinung, dass der Frieden dem Untergang geweiht ist, wenn nicht bald jemand etwas dagegen unternimmt. Das Herz hätte nie von seinem Platz verschwinden dürfen. Von Zentril aus hat es Macht.

Ich gebe es ungern zu, aber ich muss wohl mein Leben abermals völlig umkrempeln und dem Unsinn Einhalt gebieten. Das Herz muss schließlich zurück an seinen angestammten Platz. Ich tue das zwar ungern, aber ich könnte damit nicht weiterleben. Das bedeutet leider so einige Änderungen, die unser aller Leben auf den Kopf stellen werden. Ich hoffe, ich kann ein weiteres Mal auf dich zählen, Brandon. Wenn du jedoch nicht willst, werde ich dir nicht böse sein. Du hast schließlich schon einmal wegen mir alles hinter dir gelassen. Ein weiteres Mal will ich nicht mitansehen müssen, wie du bei mir bleibst, obwohl du ein besseres Leben haben könntest. Auf der Reise werden bestimmt viele Gefahren lauern, aber genauso viele Personen, die sich mir vielleicht anschließen und mir helfen. Natürlich nur, wenn sie nicht zu viel Angst haben."

Einige Sekunden blieb der Wolf noch auf den Beinen, funkelte seinen Freund von unten finster an, bis er sich entschloss, sich wieder zu setzen. Nicht lange, nachdem er Platz genommen hatte, stellte er seine Ohren nach vorne und stand wieder auf. Nale konnte zwar nicht so gut hören wie der Wolf. Dafür folgte er dessen Blick und sah zu dem Weg, der sich teilweise im Wald verirrte. Bei einem Stück ganz in der Nähe, wo keine Bäume die Sicht versperrten, blitzte etwas in der Sonne. Je mehr es funkelte, desto genauer wusste Nale, dass dies kein guter Besuch sein würde.

„Lauf in mein Zimmer und hole mein Schwert, Brandon. Es liegt am selben Ort wie immer. Ich bleibe derweil hier und versuche, die Bande ein wenig hinzuhalten."

Brandon rannte so schnell er konnte los, um seinen Auftrag zu erfüllen. Nale musste sich etwas einfallen lassen, um seinem Kumpel Zeit zu verschaffen. Im Grunde genommen war die Zahl der Soldaten nicht nennenswert, was hieß, dass Nale auch allein mit ihnen fertig wurde, egal ob er sein Schwert bei sich hatte oder ob Brandon ihm half. Ein wenig Rückendeckung war dennoch gut, vor allem vertraute er auf den Kampfgeist des Wolfes. Der war einzigartig, obwohl die Kondition von Brandon vielleicht etwas nachgelassen haben könnte. Er war halt nicht mehr der Jüngste. Nale ermahnte sich, dass auch er selbst ziemlich verweichlicht und in die Jahre gekommen war. Die jahrelange Zurückhaltung war überaus schlecht gewesen. Mut hatten die Soldaten und ein volles Vertrauen in sich selbst, das sah Nale schon von Weitem. Man musste jedoch einräumen, dass sie nicht wussten, wohin sie marschierten. Ihr Ziel war nicht gerade das Paradies, dafür würde Nale sorgen. Trotz allem hoffte Nale inständig, dass Vyrira Vernunft annahm und zusammen mit Jason in der Hütte blieb, solange die Gefahr noch nicht vorüber war.

Mit einem großen Abstand zu ihm blieb der Trupp stehen. An der Spitze war ein Soldat, der anscheinend die Führung innehatte, denn niemand stand neben, geschweige denn vor ihm. Außerdem war er der Einzige, der ein Pferd besaß, wie Nale feststellte.

„Einen angenehmen Tag wünsche ich Euch", grüßte der Soldat, der möglicherweise der Kommandant war. „Habt Ihr zufällig einen jungen Mann gesehen? Ein halbes Dutzend meiner

Männer soll ihm in diese Gegend gefolgt sein, von denen nur zwei ohne ihn zurückgekehrt sind."

„Was wollt Ihr von ihm?", erwiderte Nale ruhig.

„Habt Ihr ihn etwa gesehen?"

„Das habe ich nicht gesagt. Ich will einfach nur wissen, weshalb ein halbes Dutzend Soldaten einen Mann verfolgt. Mir bereitet dieser Umstand Kopfzerbrechen. Wenn ich dies in Erfahrung gebracht habe, überlege ich mir, ob ich Euch sage, ob ich ihn gesehen habe."

„Ganz einfach: Er ist ein entflohener Gefangener, der eigentlich gehängt werden sollte. Und wenn Ihr ihn versteckt haltet und nicht freiwillig aushändigt, werdet Ihr genauso gehängt."

„Welches Verbrechen wird ihm zur Last gelegt?"

„Das werde ich Euch nicht sagen. Aber jetzt aus dem Weg, ansonsten werde ich den Befehl geben, Euch gleich hier zu töten. Vielleicht tue ich es auch, jetzt, wo ich sehe, wer da aus Eurer Hütte tritt."

„Dann kommt ruhig. Ich werde es Euch bestimmt nicht leicht machen", sagte Nale genauso ruhig.

„Bogenschützen. Tötet sie!", befahl der Kommandant.

Vier Männer zückten Bogen und Pfeile. Sie fackelten nicht lange, spannten die Bogen und schossen die ersten Pfeile ab. Doch Nale war keinesfalls beeindruckt. Er streckte den linken Arm nach vorne und die Pfeile stoppten einen Meter vor ihm in der Luft. Mit einem Wink seiner Hand schleuderte er sie zu ihrem Ausgangspunkt zurück, jedoch mit tödlichem Ausgang. Das altbekannte Gefühl beim Einsatz seiner Gabe machte ihn kribbelig. Seine Gabe sowie sein Körper hatten den Drang und das Verlangen nach mehr nicht verloren, genauso wie in alten Zeiten. Während die Bogenschützen mit jeweils einem Pfeil in der Brust tot zu Boden fielen, griff Nale nach hinten. Er hatte bereits bemerkt, dass Brandon wieder bei ihm war und dass er das Schwert mitgebracht hatte. Der alte Mann vertraute seinem Freund, dass dieser das Schwert in der richtigen Position hielt. Zeitgleich, als Brandon das Schwert fallen ließ, packte Nale es treffsicher am Griff. Schwungvoll und geschickt drehte er es in einer Hand über den Wolf hinweg, um ihn nicht unabsichtlich zu treffen, bevor er es in beiden Händen hielt. Zugleich ließ er mit einem vertrauten und beruhigenden Gefühl seiner Gabe freien Lauf. Die jahrelang unterdrückte Kraft explodierte direkt in ihm, und das wirkte sich auch auf die Luft um ihn herum aus. Denn diese fing auf einmal an zu knistern. Die Soldaten in der ersten Reihe machten einen Schritt zurück. Alle standen wie erstarrt vor Nale, aber dann zogen sie ihre Schwerter und rannten gleichzeitig auf ihn zu.

Ein Knurren ertönte und Brandon rannte an Nale vorbei genau auf die Soldaten zu. Der Mann kämpfte wild und manchmal mit zwei Soldaten gleichzeitig. Als Nale gerade einen Schwerthieb eines Soldaten abblockte, nahm er eine Hand vom Schwert und warf eine Welle aus Luft drei näherkommenden Soldaten zu. Diese wurden im hohen Bogen mehrere Meter weggeschleudert. Sie landeten so unglücklich und hart auf dem Boden, dass das Brechen von Knochen zu hören war. Zwei bewegten sich danach überhaupt nicht mehr. Der Dritte hingegen stand wieder auf und hielt sich seinen rechten Arm, der ziemlich verdreht war.

Da sein Knöchel noch nicht ganz verheilt war, schmerzte dieser unter der Belastung. Sein rechter Fuß schmerzte einmal so heftig, dass Nale sein Gewicht verlagern musste. Wegen der plötzlichen Gewichtsverlagerung rutschte er aus und fiel hin. In diesem Moment kam gerade ein Soldat auf ihn zu und hob sein Schwert über seinen Kopf. Bevor er jedoch zuschlagen konnte, wurde er von Brandon zu Boden gerissen und getötet. So schnell es ging, stand Nale auf und nahm sich sofort den nächsten Soldaten vor. Der Soldat auf dem Pferd galoppierte auf den alten Mann zu, aber er war zu beschäftigt, um dies zu bemerken. Als der Soldat Nale sein Schwert in den Rücken stoßen wollte, kam Jason gerade noch rechtzeitig dazwischen und hielt das Schwert mit seinem auf. Nale drehte sich ein Stück und warf einen geballten Luftstoß über seine Schulter und schleuderte damit den Soldaten aus dem Sattel.

Nach einigen Minuten war der Kampf vorbei und Nale atmete schwer. Dieser Kampf war sein erster nach der jahrelangen

Pause. Nale hatte sich zwar geschworen, nie wieder Magie anzuwenden und mit ihr zu kämpfen, aber die Soldaten und die Geschichte über seine Stadt hatten ihm die Augen geöffnet. Es war doch an der Zeit, den Schwur zu brechen, dachte er. Unwohl war ihm trotzdem, aber es blieb ihm nichts anderes übrig. Brandon kam zu ihm und stellte sich neben ihn. Der Alte bückte sich und klopfte dem Wolf auf sein Fell.

„Gut gemacht, alter Junge. Genau wie früher."

Die meisten Soldaten lagen tot auf dem Boden. Gerade einmal drei Soldaten lebten noch, hatten aber gebrochene Gliedmaßen. Der Anführer des Trupps war unter den Lebenden und starrte die Gruppe finster an, und zwar einen nach dem anderen.

„Das werdet Ihr bereuen!", schrie er sie an. „Und die Meister werden sich freuen, wenn ich berichte, dass ich einen Zauberer gefunden habe."

Brandon knurrte ihn an und wollte sich auf den Soldaten stürzen, aber Nale hielt ihn zurück. Der Anführer fing an zu grinsen, stand auf, rannte davon und ließ die zwei anderen zurück. Bevor er eine Erklärung abgab, wandte sich Nale den Männern zu. Nach einer kurzen Heilung nahmen die letzten Überlebenden die Beine in die Hände und rannten so schnell sie konnten davon. Nachdem die beiden aus ihrem Sichtfeld verschwunden waren, behielten Nale und Brandon ihren Blick immer noch in diese Richtung.

„Ich glaube, es wird bald mächtigen Ärger geben", mutmaßte der Wolf auf einmal, nachdem er sich beruhigt hatte.

„Da bin ich ganz deiner Meinung. Ich sagte dir doch, dass die ruhigen Jahre vorbei sind", gab Nale zurück. Er hatte geahnt, dass sein bester Freund nicht den Mund halten konnte und unbedingt etwas von sich geben musste.

„Dafür heißt es wieder, das zu retten, was noch zu retten ist. Ich will ja nicht schadenfroh klingen, aber mir kommt die Gelegenheit, endlich wieder etwas tun zu können, ganz recht."

„Heißt das, dass du nicht von meiner Seite weichen wirst und mich begleitest?"

„Genau das soll es heißen. Mich juckt es nach mehr Kämpfen an deiner Seite."

Nach einer kurzen Stille drehten sich Nale und Brandon zu den beiden anderen um. Beide starrten sie mit einem Blick der Faszination und Irritation an, so als glaubten sie nicht, was sie gerade gesehen und gehört hatten.

„Wenn ich mir jedoch ihre Gesichter anschaue, vergeht mir ehrlich gesagt die Lust. Auf gewisse Weise finde ich es aber auch lustig, wenn sie einen solchen Ausdruck in den Gesichtern haben. Die Leute zu schockieren erheitert mein Leben immer wieder ein bisschen", meinte Brandon genervt und setzte sich hin.

„Was hast du denn anderes erwartet?", fragte Nale achselzuckend. „Wer hat schon einen sprechenden Wolf gesehen, geschweige denn einen solchen als Partner gehabt?"

„Spinne ich oder spielen mir meine Ohren und Augen wirklich keinen Streich?", fragte Vyrira entsetzt. „Brandon kann sprechen. Und du bist im Kämpfen geübt und kannst zaubern. Und von all dem wusste ich nichts. Du musst mir eindeutig einiges erklären, Nale."

„Tut mir leid, ihr beiden, aber eine Regel unseres Daseins lautet, sich solange zu verstellen, bis die Zeit reif ist, seine wahre Identität preiszugeben. Deshalb haben wir geschwiegen", erklärte Nale.

„Komm schon, rede doch nicht solch einen Schwachsinn. Diese Regel gibt es doch gar nicht", widersprach Brandon.

„Sag mal, leidest du an Gedächtnisschwund? Ich kann jederzeit neue Regeln einführen, wann immer ich will. Außerdem gibt es diese seit Urzeiten, auch wenn sie nirgends niedergeschrieben ist, also lästere nicht herum. Jeder muss seine wahre Identität verschleiern, wenn er ein unglaubliches Geheimnis mit sich trägt. Auch du musstest es Vyrira gegenüber verheimlichen, oder irre ich mich?"

„Schon gut, reg dich nicht so auf. Du hast ja recht."

„Hoffentlich höre ich kein weiteres Wort mehr von dir zu diesem Thema. Jetzt aber zu deinem Anliegen, Jason. Du suchtest den Zauberer und hast ihn gefunden. Und ich werde mit dir kommen, um mich um die Zauberer zu kümmern. Eines kann ich dir auf jeden Fall sagen: Ganz glücklich bin ich über die Situation, wieder tätig zu sein, nicht."

„Es war dagegen langweilig, immer nur durch den Wald zu streifen und sich sein Futter zu besorgen. Für solch einen Spaß bin ich immer zu haben", gab der Wolf von sich und wedelte voller Freude mit dem Schwanz.

„Ich habe mir schon gedacht, dass du das sagen würdest. Eigentlich bist du selbst schuld an der Situation! Ich sagte dir, dass du dich aufmachen sollst, um bei einem Rudel zu leben, anstatt bei mir zu bleiben."

„Ich komme auch mit!", mischte sich Vyrira auf einmal ein.

„Nein, du bleibst hier. Es ist zu gefährlich!"

„Aber wenn sie hierbleibt, ist sie ebenfalls in Gefahr", meinte Jason. „Der wird sicher mit mehr Soldaten zurückkommen, und wenn Vyrira allein hierbleibt, kann alles Mögliche mit ihr geschehen, wenn ihr niemand hilft!"

Nun schlug sich noch jemand auf die Seite des Mädchens. Nale musste zugeben, dass er nichts dagegen unternehmen konnte. Es stimmte, was Jason sagte. Nale konnte es drehen und wenden, wie er wollte, aber er kam immer zum gleichen Ergebnis und so kam es, dass er sich geschlagen gab. Was sollte denn passieren, wenn er, ein Zauberer, ein Wolf und Jason, der ebenfalls gut kämpfen konnte, bei ihr waren. Außerdem konnte sie sich ja auch noch selbst verteidigen.

„In Ordnung. Gehen wir zurück in die Hütte und packen alles in Rucksäcke, was wichtig ist. Lebensmittel, Geld und ein paar Zutaten, falls ich Salben zubereiten muss. Ich könnte zwar auch ohne Salben auskommen, aber man weiß ja nie, was kommt."

„Ich bleibe hier draußen und halte im Wald Wache", meinte Brandon und verschwand einige Augenblicke später in der Dunkelheit.

„Übernimm dich nicht. Sei morgen früh ausgeruht", rief der Alte dem Wolf nach.

Nale, Vyrira und Jason gingen zur Hütte. Drinnen angekommen, suchten Nale und Vyrira ihre Rucksäcke. Dann fingen sie an, alle drei Rucksäcke mit allem Nötigen zu füllen, was ihnen wichtig erschien.

Nale ging noch einmal vor seine Hütte, um in einiger Entfernung Schutzschilder zu errichten, damit sie früh genug gewarnt wurden, falls Fremde sich der Hütte näherten. Es war zwar unnötig, da Brandon auch Wache hielt und sie ebenfalls früh genug warnen konnte, aber Nale wollte auf Nummer sicher gehen. Er ging zurück in die Hütte und alle legten sich schlafen. Jason wollte auf dem Boden schlafen, aber Nale bestand auf dem Umstand, dass der Junge im Bett schlafen solle. Jason durfte das Bett benutzen, auf dem er die letzten Tage gelegen hatte. Nale argumentierte, dass es das letzte Mal für die nächste Zeit sein werde. Auf ihrer Reise würde es ziemlich selten vorkommen, dass sie in einem Bett schlafen könnten.

Am nächsten Morgen standen die drei kurz vor Sonnenaufgang auf. Als die Sonne ein Stück aufgegangen war, verließen sie Nales Hütte und begannen ihre Reise. Brandon wartete bereits vor der Hütte auf sie, denn er kannte anscheinend noch den Rhythmus von früher. Er schloss sich den dreien an und wedelte vor Freude mit dem Schwanz. Nale wusste nicht, was auf sie zukam und was während ihrer Reise passieren würde, aber er war glücklich, wieder etwas Aufregendes zu unternehmen. Er wusste, dass sein Freund ebenso dachte.

KAPITEL 6

Der Urlaub war angenehm gewesen und Trish konnte sich endlich voll und ganz erholen. Obwohl ihre Eltern die gesamte erste Woche ihres zweiwöchigen Urlaubes bei ihr verbracht hatten, hatte sie es dennoch genossen. Es war einfach eine Wohltat, wieder Zeit für sich und die Familie zu haben, ohne daran denken zu müssen, dass man am nächsten Morgen wieder zur Arbeit musste. Trish hatte vor Antritt des Urlaubes versucht, alles, was ihr Roseanne ins Büro gebracht hatte, und alle wichtigen Angestelltenbesprechungen zu erledigen. Jedoch hatte sie die Befürchtung, dass nach ihrer Erholungspause wieder genügend Arbeit auf sie wartete.

In der ersten Woche verdrängte sie diese Befürchtung und achtete auf ihren Besuch. Wie ihr Vater es ihr vorausgesagt hatte, waren ihre Eltern ohne telefonische Vorabsprache mit dem Auto vorgefahren. Um ehrlich zu sein, hatte sie selbst geahnt, dass es passieren würde. Natürlich hatten sie ein wenig Gepäck für einige Tage mitgebracht, was Trish nicht verwunderte. Wenn es sich schon mal ergibt, dass Ray und Trish ungefähr zeitgleich Urlaub hatten und Martha es irgendwie drehen konnte, dass sie ebenfalls zu der Zeit frei hatte, dann gehörten Übernachtungen mit ins Programm.

Nach zwei Tagen, die sie mehr auswärts als zu Hause verbrachten, hatten sich die drei entschlossen, einen Tag bei Trish zu bleiben und dort ihre Zeit zu verbringen. Während sie ihr Mittagessen, es gab Gemüsesuppe und als Hauptgang Spaghetti mit Marthas Geheimsoße, im Garten hinter dem Haus verspeisten, fragte Trish ihre Eltern, ob sie wussten, wie es im Ministerium für Kreaturen und magische Wesen aussah.

„Um ehrlich zu sein, weiß ich es nicht. Aber ich schätze, es wird dort genauso stressig zugehen wie bei uns. Wieso fragst du?", antwortete ihr Vater und räumte sein benutztes Besteck mit dem leeren Teller beiseite.

„Ich frage, weil ich lange nichts mehr von Miranda und Leonard gehört habe. Weder Briefe noch Nachrichten auf dem Anrufbeantworter oder sonst irgendwas. Vielleicht mache ich mir einfach zu viele Sorgen um die beiden und sie werden genauso hart rangenommen in ihrem Ministerium wie ihr beide."

„Den beiden geht es bestimmt gut!", warf Trishs Mutter ein und räumte das benutzte Geschirr auf ein Tablett. „Ich habe gehört, dass es dort nicht gerade ruhiger zugeht. Ich komme zwar selten ins andere Ministerium hinüber, obwohl es mit unserem verbunden ist. Aber Gerüchten zufolge herrscht dort eine Personalknappheit sondergleichen."

„Ach, Martha! Du übertreibst wieder einmal maßlos. So schlimm ist es nun auch wieder nicht. Ich finde, bei uns war es am schlimmsten. Wir waren extrem unterbesetzt, was nun zum Glück nicht mehr so ist! Außerdem solltest du nicht so viel auf Gerüchte setzen."

„Was weißt du schon?", fuhr Martha ihren Ehemann an. „Du bist ja nur außerhalb vom Gebäude unterwegs und hast keinen blassen Schimmer, wie es drinnen aussieht. Man muss auch mal auf Gerüchte hören, sonst bleibt man nicht am Laufenden."

„Am Laufenden bleibt man aber nicht, wenn man falschen Informationen Glauben schenkt. Und Gerüchte können sich leicht als falsch herausstellen. Wenn ich mich auf diese verlassen würde, wäre es vorbei mit mir."

„Moment einmal ihr beiden. Hört gefälligst auf, euch gegenseitig anzustacheln. Ihr könnt das ruhig machen, wenn ihr allein seid, aber nicht, wenn ich in der Nähe bin", unterbrach Trish die Diskussion. „Euch nur an den Hals gehen, weil ich mich nach zwei Freunden erkundige, ist nicht gerade stilvoll. Ihr müsst wirklich voll und ganz von der Arbeit eingenommen worden sein, wenn eure Gemüter wegen einer kleinen Frage explodieren."

„Du brauchst gar nicht reden! Du hattest auch nicht einmal den Anstand, uns eine kleine Nachricht zukommen zu lassen, damit wir wissen, wie es dir geht. Deine Arbeit hat dich ebenfalls vollständig verschluckt. Wenn ich mich nicht hin und wieder bei Elisabeth erkundigen würde, würde ich gar nichts wissen."

„Du vergisst anscheinend, dass du noch ein Kind hast. Nerve bitte einmal zur Abwechslung Terence mit dieser Geschichte, Mum. Schon langsam wird es langweilig, wenn du mir ständig das Gleiche erzählst."

„Was habe ich nur verbrochen, dass meine beiden Kinder mich so dermaßen zurückweisen? Ich will dir mal was sagen: Dein Bruder meinte ebenfalls, dass ich ihm auf die Nerven falle", erklärte die Magierin und stapfte aufgebracht mit dem dreckigen Geschirr durch die Hintertür ins Haus.

An diesem Tag herrschte trübe Stimmung, die jedoch am nächsten Tag nicht mehr vorhanden war. Oder Trishs Mutter überspielte dies absichtlich mit ihrer guten Laune. Trish war sich in dieser Hinsicht nicht so sicher. Ihre Mutter war launisch und unberechenbar. Ihre Stimmung konnte sich ohne Weiteres innerhalb von Sekunden blitzartig ändern, sowohl zum Guten als auch zum Schlechten. Die nächsten Tage vergingen ohne weitere Komplikationen. Ihre Eltern reisten am Freitag ab und Trish konnte sich dann noch neun Tage voll und ganz entspannen, bevor sie wieder in ihr Büro musste. Während der Woche, die sie allein verbrachte, dachte sie hin und wieder über ihre beiden Freunde nach. Vielleicht wäre es besser, mal selbst die Dinge in die Hand zu nehmen und anzurufen.

Die Neugier, mehr über die Zwischenfälle herauszufinden, trieb die Magierin an, mal bei ihren Freunden vorbeizuschauen. Wenn sie bloß früher an ihre Freunde gedacht hätte, dann hätte sie bereits vor Wochen bei ihnen anrufen können und sich mit ihnen treffen können. Doch die Arbeit hatte Trish voll und ganz eingenommen und sie hatte sich keine Gedanken über andere Dinge gemacht. Sie musste sich eingestehen, dass ihre Mutter wahrscheinlich recht hatte. In beiden Ministerien sah es nicht gerade gut aus und alle Mitarbeiter wurden eingespannt, egal zu welcher Uhrzeit und an welchem Tag. Es war wichtig, dass die Streitigkeiten zwischen den mit der Gabe Gesegneten und den

Kreaturen und magischen Wesen geschlichtet wurden und nicht weiter ausarteten.

Dennoch wollte Trish sich genauer bei Miranda und Leonard informieren und sie nahm sich vor, in naher Zukunft mal bei ihnen anzurufen und vorbeizuschauen. Für sie hatte der Zwischenfall zwischen den magischen Wesen und den mit der Gabe Gesegneten Vorrang. Nicht nur aus der Sicht der Aufrechterhaltung des Abkommens, sondern aus persönlicher Sicht. Trish wollte nicht, dass ihren Freunden etwas passierte. Dieses Jahr im Oktober wurden es zwölf Jahre, wenn sie sich genau erinnerte. Die Magierin wollte unbedingt herausfinden, was den magischen Wesen erzählt wurde. Sie wollte einen Krieg zwischen ihnen und den Magiern verhindern.

Erstmals genoss die Magierin die restlichen freien Tage in der Hoffnung, dass es nach ihrem Urlaub nicht mehr so kräftezehrend wurde. Doch ihre Hoffnung starb, als sie in ihrem Büro erschien und die Berge von Dokumenten erblickte. Beinahe wäre sie vor Schock umgekippt, doch hinter ihr stand bereits Roseanne und fing sie auf. Daraufhin hatte Trish wochenlang ununterbrochen keine freie Zeit mehr, sich um irgendetwas anderes zu kümmern als um den Papierkram. Der Urlaub war nur mehr eine verschwommene Erinnerung, und ehe sie sich versah, zog der September an ihr vorbei und der Oktober begann. Was sie am meisten erstaunte, war, dass sie gegen Ende September nicht mehr so viele Unterlagen zum Durchsehen hatte wie in den Monaten zuvor. Und so nutzte Trish die Gelegenheit, um am Wochenende bei Miranda und Leonard vorbeizuschauen.

Die Reise hatte einen großen Nachteil. Ihre Freunde lebten zwar in der Nachbarstadt Drallston, die nordöstlich von Hills Neck lag, aber mit dem Auto brauchte Trish von ihrem Zuhause bis zu ihren Freunden zu lange. Die Autofahrt würde knapp über zwei Stunden dauern, vielleicht auch noch länger, wenn man etwaige Verkehrshindernisse dazu rechnete. Die Magierin wollte nicht zu viel Zeit im Auto verbringen und dadurch wertvolle Zeit vergeuden. Aus ihrer Sicht lebten ihre Freunde auch noch am anderen Ende der Stadt. Daher würde die Reise noch länger dauern.

Aus diesem Grund hatte Trish noch im Unternehmen einen Unsichtbarkeitszauber über sich geworfen, war mit ihrer Gabe in die Luft gestiegen und flog nun in Richtung der Nachbarstadt. Der Unsichtbarkeitszauber war deshalb wichtig, damit niemand ihren Schatten sah, der sich auf dem Boden abzeichnen würde, wenn sie eine feste Gestalt hätte. Falls sie jemand beim Fliegen sehen würde, dann würde das die Geheimhaltung zerstören. Wenn jeder Mensch, der keine Magie besaß, wüsste, dass es welche gab, die sie hatten, dann hätte jeder einen von ihnen zu Hause und würde nichts mehr arbeiten. Mithilfe des Unsichtbarkeitszaubers konnte keiner Trish sehen und so konnte sie ungestört fliegen und somit den Weg um einiges abkürzen. Fliegend brauchte sie nicht einmal eine Stunde.

Trish musste jetzt nur noch überlegen, wie sie es anstellen sollte, dass es nicht wie ein Zufall aussah, dass sie auf einmal da war. Aber sie hatte noch genügend Zeit, darüber nachzudenken. Ein Blick auf die Uhr verriet ihr, dass es höchstens noch eine halbe Stunde dauern würde, bis sie an ihrem Ziel angelangt war. Ihre Gedanken kreisten wieder um den Zwischenfall. Sie konnte sich nicht vorstellen, was über die Vampire und die Werwölfe gekommen sei. Irgendeinen Grund musste doch der Angriff haben, ansonsten wäre das nicht passiert. So viele Jahre waren vergangen, in denen es ab und an einmal kleinere Auseinandersetzungen gegeben hatte. Es handelte sich nur um kleine Streitigkeiten, die nach kurzer Zeit wieder vergeben und vergessen waren. Es war für Trish wirklich sonderbar.

Außerdem wollte sie schon seit Langem wieder ihre Freunde besuchen. Vor ein paar Monaten hatte sie schon bei einem Telefongespräch mit ihnen gesagt, dass sie sich wieder einmal treffen sollten, aber dazu war es bis jetzt noch nicht gekommen. Immer war etwas dazwischengekommen, denn ihre Freunde hielten hohe Stellungen inne. Miranda hatte als Tarnung eine Stellung als leitende Angestellte im Rathaus von Drallston inne. Und Leonard war Chef einer Tierklinik in Drallston. Wobei diese eigentlich einem anderen gehörte und vom Besitzer auch geleitet wurde, aber dieser hatte Leonard zum stellvertretenden Chef erklärt.

Natürlich war Trish nicht glücklich über die Situation, aus der sie ihre Freunde besuchte, aber besser jetzt als nie.

Vor zwei Tagen hatte sie versucht anzurufen, um sie zu fragen, ob ihnen nächstes Wochenende für ein Treffen recht wäre, aber es hob niemand ab. Es meldete sich nur der Anrufbeantworter. Normalerweise nahm entweder Miranda oder Leonard den Hörer ab. Und wenn keiner der beiden ans Telefon ging, ging für gewöhnlich ihre Tochter Amanda ans Telefon. Aus diesem Grund war sie schon dieses Wochenende aufgebrochen. Vielleicht waren sie in eine andere Stadt umgezogen, kam ihr als Erstes in den Sinn, aber diese Theorie verwarf sie dann wieder. Sie waren immer noch in Drallston und tot waren sie bestimmt auch nicht, das wusste sie. Denn sie konnte ihre Kräfte spüren, zumindest dann, wenn sie anfingen, diese anzuwenden.

Bei Amanda war sie sich nicht sicher. Als das Mädchen noch kleiner war, konnte Trish deren Kraft noch spüren, doch seit fünf oder sechs Jahren nicht mehr. Jede Kraft verändert sich je nach Person verschieden. Dabei spielen Alter und Erfahrung eine wesentliche Rolle. Ebenfalls kam es darüber hinaus an, ob die Person ein magisches Wesen oder ein ganz normaler Mensch war. Doch die Energie von Amanda verschwand plötzlich und Trish verstand nicht, warum.

Die Hälfte der Strecke hatte sie schon hinter sich gebracht, als sie über ein Waldstück hinwegflog und unerwartet abgelenkt wurde. Aus dem Waldstück unter ihr spürte sie drei verschiedene Kräfte und diese waren ganz in der Nähe. Bei einer handelte es sich um einen Werwolf und bei der anderen um einen Vampir. Bei der Letzten konnte sie es einfach nicht glauben, dass diese hier war. Sie wusste aber trotzdem nicht, ob sie dem Werwolf und dem Vampir helfen sollte. Trish hätte zwar auf ihre Kräfte verzichten können, aber sie wollte so schnell wie möglich zu Miranda und Leonard. Eine Weile kämpfte sie mit sich selbst, doch dann gewann ihre Hilfsbereitschaft die Oberhand und sie ließ sich ein Stück von den Energien entfernt auf dem Waldboden nieder und rannte das Stück zu ihnen hin. Währenddessen löste sie den Zauber von sich, damit sie wieder sichtbar wurde.

Als sie nahe genug war, riss sie ihre Augen auf und das, was sie sah, bestätigte ihr, was sie zuvor gespürt hatte.

Ein ausgewachsener Troll trampelte zwischen den Bäumen hindurch genau auf zwei junge Leute zu, ein Mädchen und einen Jungen, die sich ganz offensichtlich nicht zu helfen wussten. Wie erwartet, versuchte er, das Mädchen zu schützen, während der Troll einfach durch Sträucher durchmarschierte und Zweige mit seinem Körper abknickte. Auch wenn einer der beiden es schaffte, das Vieh aufzuhalten, würde dies auch nicht gut für die jeweilige Person enden. Sie schienen auf Trish den Anschein zu machen, als wäre ihre Ausbildung erst am Anfang und nicht so weit ausgereift, um ihnen gegen einen Troll zu helfen.

Trish konnte sich nur selbst gratulieren, weil sie ihrer Hilfsbereitschaft gehorcht hatte und hierhergekommen war. Um nicht länger zu warten, stürmte sie aus dem Gebüsch, überrumpelte das Mistvieh von hinten und schaffte es mit Leichtigkeit, den Troll zu Fall zu bringen und sofort auszuschalten. Natürlich in einer Art, in der weder das Mädchen noch der Junge erkennen konnte, wie. Und wenn, würden sie es mit ihrer momentanen Ausbildung nicht begreifen und Trish würde es ihnen auch nicht erklären. Wie hätte sie ihnen erklären sollen, dass sie aufgrund ihrer Gabe ein leichtes Spiel hatte? Für den Fall, wenn Fragen auftraten, behalf sich die Magierin der einfachsten Erklärung, die immer funktionierte. Die Erklärung war, sie habe sich einfach auf ihr Können in der Kampfkunst verlassen und wisse daher, wie man einen solch großen Gegner überwältigte. In diesem Sinne log sie nicht, sie behielt bloß genauere Details einfach für sich. In einem Detail musste sie sich eine gute Lüge einfallen lassen, nämlich wegen des Trolls an sich, falls die beiden nachfragten. Sie könnte ihnen eine wilde Lüge auftischen, aber sie blieb einfach bei der Variante, dass sie nicht wüsste, was das für ein Wesen sei.

Nach kurzer Nachfrage, ob es ihnen gut ginge und weshalb sie sich überhaupt hier aufhielten, erfuhr Trish, dass die beiden eigentlich vorhatten, einen kleinen Spaziergang zu unternehmen. Als sie jedoch nach Hause wollten, mussten sie feststellen, dass sie sich verirrt hatten, und dann war aus heiterem Himmel der Troll aufgetaucht. Des Weiteren erfuhr sie, dass die beiden genau aus der Stadt kamen, in die sie wollte. Eine Weile unterhielten sich die drei noch, bis die Magierin meinte, sie müsse zusehen, dass sie weiterkomme. Wie durch ein Wunder fragte das Mädchen namens Amanda, ob es ihr vielleicht recht war, wenn sie sie begleiteten. Recht war ihr das zwar nicht, sie wies die Bitte jedoch nicht ab und ließ zu, dass die beiden bis zur Stadt bei ihr waren.

Nun gelangte Trish unauffällig in die Stadt, was aber hieß, dass es doch länger dauern würde, bis sie endlich bei ihren Freunden war. Eine Stunde später erreichten die drei die Stadt und schritten den Gehsteig entlang Richtung Stadtzentrum. Sie hatte ihren Begleitern den Vortritt gelassen und während sie vor ihr her schlenderten, behielt Trish die Umgebung mit ihrer Gabe im Blick. Der Troll hatte ihre Besorgnis nicht gerade gemindert und sie war deshalb auf der Hut. Die beiden waren zwar sicher, aber man konnte nie wissen, ob sich nicht plötzlich eine Gefahr näherte und über sie herfiel. Die Magierin erweckte nach außen hin den Anschein, als wäre alles in Ordnung, um Amanda und ihren jungen Freund nicht zu verstören. Der Anblick des Trolles hatte sie ein wenig eingeschüchtert, wie sie ihr gestanden hatten, was ihnen nicht zu verdenken war.

Den ganzen Weg von ihrem zufälligen Treffpunkt im Wald bis zur Stadt hatten sie wenig miteinander zu bereden. Sie sprachen gerade einmal darüber, wie sie hießen, was sie taten und wie sich Amanda und ihr Begleiter kennengelernt hatten. Den Großteil des Weges schwiegen sie jedoch und erreichten langsam, aber sicher einen sehr stark mit Fußgängern bevölkerten Teil der Stadt. Auf diese Gelegenheit hatte Trish nur gewartet, denn nun konnte sie die beiden allein lassen, ohne Angst haben zu müssen, dass ihnen jemand etwas antat. Kurz folgte sie ihnen noch, während sie nach negativen Kräften suchte. Als sie ganz sicher nichts und niemanden spürte, der mit einer negativen Energie auf sie zukam, wandte sie sich an die jungen Leute vor sich.

„So, ihr zwei. Ich muss mich leider von euch trennen, weil ich mich wirklich beeilen muss, um nicht weitere Zeit zu verlieren. Es hat mich gefreut, euch kennengelernt zu haben, und ich hoffe, wir sehen uns unter besseren Umständen wieder. Passt auf euch auf und vielleicht bis zum nächsten Mal."

Zum Abschluss winkte die Magierin Amanda und Michael noch zu, bevor sie die Straße, ohne zu warten, bis einer von ihnen etwas erwiderte, mit schnellen Schritten überquerte und in einer kleinen Seitenstraße verschwand. Von der Straße aus, auf der sie sich eben noch befand, war diese Seitenstraße der schnellere Weg zu Miranda und Leonard. Zumindest soweit sich Trish noch erinnern konnte. Zu ihrem Glück trug auch bei, dass der Verkehr nicht allzu stark war und sie deshalb schneller bei Kreuzungen vorankam als sonst. Außerdem versuchte sie, die Hauptverkehrsstraßen an diesem Tag zu meiden.

Sie hatte bereits wegen des Trolles und noch zusätzlich wegen des Fußmarschs zu viel Zeit verloren, was ihr außerordentlich unangenehm war. Sie hatte den jungen Leuten aus der Patsche geholfen, keine Frage, aber wenn der Zwischenfall nicht gewesen wäre, wäre sie seit mindestens dreißig Minuten bei ihren Freunden und würde mit ihnen reden. Falls die beiden auch tatsächlich zu Hause waren. Beide waren öfters sehr beschäftigt und es kam auch schon mal vor, dass sie am Wochenende ebenfalls gerufen wurden, um irgendwo zu helfen.

Einen Versuch war es zumindest wert, auch wenn der größte Teil des Samstags zunichtegemacht war und Trish nichts anderes übrig blieb, als ins Büro zurückzukehren und den Papierkram zu erledigen. Und falls der Überraschungsbesuch in die Hose ging, würde sie bestimmt eine Notiz hinterlegen, um ihren Freunden mitzuteilen, dass sie da gewesen war, aber niemanden angetroffen hatte. Sie würde auch erwähnen, dass sie dringend mit ihnen sprechen wolle. Aber erst einmal eilte sie, man konnte ihre Gangart beinahe als Rennen bezeichnen, durch die Gassen und Straßen.

So schaffte sie es, nach fünfzehn Minuten beim Haus ihrer Freunde zu sein. Kurz blieb sie auf der gegenüberliegenden Straßenseite stehen, um einerseits wieder etwas zu Atem zu kommen. Andererseits wollte sie auch die Gegend überprüfen. Ihre Angst, etwas oder jemand Gefährliches könnte in der Nähe sein, war unbegründet. Es war nichts vorhanden, was sie beunruhigen könnte. Sie marschierte auf die andere Straßenseite, genau auf die Haustür zu. Dort angekommen, betätigte sie die Klingel und schon nach wenigen Sekunden wurde die Tür auch schon geöffnet, zwar nur einen Spalt, aber gerade so weit, dass ein Auge hervorlugte.

„Ah, was für eine Überraschung! Komm rein", sagte Miranda und öffnete die Tür, damit Trish eintreten konnte.

Mit einer Handbewegung forderte Miranda sie auf, ihr in die Küche zu folgen. Interessiert, wer eingetreten war, sah Leonard von seiner Zeitung auf und blickte überrascht zu Trish, die nach seiner Frau in die Küche trat. Vor Freude über ihren Besuch machte sich ein Grinsen auf seinem Gesicht breit.

„Das ist ja eine Überraschung. Schön, dass du mal wieder vorbeikommst. Wir haben zwar gesagt, dass wir uns wieder einmal treffen sollten, aber so. Warum hast du nicht angerufen und gesagt, dass du heute kommst? Wir hätten etwas vorbereiten können."

„Vor ein paar Tagen habe ich versucht, euch anzurufen, aber ich bekam einfach kein Freizeichen. Bei keinem von euch, weder an euren Mobiltelefonen noch am Festnetz hat es funktioniert. Als ich dann durchkam, hat sich ständig der Anrufbeantworter gemeldet. Ich hoffe, dass mein Besuch nicht ungelegen kommt und ich euch jetzt störe."

„Komisch, wir waren in den letzten Tagen ständig daheim und die Telefone haben bisher einwandfrei funktioniert. Außerdem waren sie selten abgedreht, weil wir ziemlich oft gebraucht wurden. Und du hättest dir keinen besseren Tag für deinen Besuch aussuchen können. Heute haben wir endlich wieder einen ganzen Tag für uns", sagte Leonard und deutete auf die freien Stühle.

Trish folgte seinem Angebot und setzte sich auf den Stuhl, der ihm gegenüberstand. Inzwischen hantierte Miranda an der Kaffeemaschine herum und holte, während die Maschine leise vor sich hin brummte, eine Tasse aus einem Schrank.

„Wie geht es euch so? Es ist lange her, seit ich euch das letzte Mal gesehen habe. Ich glaube, im Januar sahen wir uns, wenn ich mich nicht irre."

„Im Moment könnte es uns nicht besser gehen. Nach Langem haben wir mehr Zeit für uns. Und es stimmt, was du sagst. Es sind schon viele Monate vergangen und du kannst uns glauben, dass wir uns gerne mit dir getroffen hätten, aber die Arbeit hatte uns voll und ganz eingenommen. Im Juni und im Juli war es am schlimmsten. Doch in den letzten Wochen ist es etwas ruhiger geworden, und wir haben endlich mehr Freizeit."

„Am Anfang des Jahres ging es ja noch, aber mit den Wochen wurde die Arbeit noch mehr. Vor allem in den letzten beiden Monaten mussten wir sehr oft ran, manchmal sogar jeden Tag. Ich bereue es zutiefst, dass wir selten Zeit für unsere Tochter hatten. Für sie war es jedoch gut, da sie sowieso lernen musste, um ihren Abschluss zu schaffen. Sie war in dieser Hinsicht eingespannt und war bestimmt froh, nicht von uns abgelenkt zu werden."

„Und hat sie?"

„Ja und auch noch mit sehr guten Noten. Sie war so glücklich, als sie uns ihr Zeugnis zeigte. Wochen danach war ihr Gemütszustand allerdings rapide gesunken."

„Hört sich so an, als hätte sie es herausgefunden", fragte Trish.

„Mehr oder weniger hat sie es von selbst herausgefunden. Zuerst war es ein Überfall, bei dem zum Glück meine Mutter noch rechtzeitig einschritt, und dann besuchte sie ein Kerl. Nach dem Überfall wollten wir alles organisieren, was für ihre Ausbildung nötig ist, ohne ihr vorerst eine Erklärung abzugeben. Wir wollten auf alles gefasst sein, sogar auf den Moment, dass wir sie in die Mangel nehmen würden, wenn sie es wollte. Und eigentlich hätte es noch eine Weile gedauert, bis wir eine Antwort von Virginia im Briefkasten gehabt hätten."

„Meinst du Virginia Colten, die wie eine Einsiedlerin in einer Höhle lebt, obwohl sie Geld wie Heu haben soll? Sie soll auch ziemlich wählerisch sein, wenn es um ihre Schüler geht. Und außerdem braucht sie unheimlich lang, bis sie auf einen Brief antwortet, egal um welche Art von Briefen es sich handelt. Ist sie eigentlich mehr Vampir oder mehr Werwolf? Soweit ich weiß, sind sich so einige nicht so sicher", fragte die Magierin dazwischen.

„Stimmt, genau die. Sie hat sich dort ziemlich schön eingerichtet. Sie hat einen riesigen Teil des Berges für sich beschlagnahmt und alles für die Ausbildung junger Leute, vor allem magischer Wesen hergerichtet. Der Eingang ist jedoch immer noch derselbe. Ein stinknormaler Höhleneingang, der für normale Menschen undurchdringlich ist. Nichtsdestotrotz mussten wir Amanda, nachdem sie uns von dem Kerl erzählt hatte, unsere Geheimnisse früher als geplant verraten. Es war eigentlich gedacht, dass wir es ihr nach Erhalt einer Antwort von Virginia verraten, aber da hat uns der Kerl einen Strich durch die Rechnung gemacht. Und sie ist ein Vampir, wobei ein kleiner Teil von ihren Genen die eines Werwolfes sind."

Trish nahm dankend die Tasse Kaffee von Miranda entgegen und stellte sie auf dem Tisch ab. Sie rührte mit dem Löffel um und wartete, bis der Kaffee etwas abgekühlt war. Währenddessen sprach niemand ein Wort. Man konnte nur den Löffel hören, wenn er gegen die Tasse klopfte.

„Ich will euch nicht länger verheimlichen, weshalb ich eigentlich hier bin", begann die Magierin. „Wenn selbst ihr wochenlang jeden Tag eingespannt worden seid, dann sind die Vorfälle um einiges schlimmer, als ich gedacht habe."

„Sieht die Lage bei euch etwa auch nicht gerade rosig aus?", fragte Leonard mit ernster Miene.

„Kann man so sagen. Selbst das Unternehmen, in dem ich arbeite, ist in höchster Alarmbereitschaft, was schon was heißen will. Bei uns sind so viele unerlaubte Gegenstände eingegangen, dass ich in dem Berg an Formularen, die das Ministerium benötigt, ersticke. Ich muss sagen, dass es seit Kurzem etwas ruhiger geworden ist, aber vor Monaten war ich darunter begraben. Und ich wollte euch fragen, ob ihr vielleicht etwas Genaueres wisst. Das Einzige, das ich weiß, ist, dass in letzter Zeit ständig Streitereien und Raufereien ausgebrochen sind, die nicht selten böse endeten."

„Leider nein", sagte Miranda von der Theke aus. „Wir wissen genauso viel wie du. Vor drei oder vier Monaten ungefähr gab es hier in der Gegend einen Zwischenfall und wir sind eingeschritten. Zum Glück war niemand in der Nähe, der uns sehen hätte können, und wir konnten den Zwischenfall auf unsere Art beheben. Es gab vorher auch schon kleinere Streitereien, aber zu denen wurden wir nicht gerufen."

„Wenigstens ist euch und eurer Tochter nichts passiert. Natürlich auch anderen nicht."

„Ja, zum Glück. Seitdem sind wir immer auf der Hut, passen mehr auf und unsere Arbeit schnürt unser Privatleben ab. Bis jetzt ist nichts mehr passiert und wir sind froh darüber, aber ich traue dem Ganzen nicht. Wenn sogar die Vorfälle bis zu deiner Stadt vorgedrungen sind, dann werden es sicher immer mehr. Es ist ja nicht so, als wären beide Städte sehr nah beieinander. Ich bin mir nicht sicher, ob wir das nächste Mal auch ohne Probleme die Vorfälle beheben können. Beim nächsten Mal wird es vielleicht Tote geben", meinte Leonard.

„Soweit ich von meinem Vater weiß, gab es bei seiner Truppe ein paar Verletzte, die aber wieder zusammengeflickt werden konnten. Ich will aber mehr herausfinden. Ich will nicht, dass ein Krieg wegen falschen Informationen zwischen den magischen Wesen und den mit der Gabe Gesegneten ausbricht. Wenn irgendein Fremder dahintersteckt, dann müssen wir alle zusammenhalten und gemeinsam dagegen kämpfen. Bevor ich hier angekommen bin, habe ich ein junges Mädchen und einen jungen Mann vor einem Troll gerettet."

„Ein Troll griff jemanden an?"

„An ihren Kräften konnte ich erkennen, dass es sich um einen Vampir und einen Werwolf handelte. Ihre Kräfte waren nicht ausgeprägt genug, um gegen das Vieh anzukommen, also tippte ich, dass die beiden aus der Schule abgehauen sind. Und wie ich ihn erledigt habe, haben sie bestimmt nicht gesehen, deshalb redete ich mich aus der Situation raus. Ihr kennt ja die üblichen Ausreden, wenn man Identitäten vertuschen will."

„Ist ihnen etwas passiert?", fragte Miranda und Trish schüttelte den Kopf.

Sie diskutierten weiter über die Vorfälle und spekulierten, was die Ursache war. Gerade als sie in eine wilde Diskussion vertieft waren, klingelte es an der Tür und die drei unterbrachen diese.

KAPITEL 7

Der Wald nahm überhaupt kein Ende. Amanda war vor einer Stunde aus der Schule abgehauen und versuchte nun seitdem verzweifelt, einen Weg aus diesem Wald zu finden. Als sie zusammen mit ihren Eltern hier war, um sich mit dieser Virginia Colten zu treffen, hatte Amanda den Eindruck gehabt, dass der Weg sehr simpel angelegt war. Sie fand, dass selbst jeder normale Mensch den Weg entlang spazieren konnte und dadurch leicht an der Höhle vorbeilief. Zusammen mit ihren Eltern war sie vielleicht vom Waldrand bis zum Höhleneingang nicht ganz eine halbe Stunde unterwegs gewesen. Aber was gerade in diesem Moment los war, verstand sie ganz und gar nicht.

Sie und ihr Mitschüler Michael Henderson, mit dem sie zur selben Zeit den Unterricht bei Virginia besuchte, benutzten denselben Weg, bloß von der Schule weg, waren aber bereits über eine Stunde unterwegs. Michael und Amanda waren momentan die einzigen Anfänger bei Virginia, sie hatte noch drei andere Schüler, die bereits länger ihren Unterricht besuchten. Obwohl es geheißen hatte, dass die beiden Anfänger sich mit den Älteren zusammenreden und von ihnen eventuell auch etwas lernen sollten, war Amanda einfach nicht warm geworden mit ihnen. Sie war zwar schon seit zwei Monaten hier, aber der einzige, mit dem sie wirklich redete, war Michael.

Das Mädchen wusste zwar nicht, aus welchem Grund der Junge hier war, aber er hatte vehement auf den Umstand bestanden, mit ihr zu gehen und war seither nicht von ihrer Seite gewichen. Aber selbst zu zweit hatten sie es in dieser Zeitspanne nicht geschafft, zum Waldrand zu gelangen. Aus irgendeinem Grund fand Amanda auch, dass sie anstatt geradeaus immer im Kreis liefen, obwohl es unmöglich war, einen gerade führenden Weg einen Kreis beschreiben zu lassen.

„Schon wieder die gleiche Stelle!", stieß Michael heraus, der die Führung übernommen hatte und vor ihr ging. „Das ist schon das fünfte Mal, dass wir an dieser Stelle vorbeikommen und das nur innerhalb der letzten halben Stunde!"

„Ich glaube, die haben irgendeinen Zauber um den Berg gelegt, um zu verhindern, dass irgendein Schüler weit von dort wegkommt", mutmaßte Amanda.

„Vielleicht haben die Lehrer ja genau auf diesen Punkt angespielt, als sie zu Beginn unserer Lehre meinten, wir hätten so oder so keine Chance, unbemerkt aus der Schule zu kommen. Und sie sagten auch, wir würden nicht lange überlegen und wieder zurückkehren, wenn wir es doch versuchten."

„Genau, aber in meinem Fall wird es keine Überlegung geben. Ich werde ganz bestimmt nicht zurückkehren, auch wenn ich für alle Zeiten hierbleiben muss. Bloß wünschte ich, du wärst nicht mitgekommen. Jetzt habe ich dich gleich in das erste Schlamassel hineingeritten, wobei unser erstes Jahr erst begonnen hat."

„Mache dir keine Gedanken meinetwegen. Ich war nie der Fleißigste, wenn es ums Lernen ging. Du hast mir sogar mit deiner Idee einen Gefallen erwiesen, weil ich nie hierher wollte. Meine Eltern hatten einfach keine Lust, mich zu unterrichten."

„Na, diese Erklärung macht es auch nicht gerade leichter für mich", meinte Amanda betrübt und setzte sich im Schneidersitz ins Gras.

Sie musste sich etwas einfallen lassen, um nicht wirklich auf die Idee zu kommen, wieder in die Schule zu gehen. In der waren zwar Leute, die entweder dieselben Fähigkeiten wie sie hatten oder andere, mit denen sie sich austauschen konnte, aber ihr gefiel die Umgebung einfach nicht. Vor einem Jahr hatte sie noch gedacht, ihre nun ehemaligen Klassenkameraden wären total durchgeknallt und verrückt gewesen, doch da hatte sie noch nicht gewusst, dass eigentlich sie die Einzige gewesen war, die nicht dorthin gepasst hatte.

Doch jetzt mit Gleichgesinnten zusammen zu sein, die genauso anders waren wie sie, machte sie wahnsinnig und die Versuchung abzuhauen, wurde mit der Zeit immer größer. Und nun saß sie mitten im Wald und konnte aufgrund eines gemeinen Zaubers, falls es natürlich einer war, nicht weg. Warum hatte sie sich auch von ihren Eltern überreden lassen, die Schule zu besuchen? Sie hätte auch die Möglichkeit gehabt, manchmal im Monat ein paar Übungsstunden zu absolvieren, während sie nebenbei arbeitete oder weiterlernte.

Amanda seufzte schwer und zermarterte sich den Kopf. Sie wollte um alles in der Welt aus dem Wald, wusste aber nicht, wie sie das anstellen sollte. Während Michael vor ihr hin und her schritt und selbst sehr nachdenklich wirkte, knackste etwas hinter ihrem Rücken und sie spürte eine leichte Vibration unter ihrem Hintern. Vor lauter Schreck sprang sie auf und wirbelte herum. Wegen der Dichte an Bäumen und Sträuchern konnte das Mädchen zwar nichts sehen, aber sie hörte, dass sich ihnen etwas näherte. Die Vibrationen wurden immer schlimmer und das Trampeln, vielleicht von Füßen, vermutete Amanda, wurde lauter. Amanda traute nach wenigen Sekunden ihren Augen nicht, als sie erkannte, dass ein Ungetüm sich zwischen den Sträuchern und herunterhängenden Ästen einen Weg zu ihnen bahnte. Es war doppelt, wenn nicht sogar noch mal so viel größer als sie und ein Vielfaches breiter und es wich keinem einzigen Hindernis aus. Wenn ein Stein in ungefähr Amandas Größe in seinem Weg lag, stieg es einfach darüber. Michael stand neben ihr und starrte verwirrt die Gestalt an, genauso unfähig wegzulaufen wie Amanda.

Ihre Gedanken, einen Ausweg aus dem Wald zu finden, verdrängte sie vollends und wollte nur noch eins, nämlich dass das Vieh ihnen nicht zu nahekam, obwohl es so aussah, als hätte es nur noch sie beide im Auge. Ihr Mitschüler stellte sich zum Teil vor sie, um anscheinend damit zu zeigen, dass er sich notfalls auf das Monster stürzen würde, wenn es nicht anders ginge. Wie es jedoch schien, war das Glück auf ihrer Seite, da sich von Amanda aus gesehen von links eine Frau im schnellen Schritt näherte und hinter dem Ungetüm verschwand. Sekunden danach erstarrte dieses in der Bewegung, begann dann zu torkeln und brummen und fiel anschließend mit dem Gesicht nach vorne der Länge nach zu Boden.

Unter großer Anstrengung, ihren Blick von der Kreatur und der Frau abzuwenden, wandte Amanda sich Michael zu. Dieser hatte ebenfalls einen verständnislosen Gesichtsausdruck und konnte nur schwer die Augen von dem Fleischkoloss, der vor wenigen Augenblicken auf sie zugegangen war und drauf und dran gewesen war, sich mit ihnen anzulegen, und der Frau, die ihnen offensichtlich das Leben gerettet hatte, lassen. In sicherer Entfernung zu den beiden blieben Amanda und Michael einfach stehen. Eine Weile verging, bis die Frau zu den Jugendlichen hinüber ging.

„Seid ihr verletzt?", fragte sie, als sie bei ihnen angelangt war.

„Nein, zum Glück nicht. Sie sind gerade im rechten Moment gekommen, bevor dieses Ding uns attackieren konnte. Was ist das eigentlich für ein Ding?"

„Um ehrlich zu sein, weiß ich es selbst nicht. So ein Vieh, oder was auch immer es ist, sehe ich zum ersten Mal. Habt ihr vielleicht so etwas schon einmal gesehen?"

„Nie in meinem Leben. Außerdem sind wir nicht zum ersten Mal hier im Wald unterwegs und uns ist nie etwas Derartiges passiert."

„Ist sicher schlimm, wenn aus heiterem Himmel so ein Monster auf einen zu kommt, nicht wahr? Ich bin nur froh, dass ich mich wenigstens auf meine Fähigkeiten in der Kampfkunst verlassen kann. Die haben mir in mehr als einer Hinsicht sehr geholfen. Nun muss ich aber weiter, sonst verpasse ich noch meinen Termin."

„Wohin müssen Sie?", fragte Amanda.

„Nach Drallston."

„Das ist gut, wir müssen nämlich auch dorthin. Wir würden uns gerne Ihnen anschließen, falls Sie nichts dagegen haben."

„Nein, ganz und gar nicht. Gesellschaft ist immer gut und es wird wahrscheinlich auch nicht schaden, wenn wir zusammenbleiben. Wer weiß, ob nicht noch ein solches Ding hier herumläuft. Ich bin übrigens Trish. Und wie heißt ihr?"

„Schön dich kennenzulernen. Ich bin Amanda und das hier ist Michael."

Und wie durch ein Wunder konnten sie nun problemlos weitergehen, ohne das Gefühl zu haben, im Kreis zu laufen. Die Strecke legten sie in einer erstaunlichen Zeit zurück, dass es Amanda beinahe erschreckte, wie schnell sie in der Stadt angekommen waren. Und seit sie auf einer befestigten Straße unterwegs waren und ihnen Menschen auf dem Gehsteig entgegenkamen, bildeten Amanda und Michael die Spitze, während Trish hinter ihnen her ging. Kurz vor dem Stadtzentrum jedoch verabschiedete sich diese plötzlich und war genauso schnell in einer Seitenstraße verschwunden, wie sie im Wald aufgetaucht war.

Für die Hilfe, die die Frau ihnen geleistet hatte, dankte ihr das Mädchen, aber es fand trotzdem, dass die Frau schon ein wenig seltsam war. Seltsam war jeder in gewisser Art und Weise, das musste Amanda zugeben. Aber diese Frau war noch einmal ein Stück seltsamer, wobei Amanda nicht recht wusste, wie sie ihr Gefühl in Worte fassen sollte. Nichtsdestotrotz war das ihr geringstes Problem. Ihre Eltern würden das Größere darstellen, da sie ganz sicher nicht erfreut sein würden, dass ihre Tochter nicht in der Schule war und fleißig an ihren Fähigkeiten übte. Amanda musste sich der Diskussion mit ihrer Mutter und ihrem Vater stellen und es nutzte nichts, diese länger hinauszuziehen.

Das Mädchen erklärte Michael, was sie vorhatte und wohin sie nun gehen würde. Zuerst war es überzeugt gewesen, dass der Junge ablehnen würde, mit ihr zu gehen, aber er belehrte sie eines Besseren. Vom Stadtzentrum aus waren es nur noch ungefähr zehn Minuten bis zu Amandas Elternhaus. Amanda seufzte laut, als sie davorstanden, und sah Michael an. Er nickte und im Gleichschritt gingen sie auf das Haus zu. Sie stiegen die Treppen hinauf und oben angekommen, klingelte Michael. Sie mussten nicht lange warten, denn die Tür wurde wenige Sekunden später geöffnet.

„Amanda? Was machst du denn hier?", fragte Miranda mit weit aufgerissenen Augen und öffnete die Tür, um die beiden hereinzulassen.

Das Mädchen antwortete nicht, sondern trat einfach ein. Da Amanda frisch aufgesetzten Kaffee roch und Stimmen aus der Küche vernahm, steuerte sie ohne Umschweife dorthin, bremste sich jedoch in der Tür ein. Als sie nämlich die Tür zur Küche erreicht hatte und hineinblickte, sah sie eine bekannte Person, die ihrem Vater gegenübersaß und mit ihm gerade über irgendein Thema redete. Diese Person war niemand anderes als Trish und nicht lange, nachdem Amanda in die Tür getreten war, blickte sie auf. An ihrem Blick konnte sie erkennen, dass die Frau genauso erstaunt war wie Amanda. Leonards Blick wechselte zwischen seiner Tochter und Trish hin und her.

„Offensichtlich habt ihr euch schon mal getroffen. Im Grunde müsstet ihr euch aus früheren Jahren kennen, aber da war Amanda noch jünger und kleiner", meinte er schließlich.

„Jetzt weiß ich, weshalb mir der Name so vertraut vorgekommen ist. Ich dachte auch noch, dass es nur ein Zufall wäre, als ich den Namen wieder hörte. Und du hast recht, Leo. Wir sind uns *heute* über den Weg gelaufen, weil sie nämlich diejenige war, die ich vor dem Troll gerettet habe."

„Du wurdest angegriffen?", stieß Amandas Mutter hinter ihr hervor. „Und wie kommt es, dass dieser Angriff überhaupt stattfand? Erkläre mir, weshalb du nicht bei Virginia bist, um zu lernen."

„Es gibt eine ganz einfache Erklärung dafür, Mum. Ich wollte einfach nicht dortbleiben. Michael ist einer der wenigen, mit denen ich mich angefreundet habe. Er war auch der Einzige, der mit mir kommen wollte."

„Nur, weil du keine Lust mehr hattest, ziehst du einen Mitschüler in die Misere?"

„Ich glaube, ich werde jetzt gehen, damit ihr das ausdiskutieren könnt", warf Trish ein. Als sie aufstand, wandte sie sich an Miranda und fragte: „Ich werde noch kurz bei deiner Mutter vorbeischauen. Wohnt sie immer noch in dem kleinen Haus im Wald?"

„Ja. Du weißt doch, dass sie nicht von dort wegzukriegen ist. Sie hat dort ihre Wurzel im Boden verankert wie ein Baum. Ich hoffe, wir sehen uns unter anderen Bedingungen wieder."

„Das hoffe ich auch. Ich finde schon selbst zur Tür und danke für den Kaffee. Man sieht sich, Leonard."

„Und wir verschwinden ebenfalls!", fügte Amanda an Michael gewandt hinzu.

„Nein, du bleibst hier! Erst nachdem wir ein ernstes Wörtchen mit euch gesprochen haben, werdet ihr zu Virginia zurückgeschickt. Deine Eltern werden selbstverständlich von uns verständigt", wehrte ihre Mutter sie ab. Es war leider vergeblich, denn Amanda und ihr neuer Freund waren bereits durch die Haustür marschiert und folgten Trish.

Miranda war drauf und dran, noch etwas zu erwidern oder zumindest ihre Tochter zurückzuhalten, aber das Mädchen war zu schnell für sie. Insgeheim hatte Amanda befürchtet, dass die Konfrontation auf eine schlechte Auseinandersetzung hinausführen würde. Trotzdem war es für sie ein Schock gewesen, dass es noch schlimmer gekommen war, weil ausgerechnet die Frau, die Michael und ihr geholfen hatte, bei ihren Eltern war. Auf diesen Punkt war das Mädchen nicht gefasst gewesen und war nun froh, von ihrem Zuhause weggegangen zu sein und zu ihrer Großmutter zu gehen. Die alte Frau würde sicher verständnisvoller reagieren als ihre Eltern. Hoffentlich brachte sie auch Verständnis für die Begegnung mit diesem eigenartigen Monster auf. Nach dem Wiedersehen mit ihren Eltern ließ Amanda es einfach auf sich zukommen.

Schweigend gingen die drei, dieses Mal bildete Trish die Spitze, weiter, bis Amanda schon von der Ferne das Haus sehen konnte. Ihre Freude darüber, bald bei jemandem zu sein, der ihr vielleicht Verständnis für ihre Situation entgegenbrachte, wuchs von Schritt zu Schritt. Die Vorfreude wurde jedoch sehr bald zerstört, als Trish aus heiterem Himmel plötzlich stehenblieb.

„Irgendetwas stimmt hier nicht. Am besten ihr wartet hier, während ich zuerst die Lage kontrolliere!", sagte die Frau schließlich nach wenigen Augenblicken.

Erst jetzt bemerkte Amanda, dass die Haustür ein Stück offenstand und davor eine dunkle Flüssigkeit im Gras verschüttet war. Für gewöhnlich ließ ihre Großmutter nie die Tür offen und hätte auch nie solch einen beträchtlich großen Fleck vor ihrem Haus geduldet. Egal ob es im Garten war oder nicht, der Fleck wurde mit Wasser weggespült. Langsam näherte sich Trish dem Haus, während wie befohlen die jungen Leute blieben, wo sie waren.

Im selben Moment, als Trish die Tür erreicht hatte und weiter aufmachen wollte, öffnete sich diese wie von selbst und die Frau wurde nach hinten über Amanda und Michael hinweg geschleudert. Sie kam hart auf dem Boden auf und rollte noch ein Stück weiter. Zum Glück war sie gegen keinen Baum geschleudert worden, aber es musste trotzdem schmerzlich gewesen sein. Amanda hatte bereits einen Schritt zu der Frau hin gemacht, als sie ein Krachen hinter sich vernahm und wenige Sekunden danach in die Luft gerissen wurde. Sie hatte vor Schreck die Augen geschlossen und wartete auf den harten Aufschlag, der verrückterweise nicht kam.

Langsam öffnete sie die Augen und sah nach unten. Ihre Füße baumelten gute zwei Meter über dem Boden, und sie verstand nicht, wie das überhaupt möglich war. Das Mädchen spürte, dass ihr Gewand nach oben gezogen war und glaubte, es wäre durch den Windstoß auf einen Ast zu gesegelt und an diesem hängen geblieben. Aber als Amanda nach oben blickte, belehrten ihre Augen sie eines Besseren. Trish hielt sie mit einer Hand an ihrem Gewand fest und schaute sich gespannt um.

„Achtung, Amanda. Ich lasse dich jetzt runter!", kündigte Trish an.

Langsam und mit Bedacht wurde Amanda zurück auf den Boden gebracht, wo sie vor Erleichterung, wieder festen Boden unter ihren Füßen zu spüren, auf die Knie sank. Trish ließ sie los und schwebte bis vor die Haustür, vor der sie nun wieder mit den Füßen den Boden berührte. Vorsichtig öffnete die Frau die Tür, die wieder zu gegangen war, und schritt über die Schwelle. Michael, der hinter einem Strauch zum Vorschein gekommen war, war derweil zu Amanda gegangen und half ihr auf die Beine. Gemeinsam gingen sie zur Hütte, blieben vor der Tür stehen und schauten hinein.

Drinnen sah es fürchterlich aus. Alles lag kreuz und quer und wie Amanda erkennen konnte, waren die meisten Gegenstände kaputt. Für gewöhnlich, und Amanda kannte es nicht anders, war immer alles schön zusammengeräumt gewesen. Was sie jedoch noch mehr erschreckte als das Chaos, war die Erkenntnis, dass ihre Großmutter nirgends zu sehen war.

Trish schwebte über die Sachen hinweg, die auf den Boden lagen, und sah sich systematisch um, als suche sie irgendetwas. Plötzlich schwang sie ihren Kopf nach rechts und starrte auf den Boden. Sie blieb mitten in der Luft stehen, bewegte ihre Hände und wie aus Geisterhand begannen manche Trümmer in die Luft zu steigen und sich irgendwo anders wieder niederzulassen. Als genügend Platz war, ließ sich Trish inmitten der vielen kaputten Sachen nieder und beugte sich über etwas, das Amanda von der Tür aus nicht erkennen konnte. Das Mädchen verspürte den Drang, zu der Frau zu gehen, aber aus unerfindlichen Gründen hielt Michael es davon ab. Warum er das tat, war Amanda schleierhaft, trotzdem riss sie sich aus seinen Armen. Aus der Nähe konnte sie erkennen, dass Amandas Großmutter vor Trish lag.

Trish bewegte eine Hand über den Körper der Alten und murmelte etwas, was Amanda nicht verstand. Dann legte sie deren Kopf wieder auf den Boden und legte daraufhin beide Zeigefinger auf je eine Seite des Kopfes. Das Murmeln hatte währenddessen nicht gestoppt. Nach einigen Sekunden, die Amanda wie Minuten vorkamen, verzog die Frau neben ihrer Großmutter das Gesicht, als erleide sie furchtbare Schmerzen. Es vergingen einige Minuten und das Gemurmel stoppte nicht. Keuchend und sich vor Schmerzen windend sackte Trish auf den Boden und drückte ihre Hände an sich. Dafür waren die Wunden, die noch einige Minuten zuvor den Körper der alten Frau übersät hatten, verschwunden. Die Alte öffnete die Augen, setzte sich so gut es ging auf und ließ ihren Blick kreisen.

Michael stand auch während des ganzen Prozesses immer noch wie angewurzelt vor der Tür und blickte mit finsterem Blick herein. Die Alte betrachtete die Unordnung. Ihr Blick kam an der Eingangstür vorbei und haftete kurz auf Michael, aber er glitt dann weiter zu Trish. Diese hatte sich einigermaßen wieder gefangen und sich im Schneidersitz hingesetzt. Ihre Hände hatte sie um ihren Bauch geschlungen.

„Du meine Güte, hier sieht es ja aus. Bei dem Chaos wundert es mich, dass ich noch lebe."

„Sie hatten ein verdammtes Glück. Wenn ich mich nicht entschlossen hätte, zu Ihnen zu kommen, Professor, dann wären Sie jetzt tot! Aber noch die restliche Kraft zu verschleudern, war die fürchterlichste Idee, die Sie je hatten. Soweit ich mich erinnere, haben Sie uns immer gepredigt, dass wir nicht unnötig unsere Kraft verbrauchen sollten."

„Du warst schon immer eine talentierte und gescheite junge Magierin. Aus dir hätte noch mehr werden können, aber du musstest ja unbedingt als Stellvertreterin für Elisabeth arbeiten. Trotzdem danke ich dir für die Hilfe!"

„Bitte verschonen Sie mich mit einer Moralpredigt! Mein Vater versucht bereits ständig, mir ein schlechtes Gewissen einzureden. Und um ehrlich zu sein: Ich könnte mich in Grund und Boden ärgern, dass ich nicht im Ministerium angefangen habe, aber ich wollte einer Diskussion mit meiner Mutter entgehen. Ich will jetzt nicht schadenfroh klingen, aber irgendwie gefällt es mir durch die Hektik und die Gefahr, dass einer in unser Depot einbrechen könnte, extrem. So hat mein Büroalltag ein wenig Würze bekommen."

Amanda verstand die Welt nicht mehr. Sie begriff nun, warum die Frau sich den ganzen Weg vom Wald bis zu der Stelle, an der sie sich nicht für lange trennten, so merkwürdig verhalten hatte. Sie konnte sich aber nicht vorstellen, dass sie mit einer Magierin zusammen gewesen war und sie es nicht einmal gemerkt hatte. Noch verstörender war, dass Trish Helen mit Professor ansprach.

„So, jetzt einmal genug geredet. Ich sollte zusehen, dass ich mein Haus wieder auf Vordermann bringe, damit ich euch einen Platz zum Sitzen anbieten kann."

Mit helfender Hand stand Helen auf. Als schließlich auch Trish auf den Beinen war, bat die alte Frau Amanda, dass sie kurz vor die Tür gehen solle, und sie tat es. Von dort aus beobachtete sie die beiden Frauen, wie sie mit wenigen Handbewegungen

Gegenstände dazu brachten zu schweben. Alle Gegenstände hoben vom Boden ab und flogen quer durch den Raum zu ihrem rechtmäßigen Platz. Die Holzteile fügten sich wieder zu einem Tisch und zu den dazugehörigen Stühlen zusammen. Als der Raum in seinen ursprünglichen Zustand zurückversetzt war, deutete die alte Frau auf die Stühle.

„Willst du dich nicht auch setzen?", rief die Großmutter zu Michael.

„Nein, danke. Ich setze mich nicht mit Leuten mit der Gabe an einen Tisch!"

„Typisch! So jung und glaubt, nur weil er ein Werwolf ist, muss er sich nicht mit unsersgleichen abgeben", flüsterte Helen zur Frau neben sich gewandt. „Ist aber auch egal, ist ja seine Entscheidung. Jetzt erzählt mir, weshalb ihr hier seid."

Daraufhin erzählten Amanda und Trish abwechselnd ihre Geschichte. Amanda begann zuerst über die Schule zu erzählen und dann über den Entschluss, von dort zu verschwinden. Sie erzählte auch, wie sie Michael kennengelernt hatte. Als er erfahren hatte, dass das Mädchen abhauen wollte, entschloss er sich kurzerhand dazu, sie zu begleiten. Ab der Stelle, an der sie Trish trafen, fuhr Trish mit der Erklärung fort. Die Frau erzählte Helen alles kurz und bündig, sodass ihr Teil schneller erledigt war als erwartet.

„Ein Troll? Ich dachte, die würden nie in diesem Teil des Waldes jagen. Da hattest du wirklich ein unbeschreibliches Glück, Amanda. Diese unangenehmen Zeitgenossen können einem ohne zu zögern und ohne viel Krafteinsatz das Genick brechen und keiner von euch hätte etwas dagegen machen können. Wenn der sich entschlossen hätte, euch beide zu essen, wäre es aus mit euch gewesen. Die essen einfach alles und sie probieren auch alles, wenn sie gerade Lust aufs Essen haben. Aber mal was anderes: Warum bist du statt zu Hause oder im Büro hier, Trish?"

„Es ist mir so einiges zu Ohren gekommen, besonders mehrere Streitigkeiten zwischen den magischen Wesen und unseren Leuten haben mich hellhörig gemacht! Außerdem sind die Sicherheitsmaßnahmen im Büro wegen all dem Zeug, das wir bekommen haben, erhöht worden. Ich schätze, Elisabeth weiß, dass es im Moment noch funktioniert, bevor das Chaos auch bei uns ausbricht. All das Zeug, das verzaubert wurde und das wir gerade noch bekommen haben, stellt einen Magneten für so manchen Gauner von Zauberer oder Magierin dar."

„Ich verstehe", sagte die Alte und rieb sich nachdenklich das Kinn. „Falls du mich fragen wolltest, ob ich etwas darüber weiß, tut es mir leid, dich enttäuschen zu müssen. Ich wollte ebenfalls Nachforschungen anstellen, aber ich bin nicht weit gekommen. Ich wurde zuvor angegriffen, also stehe ich auf dem gleichen Wissensstand wie du."

„Wissen Sie von wem?"

„Leider nein. Ich wurde feige von hinten angegriffen und es ging noch dazu alles viel zu schnell. Das Einzige, was ich weiß, ist, dass ich, nachdem ich eine Chance hatte, einen Angriff von meiner Seite aus zu starten, meinen Angreifer getroffen haben muss. Ich habe nämlich einen Schrei gehört, der eindeutig kein Freudenschrei war."

„Daher also das Blut vor der Tür!", meinte Trish mehr zu sich selbst.

„Entschuldigt, wenn ich euch unterbreche, aber über was redet ihr da eigentlich? Ich bin jetzt überhaupt nicht mehr mitgekommen!", unterbrach Amanda die beiden.

Die beiden sahen sich kurz an und die Alte seufzte daraufhin laut. „In letzter Zeit gab es mehrere Zwischenfälle und niemand weiß, aus welchem Grund sie passiert sind. Letztes Jahr im Frühling war alles noch in Ordnung und jeder lebte wie gehabt nach den Regeln, besser gesagt, nach Abkommen. Aber von einem Tag auf den anderen begann die Situation zu eskalieren und die Leute begannen, sich gegenseitig die Schädel einzuschlagen.

Die Abkommen beinhalten Regeln, die sowohl magische Kreaturen wie dich und den Jungen als auch die mit der Gabe etwas angehen. Sie sind ziemlich streng angelegt, denn wenn jemand eine bricht, wird dieser Jemand hart bestraft. Keiner darf andere ohne speziellen Grund angreifen oder etwas vorschreiben, was man zu tun hat. Wegen der Abkommen gibt es immer noch Streitereien, aber keiner traut sich, eine einzige Regel zu brechen. Kurz gesagt, man sollte von den anderen Wesen Abstand halten und versuchen, niemandem in die Quere zu kommen. Ich könnte dir im Übrigen Situationen erzählen, in denen ich mehr oder weniger freiwillig oder unfreiwillig miterleben durfte, wie eine Bestrafung vonstattenging."

„Aber wenn das stimmt, dann verstehe ich nicht, weshalb du heute bei meinen Eltern warst."

„Es heißt zwar, dass man Abstand halten soll, aber es steht nirgends geschrieben, dass man keine Freundschaften schließen darf. Ich kenne deine Eltern schon sehr lange und wir sind sehr gute Freunde geworden. Wir halten so gut es irgend geht Kontakt, aber dieser riss seit Anfang dieses Jahres immer mehr ab, weil deine Eltern ständig arbeiten mussten. Letztes Jahr ging es ja noch, doch die Streitereien wurden erst in den letzten acht Monaten unangenehm härter. Ich muss auch gestehen, dass mein Beruf mich in den vergangenen Monaten ebenfalls sehr eingespannt hat."

Amanda war erstaunt, dass sie es so einfach hinnahm. Vor Monaten noch wäre sie dem Ganzen mit Skepsis gegenübergetreten und hätte gesagt, dass Trish und ihre Großmutter sie auf den Arm nahmen. Doch nun drängte sich die Frage auf, ob es richtig von ihr war, ihre Ausbildung zu schmeißen, wenn sich um sie herum solche Schwierigkeiten türmten.

„Was wollt ihr jetzt dagegen unternehmen?", fragte sie.

„Ehrlich gesagt nichts. Momentan zumindest", antwortete Großmutter Helen. „Was sollen wir schon groß machen? Wenn es jetzt schon eine große Bedrohung gäbe, dann würde das Ministerium vielleicht etwas unternehmen. Aber wie ich die Politiker kenne, kommt jede Hilfe von ihnen zu spät. Dann wären die schneller, die nicht im Ministerium arbeiten, und hätten schon etwas dagegen unternommen. Und wenn die Situation noch schlimmer werden sollte, bin ich bestimmt mit von der Partie."

„Auch wenn eine Bedrohung, wie du es nennst, wirklich da ist, dann glaube ich nicht, dass du eine Chance dagegen hast."

„Kindchen, da spricht die Unerfahrene in dir. Du hast ja keine Ahnung, wozu ich im Stande bin, auch wenn ich nicht so aussehe, als könnte ich Bäume versetzen. Für dich wäre es am besten, zurückzukehren und deine Ausbildung wieder aufzunehmen."

„Wie würde das denn aussehen? Die würden doch alle über uns lachen und Virginia will uns vielleicht gar nicht mehr unterrichten."

„Keiner wird euch auslachen", meinte Helen beruhigend. „Du kannst dir nicht vorstellen, wie oft Schüler wie du abhauen. Jeder, der es sich zur Aufgabe gemacht hat, einen oder mehrere Schüler zu unterrichten, kann ein Lied davon singen. Ich kann mich noch erinnern, wie du und Marlana für Stunden oder sogar einen ganzen Tag verschwunden wart, Trish."

„Soll das heißen, dass ich zurückgehen soll?"

„Ja, am meisten deinetwegen. Weder ich noch deine Eltern können dir nun mehr helfen, da du ein Niveau erreicht hast, wo wir dir nichts mehr beibringen können. In den letzten zwei Monaten hast du, wenn auch unbewusst, so einiges von Virginia gelernt. Wenn zum Beispiel ich den Unterricht weiterführen würde, dann würde das nach hinten losgehen. Deine Fähigkeiten würden anstatt zu gedeihen, degenerieren und verfaulen. Und du willst ja nicht tatenlos in einer Ecke sitzen und zusehen, wie deine Familie die Arbeit erledigt, oder?", antwortete die Alte und Amanda schüttelte vehement den Kopf.

„Und ich werde dich begleiten, um weiteren Ärger zu verhindern. Wissen Sie, wo ich die beiden absetzen kann?", fragte Trish und stand auf.

„Es ist ganz einfach. Bringe die beiden wieder in den Teil des Waldes, wo du sie aufgelesen hast. Und ganz in der Nähe müsste sich der Eingang befinden. Denn die Schüler von Virginia können nicht allzu weit weglaufen, wenn sie sich ohne ein Wort zu sagen entschließen abzuhauen. Für dich müsste es kein Problem sein, dich genau vor den Eingang zu befördern, weil für uns die Schilde nicht nennenswert sind. Sie sollen Leute, die keine magischen Fähigkeiten besitzen, von dort fernhalten und jüngere, ungeübtere Schüler davon abhalten, sich weiter zu entfernen. Achte aber trotzdem, dass du keine Probleme von Virginia bekommst, Trish. Du weißt ja selbst, wie zickig sie wegen eines unangemeldeten Besuchs werden kann."

„Danke für den Rat. Ich hatte nicht vor, mich mit ihr anzulegen. Ich setze die beiden einfach dort ab, nachdem wir Miranda und Leonard die Sorge abgenommen haben, und dann verschwinde ich auch schon wieder. Der Papierkram muss abgearbeitet werden, der leider nach dem Eintreffen der Gegenstände auch anfällt."

„Welche Gegenstände meinst du?", fragte Amanda neugierig.

„Du wirst nicht glauben, was wir so alles in unserem Depot liegen haben. Völlig normale Gegenstände wie Gabeln, Teller, Kinderspielzeuge, Fahrräder und vieles mehr, aber auch einige, die nur die mit der Gabe Gesegneten oder ihr benützen dürft. Und das alles liegt nur bei uns, weil sie verwahrt werden müssen, damit sie keine normalen Menschen verletzen. Einige hat es zwar schon erwischt, aber zum Glück ist noch niemand wegen dieser Stücke gestorben. Du musst nämlich wissen, dass diese Gegenstände absichtlich manipuliert und unter die Menschen gebracht wurden, um welche zu verletzen oder gar zu töten."

Als die drei Frauen zu Michael an die frische Luft traten, schritt der junge Mann weiter weg von ihnen. Mürrisch gab er leise von sich, dass es unerhört war, dass man ihn überhaupt nicht fragte, dennoch laut genug, sodass Helen es hatte hören können. Als sie ihn anschließend nach seiner Meinung fragte, hielt er störrisch seinen Mund und starrte sie finster an. Nach einer herzhaften Verabschiedung von ihrer Großmutter waren Amanda, Trish und Michael, der nun in großem Abstand hinter ihnen herging, zu ihrem zweiten Treffpunkt unterwegs. Nachdem Trish den Eltern das mit Helen Besprochene übermittelt hatte und Miranda sichtlich erleichtert war, dass ihre Tochter doch Vernunft angenommen hatte, bat Trish Amanda und Michael, jeweils eine Hand auf ihre Schultern zu legen.

Wie es die Magierin von ihnen verlangt hatte, legten sie eine Hand auf eine ihrer Schultern, wobei Michael anfangs zögerte, aber dann von Leonard gezwungen wurde, es doch zu tun. Amanda vermutete, dass er Trish immer noch nicht traute, aber dennoch legte er einen kurzen Augenblick später seine Hand auf ihre Schulter, weil er vor Amandas Vater noch mehr Angst hatte. Einige Sekunden vergingen und plötzlich wurde Amanda in einen dunklen Tunnel gerissen. Alles ging fürchterlich schnell und dem Mädchen stockte der Atem. So schnell der Tunnel gekommen war, so schnell war er auch wieder verschwunden. Auf einmal sah Amanda lauter Bäume. Sie waren im Wald. Für die Strecke von ihren Eltern bis zu der Stelle hatten sie nicht einmal eine Minute gebraucht. Das wusste Amanda mit Sicherheit, weil sie vor ihrem Aufbruch auf ihre Armbanduhr gesehen hatte. Ihre Füße gaben nach und sie fiel auf ihre Knie. Ihr war übel und schwindlig. Als sich die Umgebung nicht mehr vor ihren Augen drehte, blickte sich Amanda um. Sie konnte den breiten Weg, der von der Höhle wegführte und selbstverständlich die Höhle selbst wiedererkennen.

„So, da wären wir! Ich muss jetzt aber zurück in mein Büro, sonst merken die dort, dass ich hier bin. Meine Vorgesetzte wäre bestimmt nicht erfreut, wegen mir von Virginia einen Brief wegen ungehörigen Erscheinens auf den Tisch zu bekommen. Gebt auf euch acht!"

„Gibst du uns Bescheid, wenn irgendetwas passiert? Ich will nämlich helfen", sagte Amanda.

„Sicher. Einen schönen Tag noch und lernt brav. Und du solltest mehr über die mit der Gabe Gesegneten lernen, bevor du dich so abweisend zeigst, Michael!"

Michael nickte nur zustimmend, weil er einerseits zu erstaunt darüber war, was gerade passiert war und andererseits immer noch Übelkeit verspürte. Die Magierin sah den beiden noch nach. Sie glaubte nicht, dass sie noch angegriffen würden, aber sie wollte einfach auf Nummer sicher gehen und nichts dem Zufall überlassen. Nachdem die beiden in der Dunkelheit des Einganges verschwunden waren, drehte sich Amanda nochmals um, um zu sehen, ob Trish noch da war, aber dem war nicht so. Die Frau hatte offensichtlich nicht lange gezögert, um von ihrem Platz wegzukommen. Auf jeden Fall würde Amanda zusehen, dass sie lernte.

Kapitel 8

Endlich waren sie raus aus dem Schnee, zwar nur für eine Nacht, aber das reichte Vyrira vollkommen. Leider verbrachte Brandon diese Nacht ganz allein in dieser Kälte im Wald, aber wie er selbst sagte, war er es gewohnt und sie solle sich keine Sorgen um ihn machen. Des Übrigen besaß er ein angenehm dichtes Fell, was ihn gegen die Kälte schützte. Jetzt waren sie, Nale, Jason und Brandon beinahe zwei Monate unterwegs und hatten immer noch keine Ahnung, wo sie eigentlich hinmussten. Sie hatten zwar versucht jemanden zu finden, der ihnen weitere Informationen über das Schloss geben konnte, aber bis jetzt ohne Erfolg.

Der Schnee kam für die vier überraschend und schnell. In den letzten Tagen hatten sie nichts Richtiges mehr in den Magen bekommen und in den Nächten machte ihnen das Holz Probleme. Dank Nales Wärmezauber überstanden sie die Nächte zwar noch etwas frierend, aber sie fanden ein wenig Schlaf. Vor zwanzig Minuten hatten sie das Dorf erreicht und darüber war Vyrira froh. Brandon verabschiedete sich Minuten, bevor sie dem Dorf nähergekommen waren. Jason, Vyrira und Nale vereinbarten mit ihm, sich am nächsten Morgen an der anderen Seite des Dorfes mit ihm zu treffen. Von dort aus sollte dann ihre Reise weitergehen.

Da jeder der drei sich unbedingt aufwärmen wollte, widersprach Nale niemand, als er vorschlug, sofort das Gasthaus aufzusuchen, in dem sie übernachten konnten. Doch bevor sie sich dort Zimmer besorgten, kauften sie noch Proviant für die nächsten Tage ein. Als das erledigt war und sie im Gasthaus eintraten, blickten alle Gäste in ihre Richtung, aber wandten sich augenblicklich wieder ihren eigenen Dingen zu. Zuallererst reservierte

Vyrira zwei Zimmer, eins für sich und eins für die Männer und zahlte für beide im Voraus. Ebenfalls bestellte das Mädchen gleich Getränke und Essen für alle drei. Anschließend suchten die drei sich einen abgelegenen Tisch, an dem sie ungestört miteinander reden konnten, ohne Aufsehen zu erregen.

Nachdem die Kellnerin ihre Getränke gebracht hatte und wieder abgerauscht war, fragte Jason: „Und, wie soll es morgen weiter gehen?"

„Ich muss zugeben, dass ich selbst nicht mehr weiterweiß!", meinte der Zauberer und nahm einen Schluck.

„Das sind ja tolle Aussichten für morgen."

„Wie soll ich denn das verstehen, Vyrira?"

„Wenn selbst du nicht mehr weiterweißt, dann haben wir zwei erst recht keine Chance zu wissen, was zu tun ist. Wie sollen wir überhaupt weiterkommen?"

„Brandon ist auch noch da. Vielleicht ist ihm bereits etwas eingefallen", meinte der Junge.

„Außerdem heißt es ja nicht, dass mir gar nichts mehr einfällt. Ich weiß im Moment keine Lösung, aber ich kann morgen oder später eine Idee haben, die uns vielleicht weiterhilft."

„Später brauchen wir sie dann auch nicht mehr, wenn wir tot sind", fuhr Vyrira den Alten an.

Nale sah ihr noch eine Weile aus ausdruckslosen Augen ins Gesicht, bevor er sich kopfschüttelnd von ihr abwandte und abermals einen Schluck von seinem Getränk nahm. Er lehnte sich an die Wand hinter sich und blickte durch den Gästeraum. Nach ihrer Einschätzung sah er völlig erledigt aus. Sie glaubte, dass Nale sich sofort, nachdem sie auf ihren Zimmern waren, schlafen legen würde.

Schweigend saßen die drei an ihrem Tisch und warteten, bis ihr Essen bei ihnen war. Vyrira zerbrach sich in der Zwischenzeit ihren Kopf darüber, was sie am nächsten Tag machen sollten. Es konnte ja nicht sein, dass sie weitere Tage damit verbrachten, durch die Gegend zu ziehen und versuchten, sich Informationen von irgendwelchen Leuten zu holen. Sie hatten bereits zwei Monate dafür vergeudet und nichts dabei herausgefunden. Verzweifelt lehnte sich Vyrira in ihrem Sessel zurück, ließ ihre Arme neben sich hängen und starrte dabei unablässig auf den Tisch, ohne selbst zu wissen, weshalb sie dies tat. Nach einigen Minuten kam die Kellnerin vorbei und brachte ihnen das Essen.

Die Frau grinste Jason noch ein paar Sekunden verschämt an, bevor sie mit roten Wangen meinte, sie könnten sie jederzeit bei der Anmeldung finden, falls sie noch etwas benötigten. Danach zog sie mit raschen Schritten und einer Hand vorm Gesicht davon. Daraufhin beugten sich die drei still über das Essen und aßen drauflos.

„Am besten wäre es, wenn wir Soldaten folgen würden", schlug Jason nach einer Weile vor.

„Weshalb denn?"

„Die beiden Zauberer haben ziemlich viele Einheiten", sagte er und fuchtelte mit einem Arm herum. „Wenn wir herausfinden, welche Soldaten zu ihnen gehören, dann können wir ihnen sicher heimlich folgen."

„Hört sich nicht schlecht an", lobte ihn Nale. „Doch was machen wir dann, wenn wir in der Nähe des Schlosses sind? Wie kommen wir unbemerkt hinein?"

„Vielleicht sollten wir uns trennen", schlug Jason vor.

Verwirrt über das, was er gerade sagte, sahen ihn die beiden an. „Was meinst du damit, wir sollten uns trennen?", fragte Vyrira.

„Ich meine, wenn wir dort angelangt sind, trennen wir uns. Zwei warten in sicherer Entfernung zum Schloss und die beiden anderen gehen hinein. Zuvor vereinbaren wir, wie lange die Wartenden auf die anderen warten sollen, bis sie einschreiten. Die, die hinein gehen, versuchen von innen heraus Soldaten fertigzumachen und kämpfen sich hinaus. Natürlich sollten sie zuvor das Herz finden und mit diesem hinausgelangen."

„Eine sehr gute Idee, aber diese weist leider drei Haken auf", meinte Nale. „Der erste wäre, dass du vergessen hast, dass die beiden Zauberer auch noch da sind. Wir wissen nicht, über welche Magie sie verfügen und wie gut sie sind. Vielleicht haben sie einen Schutzzauber angelegt, der sofort erkennt, wenn jemand mit der Gabe unerlaubt ins Schloss hineinwill. Sie haben noch dazu einige mit der Gabe unter ihrer Kontrolle und wir wissen nicht, wie gut die sind.

Dann komme ich gleich zum nächsten Problem: Wir müssten uns ausknobeln, wer von uns die Glücklichen sind, die hinein gehen. Brandon wäre in der Stadt zu auffällig, um ein Risiko einzugehen. Da wir nicht wissen, ob solche Schutzzauber, die ich vorhin angesprochen habe, existieren, falle auch ich weg. Ich könnte mich bestimmt hineinmogeln, da ich auf diverse Zauber zurückgreifen kann. Damit könnte ich mich wahrscheinlich eine Zeit lang in der Umgebung des Schlosses oder innerhalb dessen Mauern bewegen. Das Risiko ist dennoch groß, dass ich gefasst und ebenfalls unterworfen werde. Im schlimmsten Fall könnten sie mich sogar umbringen, weil sie vielleicht meinen Willen nicht brechen können. Ihr beide und Brandon wärt auf euch gestellt und müsstet auch noch gegen mich kämpfen, wenn die Zauberer es schaffen sollten, ihren Willen auf mich zu übertragen. Was dich angeht, Jason, ist es ebenfalls zu riskant, wenn du hineingehst. Ich weiß nicht, wie bekannt du unter den Soldaten bist, die sich eventuell dort befinden.

Und wenn du drinnen bist, Vyrira, schmoren die anderen, also höchstwahrscheinlich ich, Brandon und Jason, draußen. Wir könnten uns zwar einen genauen Zeitpunkt ausmachen, an dem du wieder rauskommst. Jedoch wäre es ziemlich auffällig, wenn wir drei draußen herumstehen oder gar unsere Runden um das Gebäude ziehen. Wir würden früher oder später auffallen, außer wir verstecken uns, was auf Dauer auch nicht wirklich ratsam wäre. Wer weiß, was die beiden Zauberer alles verzaubert haben, um ja früh genug gewarnt zu werden. Dies wäre dann der dritte Haken bei dem Ganzen."

Wieder verfielen sie in Schweigen. Vyrira seufzte. Jason hatte eine ziemlich gute Idee vorgebracht, aber Nale hatte genau die Probleme angesprochen, die sich von Anfang an ergeben hatten. Sie waren zu viert, zu auffällig und stellten sich allein gegen die Zauberer. Nale war ein Zauberer, konnte jedoch nicht ewig kämpfen. Die Gruppe wusste ja schließlich nicht, gegen wie viele Personen sie sich wirklich stellte. Sie konnten nur hoffen, dass sich einige ihnen anschlossen und ihnen halfen. Andernfalls war ihre Mission dem Untergang geweiht. Vyrira wusste wirklich nicht mehr, was sie machen sollten. Minuten vergingen, als Nale auf einmal sagte: „Ich mache euch einen Vorschlag: Wie wäre es, wenn wir den heutigen Abend genießen und ihn nicht durch so etwas verderben? Wenn wir Pech haben, dann verbringen wir die nächsten Nächte wieder in einem Wald."

Mit diesem Vorschlag waren Jason und Vyrira einverstanden. Über irgendwelche Themen sprechend, aßen die drei fertig. Nale bestellte sich danach noch etwas, da er noch Hunger verspürte. Nachdem nichts mehr auf dem Teller lag und alle ihre Becher geleert hatten, standen sie auf und gingen über eine Treppe auf ihre bereits reservierten Zimmer. Vyrira wünschte den beiden eine angenehme Nacht und verschwand in ihrem Zimmer. Das Zimmer besaß einen Kamin, in dem bereits Feuer brannte, und es wurde in zwei Räume getrennt. In einen Vorraum, in dem zwei Sessel, zwei dazugehörige Hocker und ein kleiner Tisch mit einem Stuhl standen, und in ein Schlafzimmer mit zwei Einzelbetten und einem Sofa. Im Schlafzimmer legte sie ihren Rucksack zwischen die Betten auf den Boden. Vyrira zog ihre Schuhe aus und legte sich völlig erschöpft, ohne sich die Mühe zu machen, ihre Sachen auszuziehen, ins Bett und versuchte zu schlafen. Sie wusste nicht, wie lange sie sich in der Rückenlage befand, aber sie wusste, dass sie immer noch wach war. Kurzerhand entschloss sie sich nach einer Ewigkeit aufzustehen.

Sie hob ihre Beine aus dem Bett, schlüpfte in die Schuhe und ging aus dem Schlafzimmer. Das Mädchen hatte Glück, denn es war noch genügend Glut im Kamin, um das Feuer mit Leichtigkeit wieder anzufachen. Vyrira holte zwei Scheite aus dem Korb, der rechts neben dem Kamin stand, und warf beide hinein. Obwohl sie schon aufgewärmt genug war, war die Wärme jedoch eine Wohltat nach den vielen Nächten in der Kälte. Einige Augenblicke blieb sie vor dem Kamin stehen und hatte die Arme in Richtung des Feuers gestreckt, bevor sie sich dazu entschied, sich hinzusetzen.

Während sie ins Feuer blickte, versuchte sie herauszufinden, weshalb sie auf einmal nicht schlafen konnte. Für gewöhnlich war es für sie ein Kinderspiel, einfach einzuschlafen, egal ob ein Fremder in Nales Hütte übernachtete oder ob sie, wie es nun der Fall war, außerhalb von ihrer gewohnten Umgebung schlief. Sie verstand es einfach nicht. Vielleicht lag es daran, dass die Gruppe nach Langem wieder in einem Dorf angelangt war. Oder aber lag es daran, dass Vyrira sich schon so an die Nächte in den Wäldern gewöhnt hatte, dass es ihr schwerfiel, wieder in einer Ortschaft zu sein. Doch je mehr sie sich dazu zwang, nach einer passenden Lösung für ihre Schlaflosigkeit zu suchen, desto verwirrter wurde sie.

Um nicht weiter darüber nachzudenken, stand das Mädchen auf und marschierte aus dem Zimmer. Vyrira hatte vor, Nale und Jason einen kurzen Besuch abzustatten. Falls die beiden schon schliefen, würde sie sich ein wenig die Beine im Dorf vertreten. Zu ihrem Glück musste sie nicht weit zum Zimmer der Männer gehen. Sie musste, als sie aus ihrem Zimmer getreten war, nach rechts und an die erste Tür zu ihrer Rechten klopfen, die der Treppe am nächsten war. Sie wartete ein paar Sekunden, da sie hoffte, dass sie doch einer einließ. Jedoch blieb die Tür geschlossen und so musste die zweite Möglichkeit herangezogen werden. Vyrira wollte gerade ein paar Schritte zurück zu ihrem Zimmer gehen, als auf einmal doch die Tür zum Zimmer ihrer Begleiter einen Spalt geöffnet wurde und Nale herauslugte.

„Du bist noch wach? Wieso schläfst du nach dem harten Tag nicht?", fragte er und öffnete die Tür gänzlich.

Nachdem das Mädchen eingetreten war, schloss er die Tür wieder. Wie Vyrira feststellte, sah das Zimmer genauso aus wie ihres. Im Kamin loderte das Feuer und am Tisch, der genauso wie der von Vyrira aussah und gegenüber der Tür an der Wand stand, brannte eine Kerze. Und wie sie von ihrem Standpunkt aus erkennen konnte, lagen mehrere Pergamentstücke auf dem Tisch.

„Keine Ahnung, warum ich nicht schlafen kann. Ich bin zwar in höchstem Maße müde, aber als ich im Bett lag, konnte ich einfach nicht einschlafen. Vielleicht liegt es auch an dem, was uns noch bevorsteht", antwortete das Mädchen, während Nale sich daran machte, auf dem Stuhl am Tisch Platz zu nehmen. „Eigentlich könnte ich dich auch fragen, weshalb du nicht im Bett bist."

„Ich wollte noch etwas abarbeiten. Es hatte sich heute gerade wieder angeboten, da wir nicht im Schnee sind. Jason dagegen ist gleich zu Bett gegangen. Er schläft schon tief und fest."

„Ist es etwa so wichtig?", fragte Vyrira und setzte sich auf den Hocker, der Nale am nächsten war.

„Für dich wahrscheinlich nicht, aber für mich. Das alles sind wichtige Notizen, die ich mir durchgesehen und teilweise ergänzt habe", antwortete er und deutete auf die Pergamentstücke vor sich auf den Tisch.

„Eine Art von Tagebuch oder wie soll ich mir das vorstellen?"

„So kann man es auch beinahe nennen. Ich habe es mir angewöhnt, hier und da für mich wichtig Dinge zu notieren."

„Das können ja Dinge sein, die will ich gar nicht wissen."

„Werde ja nicht frech!", entgegnete der Mann. „Ich weiß gerade nicht, was dir durch den Kopf geht, aber offenbar ist es nichts Gutes. Ich sage dir, du bist damit auf dem Holzweg. Ich muss allerdings zugeben, dass einige Dinge, die ich niedergeschrieben habe, wirklich nichts für dich sind. Die sind zu grausam oder schießen über den normalen Verstand hinaus. Was nicht heißen soll, dass du nicht klug wärst. Im Gegenteil, du bist außerordentlich gescheit, aber das alles würdest du trotzdem nicht verstehen, auch wenn ich es dir ausführlich erklären würde."

„Außerdem hätte ich sowieso nicht die Lust, deinen ausführlichen Erklärungen zu lauschen. Dafür bin ich eindeutig nicht fit genug", gestand Vyrira und drehte sich mit dem Gesicht zum Feuer. „Auch wenn ich aus unerfindlichem Grund nicht schlafen kann, verspüre ich dennoch eine Müdigkeit und das macht es mir erst recht schwer, jetzt etwas bezüglich Magie aufzunehmen. Du hast mir in letzter Zeit zwar einiges erklärt, auch in Bezug auf dich. Aber das alles würde mir im Moment nur Kopfschmerzen bereiten, die mich vom Schlafen abhalten würden."

Vyrira gähnte und streckte sich. Es war für sie wirklich unverständlich, weshalb sie trotz der Müdigkeit, die sie im Moment verspürte, einfach nicht einschlafen wollte. Nale hatte wenigstens einen Grund, warum er um diese Zeit noch munter war. Wenn er meinte, er wolle etwas zu Papier bringen, dann sollte er es eben tun. In einem Punkt stimmte das Mädchen ihm zu. Da sie in einem Gasthaus übernachteten und in den Zimmern Tische vorhanden waren, war es praktisch ein Geschenk der Seelen. Sie wussten ja nicht, wann sie das nächste Mal die Chance hätten, wieder ein Dach über dem Kopf zu haben. Der Einzige, der arm dran war, war Brandon, aber der wollte es so. Außerdem würde er in den Dörfern nur unnötig für Unruhe sorgen, wenn man ihn sähe.

Während Vyrira still in die Flammen starrte und dem Knistern lauschte, schoss ihr ein Gedanke durch den Kopf. Ihr ging es durch den Kopf, wie es wohl ihren Eltern gefiele, wenn sie wüssten, dass Vyrira auf solch einer Reise war, die alles andere als ungefährlich war. Vielleicht wären sie auch stolz auf sie, da sie sich traute, solch ein Abenteuer zu bestreiten. Der Gedanke an ihre Eltern, die sie nicht kennengelernt hatte, stimmte das Mädchen traurig. Wie schön wäre es, wenn sie das alles miterleben könnten.

„Es ist wahrscheinlich nicht der richtige Zeitpunkt, um danach zu fragen, aber könntest du mir erzählen, was mit meinen Eltern passiert ist?", fragte Vyrira laut in den Raum.

Abgesehen vom Knistern des Feuers herrschte mehrere Sekunden Stille, als Nale antwortete: „Das ist wahrlich ein schlechter Zeitpunkt, um danach zu fragen."

„Ich weiß, jedoch habe ich gerade an sie gedacht und wie sie es wohl fänden, dass ich zusammen mit dir unterwegs bin. Im Übrigen hast du mir nie erzählt, was wirklich mit ihnen geschehen ist. Du hast, soweit ich mich erinnere, gemeint, dass es noch nicht an der Zeit sei, um darüber zu reden."

„Und du glaubst allen Ernstes, dass gerade hier und jetzt die Zeit dafür ist?", fragte Nale düster zurück.

„Ja, das glaube ich. Du hast nur einmal erwähnt, dass du sie sehr gut kanntest. Dass du mit ihnen befreundet warst."

„Ich finde jedoch, dass es ein ungünstiger Zeitpunkt ist, darüber zu reden", erwiderte der Zauberer.

„Aber ich will endlich die Wahrheit wissen!", forderte Vyrira und drehte sich zu ihm um. „Du hast mich schon viel zu lange, wie ich finde, im Unklaren gelassen."

Nale blickte sie mit müden und traurigen Augen an. Ihm war es anzusehen, dass er am Überlegen war, welchen Schritt er als Nächstes tun sollte. Vyrira behielt den Blickkontakt bei und wartete geduldig ab, ohne ein Wort zu sagen. Nale war derjenige, der den Blick abwandte und aufstand. Ein paar Sekunden ging er im Zimmer hin und her, bis er zu dem Mädchen gewandt sagte: „Es ist eine unangenehme Geschichte, das muss dir klar sein. Das, was geschehen ist, war auf eine Art scheußlich, die du dir nicht erträumen kannst. Ich habe in meinem Leben vieles gesehen. Einiges war wunderbar, anderes wiederum nicht. Doch dieser Teil ist das Schlimmste, was mir jemals zu Gesicht gekommen ist."

„Du musst ja nicht ins Detail gehen, wenn es wirklich unangenehm ist. Ich will einfach nur wissen, was mit meinen Eltern passiert ist."

„Also gut. Eines Tages hätte ich dir bestimmt davon erzählt, aber dass das jetzt sein muss, verstehe ich überhaupt nicht", meinte Nale. Er stellte den Stuhl, auf dem er zuvor gesessen hatte, näher an Vyrira heran und setzte sich. „Aber sage im Nachhinein nicht, dass ich dir die Geschichte aufgedrängt hätte. Du wolltest sie hören und hast mich solange verbissen genervt, bis ich zugestimmt habe!"

„Ich verspreche dir, dass ich nichts dergleichen sagen werde."

„Gut, wenn das geklärt ist, dann will ich dir kurz erläutern, was damals passiert ist. Du warst nicht das einzige Kind deiner Eltern, denn du hattest noch einen zwei Jahre älteren Bruder. Dieses Familienglück war einfach perfekt, doch leider hielt es nicht für lange. Als du drei Jahre alt warst, war gerade deine zu der Zeit noch einzige lebende Großmutter bei euch. Da ich ein guter Freund deiner Großmutter und deines Vaters war, war ich an dem Tag auch eingeladen. Du musst wissen, dass wir uns schon aus der Zeit kannten, wo sie noch mit deinem Vater schwanger und glücklich verheiratet war. An dem Tag hatte man sich nach Langem wieder treffen wollen. Es war ein herrlicher Tag, der jedoch tödlich für deine Familie endete.

Ich kann leider nur erahnen, was passierte, denn an dem Tag hatte ich mich ein Kranker noch eine Weile hingehalten. Als Brandon und ich jedoch ankamen, waren alle außer dir und Marc, so hieß dein Vater, tot. Du hattest aus unerfindlichen Gründen keinen einzigen Kratzer abbekommen, aber Marc hatte es ziemlich schlimm erwischt. Weil seine Verletzungen zu schwerwiegend waren, um sie zu heilen, konnte ich ihm leider nicht mehr helfen. In seinen letzten Atemzügen flehte er mich an, dass ich auf dich aufpassen und über dich wachen solle. Ich versprach es ihm. Ich weiß nicht, wie lange es gedauert hatte, bis er endlich von seinem Leid erlöst war, aber als ich es merkte, hielt ich seinen leblosen Körper in Händen. Ich habe alle in der Nähe ihres Hauses beigesetzt. Danach habe ich genügend Sachen für dich zusammengesammelt und diesen verfluchten Ort verlassen.

Ich wollte einfach nicht, dass du an einem Ort aufwächst, an dem sich solch ein Leid zugetragen hat. Für mich hieß es zwar, dass ich meine Identität vor dir verbergen musste, aber das war es mir wert. Brandon hätte mit einem Rudel mitziehen können, wenn er gewollt hätte. Er blieb jedoch bei mir, obwohl er wusste, dass nicht nur mein eigentliches Leben, sondern auch seins unter einer falschen Identität verschwand. In diesem Sinne konntest du unter normalen Umständen aufwachsen und warst gleichzeitig geschützt. Denn …"

„… bessere Bewacher hätte ich nicht bekommen können?", vollendete das Mädchen den Satz.

„Genau. Ich versuchte, mich zu verstellen und gleichzeitig auf dich aufzupassen. Und Brandon wusste von dem schlimmen Schicksal deiner Eltern und deiner Großmutter, weshalb er, obwohl er deinem Vater nichts versprochen hatte, ebenfalls ein wachsames Auge auf dich warf. Natürlich passen wir auch jetzt auf dich auf, obwohl du unsere wahre Identität kennst."

„Deshalb hast du nie auf meine Fragen hin erzählt, was passierte", sagte Vyrira verständnisvoll.

„Richtig. Ich wollte es dir zu der Zeit, als du mich ständig danach gefragt hast, einfach noch nicht zumuten. Du warst einfach noch zu jung dazu."

„Wie waren meine Eltern sonst so?"

„Du hattest die besten Eltern, die man sich nur vorstellen kann. Die Eltern deiner Mutter und die deines Vaters waren ebenfalls unübertrefflich. Leider starben die Eltern deiner Mutter kurz nach deiner Geburt an einer Krankheit. Ich hatte zwar alles versucht, bin aber leider gescheitert. Sie waren die nettesten Menschen, die ich je gesehen habe. Dein Vater konnte einen mit seinen Augen verzaubern. Den Wissensdurst und die Sturheit hast du eindeutig von ihm, wie auch von deinen beiden Großvätern. Vielleicht etwas mehr von deinem Großvater väterlicherseits. Das Lächeln hast du von deiner Mutter."

„Von jedem etwas oder wie sehe ich das?"

„Stimmt. Bist du sauer auf mich, weil ich es dir nicht eher erzählt habe?"

„Nein. Du hattest einfach nur das Beste für mich im Sinn."

„Da bin ich aber froh, dass du so denkst. Ich kann dir sagen, dass dein Großvater väterlicherseits, der vor deiner Geburt verschwand, sicher am stolzesten auf dich wäre. Er hatte sich, soweit ich weiß, schon immer ein Mädchen gewünscht, das so ist wie du. Bildhübsch, wissbegierig und keine Scheu vor so mancher Arbeit."

„Weißt du vielleicht, warum er verschwand?", fragte Vyrira.

„Damals musste er in die Armee, um irgendeinem König zu dienen. Danach wurde er nicht mehr gesehen. Ich glaube, er wurde bei einem Kampf getötet und seine Kameraden haben es nicht für nötig erachtet, die Familie darüber zu informieren. Es gab auch genügend Plünderungen und Entführungen. Sie haben sein Verschwinden einfach als Entführung gedeutet, was ich jedoch bezweifle. Lieber wäre er gestorben, als dem Feind in die Hände zu laufen. So gut kannte ich ihn schon, als es anders zu sehen."

Abermals kam Stille über sie. Das, was Nale gerade erzählt hatte, hatte Vyrira verständlich gemacht, weshalb sie in den Jahren zuvor nie eine Antwort von ihm erhalten hatte. Sie hatte sich alles erwartet, aber dass ihre Eltern ermordet wurden, hätte sie nicht gedacht. Und dass auch ihre einzige Großmutter und ihr Bruder ihr Leben lassen mussten, war ihr unbegreiflich.

„Alles in Ordnung?", fragte Nale.

„Ja. Ich bin einfach nur schockiert über die Tatsache, dass so etwas passiert. Wie grausam können Menschen nur sein, um so etwas zu tun?"

„Du wolltest es unbedingt wissen. Aber wenigstens verstehst du, weshalb ich dir nicht früher davon erzählt habe, was mir vieles erleichtert. Ich wusste nicht, wie du auf diese schlechte Nachricht reagieren würdest. Im Übrigen tun Menschen dümmere Dinge aus noch dümmeren Gründen. Sie stehlen beispielsweise auch aus reiner Langeweile, obwohl ihnen alles zur Verfügung steht."

„Solch ein Verhalten verstehe ich überhaupt nicht", sagte Vyrira kopfschüttelnd. „Und ich finde, ich habe mich ruhig und gesittet verhalten."

„Stimmt, das hast du", pflichtete Nale ihr bei. „Ich kann nur zu gut verstehen, dass deine Gefühle und Gedanken dadurch extrem durcheinandergekommen sind. Nichtsdestotrotz bist du nun im Bilde und ich hoffe, du kommst nicht auf dumme Ideen."

„Wenn du glaubst, ich verfalle in eine Depression und überlege, ob ich mir das Leben nehme, dann hast du dich geirrt!", fauchte Vyrira den Zauberer an. „Wenn du glaubst, dass du mich deswegen loswirst, damit du dich nach Lust und Laune verletzen kannst, dann irrst du dich ebenfalls, und zwar gewaltig. Ich danke dir, dass du mir endlich die Wahrheit gesagt hast, aber die Tatsache, dass meine Eltern, mein Bruder und meine Großmutter tot sind, hält mich nicht davon ab, mich um dich zu sorgen."

„Nein, nein, soweit habe ich gar nicht gedacht. Das wollte ich dir gar nicht unterstellen."

„Ich hoffe, du meinst das auch so. Wenn ich merke, dass du mich gerade angelogen hast, dann bekommst du Probleme."

„Warum musst du manchmal meine Worte so dermaßen missverstehen?", fragte Nale. „Ich glaube, du bist im Moment wirklich zu übermüdet, um noch ansatzweise meine Worte klar zu verstehen. Und noch dazu das Geschehnis von damals. Eine wirklich ungünstige Kombination, das muss ich schon sagen."

„Sieht so aus. Ich glaube, ich sollte mal lieber zurück auf mein Zimmer gehen und mich aufs Ohr hauen, obwohl ich nicht glaube, dass ich gerade jetzt schlafen kann. Ich glaube, ich kann jetzt weniger schlafen als zuvor. Aber eins weiß ich: Einen Spaziergang mache ich bestimmt nicht mehr."

„Falls du etwas von meinen Kräutern willst, dann …"

„Nein danke, Nale", wimmelte sie seinen Vorschlag ab und stand auf. „So verzweifelt nach Schlaf suchend bin ich nun auch wieder nicht, dass ich auf deine Kräuter zurückgreife. Ich werde mich schon irgendwie dazu überwinden, ein bisschen zu schlafen."

Ein weiteres Mal, was für diesen Abend das letzte Mal war, wünschten sich die beiden eine gute Nacht und Vyrira ging etwas unbeholfen zurück auf ihr Zimmer. Wie zuvor streifte sie nur ihre Schuhe von den Füßen und behielt ihr Gewand an. Minuten lang dachte sie noch über das Gesagte nach. Sie war sich sicher, dass sie diese Nacht keinen Schlaf mehr finden würde, aber während sie in ihre Gedanken vertieft war, holte sie der Schlaf dann schließlich doch noch ein. Am nächsten Tag trafen sie sich im Zimmer von Nale und Jason, bevor sie sich dazu entschlossen, wieder in den Schnee hinauszutreten und sich mit Brandon zu treffen, um ihre Reise fortzusetzen.

KAPITEL 9

Sie liefen schon seit dem Zeitpunkt durch den Schnee, als sie sich im Gastzimmer entschlossen hatten, endlich aufzubrechen und hielten gerade nur da, wenn es wirklich nötig war. Dies war vor einigen Stunden gewesen. Und nun stapften sie seit einer Stunde durch einen Wald, in der sie eine Weile zu dritt weitermarschierten. Brandon hatte sich schon vor etwa einer halben Stunde von ihnen verabschiedet und streifte irgendwo in einigem Abstand von ihnen umher. Vyrira wurde schon langsam müde und sie fand, dass sie schon weit genug gegangen waren. Ebenfalls fand sie, dass Soldaten, falls welche an diesem Waldstück vorbeikämen, das Licht des Feuers nicht erkennen könnten. Und irgendwie kam es ihr vor, als hätte sich der Wald verändert. Sie wusste nicht, woher sie diese Ahnung nahm, aber ihr Gefühl sagte ihr, dass sich etwas verändert hatte. Die Bäume und generell an der Umgebung hatte sich etwas verändert, bloß war es schwer zu bestimmen, was genau. Vyrira blickte um sich, während sie den beiden Männern folgte.

„Entschuldigt einmal, aber ich hätte eine Frage", sagte sie einmal.

„Und wie lautet sie?", wollte Nale wissen.

„Die Frage hört sich wahrscheinlich blöd an, aber ich will es trotzdem wissen: Sind wir eigentlich immer noch im selben Wald?"

„Ich finde schon. Warum fragst du?", antwortete Jason.

„Ich weiß nicht. Mein Gefühl sagt mir, dass etwas nicht stimmt."

„Das bildest du dir vielleicht nur ein", mutmaßte Nale.

Vyrira glaubte das aber nicht. Sie bemerkte, dass die beiden vor ihr das auch wussten. Wie sie sehen konnte, drehten sie ihre Köpfe zu allen Seiten. Ihre besorgten Blicke, die hin und her huschten, bestätigten dem Mädchen das Gefühl. So ging sie immer wieder den Blick umherschweifend weiter. Ohne ein Wort miteinander zu reden und mit einem bedrückenden Gefühl im Magen legten sie eine große Strecke zurück. Jason hatte, wie Vyrira zufällig entdeckte, sein Schwert aus der Scheide, das an seiner Hüfte hing, geholt und trug es kampfbereit in seiner rechten Hand. Nale ließ sein Schwert noch in der Scheide. Im Gegensatz zu Jason hatte der Alte den Gürtel über die Schulter gehängt und die Scheide hing quer über seinen Rücken.

Ein paar Minuten vergingen, als Nale begann: „Ich glaube, hier ist ein gutes Plätzchen, um …"

Den Rest des Satzes vollendete Nale nicht, da ihn ein Geräusch aufmerksam gemacht hatte. Er zog sein Schwert mit Geschick und mit solch einer Geschwindigkeit, dass Vyrira erstaunt war. Während sie immer noch erstaunt zu Nale blickte, vernahm sie ein Geräusch, das bestimmt keiner von ihnen verursacht hatte. Es hörte sich an, als würde sich etwas durch die Luft bewegen, und zwar ganz in der Nähe. Es könnte auch von weiter weg kommen, dachte sich das Mädchen. Die Bäume waren schließlich keine große Hilfe dabei, das Geräusch genauer zu lokalisieren. Rücken an Rücken standen die drei dicht beieinander. Vyrira hatte auch ihr Schwert gezogen und war bereit zu kämpfen. Es war einige Zeit vergangen, ohne dass sie sich von ihrem Standort wegbewegten. Mit der Zeit verflog ihre Angst und es reichte ihr schon langsam, denn sie war müde und wollte unbedingt schlafen.

„Warum stehen wir eigentlich noch so blöd Rücken an Rücken? Das Geräusch ist verschwunden und in den letzten Sekunden nicht wiedergekommen!", sagte Vyrira etwas genervt.

Sie löste sich aus dem Kreis und ging ein paar Schritte weg. Als sie ihr Schwert wieder in die Scheide geben und weiter von den Männern weggehen wollte, schrie Nale plötzlich: „Vyrira! Vorsicht!"

Das Mädchen hatte nicht einmal eine Chance, den Kopf hochzuheben, um zu sehen, was eigentlich los war. Das Schwert hatte sie noch nicht in die Scheide zurückstecken können, als sie so heftig weggestoßen wurde, dass sie von einer Sekunde auf die andere der Länge nach im Schnee lag. Jemand oder etwas landete genau auf ihr und drückte sie nach unten. Vyrira riskierte einen Blick und sah, dass Nale auf ihr lag und sie vor einer riesigen Gestalt gerettet hatte, die gerade an der Stelle stand, an der sie vor Kurzem gestanden hatte.

„Ist dir etwas passiert?", fragte er.

„Nein und dass dank dir."

Jason stürzte sich mit erhobenem Schwert auf die Gestalt. Diese schrie auf und holte mit dem Schwanz aus. Der Schwung war kräftig und kam zu plötzlich, daher konnte Jason nicht mehr ausweichen. Der Schwanz traf ihn mit voller Wucht im Bauchbereich, hob ihn von den Füßen und schleuderte ihn in die Richtung, aus der er angerannt war. In einigen Metern Entfernung kam er dann hart auf dem Boden auf. Vyrira glaubte gehört zu haben, wie Knochen brachen. Nale war währenddessen aufgestanden und hatte sein Schwert bereits in beiden Händen. Schnell stand Vyrira auf und stellte sich neben Nale.

„Ich versuche, das Vieh abzulenken und du gehst zu Jason", befahl der Alte.

„Du kannst ihn aber heilen! Ich kann die Gestalt genauso gut ablenken."

„Du wirst zu Jason gehen und dieses Mal will ich keine Widerrede hören. In diesem Punkt wirst du nicht dein Leben riskieren. Wenn ich es sage, dann läufst du zu Jason hinüber und bleibst dort. Verstanden?"

Vyrira nickte und blieb hinter Nale. So ernst hatte sie ihn noch nie erlebt. Manchmal, wenn Leute aus dem Dorf zu ihm kamen und ihn wegen einiger Verletzungen um Rat fragten, war er immer ruhig gewesen. Auch wenn gerade eine Frau ein Kind auf die Welt brachte und er um Hilfe gebeten wurde, blieb er ruhig, auch wenn es Komplikationen bei der Geburt gab. Langsam schlich Nale, den Blick auf die Gestalt geheftet, um diese herum. Vyrira folgte ihm und ließ ebenfalls das Ding nicht aus den Augen.

„Jetzt!", wies Nale sie an.

Vyrira rannte los, aber blickte aus dem Augenwinkel immer noch die Gestalt an. Diese brüllte auf und griff nach ihr, aber die Pranke wurde durch eine Energiewelle weggeschleudert.

„Du musst dich leider nur mit mir vergnügen!", hörte das Mädchen den Zauberer rufen. Endlich war Vyrira bei Jason angekommen und kniete sich neben ihn hin.

„Ich bin hier. Ich werde auf dich aufpassen", flüsterte sie. Jason lag auf dem Rücken und Vyrira überprüfte, ob sich sein Brustkorb noch hob und senkte.

Als sie sah, dass dies geschah, drehte sie ihren Kopf. Das Ding hatte sich an Nale gewandt und knurrte. Der Anblick des Wesens war grauenhaft. Es war beinahe dreimal so groß wie Nale und um ein Vielfaches breiter. Auf dem Rücken ragten Flügel in die Höhe und der Schwanz lag ruhig hinter dem Wesen auf dem Boden. Vyrira konnte sehen, dass die Gestalt auf zwei Beinen stand. Die Beine besaßen wie die Arme Krallen. Das Wesen blickte Nale an, stieß dabei einen Schrei aus und flatterte mit den Flügeln. In einer Hand des Alten entstand eine Feuerkugel und er schoss diese dem Tier entgegen. Die Kugel traf das Tier mitten auf der Brust und es torkelte zurück.

Vor Schmerz und Zorn brüllte das Tier auf und stürzte sich auf den alten Mann. Eine Pranke des Monsters schoss nach vorne, verfehlte Nale aber knapp, denn dieser sprang noch rechtzeitig aus dem Weg. Nale lag im Schnee und Vyrira konnte sehen, dass etwas doch nicht stimmte. Er hielt seinen linken Arm und kroch von dem Tier weg. Kriechen konnte man es nicht nennen. Er schob sich einfach nur mit den Beinen Stück für Stück von dem Tier weg. Ein Schatten trat hinter einem Baum hervor und stellte sich zwischen Nale und das Monster. Nale sagte irgendetwas, das Vyrira nicht verstand, und der Schatten kam auf sie zu. Erst als er bei ihr angelangt war, erkannte sie, dass es Brandon war.

„Warum bist du nicht bei Nale und hilfst ihm?", fragte sie.

„Er hat mir aufgetragen, bei dir zu bleiben und auf dich aufzupassen, falls das Tier ihn erledigt und es dich attackieren will."

Das Monster setzte nun seinen Schwanz ein, hob ihn hoch und ließ ihn über Nale fallen. Er wollte sich noch wegrollen, aber der vordere Teil des Schwanzes traf sein Bein. Der Mann schrie auf. Das Schwert hatte er zum Glück noch in der rechten Hand. Er hob das Schwert und schlug so fest er konnte auf den Schwanz ein. Blut spritzte aus einer Wunde und der Schwanz wurde von seinem Bein heruntergehoben. Das Monster schritt schreiend ein Stück von dem alten Mann weg.

Vyrira reichte es. Sie nahm ihr Schwert, das sie, als sie nach dem Sturz wieder auf den Beinen war, aufgesammelt hatte, fest in die Hand und stand auf. Es war ihr egal, was Nale ihr gesagt hatte. Selbst Brandon würde sie nicht aufhalten. Fest entschlossen richtete sie ihren Blick auf die Kreatur. Gerade als sie auf das Tier zu laufen wollte, stoppte sie in ihrer Bewegung. Vyrira konnte aus der Ferne Geräusche wahrnehmen. Der Lärm kam immer näher auf sie zu und auf einmal tauchten drei Personen auf. Zwei davon, eine Frau und ein Mann, stürzten sich auf das Tier. Sie überwältigten es innerhalb weniger Augenblicke. Die letzte Person, eine weitere Frau, kniete sich neben Jason auf den Boden und beugte sich über ihn.

„Bleib hier", sagte Vyrira zu dem Wolf und lief los.

Rutschend kam sie zum Stillstand und sie kniete sich hinter dem Zauberer hin. Vorsichtig hob sie unter Anstrengung den Oberkörper des Mannes und gab ihre Beine zwischen ihn und den Boden. Dabei drückte das Mädchen eine Hand auf die Wunde an seinem Arm.

„Weißt du immer noch, was du tust?", fragte Vyrira.

„Im Moment nicht. Meine Reaktionen haben leider, wie ich gerade gemerkt habe, mächtig nachgelassen. Ich glaube nicht, dass ich so schnell wieder auf die Beine komme."

„Du wirst wieder gesund und dann kannst du etwas erleben. Den Ärger, den du von mir bekommst, wirst du lange nicht mehr vergessen."

Vyrira strich ihm die Haare aus dem Gesicht und sah sich nach Hilfe um.

„Warum machst du uns so einen Ärger?", hörte Vyrira eine Frauenstimme fragen. Sie kam aus der Richtung des Wesens.

„Mach ihm keine Vorwürfe. Er vermisst Trish", entgegnete eine Männerstimme.

„Ja, das weiß ich auch. Aber zurzeit geht es ihr nicht so gut und wir haben es dir schon tausend Mal erklärt, Marky", meinte sie. „Ich erkläre es heute noch einmal, und zwar zum letzten Mal. Du wirst bald wieder die Gesellschaft von Trish bekommen, aber das dauert noch eine Weile. In der Zwischenzeit hältst du dich von anderen Menschen fern. Wenn es noch einmal zu solch einem Zwischenfall kommt, bekommst du ziemliche Schwierigkeiten. Ich hoffe, ich habe mich klar ausgedrückt. Wir werden dich loslassen, danach verschwindest du zu deinen Artgenossen und bleibst gefälligst dort!"

Das Wesen nickte. Von den Griffen befreit, flatterte es mit den Flügeln, stieg in die Luft und verschwand daraufhin zwischen den Bäumen. Nale krümmte sich vor Schmerzen in ihrem Griff.

„Halte durch!", flüstere Vyrira und strich ihm über die Haare. Die zwei Personen trennten sich. Die Frau kam auf Vyrira und Nale zu und kniete sich hin. Sie ließ eine Hand über Nale gleiten. Vyrira wusste nicht, warum die Frau das tat, aber sie beobachtete sie still.

„Oh, das sieht nicht gut aus. Tiger! Jay! Ich verschwinde mit den dreien hier", rief die Frau zu den anderen hinüber.

„Moment, warum drei?", fragte Brandon. „Ihr nehmt nur ihn und das Mädchen mit. Ich bleibe hier im Wald."

„Wie schön, ein sprechender Wolf", erwiderte die Unbekannte. „Natürlich kommst du auch mit. Es wird eine Weile dauern, bis die beiden geheilt sind, und du wirst dich bestimmt über ein warmes Plätzchen und Essen freuen."

Wie Vyrira erkennen konnte, war Brandon verwirrt. Er merkte anscheinend erst jetzt, dass er sich verraten hatte. Es war eigentlich verständlich, dass er nicht geachtet hatte, Stillschweigen zu bewahren, da sein bester Freund und langjähriger Partner verletzt war. Vyrira fühlte mit ihm. Sie wollte genauso, dass Nale wieder gesund wurde. Die Frau forderte das Mädchen auf, sich an ihr festzuhalten, während sie eine Hand auf Nales Schulter legte und die andere Hand in Brandons Fell vergrub.

Einen Augenblick später waren der Schnee und die Bäume vor Vyriras Augen verschwunden. Wieder einen Augenblick später umhüllte sie eine wohltuende Wärme und unter sich spürte sie teils etwas Weiches, teils etwas Hartes. Jedoch vermochte sie nicht genau festzustellen, was sich unter ihr befand, da ihre Sorge um Nale zu groß war. Andererseits war ihr nach dieser Reise oder was auch immer es war übel und sie wollte sich am liebsten übergeben. Die Frau, die sie hierhergebracht hatte, bat das Mädchen Nale loszulassen. Nachdem Vyrira dem nachgekommen war, wurde Nale wie durch Zauberhand in die Luft gehoben und auf ein provisorisch hergerichtetes Bett gelegt. Jemand packte sie am Arm und zog sie sachte auf die Beine.

„Komm! Hier wird es ziemlich eng werden und wir wollen euch nicht wehtun, wenn wir eure Begleiter heilen", sagte eine andere Frauenstimme in Vyriras Ohr.

Vyrira wurde vorsichtig von Nale weggeführt. Wie sie aus dem Augenwinkel erkennen konnte, wurde auch Brandon vorsichtig auf den Beinen gehalten und hinter ihr und der Frau hergeführt. Des Weiteren erkannte das Mädchen noch, wie drei Personen versuchten, Jason auf ein anderes Bett zu befördern. Zumindest sah es danach aus. Und mehr bekam Vyrira nicht mit, da sie durch eine Tür trat und dahinter nach rechts geführt wurde. So versperrte ihr die Wand den Blick. Widerwillig ließ sie sich weiterführen bis zu einer anderen Tür, die von der Tür aus gesehen, aus der sie getreten waren, die zweite war. Sie traten ein und Vyrira wurde vorsichtig auf einen Stuhl niedergelassen. Vyrira erkannte, dass es ein Raum war, der mit drei kleinen Tischen, dazugehörigen Stühlen und riesigen Regalen eingerichtet war. Solche Regale, in denen merkwürdige bunte Dinge standen, hatte das Mädchen noch nie gesehen. Brandon trat gefolgt von einem Mann ein und legte sich neben solch einem Regal auf den Boden.

„So, dann wollen wir euch von eurem Leid erlösen und euch endlich heilen", erklärte der unbekannte Mann und kniete sich neben Brandon hin.

Die Frau, die Vyrira geführt hatte, tippte ihr mit zwei Fingern gegen die Stirn und löste die Finger wenige Sekunden später wieder. Mit dem Lösen der Finger erlosch auch die Übelkeit, die das Mädchen seit Kurzem verspürt hatte.

„Und? Besser?", fragte die Frau mit einem Lächeln.

„Ja, danke. Wie habt Ihr das angestellt? Und wo sind wir?", erwiderte Vyrira, blieb jedoch zur Sicherheit sitzen. Ihr war zwar nicht mehr übel, aber sie traute ihren Beinen nicht zu, sie zu tragen. Zumindest nicht für die nächsten Minuten.

„Wir konnten euch heilen, weil wir die Gabe besitzen, wie einer eurer Begleiter", meinte der Mann, während der Wolf aufsprang und mit dem Schwanz wedelnd ein paar Schritte ging. „Und ihr alle hattet Glück, hier vorbei gekommen zu sein. In diesem Gebäude arbeiten ausschließlich Leute mit der Gabe, sonst wärt ihr verloren gewesen. Mein Name ist übrigens Jay Garn und das hier ist die Leiterin dieses Gebäudes, Elisabeth Harrett."

„Und wer seid ihr zwei?"

„Vyrira Myrut und dieser haarige Freund ist Brandon."

„Sagst du noch einmal haarig, dann gibt es Ärger. Ich kann nichts dafür, dass ich ein Fell besitze. Zu deiner Information bin ich stolz auf meine Behaarung", erwiderte der Wolf und setzte sich neben ihren Stuhl.

„Das ist mal etwas Angenehmes. Einen waschechten Wolf, der noch dazu sprechen kann, habe ich lange nicht mehr zu Gesicht bekommen. Wenn man die Mitarbeiter, die sich verwandeln können, jetzt natürlich nicht dazurechnet."

„Elisabeth! Wir haben Probleme mit der Heilung", sagte eine Frau, die gerade in der Tür erschienen war.

„Wie das?"

„Wir wissen es auch nicht und Katy ist völlig verzweifelt, weil sie einfach nicht weiterkommt. Den Jungen konnte sie mit Leichtigkeit heilen, aber beim Alten gibt es Probleme."

„Sehr merkwürdig. Wisst ihr, woran das liegen könnte?"

„Nein. Katy meint, dass irgendetwas das Weiterkommen ihrer Gabe blockiert. Anfangs dachte sie, es wäre seine Gabe, die ihrer Meinung nach sehr stark ist. Aber nachdem sie es noch ein paar Mal probiert hatte, ist sie sich dem nicht mehr sicher. Sie schätzt, dass es sich um irgendeinen Schutz handelt, den er in sich trägt und der ihn vor Fremdeinwirkung schützt. Falls ihre Vermutung stimmen sollte, haben wir einfach keine Chance, weiter in ihn durchzudringen. Wenn es so eine Art Selbstschutz ist, der ihn nun von innen heraus vor weiterem Eindringen bewahrt, dann wird er dennoch am Gift draufgehen, wenn man ihn nicht augenblicklich heilt. Der Schutz wird zwar einen Teil heilen können, aber ich bin mir nicht sicher, wie er auf das Gift reagiert. Nach der Wunde zu urteilen, hat er bestimmt einiges intus."

„Es stimmt. Er besitzt wirklich so einen Schutz, der ihn in jeglicher Situation von innen heraus schützt", warf Brandon ein. „Der Schutz ist so angelegt, dass er, wenn die Person von Zaubern angegriffen wird, einen starken Schild um die inneren Organe aufbaut. In manchen Fällen, wenn sich die verletzte Person retten kann, heilt der Schutz den Körper von innen heraus. Außer es kommt rechtzeitig Hilfe, sodass der Schutz die Heilung nicht übernehmen muss. Beginnt aber eine Heilung durch eine andere Person erst mehrere Minuten nach der Verletzung, übernimmt der Schutz. Und so wird eine Heilung von anderen schwierig.

Soweit ich Bescheid weiß, hat das bereits einmal bei meinem Partner funktioniert, doch er ist nicht mehr der Jüngste und ich bin mir nicht sicher, wie sich das nun auswirkt. Der Schutz wird außerdem von der Gabe gespeist, die im Falle meines Partners sehr stark ausgeprägt ist. In all den Jahrzehnten hat er diese gestärkt und verbessert, was heißt, dass sein Schutz dementsprechend ebenfalls sehr gut ausgeprägt ist. Noch dazu sind die Personen, die so etwas besitzen, sehr selten. Deshalb kann ein Heiler wenig bis gar nichts ausrichten, wenn er nicht auf solch einen Schutz vorbereitet ist oder ein Spezialist dafür ist."

„Hört sich nicht gerade gut an", erwiderte Elisabeth. Für ein paar Sekunden herrschte Stille, in der Vyrira noch verrückt zu werden glaubte. Alle standen herum und taten nichts, um Nale zu helfen. Als Vyrira innerlich zu explodieren drohte, sagte Elisabeth: „Am besten ist es, wenn einer Trish aus dem Wochenende klingelt und ihr erklärt, dass wir sie dringend brauchen."

„Muss das sein? Sie fühlt sich seit der Geschichte mit dem Troll nicht so gut und dieses Wochenende ist das erste anständige seit einer Ewigkeit, an dem sie sich erholen kann."

„Ich weiß, aber sie ist die Einzige, die bestimmt weiß, wie man solch einen Schutz umgehen könnte. Eine andere Möglichkeit haben wir nicht! Außerdem: Wenn ich schon eine Magierin des Kampfes in meinem Unternehmen habe, werde ich bestimmt nicht ein Gesuch ans Ministerium richten und wochenlang warten. Die Heilkundigen oder Kämpfer im Ministerium könnten helfen, würden jedoch zu spät kommen. Also läutet bei ihr Sturm, und zwar auf der Stelle. Wenn sie nicht ans Telefon geht, dann hol sie zu Hause ab, Tiger.

Oder noch besser: Vergiss das, was ich gerade gesagt habe. Du verschwindest sofort, ohne sie anzurufen und holst sie persönlich ab. Wie ich sie kenne, wird sie wahrscheinlich nicht ans Telefon gehen."

„Wie du willst. Ganz einverstanden bin ich damit nicht, dass das klar ist", antwortete die Frau namens Tiger und löste sich mit etwas Rauch in Luft auf.

Wieder herrschte Stille, die jedoch nicht lange anhielt. Denn nach nicht einmal fünf Minuten zischte es, Nebel entstand und auf einmal erschienen vor der Tür zwei Frauen. Eine war diese Tiger, wie Vyrira erkannte, doch die andere war ihr fremd. Sie trug ein schlichtes dunkelblaues Oberteil und eine helle Hose. Ihre Haare hingen offen hinter ihren Schultern herunter und sie sah so aus, als wäre sie krank. Solch ein Gewand hatte Vyrira noch nie an einer Frau gesehen. Für gewöhnlich trugen Frauen ausschließlich Kleider. Aber nach der Umgebung und dem Raum zu urteilen, war wohl einiges anders, als sie gewohnt war. Vyrira schätzte, dass es diese Trish sein musste.

„Ich hoffe, es ist wirklich wichtig, wenn du schon Tiger an einem Samstag zu mir nach Hause schickst, Elisabeth", meinte die Frau grimmig.

„Ja, es ist wichtig. Du wirst es ja gleich selbst sehen, wie ernst die Sache ist", erwiderte Elisabeth, bevor die beiden Frauen hinter der Tür verschwanden.

„Was geschieht jetzt?", fragte Vyrira verzweifelt.

Sie wollte nicht länger warten, bis man ihr endlich von selbst erzählte, was los war. Die Frage schoss aus ihr heraus, da sie einfach nicht mehr ruhig abwarten konnte.

„Keine Sorge, es wird bestimmt alles wieder gut. Die Frau, die ich holen ließ, wird wissen, wie man mit dem Schild umgeht", erklärte Elisabeth ruhig.

„Ich hoffe, du hast nicht die falsche Entscheidung getroffen", fuhr Jay dazwischen und stellte sich in die Tür.

„Wie soll ich das jetzt verstehen?"

„Du weißt ganz gut, wie die mit der Gabe Gesegneten, die für den Kampf ausgebildet worden sind, ticken. Du weißt daher sehr gut, wie versessen sie auf jegliche Herausforderung sind."

„Du meinst, dass Trish versuchen wird, den Mann zu heilen."

„Ja, das meine ich. Egal in welcher gesundheitlichen Verfassung diese Kämpfer sind, sie versuchen jegliche Herausforderung anzunehmen. Und die Heilung ist bestimmt ein gefundenes Fressen für Trish."

„Ich bin mir sicher, dass sie nicht so verrückt sein wird. Vor allem sind Tiger und die anderen bei ihr und …", versuchte Elisabeth, Jays Aussage abzuschwächen, wobei sie nicht fertig erklären konnte.

Sie wurde nämlich von einem ohrenbetäubenden Krachen unterbrochen, das ganz in ihrer Nähe war. Jay und Elisabeth rannten als Erste durch die Tür, Brandon und Vyrira folgten ihnen dicht auf den Fersen.

„Ach, du meine Güte. Trish, ist dir etwas passiert?", fragte Elisabeth gerade, als Vyrira und Brandon die Tür zu dem Raum erreichten, wo Nale und Jason geheilt werden sollten.

Wie Vyrira in dem Haufen von mehreren Personen erkennen konnte, lag ein Regal, das von der Tür aus gesehen rechts an der Wand gestanden hatte, völlig in Trümmern auf dem Boden verteilt herum. Und genau dort hatten sich drei Personen zusammengefunden. Elisabeth war eine davon und sie half gerade Trish auf die Beine, die aus unerfindlichen Gründen in dem Trümmerhaufen gesessen hatte. Daneben befand sich Tiger.

„Es ging mir schon mal besser, aber mir geht es gut. Soweit ich merke, hat sich mein Einsatz gelohnt."

„Das auf jeden Fall", bemerkte Jay, der neben Nales Bett kniete und eine Hand über dessen Körper schweben ließ. Vyrira ging gefolgt von Brandon zu Nale und setzte sich auf die Bettkante neben seinen Beinen.

„Du hast es geschafft, das Gift aus ihm herauszukriegen und zu neutralisieren. Außerdem hast du die Verletzungen größtenteils bis auf den Bruch und den Kratzer am Arm geheilt. Siehst du, Elisabeth? Ich wusste doch, dass sie so waghalsig ist!", fuhr Jay fort.

„Da hast du wohl recht gehabt mit deiner Vermutung. Und ich dachte mir, dass du nicht so verrückt sein würdest, Trish. Ich dachte, die Arbeit hier fordert dich so sehr, dass du solch einen Blödsinn unterlässt."

„Ich bin eben so eine, die lieber handelt als Papiere zu unterschreiben. Aber sei es drum. Ich lebe noch und ich bin froh, dass ich helfen konnte. Wenn das alles war, werde ich wieder nach Hause abschwirren!"

„Nein, du bleibst übers Wochenende hier!", widersprach eine Frau, die neben Jason kniete und ihm gerade etwas in den Mund goss.

„Ach, Katy! Weshalb denn?"

„Du bist für meinen Geschmack noch nicht auf dem Damm und ich möchte lieber einen guten Blick auf dich haben. Zu Hause könnten dir nach dieser Vorführung etwaige Nachwirkungen Schaden zufügen und ich könnte dir nicht helfen. Da ich sowieso hierbleibe, um Tiger zu unterstützen, kann ich mich besser um dich kümmern, als wenn du daheim bist. Danach kannst du meinetwegen wieder nach Hause."

„Aber wenn ich übers Wochenende hierbleibe, komme ich ja gar nicht von der Arbeit weg. Am Montag muss ich sowieso wieder in mein Büro", sagte Trish trotzig.

„Am besten, du nimmst dir die gesamte nächste Woche frei", schlug Elisabeth vor. „Sieh es als kleine Entschädigung dafür, dass du heute extra herbestellt worden bist und du dich noch dazu in gesundheitliche Probleme gebracht hast."

„Sind wir dann nicht zu wenige? Es sind wieder ziemlich viele Gegenstände hergebracht worden, um die wir uns kümmern müssen", warf Tiger ein.

„Ach, das wird schon irgendwie funktionieren. Wir teilen uns die Papiere und alles andere einfach für die nächste Woche auf.

Aber nun genug geredet. Wir sollten unseren Besuchern endlich ein wenig Schlaf gönnen."

Während Elisabeth alle hinaus scheuchte, um Vyrira und die anderen in Ruhe zu lassen, sagte Brandon: „Hoffentlich fallen wir euch nicht allzu sehr zur Last."

„Nein, keineswegs. Wir bekommen ja nicht viel Besuch, vor allem nicht, wie es mir scheint, aus einer anderen Zeit. Denn so wie ihr euch kleidet, kenne ich es nämlich nicht. Ganz besonders die Ausprägung der Gabe eures Freundes ist mir neu. Ich spüre sie nämlich. Außerdem ist dort, wo wir euch aufgegabelt haben, ein merkwürdiges Gebilde aufgetaucht, das wir uns noch genauer anschauen müssen. Das war weder in den letzten Tagen noch in den Monaten davor dort, müsst ihr wissen. Besser ausgedrückt, es war, seit ich in dieser Gegend arbeite, nicht dort. Ich habe so eine Ahnung, was es damit auf sich hat, will mich jetzt aber noch nicht festlegen.

Nun gut, für heute ist einmal Schluss mit Reden. Ruht euch aus und lasst euch das Essen, das wir euch bringen, schmecken. Ihr könnt so lange bleiben, bis die beiden Männer auf dem Damm und wieder bereit sind, weiter auf Reisen zu gehen. Ihr müsst uns unbedingt noch einiges erklären, was für uns momentan nicht verständlich ist. Gute Nacht."

Elisabeth schloss nach ihrer Erklärung die Tür hinter sich und von nun an waren Brandon und Vyrira mit den beiden anderen allein. Die Nacht schlief Vyrira tief und fest durch und wachte erst spät am nächsten Tag auf. Mit verschlafenem Blick schaute sie über den Vorhang und blickte so durch einen Teil des Fensters nach draußen. Die Sonne schien und ließ den Schnee auf dem Dach des Nebengebäudes glitzern. Daher nahm sie an, dass sie länger als gewöhnlich geschlafen hatte. Brandon und sie waren letzte Nacht noch ziemlich lange munter geblieben. Nachdem sich die anderen aufgemacht hatten, hatte sie sich auf das dritte Bett gelegt und versucht, etwas Schlaf zu finden. Die Aufregung hatte sie sehr mitgenommen und Vyrira war zwar müde, aber sie konnte einfach nicht schlafen. Brandon, der sich auf mehreren Decken neben ihrem Bett auf dem Boden niedergelassen hatte, war ebenfalls munter und konnte genauso wenig einschlafen. So unterhielten sie sich in dem Raum, in dem sie untergebracht waren, noch bis in die Nacht hinein. Das Mädchen wusste nicht, wann es eingeschlafen war. Bevor Vyrira einschlief, hatte sie noch aus dem Fenster gesehen und das Licht des Mondes betrachtet.

Vyrira gähnte und stand auf. Die Decke ließ sie auf das Bett gleiten und streckte sich. Ihr tat alles weh, aber sie war froh, dass sie ein Plätzchen hatte, das warm war. Ihr Blick fiel als Erstes auf Jason. Er schlief tief und fest. Katy hatte ihr gestern noch erklärt, dass sie seine Verletzungen größtenteils geheilt hatte. Die Knochen waren zwar zusammengewachsen, aber Katy meinte, Jason müsse noch eine Weile das Bett hüten, bis sie ihn wieder herumgehen ließ. Es könnte nämlich, wie sie erklärte, passieren, dass die Knochen selbst bei der kleinsten körperlichen Belastung wieder brachen. Solange er im Bett bliebe, war die Sicherheit gegeben, dass ihm dies nicht passierte. Nale würde noch vor ihm gesund werden. Im gleichen Moment, als sie an den Zauberer dachte, drehte sie sich zu ihm um. Sie ging zu ihm und setzte sich vorsichtig auf die Bettkante. Das Mädchen hatte nicht weit zu gehen, da das Bett ein paar Schritte neben seinem stand.

Mit zittrigen Fingern berührte sie seine Stirn, da sie die Befürchtung hatte, dass diese vielleicht wieder so heiß wäre wie am Abend zuvor. Aber dem war nicht so. Die Stirn war zwar warm, aber sie glühte nicht mehr so sehr. Beruhigt atmete das Mädchen auf und zog die Hand wieder zurück. Mit Erleichterung stellte Vyrira fest, dass sie das Blut von ihren Händen und von seiner unverletzten Hand wegbekommen hatte. Die verletzte Hand lag angewinkelt über seinem Bauch und wurde von einem Stoff, der um seinen Nacken zusammengebunden war, in dieser Position gehalten. Der Schnitt war mit einem Verband umwickelt und wurde somit verdeckt. Sein Gewand war an der rechten Seite in der Höhe des gebrochenen Beines aufgeschnitten worden. Der Unterschenkel darunter war ebenfalls mit einem Verband umbunden und ruhte auf mehreren Kissen. Sie nahm seine gesunde Hand in beide Hände. Eine Weile blickte das Mädchen, ohne selbst zu wissen, warum auf diese. Abwesend und ohne es bemerkt zu haben, bewegte es beide Daumen über die gebräunte Haut und die hervorstehenden Adern und Knochen.

„Ich bin so froh, dass es dir und Jason bald wieder gut geht. Aber das machst du sicher nicht noch einmal. Das nächste Mal werde ich nicht weglaufen", flüsterte sie.

Langsam ließ sie die Hand auf ihren Oberschenkel gleiten, strich sich eine Strähne ihrer Haare aus dem Gesicht und klemmte sie hinter ihr Ohr. Immer noch mit einem Daumen über den Handrücken streichend, blickte sie in Nales Gesicht, wobei sie nur die rechte Gesichtshälfte sah, weil sein Kopf auf der anderen lag. Die Kratzer waren bereits größtenteils verheilt. Mit der anderen Hand strich Vyrira ihm eine graue Strähne aus dem Gesicht. Gestern hatte sie noch versucht, seine Haare zu ordnen. Sein Band hatte er zwar noch, aber es war so weit hinuntergerutscht, dass es nun unter seinem Körper lag. Sie allein hätte den Alten nie bewegen können. Außerdem wollte sie es gar nicht. Vyrira wollte ihn nicht wegen so etwas aus seinem Schlaf reißen. Er hatte den Schlaf jetzt am meisten nötig.

Dem Mädchen fiel gerade auf, dass es Brandon noch nicht gesehen hatte. Vielleicht gönnte er sich einen Spaziergang oder etwas zu essen, dachte sie sich. Jetzt, da sie an Essen dachte, verspürte sie Hunger. Sie legte Nales Hand wieder auf das Bett, stand auf und ging leise zur Tür hinaus.

„Einen schönen Tag. Hast du gut geschlafen?", fragte Brandon auf einmal ein paar Meter entfernt, nachdem Vyrira aus dem Raum getreten war und leise die Tür hinter sich geschlossen hatte.

„Sehr gut und sehr bequem. Und du?", entgegnete sie und ging auf ihn und Trish zu.

„Es war schön, wieder einmal einen warmen und festen Boden beim Schlafen zu spüren."

„Also gut?"

„Ich kann nicht beschreiben, wie gut."

„Geht es dir besser? Du siehst heute um einiges besser aus als gestern", fragte Vyrira an die Magierin gewandt.

„Es geht mir eindeutig besser. Danke der Nachfrage. Ich bin zwar immer noch nicht ganz da, aber meiner Ansicht nach könnte ich schon nach Hause gehen."

„Du wirst erst gehen, wenn ich es erlaube."

Katy trat auf einmal um eine Ecke in der Nähe der Gruppe und blickte Trish streng an. Als sie keine Widerworte vernahm, wandte sich die Frau mit einem strengen Blick von der Gruppe ab und trat durch die Tür, aus der Vyrira eben noch herausgekommen war. Trish verdrehte die Augen, um ihr Unbehagen zu zeigen. Sie deutete den beiden, ihr zu folgen, was sie schließlich auch taten. Vyrira war ganz hin und her gerissen von den vielen Abzweigungen und Gängen. Sie war erstaunt, wie man sich hier nur zurechtfand. Die Frau führte die beiden mehrere Treppen hinab und anschließend in einen riesigen Raum. Darin standen zwei große Tische bei den Fenstern aufgereiht nebeneinander und auf ihnen waren Unmengen von Essen und Getränken. Mehrere kleinere Tische mit Stühlen standen im Raum verteilt und waren unbesetzt.

„Greift zu. Alles hier ist frisch zubereitet und wartet darauf, gegessen und getrunken zu werden", meinte Trish und deutete auf die Tische.

„So viel kann ich gar nicht essen", widersprach Vyrira, während ihr Magen vor Hunger knurrte.

„Das ist verständlich, aber sei unbesorgt. Die Mitarbeiter, die heute in diesem Gebäude arbeiten müssen, werden bestimmt bald vorbeikommen und alles wegfuttern. Also iss solange noch was da ist. Die können nämlich ziemlich verfressen sein, das kannst du mir glauben. Wenn die zuschlagen, bleibt meist nichts mehr übrig."

Vyrira ließ sich das nicht noch einmal erklären und griff zu. Als sie bei den Tischen war und Besteck und einen Teller in der Hand hatte, sah sie aus dem Fenster. An diesem Tag schien die Sonne kräftig vom Himmel und es schmerzte ihr in den Augen, weil der Schnee die Leuchtkraft intensiv wiedergab.

Doch soweit Vyrira wusste, war die Kälte genauso schlimm wie die Leuchtkraft der Sonne. Sie waren hier gelandet und Nale und Jason waren verletzt worden. Dieses Missgeschick war nicht gerade erfreulich, aber so waren sie in einem Gebäude untergebracht, in dem sie sich für einige Zeit aufhalten und wärmen konnten. Und sie bekamen sogar warmes Essen, obwohl Vyrira sich anfangs noch vehement gewehrt hatte, es ohne gewisse Bezahlung anzunehmen.

Letzten Endes war sie doch davon überzeugt worden, dass ihr Verhalten den Küchenchef in Verlegenheit bringen könnte, weil dieser für sein Leben gern anderen Essen vorsetzte und dafür keine Bezahlung verlangte. Er war mit Leib und Seele bei der Sache und ihm war es Lohn genug, wenn er sah, dass er den Leuten einen vollen Magen bescherte und ihnen ein Lächeln auf die Lippen zauberte, wie ihr gesagt wurde. Schade nur, dass Nale verletzt und schlafend im Bett lag, denn er hätte sich wahrscheinlich sehr darüber gefreut. Seufzend wandte das Mädchen den Blick vom Fenster ab, lud sich Essen auf den Teller und setzte sich auf einen Stuhl.

Der Tag war noch lang und Vyrira hatte keinen Schimmer, wie sie diesen noch verbringen sollte. In dem Gebäude kannte sie sich nicht aus und in dem Raum, in dem die Männer schliefen, die Zeit zu verbringen, war auch keine ansehnliche Lösung. Gut, Brandon war hier, also hatte sie wenigstens einen Gesprächspartner, aber das wäre auf Dauer auch kein Ausweg. Die Langeweile würde sie neben der Aufregung darüber, wann die beiden Männer endlich erwachten, wahnsinnig machen.

„Weshalb bist du schon wieder hier, Tiger? Ich dachte, du hättest den Rest des Tages nichts mehr zu tun, da Katy alles übernommen hat", sagte auf einmal Trish, die mit einer Tasse in der Hand am Nebentisch Platz genommen hatte.

Vyrira sah auf und erblickte die Frau, die sie vom Vortag kannte. Sie kam gemütlich von der geöffneten Tür zu ihnen herüber geschlendert und lehnte sich elegant gegen den Tisch, an dem Trish saß.

„Du denkst richtig, aber ich habe mir dafür heute vorgenommen, den Rest meiner Arbeit zu erledigen, anstatt es nächste Woche zu tun. Somit bin ich fertig und habe nächste Woche nur mehr Kleinigkeiten zu erledigen. Wenn man die Arbeit, die ich von dir übernehme, weil Elisabeth dir eine Woche Urlaub zugestanden hat, nicht mitrechnet natürlich."

„Bei mir gäbe es so etwas nicht. Ich wäre schon froh, wenn ich mal hier bin und sehr wenige Dokumente oder sonst was unterschreiben müsste."

„Ist verständlich, dass du bis über beide Ohren in Arbeit steckst. Du bist schließlich Elisabeths Stellvertreterin. Bist du denn neidisch auf mich?"

„Warum sollte ich? Deine Arbeit wäre mir sowieso zu langweilig."

„Hört nicht auf unser Gerede! Wir ziehen uns immer so auf, egal ob jemand zusieht oder nicht", sagte Tiger an Vyrira und Brandon gewandt, ohne auf Trishs Kommentar weiter einzugehen.

„Genau, wir können einfach nicht anders. Ich finde, dass wir uns vor allem bei Publikum am schlimmsten verhalten", fügte Trish grinsend hinzu.

„Nichtsdestotrotz wollte ich euch fragen, ob ihr zwei vielleicht Lust hättet, mit an die frische Luft zu kommen. Es wird wahrscheinlich noch eine Weile dauern, bis die beiden die Augen aufschlagen. Also wäre es am besten, wenn ihr euch in der Zwischenzeit die Beine vertretet. Vor allem dein haariger Freund hier benötigt bestimmt wieder Auslauf."

„Nicht unverschämt werden, bitte. Ich kann mich nur wiederholen: Ich habe zwar ein Fell, bin jedoch stolz darauf", erwiderte Brandon schnaufend.

„Schon gut. War ja auch nicht beleidigend gemeint. Und wie sieht es aus? Wollt ihr? Natürlich, wenn du mit dem Essen fertig bist."

„Gerne. Hier kann ich sowieso nichts tun als herumsitzen. Außerdem sind die beiden offensichtlich in guten Händen, also kann ich beruhigt für eine Weile fortbleiben", antwortete Vyrira.

Während sie noch die letzten Stücke des leckeren Essens in sich hinein schaufelte, holte Tiger mittels Magie Vyriras Mantel. So verschwendeten sie keine Zeit mehr mit dem Holen und konnten gleich, nachdem Vyrira fertig war, aufbrechen. Schließlich war es so weit, das Mädchen hatte das benutzte Geschirr noch beiseite geräumt, und sie konnten gehen. So folgten Vyrira und Brandon der Frau bis in den Schnee hinaus. Vor der Tür streckte Brandon sich genüsslich und trappte danach langsam hinter oder neben den beiden Frauen durch die Gänge. Tiger stieß nach Minuten langem Wandern durch die Gänge eine Tür auf. Ein eisiger Wind wehte herein und Vyrira zog ihren Mantel noch fester um sich.

„Ich hätte nicht erwartet, dass es so kalt ist. Nach der Sonne zu urteilen, sollte es ein wenig wärmer sein", gab das Mädchen von sich.

„Würde ich auch meinen, aber dieser Winter ist um einiges härter als der letzte", stimmte Tiger zu und stapfte durch den Schnee, nachdem sie die Tür geschlossen hatte. „Außerdem sind wir im Schatten und da ist es immer am schlimmsten. Ein paar Schritte noch, dann scheint uns die Sonne ins Gesicht."

Der Schnee war hier ziemlich hoch, sodass Vyrira einige Probleme beim Vorankommen hatte. Ihre Unterschenkel versanken bis zur Hälfte im Schnee und der wiederum ließ sie erzittern. Im Moment bereute sie es, überhaupt mitgekommen zu sein. Sie hätte doch zurückbleiben sollen und am liebsten vor Langeweile Löcher in die Luft gestarrt, als hier in der miesen Kälte durch die Gegend zu stapfen. Brandon hingegen war die Ruhe selbst. Er war vorausgeeilt und sprang nun an einer Stelle durch den Schnee, wo dieser anscheinend nicht tief war.

„Der führt sich ja auf, als hätte er Flöhe im Fell", meinte Tiger und war nun selbst dort angelangt, wo der Wolf eindeutig seinen Spaß hatte.

„Flöhe wären wahrscheinlich noch das kleinste Problem. Ich finde, er sieht aus, als wäre er noch nie an der frischen Luft gewesen und wäre erst heute freigelassen worden", kam es von Vyrira, die sich neben die Frau stellte.

„Wie auch immer. Er hatte es nötig und er freut sich, was mich wiederum glücklich macht."

Die beiden Frauen beobachteten den Wolf, wie er von einem Haufen in den nächsten sprang und sich nicht einmal die Mühe machte, den Schnee von sich abzuwerfen. Hier und da sah er selbst wie ein sich bewegender Schneehaufen aus.

„Mal so am Rande. Ich würde mich gerne bedanken", sagte Vyrira auf einmal.

„Wofür denn? Etwa deswegen, weil ich dazu beigetragen habe, dass Nale und Jason gerettet wurden?", fragte Tiger. Das Mädchen neben ihr nickte zustimmend.

„Dafür brauchst du dich wirklich nicht bedanken. In letzter Zeit lief so einiges schief und wir sind immer wieder glücklich, dass es keine Toten gegeben hat. Im Großen und Ganzen seid ihr eigentlich diejenigen, bei denen wir uns bedanken müssen. Wenn es das Schicksal nicht so gewollt hätte, dass ihr ausgerechnet jetzt und hier auftaucht, dann hätten wir überhaupt nicht bemerkt, dass so ein Zeitriss existiert. Wenn man das Gebilde überhaupt so nennen kann. Zwar ist die Situation nicht gerade perfekt und toll für euch verlaufen, aber da ihr in der Nähe des Unternehmens vorbeigekommen seid, werden es die beiden schaffen und noch dazu ohne bleibenden Schaden."

Vyrira grinste. Genau das hatte sie die ganze Zeit gehofft und Tiger hatte den restlichen Zweifel in ihr beseitigt. Obwohl das Mädchen nicht wusste, wie lange es noch dauern würde, bis sie sich wieder auf den Weg machen konnten, war es dennoch erfreut darüber, dass es hier Leute gab, die die Situation sehr gut im Griff hatten.

Kapitel 10

Draußen war es bereits dunkel, als Nale die Augen aufschlug. Anfangs schmerzten seine Augen von dem dämmrigen Licht, das von der Decke auf ihn herunterschien. Er richtete sich im Bett auf. Zumindest versuchte Nale es, denn es klappte nicht auf Anhieb, da ihm jede Faser seines Körpers wehtat und er seinen linken Arm nicht bewegen konnte. Er wusste nicht, warum und auch nicht, wo er war. Als Nale auf eine Hand gestützt im Bett saß, versuchte er sich zu erinnern. Langsam kam die Erinnerung zurück.

Er erinnerte sich daran, dass er, Vyrira und Jason gerade durch einen Wald gegangen waren und als sie einen guten Platz gefunden hatten, waren sie von einem Geräusch abgelenkt worden. Das letzte Ereignis, an das er sich erinnerte, war, dass er Schmerzen verspürt und Vyrira ihn in den Armen gehalten hatte. Ab diesem Zeitpunkt erlosch seine Erinnerung. Der Schock traf ihn wie ein Blitz. Er bekam Angst, dass Vyrira etwas zugestoßen und sie jetzt vielleicht tot war, nur weil weder er noch Jason in der Lage waren, ihr zu helfen. Brandon war ja noch bei ihr, ermahnte er sich. Aber wenn nicht und er vielleicht auch getötet worden war, kam es ihm in den Sinn. Panik stieg in ihm auf und er ließ seinen Blick umherschweifen.

Jetzt bemerkte er, dass rechts neben ihm eine Wand war und links neben ihm und zu seinen Füßen jeweils ein Bett stand. In dem Bett zu seiner Linken lag Jason und auf dem anderen unordentlich eine Decke. Als er das Schwert von Vyrira und sein eigenes neben dem leeren Bett liegen sah, keimte Hoffnung in Nale auf. Vielleicht lebte sie ja doch noch, dachte er. Sein linkes Bein holte er mit Leichtigkeit aus dem Bett, aber sein rechtes schmerzte so sehr, dass er befürchtete, sein Stöhnen könne

Jason eventuell aufwecken. Endlich die Füße außerhalb des Bettes, begutachtete Nale seinen linken Arm.

Dieser lag in einer Schlinge, die in Nales Nacken zusammengebunden war. Jetzt verstand der Zauberer, warum er seinen Arm nicht bewegen konnte. Da er es nicht mochte, wenn einer seiner Arme in einer Schlinge steckte, befreite er seinen Arm. Langsam und mit Bedacht krümmte er seine Finger und spannte seine Muskeln an. Sein Oberarm brannte und schmerzte unter der Anspannung. Wenigstens konnte er den Arm noch bewegen, dachte er. Früher hatte er meistens nicht einmal gehen, geschweige denn die Arme bewegen können.

Er musste nun überlegen, was er als Nächstes tun sollte. Ihm schmerzte der gesamte Körper, aber er wollte unbedingt nach Vyrira suchen und sich vergewissern, dass es ihr gut ging. So wirklich wusste der Zauberer nicht, wie er sich mit den Schmerzen fortbewegen könnte, aber er musste es versuchen. Gerade in dem Moment, als Nale dazu übergegangen war, sich irgendwie auf die Beine zu hieven, vernahm er Schritte, die hinter der einzigen Tür, die einen Spalt geöffnet war, in den Raum drangen. Er hielt in seiner Bewegung inne und wartete ab. Für alle Fälle blieb er kampfbereit. Die Schritte wurden immer lauter und letzten Endes waren sie dann vor der Tür angelangt. Nale blickte auf, als die Tür leise knarrend geöffnet wurde und eine Frau in einem teils roten, teils grünen Kleid hereintrat.

„Ah, Sie sind aber zeitig wach. Ich dachte, Sie würden nach der Menge des Giftes in Ihrem Körper zu urteilen, noch länger schlafen", sagte die Frau leise und schloss die Tür.

„Wie ist denn Gift in meinen Körper gelangt?", fragte Nale verwirrt, da er nicht verstand, wie dies sein konnte. Soweit er sich erinnerte, hatte er nichts Giftiges angefasst oder gegessen. Vorsichtig blieb er dennoch. Er wusste ja nicht, ob nicht die Frau an seinem schlechten Zustand beteiligt war. Dieser Gedanke war irrsinnig, da er außer dem Monster nichts und niemanden in der Nähe gespürt hatte. Nale zog es dennoch in Betracht.

„Können Sie sich an das Tier erinnern, das Sie und ihre Kameraden angegriffen hat?", entgegnete sie. Der Zauberer nickte, da das Wesen eine seiner letzten Erinnerungen war, bevor er das Bewusstsein verloren hatte.

„Dieses Tier war ein Gript und ist für uns ein wichtiger Giftlieferant", begann die Frau immer noch leise zu erklären und setzte sich auf das freie Bett. „Es hilft uns, so manche Zauber damit aufzulösen, ohne dass Gegenstände kaputt gehen, wenn Magie gegen sie angewandt wird. Natürlich hilft das Gift auch bei Heilungen, wenn man weiß, wie man es richtig dosiert. Wenn man dem Gift jedoch in diesem Ausmaß ohne jegliche andere Mischung ausgesetzt ist wie Sie, kann es auch zum Tod führen."

„Offenbar lebe ich noch, denn so miserabel wie jetzt fühle ich mich nur, wenn ich geheilt worden bin", sagte Nale etwas erleichtert. Die Erklärung klang einleuchtend. In seiner Heimat gab es schließlich auch Pflanzen oder Tiere, die zur Gewinnung von Gift herangezogen wurden. Bei falscher Verwendung war deren Gift genauso tödlich.

„Genau. Einerseits war es ein Glück, dass sie alle in dieser Gegend vorbeigekommen sind und wir sie aufgegabelt haben. Dadurch haben Sie einen Platz zum Schlafen. Zudem konnten wir Sie sofort heilen. Andererseits war es zu Ihrem Nachteil, da die Kreatur über Sie hergefallen ist."

„Was ist das hier eigentlich für ein Ort?", fragte Nale nach einer Weile des Schweigens.

„Ein nicht gerade sehr belebter Teil eines Gebäudes für außerordentliche Ware, wenn Sie verstehen", antwortete sie. „Sie werden wahrscheinlich Hunger haben. Ich besorge schnell etwas. Warten Sie einen Augenblick."

Die Frau stand auf und eilte zur Tür hinaus. Sie hatte es genau erraten, denn Nale spürte eine gähnende Leere in seinem Magen, die er ausfüllen wollte. Seine Sorge um Vyrira war genauso groß wie sein Hunger. Am liebsten hätte er das Angebot abgeschlagen, aber die Frau war zu schnell verschwunden. Außerdem war es hirnrissig, in einem Gebäude herumzuspazieren, in dem er sich nicht auskannte. In seinem körperlichen Zustand würde er außerdem nicht weit kommen. Er würde sich nur umsonst noch mehr schwächen. Ihm kam ein Gedanke. Wenn die Frau zurückkam, konnte Nale sie genauso gut über Vyrira ausfragen.

In den Minuten, in denen er allein war, begutachtete er seinen Arm und sein Bein. Beides tat furchtbar weh, als er mit den Fingern über den Verband tastete. Der Zauberer schätzte, dass er sein Bein bereits größerer Belastung aussetzen konnte, wollte jedoch im Moment nichts herausfordern. Nale war sich sicher, dass der Bruch geheilt worden war, ohne dass bleibende Schäden zurückblieben. Jedoch traute er seinen Sinnen nicht, wenn er versuchen sollte, aufzustehen. Am besten wäre es, eine weitere Nacht auszuruhen und erst am nächsten Tag einen Gehversuch zu wagen. Er fühlte sich ziemlich mies, daher wäre es besser, wenn jemand in der Nähe war, wenn er sich erhob. Wenn er erst einmal sein Tempo und das Vertrauen in seine Beine zurückerlangt hätte, konnte er sicher sein, dass er keine Unterstützung mehr benötigte. Nale musste sich eingestehen, dass es mit dem Alter nicht gerade leichter wurde, wenn man so derart verletzt wurde. Vor allem dann, wenn Gift im Spiel war, falls dies stimmte.

„Hier, lassen Sie es sich schmecken!", sagte die Frau, als sie zur Tür hereintrat.

Sie reichte ihm ein Tablett und er nahm es dankend entgegen. Das Essen sah köstlich aus und roch genauso gut. Während er genüsslich das Essen verschlang, starrte sie einfach aus dem Fenster und sagte überhaupt nichts. Zufrieden und mit einer Hand auf seinem Bauch legte Nale das Besteck beiseite.

„Anscheinend hat es Ihnen geschmeckt", sagte sie, als sie sich vom Fenster abwandte. Mit einer Handbewegung der Frau verschwand das Tablett von seinen Knien.

„Das hat es auch. Nach Tagen war es das erste vernünftige Essen", pflichtete ihr der Zauberer bei.

„Ich habe mich noch gar nicht vorgestellt. Mein Name ist Trish Layt. Es würde mich deshalb freuen, wenn du auch Trish zu mir sagen würdest. Nale, richtig?"

„Ja genau. Woher kennt Ihr meinen Namen?"

„Das Mädchen, Vyrira, hat ihn mir gesagt."

„Wie geht es ihr? Wo ist sie?", platzte er heraus.

„Beruhige dich. Ihr und eurem tierischen Begleiter geht es blendend. Ich schätze, dass die beiden wahrscheinlich noch essen werden. Zumindest habe ich vorhin gesehen wie sie noch aßen."

„Da bin ich beruhigt. Ich hatte schon Angst, dass etwas Schlimmes passiert ist."

Sein rechtes Bein schmerzte, da er es die ganze Zeit nicht hoch gelagert hatte. Er überlegte, es wieder zurück ins Bett zu legen, was er schließlich auch schwerfällig tat. Das andere hingegen ließ er außerhalb des Bettes, da er sonst nicht aufrecht sitzen konnte. Erst jetzt merkte er, dass sein Gewand in der Höhe des Bruches aufgeschnitten war, aber ihn kümmerte dies im Moment überhaupt nicht. Wenn es ihm wieder besser ginge, konnte er sein Gewand immer noch in Ordnung bringen.

„Wie bin ich überhaupt hierhergekommen? Und warum bist du hier? Soweit ich mich erinnere, war weit und breit kein Gebäude zu sehen", fragte Nale und wagte es nicht mehr auf die höfliche Art zu reden.

„Du wurdest mithilfe von Magie hierher transportiert. Ich kann dir sagen, dass Katy, eine von zwei Heilern in diesem Gebäude, ihre Schwierigkeiten hatte, dich zu heilen. Zum Schluss konnte sie es leider doch nicht und sie konnte sich auch nicht erklären, warum es nicht funktionierte.

Und ich arbeite in diesem Gebäude. Eigentlich wäre heute mein freier Tag, aber Katy versteht sich darin, ein wachsames Auge auf kranke Personen zu werfen. Sie hat mich dazu verdonnert, hierzubleiben.

Das Gebäude ist im Übrigen in einem sehr bewaldeten Gebiet, weshalb die Bäume eine Sicht auf dieses verhindern. Des Weiteren haben wir Schilde errichtet, damit es noch schwieriger wird, überhaupt zum Gebäude zu kommen", antwortete die Frau ungehemmt und setzte sich wieder auf das freie Bett.

„Das kann ich erklären. Es gibt nicht viele mit der Gabe Gesegnete, aber einige haben einen Schutzschild in sich. Bei mir ist das der Fall. Wenn die Heilerin mich nicht heilen konnte, wer hat es dann getan? Es ist wirklich nicht leicht, einen solchen Schutz zu durchdringen oder zu umgehen."

„Einer unserer Mitarbeiter, der ein spezielles Training hinter sich hat, um seine Konzentration und seine Gabe über das Limit des Möglichen hinaus zu benutzen, sollte es versuchen. Das bedeutete auch, dass die Person das Gift in sich aufnehmen musste“, erklärte Trish. „Das Gift hat bei dir Fieber verursacht, was geringste Problem darstellte. Im eigentlichen Sinne ergab dein Schild das größte Problem. Die Person riskierte ihr Leben, um dich zu heilen, weil sie mit ihrer Gabe tiefer tauchen musste als üblich und gleichzeitig dich heilen musste.

Und die Person, die dich schließlich heilte, sitzt genau neben dir! Eigentlich wäre ich nicht mehr hier, aber durch einen blöden Zufall war ich vor der Heilung geschwächt. Meine Gabe funktionierte nicht richtig. Wegen der Heilung und meines zuvor geschwächten Zustands werde ich von Katy noch hierbehalten.“

„Da hast du mich trotzdem geheilt? Du warst wirklich mutig, krank meinen Schutz zu überwinden.“

„Es hätte schlimm für mich enden können. Durch ein Wunder ist mir nichts Gröberes zugestoßen. Meine Gabe funktioniert seitdem wieder einwandfrei! Ich wurde im Übrigen zu Hause abgeholt, damit ich mir selbst ein Bild von der Lage machen konnte. Wegen meiner Gabe müsste ich mich eigentlich bei dir bedanken. Außerdem liebe ich Herausforderungen und deine Heilung war eine. Ich bin eigentlich der Typ, der lieber an der frischen Luft ist und sich bewegt, aber ich konnte ein Arbeitsangebot einer Freundin nicht abschlagen. Daher sollte ich mich nicht beschweren, dass ich sonst Papiere durcharbeite.“

Die Frau beeindruckte ihn. Noch nie zuvor hatte er eine Magierin getroffen, die sich freiwillig im geschwächten Zustand Hals über Kopf in solch eine Gefahr begab. Er selbst würde es höchstwahrscheinlich auch tun, das wusste Nale. Vor Trish hatte er Respekt und dankte ihr sehr dafür. In gewisser Weise verspürte er auch eine große Zuneigung zu ihr. Nicht nur, weil sie mit der Gabe geboren wurde, sondern auch als Frau. Sie war attraktiv, selbstbewusst und wusste, was sie wollte. Nale vermutete, dass sie sich nicht so schnell einschüchtern ließe. Womöglich könnte sie ziemlich gerissen sein und einen geschickt übers Ohr hauen, wenn man nicht aufpasste. Er nahm stark an, dass man mit Trish Dinge besprechen konnte, die er mit niemandem sonst bereden konnte. Trish sah auch so aus, als könnte sie Geheimnisse bewahren und diese mit ihrem Leben verteidigen, ehe sie sie preisgab. Wenn sie sie überhaupt preisgab. Die Frau würde wahrscheinlich vorher sterben, als etwas zu verraten.

Eine Tür knarrte und Nale wandte seinen Kopf zur Tür. Diese war nicht groß genug, um einen Mann, der noch einmal so groß war wie Nale, vollständig hereinspazieren zu lassen. Stattdessen streckte er seinen Kopf herein und winkte.

„Was machst du denn hier? Das Essen ist doch noch nicht zu Ende", meinte Trish und winkte zurück.

„Ist es auch nicht, aber meine Helfer erledigen das schon. Ich habe kurzerhand beschlossen, dich hier oben zu besuchen, denn Katy ist gerade unterwegs. Geht es dir schon besser?", antwortete er.

„Ich kann mich nicht beschweren. Es ging schon mal besser. Ach, entschuldige Nale. Das hier ist George. Er stammt von Waldmenschen ab, die etwas zu groß geraten sind. Sie unterscheiden sich jedoch von Riesen, weshalb sie ungern mit ihnen verglichen werden wollen, obwohl sie von ihrer Körpergröße her den Riesen fast ähneln. George arbeitet hier im Gebäude. Einerseits als Koch. Er kocht alle Gerichte und das auch noch vorzüglich. Andererseits ist er der Chef für die Annahme und Abfuhr von allerlei verzauberten Gegenstände, die dieses Gebäude beherbergt oder beherbergen sollte. George, das hier ist Nale."

„Schön, einen Waldmenschen kennenzulernen", meinte Nale.

„Ich freue mich immer, neue Gesichter hier zu sehen", entgegnete George und lächelte freundlich.

Dann wandte er sich an Trish. „Weißt du, wie lange du noch hierbleiben musst?"

„Nein. Du kennst mich und Katy ja. Ich wollte heute schon wieder weg, aber Katy sträubte sich. Ich hoffe, dass ich morgen raus und den Urlaub genießen kann, den mir Elisabeth versprochen hat. Bald können wir sicher wieder Armdrücken. Ich vermisse es direkt."

„Ich auch. Meldest du dich bei mir, wenn du wieder kannst?", fragte George grinsend.

„Na sicher. Du wirst einer der Ersten sein. Dann wird es wieder heiße Kämpfe geben."

„Schön. Dann werde ich mal gehen. Es war zwar ein kurzer Besuch, aber wenigstens störte uns Katy nicht, wie in den letzten Tagen. Auf bald und einen schönen Abend noch euch beiden", verabschiedete sich George und schloss leise die Tür.

„Ich habe bis jetzt selten einen Waldmenschen getroffen, der so nett ist. Ich kenne zwar viele, die nett sind, aber es gibt noch mehr, von denen ich wahrscheinlich noch keine Ahnung habe. Doch die meisten sind gewalttätig und keine sehr guten Gesprächspartner", meinte Nale und blickte zu Boden.

„Solche sind wirklich selten. George ist wirklich einer der Nettesten. Einen besseren Freund und noch dazu sehr guten Koch kann man nicht finden", pflichtete Trish ihm bei.

Der Stoff um seinen Hals störte ihn so dermaßen, dass Nale ihn über seinen Kopf zog und neben sein Bein aufs Bett warf. Dabei zog er seine Haare hinter seinem Rücken hervor und das Band rutschte gänzlich herunter.

„Wie kann man sich als Mann die Haare so lang wachsen lassen?", bewunderte ihn die Frau.

„Ich habe nie viel von kurzen Haaren gehalten. Mir hat immer die längere Version gefallen und ich würde mir sie nie freiwillig kürzen lassen."

„Das ist einzigartig. Einen Mann mit solch langen Haaren findet man genauso selten wie einen freundlichen Waldmenschen. Wenn du erlaubst, werde ich dir die Haare zusammenbinden. So schonst du deinen verletzten Arm. Natürlich nur, wenn du es so willst."

Nale reichte ihr das Band, da er ihr den Wunsch nicht verweigern wollte. Außerdem hatte sie recht. Er schonte dadurch seinen Arm. Sie erhob sich vom Bett und verschwand wenig später hinter seinem Rücken.

„Ich werde aufpassen, dass ich dir nicht wehtue und dir keine Haare ausreiße. Falls doch, dann tut es mir jetzt schon leid", sagte Trish und begann die Haare zu ordnen.

Sie musste einen Kamm durch Magie heraufbeschworen haben, denn Nale spürte mehrmals, wie die Borsten seine Kopfhaut berührten. Sie hielt, was sie versprochen hatte. Vorsichtig glitt die Bürste durch seine Haare. Bei Vyrira war es ähnlich, denn sie konnte genauso mit Bedacht damit umgehen. Geschickt band Trish das Band um die Haare und setzte sich wieder. Da seine Gedanken nun um Vyrira kreisten, brodelten Kopfschmerzen in ihm auf. Nale rieb sich die Stirn, um die Kopfschmerzen zu vertreiben.

„Geht es dir gut? Hast du Kopfschmerzen?", fragte die Frau, als sie wieder in seinem Blickfeld erschien.

„Ja, alles bestens. Ich habe gerade an Vyrira gedacht und welche Sorgen sie sich schon wieder macht. Dies ist das Einzige, was mir Kopfzerbrechen bereitet."

„Macht sie sich immer Sorgen?"

„Ja, wegen jeder Kleinigkeit. In all den Jahren, in denen sie mit mir zusammenlebt, haben wir immer wieder kleine Meinungsverschiedenheiten. Nur weil sie sich ständig Sorgen macht, wenn ich mich verletzte. Selbst bei einem harmlosen Schnitt."

„Ich weiß nicht, wie eng eure Beziehung zueinander ist, aber wenn du der einzige Mensch bist, der mit ihr zusammenlebt, dann kann ich sie verstehen. Aber auf der anderen Seite finde ich, dass ihre Sorgen wegen eines Schnittes etwas übertrieben sind. Solange du dir nicht den Finger abschneidest, ist ein Schnitt wirklich harmlos."

„Sie lebt schon seit ihrem Kindesalter bei mir und ich bin wirklich der einzige Mensch an ihrer Seite. Ich versuche immer, ihr begreiflich zu machen, dass sie es nicht übertreiben soll, aber sie ist störrisch."

Den Kopf auf einer Hand abgestützt starrte Nale ins Leere. Er wurde langsam ratlos. Er wusste einfach nicht mehr, wie er es Vyrira noch verklickern sollte, dass ihre Sorgen manchmal umsonst waren. Im Moment konnte er sie verstehen, aber sie wusste, dass er wieder auf dem Weg der Besserung war. Beim Gedanken, dass Vyrira bald hier auftauche würde, seufzte er schwer.

„Denk nicht mehr darüber nach. Wie wäre es zur Abwechslung, wenn wir über etwas Anderes reden? Was anderes als reden können wir nicht tun! Außer du willst dich wieder hinlegen, was für mich ungünstig wäre. Katy lässt mich nicht einmal arbeiten, weshalb mir eine Unterhaltung nur gelegen kommt. Um ihn musst du dich im Übrigen nicht sorgen. Ich habe bereits einen Zauber über ihn gelegt, damit er nicht von unserem Gespräch aufgeweckt wird. Leise sollten wir trotzdem sein, sonst ziehen wir unnötig die Aufmerksamkeit auf uns. Ich muss zugeben, dass ich nur allzu froh bin, unter dem Radar von Katy zu sein", schlug Trish vor und sah ihn unsicher von der Seite an.

„Toller Vorschlag, sonst zerbreche ich mir noch weiter den Kopf über etwas, das ich sowieso nicht ändern kann."

Wie Nale zuvor vermutet hatte, war es mit Trish leichter, über so manche Dinge zu reden. Der Witz und der Charme, den die Frau in das Gespräch mit hineinbrachte, überraschten ihn. Noch nie zuvor hatte das eine Frau je getan. Sie besaß zwar die Gabe, aber ihre Themen kreisten auch um ganz normale Dinge. Jede andere Magierin, sogar jeder andere Zauberer, hätte alles über das Gegenüber wissen wollen, wenn sie oder er gewusst hätte, dass er, Nale, die Gabe besaß. Aber dem war nicht so. Hin und wieder schnitten sie die Magie an, die sie in sich trugen, aber redeten ohne Zusammenhang über ein anderes Thema weiter. Den Spaß, den sie während des Gesprächs zusammen hatten, würde Nale nie mehr vergessen. Ab und an, wenn er oder Trish einen unangebrachten Kommentar von sich gab, lachten sie so heftig, dass ihnen die Tränen kamen. Sie mussten jedoch vorsichtig sein. Um nicht die Aufmerksamkeit von Personen, die vielleicht an der Tür vorbeikamen, auf sich zu ziehen, versuchten die beiden das Lachen, so gut es eben ging, in ihren Gewändern zu ersticken.

Ein weiteres Mal an diesem Tag wurde die Tür geöffnet und dieses Mal trat eine Person ein, die Nale vertraut war. Vyrira blieb die Hand auf der Türklinke ruhend stehen und starrte Nale mit großen Augen an. Allerdings hielt die Starre nicht lange an, denn wenige Augenblicke später bewegte sich das Mädchen auf ihn zu, beugte sich vor und fiel ihm um den Hals.

„Endlich! Ich dachte, du würdest noch länger schlafen. Es ist dennoch schön, dass du wach bist", meinte Vyrira, als sie von ihm abließ und sich vor ihm auf den Boden kniete.

„Besser jetzt als nie, oder?", entgegnete er.

„Rede nicht so. Du hättest sterben können und wärst es beinahe auch, wenn man dich nicht geheilt hätte. Außerdem hast du dir einen ungünstigen Moment ausgesucht, um aufzuwachen. Es ist dunkel draußen und es wird wieder Zeit, schlafen zu gehen."

„Ich kann doch nicht kontrollieren, wann ich aufwache und wann nicht. Erst recht nicht, wenn ich in solch einer körperlichen Verfassung bin", erwiderte Nale. „Und soll es doch ruhig wieder Abend sein! Nach dem Essen, das ich bekommen habe, und in meiner noch immer nicht gerade perfekten körperlichen Verfassung, wollte ich heute sowieso nicht mehr aufstehen."

„Davon hätte ich Ihnen auch abgeraten", meinte eine Frauenstimme von der Tür aus. „Sie könnten zwar wieder gehen, aber das Gift hat zu sehr an Ihren Kräften gezehrt. Es war einfach zu lang in Ihrem Körper unterwegs, als es gut für Sie war. Sie hätten bestimmt Ihren Körper nicht unter Kontrolle und könnten sich, falls Sie stürzen sollten, noch mehr verletzen, was Sie bestimmt nicht wollen. Schonen Sie Ihren Körper zumindest noch für diese Nacht. Mein Rat an Sie: Bewegen Sie sich besser morgen erst. Damit die Schmerzen Ihnen nicht die Nacht verderben, schlucken Sie das. Sie werden wahrscheinlich etwas schläfrig werden, aber das ist normal. Außerdem müssen Sie alles austrinken."

Misstrauisch beäugte der Zauberer das Getränk, das er von der Frau entgegennahm. Er kam zu dem Schluss, dass es nichts nutzte, sich zu wehren. Die eine oder andere flüssige Medizin, die er seinen Kranken verschrieb, musste genauso zur Gänze geschluckt werden. Da half nichts und Nale war in dieser Hinsicht sehr streng. Deshalb stürzte er alles auf einmal hinunter. Er verzog das Gesicht, denn das Mittel hatte einen bitteren Nachgeschmack und brannte etwas in seinem Hals. Nale wartete noch, bis er den Becher zurückgab, denn die Frau war nämlich gerade dabei, den Verband von seinem Arm zu lösen. Dies war schnell erledigt und die Frau trug rasch eine Salbe auf und verband den Arm wieder. Nachdem sie den Becher entgegengenommen hatte, verschwand sie durch die Tür.

Vyrira setzte sich neben sein rechtes Bein und faltete ihre Hände in ihrem Schoß. Ihr war es anzusehen, dass sie erleichtert war. Es war ihr nicht zu verdenken, denn es wäre sehr schlimm für Nale ausgegangen, wenn man Trish nicht geholt und sie ihn dann nicht geheilt hätte. Aus dem Augenwinkel bemerkte Nale, dass die Magierin Anstalten machte, aufzubrechen, um ihn und das Mädchen allein zu lassen.

„Könntest du noch kurz hierbleiben? Ich will noch kurz mit dir reden!", fragte Nale, kurz bevor sie zur Tür hinausmarschierte.

Die Magierin blieb stehen. Sie sah so aus, als würde sie überlegen, ob sie nicht doch lieber gehen sollte, aber sie kam schließlich doch zu Nale und Vyrira zurück. Sie hockte sich neben ihn hin und fragte: „Worüber willst du mit mir reden?"

„Ich wollte mich noch einmal bei dir bedanken. Dafür, dass du mich geheilt hast, obwohl es dich hätte umbringen können."

„Nicht der Rede wert. Wenigstens geht es dir wieder besser. Ach, und übrigens war das Katy. Sie war es, die eigentlich fürs Heilen zuständig ist, aber es bei dir nicht geschafft hat", meinte die Frau und winkte seinen Dank ab.

„Obwohl ich mich schon bedankt habe, mache ich es noch einmal. Du hast den einzigen Menschen gerettet, den ich in meinem ganzen Leben kenne. Ich wüsste nicht, was geschehen wäre und was ich sonst getan hätte, wenn er gestorben wäre", warf noch Vyrira ein und drückte mit einer Hand Nales gesundes Bein in der Höhe des Knies.

„Wenn das alles war und ihr nichts dagegen habt, dann werde ich mich jetzt zurückziehen, damit ihr etwas Ruhe habt", sagte Trish freundlich und mit einem Lächeln. Sie wünschte ihnen eine angenehme Nacht und wandte sich zum Gehen. Bevor sie durch die Tür verschwunden war und diese geschlossen hatte, wünschten Nale und Vyrira ihr dasselbe. Nale rieb sich die Augen. Das Mittel fing anscheinend schon langsam an zu wirken, denn er fühlte sich bereits ein wenig schläfrig.

Mit immer noch gesenkter Stimme fragte er: „Wo steckt eigentlich Brandon?"

„Er ist mit Tiger unterwegs. Die beiden halten heute Nacht draußen im Wald Wache", antwortete das Mädchen und stand auf, um sich Augenblicke später hinter ihm wieder hinzusetzen.

„Wer soll Tiger sein?", fragte Nale.

„Es ist eine Frau, die, wie ich erfuhr, hier arbeitet. Sie und die Frau, die dir das Mittel gegeben hat, sind dafür zuständig, die Verletzten zu versorgen", antwortete Vyrira und zog Nale dabei sachte an den Schultern zurück.

Was sie damit bezwecken wollte, war ihm klar. Sie wollte, dass er sich hinlegte, und er ließ sich ohne Widerworte in die Waagrechte bringen. Nach einem langen und schwerfälligen Seufzer fügte sie hinzu, als sein Kopf auf ihren Beinen lag: „Wir sind in einer komischen Zeit gelandet, in der es ebenfalls Leute mit der Gabe gibt, die sich aber völlig anders verhalten als wir."

„Vielleicht existiert neben unserer Zeit noch eine, die sich völlig anders entwickelt hat. Dementsprechend verhalten sich die Leute auch anders", mutmaßte Nale.

„Und wir haben sie über kurz oder lang entdeckt."

„Wie es aussieht ja. Sicher bin ich mir jedoch nicht. Ich vermute, dass wir uns in einer anderen Zeitdimension aufhalten. Und der Wald, in dem wir eigentlich nur lagern wollten, diente wahrscheinlich als eine Art Durchgang hierher. Natürlich kann ich mich auch irren."

„Es könnte so sein, wie du es sagst. Sie sagten, es habe sich etwas gebildet, was sie noch nie gesehen haben. Sie vermuten, dass durch unser Erscheinen ein Gebilde oder ein Tor sichtbar geworden ist."

„Gut möglich, dass wir der Auslöser waren. Da ich das Gebilde selbst nicht gesehen habe, kann ich nur spekulieren. Wahrscheinlich wüsste ich selbst nicht, worum es sich handelt, auch wenn ich davor stünde."

„Womöglich. Das Wichtigste ist jedoch, dass du wieder zu Kräften kommst, sowie Jason."

„Du machst dir eindeutig zu viele Sorgen um mich. Aber dieses Mal kann ich es dir nicht verübeln."

Vyrira strich mit einer Hand über sein Gewand und lehnte ihren Kopf gegen die Wand hinter sich. Nale schloss seine Augen, da es ihn schmerzte, sie länger offen zu halten. Er glaubte, dass er noch etwas Fieber wegen des Giftes hatte. Das Mittel trieb vielleicht den Rest des Giftes aus seinem Körper und deshalb fühlte er sich wieder so schlecht. Müde war er auch. Der Alte ermahnte sich, nicht einzuschlafen, denn Vyrira diente ihm noch als Kissen. Für wenige Augenblicke musste er doch eingeschlafen sein, ohne dass er es mitbekommen hatte, denn Vyrira sprach leise, aber drängend auf ihn ein und strich ihm dabei über die Stirn. Widerwillig tauchte er aus dem kurzen Schlaf auf und öffnete schwer die Augen.

„Entschuldige. Ich muss eingeschlafen sein."

„Bist du auch, aber deswegen hätte ich dich sicher nicht aufgeweckt. Du brauchst den Schlaf."

„Weswegen hast du mich dann geweckt?", fragte der Alte und verdrehte die Augen, um ihr ins Gesicht zu sehen.

„Du hast auf einmal mehrere Male mit dem Atmen ausgesetzt und ich habe gespürt, dass dein Herz unregelmäßig schlug. Und du hast angefangen zu schwitzen."

„Jetzt machst du dir wirklich umsonst Sorgen", entgegnete er lächelnd, weil er aus ihrer Stimme Verwirrung und Angst heraushörte. „Das ist bei mir normal. Das sind einfach nur ein Anzeichen dafür, dass mein Körper sich gegen das Gift schützt. Das Gröbste ist vorüber, aber mein Selbstschutz wehrt sich gegen das restliche Gift und das Mittel, das ich trinken musste. Ich werde bald wieder gesund sein."

„Wenn das so ist, dann solltest du dich wirklich schlafen legen. Ich werde dir Platz machen und mich auch ins Bett legen."

Nale hob seinen Kopf, damit Vyrira aufstehen und zum leeren Bett hinüber gehen konnte. Er beobachtete sie, wie sie so leise wie möglich unter die Decke kroch und ihren Kopf ins Kissen vergrub. Der Zauberer tat es ihr gleich und warf die Decke über sich, nachdem er sein unverletztes Bein ins Bett gehoben hatte. Nach einigen Minuten blickte er zu dem Mädchen. Wie er sehen konnte, hatte es die Augen geschlossen, und so glaubte er, dass es wahrscheinlich eingeschlafen war. Seine Augen brannten abermals. Um selbst etwas Schlaf zu finden und damit das Brennen aufhörte, schloss er diese. Kurz vorm Einschlafen hielt ihn völlig unerwartet, aber dennoch Vyrira auf.

„Du und Trish habt euch anscheinend gut verstanden. Du magst sie, oder?"

„Stimmt, haben wir. Es war ein Zufall, dass sie genau im richtigen Moment hereingetreten ist, als ich gerade aufgewacht bin. Sie ist anschließend geblieben, bis du gekommen bist. Aber wie kommst du auf den Gedanken, dass ich sie mag?"

„Ach, nur so."

Der Alte musste schmunzeln. Es stimmte, dass er die Frau auf eine gewisse Art und Weise mochte, aber garantiert nicht auf diese Weise, die Vyrira wahrscheinlich meinte. Schmunzeln musste er auch, weil Vyrira es nur anhand weniger Augenblicke herausgefunden hatte. Die Müdigkeit ließ nicht lange auf sich warten und Nale schlief ohne weitere Unterbrechungen ein.

KAPITEL 11

Der Schwanz des Gript sauste auf ihn herab und traf ihn am ganzen Körper. Noch so am Leben wollte er schreien, aber er konnte nicht. Gerade einmal ein Röcheln kam aus seinem Mund. Schweißgebadet und schweratmend fuhr Nale auf und saß nun kerzengerade im Bett. Mit entsetztem Blick sah er sich um. Der Schein des Mondes drang kräftig durch das Fenster hinter ihm. Dadurch konnte er mit Leichtigkeit erkennen, dass er immer noch in dem Raum war, in dem er, wer weiß, wie viele Stunden zuvor zum ersten Mal aufgewacht war. Bei allen guten Seelen, es war nur ein Traum, dachte er erleichtert. Erleichtert, dass es nur ein Traum war und er sich immer noch in dem Gebäude befand, seufzte er. Auf einer Hand abgestützt wischte er sich den Schweiß aus dem Gesicht.

„Ist etwas?", fragte Vyrira leise und verschlafen. Nale musste sie geweckt haben, als er aus seinem Traum fuhr und sich ruckartig aufgesetzt hatte.

„Schlaf weiter. Es ist nichts. Ich habe geglaubt, etwas gehört zu haben", gab er als Erklärung.

Langsam ließ er sich in die Rückenlage gleiten. Vyrira wartete nicht lange, sondern kuschelte sich wieder in die Decke und schlief weiter. Nale wollte es ihr gleichtun, doch als er schon seine Augen geschlossen hatte, vernahm er ein Wimmern. Das Wimmern kam von dem Bett, in dem Jason lag. Abermals richtete sich der Alte auf und hörte angestrengt in die Dunkelheit. Das Wimmern hörte nicht auf. Deshalb beschloss Nale, auch gegen den Rat der Frau, die ihm den Becher gereicht hatte, aus dem Bett zu steigen und dem Geräusch auf den Grund zu gehen.

Ohne große Probleme konnte er seine Beine aus dem Bett heben und auf den Boden stellen. Sein rechtes Bein, das zuvor noch ziemlich geschmerzt hatte, war den Umständen entsprechend schnell aus dem Bett. Es schmerzte zwar, aber dieses Mal war sich Nale sicher, dass es ihm nicht den Dienst verweigern würde. Die zusätzlichen Stunden Ruhe waren ausschlaggebend, dass er sich dessen sicher war und nun schwerfällig aufstand. Humpelnd machte er sich auf den Weg zum Bett von Jason, das zu Nales Glück nur ein paar Schritte entfernt stand. Bei dem Bett angelangt, stützte sich der Alte mit einer Hand ab und in der anderen erzeugte er eine kleine Flamme, die ihm etwas Licht spendete. Wie der Zauberer erkennen konnte, waren die Augen von Jason weit aufgerissen und starrten zur Decke hinauf. Nale setzte sich auf die Bettkante und legte beruhigend seine freie Hand auf eine Schulter des Jungen.

„Jason! Es ist alles gut. Ich bin hier", sagte der Zauberer leise.

Blinzelnd blickte Jason zu ihm. „Wo sind wir? Warum tut mir alles weh?", sprudelte es aus dem Jungen heraus.

„Beruhige dich. Wir sind in einem Raum, in dem wir geheilt worden sind. Wir sind von einem Tier angegriffen worden, weißt du noch? Du wurdest dabei schwer verletzt und mich hat es ebenfalls erwischt. Obwohl es schlecht um uns stand und wir beinahe gestorben wären, bekamen wir rechtzeitig Hilfe."

„Wo sind Brandon und Vyrira?"

„Vyrira zufolge ist Brandon zusammen mit einer Frau im Wald und beide halten Wache. Vyrira hingegen ist hier. Sie liegt in dem Bett gleich dort drüben. Hast du furchtbare Schmerzen?"

„Wegen der Schmerzen bin ich überhaupt aufgewacht, aber solange ich mich nicht allzu viel bewege, sind sie auszuhalten."

„Ich werde dich ein wenig davon erlösen, damit du weiterschlafen kannst, wenigstens für ein paar Stunden, bis es hell wird. Es ist nämlich mitten in der Nacht und es schlafen alle."

Außerdem mochte Nale es nicht, sich in eine Heilung einer anderen Person einzumischen. Es sollte immer die mit der Gabe gesegnete Person vollenden, die die Heilung begonnen hatte. Im äußersten Notfall mischte er sich ein. Zu dieser Uhrzeit tat er es ausnahmsweise. Wenn der Tag angebrochen war und sie munter waren, würde Nale nach Katy Ausschau halten. Falls sie auf die Schnelle nicht zu finden war, würde er abermals Hand anlegen.

„Wird dir das nicht allzu starke Schmerzen bereiten?"

„Abgesehen von dem Schmerz, den ich noch in meinem Bein verspüre, geht es mir gut. Ich werde es schon aushalten. Außerdem bin ich einiges gewohnt, was weitaus schlimmer war, als du dir vorstellen kannst. Aber du musst mir versprechen, dass Vyrira nie etwas davon erfährt, ansonsten verarbeitet sie mich zu Brennholz."

Mit einem Grinsen nickte Jason. Nale legte die Finger seiner freien Hand auf die Stirn des Jungen und nahm ihm etwas von den Schmerzen. Wenige Augenblicke später nahm er seine Hand wieder weg.

„Wie fühlt es sich jetzt an?"

„Etwas besser. Danke."

„Nun schlaf. Wir sehen uns wieder, wenn die Sonne aufgegangen ist."

Jason schloss seine Augen und Nale löschte die Flamme in seiner Hand. Leise schlich er zurück zum Bett, legte sich unter die Decke und schlief selbst bald wieder ein. Den Rest der Nacht träumte er nichts.

Bevor Nale seine Augen öffnete, rieb er sich noch den restlichen Schlaf heraus. Wie er daraufhin feststellte, war er genau in der Position aufgewacht, in der er eingeschlafen war. Nale schlüpfte unter der Decke hervor und stand auf. Zu seiner Freude konnte er sich ohne Mühe auf den Beinen halten, ohne Angst haben zu müssen, dass ein brennender Schmerz von den Beinen heraufschoss. Beim Strecken knackten zwar einige Gelenke, aber im Großen und Ganzen war alles wieder beim Alten. Den Rücken durchdrückend ging Nale zu Jason. Der Junge war nämlich ebenfalls munter und blickte zu ihm herüber.

„Guten Morgen. Ich hoffe, du hast mit den Schmerzen schlafen können", flüsterte der Junge Nale entgegen.

„Ich habe geschlafen wie ein Stein. Von deinen Schmerzen habe ich gar nichts mehr gespürt, als ich mich wieder hinlegte!", gab Nale flüsternd zurück und hockte sich neben Jason hin.

„Warum bist du munter? Sind die Schmerzen wieder schlimmer geworden?"

„Ja leider. Aber ich habe den Rest der Nacht schlafen können. Wie sieht es mit dir aus?"

„Was mich anbelangt, ist wieder alles im Lot. Körperlich spüre
ich nur noch ein Ziehen, aber es wird wahrscheinlich noch dauern, bis auch innerlich alles in Ordnung ist. Ich bin leider nicht
mehr der aller Jüngste."

„Dann war es doch keine gute Idee …"

„Fang nicht schon wieder damit an!", unterbrach der Zauberer ihn. „Ich wollte es und du konntest dafür etwas schlafen. Es
hätte bei mir sowieso länger gedauert, bis ich kräftemäßig wieder völlig auf der Höhe bin. Mit dem Alter wird es halt anstren-
gender, wenn man verletzt wird und noch dazu einen Selbstschutz erhalten muss. Du musst wissen, dass der Schutz in mir
zwar meine Organe beschützt, aber um dies tun zu können, muss
er meine Gabe anzapfen.

Wenn man jünger ist, dann läuft alles um einiges schneller
und effektiver ab und man hat keine sonstigen Probleme, die mit
dem Alter auftreten. Im Übrigen spielen Schmerzen, die man
von anderen übernommen hat, gar keine Rolle. Selbst jetzt nicht,
bloß sind die eigenen schlimmer."

„Da bin ich aber beruhigt."

„Gut, wenn das geklärt ist, werde ich mal nachsehen, ob vielleicht schon jemand hier ist. Wenn nicht, dann werde ich dich
heilen und das ohne Diskussion."

Nale erhob sich und ging zur Tür. Er trat leise hinaus und
blickte sich in dem Gang um, während er die Tür leise hinter sich
schloss. Zu seiner Rechten entdeckte der Zauberer eine Tür, die
einen Spalt breit geöffnet war. Und von dort hörte er Stimmen.
Nale wusste nicht, wo er sonst hingehen sollte, daher steuerte er
genau dorthin. Die übrigen Türen, die er zu seiner Linken entdeckt hatte, waren geschlossen, wie auch die übrigen zu seiner
Rechten. Diese eine war die Einzige, die offen stand. Von dort
waren leise Stimmen zu hören.

Er klopfte und wartete mit dem Öffnen der Tür, bis er gebeten wurde, einzutreten. An dem einzigen Tisch in dem Raum
saß die Frau, die ihm am letzten Abend das Mittel gegen die

Schmerzen verabreicht hatte, auf einem Stuhl und an den Tisch gelehnt war Trish und beide blickten zu ihm.

„Ah, guten Morgen. So früh schon wach?", fragte die sitzende Frau.

„Guten Morgen. Ich bin nicht einer, der länger schläft und den halben Tag dadurch verpasst."

„Wie es aussieht, können Sie wieder ohne Probleme gehen. Haben Sie noch Schmerzen?"

„Ich verspüre nur ein Ziehen, ansonsten nichts. Ich wollte nur sagen, dass Jason ebenfalls aufgewacht ist und dass ihm die Schmerzen unangenehm sind. Er ist wegen ihnen überhaupt wach geworden."

„Bin schon unterwegs."

Als sie aufstand, ging Nale von der Tür weg und zurück zu Jason. Er berichtete dem Jungen, dass jemand unterwegs war, um sich um ihn zu kümmern. Wenige Augenblicke später kamen beide Frauen auch schon zur Tür herein.

„Du bist jetzt in guten Händen. Ich werde mir etwas die Beine vertreten, damit ich nicht völlig einroste. Nach den Stunden des Liegens muss ich einfach meinen Körper strapazieren. Ich kann einfach nicht anders", erklärte der Zauberer Jason. Er wandte sich danach an die Frau, die bei Jason war, und sagte: „Könntet Ihr dem Mädchen, wenn es wach ist, sagen, dass ich unterwegs bin? Vyrira macht sich sonst nur unnötige Gedanken."

„Wird gemacht."

„Wenn es dich nicht stört, dann werde ich dich begleiten. Ich hatte, bevor du gekommen bist, gerade vor zu gehen. Ich könnte dich ein wenig herumführen."

„Es wäre wirklich angenehm, jemanden dabei zu haben, der sich hier auskennt. Das erspart mir etwaige Schwierigkeiten beim Orientieren. Es würde mir den Weg durch das Gebäude erheblich erleichtern."

Nale ließ Trish den Vortritt und ließ sie als Erste aus dem Raum auf den Gang davor treten. Von ihrem Ausgangspunkt aus überließ er das weitere Vorangehen ebenfalls der Frau. Sie kannte das Gebäude am besten und wusste, wohin sie gehen musste, daher folgte er ihr einfach nur. Währenddessen unterhielten sie sich und kamen zwischendurch an Gruppen oder einzelnen Personen vorbei. Ihre Unterhaltung begann im Grunde genau dort, wo sie am Vorabend aufgehört hatte, bevor Vyrira dazugekommen war. Vor allem ging es bei ihrem Gespräch um den letzten Abend.

„Katy ist wunderbar und eine der besten, die ich kenne, aber sie ist ständig sehr versessen, die Patienten rund um die Uhr zu bewachen. Man könnte beinahe sagen: Sie ist ein Hund, der auf seinen Knochen aufpasst, bis er vollständig aufgegessen ist. Und sie wartet so lange, bis sie der Meinung ist, dass ihre Patienten genesen sind."

„Scheint mir auch so, aber es ist verständlich, dass sie sich um ihre Kranken sorgt und nicht will, dass diese sich irgendeiner körperlichen Belastung unterziehen, bevor sie nicht vollständig genesen sind. Ich achtete früher genauso exakt auf den Umstand, dass die Kranken sich nicht überanstrengten, solange sie noch nicht vollständig auf dem Damm waren. Wenn ich nicht zufällig die offene Tür gesehen hätte, hätte ich Jason geheilt. Aber das muss bitte unter uns bleiben, sonst kann ich mir von Vyrira etwas anhören", entgegnete Nale.

„Alles klar. Ich werde schweigen."

„Tante Trish, warte auf mich!", rief auf einmal eine Mädchenstimme hinter den beiden und gerade in dem Moment, als Trish etwas erwidern wollte.

„Du bist es, Susanne. Was willst du denn?", fragte die Magierin, blieb stehen und drehte sich um.

„Mir wurde langweilig bei den anderen Kindern. Ich habe dich gesucht, um mit dir spazieren zu gehen."

„Wenn du unbedingt willst, gerne."

„Gehen wir auch in den Schnee?", fragte die Kleine aufgeregt.

„Da musst du aber deinen Mantel holen, denn ohne gehst du mir auf gar keinen Fall in die Kälte. Deine Eltern werden sicherlich nicht erfreut sein, wenn du das Bett hüten musst. Hole schnell deinen Mantel, während wir hier warten. Du kennst ja den Weg."

Trish und Nale beobachteten, wie das Mädchen voller Freude davon stürmte. Als es um eine Ecke bog, schüttelte die Magierin neben ihm den Kopf.

„Die Kleine hat es wohl in sich?", fragte Nale lächelnd.

„Und wie. Susanne ist wirklich eine Frohnatur und so überdreht, dass man schon glauben könnte, dass es schlimmer gar nicht mehr geht. Außerdem hat sie eine Hartnäckigkeit, dass es einem die Sprache verschlägt. Mein Bruder und seine Frau haben die perfekte Tochter in die Welt gesetzt, die einmal groß im Geschäft sein wird. Die wird einigen bestimmt auf die Nerven fallen."

„Bevor ich es vergesse. Ich habe dummerweise meinen Umhang vergessen."

„Und mir fällt gerade ein, dass meiner in meinem Büro liegt. Moment, das hat sich gleich erledigt und keiner von uns muss seine Position verlassen", sagte die Magierin.

Sie streckte beide Arme aus und von einer Sekunde auf die andere erschienen, zuerst noch durchsichtig, aber in immer fester werdender Gestalt, zwei Umhänge und hingen über ihren Armen. Nale ergriff seinen Umhang und schwang ihn über die Schultern. Diese kleine Vorstellung hatte nur kurz gedauert, dafür mussten sie ein paar Minuten warten, bis Susanne um die Ecke bog und mit ihrem Mantel auf sie zu gerannt kam. In der Zeit sagte Nale, dass er sich gerne die Stelle ansehen würde, an der sich das Gebilde befand. Die Magierin erwiderte, dass sie sowieso dorthin wollte, da sie sich die Stelle auch noch mal ansehen wolle. Im Schnee angekommen, war das Mädchen überglücklich. Sie warf sich an den unterschiedlichsten Stellen in den Schnee, während Trish ihn dorthin führte, wohin er wollte.

In der Ferne, von der anderen Seite des riesengroß angelegten Gartens, erkannte der Zauberer, dass sich ihnen jemand in schnellem Tempo näherte. Sein alter Freund hatte offensichtlich bemerkt, dass Nale hier war oder sich zumindest auf den Weg hierher befand. Denn er rannte voller Freude auf ihn zu. Er sprang ihn überstürzt und ohne sein Tempo zu bremsen an und wedelte mit seinem Schwanz. Von da an blieb Brandon an Nales Seite und folgte ihm überall hin. Währenddessen hörte der Wolf einfach nicht auf zu reden. Einmal stoppte er in seinem Redefluss, als sie bei dem Gebilde angelangt waren. Denn Brandon wollte seinem Freund die nötige Zeit geben, um sich in Ruhe von der Stelle ein eigenes Bild zu machen.

„Sieht eigenartiger aus, je öfter ich mir das Ding hier ansehe", gestand Trish.

Nale musste ihr zustimmen. Obwohl er zum ersten Mal das Gebilde sah, kam ihm das, was er sah, eigenartig vor. Ein Teil von der Umgebung, der so groß war wie eine der größten doppelflügeligen Türen, die Nale jemals gesehen hatte, war genau wie ein Türrahmen angelegt, der auch wie einer aussah. Doch anstatt hölzerner Türen befanden sich dort Vorhänge, die die Farben der Umgebung, in der Nale sich befand, angenommen hatten. Durch einen Wind hatte Nale nämlich erkannt, dass es sich um Vorhänge handelte. Er konnte sich nicht erklären, woher der Wind kam und wusste auch nicht recht, was es mit dieser Tür auf sich hatte. Vielleicht entstand der Wind nur, weil anscheinend zwei Welten aufeinanderstießen, aber genauer konnte Nale es nicht sagen.

„Sieht wirklich merkwürdig aus. Die Frage ist nur, was das zu bedeuten hat. Mir ist so etwas noch nie untergekommen. Daher weiß ich nicht, was ich davon halten soll. Ich kann mich außerdem nicht erinnern, es gesehen zu haben, als wir attackiert wurden. Was vielleicht eher daran lag, dass ich zu sehr mit dem Tier beschäftigt war, um auf meine Umgebung zu achten."

„Mir ist es auch neu. Vielleicht wurde einmal hier in der Gegend eine Art Tor errichtet, um von einer Zeit oder Welt zur anderen zu kommen. Meiner Meinung nach treffen genau hier zwei Welten zusammen, denn eure Kleidung und euer Verhalten sind mir bis jetzt noch nicht untergekommen. Durch eure Ankunft in dem Wald habt ihr wahrscheinlich etwas ausgelöst, dass dieses Tor erscheinen ließ. Vielleicht waren beide Zeiten oder Welten oder wie auch immer, einmal eins. Vielleicht wurden sie durch ein Missgeschick getrennt. Natürlich ist es nur eine Vermutung."

„Könnte sein, dass du damit recht hast. Vyrira und ich haben gestern Abend bereits darüber geredet und da habe ich eine ähnliche Vermutung geäußert."

Eine Weile betrachtete Nale diese Tür und zerbrach sich den Kopf. Letzten Endes schlug der Zauberer vor, wieder zu gehen.

Es würde nichts bringen, wie er sagte, länger an der Stelle zu stehen, ohne irgendeine Idee über das Erscheinen zu bekommen.

Ab dem Zeitpunkt, an dem sie dem Gebilde den Rücken gekehrt hatten, fing Brandon wieder an zu reden. Er schwärmte so sehr von der Umgebung und davon, dass er sich nicht verstellen musste, da ihn jeder so akzeptierte, wie er wirklich war. Keiner schikanierte ihn und viele kamen zu ihm, um mit ihm abzuhängen. Er meinte auch, dass sie es nicht besser hätten treffen können, obwohl Nale und Jason Hilfe benötigten.

Der Zauberer fand, dass sein Freund lange nicht mehr so voller Tatendrang und Freude war wie in diesem Moment. Es stimmte, dass die Situation, die zu diesem Umstand geführt hatte, nicht gerade berauschend war, aber wenigstens waren sie alle in gute Hände geraten. Nale folgte zusammen mit Brandon der Magierin. Der Schnee war mit der Zeit nicht mehr so angenehm, aber er beschwerte sich nicht. Hauptsache, er konnte sich seine Beine vertreten und musste nicht die ganze Zeit über sitzen, solange Jason noch nicht auf dem Damm war.

Sie schlenderten noch eine Weile durch die Gegend, und als Brandon immer noch redete, wurde er von Trish unterbrochen. Susanne war zu ihr gekommen und hatte gesagt, dass sie nun wieder zurück in die Wärme wolle, was verständlich war. Die Kälte war nicht angenehm und die Vorstellung, bald kein Dach mehr über dem Kopf zu haben, war bei Weitem schlimmer. Nale wusste nicht, wie lange sie in den Wäldern übernachten mussten, bis sie wieder in einer Gaststätte ein gut beheiztes Zimmer nehmen konnten. Bis zum Abendessen verblieb Nale bei Vyrira und Jason, der Nales Ansicht nach um einiges munterer und schmerzfreier wirkte als noch am Morgen. Und Nale hatte ihnen erzählt, wo er sich aufgehalten hatte. Natürlich war Brandon nicht von seiner Seite gewichen und lag nun mit von sich gestreckten Beinen neben ihm auf dem Boden. Nach dem Essen kamen sie auf das entscheidende Thema zu sprechen, dass Nale seit einer Weile beschäftigte.

„Wenn es dir so weit gut geht und du dir zutraust, wieder auf Reise zu gehen, dann wäre es am besten, wenn wir so bald wie möglich aufbrechen. Wenn möglich gleich morgen, denn im schlimmsten Fall könnte ich dich auch noch heilen."

„Die Zeit läuft uns davon und wir sollten handeln", meinte Jason, der nun bereits so weit genesen war, dass er schon in seinem Bett sitzen konnte.

„Ich stimme euch beiden zu. Wenn euer Eintreffen in unserer Zeit und die beiden Zauberer in eurer zusammenhängen, dann wäre es wirklich am besten, wenn so schnell wie möglich etwas dagegen unternommen wird", meinte Trish, die sich vor Kurzem zu ihnen gesellt hatte. Abwechselnd hatten die vier nämlich von den Zauberern und der angetretenen Reise erzählt. „Ihr seid durch einen Zufall hierhergekommen. Wer weiß, wer oder was noch folgt. Vielleicht gelangt sogar eine Kreatur aus dieser Zeit in eure, wenn es nicht schon passiert ist."

„Ja, aber was passiert, wenn sich das Tor, nachdem die Zauberer besiegt worden sind, schließen sollte? Dann sehen wir uns nie wieder", warf Vyrira ein.

„Stimmt, aber das lass nur meine Sorge sein. Mir wird schon etwas einfallen, wie wir das umgehen können. Euer Erscheinen hat mein Interesse geweckt, weshalb ich nur zu gerne mehr von eurer Welt erfahren möchte."

„Außerdem ist es ja nicht gesagt, dass die Zauberer am Durchgang beteiligt sind. Es ist ja gut möglich, dass er weit älter ist, als wir ahnen. In der Vergangenheit könnte jemand dann diesen mit einem Zauber versteckt haben, damit das Wissen über die jeweils andere Welt mit der Zeit erlosch. Falls dem so war, könnte er über die Zeit hinweg verschlissen sein. Vergesst jedoch nicht, dass dies eine Vermutung meinerseits ist. Genaueres weiß ich leider auch nicht", meinte Nale.

Nach einigen Minuten wünschte Trish ihnen eine angenehme Nacht und schloss hinter sich die Tür. Die Rucksäcke stellten sie auf dem Boden ab und legten sich in die Betten. Davor jedoch breitete Nale seinem Freund ein paar Decken aus, damit er nicht benachteiligt war und ebenfalls einen weichen und warmen Untergrund hatte. Jason, der sich schon zugetraut hatte, aufzustehen, legte sich wieder in sein Bett. Furchtbar war, dass der

Zauberer aus unerfindlichen Gründen zu aufgewühlt und aufgeregt war, um zu schlafen. Er wälzte sich den Großteil der Nacht von einer Seite zur anderen, und obwohl er sich zwang zu schlafen, geschah nichts. Irgendwann in den Morgenstunden und nach langem Wälzen war er dann doch eingeschlafen.

Am nächsten Tag packten sie noch mehr Essen in die Rucksäcke. Kurz nach dem Frühstück hatten sie noch mit Jay und der Leiterin das weitere Vorgehen besprochen.- Sie wollten sie bis zum Wald begleiten und hatten mit ihnen vereinbart, sie abzuholen. Nale griff nach seinem Schwert, schlüpfte mit dem rechten Arm und seinem Kopf durch den Gürtel und legte das andere Ende mit dem Griff nach oben auf seine linke Schulter. Vyrira machte Anstalten, den größeren Rucksack zu schultern, aber Nale konnte ihn gerade noch an sich nehmen. Nachdem sie alles zusammengepackt hatten, verabschiedeten sie sich von Katy und folgten Elisabeth und Jay, die bereits vor der Tür warteten.

Noch bevor sie das Gebilde erreicht hatten, hatte Nale bereits drei Personen ausgemacht, die davorstanden. Anfangs waren sie noch zu weit weg, um deutlich erkennen zu können, wer es war. Aber je näher Nale ihnen kam, desto sicherer wusste er, dass es sich bei einer von den Personen um Trish handelte. Die anderen beiden waren ihm unbekannt, aber er konnte sehen, dass es sich um eine junge Frau und einen jungen Mann handelte.

„Das ging aber schnell bei euch. Ich dachte, du bräuchtest länger, bis du die beiden abgeholt hättest", sagte Elisabeth von Weitem.

„Dachte ich auch, aber Virginia hat sich sehr rasch einverstanden erklärt, sie ziehen zu lassen", rief ihr Trish entgegen und deutete dabei auf die unbekannten Personen.

Obwohl Nale noch einige Meter von der Magierin entfernt war, sah er, dass sie übermüdet wirkte. Sie sah so aus, als hätte sie die halbe, wenn nicht sogar die ganze Nacht nicht geschlafen. Nale überlegte, wie er aussah, denn er hatte ebenfalls nicht viel Schlaf gefunden.

„Wirklich? Für gewöhnlich lässt sie nie ihre Lehrlinge gehen, wenn sie noch am Anfang ihrer Ausbildung stehen wie die beiden", meinte Jay und blieb als Erster bei den dreien stehen.

„Stimmt, wir stehen ziemlich am Anfang, aber wir haben uns in den vergangenen Monaten nach dem Ereignis mit dem Troll ziemlich ins Zeug gelegt", warf die junge Frau ein. „Virginia sagte selbst, dass wir die Ersten wären, die in so kurzer Zeit solche Lernerfolge erzielt hätten."

„Freut mich zu hören. Dann ist es verständlich, dass sie euch die Praxis mehr oder weniger durchgehen lässt. Ich hoffe, du passt auf sie auf, Trish."

„Sicher, Elisabeth. Und wenn ihnen etwas zustoßen sollte, würde ich Probleme mit Virginia bekommen, wie sie mir angedroht hat."

„Entschuldigt, wenn wir euch unterbrechen, aber worüber sprecht ihr?", fragte Brandon in die Runde. „Es hört sich so an, als würdet ihr mit uns kommen wollen."

„Richtig geraten, Brandon. Wir kommen mit", antwortete Trish.

„Und wieso?", kam es dieses Mal von Nale.

„Ich für meinen Teil möchte eure Welt kennenlernen. Ich bin zu dem Schluss gekommen, dass sich dort Orte, Menschen und Dinge befinden, die es hier einfach nicht gibt. Es ist mir einfach unklar, wie ihr einfach zu Fuß durch die Gegend ziehen könnt, während uns neben dem zu Fuß gehen andere Fortbewegungsmittel zur Verfügung stehen. Ich bin einfach auf Abenteuer aus und diese Reise ist eines. Daher bin ich froh, dass Elisabeth mich gehen lässt."

„Aber warum sind die beiden mit von der Partie?", fragte Jason und deutete mit einem Kopfnicken auf die beiden Unbekannten.

„Die beiden sind dabei, weil ich ihnen vor einiger Zeit versprochen habe, sie zu holen, wenn etwas passiert. Das hier ist Amanda Martins und der junge Mann daneben ist Michael Henderson. Was ihr noch nicht wisst, ist Folgendes: In unserer Welt geht ebenfalls etwas Schreckliches vor sich, wobei wir im Gegensatz zu euch nicht die Ursache kennen. Und dann taucht ihr und dieses Tor auf einmal auf, das hier noch nie gestanden hat. Wie schon vermutet, gab es hier vielleicht einmal ein Tor, durch das man mit Leichtigkeit durch die Zeiten spazieren konnte und

153

das einfach wieder geschlossen wurde. Oder es gab früher eine einzige Welt, die durch ein Missgeschick oder pure Absicht geteilt wurde."

„Wenn es sich aber von selbst geschlossen hat, dann hättet ihr ein Problem", meinte Nale stirnrunzelnd. „Wenn es sich gerade dann schließt, während ihr noch mit uns unterwegs seid, dann könnt ihr nicht mehr hierher zurück."

„Das Problem haben wir bereits gelöst", sagte Trish und zog eine Pergamentrolle aus einer Tasche ihres Rucksackes. „Ich und noch zwei andere haben die ganze Nacht damit zugebracht, uns auf eventuelle Probleme vorzubereiten. Wir haben auch so einige Tests durchgeführt, wie wir in dem Fall, den du gerade angesprochen hast, wieder zurückkommen. Mit diesem Pergament schaffen wir es. Des Weiteren fanden wir heraus, dass das Tor sich bestimmt nicht von selbst schließt oder von selbst schließen konnte.

Eine Person, die mit Bestimmtheit die Gabe besaß, versiegelte das Fleckchen mit Magie und verschloss das Tor, doch anscheinend nicht sehr gut. Entweder war die Person nicht geschickt genug, um den Zauber auszuführen, oder es war ihr egal, ob sich das Tor wieder öffnet. Oder die Person ging davon aus, dass ihre Magie so stark war, dass niemand anderes mit der Gabe dieses Geheimnis offenbaren würde. Der Zauber nutzte wahrscheinlich mit der Zeit ab und wurde unbrauchbar, was zur Folge hatte, dass ihr hier gelandet seid.

Vielleicht liefen einfach zu viele Leute mit der Gabe durch diesen Wald, was auf Dauer schlecht war, und durch deine sehr gut ausgeprägte Gabe wurde das Tor nun vollständig geöffnet und sichtbar. Was wir nicht mit Sicherheit wissen, ist, wie lange das Tor verschlossen war. Doch als wir herausfanden, dass Magie zur Schließung benutzt worden war, liefen dementsprechend auch unsere Tests sehr gut. Falls also jemand mit der Gabe das alles hier schließen sollte, kommen wir immer noch zurück, und wir können sogar Nachrichten über das Pergament schreiben.

Natürlich benötigten wir zwei Stück Pergament, weshalb ich einen Großteil der Nacht arbeitete, um zwei Stücke herzustellen, die genau dieselbe Wirkung haben."

„Was soll das heißen?", fragte Vyrira.

„Das soll heißen, dass wir mit Leichtigkeit mittels des Pergaments zu euch reisen oder euch Nachrichten übermitteln können. Umgekehrt funktioniert dies auch", erklärte Elisabeth.

„Wirklich kompliziert das Ganze."

„Stimmt schon Vyrira, aber dafür bleiben wir auf dem Laufenden, falls hier etwas geschieht, sowie umgekehrt", meinte Trish.

„Ich verstehe. Es ist klar, dass ihr ständig wissen wollt, was hier passiert."

„Gut, wenn das geklärt ist, dann sollten wir uns auf den Weg machen."

„Genau, wir haben schon zu viel Zeit vergeudet", kam es dieses Mal von Jason, welcher, nachdem er sich von Jay und Elisabeth verabschiedet hatte, als Erster durch den Vorhang schritt. Die anderen taten es ihm nach und marschierten hinter ihm her.

„Und wohin gehen wir zuerst?", fragte Trish nach einer Weile Nale.

„Ich schlage vor, wir sollten herausfinden, wo sich das Schloss der beiden Zauberer befindet. Irgendwer sollte uns auf irgendeine Art und Weise Auskunft geben können. Natürlich müssen wir vorsichtig sein, sonst haben wir sofort jede Menge Ärger am Hals", antwortete Nale.

„Verständlich, sonst findet unsere Reise gleich am Anfang ein frühes Ende."

„Und wir sollten uns überlegen, wie wir da reinkommen."

„Darüber habe ich auch schon nachgedacht. Reinzukommen wird wohl der schwierigste Teil sein. Vielleicht fällt uns unterwegs etwas ein."

Kapitel 12

„Eure Lordschaft. Ich habe schlechte Neuigkeiten."

„Und wie lauten die schlechten Neuigkeiten, General Lerm?"

Ryan Mertin drehte sich ein Stück vom Fenster weg und blickte den General über die Schulter an. Dieser stand, wie es sich gehörte, etwas vornübergebeugt bei der Tür und starrte den Boden an.

„Die schlechten Neuigkeiten hängen mit diesem Jungen zusammen, Lord. Meine Soldaten haben ihn nämlich nicht schnappen können", sagte der General und richtete sich auf. „Die Soldaten, die ich im Nachhinein losgeschickt hatte, da die vorherige Truppe versagt hatte, sind ebenfalls gescheitert. Der Kommandant von den fünfzehn Soldaten und zwei Fußsoldaten ist verletzt zurückgekommen.

Sie berichteten mir, dass sie den Jungen zwar gefunden hatten und gerade festnehmen wollten, als ein alter Mann sich ihnen in den Weg stellte. Sie versuchten, an ihm vorbeizukommen, aber dieser soll auf einmal ein Schwert von einem Wolf entgegengenommen und sich weiterhin geweigert haben. Der Alte soll mehrere Soldaten nur mit einer Handbewegung niedergestreckt und dabei einen Schwerthieb mit seinem Schwert aufgehalten haben. Der Junge, ein Mädchen und ein Wolf sollen dann eingeschritten sein, um ihm zu helfen. Nachdem ich den Bericht erhalten hatte, befahl ich an die fünfzig Soldaten der Sondereinheit, sich auf den Weg zu machen, um sie zu suchen und, wenn kein anderer Befehl von mir kommt, einzukesseln. Natürlich erhalte ich Bericht, um zu erfahren, in welcher Gegend meine ausgesandte Truppe sich aufhält. Anschließend bin ich sofort hierher aufgebrochen, um Euch Bericht zu erstatten. Ich würde danach, wenn Ihr erlaubt, mich ebenfalls aufmachen."

Ryan hatte sich, während der General erzählte, wieder zum Fenster gedreht und betrachtete nachdenklich die weiße Landschaft. Er hatte keine Erklärung, wie es möglich war, dass sie einen Zauberer haben übersehen können. Jeglicher erdenkliche Zauberer und jegliche Magierinnen, die für seinen Geschmack und den Geschmack seines Bruders zu stark waren, wurden nach einer sehr gut ausgetüftelten Strategie getötet. Ein Großteil der Schwachen hatten sie unter ihrem Kommando. Natürlich hatte Ryans Bruder Leynfor die Strategie entwickelt. Er war derjenige, der sich am besten mit Strategien auskannte und war sehr raffiniert darin, Soldaten bestmöglich einzusetzen. Zusammen mit den Generälen war es eigentlich eine Leichtigkeit gewesen, ihre Gegner zu minimieren und Gegenden zu erobern. Leynfor übertraf die vier Generäle, die unter dem Befehl der Brüder standen und für ihre Zwecke unerlässlich waren. Mit nur wenigen Ergänzungen der Generäle waren die Kampfpläne gegen ihre Feinde perfekt aufgestellt und wurden ohne Verzögerungen ausgeführt.

Die Generäle Lerm, Reylerk, Harol und Arsen waren sehr erfahren und Ryan war seinem Vater dankbar, der glücklicherweise jahrzehntelang bis zu seinem Tod in der Armee gedient hatte. Durch die zahlreichen Kontakte seines Vaters zu den Soldaten hatten die Zauberer schnell Unterstützung und gehorsame Treue erlangt. Vor allem die Generäle hatten viel gesehen und Kampferfahrung, was man ihnen auch ansah. General Lerm sah am schlimmsten aus. Zahlreiche Schnittnarben bedeckten sein Gesicht und seinen Hals. Der General hatte Glück, rechtzeitig ausgewichen zu sein oder Hilfe bekommen zu haben, bevor es für ihn tödlich geendet hätte. Besonders die Wunde an seinem Hals hätte für ihn schlimm enden können.

Es konnte daher beinahe unmöglich sein, dass sie einen Zauberer übersehen hatten. Gänzlich unmöglich war es jedoch nicht, das musste er sich eingestehen. Die Welt war groß und sie hatten noch nicht alle Teile davon unter ihre Kontrolle gebracht. Da sich viele mit der Gabe gewehrt und einen Großteil der Soldaten getötet hatten, war das Voranschreiten in die diversen Länder erheblich schwieriger gewesen als erwartet.

Weder Ryan noch sein Bruder hatten erwartet, dass sich so viele wehren würden, doch hatten die Verteidiger keine Chance gehabt. Auch wenn sie viele Soldaten in den Tod gerissen hatten, waren sie jedoch an den mit der Gabe Gesegneten, die die Brüder bereits unter Kontrolle und ausgebildet hatten, gescheitert. Durch den Unterricht bei den Brüdern hatten sie Zauber erlernt und Kräfte entwickelt, die sich niemand erwartet hatte und gegen die sie machtlos waren. Die Einzigen, die es hätten schaffen können, wären die Mächtigen gewesen, aber soweit Ryan wusste, lebte keiner mehr von ihnen. In all den Jahren waren sie zu versessen darauf gewesen, sich selbst zu bemitleiden, anstatt weitere Schüler tatkräftig im Umgang mit ihren Gaben zu unterstützen, um sie später einmal in ihre Reihen aufnehmen zu können. So gesehen hatten sie sich selbst ausgerottet und das Schicksal der Welt besiegelt.

„Wir haben doch alle Zauberer und Magierinnen, die gegen uns gekämpft hatten und die wir gefunden haben, töten lassen, oder? Zumindest die, die zu stark waren, um sie unter Kontrolle zu halten", fragte er beiläufig.

„Das stimmt", pflichtete ihm der General bei.

„Daher frage ich Euch, General, wie es sein kann, dass wir einen übersehen haben?"

„Ihr meint, dass der Alte ein Zauberer ist?"

„Nur ein Zauberer kann mit einer Handbewegung mehrere gut trainierte Soldaten von sich schleudern und gleichzeitig einen Schwerthieb abblocken. Ich glaube auch, dass es noch dazu einer von den Besten ist, denn so gut kämpfen kann nur einer von ihnen."

„Habt Ihr vielleicht eine Ahnung, wer dieser Zauberer sein kann?"

„Ich weiß es nicht. Aber ich gebe mich schließlich nicht mit Zauberern ab, die auf der guten Seite der Magie und für den Frieden stehen. Ihr müsstet schon meinen Bruder fragen, denn er ist derjenige, der sich alle Informationen über unsere möglichen Feinde einholt", gab Ryan zurück und funkelte den General ärgerlich an.

„Verzeiht mir die Frage. Ich wollte Euch nicht verärgern", entschuldigte sich der General, beugte seinen Oberkörper etwas nach vorne und richtete sich anschließend wieder auf.

„Das will ich schwer für Euch hoffen, General. Es wäre schade, Euch zu verlieren."

„Sei nicht so hart mit ihm, mein Lieber. Es ist sein gutes Recht, danach zu fragen. Wir befehlen ihm, Soldaten loszuschicken, wenn es nötig ist. Aber die Männer stehen unter seinem Kommando, also trägt er die Verantwortung und die Sorge. Er muss schließlich wissen, gegen wen er und seine Männer kämpfen.

Auf jeden Fall wird die kleine Gruppe auffällig sein. Zwei junge Leute, einen Alten und einen Wolf zusammen, erkennt man sehr leicht. Vor allem die Soldaten, die den jungen Mann kennen und wissen, dass er ein Verurteilter ist, erkennen die Gruppe sofort", mischte sich Leynfor Mertin ein, der durch eine Tür zu einem Nebenraum zur Ryans Linken eintrat.

„Der Großteil der von mir ausgesandten Truppe kennt ihn", meinte der General an Leynfor gewandt.

„Dann frage ich dich, Bruder, ob du eine Ahnung hast, wer dieser Zauberer sein könnte", fragte Ryan sofort hinterher.

„Für mich kommt da nur einer in Frage, nämlich Nale Chyser."

„Der hatte dich doch unterrichtet und dann verstoßen, als du dich mehr für die dunkle Seite der Magie interessiert hast, oder?", fragte Ryan mit gerunzelter Stirn.

„Ja, das ist er. Er war immer einer der Besten, wenn nicht sogar der Allerbeste. Er hatte immer die schrägsten Tricks drauf, aber dadurch brachte er mir auch viel bei. Mit den Tricks hat es geschafft, mir Wissen zu vermitteln, welches ich im Nachhinein anders verwende. Wenn er es wirklich ist, und ich hege keinen Zweifel daran, dann will ich mich liebend gerne eigenhändig um ihn kümmern."

Nachdem der Lehrmeister von Leynfors Absichten erfahren hatte, hatte dieser ihm anfangs blaue Flecken und Prellungen verpasst. Er dachte womöglich, dass er ihn dadurch zur Besinnung brachte und umstimmen konnte. Als Leynfor versuchte hatte zurückzuschlagen, hatte der Zauberer sein Schwert gezogen und Ryans Bruder eine stark blutende Wunde, die quer über seine Brust führte, zugefügt. Leynfor hatte ihm, Ryan, erzählt, der Zauberer solle noch gesagt haben, bevor er ihn blutend liegen gelassen hatte, falls er überlebte, würde die Narbe ihn jedes Mal daran erinnern, was er falsch gemacht hatte. Ohne noch ein Wort zu verlieren, marschierte der Mann davon. Leynfor hatte sich noch aus eigener Kraft ein Stück geschleppt. Er drohte zu verbluten, aber er hatte Glück, denn ein altes Pärchen, das durch die Gegend wanderte, fand ihn und pflegte ihn gesund. Damals war Ryan gerade einmal fünf Jahre alt gewesen.

„Aber warum glaubst du, dass er es ist? War er damals nicht schon recht alt? Ich bin der Meinung, dass er gar nicht mehr lebt."

„Bei Nale muss man immer mit Überraschungen rechnen. Das eine, was er mich lehrte und was ich, obwohl ich nicht gerade glücklich darüber bin, mir zu Herzen genommen habe, war, dass man nichts dem Zufall überlassen soll. Denn es gibt keine Zufälle. Seine teilweise ergrauten Haare ließen ihn alt wirken, deshalb glaube ich beinahe, dass er doch noch am Leben ist. Wenn ich mit meiner Vermutung richtig liege, dann will ich ihn auf jeden Fall lebend. Ich will, dass er vor meinen eigenen Augen stirbt. Vielleicht bringe ich ihn sogar selbst um. In all den Jahren lernte ich den Umgang mit meiner Gabe. Ich erlernte Zauber, die er sich niemals im Traum vorstellen kann. Gegen die kann sogar er wenig bis gar nichts ausrichten.

Ein weiterer Grund, warum ich glaube, dass er es ist, ist der, dass Nale sich sehr verstand, sich zu tarnen. Er war immer derjenige, der den Anschein machte, als könne er kein Wässerchen trüben. Aber wenn er erst seine wahre Identität, seine wahre Kraft preisgab, war es unvorstellbar, dass es immer noch derselbe Mann war, der vor einem stand. Durchschaubar war er nie. Selbst die, die glaubten, ihn zu kennen, wussten nicht mehr von ihm als seine Gegner. Deshalb bin ich der Meinung, dass er sich bestimmt all die Jahre in aller Seelenruhe an einem Ort niedergelassen hat, wo wir ihn nicht gefunden haben. Selbst ich dachte, ich wäre in meiner Zeit bei ihm darauf gekommen, wie er tickt, was jedoch nie geschah."

„Er wird sich vielleicht nicht mehr an dich erinnern. Du hast deinen Namen abgetreten und dein Äußeres hat sich in all den Jahren auch verändert."

„Musst du ständig den Namen, bei dem sich bestimmt die Seelen vor Übelkeit krümmen, erwähnen? Unsere Eltern mussten unter fremder Kontrolle gestanden haben, als sie mich nach unserem nichtsnutzigen Großvater benannten. Gut, dass sie sich nie wirklich darum kümmerten, was ich tat. So war es für sie keine große Tragödie, als ich den Namen aus ihrem Gedächtnis verbannte und ersetzte. Vielleicht erinnert sich Nale nicht mehr, aber wenn ich ihm die Narbe zeige, dann wird er sich sicher an mich erinnern. Ich bin mir sicher, dass er genau weiß, was er mir angetan hat", meinte Leynfor mit einem schelmischen Grinsen. Er wandte sich an General Lerm.

„Sind die Generäle Arsen, Reylerk und Harol von ihren Einsätzen zurück?"

„General Harol ist erst seit einer Woche unterwegs, da sein Einsatz weit im Süden im Land Kryra ist. Von hier aus gesehen ist es ein ungefähr zweiwöchiger Ritt, südöstlich gerichtet. Dort sollen einige Aufständische eine Auseinandersetzung mit einigen unserer Soldaten in der Stadt Slidrin angefangen haben. Die Aufständischen bekommen immer mehr Zuwachs, deshalb ritt Harol mit einem Teil seiner Soldaten, ungefähr dreitausend Mann, dorthin. Es wird dementsprechend noch dauern, bis er zurückkehrt."

„Sind dreitausend Mann für die Stadt nicht ein wenig viel?", fragte Leynfor.

„Fand ich auch. Aber wie ich Harol kenne, soll ein Teil die Aufständischen in der Stadt ausschalten und sich in der Stadt verteilen, während der Rest in der Umgebung von Slidrin alles sichert. Ihr wisst, wie Harol ist. Er will immer auf Nummer sicher gehen und etwaige Probleme sofort unterbinden, damit es nicht noch einmal zu so einem Aufstand kommt. Er hätte dazu weitaus weniger Männer benötigt, aber Harol lässt sich einfach nicht belehren."

„Stimmt. General Harol ist einfach unverbesserlich. Seine Truppe ist die brutalste von allen, was bedeutet, dass weitaus weniger Männer für einen Aufstand vonnöten gewesen wären. Sei es drum, der General hat sich so entschieden. Und was ist mit den anderen?"

„General Arsen ist, soweit ich weiß, gestern von seinem Einsatz zurückgekehrt und verweilt hier in der Stadt. Und General Reylerk hat einen Boten gesandt, der ausrichtete, dass Reylerk erfolgreich war und der Aufstand in einer Ortschaft in Wyrland niedergeschlagen wurde. Zurzeit sei er auf dem Rückweg hierher."

„Ist sein Bote noch da?", fragte der ältere Bruder und der General nickte. „Gut. Sagt ihm, er solle General Reylerk ausrichten, dass er von dort, wo er gerade ist, eine Suchaktion starten soll, nämlich nach den beiden Männern, dem Wolf und der Frau. Wenn der General nicht zugegen sein sollte, soll der Bote den Befehl einem Unterkommandanten weitergeben. Wie gut, dass sein Unterkommandant weiß, wie der bereits gesuchte junge Mann aussieht. Und sagt General Arsen, dass er sofort ausrücken und nach den drei Personen und dem Tier suchen soll, sobald er sich erholt hat. Für Personen, die sich den Gesuchten angeschlossen haben, lautet der Befehl sowohl für Arsen als auch für Reylerk umbringen. Die vier eben Genannten will ich unbedingt lebend. Obwohl: Den Wolf können sie auch umbringen. Der hat keinen Wert für uns.

Was Euch anbelangt: Ihr bleibt erstmals mit Euren Truppen hier und wartet auf weitere Befehle. Ich bin mir sicher, Eure Dienste werden später bestimmt anderweitig benötigt. Im Moment solltet Ihr als Zeitvertreib in der Stadt für Ordnung sorgen, denn wie ich hörte, sollen einige Leute nicht mehr so gesinnt sein, wie sie eigentlich sollten. Sie versuchen, die anderen von ihrer Meinung zu überzeugen. In dieser Hinsicht wäre ich Euch dankbar, wenn Ihr Euch vorübergehend um die Stadt kümmern könntet. Wenn ich Euch anderweitig benötige, werde ich Euch dahingehend unterrichten. Ich danke Euch für Euren Bericht. Ihr könnt nun gehen."

„Jawohl, Eure Lordschaft, wird erledigt. Lord Ryan!", erwiderte Lerm verbeugend und verschwand.

„Du bist wirklich gerissen, Bruder. Lässt die Generäle suchen und du machst dann den Rest. Was passiert, wenn die fünfzig Soldaten, die General Lerm geschickt hat, die Gruppe zuerst finden und töten?", sagte Ryan, als die Brüder unter sich waren.

„Falls sie ihn zuerst finden sollten, glaube ich nicht, dass sie eine Chance gegen sie haben werden. Da muss der Zauberer sehr abgelenkt sein, wenn er es nicht mit Leichtigkeit mit den fünfzig Soldaten aufnehmen kann."

„Wenn du dir den Zauberer vornimmst, was kann ich machen? Ich will auch meinen Spaß."

„Du wirst schon deinen Spaß bekommen, worauf du mein Wort hast. Und außerdem bist du dafür zuständig, dass er mir nichts antut. Du bist von großem Wert für mich, da du der Einzige in der Familie bist, der sich unberührbar machen kann, ohne extra einen Schild aufbauen zu müssen. Noch dazu kannst du diesen Zauber auch auf andere übertragen. Ich könnte mich natürlich auch selbst schützen, aber ich will auf Nummer sicher gehen. Neben deinem Zauber sind deine Schilde unvergleichlich und außerordentlich stark. Selbst da hätte Nale bestimmt seine Mühe, wenn er überhaupt eine Chance hätte. Ich glaube außerdem, dass er mit der schwarzen Magie, mit der du die Schilde fütterst, überhaupt Probleme haben wird. Sei trotzdem wachsam, wenn es an der Zeit ist. Wie erwähnt kann er gewieft sein und sich irgendwie herauswinden."

Ryan beobachtete seinen Bruder, wie er gemütlich zum Tisch schlenderte, der gleich neben der Seitentür stand, aus der er gekommen war, und sich auf einen Stuhl setzte. Auf dem Tisch stand ein Wasserkrug und daneben zwei Becher. Während er sich Wasser einschenkte, fragte er seinen Bruder: „Willst du mit mir anstoßen?"

„Auf was stoßen wir an?", gab Ryan als Antwort und nahm auf dem anderen Stuhl Platz.

„Auf die baldige Gefangennahme des mächtigsten Zauberers der guten Seite der Magie", sagte sein Bruder und schenkte Wasser in den anderen Becher.

Er nahm seinen Becher und die Brüder stießen an.

„Schade, dass es kein Wein ist", meinte Leynfor, nachdem er einen Schluck genommen hatte. In Gedanken versunken betrachtete er seinen Becher und fügte hinzu. „Ein Nachteil, wenn man mit der Gabe auf die Welt kommt. Alkohol hat bei uns leider schlimme Nebenwirkungen, wenn wir zu viel davon erwischen, und niemand weiß, wie jeder auf diesen reagiert. Einige sollen sogar heiter und gesprächig werden, kannst du dir das vorstellen? Andere wiederum, wie ich hörte, können ziemlich unangenehme Zeitgenossen werden, wenn sie zu viel getrunken haben. Um ehrlich zu sein, will ich, wenn ich meinem Ärger freien Lauf lasse, lieber bei Sinnen sein, damit ich auch etwas mitbekomme. Eine Ungerechtigkeit ist es, aber dafür sind wir mit einer Macht ausgestattet, die alles und jeden in die Knie zwingt. Die Soldaten sind die richtige Würze dazu."

„Da stimme ich dir zu. Ich will auch meine Freude aussprechen", meinte Ryan. „Auf uns. Wenn der hoffentlich letzte mächtige Zauberer der guten Magie auf unserer Seite oder tot ist, dann gehört auf ewig das Drachenherz uns."

„Gut gesagt."

Erneut erhoben sie ihre Becher, stießen sie gegeneinander und nahmen gleichzeitig einen weiteren Schluck. Als Ryan seinen Bruder wieder im Blickfeld hatte, merkte er, dass dieser nach seinen Worten nachdenklich wirkte. Wenige Augenblicke saß Leynfor still auf seinem Platz, bis er auf einmal aufstand und mit dem Becher in der Hand zu den Fenstern ging, wo zuvor sein Bruder gestanden hatte.

„Habe ich etwas Falsches gesagt?", fragte Ryan schließlich und folgte seinem Bruder.

„Nein, du hast mich nur daran erinnert, dass wir weit mehr Probleme haben, als es den Anschein hat. Ich habe nämlich die Befürchtung, sogar große Angst, dass Nale uns das Herz wegnimmt."

„Aber wie sollte er das anstellen? Er ist allein und hat daher keine Chance gegen unsere Armee. Und er weiß nicht, wo das Herz ist."

„Du weißt nicht, was du da redest!", schrie ihm sein Bruder ins Gesicht.

Verärgert richtete Leynfor seinen Blick wieder zum Fenster hinaus. So hatte Ryan seinen Bruder noch nie erlebt. Sein Bruder war immer der gewesen, der nie Angst zeigte oder gar zugab, dass er welche verspürte. Doch nun bemerkte der jüngere Bruder, dass Leynfor Angst hatte, und er konnte sich nicht erklären, weshalb. Es musste etwas mit dem Zauberer zu tun haben, der Leynfor unterrichtet hatte, sonst ergab nichts einen Sinn.

„Was weiß ich nicht?", fragte Ryan vorsichtig.

„Weißt du, wie Nale berühmt wurde? Besser gesagt, wie er einer von den Mächtigen wurde? Ich kann es dir sagen: Nämlich durch seinen außerordentlichen Spürsinn und seinen Hang, egal wie und wann, sich in eine ausweglose Situation hineinzuwerfen und es gerade einmal so wieder lebendig herauszuschaffen.

Ich habe die Berichte gelesen. Es gab in früheren Zeiten mehrere mächtige Zauberer und Magierinnen, die mit der Zeit jedoch immer weniger wurden. Nale ist einer der Letzten, der noch von den stärksten Zauberern und Magierinnen unterrichtet und von ihnen in den Rang eines Mächtigen gehoben wurde. Nach ihm gab es natürlich noch genügend andere Schüler, die den Unterricht der Mächtigen genossen, jedoch schaffte es keiner mehr, im Rang aufzusteigen. In diesem Sinne ist Nale der Letzte von ihnen, der von den Besten lernte, die es je gab und zugleich einer von ihnen ist. Außerdem soll er sie mit Leichtigkeit schon in seiner Lehrzeit übertrumpft haben.

Und die Zaubererfamilien, die eine weitere Generation von Kindern mit der Gabe in die Welt setzten, brachten sie zu ihm. Die Eltern wollten den Kindern den besten Unterricht bieten, den man in dieser Welt kriegen konnte, und diesen bekam man nur von einem der Mächtigen. Natürlich konnten die Eltern, wenn sie wollten, ihre Kinder selbst unterrichten. Nicht jeder wollte, dass sein Kind stark wurde und eventuell im Rang aufstieg. Ein solcher Aufstieg ist zwar etwas Schönes. Man war der Herr über alles und konnte richten und befehlen, so viel man wollte. Jedoch war es nicht das, was ich mir vorstellte. Ich wollte keiner dieser Guten werden, die sich für den Frieden einsetzten. Aber unsere Eltern schickten mich zu ihm, sodass ich ein paar Jahre das Vergnügen mit ihm hatte. Genauer gesagt, vier verfluchte Jahre."

Leynfor stoppte und deutete auf sich selbst genau auf die Stelle, wo sich die Narbe befand, die aber jetzt durch sein Gewand verdeckt wurde. Ihm war es anzusehen, dass er sich anstrengen musste, seine Stimme ruhig zu halten.

„In den vier Jahren habe ich einiges abbekommen. Nale war gerissen und wusste, wie sehr er mich fordern musste, damit ich meine Gabe zu beherrschen verstand. Immer wenn ich dachte, dass es schon genug und zu viel wäre, hatte er die nächste Übung für mich parat. Die war natürlich weitaus härter als die Vorherige. Selbst als er mir Pausen zugestand, hielt er mich mit seinen Belehrungen und seiner Gabe auf Trab. Er projizierte mit seiner Gabe Personen, die wie Soldaten aussahen. Sie waren so täuschend echt, dass sie mich, wenn ich mich nicht wehrte, hätten umbringen können. Natürlich war der Haken der, dass ich die Erscheinungen nur mit meiner Gabe töten konnte. Anfangs wusste ich nicht, woher die Soldaten kamen, aber mit der Zeit verstand ich es. Mit der Zeit beschwor Nale weitere merkwürdige Dinge neben den Soldaten herauf, gegen die ich mit der Gabe kämpfen musste. Selbst mitten in der Nacht!

Er war einfach gerissen und wusste mit seiner Gabe umzugehen wie kein anderer. Selbst heute weiß ich nicht genau, wie gut er wirklich war, wie viel Kraft er im Unterricht zurückhielt. Eins wurde mir während meines Unterrichts bewusst, nämlich, dass der Schein trügen kann. Äußerlich wirkte Nale immer wie ein harmloser Mann und gewöhnlicher Familienvater, der kein Wässerchen trüben kann. Du kannst mir glauben, dass ich ständig einem Irrtum aufsaß, weil ich mir nie die Macht vorstellen konnte, die ein Mächtiger besaß. Denn umsonst, ohne vorzüglich ausgeprägte Gabe und spezielle Talente würde man nicht so leicht in den Rang eines Mächtigen befördert. Daher habe ich Angst, dass Nale es auf irgendeine Weise doch schafft, uns das Herz abzunehmen und er uns die Kontrolle über alle wegnimmt. Du weißt es nicht, weil du noch zu jung bist, um es zu verstehen."

„Was ist dann mit dem Zauberer passiert?"

„Es heißt, dass ich sein letzter Schüler war und er sich danach zurückgezogen hat, um sich mehr um seine Familie zu kümmern. Mehr weiß ich nicht und es interessiert mich auch nicht. Er hat mich verletzt. Nicht nur meinen Körper, sondern auch meinen Stolz. Er wird dafür noch büßen! Dumm für ihn, dass ich mich noch an alles erinnern kann. Eine kleine Kostprobe von meiner Rache gab ich ihm bereits vor Jahren."

Der Ärger war aus seinem Gesicht verschwunden und an dessen Stelle trat ein Lächeln. Wie Ryan sehen konnte, hatten die Augen seines Bruders einen Hauch von Wahnsinn angenommen, sodass er es mit der Angst zu tun bekam. Nicht vor dem, was noch kam, sondern vor seinem Bruder. Er wusste, dass Leynfor es ernst meinte, aber er wusste nicht, wie weit sein Bruder gehen würde, um seine Idee umzusetzen.

„Aber zum Glück befindet sich das Herz an einem sicheren Ort. Ein Ort, den nur vier Personen kennen. Du, ich, Mayra und Carnia! Und bevor jemand dahinterkommt, dass außer uns beiden noch jemand den Ort kennt, ist das Herz bereits wieder woanders."

„Ich verstehe immer noch nicht, weshalb du den beiden auch verraten hast, wo sich das Herz befindet", wandte Ryan ein.

„Ich habe bereits mitbekommen, welches Potenzial die beiden Frauen haben", erwiderte sein Bruder. „Sie sind auch sehr gute Kämpferinnen. Wenn man ihnen jedoch ein Geheimnis verrät und ihnen aufträgt, dieses Geheimnis mit allem zu beschützen, was sie aufbringen können und es auf gar keinen Fall preiszugeben, werden sie gefährlicher, als man glaubt. Die beiden tragen etwas in sich, was einen großen Wert für uns hat und ich bin froh, dass ich ihrem Geheimnis auf die Spur gekommen bin. Zum Glück noch vor jedem anderen, denn sonst würden die beiden nicht für uns arbeiten."

Sie streiften schon seit zwei Wochen durch die Gegend und hatten bis jetzt überhaupt nichts erreicht, was nur ansatzweise angenehm war. Carnia war es schon leid, durch das Land zu ziehen und drei Personen und einen Wolf zu suchen, die sonst wo sein konnten. Solche Suchaktionen waren nervenaufreibend, da einfach nichts passierte und deswegen konnte Carnia so was nicht ausstehen. Sie mussten einfach durch die Gegend ziehen und Ausschau nach den gesuchten Objekten halten. Am liebsten war es ihr, aus Menschen Informationen herauszukitzeln. Also im Grunde folterte und quälte sie sie so lange, bis die Zunge locker wurde und die Personen anfingen zu singen.

Obwohl Carnia vom vielen Marschieren nichts hielt, musste sie sich jedoch eingestehen, dass es ein Befehl war, und es war das oberste Gebot, Befehle zu befolgen. Sie besaß zum Glück ein Pferd, was das Reisen erleichterte, aber langweilige Aufträge wie dieser waren ihr dennoch zuwider. Nichtsdestotrotz konnte sie sich so viel ärgern, wie sie wollte, es half nichts.

Neben dem Quälen liebte Carnia es, andere herumzukommandieren, vor allem die Soldaten. Allerdings hielt sie sich bei den Generälen zurück. Diese hatten die Oberbefehlsgewalt über allen Soldaten und auch über die Frauen, die sich für den Soldatendienst gemeldet hatten. Die Generäle konnten Carnia jederzeit einen Kopf kürzer machen, wenn sie es wagte, sich gegen die Befehle, die sie gaben, aufzubäumen. Wobei gesagt werden musste, dass sich Carnia mit drei Generälen gut verstand. Die einzige Ausnahme war General Harold, den sie einfach nicht ausstehen konnte, aber der würde sich nicht trauen, sie anzufassen.

Sie und Mayra waren nämlich von den Lords selbst zu Vertrauenspersonen erhoben worden. Das hieß, dass die beiden Frauen eine Art Immunität besaßen. Carnia war verblüfft gewesen, als sie die Nachricht erhalten hatte, sie sei neben Mayra in den Augen der Lords vertrauenswürdig. Sie wäre in diesem Sinne dazu auserkoren worden, ein Geheimnis zu hüten und mit allem zu verteidigen, was sie zur Verfügung hatte. Und wenn die beiden Zauberer etwas Größeres vorhatten und sie den Soldaten dieses Vorhaben nicht anvertrauen wollten, wurden Carnia und ihre Mitstreiterin damit beauftragt, was noch zusätzlich eine Ehre war.

Im Gegensatz zu dem, was sie jetzt machen musste, war es das reinste Vergnügen. Das Einzige, was ihre Freude aufrechterhielt, war das Töten. Carnia hoffte sehr, dass sie entweder jemanden töten oder gar Gefangene nehmen konnte. Es war eine Seltenheit, dass sie Gefangene nahmen. Entweder erhielt sie einen Befehl wie in diesem Fall oder ihr war langweilig und sie brauchte Abwechslung.

„Wie lange sollen wir noch marschieren? Ich finde, für heute sind wir schon genug gegangen. Außerdem sollten wir lieber das restliche Licht nutzen, um die Zelte aufzuschlagen", rief Carnia von ihrem Pferd dem befehlshabenden Kommandanten gereizt zu.

„Ihr habt mir nichts aufzutragen, verstanden?", entgegnete dieser. „Ich sage, wann es an der Zeit ist, die Zelte aufzuschlagen. Wenn Ihr im Übrigen nur am Lästern seid, warum seid Ihr überhaupt mitgekommen?"

„Auf den Befehl von General Lerm und einem Befehl gehorche ich ausnahmslos. Ihr dagegen folgt ungern einem Befehl, sondern handelt eher auf eigene Faust, wie ich hörte. Wenn ich gewusst hätte, dass das hier eine reine Wanderung wird, dann hätte ich mich natürlich dem Befehl widersetzt. Außerdem bin ich nicht gerade begeistert, in Eurer Truppe zu sein. Aber wie ich schon sagte, folge ich einem Befehl, egal ob dieser mir gefällt oder nicht."

„Carnia, mache bitte kein Theater. Wir wären alle am liebsten woanders, als den ganzen Tag durch die Gegend zu ziehen. Ich hätte auch lieber einen aufregenderen Auftrag, denn dieser langweilt mich zu Tode", sagte Mayra, die neben Carnia her ritt und versuchte, sie zu beruhigen.

„Seit Tagen laufen wir kreuz und quer durch die Landschaft und was haben wir? Nichts", sagte Carnia so laut, dass es jeder hören konnte. „Wir haben nur zweimal innerhalb einer Woche gegen Aufstände gekämpft, sonst versuchen wir drei Menschen und einen Wolf zu finden, von denen einer ein Zauberer ist. Das kotzt mich so dermaßen an."

„Ich kann dich ja verstehen, aber es bringt nichts, wenn du dich so aufregst. Was geschehen ist, ist geschehen und jetzt bist du hier. Wir müssen halt das Beste daraus machen", erwiderte ihre Freundin und blickte ihr direkt ins Gesicht.

Beim Anblick von Mayra dachte Carnia, wie schon einige Male zuvor, wieso die Frau überhaupt in der Armee war. Sie sah aus, als würde sie bei der kleinsten Berührung in zwei Teile zerbrechen. Die Figur war einfach traumhaft und Mayra hatte schon viele bewundernde Blicke auf sich gezogen, ohne auf diese einzugehen. Obwohl ihre Figur aufgrund der Ausrüstung, die sie trug, etwas an Attraktivität einbüßte, verpasste ihr diese jedoch zeitgleich zusätzlich zu den braunen, schulterlangen Haaren eine gewisse Ausstrahlung, die Carnia nicht in Worte fassen konnte. Carnia war selbst ein wenig eifersüchtig auf diese bemerkenswerte Figur und wünschte, statt blonde, diese braunen Haare zu besitzen, wobei sie dies nie laut aussprechen würde. Trotz allem war Mayra jedoch nicht zu unterschätzen. Sie kämpfte so gut wie drei Soldaten.

„Stimmt. Vielleicht haben wir Glück und geraten in einen schönen Kampf."

Jetzt musste Carnia lächeln. Mayra hatte es doch geschafft, dass sich ihre schlechte Laune verflüchtigte. Sie musste einfach positiv denken. Nicht alles, was schlecht begann, musste schlecht sein und auch so enden. Auch die schlechtesten Anfänge konnten in einem schönen Spektakel enden. Mayra war auch die Einzige, die es schaffte, Carnia so aufzumuntern. Die anderen Frauen, die nun hier mitzogen, waren Carnia nicht geheuer. Sie traute ihnen nicht, und wie sie wusste, trauten die Frauen ihr auch nicht, weshalb sie ihr so gut es ging aus dem Weg gingen. Mayra hingegen war die Ausnahme und Carnia würde die Frau auch nicht eintauschen wollen.

„Ich bin froh, dass du da bist. Meine Laune hätte sich sonst wahrscheinlich noch mehr verschlechtert", meinte Carnia.

„Das mache ich doch gerne. Du hättest es auch für mich getan. Freundinnen helfen einander."

Still folgten die beiden dem Kommandanten. Carnia fand, dass es zu schade war, dass sie sich nicht um die Gefährten des Zauberers kümmern durfte. Sie wusste selbst, dass sie gegen den Zauberer keine Chance hätte, aber sie könnte sich bei den anderen amüsieren. Die Frau wusste, wie man jemanden von der Menge trennte, ohne dass dieser Jemand davon etwas mitbekam. So hätte sie wenigstens einen kleinen Lichtblick, aber sie durfte niemanden anrühren. Gerade einmal so viel, dass sie noch lebten, wenn sie ins Schloss gebracht wurden. Carnia hoffte, dass die Gruppe heftigen Widerstand leistete. So hatte die Frau wenigstens die Ausrede, dass sie nichts anderes hätte tun konnte, als ihnen irgendetwas zu brechen. Vielleicht hatte Carnia Glück und sie gerieten in noch mehr Aufstände, damit sie sich ein wenig auslassen und an ihrer Kampfstrategie feilen konnte.

Eine Zeit lang blieb der Trupp noch in Bewegung, Carnia schätze, dass eine halbe Stunde vergangen war. Das Licht wurde immer weniger, aber der Kommandant ließ den Trupp immer weiter gehen. Als schließlich die Dämmerung extrem über sie hereingebrochen war und ein paar Soldaten bereits Fackeln entzündet hatten, war es so weit.

„Hier ist genau der richtige Platz für unser Lager. Also, alle Mann verteilen und die Zelte aufbauen. Alles abladen, was wir heute Nacht benötigen", rief der Kommandant, nachdem ein Kundschafter ihm etwas ins Ohr geflüstert hatte.

„Ihr baut die Zelte auf. Wir kundschaften in der Zwischenzeit die Umgebung aus, ob Feinde in der Nähe sind", gab Carnia zurück.

„Nein, Ihr bleibt. Was wollt Ihr und Mayra denn großtun, da Ihr zu zweit nicht genügend Areal abgehen könnt? Erst recht nicht bei diesem Licht. Außerdem ist es nicht nötig, die Gegend abzusuchen, da mir gerade bestätigt wurde, dass es hier nichts gibt, was uns angreifen könnte. Hier ist keine Menschenseele außer uns. Ihr helft also gefälligst, die Sachen von den Karren zu holen."

„Und wer sagt, dass Ihr mir etwas befehlen dürft?", erwiderte Carnia.

„Habt Ihr etwa vergessen, dass ich die Befehlsgewalt über Euch alle hier habe? Der General hat …", sagte der Kommandant, stoppte jedoch mitten in seiner Ausführung.

Der Grund dafür war, dass ein zweiter Auskundschafter der Truppe dem Kommandanten aufgeregt etwas ins Ohr flüsterte.

„Soldaten!", brüllte der Kommandant dann in die Menge. „Macht euch bereit und folgt mir mit Kampfausrüstung in den

Wald genau vor uns. Ein paar sollen bei den Tieren bliben und aufpassen, dass man sie uns nicht klaut, während wir weg sind."

„Was ist los?", fragte Mayra aufgeregt.

„Wie es aussieht, haben wir die Gesuchten gefunden. Bandir hat mir gerade mitgeteilt, dass er drei Gesuchte auf der anderen Seite des Waldes entdeckt hat und eine Frau bei ihnen ist. Sie werden bestimmt heute Nacht im Wald ihr Lager aufschlagen, also müssen wir aufpassen. Wir verraten uns noch, wenn wir uns alle gesammelt an sie heranschleichen. Am besten, wir teilen uns auf und schleichen uns von mehreren Seiten an. So zingeln wir sie ein und sie haben erst recht keine Chance, irgendwo auszubrechen. Die machen es uns eigentlich ganz einfach."

Nach diesen Worten stieg Carnia ab, kramte in ihrem Rucksack und holte ihre Messer heraus. Sie wartete widerwillig, bis der Kommandant das Zeichen zum Aufbruch gab. Als das Zeichen gekommen war, wartete Carnia nicht mehr länger. Sie war zwar sicher, dass er den Trupp aufteilen wollte, aber sie wartete nicht so lange, bis dies erledigt war. Gemeinsam mit Mayra trennte sie sich voreilig von den Männern, als sie beim Wald angelangt waren, und huschte durch den Schutz der Bäume.

Kapitel 13

Solange Michael und Amanda zusammen mit Brandon die Gegend erkundeten und sich etwas zum Essen genehmigten, wartete der Rest der Gruppe ganz in der Nähe eines Waldrandes. Während sie warteten, erklärte Trish Nale, wie man es anstellte, sich mit der Gabe durch die Luft zu bewegen. Vyrira hatte ihm nämlich dummerweise erzählt, wie sich zwei Mitarbeiter von Elisabeths Unternehmen ohne Hilfsmittel in die Lüfte erhoben hatten. Seit ihrer zufälligen Wiedervereinigung vor dem Durchgang wiederholte er immer wieder dieselbe Bitte, er wolle sich diese Fähigkeit aneignen. Trish war erfreut zu hören, dass er diese erlernen wollte, aber sie fragte sich, weshalb. Soweit sie bis jetzt erfahren hatte, war er der mächtigste aller Zauberer, was für sie so viel bedeutete, dass es unnötig war, sich eine weitere Fähigkeit anzueignen. Sie fragte Nale sogar nach dem Grund und bekam als Antwort: „Ich lerne gerne. Und wenn sich eine Gelegenheit bietet, etwas Neues in Erfahrung zu bringen, bin ich allzu gerne dazu bereit, es zu erfahren. Selbst wenn es sich um eine Fähigkeit handelt, die mir unbekannt ist. Und diese ist es."

Und so ging es unzählige Minuten weiter, bis Trish schließlich doch nachgegeben hatte. Die Nacht würde bestimmt nicht mehr lange auf sich warten lassen, Trish schätzte, in einer halben Stunde oder auch Stunde würde sie hereinbrechen. Dadurch waren sie gezwungen, sich jetzt noch einen geeigneten Platz zum Schlafen zu suchen. Amanda und die beiden anderen hatten angeboten sich umzusehen. Und während sie noch unterwegs waren, lernte Nale weiter. Jason und Vyrira beobachteten das Ganze aus sicherem Abstand, da sie anscheinend ein wenig Angst davor hatten, was passierte. Trish musste sich eingestehen, dass es schon etwas Besonderes war, wenn man einem erfahrenen Zauberer Unterricht in Fliegen beziehungsweise Schweben gab. Er lernte schnell und effektiv, da er seine Gabe um ein Vielfaches besser kontrollieren konnte, und hatte dadurch innerhalb von zwei Wochen den Dreh raus. Er war an dem Punkt angekommen, an dem er ihre Belehrungen nicht mehr nötig hatte. Er war so weit, dass er mit Leichtigkeit aufsteigen und schweben konnte.

Während Nale gerade in der Luft war, kamen Amanda, Michael und Brandon endlich zurück, nach Trishs Geschmack hatten sie eine Ewigkeit gebraucht. Sie erklärten, dass die Gegend ihrer Meinung nach sicher war und sich niemand in der Nähe befand. Um nicht auffällig zu erscheinen, wenn jemand doch in der Nähe des Waldrandes vorbeikam und sie zufällig sah, schlug Nale vor, weiter in den Wald zu gehen. Er kam wieder auf den Boden zurück, schnappte sich seinen Rucksack und folgte den anderen, die sich bereits aufgemacht hatten.

Bei ein paar umgestürzten Bäumen hielten sie an und entschieden, dass dies ein idealer Ort für eine Nacht war. Trish hatte zusammen mit Jason Holz gesammelt, um wenigstens ein kleines Feuer zu entzünden. Sie hatten genügend Holz zusammentragen können, um den Großteil der Nacht etwas Wärme abzubekommen. Später in der Nacht musste ihnen ein kleiner Wärmezauber helfen, aber bis dahin half ihnen das Feuer. Gegessen hatten sie zum Glück schon, daher fiel dieser Punkt schon mal weg. Solange keiner von ihnen so richtig müde war, saßen sie, nachdem sie es geschafft hatten, Feuer zu machen, um das Lagerfeuer herum und redeten eine Weile. Amanda und Michael beschlossen nach Minuten, sich in die Dunkelheit aufzumachen und in einiger Entfernung Wache zu halten. Trotz dieser Wache wollte Trish nichts dem Zufall überlassen und beschloss schließlich, auch wach zu bleiben und beim Feuer Wache zu schieben. Als die beiden verschwunden waren, wollte keiner der Übrigen noch länger munter bleiben.

Während die drei ihre Schlafplätze zurechtmachten, wickelte Trish sich in ihre Decke. Sie blieb in der Nähe des Feuers und legte hin und wieder ein Stück Holz nach. Sie wünschten sich noch gegenseitig eine angenehme Nacht und dann wickelten die drei anderen die Decken fest um sich. Vyrira und Jason lagen nebeneinander und Brandon hatte sich zu Nale gesellt und schmiegte sich an den Mann. Es waren gerade erst ein paar Minuten vergangen, als Trish Langeweile und Müdigkeit in sich aufflackern spürte. Von der angenehmen Wärme des Feuers wollte sie sich nicht entfernen, um in der Dunkelheit herumzugehen. Um der Langeweile ein wenig zu trotzen, erzeugte sie eine kleine Kugel in ihren Händen und ließ diese dann von einer Hand in die nächste gleiten. Am liebsten jedoch hätte sie sich niedergelegt, jedoch traute sie ihren eigenen Zaubern nicht. Die Magierin hatte mit Zaubern, die sie eigentlich schützen und warnen sollten, so ihre Probleme. Entweder waren die Zauber zu schwach angelegt, sodass Trish nie etwas mitbekam, wenn ein unguter Geselle sich ihr heimtückisch näherte. Oder sie waren zu stark und machten solch einen Lärm, dass eine gesamte Ortschaft dadurch hätte geweckt werden können.

Während sie ins Feuer starrte, über alles Mögliche nachdachte und ihre Gabe neben den Zaubern in die Gegend schweifen ließ, ertönten Schritte hinter ihr und sie zuckte zusammen. Beine erschienen rechts neben ihr und eine Person setzte sich neben die Magierin.

„Entschuldige, wenn ich dich erschreckt habe. Das war nicht meine Absicht", meinte Nale leise und zog die Enden der Decke vor seinem Hals fester zusammen.

„Macht nichts. Warum schläfst du nicht?"

„Ich habe versucht einzuschlafen, aber ich konnte es einfach nicht. Normalerweise brauche ich nicht lange, aber heute ging es nicht."

Die Kugel in ihrer rechten Hand erlosch. Trish stützte ihr Kinn auf diese und blickte ins Feuer. Das Knistern, die Wärme und die gleichen Bewegungen der Flammen waren so stimulierend und verstärkten ihre Müdigkeit. Dennoch zwang sie sich, wach zu bleiben. Damit es nicht allzu still um sie herum war, fing sie einfach an zu reden.

„Vyrira und Jason passen sehr gut zusammen!"

„Finde ich auch", pflichtete ihr Nale bei.

„Ich finde es irgendwie ungerecht."

„Wie meinst du das?"

„Alle, die ich kenne, haben die große Liebe gefunden, aber ich gehe immer leer aus", erklärte Trish. „Dafür ist es schön zu sehen, wie sich andere freuen. Für mich ist eben die Zeit noch nicht gekommen. Schade irgendwie, aber ich kann nichts dagegen machen."

„Ach. Es wird ziemlich schnell gehen, ohne dass du es mitbekommst", meinte der Alte. „Hast du dich noch nie verliebt?"

„Genau dasselbe hat mein Vater gesagt. Und ja, ich hatte schon Beziehungen, aber die hielten nicht lange. Die längste dauerte eineinhalb Jahre. Es ist ein enormer Nachteil, wenn man mit der Gabe auf die Welt gekommen ist. Einige, so wie ich, wollen ganz normal leben und versuchen, so gut es eben geht, ohne Magie auszukommen. Findet man erst jemanden ohne Gabe, treten die verschiedensten Probleme auf. Bis jetzt haben mich alle Männer abgewiesen, weil ich anders war als sie. Ich wollte genau wie sie ein ganz normales Leben führen. Ich hielt es für richtig, ihnen nie etwas von meiner Gabe zu erzählen, doch sie hatten es auf irgendeine Art trotzdem erfahren. Ich wollte es ihnen erklären, aber sie hören nicht zu und ich habe sie einfach ziehen lassen. Aber ich würde gerne eine längerfristige Beziehung führen und auch mal heiraten und Kinder in die Welt setzen.

Mir wäre es so ernst mit einer Schwangerschaft, doch bisher hatte ich einfach kein Glück. Vor allem deswegen, weil meine bisherigen Liebesbeziehungen immer Vorsichtsmaßnahmen getroffen hatten, damit ich ja nicht von ihnen schwanger werde. Es ist wirklich schwer, jemanden zu finden, dem es total egal ist, ob man Magie besitzt oder nicht. Aber wem erzähle ich das? Du wirst vielleicht auch wissen, wie es ist. Außerdem tut es mir leid, dass ich dich damit belästige. Vyrira und Jason sowie Amanda und Michael machen es einem nicht gerade einfach nicht darüber nachzudenken."

„Du brauchst dich deswegen nicht zu entschuldigen. Bei deren Anblick erhofft man sich eben, sich ebenfalls zu verlieben.

Ich hatte und habe auch so meine Probleme mit diesem Thema, aber einmal hat es geklappt."

„Wirklich? Das freut mich für dich!"

„Danke. Das liegt schon ziemlich lange zurück."

„Wie denn das? Warum eigentlich nur ein einziges Mal?"

„Ich war noch jung und wollte ebenfalls die große Liebe finden. Ich heiratete eine Frau, die nicht mit der Gabe geboren wurde. Diese war ganz anders als alle anderen. Sie akzeptierte mich so wie ich war. Mit oder ohne Gabe, es hätte keinen Unterschied gemacht", meinte der Zauberer und ließ seinen Kopf traurig hängen.

„Warum bist du so traurig? Ist damals etwas passiert?"

„Ja, es ist etwas passiert. Es war einfach schrecklich. Wir hatten auch einen Sohn. Dieser war ebenfalls nicht mit der Gabe gesegnet, aber ich war trotzdem glücklich, eine Familie zu haben", begann Nale zu erzählen. „Die Jahre vergingen schnell und auf einmal hatte er ebenfalls eine Familie, hatte ein eigenes Zuhause aufgebaut und schenkte mir und meiner Frau zwei Enkelkinder. Ein Junge und ein Mädchen und beide besaßen die Gabe! Mit dem dritten Enkelkind war seine Frau gerade schwanger. Doch das Familienglück hielt nicht lange.

Als der Junge fünf Jahre alt war und das Mädchen drei, wollten meine Frau und ich sie besuchen. Meine Frau war voraus gegangen. Ich wollte später zu ihnen stoßen, da ein Dorfbewohner mich wegen einer Krankheit aufgehalten hatte. Als ich endlich dazukam, waren alle bis auf das Mädchen und meinen Sohn getötet worden. Das Mädchen hatte wie durch puren Zufall keinen Kratzer abbekommen, aber mein Sohn hatte nicht so viel Glück. Er war gerade noch so am Leben.

Ich kam leider zu spät, um ihn noch heilen zu können. Er hat mir die Kleine anvertraut und ich versprach, sehr gut auf sie aufzupassen und so lange es ginge, sie normal aufzuziehen. Erst recht, weil ich mit ihr verwandt bin, versprach ich es ihm. Mit einem Lächeln im Gesicht ist er dann in meinen Armen gestorben."

„Mein aufrichtiges Beileid. Ich möchte mich auch entschuldigen, dass ich gefragt habe. Wenn ich das gewusst hätte, dann hätte ich nicht gefragt."

„Es ist schon in Ordnung. Du wusstest es ja nicht und es fühlt sich irgendwie gut an, es jemandem zu erzählen."

„Du hast es wohl bis jetzt niemandem erzählt?"

„Nein. Du bist die Erste nach so vielen Jahren. Das Mädchen weiß nichts von der Gabe und der Beziehung zu mir, aber ich habe ihr bereits von ihren Eltern erzählt. Anfangs habe ich sie in dem Glauben aufgezogen, dass ihre Eltern und ihr Bruder aus unerfindlichen Gründen starben und ich als Freund dabei war. Den Teil mit dem Freund der Familie habe ich beibehalten, ihr jedoch den übrigen Teil der Geschichte wahrheitsgemäß erzählt. Ich muss ihr bald von der Gabe erzählen, aber da habe ich noch genügend Zeit."

„Was ist aus dem Mädchen geworden?"

„Es ist zu einer jungen, wunderschönen, aber auch dickköpfigen Frau herangewachsen. Diese Sturheit liegt leider in der Familie."

Trish blickte ins Feuer, überlegte kurz und wandte sich dann wieder an Nale. Der Zauberer nickte einfach nur und blickte ebenfalls ins Feuer.

„Ich hatte mir schon so etwas gedacht", sagte sie schließlich. „Ich spürte eine Ähnlichkeit, wusste aber nicht, wie das sein konnte. Aber dass sie die Gabe besitzt, wäre mir nie in den Sinn gekommen. Es muss wirklich schrecklich sein, jeden Tag daran erinnert zu werden."

„War es auch", gestand der Zauberer und seufzte. „Seitdem habe ich keine Frau mehr getroffen, die mich so respektiert, wie ich wirklich bin. Das Mädchen nicht mitgezählt natürlich. Versprich mir aber, dass du nichts von dem, was ich dir gerade erzählte habe, jemandem sagst. Erst recht nicht dem Mädchen. Sie soll im Glauben bleiben, ich sei ein Freund der Familie."

„Ich verspreche es. Es ist dir wichtig, dass es geheim bleibt und das verstehe ich voll und ganz. Ich freue mich, dass du wenigstens einmal das Glück hattest, jemanden zu finden", meinte Trish und stützte wieder ihren Kopf auf eine Hand. Sie seufzte schwer. „Bei meinem Glück werde ich nie jemanden finden. Ich werde vielleicht auf ewig allein sein. Mein Vater ist zwar anderer Ansicht, aber er ist nicht in meiner Situation."

Stille legte sich über sie und Trish starrte unablässig ins Feuer. Unbemerkt hatte sie angefangen, mit einem Ast in den Glutstücken herumzustochern. Unerwartet drang leise und mit einer Zärtlichkeit Nales Stimme an ihr Ohr, die ihr einen Schauer über den Rücken jagte.

„Du wirst sicher den Richtigen finde, da bin ich mir sicher."

Erschrocken zuckte Trish zurück und drehte ihren Kopf zu dem Alten. Sie blickte direkt in seine grau-blauen Augen. Diese strahlten die gleiche Zärtlichkeit aus, die auch in der Stimme zum Vorschein gekommen war. Es lag auch ein gewisser Glanz in ihnen. So wie diese Augen in ihre starrten, wurde ihr Körper schwach. Diesem Blick konnte sie einfach nicht widerstehen.

„Danke, dass du daran glaubst", gab sie etwas schüchtern und ebenfalls leise zurück.

Ihre Gesichter waren so dicht beieinander, dass sich ihre Nasenspitzen beinahe berührten. Bevor einer von ihnen eine weitere Bewegung machen konnte, spürte Trish mehrere Kräfte, die genau auf sie zukamen. Diese waren alles andere als gut. Heftig wurde sie aus dem Trancezustand gerissen und war augenblicklich auf den Beinen. Vor Schreck war auch Nale auf die Beine gesprungen und blickte sich um.

„Was ist?", fragte er.

„Ich spüre mehrere Kräfte. Sie sind schwach, daher schätze ich, dass es gewöhnliche Soldaten sind. Es müssen einfach Soldaten sein, da es zu viele Kräfte auf einem Haufen sind. Sie kommen auch noch direkt auf uns zu."

„Wie kannst du das nur spüren? Ich kann mit meiner Gabe nichts erkennen."

„Vielleicht liegt es daran, dass deine Gabe etwas durch das Gift eingeschränkt ist. In der letzten Zeit hast du auch viel geübt und deshalb viel deine Gabe eingesetzt. Zusammengenommen ist sie diesbezüglich wohl noch eine Weile beeinträchtigt."

Trish ließ die Decke von sich gleiten und ging zu ihrem Rucksack. Einige Zeit wühlte sie darin herum, aber fand nicht das Richtige.

„Was suchst du?"

„Eine geeignete Waffe für die Gegner, aber ich will meine Messer nicht fürs Kämpfen benützen. Ein Ast reicht für die auch. Es wäre auch viel zu laut, wenn Stahl auf Stahl trifft. Ich will nicht, dass jemand anderes auf uns aufmerksam wird."

„Was ist los?", fragte Brandon, der aufgewacht war.

„Soldaten kommen genau auf uns zu", erklärte Nale knapp.

Trish richtete ihre Aufmerksamkeit nun auf die Äste, die über ihr hingen. Sie betrachtete jeden und suchte sich den geeignetsten heraus. Die Magierin stieg in die Luft und brach zwei Äste ab. Wieder unten reichte sie Nale einen.

„Du bleibst hier und passt auf die beiden auf. Wenn du glaubst, dass wir in Schwierigkeiten geraten, schreitest du ein", meinte Nale leise zu Brandon.

Nach einem zustimmenden Nicken eilten die beiden in die Dunkelheit. Nicht lange, dann stoppten sie und versteckten sich hinter einem dicken Baum, da in der Ferne ein Licht zu erkennen war. Das Licht stammte eindeutig von Fackeln, da war sich Trish sicher.

Finger strichen über ihren linken Oberarm, bis diese den Arm umschlossen und sanft zudrückten. Bei dieser Berührung wurde Trish abermals schwach. Aber sie ermahnte sich, sich zusammenzureißen und sich auf das, was auf sie zukam, zu konzentrieren. Daher löste sie nur eine Hand vom Ast und legte sie auf die seine, um den Druck zu erwidern. Äste brachen entzwei und eine Gestalt kam um den Baum herum, mit einer Fackel in der einen und einem Schwert in der anderen Hand.

„Alarm!", rief die Gestalt, hob das Schwert und ließ gleichzeitig die Fackel fallen.

Blitzschnell schloss Trish beide Hände fest um den Ast und hielt einerseits den Schwertstoß auf und versetzte dem Soldaten gleichzeitig einen Fußtritt in den Bauch. Nale und sie lösten sich voneinander und Trish machte einen Satz vom Baum weg. Alles ging sehr schnell und weitere Personen näherten sich, aber die Magierin kämpfte mit dem Soldaten weiter. Im Schein der Fackel hatte sie erkannt, dass ihr Gegner eine Uniform trug und nahm daher an, dass es ein Soldat war. Eine Explosion erklang in der Nacht. Diese Explosion war Trish sehr vertraut, da sie bedeutete, dass Magie in die Erde stieß, um sich Feinde vom Hals zu halten. Nale hatte nicht lange gezögert und sich ebenfalls vom Baum abgewandt.

Mit einem Drehen ihres Körpers schlug Trish den Ast dem Soldaten mit voller Wucht ins Gesicht. Dieser drehte sich, fiel zu Boden und stand nicht mehr auf. Daraufhin nahm sie es gleich mit zwei weiteren Soldaten auf. Dabei achtete sie nicht darauf, wohin sie ging. Dies war jedoch ein Fehler. Nachdem sie die beiden erledigt hatte, fand sie sich nach einer Weile zusammen mit Nale in der Mitte eines Ringes aus Soldaten wieder und hielt ihre provisorische Waffe ihnen entgegen.

„Jetzt haben wir sehr große Probleme!", gab Trish leise von sich.

„Na, wen haben wir denn da? Einen Zauberer und eine Magierin", ertönte eine Frauenstimme.

Wie aufs Stichwort löste sich eine Frau mit blonden Haaren und einem Grinsen im Gesicht aus dem Kreis und blieb nach ein paar Schritten stehen.

„Eine wunderschöne Nacht, um zu sterben, nicht wahr? Denn Ihr zwei habt keine Chance gegen uns, auch wenn Ihr die Gabe besitzt. Ihr werdet verlieren."

„Wenn Ihr glaubt, wir wären so ungeschickt und wären allein hier, dann habt Ihr Euch getäuscht", antwortete Nale über die Schulter.

Er musste wohl ebenfalls bemerkt haben, dass sie Unterstützung bekamen. Sehr zu ihrer Freude erkannte Trish, wie sich die Gesichtszüge ihres Gegenübers veränderten. Anfangs war die Frau erstaunt und blickte die beiden vor sich verwirrt an. Sie war drauf und dran, etwas zu sagen, aber ein Heulen unterbrach sie.

KAPITEL 14

Mit den Messern bewaffnet warf sich Amanda unter die Soldaten. Den ersten biss sie in den Hals und trank etwas vom Blut. Der Soldat sank zu Boden. Rechts und links von Amanda warfen sich die anderen ins Getümmel. Michael hatte sich bereits verwandelt und riss einem Soldaten nach dem anderen den Schutzpanzer auf. Brandon war ebenfalls voll dabei. Wenn er die Soldaten nicht niederstreckte, riss er so lange an den Armen, die die Schwerter hielten, bis das Schwert zu Boden fiel. Vyrira und Jason versetzten mit ihren Schwertern einigen Soldaten einen Hieb. Durch das Auftauchen von Amanda und den anderen zerstreuten sich die Soldaten in verschiedene Richtungen, was ihnen nicht viel half.

Der Kampf war in vollem Gange. Jeder kämpfte mit zwei oder mehreren Gegnern gleichzeitig. Amanda nahm sich einen nach dem anderen vor. Als sie gerade ihre Messer in zwei Männer rammte, rannte ein weiterer auf sie zu. Sie suchte seine Augen und blickte direkt hinein. Amanda spürte, wie ihre Kraft und ihr Wille auf den Soldaten übergingen. Um sie herum wurde alles langsam und still. Ihre Augen weiteten sich, als sie ihrer Kraft freien Lauf ließ. Die Augen des Soldaten weiteten sich ebenfalls und nun war er unter ihrer Kontrolle. Er musste machen, was immer sie wollte.

Der Soldat machte kehrt und bekämpfte seine eigenen Leute. Daraufhin richtete Amanda ihre Aufmerksamkeit auf den nächsten Soldaten, der auf sie zukam. Sie wehrte mehrere Hiebe ab und stach mit einer Schnelligkeit ein Messer in den Körper vor sich, dass der Gegner nichts dagegen unternehmen konnte. Ihre Haare wurden ihr auf einmal aus ihrem Gesicht geweht. Ein Windstoß sauste an ihr vorbei und endete mit einem Schrei. Amanda schaute in die Richtung, aus der der Windstoß gekommen war und erblickte den Zauberer. Dieser hielt seine freie Hand in der Luft und seine Handinnenseite deutete in ihre Richtung. Die Vampirin wendete ihren Kopf in die entgegengesetzte Richtung und sah einen Soldaten tot auf dem Boden liegen.

Nale rannte weg, um sich wieder dem Kampf zu widmen. Ohne noch eine Sekunde zu verschwenden, holte Amanda das Messer aus dem Soldaten und rannte mit einer enormen Geschwindigkeit zu einer Frau, die eindeutig eine Feindin war. Amanda überraschte sie. Die Frau versuchte sich noch zu wehren, aber der Versuch scheiterte. Der Vampirin vergrub ihre Zähne im Hals der Frau und sog das Blut aus den zwei Löchern. Die Frau brach zusammen.

Unbeirrt fuhr Amanda mit dem Kampf fort. Bevor sie sich auf den nächsten Gegner stürzte, fühlte sie eine Übelkeit in sich aufsteigen und ein Schwindelgefühl überkam sie, aber sie ignorierte beides. Gerade als sie dabei war, einen Soldaten zu erledigen, kam ein anderer auf sie zu gerannt. Bevor sie reagieren konnte, gewannen Übelkeit und Schwindelgefühl die Oberhand und sie brach zusammen. Sie stützte sich auf allen vieren auf dem Boden ab und versuchte wieder aufzustehen. Der Versuch scheiterte. Sie dachte, jetzt wäre es vorbei. Aus unerfindlichen Gründen konnte sie nicht mehr. Ihre Kräfte hatten ihr den Dienst versagt und nun konnte sie nicht mal mehr aufstehen, so schwach war sie auf einmal.

Ein Soldat stand vor ihr, hob sein Schwert über den Kopf und war bereit zum Schlag. Amanda dachte, dass es aus mit ihr wäre, aber ein Knurren erklang und der Soldat wurde zu Boden gerissen. Michael in Gestalt des Werwolfs landete auf ihm und zerfetzte ihn. Als Michael mit ihm fertig war, rannte er zu Amanda, die derweilen ausgestreckt auf dem Rücken lag und nach Atem rang. Kurz vor ihr verwandelte er sich wieder in einen Menschen und kniete sich neben ihr in den Schnee. Er hob ihren Oberkörper hoch und lehnte diesen gegen seine Oberschenkel.

„Geht es dir gut?", fragte er besorgt.

„Es wird schon wieder. Mir ist nur schwindelig und etwas schlecht", sagte sie schwer atmend. „Nichts Großartiges also. Danke, dass du mich gerettet hast."

Amanda küsste Michael als Dankeschön. Er löste seine Lippen von ihren. Dann sagt er: „Ich bringe dich zurück ins Lager. Der Kampf wird bald vorbei sein, schätze ich, und die restlichen Soldaten schaffen die anderen auch ohne uns."

Michael richtete sich auf und hob Amanda mit seinen starken Armen hoch. Das Mädchen wäre lieber selbst gegangen, traute aber den Beinen nicht. So etwas war Amanda noch nie passiert. Weder in den Jahren, als sie ihre wahre Identität nicht gekannt hatte, noch in den Monaten, in denen sie bei Virginia im Unterricht war. Im Gegenteil! Amanda hatte sich immer stark gefühlt, selbst wenn sie mal krank im Bett liegen musste. Ihr kam in den Sinn, dass es wahrscheinlich daran lag, dass sie nun den ersten Kampfeinsatz und das erste Mal im harten Kampf ihre Kraft freigesetzt hatte. Amanda konnte sich dumpf daran erinnern, dass Virginia einmal erwähnt hatte, dass eine solche Situation schon einmal eintreffen könne. Amanda hatte erst kürzlich von ihrer Kraft erfahren und war zu unerfahren im Umgang damit. Und außerdem hatte sie nicht nur das Blut eines Vampirs in sich, sondern auch drei andere. Obwohl das menschliche Blut den geringsten Teil ausmachte, so Virginia, könne es erst recht zu einem Schwächemoment kommen. Und nun glaubte Amanda, dass so ein Fall eingetreten war. Wenn es stimmte, was Michael sagte, und Amanda glaubte ihm aufs Wort, dann war der Moment ausgesprochen gut. So musste das Mädchen wenigstens keine schlechten Gedanken haben, wie wenn es mitten im Geschehen den Zusammenbruch gehabt hätte.

Amanda schlang ihre Arme um Michaels Nacken und er marschierte los. Er achtete, dass er um die Toten so gut es ging einen großen Bogen machte. Sie versuchte in der Dunkelheit die anderen auszumachen und fand auch gleich die Ersten. Jason und Vyrira kämpften mit ein paar Soldaten und zwei Frauen. Nale schlug seinem Gegner, mit dem er gerade kämpfte, in den Magen und einen Augenblick späterins Genick. Bloß Trish und Brandon konnte sie nirgends sehen, aber dafür konnte Amanda sie hören. Die beiden waren ein ordentliches Stück abseits jeglicher Helligkeit, die von den Fackeln kam. Amanda schätzte, dass sie mindestens fünfzig Meter von ihrem Standpunkt entfernt waren. Und wie das Mädchen hörte, waren sowohl der Wolf als auch die Magierin in eine Auseinandersetzung involviert. Trish war, soweit glaubte Amanda es momentan aus der Umgebung heraushören zu können, sogar mit zwei Personen gleichzeitig beschäftigt.

Sie war sich zwar nicht hundertprozentig sicher, ob ihr Hörvermögen sie nicht täuschte, da es an ihre Fähigkeiten gekoppelt war. Diese waren momentan durch die Übelkeit und das Schwindelgefühl im Großen und Ganzen eingeschränkt. Zumindest konnte das Mädchen hören, dass Trish sich noch bewegte und anscheinend keine Hilfe benötigte. Das Licht der Fackeln wurde immer schwächer und schließlich umgab völlige Dunkelheit die beiden, was natürlich für Michael keine Behinderung darstellte. Er ging ohne Probleme weiter und bahnte sich seinen Weg um Bäume herum, bis das Lager schließlich in Sicht kam. Dort bückte er sich und setzte Amanda vorsichtig auf einem der umgestürzten Bäume ab.

Während Amanda sich mit beiden Händen abstützend auf dem Baum saß, ging Michael zu dem kleinen Haufen Holz, packte ein paar Zweige und warf sie in die Glut. Sie wusste nur zu gut, dass er eigentlich die Wärme nicht benötigte oder gar das Licht. Sie schätzte, dass er dies für die anderen getan hatte, da sie im Dunkeln nichts sehen konnten. Abgesehen von Trish, Nale und Brandon natürlich. Das Sehvermögen von Brandon war im Dunkeln genauso gut wie das von Amanda und Michael, Trish und Nale konnten sich mit der Gabe helfen. Was die Wärme betraf, so konnten Trish und Nale sich ebenfalls der Gabe bedienen, um allen eine halbwegs angenehme Nacht zu bescheren. Soweit es natürlich ging, da diese Nacht nicht dafür gemacht war, unter freiem Himmel zu schlafen. Michael wartete eine Weile, bis die Zweige Feuer fingen, warf noch ein paar Zweige in die Flammen und kam dann zu Amanda herüber.

„Und, wie fühlst du dich jetzt? Besser?", fragte er und setzte sich zu ihr auf den Baum.

„Nicht wirklich. Ich fühle mich ein wenig schwindlig und übel. Es ist zwar nicht mehr so schlimm wie vorhin, aber übergeben würde ich mich gerne noch."

„Hast du eine Ahnung, wieso dir das passiert ist?"

„Virginia hat mal erwähnt, dass bei mir so Momente wie eben schon mal vorkommen können. Du hast das Problem nicht, da du nicht vier verschiedene Typen von Genen in dir trägst, sondern nur die des Werwolfes."

„Ich kann mich erinnern, dass sie es gesagt hat. Ich glaube, die restliche Nacht solltest du lieber hierbleiben und dich ausruhen. Wenn du willst, bleibe ich bei dir."

„Sehe ich genauso. Bevor ich mich noch mehr in gesundheitliche Schwierigkeiten bringe, bleibe ich lieber im Lager. Aber du musst nicht bleiben. Du kannst ruhig deine Kreise ziehen und Wache schieben", meinte Amanda und gab ihm einen Kuss.

„Wenn du mir so etwas Süßes gibst, kann ich doch nicht Wache halten. Da bleibe ich hier", erwiderte Michael und grinste nach dem Kuss verführerisch.

„Ach, hier seid ihr", erklang die Stimme von Vyrira hinter den beiden.

Michael und Amanda wollten sich gerade umdrehen, als Vyrira schon zu Amandas Rechten erschien und in den Schein des Feuers trat. Soweit die Vampirin erkennen konnte, sah Vyrira ziemlich angeschlagen, aber auch glücklich aus. Glücklich wahrscheinlich deswegen, da die Soldaten sie nicht überrannt und festgenommen hatten. Des Weiteren erkannte Amanda, dass sich an manchen Stellen ihres Umhanges Blut befand, das wahrscheinlich von Soldaten stammte.

„Und? Habt ihr alle erledigt?", fragte Michael.

„Ich glaube schon. Ihr müsstet schon eher Nale oder Trish fragen, denn soweit ich mitbekommen habe, haben die beiden ziemlich viele von ihnen erwischt. Aber weshalb seid ihr schon hier? Eigentlich hättet ihr mitbekommen sollen, was sich da hinten noch abgespielt hat. Außerdem dachte ich, ihr wärt mitten im Getümmel."

„Ich musste mich leider frühzeitig geschlagen geben", warf Amanda ein.

„Weshalb das denn?"

„Dummerweise bin ich vorhin zusammengebrochen, weil mir auf einmal übel und schwindlig geworden war. Michael hat mich noch rechtzeitig vor einem Soldaten gerettet, der mich beinahe schlimm erwischt hätte."

„Danach habe ich sie sofort hierhergebracht. Ich hatte schon bemerkt, dass das Getümmel sich dem Ende zu neigt und ihr auch ohne mich die restlichen Soldaten schafft. Ich hoffe, ihr hattet keine Probleme", fügte der Junge hinzu.

„Nein, das nicht. Alles lief hervorragend, auch wenn es nicht gerade leicht war. Außerdem wusste ich nicht einmal, dass ihr bereits weg wart. Du hast eine gute Entscheidung getroffen, Michael, als du Amanda weggebracht hast. Nichtsdestotrotz sollten Trish oder Nale ein Auge auf dich werfen, Amanda. Sie können dir bestimmt mit ihren Gaben helfen."

„Auf wen soll ich ein Auge werfen?", fragte auf einmal Nale, der zusammen mit Brandon aus der gleichen Richtung kam wie zuvor Vyrira.

Amanda bemerkte, dass der Zauberer bei Weitem müder und angeschlagener wirkte als Vyrira. Es lag wahrscheinlich daran, dass er vor nicht allzu langer Zeit stark verletzt worden war. Denn soweit Amanda von Trish erfahren hatte, hatte es schlimm für ihn ausgesehen. Daher konnte sie es ihm nicht verdenken, wenn er gesundheitlich noch nicht auf dem Damm war, auch wenn er nach außen hin so tat, als wäre alles wieder beim Alten.

„Auf Amanda", antwortete Vyrira und wiederholte das, was ihr zuvor Amanda und Michael erzählt hatten.

„So sieht die Sache also aus. Dann will ich mich gleich um dich kümmern, damit du von deinem Leid erlöst wirst", meinte Nale und trat vor Amanda.

Er legte ihr zwei Finger auf die Stirn und keine Sekunde später spürte sie, wie ihre Probleme langsam und letztendlich vollständig verschwanden. Bevor der Zauberer sich von ihr abwandte, fragte er, ob es nun besser sei. Und als das Mädchen dies bestätigte, wandte er sich ab und drückte dabei seinen Rücken durch.

„Ich glaube, ich bin in den letzten Jahren ein wenig eingerostet. Mir setzt die Auseinandersetzung von eben mächtig zu", erklärte Nale.

Soweit Amanda wieder von Trish wusste, nahmen die mit der Gabe durch eine Heilung die Schmerzen, welche es auch immer waren, in ihren eigenen Körper auf. Sie spürten, dass sie da waren und hatten hin und wieder auch ihre Probleme mit eben diesen Schmerzen, aber die heilenden Personen waren dennoch immun. Immun in dem Sinne, dass die Personen einfach mit ihrem Leben fortfahren konnten, ohne beeinträchtigt zu sein wie der Verletzte. Und anscheinend war das bei Nale ebenso der Fall. Die Probleme von Amanda waren anscheinend für ihn eine unbedeutende Kleinigkeit, sodass er nur an die Auseinandersetzung dachte.

„Du hast vielleicht Probleme", meinte Brandon. „Klar, dass du jetzt Probleme hast, denn du warst vor ein paar Wochen selbst gesundheitlich angeschlagen."

„Nicht nur das, du musstest auch noch seit deiner Genesung jeden Tag mit deiner Gabe trainieren, was dich schließlich noch mehr angestrengt hat", fügte Vyrira zornig und mit einem Finger wedelnd hinzu.

„Zwei gegen einen ist aber unfair. Kann man sich nicht mal ein wenig auslassen, wenn es einem nicht gut geht, ohne dass man gleich von zwei Seiten Konter bekommt?"

Während Nale sprach, stolperte auf einmal eine Frau mit blonden Haaren zu Amandas Linken am Baum vorbei ins Lager. Eine Sekunde später lag sie auch schon der Länge nach am Boden, da sie ihr Gleichgewicht nicht hatte halten können. Wieder eine Sekunde später stolperte eine andere Frau, dieses Mal dunkelhaarig, ins Lager und fiel genau neben die andere ebenfalls hin. Anschließend traten Jason und Trish in Amandas Blickfeld und gingen zu den beiden liegenden Frauen. Amanda fragte sich, weshalb die beiden überhaupt hier waren. Soweit sie mitbekommen hatte, waren unter den Soldaten auch einige Frauen gewesen, die gegen Amanda und die anderen gekämpft hatten. Jetzt waren zwar die Gegner besiegt und alle waren halbwegs unversehrt im Lager, aber nun waren diese Frauen auch noch hier. Noch bevor die Vampirin fragen konnte, hatte es Nale schon getan.

„Ihr habt es zwar nicht mitbekommen, aber in meiner Gegenwart erwähnten die beiden zwei Lords. Ich dachte, wir könnten sie ein wenig ausfragen, bevor wir sie wieder gehen lassen", antwortete Trish.

„Gehen lassen? Ich dachte, wir würden sie zur Sicherheit töten", protestierte Jason.

„Weshalb töten? Ich sehe keinen Grund dazu."

„Am besten tut Ihr es", warf die Dunkelhaarige ein. „Tötet uns, denn dann könnt Ihr ohne Weiteres weiterreisen. Euch würde niemand kennen. Wenn Ihr uns jedoch gehen lasst, könnten wir eine genaue Personenbeschreibung abgeben."

„Also habt Ihr keine andere Wahl. Ihr müsst uns töten!", fügte die andere Frau lächelnd hinzu.

„Tut mir leid, Euch enttäuschen zu müssen. Ihr seht zwar aus, als würdet Ihr lieber sterben, als Eure Gebieter zu verraten, aber keiner von uns wird Euch töten", sagte Nale gelassen an die Frauen gewandt. Einen Moment später fügte er mit strengem Unterton an Jason gewandt hinzu: „Habe ich mich klar ausgedrückt?"

Amanda konnte sehen, dass Jason nicht begeistert von der Idee war, die Frauen leben zu lassen. Sie musste zugeben, dass sie auch nicht gerade begeistert war, obwohl sie glaubte, dass hinter der Aktion, die beiden Fremden hierher zu führen, etwas Größeres steckte. Und die Vampirin nahm sich vor, an diesem Abend Trish noch zu fragen, was sie eigentlich damit bezweckt hatte. Vielleicht verriet die Magierin es auch von selbst. Wenn nicht, würde Amanda auf das Thema zu sprechen kommen und die Frau so lange ärgern, bis eine vernünftig klingende Antwort von ihr kam. Während Amanda und Michael immer noch auf dem Baum saßen, beobachtete Amanda, wie Nale sich Trish näherte.

Er flüsterte etwas in ihr Ohr, was Amanda nicht verstehen konnte, obwohl sie sich anstrengte. Doch musste sie nach wenigen Sekunden einsehen, dass es zwecklos war. Anscheinend hatte Nale einen Zauber angewandt, um der Vampirin die Möglichkeit zu nehmen mitzuhören. Es musste so sein, denn Amanda konnte nun ihre Fähigkeiten wieder einwandfrei verwenden. Sie hatte, kurz nachdem Nale sie geheilt hatte, bereits wieder außerordentlich gut hören können. Somit hatte sie Trish und Jason gehört, wie sie sich mit den Frauen dem Lager genähert hatten, noch bevor die Frau mit den blonden Haaren in Sicht gekommen war. Trish nickte auf einmal mit grimmigem und erstauntem Gesichtsausdruck und sagte etwas genauso leise zurück. Als Nale schließlich auch genickt hatte, wandte sich die Magierin von ihm ab und ging auf Amanda zu. Amanda war erstaunt, dass die Frau zu ihr kam.

„Ich habe gerade gehört, dass dich beinahe ein Soldat erwischt hätte", sagte Trish leise.

„Ja, aber Michael hat mich rechtzeitig gerettet. Nale war zudem so frei und hat mich geheilt."

„Ich weiß, dass Nale dich bereits geheilt hat, aber ich will mir noch kurz selbst ein Bild machen, ob es dir wirklich gut geht. Er weiß genug über magische Kreaturen, um zu wissen, wie man dich am besten heilt, daran zweifle ich nicht. Aber ich muss jedoch gestehen, dass ich mehr Erfahrung mit euch gemacht habe. In dieser Welt gibt es, soweit ich mitbekommen habe, nicht so viele mit euren Fähigkeiten. Daher will ich dich zur Sicherheit noch einmal durchchecken. Natürlich nur, wenn es dich nicht stört, Amanda."

„Nein keineswegs. Lieber solltet ihr zweimal schauen, bevor so etwas noch einmal passiert", gestand Amanda.

Sie ließ die gleiche Prozedur über sich ergehen wie bei Nale, doch mit dem Unterschied, dass es ihr nun besser ging als zuvor. Sie musste nicht mehr geheilt werden. Innerhalb von wenigen Sekunden war auch Trish fertig und sie wandte sich dankend ab. Sie gesellte sich wieder zu Nale und nickte ihm zu. Nale sah ihr Nicken und sein Gesichtsausdruck erhellte sich, wurde aber auch gleichzeitig nachdenklich. Amanda verstand nicht, was dies nun zu bedeuten hatte. An diesem Abend waren anscheinend ein paar Dinge fragwürdig, die dringend eine Antwort benötigten. Und Amanda war entschlossener als zuvor, die Antworten noch an diesem Abend herauszufinden.

„Wollt Ihr reden oder immer noch sterben?", fragte Nale nun die beiden Frauen.

„Was denkt Ihr denn?", antwortete die dunkelhaarige Frau. „Lieber sterben wir, als Euch etwas zu verraten."

„Dann lasst Ihr mir wohl keine andere Wahl", gab Trish von sich.

Ohne dass sich die Magierin rührte, kippte auf einmal die Frau, die Nale zuvor geantwortet hatte, schreiend nach hinten. Ihre Hände griffen in ihr Gesicht und hielten etwas fest, während sie sich kurz im Schnee wälzte und dann die Beine anzog. Amanda wusste bereits, was geschehen war, und sie ging davon aus, dass es auch Michael und Brandon mitbekommen hatten. Trish hatte der sich nun windenden Frau mithilfe ihrer Gabe die Nase gebrochen und ihr noch dazu mehrere Schläge in die Magengrube verpasst.

Die blonde Frau verzog verärgert ihr Gesicht, schrie auf und stand so schnell und geschickt auf, dass keiner der Stehenden sie aufhalten konnte. Die Frau rannte auf Trish zu, die ruhig stehen blieb, was Amanda überhaupt nicht verstand, und rammte der Magierin eine Faust ins Gesicht. Amanda wunderte sich, weshalb niemand etwas dagegen unternommen hatte. Sie war fest davon überzeugt gewesen, dass Nale sie mit seiner Gabe unter Kontrolle hielt, oder gar Trish dies tat. Aber dass die beiden nicht ihre Gabe eingesetzt hatten, um die Frauen in Schach zu halten, verstand das Mädchen nicht. Amanda schätzte, dass Trish dies mit Leichtigkeit hätte tun können, auch während sie die andere Frau mit der Gabe verletzt hatte. Doch nun hatte die Magierin selbst eine gebrochene Nase und machte keine Anstalten, die wütende Frau vor sich aufzuhalten.

„Was habt Ihr getan?", fragte die blonde Frau aufgebracht und war drauf und dran, Trish nochmals zu schlagen. „Ihr bezahlt dafür mit Eurem Leben, das schwöre ich Euch! Ihr werdet dafür büßen, dass Ihr meine Freundin attackiert habt."

„Schwört nichts, was Ihr vielleicht nicht halten könnt", antwortete die Magierin und fing nun eine Faust, die wieder auf sie zu sauste, mit der Gabe ab. „Ich weiß nicht, was sich in nächster

Zeit so ergibt. Aber Ihr könnt Euch gefasst machen, dass wir alle hier Euch und Euren Lords mächtige Schwierigkeiten bereiten werden. Ihr könnt Gift nehmen, wenn Ihr wollt. Doch nun verschwindet von hier, bevor ich mich vergesse und Euch beide wirklich umbringe. Berichtet Euren Lords, was ihnen bevorsteht. Ihr wollt uns zwar keine Auskunft geben, aber das soll mir gleich sein. Ich habe das, was ich eigentlich wollte, dennoch bekommen."

Mit verschwörerischem Blick trat die Frau zurück, packte ihre bereits wieder sitzende Freundin unter den Achseln und half ihr so auf die Beine. Vorsichtig traten die beiden von der Gruppe weg und als die Dunkelheit sie eingenommen hatte, konnte Amanda hören, wie sie plötzlich anfingen zu laufen. Amanda hörte noch ein paar Sekunden hin, bevor sie davon abließ und zu Trish hinübersah. Blut rann aus ihren Nasenlöchern und die Nase stand in einem unangenehmen Winkel ab. Nale trat vor die Magierin und richtete alles wieder, bis ihr Gesicht wieder so aussah wie zuvor.

„Kannst du uns endlich mal erklären, was das Ganze zu bedeuten hat?", platzte Jason heraus, nachdem sich Trish bedankt hatte.

„Das würde mich auch interessieren. Wir haben nichts aus ihnen herausbekommen, was uns nur ansatzweise helfen könnte", warf Brandon in gemäßigterem Ton ein und betrachtete aus seiner sitzenden Position die Magierin.

„Mehr oder weniger haben wir doch etwas", begann Trish ihre Erklärung. „Ihr müsst wissen, dass ich ein Talent dafür habe, andere Personen mit Leichtigkeit mittels meiner Gabe bis zu einer bestimmten Reichweite aufzuspüren. Man kann es beinahe mit deiner Fähigkeit vergleichen, große Distanzen mit deinem Gehör abzuhören, Amanda. Da ich bloß meine Gabe besitze, bediene ich mich ihrer. Jedoch habe ich an meiner Gabe ein wenig herumgefeilt und habe mehr erreicht, als Personen nur mit meiner Gabe zu fühlen. Ich verpflanze einen Bruchteil meiner Magie in eine Person, die mich verletzt, ohne dass dies jemand mitbekommt. Wenn sich die Person dann am Zielort aufhält, wissen wir, wohin wir müssen. Wir müssten uns jedoch noch genauer informieren, was unseren Zielort anbelangt, bevor wir einfach so dort rein marschieren."

„Klingt, als wärst du dann beeinträchtig, was deine Gabe anbelangt. Und wäre es nicht besser gewesen, du hättest einfach nur einen Zauber über sie geworfen, der denselben Effekt hat?", fragte Nale mit einem Stirnrunzeln.

„Ganz und gar nicht. Sie funktioniert so wie immer, vielleicht etwas langsamer, aber ich kann sie benutzen. Und ja, ich hätte einen Zauber verwenden können. Aber ich habe sehr schlechte Erfahrungen damit gemacht. Ich trete daher lieber einen Teil meiner Magie ab, den ich bestimmt wiederbekomme. Ich habe es nicht so mit diesen Zaubern. Es ging immer etwas schief. Entweder wurde dieser frühzeitig entdeckt oder er löste eine Katastrophe aus. In diesem Punkt bin ich einfach ein Tollpatsch. Indem ich meine Magie in eine Person verpflanze, bin ich auf der sicheren Seite. Keiner kann sie aufspüren, was uns sehr gelegen kommt. Der Zauber wäre wahrscheinlich am ehesten aufgeflogen. So ist die Magie nicht aufspürbar. Die Zauberer können sie nicht feststellen. Und wenn sie es aus irgendwelchen Gründen auch immer doch können, ist der Ort, wo sich die Magie aufhält, dennoch verborgen. Dafür sorge ich schon."

„Aber warum hast du dann die beiden hierhergebracht? Du hättest dies auch vorher machen können", kam es dieses Mal von Amanda.

„Ich weiß, das hätte ich tun können, aber mich hat an den beiden etwas gestört. Ich kann nicht genau sagen, was, aber mein Bauchgefühl wollte, dass ich beide mit ins Lager nehme. Sie hatten etwas an sich, was ich momentan einfach nicht beschreiben kann. Vielleicht ist einem von euch auch etwas aufgefallen. Mit der Zeit ergibt sich vielleicht Klarheit, was die beiden angeht. Auf mein Bauchgefühl ist eigentlich immer Verlass, deshalb waren sie auch hier. Sie können ruhig den Zauberern mitteilen, wie viele wir sind."

„Ich muss dir zustimmen, was die beiden angeht", meinte Nale. „Sie hatten etwas an sich, was mich ebenfalls irritierte. Ich zerbreche mir gerade auch den Kopf, was es gewesen sein könnte."

„Darüber könnt ihr auch morgen noch nachdenken", fuhr Michael sachte dazwischen. „Ich möchte jedenfalls wissen, worüber ihr zwei geredet habt, bevor Trish sich Amanda noch einmal angeschaut hat."

„So wichtig ist das gar nicht", meinte Trish und kratzte sich nachdenklich am Kopf.

„Ich glaube aber, dass es wichtig ist. Amanda fehlt doch mehr, als ihr uns erzählt."

„Soll ich es ihnen sagen?", fragte Trish an Nale gewandt.

„Ja, mach das. Ich kümmere mich derweil um Vyrira."

„Weshalb das denn? Mir fehlt nichts", erwiderte Vyrira, wobei sie den Anschein machte, als ginge es ihr überhaupt nicht gut.

Sie saß auf einer Decke und hielt sich den Kopf. Als sie ihren Namen hörte, versuchte sie so auszusehen, als ginge es ihr blendend. Was natürlich nicht funktionierte. Vyrira vermittelte immer noch einen gequälten Eindruck und Amanda glaubte aus ihrem Gesichtsausdruck herauslesen zu können, dass sie sich am liebsten übergeben würde.

„Versuch es gar nicht erst zu leugnen. Ich sehe es dir an, dass dir etwas fehlt", gab der Zauberer zurück und kniete sich vor dem Mädchen auf die Decke.

Währenddessen war Trish zu Amanda und Michael gegangen und stand kurz stumm vor ihnen, als müsse sie überlegen, was sie sagte. Nicht lange, dann sagte sie zu Michael gewandt: „Du hast recht. Wir haben mehr gefühlt, als wir gesagt haben. Eigentlich wollten wir bis morgen warten. Aber da du den Anschein machst, als wolltest du uns den Kopf abreißen, wenn du es nicht erfährst, sage ich es euch heute. Ich weiß nicht, wie weit es eure Absicht war, aber ihr habt etwas erschaffen, was mehr oder weniger zu einem ungünstigen Zeitpunkt gefruchtet hat."

„Rede bitte nicht drumherum. Wovon redest du?", fragte Amanda verwirrt.

„Es geht um das Kind, das du in dir trägst. Nale hat es bereits bei der Heilung gespürt, wollte jedoch eine Bestätigung. Er hat mich gebeten, mir selbst ein Bild zu machen, ob er recht hat. Wie bereits gesagt, hat er eine Ahnung, was euch und eure

Talente angeht. Da er weniger Erfahrung mit euch beiden hat als ich, sollte ich dich nochmals überprüfen. Geheilt werden musstest du zum Glück nicht mehr, aber ich checkte dich noch mal wegen des Kindes durch."

„Soll das etwa heißen, dass ich schwanger bin?"

„So sieht es aus."

„Ihr müsst euch vertan haben. Ich hatte mich einfach überangestrengt."

„Einmal kann man sich schon vertun, aber zweimal ist sehr unwahrscheinlich. Du hast dich überanstrengt, das stimmt. Deine Symptome, die du Vyrira geschildert hast, kommen zu einem minimalen Teil davon, dass du deine Fähigkeiten zu viel benutzt hast. Im Großen und Ganzen jedoch stammen sie vom Kind! Auf jeden Fall gratuliere ich euch zu eurem Nachwuchs."

„Unglaublich. Ich kann es einfach nicht fassen", sagte Amanda, als die Magierin Richtung Vyrira und Nale ging.

„Ich ebenfalls nicht. Jedoch fühle ich mich so überglücklich, ich könnte beinahe in die Nacht heulen vor Freude", erklärte Michael mit einem breiten Grinsen.

Als er das sagte, musste selbst Amanda grinsen. Es war unfassbar, dass es ausgerechnet auf dieser Reise passiert war, aber nun war es geschehen. Und Amandas Eltern wussten davon noch nichts, geschweige denn wussten sie, dass Michael und Amanda sich nähergekommen waren. Weit mehr, als selbst Amanda je gedacht hätte. Zu Beginn ihrer Ausbildung, als sie dem Jungen, der die Fähigkeiten eines Werwolfes hatte, nicht über den Weg getraut hatte, hätte sie sich nie im Leben erträumt, dass sie mit ihm zusammenkäme. Nun waren sie sich seit der Zeit, als sie von Virginia weggelaufen und dann doch zurückgekehrt waren, nähergekommen. Amanda hatte es dann schließlich zugelassen, dass eine Liebesbeziehung zum Leben erweckt worden war. Diese hatte auch noch so weit geführt, dass sie und Michael im Bett gelandet waren. Da sie selbst hier in einer fremden Welt nicht die Finger voneinander lassen konnten, war es zu diesem Glück gekommen. Amanda konnte ihr Glücksgefühl überhaupt nicht fassen, es flaute auch nicht ab, als sie an ihre Eltern dachte.

Sie würden bestimmt ausrasten, aber das war dem Mädchen egal. Nun war es geschehen und Amanda würde um nichts in der Welt daran was ändern wollen.

In den nächsten Minuten geschah nicht viel. Die Gruppe unterhielt sich noch kurz bevor alle sich wieder niederlegten. Vyrira ging es wieder besser, da Nale sie geheilt hatte, und sie rollte sich als Erste in ihre Decke. Trish hingegen wollte den Rest der Nacht noch wach bleiben, um Wache zu halten, aber Jason winkte ab und meinte, sie solle schlafen. Sie könne, wenn sie wolle, Schutzschilde aufbauen, aber er würde an ihrer Stelle wach bleiben. Michael und Amanda waren überhaupt nicht müde, sie waren durch die Neuigkeit zu überdreht, enthielten sich jedoch der Stimme. Nun wollten sie erst recht im Lager bleiben und sich erholen.

KAPITEL 15

„Das bildest du dir sicher nur ein!", sagte Nale entsetzt.

Nale traute seinen Ohren nicht. Brandon nervte ihn schon seit ein paar Stunden mit ein und demselben Thema. Der Wolf hatte ihn zurückgehalten, um sich leise mit ihm unterhalten zu können. Nale dachte zuerst, es ginge um etwas Belangloses, aber da hatte er sich getäuscht. Sein Freund wollte über den gestrigen Abend sprechen und über eine Vermutung. Wie er sagte, habe er etwas bemerkt, was er lange nicht mehr an Nale gesehen hatte. Der Zauberer war entsetzt darüber, wie Brandon nur so etwas denken, geschweige denn laut aussprechen konnte.

„Nach dem Kampf war es für mich offensichtlich!", entgegnete Brandon leise. „Die anderen haben den Blick nicht mitbekommen, aber als ich ihn zwischen euch gesehen habe, war es für mich klar."

„Was willst du denn an diesem Blick erkannt haben? Nur dass wir uns angesehen haben, beweist rein gar nichts!", fuhr Nale den Wolf in scharfem Ton an.

Brandon machte einen Satz nach vorne und stellte sich vor Nale. Der Zauberer war dadurch gezwungen, ebenfalls stehen zu bleiben. Er sah den Wolf mit einem misstrauischen und etwas genervten Blick an. Genervt stemmte er seine Hände in die Hüften. Brandon warf einen Blick zu den anderen, die einfach weitergingen, bevor er sich wieder an Nale wandte.

„Mach mir bitte nichts vor", meinte der Wolf leise. „Ich kenne dich nun schon so viele Jahre, um es besser zu wissen. Diesen Blick habe ich schon einmal, nein, sogar mehrmals an dir gesehen und das war an den Tagen, an denen du mit deiner Frau zusammen warst."

„Was soll das bitte beweisen? Ich glaube, dein Erinnerungs-
vermögen ist etwas getrübt oder deine Augen spielen langsam
nicht mehr mit!", sagte der Zauberer und fuchtelte mit den Armen herum.

„Ich habe keine Probleme mit meinen Augen. Sie könnten nicht
besser sein, sonst könnte ich nicht an deiner Seite kämpfen. Ich
weiß aus Erfahrung, wann ich eine Person vor mir habe, die verliebt ist. Und du bist es. Du liebst sie und der Blick bestätigt es mir."

Seufzend rieb sich Nale die Augen. Es brachte nichts, sich selbst
noch länger anzulügen. Seine Gefühle für sie waren in den letzten
Wochen noch gewachsen, aber er wollte sie sich nicht eingestehen. Wenn es schon so offensichtlich war, dass es selbst Brandon
mitbekommen hatte, dann würde es nicht mehr lange dauern, bis
es auch andere bemerken würden. Er hatte sich schon die ganze
Zeit gefragt, wie es wäre, mit ihr zusammen zu leben. Dennoch
war er sich nicht sicher, ob sich Brandon nicht bei ihr geirrt hatte. Es konnte ja sein, dass sie es überhaupt nicht leiden konnte,
mit jemandem zusammen zu leben, der doppelt so alt war wie
sie selbst. Nale schätzte zumindest, dass die Frau halb so alt war
wie er selbst. Er hatte die Möglichkeit bekommen, bereits sechzig Jahre am Leben zu sein. Brandon konnte nicht wissen, ob sie
es überhaupt ernst meinte. Es könnte vielleicht einfach nur so
aussehen, als ob. Aufgebracht über die Offenheit seines Freundes
seufzte Nale schwer und schritt ein paar Mal hin und her, bevor
er wieder vor Brandon stehen blieb.

„Weißt du was? Du bist eine grenzenlose Nervensäge!", meinte Nale und verschränkte seine Arme vor der Brust. „Aber ich
muss gestehen, dass du recht hast. Meine Gefühle waren eindeutig, aber ich habe sie ständig verdrängt, um einen klaren Kopf für
die bevorstehende Aufgabe zu haben. Einige Zeit ging es auch
gut, bis gestern."

„Warum nur bis gestern?", fragte Brandon neugierig und
ging weiter.

„Ich weiß es nicht", gestand der Zauberer. „Auf jeden Fall
muss gestern irgendetwas schief gegangen sein, denn du bist ja
der beste Beweis dafür: Du hast es bemerkt!"

„Und du hast es die ganze Zeit abgestritten. Ich freue mich für dich."

„Eins kann ich dir gleich sagen", meinte Nale und drohte mit dem Zeigefinger, während er neben Brandon her ging. „Wenn du es irgendjemandem verrätst, ohne dich zuvor mit mir abgesprochen zu haben, dann wirst du nur noch als Teppich in meiner Hütte zu bestaunen sein."

„Das wäre mir nicht in den Sinn gekommen. Du müsstest eigentlich wissen, dass ich Geheimnisse für mich behalten kann, wenn man von mir verlangt, Stillschweigen zu bewahren."

„Wo bleibt ihr denn? Warum lasst ihr euch zurückfallen?", rief Vyrira über die Schulter.

„Wir mussten nur etwas besprechen und wir wollten nicht, dass neugierige Ohren mithören", entgegnete Brandon und rannte auf die Gruppe zu, die kurz stehen geblieben war.

Zuerst folgte Nale seinem Freund langsam, der als Erster die Gruppe erreichte. Und während sich die anderen wieder in Bewegung setzten, tat er das genaue Gegenteil. Der Zauberer blieb stehen und ließ seinen Blick über die Landschaft schweifen, ohne wirklich was davon wahrzunehmen. Die Landschaft war zwar herrlich zu betrachten, auch wenn der Schnee das meiste verdeckte. Aber Nale wollte seine Gedanken ordnen. Obwohl es vor wenigen Augenblicken geschehen war, konnte er es immer noch nicht glauben, dass er es offen ausgesprochen hatte. Da blieben aber immer noch die anderen. Die hatten, wie ihm aufgefallen war, zum Glück andere Sorgen. Amanda und Michael dachten an ihr Kind und die anderen beiden hatten in letzter Zeit immer mehr Blicke füreinander übrig. Doch neben dem erst kürzlich laut Ausgesprochenen, was ihn schon seit geraumer Zeit beschäftigte, kam nun ein sehr wichtiges Problem auf ihn zu.

Vyrira hatte am vorherigen Abend mächtige Probleme in ihrem linken Arm und mit ihrem Gleichgewicht gehabt, sodass sie nicht einmal stehen konnte. Wie sie ihm dann erzählte, war ihr linker Arm aus heiterem Himmel von den Fingerspitzen bis zur Schulter taub geworden. Des Weiteren hatte sich ihr Herzschlag erhöht, sodass sie beinahe glaubte, dass das Herz in ihrer Brust zersprang. Und das alles hatte sie ihm erst erzählt, nachdem Nale lange auf sie eingeredet hatte. Wie gut, dass sie es doch getan hatte. Jetzt wusste er, dass nun die Gabe in ihr anfing, aus dem tiefsten Inneren herauszukommen und sich im Körper auszubreiten. Es hatte bei ihr sehr lange gedauert, bis es zu diesem Punkt gekommen war. Für gewöhnlich hätte sie bereits vor Jahren die ersten Anzeichen bekommen sollen. Sein Zauber zur Unterdrückung solcher Anzeichen war stark gewesen und hatte lange gehalten. Nach all den Jahren hatte der Zauber seine Wirksamkeit verloren. Nun war es bald an der Zeit, Vyrira zu unterrichten. Und Nale wusste, dass er in naher Zukunft dem Mädchen eine Erklärung schuldig war, und zwar eine ausführliche.

Doch im Moment war daran noch nicht zu denken, da die Gabe erst ganz am Anfang war. Es würde zu lange dauern, bis Vyrira mit seiner Antwort zufrieden war. Und bis es so weit war, würde sie ziemlich lange und hartnäckig Fragen stellen. Nale musste sich eingestehen, dass die Symptome, die das Mädchen aufwies, weitaus schlimmer waren, als er es tatsächlich kannte. Für gewöhnlich begann es in den Fingern der Personen, deren Gabe begann sich zu entwickeln, zu kribbeln. Manchmal hatten die Betroffenen auch kleinere Anfälle, Sehstörungen oder Kopfschmerzen, die jedoch nicht lange anhielten. Nur das Kribbeln in den Finger hielt an, da man die Gabe meistens über die Hände aussandte. Solange die Person allerdings noch kein Gefühl dafür entwickelt hatte, die Gabe zu bedienen und über die Hände auszusenden, würde das Kribbeln nicht aufhören. Aber ein Zauberer oder eine Magierin konnte dies, leider mit begrenzter Dauer, sozusagen abschalten oder gar blockieren, damit die Person nicht beeinträchtigt war.

Doch störte es Nale, dass Vyrira so heftig auf die Gabe reagierte. Er wusste, dass sie mit ihrer außerordentlichen Gabe etwas Besonderes war, aber dass die anfänglichen Symptome so schlimm sein würden, hätte er nicht gedacht. Von nun an hieß es erst recht für das Mädchen einen angemessenen Lehrmeister zu suchen, damit ihre Fähigkeiten und Kräfte vollends erblühen konnten. Natürlich würde Nale soweit es in seiner Macht stand, dem Mädchen tatkräftig helfen, damit es wenigstens ein paar wichtige Dinge über die Gabe lernte.

Leider wusste er nicht, wo er mit seiner Suche nach dem einen speziellen Lehrmeister beginnen sollte. Der Zauberer wusste zwar, dass es jemanden mit denselben Fähigkeiten wie Vyrira gab, aber da es nur eine einzige Person war, war die Suche nach ihr ziemlich langwierig. Er überlegte sich, wenn der ganze Spuk mit den beiden Zauberern vorüber war, ein paar seiner Freunde um Hilfe zu bitten, um die Suche erheblich zu verkürzen. In all den Jahren, seit Vyrira auf der Welt war, hatte Nale keinen Erfolg bei seiner Suche gehabt, wobei man einräumen musste, dass er nicht viel ausrichten hatte können. Er hatte ein neues Leben angefangen und nie gewollt, dass jemand im Dorf je etwas von seiner wahren Identität erfuhr. Brandon war für ihn oft durch die Gegend gezogen, hatte jedoch auch keinen Erfolg. Die zweite Person musste irgendwo sein, versteckte sich aber so gut, dass Nale sie noch nicht gefunden hatte.

Um seine Gedanken bezüglich der Gabe vorübergehend zu vergessen, betrachtete Nale die verschneite Landschaft. Was die Landschaft anbetraf, hatte Trish recht gehabt. Die Sonne schien kräftig und ließ den Schnee glitzern, was in seinen Augen schmerzte, aber der kalte Wind zerstörte die Schönheit. Bei diesem Anblick musste sich Nale eingestehen, dass er wirklich viel zu lange nur an einem Ort gelebt hatte. Er hatte vergessen, wie schön es auch an anderen Orten sein konnte. Und obwohl der Anblick für diese Jahreszeit schön war, würde Nale nicht mehr so schnell auf Reisen gehen. Es reizte ihn nicht mehr, wochenlang durch die Gegend zu ziehen. Dafür war er sichtlich zu bequem geworden. Natürlich blieb die Frage offen, ob er lebendig von dieser Reise nach Hause kommen würde, denn wenn er starb, könnte er weitere Unternehmungen so oder so vergessen.

„Warum bist du stehen geblieben?"

Nale schreckte aus seinen Träumereien hoch, um festzustellen, dass Trish sich zu ihm gesellt hatte. Als sie neben ihm stand, war ihr Blick in die Richtung gewandt, in die er bis vor Sekunden selbst noch geblickt hatte. Mit einem Seufzen richtete er seinen Blick wieder dorthin und sagte: „Ich musste einfach nur eine Pause einlegen und meine Gedanken in Ordnung bringen. Es haben sich seit gestern Abend einige Dinge ergeben, über die ich gerade nachdachte. Und Brandon musste mich, seit wir heute Morgen aufbrachen, auch noch nerven, was mir auch noch zu schaffen macht. Warum bist du nicht weiter gegangen?"

„Als ich gesehen habe, dass du stehen geblieben bist, wollte ich kurz mit dir allein sein. Ich will mit dir etwas besprechen, das die anderen momentan weder hören oder gar sehen sollten. Bevor die anderen etwas davon erfahren, wollte ich lieber zuerst mit dir darüber reden. Es wird nicht lange dauern, es ist bloß wichtig, dass du davon erfährst."

Unerwartet erschien Trishs Gesicht direkt vor seinem, sodass er etwas zurückschreckte. Genauso unerwartet berührten ihre Lippen seine. Anfangs war er geschockt darüber, dass Trish das tat, aber der Schock ließ wenige Sekunden später nach und er ließ sie gewähren. Ihre Berührungen hielten noch weitere Sekunden an, die sich für Nale anfühlten, als wären es Minuten. Auf einmal löste die Magierin ihre Lippen und glitt zu Boden.

„Das war also der Grund", meinte Nale leise und räusperte sich.

„Es tut mir leid, wenn ich dich überrumpelt habe, aber ich hielt es einfach nicht mehr aus", begann die Magierin verlegen und strich sich mehrere Strähnen aus dem Gesicht. „Ich muss jetzt auf dich wie eine Verrückte wirken, aber ich schäme mich nicht dafür. Seit wir in dem Büro nebeneinandersaßen und uns gemütlich ohne Probleme unterhielten, ist es um mich geschehen. Damals habe ich mir nicht viel dabei gedacht, aber es wurde in der letzten Zeit immer deutlicher. Zuerst dachte ich, wir würden ständig über Magie reden, aber ich wurde eines Besseren belehrt."

Verlegen sah Nale auf den Boden und schob Schnee mit einem Fuß weg. Als sie weitersprach, hörte er an ihrer Stimme, dass irgendetwas nicht stimmte: „Es war doch falsch von mir, es dir zu erzählen."

Trish wandte sich zum Gehen, aber Nale reagierte schnell. Sie war nicht weit gekommen, gerade einmal ein paar Schritte, als Nale sie an einer Schulter zaghaft zurückhielt. Er trat vor sie und versperrte ihr dadurch den Weg.

„Es war keineswegs falsch von dir", sagte der Zauberer. Er hob ihren Kopf mit einem Zeigefinger, damit sie ihn ansehen musste, und fügte hinzu: „Ich empfinde dasselbe für dich."

Ihre Augen weiteten sich. Nale konnte in ihnen Verwirrung und Freude lesen, wobei die Freude nicht lange hielt. Er war selbst über sich erstaunt, als er der Frau seine Gefühle gestand.

„Du scherzt?", fragte Trish.

„Nein, das tue ich nicht. Wenn ich scherzen würde, würde ich bestimmt nicht das tun", antwortete er und beugte sich zu ihr hinunter, um dasselbe zu tun, was sie Sekunden zuvor bei ihm getan hatte.

Mit dieser Geste wollte er ihr mitteilen, dass er keineswegs scherzte. Deshalb war sein Kuss einnehmender, was sie, wie er merkte, erwiderte. Als er von ihren Lippen abließ und sich wieder aufrichtete, bemerkte er, dass sie fassungslos zu ihm hoch starrte.

„Ich verstehe einfach nicht", meinte sie schließlich.

„Was verstehst du nicht?"

„Nach dem, was du gestern erzähltest, dachte ich, du würdest immer noch die Eine lieben und dich daher nicht mit mir einlassen wollen, auch wenn du wüsstest, wie ich für dich empfinde. Mein Geheimnis hat mich seither innerlich beinahe erdrückt, bis es mir egal war und ich es gewagt habe, dir meine Gefühle zu zeigen. Aber dass du so reagierst wie eben, hatte ich nicht erwartet."

„Genau wie ich nicht erwartet hatte, dass du solche Gefühle hegst", gestand Nale. „Außerdem hing ich gestern mit meinen Gedanken in der Vergangenheit. Seit dieser Zeit hatte ich einfach kein Auge mehr auf eine Frau geworfen, die so umwerfend ist wie du. Du hast etwas an dir, was mich am Anfang unserer Begegnung berührte."

„Und das wäre?"

„Du wirst es kaum glauben, aber es ist genau das, was du zuvor erwähnt hast. Nicht nur, dass dein Äußeres eine wunderbare Wirkung hatte. Sondern auch der Punkt, dass wir uns ohne

Probleme unterhalten konnten. Und diese Punkte zusammen haben mir gefallen. In dieser Hinsicht ähnelst du sehr meiner verstorbenen Frau. Sie wurde nicht mit der Gabe geboren, war jedoch an mir interessiert und liebte mich so wie ich war.

Du kannst dir nicht vorstellen, wie viele Magierinnen ich schon getroffen habe, die ständig darauf versessen waren, mit ihrer Gabe zu prahlen. Sie konnten über nichts anderes als Magie reden und wollten, dass man genau dieselbe Einstellung hatte. Aber die hatte ich nie und ich war immer froh, wenn ich meine Ruhe davon hatte. Sogar die Frauen, die nicht mit der Gabe geboren wurden, wollten, dass ihr Partner mit der Gabe hantierte.

Anfangs dachte ich, du würdest, nachdem du mir das wegen des Giftes erzählt hattest, sofort anfangen zu prahlen und mich bezüglich der Gabe mit Fragen geradezu durchlöchern. Da wir uns jedoch wie normale Menschen unterhielten, wuchs meine Zuneigung zu dir. Die hattest du bereits, als ich erfuhr, dass du mutig genug warst, mich zu heilen. Ich finde es nämlich immer erstaunlich, wenn jemand solch einen Mut zeigt und sich in etwas stürzt, das vielleicht nicht gut endet."

„Was war denn an dem Ganzen mutig? Ich wollte dich heilen, komme was da wolle", erwiderte die Magierin.

„Und genau auf diesen Punkt kommt es für mich an. Du warst aus welchem Grund auch immer geschwächt und hast mich trotzdem geheilt. Noch dazu bildest du dir nichts ein, nur weil du die Gabe besitzt. Sie ist ein Teil deines Lebens, aber du lebst ganz normal. Alles, was du mir gestern erzählt hast, hat mir gezeigt, dass du eine einzigartige Frau bist, die man einfach nur lieben muss."

„Da frage ich dich, warum ich keine Chance bei den Männern hatte? Alle, mit denen ich eine Beziehung hatte, verstießen mich. Bei dir war ich mir seit deiner Geschichte gestern Abend ebenfalls sicher, dass du genauso denkst."

„Die anderen hatten dich nur wegen deiner Gabe verurteilt. Menschen, die nicht mit der Gabe gesegnet sind, können meist nicht damit umgehen und du hattest leider das Pech, an solche geraten zu sein. Ich sage nicht, dass alle so denken, aber der

Großteil tut es. Aber ich kann dir versichern, dass ich es nicht so sehe. Meine Gefühle für dich sind so stark, dass es Brandon bereits bemerkt hat."

„Er hat was?"

„Ja, er hat es, wie er mir sagte, gestern Abend bereits gemerkt. Ich wehrte mich anfangs gegen seine Aufdringlichkeit, da ich nicht wollte, dass jemand davon erfuhr. Er hat einen Dickkopf und nervte mich so lange, bis ich es ihm verriet. Außerdem kennt er mich bereits sehr viele Jahre, sodass er mit Leichtigkeit erkennen konnte, wie ich im verliebten Zustand bin. Nun weiß er, wie ich für dich empfinde und ich bereue es keineswegs, meine Gefühle endlich offen ausgesprochen zu haben, das kannst du mir glauben. Und du solltest dich ebenfalls nicht schämen, weil du sie mir gestanden hast, denn die Gefühle beruhen eindeutig auf Gegenseitigkeit."

„Um ehrlich zu sein, beruhigt mich das ein wenig. Ich habe gedacht, dass ich keine Erwiderung bekomme. Ich bin es zwar gewohnt, dass man mich abweist, aber ich verspüre immer ein klaffendes, schmerzendes Loch", gestand Trish.

„In einem Punkt kannst du beruhigt sein. Wir wissen nun, wie es von den Gefühlen her beim anderen aussieht. Du solltest dir also keine Gedanken mehr darüber machen, dass du abgewiesen wirst, denn das wird dir bestimmt nicht passieren", meinte Nale aufmunternd.

„Bist du mir nicht böse, dass ich den ersten Schritt gemacht habe?"

„Nein keineswegs. Ich hätte es höchstwahrscheinlich nie gewagt, dich anzusprechen, auch wenn Brandon es weiß."

„Warum nicht?", fragte sie verwirrt.

„Denk einmal darüber nach. Wie wäre ich denn dagestanden, wenn ich dich diesbezüglich angesprochen hätte? Klar, es kann auch noch in meinem Alter von sechzig Jahren passieren, dass man sich verliebt. Aber man gesteht doch keiner Frau, die ungefähr halb so alt ist, welche Gefühle man für sie hegt. Zumindest hätte ich mich in Grund und Boden geschämt, wenn ich es gewagt hätte. Einem anderen wäre es vielleicht egal gewesen, aber mir nicht."

„Wenn mich dein Alter stören würde, hätte ich meine Gefühle für mich behalten, das kannst du mir glauben. In den letzten Wochen interessierte ich mich immer mehr für dich, sodass ich mich schließlich in dich verliebt habe und daran ist auch dein Alter schuld. Meine Eltern würden behaupten, ich wäre nicht ganz dicht, aber ich habe eine Schwäche für Männer wie dich. Um ehrlich zu sein, habe ich auch mit mir gerungen, aber nach dem gestrigen Abend konnte ich einfach nicht mehr anders. Anfangs dachte ich wirklich, du würdest nie etwas mit einer Frau anfangen wollen, die halb so alt ist. Ich könnte beinahe die älteste Schwester von Vyrira sein."

„Du könntest, bist es letztendlich doch nicht, worüber ich allzu froh bin. So sind wie mir scheint das Glück und die Freude auf unserer Seite. In diesem Sinne kannst du von dir behaupten, doch einen Mann gefunden zu haben, der dich akzeptiert, wie du bist. Und das tue ich aus ganzem Herzen", meinte der Zauberer. „Jedoch habe ich noch einen Punkt, der mir Kopfzerbrechen bereitet. Du besitzt zwar die Gabe, willst jedoch normal leben. Ich vertrete ebenfalls diese Lebensart, sonst hätte ich all die Jahre nicht ohne die Gabe gelebt."

„Worauf willst du hinaus?"

„Ich will auf den Punkt hinaus, dass ich auch die Gabe besitze. Ich folgerte aus deinen Aussagen, dass dir das nicht recht zusagt."

„Wie es aussieht, hast du mich missverstanden", erklärte Trish und fing an zu grinsen. „Ich will zwar normal leben, sagte aber nicht, dass ich etwas gegen einen Mann habe, der die Gabe besitzt. In diesem Sinne ist es mir völlig gleichgültig, dass du sie hast. Jetzt, wo wir an diesem Punkt angekommen sind, an dem wir wissen, dass wir uns lieben, nehme ich dich mit der Gabe. Und ich würde an der Tatsache auch nichts ändern wollen."

„Also, sollen wir es versuchen?"

„Ich bin bereit, wenn du es auch bist."

„Wenn das so ist, kannst du dich auf was gefasst machen."

„Du aber auch", erwiderte sie.

Sie erhob sich mit ihrer Gabe in die Luft, um ihm einen kurz gehaltenen Kuss auf die Lippen zu geben. Nale konnte es zwar immer noch nicht glauben, dennoch wäre er froh gewesen, wenn der Kuss dieses Mal länger angehalten hätte. Er fasste es nicht, dass seine Zuneigung gleichermaßen erwidert wurde. In seinem Kopf schwirrte jedoch der Gedanke herum, dass die anderen etwas bemerken könnten, was er momentan ganz und gar nicht wollte. Es war auch so schon schwer genug, einerseits ehrlich zu sich selbst gewesen zu sein und andererseits sein Glück im Zaum zu halten. Allerdings überkam ihn die Sorge, dass eventuell Michael oder Amanda von dem Szenario bereits etwas mitbekommen hatten. Wenn der Zauberer zumindest eine Ahnung davon gehabt hätte, was Trish vorhatte, dann hätte er durch ein paar kleine Zauber alles vor den beiden geblockt, damit sie nicht spionieren konnten. Tatsache war, dass es nun zu spät war, um sich großartig Sorgen über die beiden zu machen. Wenn sie etwas gesehen haben sollten, dann wussten sie es eben. Am wichtigsten war jedoch, dass Vyrira noch im Unklaren blieb. Sie würde sich zwar mit ihm freuen, dennoch hätte er dadurch nur noch mehr Gewissensbisse, da sie nicht alles über ihn wusste. Im Grunde seines Herzens verspürte Nale den Drang, ihr die volle Wahrheit zu sagen. Aber wie er vor dem Überraschungsgeständnis von Trish bereits nachgedacht hatte, stand die Gabe ganz oben auf seiner gedanklichen Liste, gleich neben dem Drachenherz und den Zauberern.

„Weshalb so nachdenklich?", fragte Trish und riss ihn aus den Gedanken.

„Ich habe gerade über Vyrira nachgedacht und was sie zu dem sagen würde, was gerade passiert ist", antwortete Nale und kratzte sich am Kopf.

„Sie wird bestimmt nichts dagegen haben, schätze ich. Um ehrlich zu sein, bin ich momentan nicht scharf, dass einer von den anderen was davon erfährt. Ich finde, es reicht, wenn Brandon dich durchschaut hat. Ich hoffe, es war auch in deinem Interesse, dass ich einige Tarnzauber ausgesprochen habe, die zwei gewisse Personen davon abhielten, alles zu verfolgen."

„Verrückt, ich dachte gerade auch an die beiden und daran, dass sie wahrscheinlich alles mitbekommen haben."

„Bestimmt nicht. Amanda und Michael können mit ihren Fähigkeiten schon sehr gut umgehen, aber gegen meine Zauber haben sie zurzeit noch keine Chance. Dafür fehlt ihnen noch die eine oder andere Übung."

„Du bist weise, wenn du so voraus denkst", meinte Nale und grinste.

„Ich bin einfach nur vorsichtig. Eigentlich war ich davon überzeugt gewesen, dass ich eine Abfuhr bekomme und um einer eventuellen Schande vor den beiden zu entgehen, errichtete ich die Zauber. Es ist zwar anders gekommen als erwartet, dennoch bewahrten die Zauber uns davor, gleich zu Beginn enttarnt zu werden. Wenn man Brandon natürlich nicht mitrechnet."

„Weise war es dennoch, egal wofür die Zauber gedacht waren. Aber der größte Brocken, der mir Kopfzerbrechen bereitet, ist die Gabe. Gestern waren die Symptome bei Vyrira schlimm, was mich für mich so viel heißt, dass die Gabe bei ihr schneller und kräftiger hervortritt und sich in ihr ausbreitet. Ich weiß, dass sie mit ihrer Gabe ein ganz besonderer Mensch ist, da es soweit ich weiß nur zwei Menschen derselben Abstammung gibt."

„Weshalb nur zwei Menschen? Und was soll an Vyriras Gabe so besonders sein?"

„Ich weiß selbst nicht, weshalb nur zwei Menschen existieren. Ich habe nur mal davon gelesen und gehört, als ich noch in der Ausbildung war. Jedoch ist mir bis zur Geburt des Mädchens noch keiner von den beiden untergekommen. Aber eins kann ich dir mit Sicherheit sagen: Vyrira steht wegen ihrer Gabe sogar im Rang über mir und meiner ist bereits der höchsterdenkliche Rang, den man sich erarbeiten kann, wenn man seine Gabe immer weiter trainiert. Aber sie hatte ihren schon seit dem Zeitpunkt, als sie gerade eben auf der Welt war, ohne je die Gabe benutzt zu haben. Zugleich ist es eine riesige Bürde, noch größer, als du und ich es erahnen können.

Das schlimmste ist jedoch, dass sie von alle dem nichts weiß. Die eigentliche Beziehung zwischen ihr und mir kann ich noch Jahre verschweigen und es würde mich nicht weiter stören. Was mich stört, ist ihre Gabe und ich glaube, sie wird nicht gerade erfreut sein, wenn ich ihr davon erzähle. Ich traue ihr zu, dass sie ruhig und aufmerksam zuhört, ohne groß auszurasten, aber ich weiß nicht, wie sie wirklich auf dieses Detail reagiert."

„Wenn es die Gabe wäre, wie du und ich sie kennen, wäre es bestimmt einfacher, aber das ist echt ein harter Brocken, da stimme ich dir zu. Es wäre vielleicht besser, sie so lange im Unklaren zu lassen, bis du sie nicht mehr von ihren Symptomen erlösen kannst, ohne ihr Unterricht zu geben. Ich hoffe, dass die Geschichte mit dem Drachenherz nicht mehr lange dauern wird und bis es bei Vyrira so weit ist, herrscht wieder Frieden", dachte die Magierin laut.

„Auf ihr Seelenwohl hoffe ich, dass du recht behältst", stieß Nale seufzend aus und rieb sich die Stirn. „Wenn während der Reise der Unterricht beginnt, wird es schwieriger. Um ehrlich zu sein, habe ich so meine Probleme, wenn ich Magierinnen im Anfangsstadium unterrichte. Es ist auch so schon schwierig für mich, ihnen in ruhigen Zeiten zu helfen, aber in solch einer Situation wird es härter. Ich kann jungen Zauberern helfen, ihre Gabe perfekt zu kontrollieren und ganz groß rauszukommen, aber bei Magierinnen helfen meine Fähigkeiten nicht, zumindest nicht viel. Meine Fähigkeiten sind zum Großteil nur auf Zauberer ausgerichtet. Dazu kommt, dass Vyriras Gabe etwas Besonderes ist und deswegen benötigt sie einen besonderen Unterricht. Ich muss diese Person, die über dieselben Fähigkeiten verfügt, finden, damit sie Vyrira hilft. Du kannst mir glauben, dass ich in all den Jahren gesucht habe wie ein Verrückter, während ich versuchte, meine wahre Identität vor dem Mädchen zu verstecken. Ich hatte jedoch kein Glück."

„Mach dir keinen Kopf", sagte Trish beruhigend. „Du vergisst, dass ich ebenfalls die Gabe besitze. Wenn es so weit kommen sollte, dass Vyrira schon während der Reise Unterricht benötigt, kann ich ihr helfen. Zumindest vorübergehend. Es hört sich zwar für mich ziemlich schwer an, diese Person zu finden, aber ich glaube, du wirst es schon hinkriegen."

„Sehr beruhigend. Aber lassen wir erst einmal das Thema auf sich beruhen, denn so weit ist es, den Seelen sei Dank noch nicht. Wir sollten lieber zusehen, dass wir die anderen einholen."

„Wie du meinst. Und du hast recht. Wir sollten lieber in die Gänge kommen, denn ich sehe sie nicht mehr", meinte Trish und sah an Nale vorbei, der ihr den Rücken zugewandt hatte, um einen Blick in die Richtung zu werfen, in die ihre Gruppe gegangen war.

„Die haben anscheinend überhaupt nicht mitbekommen, dass wir gar nicht hinter ihnen sind", fügte sie einen Moment später hinzu und ging los.

„Sehe ich genauso. Brandon hätte es bestimmt bemerkt", merkte Nale an und folgte ihr.

„Ich glaube, daran bin ich schuld. Da ich nicht wusste, dass Brandon schon einen Verdacht geäußert hatte, habe ich über ihn ebenfalls denselben, aber etwas stärker ausgelegten Zauber geworfen. Jedoch sollten mittlerweile alle gemerkt haben, dass wir nicht bei ihnen sind. So schätze ich es zumindest ein."

„Das hätte ich mir denken können", meinte der Zauberer grinsend. „Am besten, wir bewegen uns auf einem etwas schnelleren Weg voran, denn es fängt an zu schneien. Und wir wissen nicht, wie groß ihr Vorsprung ist."

„Stimmt und da ich diejenige war, die die Schuld an dem Vorsprung trägt, werde ich uns auch gleich zu ihnen bringen."

Trish streckte eine Hand nach Nale aus, bekam seinen linken Arm zu fassen und schon war alles vor seinen Augen vollkommen verschwommen. Allerdings war dies von kurzer Dauer und Nale konnte alles um sich herum wieder erkennen. Und noch dazu die anderen, die im Halbkreis einige Meter vor ihm standen und sich köstlich unterhielten.

„Wo wart ihr denn?", rief Amanda ihnen zu, als die beiden näherkamen.

„Wir dachten schon, ihr hättet euch verlaufen und wärt ganz woanders hingegangen", warf Jason ein.

„Jungchen, so schnell wirst du mich bestimmt nicht los", meinte die Magierin mit gespielt zornigem Ton und blieb grinsend neben Michael stehen.

„Mich genauso wenig. Dürfen wir übrigens nicht mal stehenbleiben und kurz etwas Wichtiges bereden? Wir wollten nicht reden, wenn ihr in der Nähe seid."

„Aber wir haben auch nichts gehört, sonst wären wir schon früher stehen geblieben", meinte Michael.

„Du darfst dreimal raten, weshalb nicht. Glaubst du, wir sind so verrückt und würden unser Gespräch nicht vor neugierigen Ohren und Augen abschirmen", entgegnete Trish.

Nale spürte, wie an seinem Ärmel gezogen wurde und er sah nach unten. Brandon hatte ein Stück seines Gewandes im Maul und zog ihn von den anderen weg. Um sicherzugehen, dass der Wolf sein Gewand nicht zerriss, ließ sich der Zauberer beiseiteziehen. Brandon hatte schließlich nicht gerade wenig davon im Maul. Einige Meter entfernt ließ Brandon den Ärmel los und fragte leise: „Worum ging es bei eurem Gespräch?"

„Was geht dich das eigentlich an? Du bist echt unerträglich neugierig, weißt du das?", meinte der Zauberer und schützte das Gespräch mit Zaubern. Er hatte so ein Gefühl, dass es nicht gerade gut enden und es sich auch eine Weile hinziehen würde.

„Du hast recht, es geht mich eigentlich nichts an. Es ist jedoch auffällig, dass ausgerechnet du und sie nach unserem Gespräch allein wart. Und niemand von uns hat etwas davon mitbekommen. Da drängt sich für mich der Schluss auf, dass ihr zwei ein sehr aufregendes Thema hattet. Nämlich dasselbe, worüber wir beide zuvor geredet hatten."

„Wie, im Namen der Seelen ist es nur möglich, dass du so ein guter Kombinierer bist?", fragte Nale mit grimmigem Gesicht.

„Also habt ihr über das Thema gesprochen?", fragte Brandon ruhig.

„Tatsächlich. Wir konnten es auch schwer nicht tun, da sich in unserem Gespräch etwas herauskristallisiert hat, was ich nicht für möglich gehalten hätte."

„Erwidert sie wohl die Gefühle, die du für sie hegst? Hat sie etwa was getan oder gesagt, was schließlich auf diese Gefühle hinauslief?"

„Warum stehe ich überhaupt hier, wenn du die Antwort sowieso kennst? Du wolltest einfach nur eine Bestätigung, oder wie sehe ich das?"

„So kann man es auch sehen. Ich hatte ein Bauchgefühl, dass eure Abwesenheit nur diesen Grund haben konnte. Ich freue mich für dich. Du hast es verdient, wieder glücklich zu werden."

„Du und dein Bauchgefühl, war doch klar! Aber ich danke dir, Brandon. Wir hatten aber auch Vyrira als Grund und du kannst dir schon vorstellen, warum", sagte Nale und der Wolf nickte bestätigend. „Du musst mir jedoch versprechen, dass die anderen, vor allem Vyrira, nichts von Trish und mir erfahren. Ich schätze, ich spreche da auch im Namen von Trish, wenn ich sage, dass wir lieber warten, bis das Drachenherz wieder an seinem angetrauten Platz ist. Natürlich musst du auch in Bezug auf die Gabe Stillschweigen bewahren. Ich will es Vyrira, wenn die Gabe nicht schon früher ausbricht, selbst sagen, dass sie sie besitzt."

„Du weißt, dass ich selbst unter Qualen nichts preisgebe, aber ich gebe dir zur Not nochmals mein Wort", sagte Brandon bestimmt. „Ich werde nichts, weder in Bezug auf dich und Trish noch auf die Gabe sagen, solange du es mir nicht erlaubst."

„Danke, Brandon. Damit hilfst du mir weit mehr als mit deiner unendlichen Neugier."

„Kommt ihr zwei. Wir haben heute schon genug Zeit vergeudet, um die restlichen Stunden bis Sonnenuntergang auch noch mit Gerede zu vergeuden", rief Vyrira zu Nale und Brandon herüber.

„Stimmt. Reden können wir auch, während wir gehen. Oder spätestens beim Abendessen", warf Trish ein und marschierte los.

Ohne weitere Kommentare setzten sich die anderen wie auch Nale und Brandon in Bewegung.

KAPITEL 16

Der Abend hätte nicht besser laufen können. In der Abenddämmerung erreichten sie ein Dorf und konnten sich in einem heruntergekommenen Haus, das als Gaststätte diente, noch ein Zimmer für vier Personen reservieren. Eigentlich hatten sie vorgehabt, mehrere Zimmer für die Nacht zu nehmen. Doch alle bis auf dieses eine waren belegt und so mussten sie sich damit begnügen, ob sie wollten oder nicht. Brandon hatte sich, als sie von Weitem das Dorf sahen, verabschiedet. Was Michael und Amanda betraf, hatten sie darauf bestanden, anstatt sich mit ihnen das Zimmer zu teilen, dem Wolf in der Nacht Gesellschaft im Wald zu leisten. Zwar hatte Vyrira versucht, die beiden zu überreden, nur für diese eine Nacht bei ihnen zu bleiben, aber sie beharrten darauf, es nicht zu tun. Nale hätte es ihnen gegönnt, im Dorf zu übernachten, aber wenn sie nicht wollten, konnte man nichts dagegen tun. Wenigstens ließen sie sich dazu überreden, so lange in der Gaststätte zu bleiben, bis die vier sich entschlossen, ins Zimmer zu gehen, was ein hervorragender Glückstreffer war. Nale, Trish, Vyrira und Jason beschwerten sich über den Umstand nicht. Sie waren schon froh, überhaupt ein Zimmer bekommen zu haben. Irgendwie würden sie es hinbekommen, das Zimmer ordentlich aufzuteilen, damit jeder einen Platz zum Schlafen bekam.

Bevor sie sich aufs Zimmer begaben, suchte die Gruppe nach einem geeigneten Tisch. Als sie sich an einen großen Tisch gesetzt und Essen bestellt hatten, entdeckte Nale an einem Tisch auf der gegenüberliegenden Seite des Raumes mehrere in Rüstung gekleidete Männer, die nicht mehr nüchtern waren. In diesem Moment war er über die Gesellschaft von Amanda und Michael nur allzu froh. Die beiden mit ihrem außergewöhnlich guten

Gehör hatten kein Problem damit, die Soldaten zu belauschen. Sie konnten sich mit Leichtigkeit auf die Soldaten konzentrieren, ohne groß aufzufallen, und zu seiner Freude waren sie auch dazu bereit, nachdem sich die Gruppe besprochen hatte. Und was sie erfuhren, war eine Sensation. Nach Monaten hatten sie endlich hinreichende Informationen erhalten, nach denen sie sehnsüchtig gesucht hatten. Aufgrund der Informationen, die die beiden aus den nicht gerade verständlichen Gesprächen, wie sie ihnen nachher erzählten, erfuhren, wussten sie nun, wohin sie gehen mussten und wie sie ohne großes Aufsehen dorthin gelangen konnten.

Betrunkene Soldaten waren die schlimmsten Plaudertaschen, die man sich vorstellen konnte. Für die übrigen Leute in diesem Raum waren die Gespräche sowieso uninteressant und belanglos, weil sie sich nicht mit den Soldaten anlegen wollten. Manche lauschten den Geschichten zwar, damit sie etwas Unterhaltung hatten. Ansonsten fingen sie damit nicht viel an. Aber für Nale und die anderen war es der beste Abend, den sie sich vorstellen konnten. Selbst Michael, der eigentlich schon längst im Wald hätte sein wollen, war froh, dass er geblieben war. Ihre Freude war immens und sie konnten sich nur schwer für diese Nacht voneinander trennen. Letzten Endes war der Abend weit vorangeschritten, sodass die Müdigkeit spürbar wurde. Wie gewollt verschwanden Amanda und Michael durch die Tür hinaus, während die Verbliebenen die Treppe hinauf marschierten und in ihr Zimmer gingen.

Es besaß zwei bemerkenswert gut ausgestattete Räume. In einem standen zwei große Betten, in denen locker jeweils zwei Personen liegen konnten, wenn sie eng nebeneinanderliegen wollten. Das Zimmer besaß ebenfalls einen Tisch mit drei Kerzen oben auf und zwei Stühle. Und im anderen befanden sich ein großes, gut gepolstertes Sofa und zwei dazu passende Stühle. Bevor eine Diskussion darüber ausbrach, wer wo schlief, entschied Nale schnell und einfach. Vyrira und Jason sollten die Betten nehmen, während er und Trish die Sitzgelegenheiten als Bett verwenden würden. Ohne Widerworte zogen sich die beiden in den anderen Raum zurück und Nale schloss die Tür und sandte gleichzeitig einen Zauber aus. Dieser Zauber sollte bewirken, dass die beiden ungestört tun konnten, was sie wollten. Die beiden waren direkt froh gewesen, das Zimmer mit den Betten zu bekommen. Sie sagten es zwar nicht laut, aber heute Nacht würde bei den beiden etwas geschehen. Dies hatte Nale zumindest an ihrer Körpersprache erkannt und er konnte es Vyrira und Jason nicht verübeln. Er freute sich direkt für die beiden.

Der Zauberer ging auf das schön geschnitzte und rot gepolsterte Sofa zu. Trish hatte sich schon ihre Decke genommen und die beiden zum Sofa passenden Stühle gegenübergestellt. In einem saß sie und ihre Beine ruhten auf dem anderen. Als er vor der dem Kamin zugewandten Seite angelangt war, bemerkte er, dass auf dem Sofa ordentlich zusammengelegt seine Decke lag.

„Warum nimmst du nicht das Sofa?", fragte Nale.

„Mir genügen die Stühle vollkommen. Ich wollte nicht, dass du dir den Rücken verrenkst, wenn du so liegen musst, wie ich gerade."

„Nett von dir."

Nale nahm die Decke und breitete sie aus. Das Kissen mit dem rot gemusterten Überzug lag in einer Ecke des Sofas. Er glaubte gesehen zu haben, dass es auch noch ein zweites Kissen an der anderen Ecke gegeben hatte. Die Magierin hatte es vielleicht für sich beansprucht, dachte er sich. Der Zauberer setzte sich ein Stück vor dem Kissen hin und legte seine Beine auf das Sofa. Müde war er eigentlich nicht, aber dennoch legte er den Kopf auf die übergroße Rückenlehne und blickte in das Feuer. Seine Augenlider wurden mit der Zeit immer schwerer und er schloss schließlich die Augen. Irgendwann musste er dann doch eingeschlafen sein, denn als er von einem Knacken geweckt wurde, lag er komplett auf dem Sofa und sein Rücken war der Feuerstelle zugedreht. Die Decke war außerdem bis zu seiner Schulter hochgezogen.

Kurz öffnete er die Augen und wollte sie gerade wieder schließen, als er einen Schatten vor der Feuerstelle sah, nachdem er über seine Schulter geblickt hatte. Er blinzelte mehrmals und richtete sich etwas auf. Langsam erkannte er eine Gestalt und ein Gesicht.

Trish saß mit der Decke um ihre Schultern auf dem Boden. Den Rücken zu ihm gewandt starrte sie ins Feuer.

„Warum bist du wach?", fragte er verschlafen.

„Entschuldige, wenn ich dich geweckt habe. Ich konnte nicht schlafen und habe mich entschlossen, mich hierher zu setzen. Kurz bevor du aufgewacht bist, habe ich dir die Decke hochgezogen, weil sie beinahe hinuntergefallen wäre."

„Das habe ich gar nicht mitbekommen. Ist es dir recht, wenn ich mich zu dir setze, damit du nicht ganz allein wach bleiben musst?"

„Willst du nicht weiterschlafen?"

„Ich hatte überhaupt nicht vor einzuschlafen. Die Müdigkeit muss mich dennoch übermannt haben, aber schlafen kann ich später auch noch", erklärte er.

Nale stand auf und nahm die Decke mit. Die Decke ebenfalls um die Schultern geschlungen, setzte er sich neben Trish. Ein Bein stellte er auf, das andere legte er angewinkelt auf den Boden.

„Wieso kannst du eigentlich nicht schlafen?"

„Weiß ich auch nicht. Ich verspüre zwar eine Müdigkeit, aber ich kann nicht einschlafen. Es liegt wohl an der frohen Kunde vorhin im Gästeraum und einem Dach über dem Kopf."

Stille überkam sie. Unbeirrt blickten beide ins Feuer. Verstohlen sah Nale hin und wieder zu Trish hinüber. Er hatte den Drang, sie zu küssen, aber er traute sich nicht. Langsam näherte er sich ihr, aber er wollte nicht, dass sie es mitbekam. Einige Haare hingen der Frau ins Gesicht. Damit es nicht so aussah, als würde er etwas von ihr wollen, strich er ihr einfach die Haare hinter das Ohr. Die Müdigkeit war bereits verflogen und sein Wille, sie zu küssen, wurde immer stärker. Minuten vergingen und er konnte es langsam nicht mehr aushalten. Mit der freien Hand strich er Trish die Haare aus dem Genick und begann mit seinen Küssen auf der Halswirbelsäule und arbeitete sich langsam zu ihrem Hals. Er hatte erwartet, dass die Frau ihn aufhalten würde, aber sie sagte genau das Gegenteil.

„Wir können doch nicht, wenn die anderen im Nebenzimmer sind."

„Entschuldige. Die Gefühle sind mit mir durchgegangen."

„Du brauchst dich nicht entschuldigen. Meine Gefühle randalieren ebenfalls."

Nach diesen Worten sah Nale aus dem Augenwinkel, dass eine Hand unter der Decke zum Vorschein kam, welche sich langsam in Richtung seines Beins senkte, das immer noch auf dem Boden lag. Zart fuhr sie mit den Fingerspitzen über die Innenseite seines Oberschenkels. Bei der Berührung fuhr ein Zittern durch seinen Körper. Je länger Trish über sein Bein strich, desto schlimmer wurde es. Wenn sie so weiter machte, dann verdrehte sie ihm völlig den Verstand. Er wollte es, traute sich aber einfach nicht. Er traute sich auch nicht einmal, dies laut auszusprechen.

„Warum zitterst du?", fragte sie, stoppte aber nicht mit dem Streicheln.

„Ich habe nicht gedacht, dass du es spürst. Ich will es, aber ich traue mich nicht."

„Vor so etwas Harmlosem hast du Angst? Zugegeben, ich habe auch Angst."

„Was meinst du?"

„Ich will nicht aufdringlich sein, aber jetzt ist doch ein sehr guter Moment. Ich weiß, dass ich vorhin sagte, dass wir nicht können, da die anderen im Nebenzimmer sind. Aber wer weiß, was später ist. Wir haben ein Dach über den Kopf und werden nicht beobachtet. Zudem ist es nicht kalt. Und wofür besitzen wir die Gabe?"

Ohne auf seine Antwort zu warten, drehte sie sich etwas zu ihm. Küssend legten sie sich langsam hin. Nale legte sich auf den Rücken und Trish schwang ein Bein auf seine andere Körperseite und saß nun auf ihm, während sich ihre Lippen kein einziges Mal voneinander lösten. Einmal taten sie es dennoch. Nachdem alles beiseite war, was stören könnte, und ohne weitere Zeit zu verlieren, fingen sie wieder mit dem Küssen an. Da Trish, nachdem sie alles Störende beiseite geräumt hatte, sich auf den Rücken legte, legte Nale sich auf sie. Einige Zeit genoss er noch ihre Küsse. Eine, die dies so gut konnte, hatte er noch nie kennengelernt. Letzten Endes nahm er sie ganz. Ohne ihre Lippen voneinander zu lösen, passierte es. Nicht lange, dann fingen seine Lungen an zu brennen. Völlig erschöpft und schwer atmend trennten sie sich voneinander. Am Ende seiner Kräfte lag er neben ihr und schlief fast gleichzeitig mit ihr ein.

Sie hatte sich nie vorgestellt, dass dies wirklich einmal passierte. Es erschien ihr wie in einem Traum, dennoch war es passiert. Mit dem Rücken auf dem Boden liegend, starrte Trish an die Decke des Zimmers und spielte in Gedanken alles noch einmal durch. Eine Gänsehaut überkam sie, als sie die Nacht in Gedanken Revue passieren ließ. Nicht nur deswegen, sondern auch wegen dem, was sie gesehen hatte.

Langsam bemerkte sie, dass ihr kalt war und nochmals überkam sie eine Gänsehaut. Nale hatte ihr zum Glück den Rücken zugewandt und seine eigene Decke über seinen Körper gelegt. Daher konnte sie sich ohne Probleme aufrichten. Sie schlang ihre Decke fester um sich. Obwohl sie das Kleid anhatte, fror sie, deshalb drehte sie sich zu dem Kamin. Das Feuer war bis zum letzten Stück heruntergebrannt und die Glut war bereits erloschen. Mit Magie hob sie Holz aus dem Korb, der in der Nähe des Kamins stand, und legte es auf die Asche. Um Feuer zu machen, benutze sie abermals ihre Gabe und kurzerhand brannte das Holz.

Während sie in das Feuer sah, kuschelte sie sich in ihre Decke und ließ ihre Gedanken schweifen. Sie hatte sich nicht erwartet, dass es so schnell ging. Erst Stunden zuvor hatte sie an ihren Gefühlen gezweifelt und wollte sie nach den Ereignissen vom Vortag für immer verstecken. Sie hätte sich nicht gedacht, dass Nale für sie genauso empfand. Das war für sie wirklich das erste Mal, dass es richtig gefunkt hatte. Bei anderen Männern hatte es ebenfalls gefunkt. Dennoch war es bei Weitem nicht so schlimm gewesen wie bei Nale. Bei ihm war es schon das zweite Mal, aber er hatte es sicher genossen, so wie sie. Er war so vorsichtig und zärtlich gewesen, damit er ihr nicht wehtat.

Seine Küsse waren ebenfalls bemerkenswert. Die wenigen Stoppeln seines Bartes hatten sie am Genick gekitzelt, dennoch waren sie mit keinen anderen Küssen vergleichbar. Trish musste zugeben, dass sie bereits mehrere Männer geküsst hatte, aber das Ergebnis war bei Weitem nicht so himmlisch gewesen. Hin und her gerissen kreisten ihre Gedanken eine Weile noch um die letzte Nacht. Unterdessen legte sie jedes Mal Holz in das Feuer, wenn sie glaubte, dass es Zeit wurde. Sie blickte gerade ihre Finger an, die mit einem losen Faden von ihrem Kleid herumspielten, als etwas über ihren Rücken streifte. Trish quiekte vor Schreck leise auf.

„Guten Morgen.“

Die Hand strich noch weiter über ihren Rücken, schob sich dann unter ihrem rechten Oberarm vorbei und zog sie dann am Bauch etwas nach hinten. Nale drückte ihr einen Kuss auf die Schulter und stützte sich mit der anderen Hand auf dem Holzboden ab.

„Guten Morgen. Ich hoffe, dass ich keinen Lärm gemacht und dich dadurch aufgeweckt habe.“

„Nein. Ich war so müde, dass ich nicht einmal mitbekommen habe, dass du Feuer gemacht hast. Bereust du das, was wir in der Nacht getan haben?“

„Sollte ich?“, fragte sie scherzend. „Um ehrlich zu sein, war es perfekt. Etwas Besseres hätte ich mir nie erträumen lassen. Und was ist mit dir?“

„Für mich war es einfach fantastisch. Hoffentlich habe ich mit dir Schritt halten können.“

„Daran gibt es nichts auszusetzen.“

Trish drehte sich zu ihm um, damit sie ihm ins Gesicht sehen konnte. Eine Hand stellte sie auf der anderen Seite seines Körpers auf dem Holzboden ab und hielt mit der anderen die Decke fest um ihren Körper. Da Nale in dieser Position nicht gut sitzen konnte, legte er sich einfach wieder hin. Eine Hand legte er auf ihre Beine und strich leicht darüber. So verharrten sie einige Minuten, bis die Magierin schließlich vorschlug, Proviant zu besorgen. Nale hatte nichts dagegen. Daraufhin machten sie sich auf den Weg und schlängelten sich durch die immer größer werdende Menschenmenge. Es dauerte nicht lange, bis sie den Proviant für alle zusammen hatten. Sie erkundeten nach ihrem Einkauf den Rest des Dorfes und dies nahm viel Zeit in Anspruch. Die Magierin achtete immer darauf, ob die anderen immer noch dort waren, wo sie sie das letzte Mal gespürt hatte. Immer, wenn sie es mal vergaß, schreckte sie innerlich hoch und überprüfte sofort, wie die Lage aussah. Das Ergebnis war immer dasselbe: Die anderen waren immer noch im Gasthaus.

Trish wusste nicht, wie lange sie und Nale bereits unterwegs waren, weil sie jegliches Zeitgefühl verloren hatte, aber sie schätzte, dass die Erkundung des Dorfes fast eine Stunde gedauert haben musste. Die Taschen ihrer Umhänge waren mit Proviant vollgestopft und wurden schon langsam schwer, sodass die beiden in ein Gespräch vertieft Kurs auf das Gasthaus nahmen. Als Gegenleistung hielt dieses Mal Trish dem Zauberer die Tür auf. Nale ging voraus und steuerte die Treppe an. Als Trish die Tür geschlossen hatte und nun auch zur Treppe ging, bemerkte sie, dass sich zwei Uniformierte, ohne auf die Eingetretenen zu achten, heftig miteinander unterhielten. Trish ging neugierig lauschend bis zum Treppenabsatz hinauf und blieb oben stehen. Zum Glück konnte man von dem Punkt aus, wo sich die Uniformierten befanden, nicht die Treppe hinaufsehen. Somit konnte Trish das Gespräch, das sich nach genauerem Zuhören als sehr wichtig herausstellte, belauschen, ohne sofort gesehen zu werden.

Hinter ihr verstummten die Schritte von Nale. Bevor dieser etwas sagen konnte, drehte sie sich mit dem Zeigefinger auf den Lippen um, um ihm zu zeigen, dass er still sein sollte. Während der Zauberer leise zu ihr zurückging, horchte Trish angestrengt hinunter, ohne sich vom Fleck zu rühren.

„Wenn ich es Euch sage, Kommandant! Ich habe den Befehl, General Reylerk einen Auftrag von oberster Stelle zu übermitteln. Darum muss ich mit ihm reden!"

„Der General ist zurzeit verhindert! Euch wurde doch sicher aufgetragen, auch einem anderen die Nachricht zu übermitteln, falls der General verhindert sein sollte."

Wie Trish an der Stimme des Uniformierten hörte, der den Auftrag übermitteln sollte, hatte dieser keinen wichtigen Ton mehr in der Stimme, als er wieder sprach. Anscheinend musste er wohl wirklich den Befehl bekommen haben, auch einem anderen den Auftrag zu übermitteln, nicht nur dem General. „Der Befehl lautet, einen alten und einen jungen Mann sowie eine junge Frau festzunehmen und sie lebend zum Schloss zu bringen. Falls die drei Gefährten haben sollten, sollen diese umgebracht werden. Äußerste Vorsicht ist bei dem alten Mann geboten, denn der soll ein Zauberer sein."

Stille kehrte ein, die nach der Neuigkeit wie eine schwere Decke auf Trish lag und sie zu erdrücken drohte. Sie spürte, dass es bald ziemlich hässlich werden würde. Deshalb deutete sie Nale, rasch weiterzugehen, um den anderen Bescheid zu sagen. Und im selben Moment, als sie sich leise davonschleichen wollten, brüllte der Kommandant nach den Soldaten, sodass die beiden vor Schreck ihr Tempo vervielfachten.

„Du packst unsere Sachen zusammen und ich wecke die anderen!", sagte Trish.

„Aber wie flüchten wir von hier? Über die Treppen können wir nicht. Es bleiben, wie ich finde, nur mehr die Fenster."

„Gute Idee!"

Nale öffnete die Tür und schnappte sich alles, was ihnen gehörte und stopfte es wahllos in die Rucksäcke. In der Zwischenzeit eilte die Magierin zur anderen Tür und riss diese ohne anzuklopfen auf.

„Was ist los? Ist etwas passiert?"

„Wir bekommen gleich mächtige Probleme! Wir haben vorhin ein Gespräch mit angehört, als ein Bote, glaube ich zumindest, dem stellvertretenden Kommandanten des Generals erklärte, dass der General drei von uns verhaften und lebend zum Schloss bringen soll. Alle anderen sollen getötet werden."

Plötzlich hellwach schlüpften Jason und Vyrira aus dem Bett, warfen in Windeseile ihre Umhänge um und packten alles, was so herumlag, in ihre Rucksäcke. Während sie ihren Umhang um ihre Schultern warf, meinte Vyrira: „Wir haben keinen Proviant!"

„Doch, haben wir. Den haben Nale und ich bereits besorgt."

„Wie sollen wir hier rauskommen?"

„Durch das Fenster! Ich werde euch beide zuerst hinunterbringen und Nale zum Schluss. Seht zu, dass ihr weit so aus dem Dorf hinauslauft wie möglich, aber passt auf, dass ihr euch nicht verliert. Und versucht ein Versteck zu finden. Vielleicht in einem weit entfernten Wald. Nale und ich werden vielleicht verfolgt, deshalb können wir wahrscheinlich erst später zu euch stoßen, aber wir werden euch finden."

Trish eilte hinaus und öffnete das einzige Fenster. Nachdem Vyrira und Jason erschienen waren und ihre Sachen mitschleppten und Nale derweil Trish ihre Sachen abgenommen hatte, sprang die Magierin durchs Fenster, hielt sich aber mit der Gabe in der Luft. Sie deutete Jason und Vyrira, zu ihr zu kommen und sich an ihr festzuhalten. Beide an sich geklammert sank Trish zu Boden. Wieder festen Boden unter den Füßen, starteten die beiden sofort los, ohne groß aufzupassen, an wem sie vorbeikamen. Ein letztes Mal schwebte Trish vor das Fenster, um Nale zu holen, der bereits am Fenster wartete. Im selben Moment, als Trish den Zauberer durch das Fenster hob, hämmerte es an der Zimmertür. Am Boden angekommen, rannten sie ebenfalls sofort los, ohne sich umzusehen. Aus dem immer noch geöffneten Fenster vernahm Trish das Geräusch von zersplitterndem Holz. Um ihr Vorankommen zu beschleunigen, hüpfte sie in die Höhe und verwandelte sich in eine von zwei Tiergestalten, die sie beherrschte. Die eine Gestalt, in die sie sich nun verwandelte, war ein braunes Pferd. Der Umhang wehte im Wind und ihre Sachen hüpften auf und ab.

„Komm, spring auf", rief sie Nale zu, der neben ihr herrannte.

Nale klammerte sich an ihrer Mähne fest und zog sich mit Schwung an ihr hoch. Als er auf ihr saß, legte sie einen Zahn zu und schlängelte sich so gut es ging im Galopp durch die Menge. Sie wusste nicht, ob irgendwer gesehen hatte, dass sie sich verwandelt hatte, aber das war ihr egal. Wenigstens waren sie alle heil aus der Situation entkommen und noch dazu mit einer genauen Richtungsangabe.

KAPITEL 17

Carnia war so wütend wie schon lange nicht mehr. Diese unbekannte Frau hatte sie so sehr provoziert, dass sie nur mehr auf Rache aus war. Sie musste sich jedoch noch gedulden. Zuallererst mussten sie und Mayra zu den Lords und Bericht erstatten. Den Soldaten, die bei den Tieren geblieben waren und somit auch überlebt hatten, traute sie nicht über den Weg. Die hatten sogar Angst, wenn sie mit Carnia oder Mayra trainieren mussten, daher würde keiner von ihnen sich freiwillig melden, um Bericht bei den Lords zu erstatten. Nachdem dies erledigt wäre, könnte Carnia sich auf ihre Rache konzentrieren. Sie hoffte inständig, dass die Lords sie auf eine Reise schickte, um die Gesuchten aufzuspüren.

Die überlebenden Soldaten waren ihr die komplette Rückreise ausgewichen und vermieden es, mit ihr zu reden. Carnia hätte es den Soldaten auch nicht geraten. Sie wäre, wenn sich doch einer getraut hätte, auf ihn losgegangen und hätte ihn wahrscheinlich getötet. Da war es für den Kommandanten, der die Befehlsgewalt auf dieser Reise gehabt hatte, besser ausgegangen. Carnia hatte ihn nämlich schon tot auf dem Boden liegen sehen, noch bevor sie und ihre Freundin ins Lager geschleppt wurden. So gesehen war er dem Tod, der über ihn gekommen wäre, entgangen.

Während die beiden Frauen nach der langen Rückreise mit den übriggebliebenen Soldaten im Schlepptau auf das Schloss zusteuerten, blieb es still um sie. Die einzigen Geräusche stammten von ihren Schritten. Nur das Knirschen war zu hören, das der Schnee von sich gab, wenn die Schuhe auf ihn trafen. Nicht lange, da hatte die kleine Truppe einen schmalen Pfad, der gerade so groß war, dass ein Pferd hindurch passte, zwischen zwei steilen Felswänden flott hinter sich gelassen. Das Schloss stach mit seinen weißen Bausteinen aus den umliegenden grauen Felsen heraus. Doch das alles bemerkte Carnia nicht. Besser gesagt, sie nahm es gar nicht mehr war, da sie schon so oft diese Pracht erblickt hatte. Ihr Blick und das Interesse für all das waren schon zu abgestumpft, um das Schloss noch mit Neugier zu betrachten.

Sie schritten durch das offene Tor der Stadtmauer und schoben sich durch das Gedränge, das in der Stadt herrschte. Alle rannten umher und kreuzten ihren Weg. Leute, die sich vor Carnia tummelten, wurden entweder von ihr angerempelt oder sie wichen gerade noch so von allein aus. Die Bewohner der Stadt hatten wenigstens so viel Verstand, dass sie versuchten, Carnia aus dem Weg zu gehen, wenn sie mitbekamen, in welcher Gemütsverfassung sie war. Sie brauchte nicht einmal etwas sagen, da rannten oder sprangen die Leute schon beiseite. Ihr Gemütszustand war ihr nämlich schon ins Gesicht geschrieben. Zielstrebig ging Carnia die Hauptstraße entlang auf das Eingangstor des Schlosses zu. Bevor sie es jedoch erreicht hatte, hielt Mayra sie einige Meter davor auf.

„Was ist?", fragte sie gereizt über die Schulter.

„Ich werde nicht mitkommen, sondern gleich hierbleiben, um mich versorgen zu lassen", antwortete Mayra heiser und mit belegter Stimme.

Carnia hatte es geschafft, die gebrochene Nase halbwegs wieder in eine ansehnlichere Position zu bekommen, aber sie war noch immer nicht gerade. Sie verstand, dass ihrer Freundin die Nase wichtiger war. Die Frau war immer eitel und sehr auf ihr Äußeres bedacht gewesen. Carnia verstand daher nicht, weshalb Mayra überhaupt zum Militär gegangen war.

Aber sie hatte, nachdem diese Magierin ihr die Nase gebrochen hatte, ein paar gesundheitliche Probleme, mit denen sie in den letzten Tagen der Rückkehr zu kämpfen hatte. Einmal hatte sie Fieber, das sie ein paar Stunden schwächte. Als dieses auf genauso unerklärliche Art wieder verschwunden war, wie es gekommen war, hatte Mayra Husten und eine solch verstopfte Nase, dass sie nur schwer Luft bekam. Und seit diesem Tag war es nicht besser geworden. Carnia verstand nicht, wie man wegen einer gebrochenen Nase so angeschlagen sein konnte, aber sie schätzte, dass die Magierin daran ebenfalls schuld war. Denn in all den Jahren hatte sie Mayra noch nie krank gesehen. Noch ein Punkt auf der Liste, für den die Frau büßen würde, wenn Carnia sie in die Finger bekam.

„In Ordnung. Lass dich auffrischen, bevor du noch zusammenbrichst. Wohin gehst du?", fragte Carnia in ruhigerem Ton.

„Ich werde zu Naran gehen. Er ist der Einzige, dem ich traue und der mir bestimmt etwas gegen den Husten geben kann. Ebenfalls etwas für meine Nase."

„Sicher. Ich würde auch nur zu ihm gehen. Er ist der einzige Heiler in der Stadt, den man diesbezüglich fragen kann."

Sie verabschiedeten sich und Carnia marschierte weiter zum Schloss. Carnia war so froh, dass wenigstens Mayra am Leben geblieben war, denn sie hatte sonst keine sehr guten Freunde unter den Soldaten. Die anderen waren gerade einmal flüchtige Bekannte, wenn sie es sich nicht von Anfang an mit den Leuten verscherzte. Sie war nicht gerade leicht zu ertragen und konnte auf den Tod nicht ausstehen, wenn jemand nicht mit ihren Gedanken übereinstimmte. Mit Mayra konnte die Frau wenigstens über viele Dinge reden, über die sie sonst nicht sprach. Wie gut, dass die Zauberer auch Frauen in der Armee erlaubten. So konnte Carnia ihren Drang auf Bewegung nachkommen und musste nicht zu Hause hinter dem Herd verzweifeln. Außerdem lernte sie so andere gleichgesinnte Frauen kennen, die ebenfalls nach solch einer Art von Bewegung gelüstete.

Zwei Stufen auf einmal nehmend rannte die Kämpferin über die Treppe auf das Haupttor des Schlosses zu. Die zwei Wachposten begrüßten sie mit einer Verbeugung und einer machte ihr eine Seite des Doppelflügeltors auf, damit sie hineinkonnte. Sie zwängte sich durch den Spalt und nahm Kurs auf die Treppe, die rechts neben dem Tor in das nächste Stockwerk führte. Sie zog ihr Gewand etwas nach oben, damit sie nicht unabsichtlich darüber stolperte, und rannte zwei Stufen auf einmal nehmend die Treppe hinauf. Danach bog die Frau nach links und rannte die nächsten Treppen in das nächste Stockwerk hinauf.

Im zweiten Stockwerk angekommen bog sie wieder nach links und eilte den Gang entlang. Mit entschlossenen Schritten marschierte sie an den mit bunt verzierten Teppichen verhangenen Wänden entlang geradeaus weiter. Sie wusste, dass sich in diesem Stockwerk das Schlafgemach von Lord Leynfor befand. Der Lord wünschte immer als Erster über Neuigkeiten informiert zu werden, egal wie schlecht oder gut sie waren.

An der nächsten Ecke bog Carnia nach rechts und steuerte auf eine Tür zu, die von zwei muskelbepackten Soldaten bewacht wurde. Wie sie von der Ferne sah, handelte es sich bei einem um einen Soldaten, den sie noch nicht kannte. Den anderen kannte sie aus unzähligen anderen Besuchen zuvor. Sie wusste schon, dass es sich um die Tür zum Schlafgemach von Lord Leynfor handelte. Es standen zwar immer Soldaten dort, aber aus der Erfahrung wusste sie es einfach. Wie gut, dass Carnia und einige wenige eine Art Sonderbefugnis hatten, sich jederzeit in diesem Teil des Gebäudes aufhalten zu dürfen. Mit dieser Sonderbefugnis durften abgesehen von ihnen beiden und den Boten einige Soldaten, Diener und Generäle auch in die Gemächer der Lords.

So lange Carnia in der Armee war und diese Befugnis hatte, standen schon immer Soldaten vor seinem Gemach, auch wenn der Lord sie nicht benötigte. Er war mit der Gabe gesegnet, weshalb er auch ohne Soldaten einen Gast, ob unerwünscht oder erwünscht, wahrnahm, der vor die Tür trat. Sie waren so eine Art Zierde und zusätzliche Abschreckung, falls es doch jemand wagen sollte, sich dem Gemach zu nähern. Vor allem galt es denen, die keine Sonderbefugnis oder gesonderte Erlaubnis besaßen.

Die beiden Soldaten verzogen keine Miene, als sie sie sahen. Nach einem kurzen Seitenblick zu Carnia richteten sie ihre Blicke wieder auf die graue Wand vor sich und standen unverwandt weiter neben der Tür. Carnia erreichte das Schlafgemach und wollte gerade eine Hand auf die Türklinke legen, als der Wächter zu ihrer Rechten sie aufhielt. Er schob ihre Hand beiseite und stellte sich ein Stück vor die Tür.

„Der Lord wünscht, nicht gestört zu werden! Er will von niemandem belästigt werden! Dies schließt dieses Mal auch Euch ein. Er ist beschäftigt", sagte der Soldat zu ihrer Linken, den sie unter dem Namen John kannte.

„Aber es ist von höchster Dringlichkeit. Ich muss mit ihm reden!", schrie die Frau den Soldaten an.

„Tut uns leid, aber wir können nichts machen. Ein strikter Befehl vom Lord. Wenn Ihr etwas Wichtiges loswerden wollt, dann müsst Ihr dieses Mal zu Lord Ryan gehen. Er müsste sich irgendwo in der Stadt befinden, wie ich gehört habe."

Carnias Wut stieg wegen der beiden an. Vor allem von John hätte sie erwartet, dass er wusste, wozu sie im Stande war und welche Rechte sie hatte. Sie durfte kommen und gehen, wann es ihr beliebte. Besonders dann durfte sie ins Gemach von Leynfor, wenn sie eine wichtige Meldung zu machen hatte. Und diese Hornochsen versperrten ihr den Weg. Das würde ein Nachspiel haben, das wusste Carnia.

„Ich sagte, dass ich eine wichtige Nachricht überbringen muss. Und ich habe mich nicht umsonst hierher aufgemacht, um nun Lord Ryan zu suchen. Lord Leynfor will immer als Erster unterrichtet werden, egal welche Nachricht es ist. Und das solltet ihr wissen, wenn ihr unter eurer Rüstung klar denken könnt. Also lasst mich sofort durch!", befahl sie.

Kurz nachdem sie die beiden angeschrien hatte, wurde plötzlich die zweiflügelige Tür aufgerissen und Lord Leynfor trat in den Gang.

„Was ist hier los? Warum ist es hier draußen so laut? Ich habe doch gesagt, dass ich nicht gestört werden will."

Er blickte in die Runde und sah jedem direkt ins Gesicht. Carnia verbeugte sich leicht und platzte, bevor einer der Soldaten etwas sagen konnte, mit dem Grund heraus. „Das kann ich erklären, Eure Lordschaft. Ich muss dringend mit Euch sprechen. Es geht nämlich um die drei Personen, die ich und andere ins Schloss bringen sollen! Es sind schwerwiegende Probleme entstanden, von denen Ihr erfahren müsst."

„Dann kommt. Wenn es so wichtig ist, dann tretet ein Carnia!", sagte Leynfor.

Er trat beiseite und ließ sie ins Zimmer treten. Als Carnia an ihm vorbei war, hörte sie ihn überaus gereizt an die Soldaten gewandt sagen: „Und ihr passt auf, dass ich dieses Mal wirklich nicht gestört werde. Außer natürlich, ein Bote kann meinen Bruder nicht finden, der bestimmt wie immer durch die Gegend streift, und stattdessen zu mir will. Wenn es zu einer größeren Katastrophe kommt, dann stört mich. Verstanden?"

„Jawohl, Eure Lordschaft", sagten beide im Chor und verbeugten sich.

Sie wandten ihre Rücken wieder zur Tür und starrten abermals die gegenüberliegende Wand an. Carnia hatte in der Zwischenzeit ungefähr in der Mitte des Zimmers Stellung bezogen und streifte die Handschuhe von den Händen. Sie hörte, wie hinter ihr die Tür geschlossen und verriegelt wurde. Der Lord ging an ihr vorbei und direkt zu einem Tisch, der bei den Fenstern stand.

„Ich hatte Euch nicht so schnell zurückerwartet", sagte der Lord. Während er sprach, füllte er ein Glas auf, in dem nur noch ein kleiner Rest einer klaren Flüssigkeit war.

„Ich weiß, aber, wie ich schon sagte, gab es Probleme."

„Nun, da Ihr hier seid und mich gestört habt, erzählt mir, welche Probleme es sind."

Nachdem er sein Glas gefüllt und aufgehoben hatte, hatte er sich nicht mehr umgedreht. Er sah stattdessen zum Fenster hinaus. Und obwohl er ihr den Rücken zugewandt hatte, wusste Carnia, dass er ihr aufmerksam zuhörte.

„Es geht um den Zauberer und seine Gefährten. Wie befohlen haben sich fünfzig Männer, darunter ich, Mayra und andere Soldatinnen, auf die Suche nach den drei Personen gemacht. Vor zwei Wochen haben wir sie gefunden, aber sie waren in Begleitung von drei weiteren Personen, zwei Frauen und einem Mann. Nebenbei war noch ein Wolf unter ihnen. Wir wollten die drei Gesuchten gefangen nehmen und hierherbringen, doch diese wehrten sich und deren Gefährten kämpften ebenfalls gegen uns."

„Habt Ihr sie getötet?", fragte der Mann und blickte immer noch durch das Fenster.

„Leider nein. Bis auf mich, Mayra und eine Handvoll Soldaten wurden alle getötet. Einer der Gefährten hatte sich in ein Tier verwandelt und erledigte so mehrere Soldaten. Eine Frau kämpfte mit zwei Messern, sonst nichts. Mit diesen Messern richtete sie jedoch wie auch immer ein richtiges Blutbad an. Die andere Frau war nur mit einem Stock bewaffnet, aber dennoch schaffte sie es, Soldaten zu töten und nicht gerade wenige."

Carnia stoppte. Sie hatte noch eine weitere Information über die Frau, die letzten Endes sie und Mayra kurz festgehalten und dann laufen gelassen hatte. Dennoch war sich Carnia nicht sicher, ob es so weise war, dem Lord diese Information zu geben. Sie wusste, wie er zu Leuten mit der Gabe stand, die nicht auf seiner Seite waren. Die Frau wusste um das Ausmaß des Zornes, den der Lord auch wegen einer Kleinigkeit aufbringen konnte. Aber noch wichtiger war, dass der Lord es noch weniger leiden konnte, wenn man ihm wichtige Informationen verschwieg. Und wenn er nun erfuhr, dass diese eine Frau ebenfalls eine Magierin war, würde er schlecht gelaunt reagieren. Carnia kämpfte innerlich mit sich selbst und entschied es ihm doch zu sagen, obwohl sie ein schlechtes Gefühl dabei hatte.

„Und die Frau besitzt die Gabe!"

Von ihrem Standpunkt sah sie, dass der Lord das Glas zum Mund führen wollte. Doch als sie die letzte Information ausgesprochen hatte, hielt seine Hand inne. Der Rand des Glases blieb kurz vor dem Mund des Lords in der Luft hängen. Langsam bewegte er seine Hand hinunter und stellte das Glas auf dem Tisch ab, ohne etwas getrunken zu haben. Leynfor drehte sich zu ihr um und blickte sie mit großen, verwunderten, aber auch nachdenklichen Augen an.

„So, so. Eine Magierin."

„Ja. Wir hatten keine Chance. Wir waren zwar zahlenmäßig überlegen, aber gegen zwei mit der Gabe Gesegnete und einen Gestaltwandler konnten wir einfach nichts ausrichten. Der Wolf war ebenfalls sehr gut und machte uns genauso zu schaffen."

Carnia starrte verschämt auf den Boden und bearbeitete ihre Handschuhe. Sie war zwar mutig genug gewesen, die Nachricht über die Nichteinhaltung des Befehles zu überbringen, aber nachdem sie die Frau mit der Gabe erwähnt hatte, war ihr Mut beträchtlich gesunken. Sie hätte sich nun am liebsten irgendwo versteckt, anstatt hier zu stehen und abzuwarten, bis der Mann vor ihr etwas von sich gab. Nach mehreren Augenblicken der Stille durchbrach der Lord selbige.

„Ich danke Euch für diese Information, Carnia. Ich bin glücklich, sogar überglücklich, dass Ihr und Mayra noch am Leben seid. Euch brauche ich nämlich dringend und das nicht nur in einer Hinsicht. Vor allem jetzt, nach dieser Information, seid Ihr noch wertvoller als zuvor. Und ich weiß schon, wo ich Euch und Mayra einsetze."

Sachte hob Carnia den Kopf und sah entschlossen ihren Meister an. Ihr Gegenüber hatte die Stirn in Falten gelegt und rieb sich mit einem Finger am Kinn. Nach diesen Worten kam ihre Entschlossenheit wieder zurück, vor allem aber ihr Tatendrang. Sie hatte Angst, dass Leynfor ausrasten würde, aber nun war ihre Angst zerbröselt. Und aufgrund der plötzlich aufgetretenen Freude, die sich in ihrem Inneren breitmachte, grinste sie leicht.

Ein plötzliches Geräusch, das hinter ihrem Rücken auftrat, ließ Carnia ein wenig hochschrecken. Sie drehte sich um und sah zur Tür. Carnia hatte sich gerade rechtzeitig umgedreht, um zu sehen, wie die Tür aufging und ein schwer nach Atem ringender Mann hereintrat. Kurz nachdem dieser eingetreten und neben ihr stehen geblieben war, schlossen die Soldaten die Tür wieder.

„Eure Lordschaft!", sagte der Mann, den Carnia als einen Boten von General Reylerk identifizierte, schwer atmend. Er verbeugte sich kurz und fügte sofort hinzu: „Ich überbringe Euch eine wichtige Mitteilung von General Reylerk."

„Wie lautet sie?"

„Er war dem Alten, dem Jungen und der Frau schon ziemlich nahe, doch konnte er diese nicht festnehmen, da sie entkommen sind."

„Wie konnten sie entkommen? Der General hat doch eine große Gruppe von Soldaten um sich."

„Ein paar von ihnen müssen zugehört haben, als ich dem Kommandanten den Befehl überbrachte."

„Warum habt Ihr nicht dem General die Nachricht überbracht?", fragte der Lord aufgebracht nach.

„Der muss am Abend zuvor ziemlich viel getrunken haben, da er, als ich am Vormittag danach eintraf, nicht ansprechbar war. Und wie mir gesagt wurde, waren die drei gesuchten Personen am selben Abend wie der General mit einer Frau und zwei weiteren Personen in derselben Gaststätte. Und der General soll sich ziemlich über Euren Sitz, mein Lord, ausgelassen haben."

„Reylerk war schon immer ein gesprächiger Raufbold, wenn er betrunken ist. Und ausgerechnet da mussten die Gesuchten auch noch dort sein", sagte Leynfor zornig und mehr zu sich selbst. Einen Moment später fragte er den Boten: „Der unterstellte Kommandant hat die Personen gesehen, oder?"

„Der, dem ich den Befehl überbrachte, hatte sie gesehen, betrachtete sie jedoch, wie er zugab, anfangs als normale Reisende", begann der Bote zu erklären. „Den Jungen erkannte er nicht, sonst hätte er sofort gehandelt. Erst nachdem er den Befehl erhalten hatte, war ihm das Verhalten der Gruppe im Nachhinein ziemlich verdächtig vorgekommen. Und nach dem Essen sollen zwei von ihnen anstatt auf ein Zimmer in die Nacht hinaus gegangen sein. Nur eine Frau sei mit den drei Gesuchten zu den Zimmern gegangen.

Und aus dieser Gruppe hatten wahrscheinlich welche mich und den Kommandanten belauscht, als wir nicht aufpassten. Sie waren daher vorgewarnt und konnten flüchten. Und die Frau, die mit den Gesuchten aus der Gaststätte flüchtete, verwandelte sich in ein Pferd, das konnte ich genau sehen."

„Eine Frau, sagt Ihr?", wiederholte der Lord. Der Bote nickte.

„Hatte die Frau lange dunkle Haare und ein dunkles Kleid mit schwarzem Umhang?", fragte Carnia aufgeregt.

Der Bote starrte sie mit großen Augen an. „Genau. Woher kennt Ihr sie?"

„Genau das war die Frau, mit der ich und Mayra kämpften", sagte Carnia an Leynfor gewandt. „Sie und die anderen hatten uns gefangen genommen und über das Schloss befragt, aber wir haben nichts verraten. Nachdem wir sagten, dass wir lieber sterben würden, als irgendetwas zu verraten, ließen sie uns daraufhin einfach gehen, ohne uns weiter auszufragen. Die Frau setzte jedoch zuvor Mayra ziemlich zu, weshalb sie nicht hier ist, sondern bei Naran, um sich heilen zu lassen. Im Übrigen habe ich dieser Frau als Abschiedsgeschenk die Nase gebrochen. Aber bei meiner Begegnung mit ihr verwandelte sie sich nicht."

Carnia sah ihren Meister an, der einen noch nachdenklicheren Ausdruck im Gesicht hatte. Jetzt rieb er sich nicht mehr mit dem Finger über das Kinn, sondern tippte mit diesem nur mehr. Seine Stirn hingegen war immer noch in Falten gelegt.

„Eine Magierin, die sich verwandeln kann und eine Frau, die gut mit Messern kämpfen kann. Noch dazu ein einfacher Gestaltwandler. Sehr aufschlussreich und interessant."

Der Zauberer begann nun im Zimmer hin und her zu gehen. Dabei hielt er seinen Blick auf den Boden gerichtet und murmelte ab und an etwas vor sich hin, das Carnia nicht verstand. Carnia beobachtete ihn still und fragte sich währenddessen, was ihm wohl durch den Kopf ging. Der Bote blieb neben ihr stehen und sagte ebenfalls kein Wort. Still verfolgten sie den Gang des Zauberers. Eine Weile ging es so dahin, ohne dass irgendwer etwas von sich gab. Das Einzige, was man hörte, waren die Schritte von Leynfor und hin und wieder ein Murmeln von ihm. Nach einigen Minuten blieb der Lord vor ihnen stehen, aber schaute sie nicht an, sondern starrte einfach ins Leere. Wie Carnia bemerkte, rieb er sich wieder übers Kinn. Endlich drehte er sich zu ihnen um und die Anspannung in seinem Gesicht verschwand.

„Carnia!"

„Ja, mein Lord."

„Ihr werdet zusammen mit Mayra einige Männer zusammentrommeln und wieder auf Reisen gehen. Trommelt Euch genügend Soldaten zusammen. Nehmt jedoch nicht allzu viele mit, um kein Aufsehen zu erregen. Die Reise soll so unauffällig wie möglich vonstattengehen, ohne den eigentlichen Grund Eurer Reise außer Acht zu lassen.

Der Grund lautet wie folgt: Euer Auftrag wird sein, den Gestaltwandler, den Wolf, den Zauberer und die Magierin, die sich ebenfalls verwandeln kann, sowie die anderen lebend hierher zu bringen. Anfangs lautete der Auftrag zwar, dass Ihr alle

Gefährten töten solltet, aber diesen erkläre ich für nichtig. Nun will ich alle lebend hier im Schloss haben, und zwar ausnahmslos. Zuvor aber lasst Ihr Euch von einem Heiler untersuchen und heilen. Nachdem dies geschehen ist, macht das, was ich Euch gerade aufgetragen habe!", befahl Leynfor.

An den Boten gewandt, sagte er: „Und vielen Dank für Eure Mitteilung! Dafür habt Ihr Euch eine Belohnung verdient. Ich werde mir noch etwas überlegen. Aber vorerst überbringt General Reylerk den neuen Auftrag und versucht, diesen auch an die anderen Generäle, nämlich Lerm und Arsen, umgehend weiterzuleiten. Die Generäle sollen kleine Truppen losschicken, um unnötiges Aufsehen zu vermeiden, und nach der Gruppe suchen.

General Harold ist noch mit einem anderen Auftrag unterwegs, was nicht weiter tragisch ist. Auf einen General können wir momentan verzichten. Nur im äußersten Notfall soll er von dem Auftrag erfahren. Nun geht und lasst mich allein."

Beide verbeugten sich und verließen das Zimmer. Carnia schloss die Tür, während der Bote bereits weiter ging. Sie folgte ihm den ganzen Weg hinunter in die Eingangshalle. In der Zeit, die sie für die Rückkehr in die Eingangshalle benötigten, gingen sie schweigend nebeneinanderher. In der Eingangshalle angelangt trennten sich die beiden, ohne sich voneinander zu verabschieden. Der Bote richtete sich, nachdem er die Treppe hinter sich gelassen hatte, nach rechts und steuerte auf eine kleine Seitentür zu, während Carnia Kurs auf das Haupttor nahm. Da Mayra nirgends zu sehen war, ging Carnia nach draußen und schlenderte langsam durch die Straßen und Gassen. Carnia kannte die Stadt sehr gut und fand daher schnell eine Abkürzung zum Haus von Naran. Sie bog ein letztes Mal nach rechts in eine Gasse und am Ende von dieser blieb die Frau vor einem Fenster stehen. Durch das Fenster entdeckte sie ihre Freundin, die auf einem Sessel in der Nähe des Tisches saß, und den Heiler, der ihr eine Salbe ins Gesicht schmierte. Erfreut darüber, dass ihre Freundin geheilt wurde, ging Carnia zur Tür und trat mit einem Klopfen ein.

„Hast du Bericht erstattet?", fragte Mayra, als sie sah, wer durch die Tür kam.

„Ja habe ich", antwortete Carnia und setzte sich auf einen Sessel neben ihre Freundin. „Schönen Tag, Naran."

Dann fing sie an zu erzählen, was ihr der Lord erzählt und welchen Befehl er ihr übertragen hatte.

„Zuerst aber sollte ich noch behandelt werden", endete Carnia und wandte sich somit an den Heiler.

„Ich bin gleich fertig und dann heile ich Euch!", sagte Naran.

Nicht lange, dann war Carnia an der Reihe und war bald geheilt. Beide bedankten sich bei ihm und machten sich daran, Soldaten zusammen zu rufen. Als sie eine ordentliche Truppe von ungefähr dreißig Leuten zusammen hatten, begaben sie sich wieder auf die Suche, die dieses Mal nicht von langer Dauer war.

KAPITEL 18

In den letzten Wochen, es müssten nach Trishs Rechnung vier Wochen sein, seit sie aus dem Wirtshaus geflüchtet waren, hatte Nale jeden Tag trainiert. Obwohl es nicht notwendig war, hatte Nale dennoch darauf bestanden, weiter das Schweben zu üben. Vor nicht einmal einer Woche hatte er es sogar schon so gut geschafft, dass er bereits neben Trish herfliegen konnte. Die Magierin verstand nicht, weshalb er diese Fähigkeit in dieser Situation noch weiter üben wollte. Ihrer Meinung nach genügte es, wenn sie es konnte, zumindest in der nächsten Zeit. Sie hatte dem Zauberer vorgeschlagen, die Übungen zu verschieben, dennoch wollte er weitermachen. Selbst dann noch, wenn es an der Zeit war, sich schlafen zu legen. Trish war erfreut darüber, wie schnell Nale Fortschritte machte, aber dass er den notwendigen Schlaf opferte, ärgerte sie.

Sie hatte alles versucht, war jedoch gescheitert. Die Magierin gab es auf, weiter auf ihn einzureden, denn sie musste feststellen, dass er dickköpfiger war, als sie zu Beginn der Reise gedacht hatte. Zumindest wenn er etwas unbedingt wollte. Seither konzentrierte Trish sich nur auf zwei wichtigere Dinge. Einerseits lag ihre Konzentration auf ihrem Weg, denn einen Tag zuvor hatte sie bereits gespürt, dass die beiden Frauen ihr Ziel erreicht hatten. Nun konnte Trish die Richtung genau bestimmen, wobei die Gruppe achtsam war und nicht auf direktem Weg zu ihrem Bestimmungsort ging. Sie schlugen am Tag mehrmals eine andere Richtung ein, ohne jedoch von ihrer eigentlichen Richtung abzuweichen. Durch diese ungewöhnliche Weise war die Gruppe zwar dem Ziel nähergekommen, aber nach Nales Schätzung immer noch mehrere Tagesetappen davon entfernt.

„Hast du schon eine Idee, wie wir in das Schloss hineingelangen sollen?", fragte Amanda zum wiederholten Mal, während sie neben Trish und Michael den Abhang hinaufstieg.

Nachdem Nale, Vyrira, Trish und Jason sich nach ihrer Flucht aus dem Dorf in einem Waldstück mindestens einen Kilometer vom Dorf entfernt versteckt hatten, hatte Trish mithilfe ihrer Gabe ihre drei Begleiter ausfindig gemacht. Die hatten nichts von der ungeplanten Flucht mitbekommen, außer so viel, dass es im Dorf mächtig unruhig geworden war. Amanda, Brandon und Michael waren so klug gewesen, sich ebenfalls zu verstecken. Zwar in einer Höhle in einem Wald in der entgegengesetzten Richtung, aber Trish hatte keine Probleme damit gehabt, sie ebenfalls zu finden. Sie war aufgebrochen, um die drei zu holen, was nur wenige Minuten in Anspruch genommen hatte. Als die Gruppe wieder komplett gewesen war, hatte sie nicht lange gezögert und war aufgebrochen, um den Abstand zu dem Dorf und den Soldaten zu vergrößern.

„Nein leider nicht. Mir will nichts einfallen, was uns helfen könnte. Deine Idee war die Einzige, die für mich plausibel klang. Aber leider hat ja ein gewisser Jemand was dagegen", antwortete Trish laut, damit es auch Nale, der ein paar Meter vor ihr den Abhang hinaufging, hören konnte.

Während sie antwortete, kletterte sie mit Bedacht weiter die glitschigen Steine hinauf. Sehr offensichtlich von dem Thema genervt, blieb der Zauberer vorsichtig stehen und drehte sich zu Trish um.

„Wie lange willst du noch an dieser Idee festhalten? Sie ist zu gefährlich und damit hat sich das Thema erledigt", sagte Nale gereizt.

„Was passt dir an dieser Idee nicht?", entgegnete die Magierin und blieb ebenfalls stehen. Sie blickte zu Nale auf und fügte hinzu. „Außerdem halte ich so lange an dieser Idee fest, wie ich will."

„Ich habe es dir schon einige Male erklärt, aber wenn du es gerne noch einmal hören willst, dann wiederhole ich mich gerne. Wir wissen einfach nicht, welche Schutzmaßnahmen die Zauberer haben. Und unsere Flucht aus der Gaststätte war auch nicht gerade hilfreich. Man hat uns gesehen und bestimmt hat der General einen Boten zu den Zauberern geschickt. Ich weiß nicht, wie nüchtern die Soldaten an dem Abend vor unserer Flucht noch waren. Der General war zwar überaus erheitert. Aber es besteht dennoch die Möglichkeit, dass mehrere Soldaten wie dieser eine noch so weit bei klarem Verstand waren, dass sie uns wiedererkennen könnten. Wir können von Glück reden, dass uns niemand an diesem Abend bereits erkannt hatte, vor allem Jason nicht. Und wenn ein Bote losgeschickt worden ist, um Bericht zu erstatten, dann wurden bestimmt die Sicherheitsmaßnahmen erhöht.

Es besteht das Risiko, dass magische Schilde den Zauberern verraten, ob einer mit der Gabe unerlaubt ins Schloss eindringen will. Du, ich und nicht zu vergessen Brandon fallen bereits jetzt weg. Da wir nicht wissen, wie stark die Schilde sind, falls welche bestehen, fallen auch Michael und Amanda weg. Das Risiko ist zu groß, dass auch sie sofort entdeckt würden. Jason ist unter einem Teil der Soldaten bekannt und keiner von uns weiß, ob nicht auch die Zauberer ihn kennen. In diesem Sinne bliebe nur mehr Vyrira übrig, die ich ganz sicher nicht allein da reingehen lasse. Wenn wir Pech haben, werden wir sogar, obwohl wir ganz nah am Sitz der Brüder dran sind, von Spähern erfasst.

Du siehst, dass die Wahrscheinlichkeit, erwischt zu werden, viel zu hoch ist, um auch nur ein kleines Risiko einzugehen. Wir sitzen in der Klemme, außer jemandem fällt noch rechtzeitig eine bessere Lösung ein."

Das waren wirklich gute Argumente, da stimmte Trish dem Alten zu. Aber je mehr Trish über die Idee von Amanda sich zu trennen nachdachte, desto logischer und einzigartiger kam sie ihr vor. Ihr fiel einfach nichts Besseres ein. Als niemand etwas erwiderte, ging Nale weiter, um zu Brandon, Jason und Vyrira zu gelangen, die bereits den Abhang hinter sich gebracht hatten. Michael und Amanda folgten ihm kurz darauf stillschweigend.

Trish blieb noch für einen Augenblick stehen, bevor sie sich ebenfalls wieder in Bewegung setzte. Gerade als die Magierin einen Schritt getan hatte, überkam sie ein Schwindelgefühl und ihre Beine verloren an Kraft. Sie rutschte aus und wäre beinahe mit dem Gesicht im Schnee gelandet, wenn sie sich nicht noch rechtzeitig an einem Stein festgehalten hätte. Ihre Beine drohten unter ihr einzuknicken, als sie versuchte sich aufzurichten, daher setzte sie sich auf den Stein, auf dem sie sich abgestützt hatte. Vor ihren Augen verschwamm alles und sie blinzelte mehrmals, da sie hoffte, dass sich ihr Sehvermögen auf diese Art wieder normalisierte, aber dem war nicht so. Trish rieb sich mit beiden Händen über die Augen und anschließend die Stirn. Durch das plötzliche Problem mit ihrer Sehkraft wurde ihr übel und sie hätte sich am liebsten übergeben.

Die Magierin schloss für eine Weile die Augen, um kein verschwommenes Bild mehr sehen zu müssen. Sie erhoffte sich, dass dadurch die Übelkeit verschwand. Sie stützte sich mit den Ellbogen ab und rieb vorsichtig mit den Händen über ihre Augen. Ihre Augen öffnete Trish erst wieder, nachdem sie mehrmals tief durchgeatmet hatte. Sie wartete noch wenige Augenblicke, um ja sicher zu sein, dass die Übelkeit nicht schon bei der ersten Bewegung zurückkam, bevor sie sich schließlich dazu überwand aufzustehen. Wie sie feststellte, waren die anderen bereits oben angelangt und hatten nicht einmal den Anstand gehabt, auf sie zu warten. Sollten sie ruhig vorgehen, dachte sich die Magierin und ging vorsichtig den restlichen Abhang hinauf. Sie konnte alle mit Leichtigkeit durch ihre Gabe ausfindig machen.

Endlich oben angelangt, stoppte Trish, um zu verschnaufen. Sie fühlte sich abermals nicht gut und ihr Magen war nun drauf und dran, das Essen wieder dorthin zurückzuschieben, wo es hergekommen war. Irgendetwas stimmte überhaupt nicht. Anscheinend hatte Trish an diesem Tag etwas gegessen, das sie nicht vertrug, sonst würde ihr Magen nicht so verrücktspielen. Wahrscheinlicher war es, dass die Anspannung der letzten Tage ihr mächtig zusetzte. Sie war so was einfach nicht gewohnt, sodass ihr alles auf den Magen schlug.

Von ihrer Position aus sah sie die anderen in einem riesigen Abstand vor sich gehen und um nicht noch mehr Abstand zu gewinnen, stapfte Trish los. Während sie langsam der Gruppe vor sich folgte, die Kurs auf ein Waldstück nahm, kreisten ihre

Gedanken wieder um die Idee von Amanda. Auch wenn Nale dagegen war, fand die Magierin diese jedoch sehr gut. Es stimmte schon, dass es riskant war, weil niemand wusste, welche Sicherheitsmaßnahmen die Brüder errichtet hatten. Es war erst recht riskant, weil Soldaten ebenfalls auf deren Seite waren. Jedoch müsste man das alles außer Acht lassen und schon mal was riskieren. Außerdem war Trish nicht so eine, die leicht aufgab. Sie konnte schon Sachen austeilen, gegen die die Brüder wahrscheinlich alt aussahen. Die Magierin ging schon mal mit dem Kopf durch die Wand, wenn sie fand, es wäre die richtige Methode. Und in diesem Fall hatte sich die Idee so sehr in ihren Gedanken festgesetzt, dass Trish sich vornahm, klammheimlich aufzubrechen, ohne dass Nale etwas davon mitbekam. Am besten in der Nacht, denn sonst würde er sie bestimmt aufhalten. Und am nächsten Morgen würde er erst davon Wind bekommen, aber das würde ihr nichts ausmachen, denn sie würde bereits schon kilometerweit von ihm entfernt sein.

Da Trish in ihre Gedanken vertieft war, hatte sie nicht mitbekommen, dass sie den Wald, in dem die anderen bereits verschwunden waren, auch schon erreicht hatte. Von der Ferne vernahm sie Stimmen, die immer lauter wurden, je weiter sie in den Wald hinein ging. Schließlich erreichte Trish die anderen, die sich bereits daran machten, Holz zu stapeln und für ein Feuer fertigzumachen.

„Du hast dich aber ganz schön zurückfallen lassen", bemerkte Michael, als er zu Trish sah.

„Ja, ich weiß. Ich dachte, ich hätte etwas gespürt und wollte daher sichergehen, dass uns niemand folgt", log Trish und trat neben ihn.

„Ich habe nichts bemerkt. Vielleicht hast du nur ein Tier in der Nähe gespürt", meinte Nale.

„Kann schon sein. Aber man kann nicht vorsichtig genug sein."

Immer noch mit einem starken, unguten Gefühl im Magen, schnallte sie den Rucksack ab und holte ihre Decke heraus. Da es anscheinend eh nichts mehr zu tun gab, konnte sie ohne Weiteres ihre Decke über die Schulter werfen und sich hinsetzen. Auch wenn es noch etwas zu tun gegeben hätte, hätte sie an diesem Tag nichts mehr getan. Sie wollte sich für die nächsten Stunden, die sie noch wach verbrachte, ausruhen. Ihr war es einfach nicht geheuer. So schlecht, wie ihr in diesem Moment gewesen war, hatte sie sich in den letzten Monaten nicht mehr gefühlt. Selbst an den Tagen ging es ihr gut, als sie ganz am Anfang ihrer Reise gewesen war. Trish könnte Nale zwar fragen, ob er irgendwelche Kräuter parat hätte, aber sie hatte überhaupt keine Lust dazu. Ruhe war nun das beste Mittel, was ihr einfiel, denn die hatte ihr bereits mehrere Male geholfen, selbst wenn ihre Mutter ihr Heilmittel aufdrängen wollte. Morgen früh würde dann alles wieder in Ordnung sein, da war sich Trish sicher.

Die Gruppe genoss die letzten zwei Stunden des Lichtes und entschied sich dann, nachdem die Finsternis sie eingehüllt hatte, schlafen zu gehen. Amanda und Michael waren wie immer diejenigen, die sich freiwillig dazu bereit erklärten, Wache zu halten. Obwohl Trish, wie schon einige Male zuvor meinte, sie wolle wach bleiben, ließen die beiden dennoch nicht locker. Sogar Nale, Brandon, Jason und Vyrira ließen die beiden nicht ran. Sie beteuerten immer, sie würden es schon schaffen. Die Übrigen könnten, wenn sie wollten, beim Lager bleiben und aufpassen.

In diesem Sinne ließ Trish die beiden in die Nacht ziehen und kuschelte sich in ihre Decke. Die nächsten drei oder vier Stunden, die Magierin wusste nicht, wie lange sie wirklich geschlafen hatte, schlief sie wunderbar. Als sie jedoch einmal kurz aufschreckte, war der Schlaf Geschichte. In ihrem müden Zustand bemerkte sie, dass ihre Übelkeit an Heftigkeit gewonnen hatte, die sie sich nicht erklären konnte. Dieses Mal war es so schlimm, dass sie schnellstens aus dem Lager musste, um nicht die anderen zu wecken. Mit unsicheren Schritten stapfte sie so schnell ihre Beine sie tragen konnten vom Lager weg. Als sie ihrer ungefähren Schätzung nach weit genug entfernt war, fiel sie auf die Knie und ließ der Übelkeit ihren Lauf.

Nachdem Trish wieder zur Ruhe gekommen war, kroch sie ein Stück von ihrer jetzigen Position weg und setzte sich ohne Umschweife in den Schnee. Ihr Umhang wurde dadurch bestimmt nass, aber das war ihr im Moment egal. Sie verstand einfach nicht, weshalb die Übelkeit so heftig gewesen war. Selbst in diesem Moment, als alles nicht mehr in ihrem Körper war, war ihr in einem Maße übel, dass sie sich am liebsten noch einmal übergeben hätte. Trish konnte sich nicht erinnern, jemals in solch einer Verfassung gewesen zu sein. Fieber, Husten oder Niesen waren die einzigen Symptome gewesen, die sie gehabt hatte, wenn sie krank gewesen war.

Trish war sich zwar sicher, dass ihr Magen die Ursache war, wollte sich nur zur Sicherheit selbst untersuchen. Heilen konnte sie sich nicht, aber mit einem kleinen und einfachen Trick, den ihr ihre Professorin beigebracht hatte, war sie im Stande, sich selbst zu untersuchen. Die Magierin legte den Daumen der linken Hand vorsichtig auf ihre linke Schläfe und den kleinen Finger der gleichen Hand zwischen die Augen. Und während sie ihre Linke in dieser Position behielt, untersuchte sie sich mit der anderen Hand. Diese bewegte sie langsam vom Hals weg abwärts und sandte gleichzeitig ihre Gabe aus. Um auch andere Gründe auszuschließen, untersuchte sie ihren gesamten Oberkörper, während sie die ganze Zeit über im Schnee saß.

Was sich jedoch wirklich bei der Untersuchung herausstellte, verschlug der Magierin den Atem. Trish wiederholte die Bewegung immer und immer wieder, bis ihr zu schwindelig wurde. Nichtsdestotrotz erhielt sie jedes Mal dieselbe Auskunft. Schweratmend ließ sie ihre Arme sinken und starrte in die Dunkelheit. Anscheinend war doch nicht das Essen schuld an ihrer Übelkeit. Die Ursache war vier Wochen unentdeckt geblieben bis zu dieser Nacht. Natürlich müsste Trish sich erst einmal eine zweite Meinung einholen, ob sie mit ihrem Ergebnis recht hatte. Falls das Ergebnis stimmen sollte, würde sie bestimmt nicht Nale nach seiner Meinung fragen. Er würde sich noch mehr gegen die Idee von Amanda sträuben, da war sich die Magierin sicher. Und sonst kam auch niemand infrage, der ihr eine Bestätigung geben konnte. In diesem Sinne war Trish mit ihrer Entdeckung auf sich allein gestellt. Und natürlich würde sie es erst recht riskieren, die Idee von Amanda umzusetzen, auch wenn sie allein weiterreisen musste. Sie wusste, wohin sie gehen musste, also wäre es für sie eine Leichtigkeit, früher und schneller als die anderen beim Sitz der Brüder zu sein. Wenn das, was sie von anderen Magierinnen gehört hatte, stimmte, dann wäre Trish immun gegen jeglichen Zauber.

Sie schenkte dem Glauben, denn selbst ihre Mutter hatte ihr dies vor Jahren einmal erzählt. Martha hatte diesen Schutz sogar zweimal mit sich herumgetragen. Der Schutz war inbegriffen, wie ihre Mutter weitererzählte, wenn eine Magierin in diesem Zustand war, in dem Trish, wenn sie sich nicht geirrt hatte, gerade war. Zwar drängte sich die Frage auf, wie sie mit dem Schutz, den sie hoffentlich besaß, umgehen sollte. Es musste alles so ablaufen, wie es für gewöhnlich ablaufen würde. Bloß sollte sie in der Lage sein, mithilfe des Schutzes sie dennoch zu retten. Die Brüder würden Trish bestimmt einem Zauber unterstellen, der ihr den Willen der Brüder aufzwang. Aber das würde nicht funktionieren, wenn ihr Schutz sie davor bewahren würde. Trish dachte sich, dass sie darüber später noch nachdenken konnte. Erst einmal war es wichtiger, sofort aufzubrechen, bevor es wieder hell wurde und die anderen aufwachten.

Entschlossen, alles auf eine Karte zu setzen, stand Trish wackelig auf, hob sich mit ihrer Gabe in die Luft und schwebte zurück zum Lager. Als sie feststellte, dass Nale, Jason, Vyrira und Brandon noch an ihrem Platz waren und schliefen, holte sie ihre Sachen mithilfe von Magie zu sich und schwebte wieder in die Richtung, aus der sie eben gekommen war. Wieder auf dem Boden verschleierte sie ihre Schritte mit einem Zauber. Sie wollte damit sichergehen, dass weder die beiden, die seit Stunden in der anderen Richtung herumstreiften, noch Brandon sie hörte. Gleichzeitig wurden ihre Fußspuren verwischt, damit niemand ihrer Spur folgen konnte. Trish hatte des Öfteren gehört, dass man diesen Schutz auch auf andere übertragen konnte, aber sie glaubte nicht daran. Und genau aus diesem Grund wollte sie erst recht allein weiterreisen. Denn wenn ein Teil mit ihr mitzog, wüsste sie einfach nicht, wie sie diese Personen retten sollte.

Um nicht noch mehr Zeit zu verlieren, schulterte die Magierin ihren Rucksack, nachdem sie ihre Decke dort verstaut hatte, und setzte sich in Bewegung. Sie setzte kein Licht ein, weil sie sich nicht verraten wollte. Daher tastete sie sich mit ihrer Gabe durch den dichten Wald, bis sie ohne Weiteres wieder ohne sie auskam. Ein paar Meter hatte sie bereits zwischen sich und den Wald gebracht, als sie etwas hinter sich spürte. Nicht einmal eine Sekunde später sauste etwas an ihr vorbei, von dem sie bereits wusste, was es war. Eigentlich war es eine Person, die ungefähr zwei oder drei Meter vor ihr stand und die Trish in der Nacht nur mit ihrer Gabe erkannte.

„Wohin des Weges?", fragte Amanda lässig.

„Wie sieht es für dich aus?", entgegnete Trish ebenfalls lässig.

„Hm, wenn du mich schon so fragst, sieht es für mich aus, als wolltest du dich davonschleichen. Und ich denke, deine Heimlichtuerei hängt mit meiner Idee und der Diskussion mit Nale zusammen."

„Da denkst du richtig."

„Du bist wirklich nicht ganz dicht", fügte Michael hinzu, als er sich zu Amanda gesellt hatte.

„Ich gebe zu, dass ich nicht ganz dicht bin und es auch nie war", erwiderte die Magierin. „Aber ich bin von deiner Idee so sehr angetan, dass ich sie einfach nicht vergessen kann."

„Und dafür gehst du das Risiko ein, erwischt und gefangen genommen zu werden?"

„Ja. Deine Idee war ausschlaggebend, ist aber nicht der einzige Grund."

„Wärst du dann so freundlich und würdest uns erklären, welche Gründe du noch hast?"

„Ich bin immer auf Risiken aus, wenn man dadurch ein Problem lösen kann. Und in diesem Fall bin ich der Meinung, dass wir getrennt mehr ausrichten können. Zwar gibt es noch einen weiteren Grund für mein Handeln, aber wenn ich euch davon erzählen würde, würdet ihr mir wahrscheinlich nicht glauben. Ich kann selbst nicht fassen, dass sich dieser Grund ergeben hat."

„Ich werde dich begleiten, ob du willst oder nicht", meinte Amanda nüchtern.

„Das kannst du vergessen", erwiderte Trish. „Ich reise allein, denn ich bin diejenige, die einen Schutz hat. Ich könnte euch nicht einmal helfen, wenn die Brüder euch irgendwie unter ihre Kontrolle bringen wollten."

Als die Worte ausgesprochen waren, hätte Trish am liebsten sich selbst die Zunge rausgerissen. Sie hatte zwar nur den Schutz erwähnt, allerdings würde Amanda bestimmt nicht kleinbeigeben und wahrscheinlich nachhaken. Und sie behielt recht, denn Amanda warf gleich eine Frage in die Runde, die vorhersehbar war.

„Welchen Schutz denn?"

„Du bekommst diesbezüglich keine Antwort von mir. Wenn ihr mich jetzt entschuldigt, dann werde ich gehen, und zwar allein."

Trish wartete nicht, bis sie weiter aufgehalten wurde. Sie setzte sich in Bewegung und ging einfach an Amanda vorbei. Ganz kurz vernahm sie nur ihre eigenen Schritte, doch dann hörte sie wie die beiden, an denen sie einfach vorbeimarschiert war, sich ebenfalls in Bewegung setzten. Hoffnung flackerte auf, dass sie zurück zu den anderen gehen würden, aber der kleine Schimmer erlosch sofort. Die Schritte entfernten sich nicht, sondern wurden immer lauter. Mit schnellen Schritten hatten Amanda und Michael sie erreicht und gingen nun jeder auf einer Seite neben ihr her.

„So schnell wirst du uns sicher nicht los", meinte die Vampirin bissig. „Es war schließlich meine Idee, falls du es vergessen hast. In diesem Sinne wirst du so oder so keine andere Wahl haben, als mich mitzunehmen."

„Nein habe ich nicht. Doch anscheinend hast du wohl Nale nicht zugehört, als er vor ungefähr zwei oder drei Tagen erwähnte, dass sie einst, als sie noch zu viert unterwegs waren, bereits dieselbe Idee hatten. Du hast eben die gleiche Idee einfach wiederholt, weil du nicht wusstest, dass sie diese schon mal hatten."

„Das ist mir, um ehrlich zu sein, egal. Wenn die anderen die Idee nicht umsetzten wollten oder wollen, ist es nicht meine Sache. Du willst sie umsetzen und verlässt daher die anderen. Ich will daher verdammt sein, wenn ich nicht mit dir komme."

„Wie schon unabsichtlich erwähnt, wird es dennoch schwer für mich, euch zu helfen, wenn wir vor den Zauberern stehen."

„Du vergisst, dass wir nicht so schwach sind, auch wenn wir keine jahrelange Erfahrung mit unseren Fähigkeiten haben", warf dieses Mal Michael ein. „Wir sind nicht auf dich angewiesen, zumindest bis zu einem gewissen Punkt nicht."

„Genau. Und du wirst uns verraten, was du mit diesem Schutz gemeint hast. Soweit ich mich erinnere, hast du zu keiner Zeit einen solchen erwähnt, bis gerade eben. Wir hätten uns schon längst getrennt, wenn wir davon gewusst hätten."

„Nein werde ich nicht. Und ihr beiden bleibt hier, habe ich mich klar ausgedrückt?"

„Vergiss es! Wir kommen mit und ich kann dir eins sagen: Ich werde dir ab heute Nacht keine einzige Minute mehr Ruhe gönnen, wenn du uns diesen Schutz nicht genauer erläuterst."

Die Magierin fluchte leise und blieb wieder stehen. Sie verfluchte sich selbst wegen ihres Mundwerks. Manchmal war dieses schneller und dann passierte es, dass sie unbeabsichtigt etwas ausplauderte, was sie eigentlich für sich behalten wollte. Und nun war es passiert, dass Trish das Thema, das sie eigentlich hüten wollte, auch noch vor Amanda ausgeplaudert hatte. Das Mädchen gehörte zu der Sorte, die nicht aufgab und alles und jeden hartnäckig ausfragte, solange bis es die gewünschte Antwort erhielt.

„Na gut. Ich habe eh keine andere Wahl", meinte Trish schließlich mehr zu sich selbst gerichtet.

„Stimmt, denn selbst ich würde keine Ruhe geben", warf Michael, der vor ihr stehen geblieben war, ein.

„Kann ich mir gut vorstellen. Was nun den Schutz anbelangt: Es handelt sich dabei um einen Schild, der jeder Magierin hilft, wenn sie mithilfe von Magie angegriffen wird. Soweit ich gehört habe, wird dieser jedoch nur den Magierinnen zu Teil, die ein Kind erwarten."

„Und du bist schwanger?", kam es von Michael.

„Sicher bin ich mir zwar nicht, aber wie ich erfuhr, könnte ich schwanger sein. Ich weiß aber nicht, wie lange", antwortete Trish. Wenn es stimmte, dass sie schwanger war, dann würde sie den beiden bestimmt nicht verraten, dass sie erst etwa vor vier Wochen etwas mit Nale in der Nacht im Gästehaus hatte.

„Wer hat dir das gesagt?", fragte Amanda.

„Ich untersuchte mich selbst, nachdem ich mich übergeben musste. Das war kurz, bevor ihr mich aufgehalten habt."

„Und du willst trotz des Kindes dich auf den Weg machen? Außerdem: Wie hängt ein Kind mit einem Schild zusammen?", fragte dieses Mal der Werwolf skeptisch.

„Das Kind hat freien Zugang zur Gabe der Mutter, solange es im Mutterleib heranwächst. Es muss nicht einmal selbst die Gabe besitzen. Solange die Mutter die Gabe besitzt, kann das Kind diese zum Aufbau eines Schildes benutzen und zu sonst nichts. Mit diesem Schild kann es sogar schneller als die Mutter diese in jeglicher Art und Weise schützen. Und wenn das, was ich gehört habe, wirklich stimmt, dann bin ich geschützt, denn die Brüder können mir gar nichts anhaben.

Einen Nachteil hat die Schwangerschaft dennoch. Die Mutter ist schneller geschwächt, je öfter sie während der Schwangerschaft ihre Gabe benutzt. Sie kann zudem niemanden in dem Zustand heilen, da das Kind diese Fähigkeit blockiert. Natürlich kann die Reaktion auf einen schnellen Schutz auch gestört werden, soweit ich von anderen hörte. Also kann ich dennoch angegriffen und verletzt werden, falls ich zu oft meine Gabe benutze, was mir nicht passieren wird. Ich werde wachsamer in dem Punkt sein."

„Wenn du nicht sicher bist, weshalb hast du nicht gewartet, bis Nale aufwacht? Er hätte dich doch untersuchen können. Und wenn du niemanden heilen kannst, weshalb hast du mich noch einmal geheilt?"

„Er hätte es tun können, aber wenn er sich schon so gegen deine Idee querstellt, dann hätte er mich erst recht nicht in dem Zustand gehen lassen. Und dich habe ich nicht geheilt, sondern nur kontrolliert. Nale hatte dich da schon geheilt, deshalb ging es."

Trish wollte eigentlich noch hinzufügen, dass sie sicher war, dass sie in der Nacht, in der Amanda von ihrer Schwangerschaft erfuhr, selbst noch nicht schwanger war. Aber wenn sie es gewagt hätte, dies zu sagen, wäre die nächste Fragerunde entbrannt, die sie erst recht, zumindest vorerst vermeiden wollte. Sie wollte hier und jetzt nicht zwei Jugendlichen Rede und Antwort stehen und die Beziehung zu Nale und die Nacht im Gästezimmer aufrollen.

„Stimmt, er hätte dich bestimmt nicht reisen lassen", sagte auf einmal eine Stimme hinter Trish.

„Verdammt, was machst du denn hier?", fragte Trish erschrocken, als sie erkannte, wer hinter ihr war.

„Ich hatte dich gehört, als du dich übergeben musstest. Und ich hörte dich auch, als du deine Sachen holtest", erklärte Brandon und setzte sich genau neben die Magierin.

„Willst du mir sagen, dass du dich verstellt hast? Dass du nur so getan hast, als würdest du schlafen?"

„Richtig erkannt. Im Übrigen kann ich dir bestätigen, dass du ein Kind in dir trägst. Denn du hast seit einer Weile einen anderen Geruch, den ich nur allzu gut kenne."

„In dieser Nacht muss wirklich alles schieflaufen", sagte die Magierin.

„Nicht ganz", entgegnete Brandon gelassen. „Du hast erfahren, welches Ass du mit dir herumträgst und reist auch nicht allein."

„Bitte sag jetzt nicht, dass du auch mitkommen willst."

„Doch, genau das wollte ich sagen."

„Drei Stimmen gegen eine, wie es aussieht. Du hast also keine andere Chance, als uns mitziehen zu lassen", erklärte Michael siegessicher.

„Stimmt. Mit solch einer Wehr hätte ich nicht gerechnet, doch nun werdet ihr mit mir ziehen. Und was dich betrifft, Brandon. Ich dachte, du wärst auf Nales Seite und würdest nicht auf eigene Faust handeln", meinte Trish und ging gefolgt von den anderen los.

„Da kennst du mich nicht gut genug. Nur weil ich mit ihm seit Jahrzehnten befreundet bin, heißt das noch lange nicht, dass ich ihm immer zustimme oder gar das tue, was er tut. Wir haben unsere Gemeinsamkeiten, aber wir haben auch andere Meinungen zu manchen Dingen. Und wenn wir anderer Meinung sind wie in diesem Fall, kommt es auch dazu, dass jeder von uns auf seine Weise handelt. Ich stimme nun nicht mit Nale überein und war nur allzu froh über deine Handlung."

„Hoffentlich war deine Entscheidung keine falsche. Denn ich weiß nicht, wie es bei den Zauberern wird und kann nicht dafür garantieren, euch eine Hilfe zu sein."

„Schwach bin ich keineswegs und durch all die Jahre an der Seite von Nale habe ich so einiges in Erfahrung gebracht, was Magie anbelangt. Ich weiß mich zu verteidigen."

Diese Nacht hatte sich Trish zwar anders vorgestellt, aber sie konnte nun nichts mehr an der Tatsache ändern, dass sie Begleitung hatte. Wobei sie genau dies hätte verhindern wollen. Die Magierin musste sich in der nächsten Zeit dringend überlegen, wie sie die drei vor Schaden schützen könnte. Dieses Thema musste jedoch noch ein wenig warten. Erst einmal wollte sie zusehen, dass der Abstand zu den anderen sich vergrößerte. Trish konnte aufgrund der Abgabe eines Teils ihrer Gabe an die blonde Frau als Einzige die ungefähre Richtung bestimmen. Sie wusste aber nicht, inwieweit Nale sich selbst einen ungefähren Weg zurechtgelegt hatte. Er hatte des Öfteren nachgefragt, ob sie noch in die richtige Richtung gingen. Und Trish wusste nicht recht, ob er die Richtung wirklich nicht wusste oder ob er einfach nur eine Bestätigung brauchte. Wie auch immer, Trish war fest entschlossen, noch genügend Abstand aufzubauen, was der Gruppe auch gelang.

In den nächsten Tagen nach ihrem überraschenden Aufbruch mitten in der Nacht waren sie sehr gut vorangekommen. Hier und da mussten sie am Tag eine längere Pause einlegen, weil Brandon und vor allem Trish ausruhen mussten. Brandon war glücklich über die Pausen gewesen, hätte sich jedoch wieder auf den Weg machen können, aber Trishs Körper spielte nicht mit. In der Nacht schliefen sie höchstens vier bis fünf Stunden. Aber was ihr noch mehr zusetzte, war, dass sie unermüdlich daran arbeitete, den Schutz auch auf die anderen zu übertragen. Der Magierin war dieser Punkt des Schutzes nicht aus dem Kopf gegangen und sie hatte diese Information schließlich den anderen preisgegeben. Die waren natürlich versessen darauf herauszufinden, ob die Übertragung funktionierte. Somit hatten sie es probiert und hatten auch Erfolg. Zumindest konnte Trish Michael und Brandon vor Amandas Wandlung bewahren, das war mal sicher. Mehr wussten sie leider nicht und sie konnten auch nicht viel üben. Einerseits hatten sie keine andere Person mehr, die die Gabe oder irgendeine andere Fähigkeit besaß. Andererseits stießen sie auf eine Gruppe Soldaten mit den zwei bekannten Gesichtern, die ihnen entgegenkam.

„Na so eine Überraschung. So sieht man sich wieder", rief ihnen die blonde Frau entgegen.

Die vier blieben ruhig stehen und ließen sich ohne Gegenwehr umstellen. Sie waren sich einig gewesen, dass sie sich, wenn sie auf Soldaten trafen, einfach verhaften ließen. Wenn es nicht zu diesem Zusammentreffen gekommen wäre, wären sie einfach zum Sitz der Brüder gegangen und hätten sich dort verhaften lassen. Nachdem Trish ihr Geheimnis ihren Begleitern mitgeteilt hatte und sie ein wenig Übung hatten, konnte nichts passieren. Sie wusste, wie sie dauerhaft ihren Schutz auf die anderen übertragen konnte, ohne in deren Nähe zu sein.

„Überraschend ist es nicht gerade. Es war einfach eine Frage der Zeit, bis wir auf Euch oder Soldaten treffen", erwiderte Trish ruhig. „Außerdem ist es nicht nötig, uns zu umkreisen. Wir kommen freiwillig mit."

„Glaubt Ihr, wir schenken Euch Glauben?", fragte die blonde Frau verdutzt.

„Wenn wir wollten, lägen alle bereits auf dem Boden. Aber da wir sicher sind, dass Ihr uns zu den Zauberern führt, kommen wir ohne Gegenwehr mit Euch. Wir wollen sowieso zu Euren Gebieten, daher könnt Ihr uns auch hinführen", antwortete Amanda.

Mehrere Augenblicke blickten die beiden Frauen sie verdutzt an. Wahrscheinlich wussten sie nicht recht, was sie davon halten sollten. Eine von ihnen fragte dann, wo sich der Rest von der Truppe aufhielt, aber weder Trish noch die anderen gaben eine Antwort. Man würde die eben umzingelte Gruppe sowieso erst zum Sitz bringen müssen, bevor man die anderen suchte, dachte sich Trish. Denn soweit sie es gesehen hatte, hatten die Frauen weitaus weniger Soldaten um sich als das letzte Mal, und es würde sich nicht auszahlen, sich aufzuteilen. Die Soldaten trieben Trish,

Amanda, Brandon und Michael an, damit sie losgingen. Sie folgten den Fußspuren der Truppe in die Richtung zurück, aus der sie gekommen waren. Trish achtete nicht auf den Weg. Ihr war es wichtiger, ins Schloss zu kommen und das Drachenherz wieder an seinen Platz zu bringen, als den Weg zurück zu kennen. Nach einem dreistündigen Marsch gelangten sie an einen Pfad, der nicht breit genug für sie alle war, wie sie jetzt formiert waren. Daher mussten Amanda, Trish und Michael hintereinandergehen, damit die Soldaten sie immer noch umkreisen konnten.

Vor ihnen tauchte eine riesige Felsenwand auf und der Pfad führte zwischen den beiden Wänden hindurch. Der Pfad machte eine Kurve nach rechts. Nach dem Felsen sah Trish das Schloss. Das Schloss stach aus dem umliegenden Gestein heraus. Das Gestein um das Schloss war grau, aber das Schloss und die Stadt waren ganz weiß. Beides war in das Tal hinein gebaut worden. Hintereinander folgten sie den Frauen zur Stadt. Sie schritten durch das offene Tor und schoben sich durch das Gedränge, das in der Stadt herrschte. Alle rannten umher und kreuzten ihren Weg. Leute, die der Gruppe über den Weg liefen, wurden sofort aus dem Weg gestoßen. Die Gruppe ging die Hauptstraße entlang auf das Schloss zu. Als sie dem riesigen Eingangstor des Schlosses näherkamen, öffneten die Wachen dieses und die Gruppe ging hinein.

„Ein Teil bleibt draußen. Nur drei kommen mit uns", befahl die Frau mit den blonden Haaren den Soldaten und ging dabei einfach weiter. Der Großteil der Soldaten blieb vor dem Tor stehen und drei von ihnen gingen hinter den Gefangenen weiter. In der Eingangshalle blieben sie stehen und wie es der Zufall wollte, drangen augenblicklich Schritte an Trishs Ohren.

„Wen bringt Ihr mit, Carnia?"

Ein Mann stieg die Stufen hinunter und beobachtete die Soldaten, die sich um die Gefangenen formierten. Alle bis auf die Soldaten und die Gefangenen verbeugten sich und richteten sich anschließend wieder auf.

„Auf Befehl Eures Bruders sollten wir einen Gestaltwandler, eine Kämpferin und eine Magierin festnehmen, und das sind diese drei", antwortete die Frau namens Carnia.

„Mein Bruder erzählte mir bereits davon. Seid Ihr nicht erst gestern in der Früh aufgebrochen?"

„Stimmt, aber wir hatten schnell unser Glück gefunden. Eigentlich sollten wir mehr hierherbringen, aber sie haben sich getrennt", sagte die andere Frau.

Der Mann ging schwungvoll auf sie zu, während Trish ihn musterte und so gut es ging unter die Lupe nahm. Das ist also einer von den Lords, dachte sich Trish. Der machte zwar nicht den Eindruck, dass er mit seiner Gabe viel ausrichten konnte, aber aus Erfahrung wusste sie, dass die Harmlosesten immer stärker waren, als man sie zuerst eingeschätzt hatte. Mit einer Handbewegung verscheuchte der Kerl die Soldaten, die augenblicklich zurückwichen und sich mit dem Rücken an die Wand stellten. Der Mann betrachtete zuerst Amanda, dann Michael und zum Schluss Trish.

„Nachdem, was mir mein Bruder erzählt hat, schätze ich, dass der Junge hier der Gestaltwandler ist. Und bei diesem Zeitgenossen hier brauche ich nicht länger nachzudenken", erklärte der Mann und grinste Brandon schelmisch an. Dann fügte er zu Trish gewandt hinzu: „Bei Euch beiden war es etwas schwieriger zu unterscheiden, da Ihr Eure Kräfte geschickt versteckt habt, was bei der jungen Dame hier nicht ganz der Fall war. Ich bin zu dem Schluss gekommen, dass Ihr die Magierin seid."

Auf einmal wurden Michael und Brandon nach hinten geschleudert. Beide stürzten zu Boden und rutschten bis zur Wand. Brandon stand benommen wieder auf, aber Michael blieb bewusstlos liegen. Amanda wollte sich gerade auf den Mann vor sich stürzen, aber Trish hielt sie zurück. Sie wusste, dass das für den Kerl ein gefundenes Fressen wäre, und sie wollte unter gar keinen Umständen, dass Amanda blindlings in die Falle tappte. Plötzlich spürte die Magierin einen Schlag im Gesicht, der nicht mit der Faust ausgeübt wurde, und sie taumelte einige Schritte nach hinten. Als sie sich wieder gefangen hatte, führte Trish einen Finger an den Mundwinkel. Sie begutachtete ihren Finger und entdeckte Blut. Amanda machte Anstalten, zu ihr zu kommen, doch sie wurde wie zuvor Michael und Brandon weggestoßen.

Bevor sie auf dem Boden aufkam, fing Trish sie mit ihrer Gabe auf und setzte das Mädchen ganz vorsichtig ab.

„Da hatte mein Bruder doch eine gute Idee. Eine wie Euch brauchen wir noch auf unserer Seite", meinte der Zauberer.

„Wen brauchen wir auf unserer Seite?"

Trish blickte auf und ein weiterer Mann kam die Stufen herunter.

„Leynfor, Bruderherz. Du hast mir doch von den drei Personen erzählt, die angeblich mit dem Zauberer und den anderen mitziehen. Diese drei hier sind es, und ich meinte, dass die Magierin uns noch auf unserer Seite gefehlt hatte."

Auf einmal rannte der Mann die Stufen hinunter, eilte zu dem Zauberer und stellte sich neben ihn.

„Sehr gut gemacht, Carnia und Mayra. Nun geht und wartet auf weitere Befehle."

Eine der beiden Frauen hatte bereits den Mund geöffnet, aber der Mann fügte forsch hinzu: „Ich sagte, Ihr sollt gehen und abwarten. Ihr werdet das Vergnügen haben, aber nicht jetzt."

Widerwillig verbeugten die beiden sich und gingen von dannen. Währenddessen erklärte der Mann, der als Erster zu ihnen gestoßen war, dem anderen, welcher Gefangene wer war.

„Schade, dass die anderen nicht hier sind. Solange der Fall noch nicht eingetreten ist und der Zauberer nicht hier ist, werden wir uns mit der Magierin beschäftigen. Vier Mann zu mir!", schrie Leynfor mit einem Grinsen im Gesicht, ohne die Frau aus den Augen zu lassen.

„Was hast du vor, Bruder?"

„Ich will mit der Ausbildung anfangen, und zwar heute noch. Drei von euch nehmen die drei dort hinten und bringen sie in den Kerker. Einer passt auf die Magierin auf und bringt sie währenddessen in den Ausbildungsraum."

Die Magierin erhaschte noch einen kurzen Blick direkt in die Augen von Amanda, der für diesen Moment günstig und ausreichend war. Über die Gedanken sagte sie ihr: „Wehre dich nicht. Vertraue auf mich. Es wird nichts schiefgehen. Falls doch, dann werdet ihr dies schon rechtzeitig merken, und dann verschwindet so schnell es geht, ohne auf mich Rücksicht zu nehmen. Lasst mich einfach zurück und rettet euer Leben, um die anderen zu warnen."

Daraufhin wurden Brandon, Amanda und Michael abgeführt und verschwanden hinter einer Tür. Die beiden Zauberer führten die Gruppe an und Trish und der Soldat folgten ihnen. Sie liefen mehreren Gängen entlang und stiegen Stufen hinab. Trish folgte den Zauberern durch eine Tür in einen Raum und Leynfor deutete dem Soldaten, dass er verschwinden solle. Wie die Magierin feststellte, war der Raum rund und es gab nur ein einziges kleines Fenster. Die Wände waren nackt bis auf zwei Fackeln, die den Raum noch zusätzlich erhellten. Als die Tür zu war, wurde Trish mit voller Wucht an die Wand gedrückt. Schmerzen kamen auf und sie musste schreien. Auf was hatte sie sich da nur eingelassen! Sie konnte sich nicht einmal wehren.

„Nun kann die Ausbildung beginnen", sagte Leynfor.

KAPITEL 19

Nale konnte seinen Zorn nicht unterdrücken. Er war so sauer, dass er Probleme hatte, seine Kräfte im Zaum zu halten. Als er vor acht Tagen aufgewacht war und bemerkt hatte, dass Trish, Michael, Amanda und selbst Brandon nicht mehr da waren, loderte sein Zorn in ihm. Wenn jetzt eine Truppe von Soldaten seinen Weg kreuzte, dann würde er seine Wut an ihnen auslassen. Einer musste dafür büßen. Jason und Vyrira traf keine Schuld und sie hatten es nicht verdient, dass gerade sie den Ärger abbekamen. Nale versuchte zu verstehen, warum sie aufgebrochen waren, ohne ihnen etwas zu sagen. Vielleicht hing es mit dem Vorschlag zusammen, den Amanda gemacht hatte. Trish wusste, wie er über die Idee dachte, aber sie musste sich diese so in den Kopf gesetzt haben, dass sie klammheimlich verschwunden war.

Zielstrebig ging Nale still seinen Weg. Vyrira und Jason schritten hinter ihm her, ohne etwas zu sagen. Nale vermutete, dass sich die beiden nicht trauten.

„Dort. Seht ihr? Soldaten nähern sich", sagte Jason. Der Zauberer blieb stehen und schaute sich um. In einiger Entfernung konnte er eine Menschenmenge erkennen, die genau auf sie zukam. Stahl funkelte in der Wintersonne und für Nale kamen die Soldaten keinen Augenblick zu früh. Nale zog sein Schwert und entfachte seine Kraft. Er hörte, wie Vyrira und Jason ebenfalls ihre Schwerter zogen. Die kommen mir gerade recht, dachte Nale. Ohne auf die anderen zu warten, rannte er los und stürmte auf die Soldaten zu. Er bemerkte, dass die Soldaten mit erhobenen Schwertern ihm entgegenrannten. Mit Gebrüll nahm Nale sich gleich mehrere Soldaten auf einmal vor. Die beiden anderen kamen hinzu und mischten mit.

Nale bekam danach nicht mehr viel mit. Seine Konzentration galt zurzeit nur den Soldaten. Ab und an schaute er nach, ob es den beiden anderen gut ging und sie nicht von hinten angegriffen wurden. Als Nale sah, dass sich ein Soldat Vyrira näherte und sie von hinten attackieren wollte, wollte er einschreiten. Der Zauberer stieß einen Soldaten von sich weg und hob seine Hand, um den Soldaten wegzuschleudern. Der Soldat hinter Vyrira wurde von den Füßen gerissen und blieb einige Meter weiter im Schnee liegen. Nale widmete sich nun den anderen, noch übrigen Soldaten. Als er gerade mit seinem Schwert zum Schlag ausholte und es auf einen Soldaten niedersausen lassen wollte, blieb das Schwert auf einmal in der Luft hängen. Nale konnte sich nicht erklären, warum das passiert war. Statt einem Schlag mit dem Schwert verpasste der Alte dem vor ihm knienden Mann noch einen Tritt und stieß ihn dann mit Magie von sich. Anschließend versuchte er, das Schwert wieder an sich zu nehmen. Allerdings blieb es trotz eines gewaltigen Krafteinsatzes, wo es war.

Ein Kampfschrei ertönte hinter ihm und er drehte sich um. Eine Frau stürmte mit erhobenem Schwert geradewegs auf ihn zu. Es war dieselbe, die Trish vor einiger Zeit wieder laufen gelassen hatte. Nale konnte ihr nicht einmal einen Zauber entgegenschleudern, da er plötzlich keinen Zugriff mehr auf seine Gabe hatte.

„Nein, Carnia", rief eine Frauenstimme.

Die Frau vor Nale stoppte und blickte mit zornigem Blick an ihm vorbei. Der Zauberer drehte sich um und wollte der Stimme auf den Grund gehen. Ein Pferd, auf dem eine Frau saß, kam im Trab auf sie zu. Das Schlimmste war die Erkenntnis darüber, welche Frau auf dem Pferd saß. Bei deren Anblick kam es Nale so vor, als hätte ihm jemand einen Dolch ins Herz gerammt und dabei mehrmals umgedreht. Der Schmerz brachte ihn um den Verstand.

„Weshalb soll ich es nicht tun?", fragte Carnia, als Trish vor Nale das Pferd zum Stehen gebracht hatte.

„Ich will es so und du solltest meine Entscheidung respektieren."

„Wieso sollte ich? Ich will es durchziehen."

„Hast du vergessen, dass ich über dir stehe und jeden Befehl erteilen kann, egal wann, egal welchen? Das ist nun einer. Ich hoffe, dass ich mich klar ausgedrückt habe, ansonsten werde ich dich melden oder selbst eine Strafe über dich verhängen."

Carnia erwiderte nichts. Stattdessen ließ sie ihre Arme hängen und starrte Nale hasserfüllt an. Mit einer Handbewegung schwebten die Schwerter von Vyrira, Jason und Nale zu Trish.

„Bindet ihnen die Hände zusammen und gebt mir dann die Enden der Stricke", befahl die Magierin und steckte die Schwerter an ein Seil, das an ihrem Sattel befestigt war.

Nale ließ es sich einfach gefallen. Er war zu aufgelöst, um irgendetwas dagegen zu unternehmen. Des Weiteren war es ihm so oder so nicht möglich, sich dagegen zu wehren. Ihm wurde sein Schwert genommen sowie der Zugriff zu seiner Gabe. Rein körperlich war er unterlegen. Selbst wenn er es versucht hätte, hätte einer der Soldaten oder gar Trish, Vyrira oder Jason als Druckmittel eingesetzt. In diesem Sinne hätten die beiden seinetwegen Schaden genommen. Der Gedanke, dass sie seinetwegen eingesperrt wurden, war bereits schlimm genug. In dieser Hinsicht blieb er ruhig und ließ sich fesseln.

Das Seil wurde fest um seine Hände gebunden. Das andere Ende wurde dann wie befohlen an Trish weitergereicht. Mit einem kräftigen Ruck stolperten er, Vyrira und Jason nach vorn und wurden weitergezogen. Minuten lang gingen sie so dahin und Nale ließ die ganze Zeit den Kopf hängen. Er wusste nicht, warum er nicht schon zuvor daran gedacht hatte. Er hätte überlegen sollen, anstatt dem Zorn freien Lauf zu lassen. Es hätte ihm klar sein sollen, dass Trish wirklich die Idee von Amanda in die Tat umsetzte. Gut möglich, dass die Magierin etwas vorhatte, was sie ihm nicht mitgeteilt hatte. Vielleicht wollte sie durch die Trennung Nale und den anderen eine Chance einräumen, die Nale jedoch nicht genutzt hatte. Vielleicht wollte sie von innen heraus für Unruhe sorgen. Jetzt war auch ihre einzige Chance dahin. Oder es gab einen anderen Grund, weshalb Trish auf einmal auf der gegnerischen Seite war. Ein böser Gedanke schoss Nale durch den Kopf. Womöglich war sie von Anfang an darauf aus, ihn und die anderen hinters Licht zu führen und das Drachenherz für sich zu beanspruchen. Vielleicht war die andere Welt nur Lug und Trug gewesen sowie die Liebe zu ihm. Sie hatte absichtlich seine Liebe und Zuneigung für sie geweckt, damit er abgelenkt war. Im Grunde seines Herzens wollte er nicht glauben, dass dies wahr war. Er wollte diesen Gedanken beiseiteschieben, kam jedoch nicht umhin, während des Marsches daran zu denken. So bekam er nicht mit, dass Trish das Pferd vor einer großen Felswand anhielt und somit die anderen bremste.

„Carnia. Wenn du willst, dann kannst du ihm einen Schlag auf den Kopf verpassen, damit er für einige Zeit bewusstlos ist, aber nicht mehr. Falls er nicht mehr aufwachen sollte oder gar stirbt, wirst du dafür bezahlen. Du bekommst es dann mit den Lords zu tun. Doch vorher werde ich dich lehren, was Gehorsamkeit bedeutet. Vielleicht geben dir die Lords den Rest", meinte Trish streng über die Schulter.

Nale hob den Kopf und fragte sich, was das zu bedeuten hatte. Noch bevor ihm eine Erklärung dafür einfiel, spürte er einen Schlag auf seinen Hinterkopf und fiel zu Boden. Mit schmerzendem Kopf wachte Nale langsam aus der Dunkelheit auf. Am liebsten wäre er noch weiter bewusstlos geblieben, denn die Kopfschmerzen waren fürchterlich. Sie ließen es nicht zu, dass er überhaupt probierte, zurück in die Dunkelheit zu tauchen. Nachdem er bereits einige Sekunden ins Bewusstsein zurückgekehrt war, spürte er, dass etwas über sein Haar strich und sein Kopf auf etwas Weichem lag.

„Nale! Komm zu dir."

Die Stimme von Vyrira kam aus weiter Ferne und klang besorgt. Er hob seine Hände und rieb sich die Stirn. So versuchte er, seine Kopfschmerzen wegzureiben, aber es wollte nicht recht funktionieren. Eigentlich konnte das gar nicht funktionieren, denn einer mit der Gabe müsste ihn davon erlösen. Einfaches Reiben würde in diesem Sinne überhaupt nichts bringen. Mit der Gewissheit, dass die Kopfschmerzen doch nicht verschwanden, legte er seine Hände zurück auf den Boden und öffnete die Augen. Das Mädchen blickte ihm direkt ins Gesicht.

„Verdammt, wo sind wir hier? Was ist passiert?", fragte der Zauberer und wollte sich aufrichten.

„Liegen bleiben. Die Frau hat dir den Griff ihres Schwertes kräftig über den Kopf gezogen und die Wunde sieht nicht gut aus. Außerdem, glaube ich, wirst du eine mächtige Beule bekommen", erklärte Vyrira und drückte ihn an den Schultern wieder zurück in die Rückenlage.

„Ich denke, dass wir in so einer Art Kerker sind", fügte Jason hinzu.

„Das hat uns gerade noch gefehlt! Und die Beule habe ich bestimmt jetzt schon", stellte Nale fest.

Der Raum wurde von einer einzigen Fackel erhellt, die genau über Vyrira hing. Es stank so schrecklich, dass man sich am liebsten übergeben hätte. Der Grund für den üblen Geruch war, dass es keine Fenster gab, durch die der Gestank hätte abziehen können. Schön langsam reichte es Nale, liegen zu bleiben und den Raum immer wieder anzusehen. In dieser Position konnte er auch nicht richtig nachdenken. Gegen Vyriras Willen richtete er sich und stand zu guter Letzt sogar auf. Er rieb sich mit einer Hand die schmerzende Stelle am Kopf, während er einen Blick durch den Schlitz in der Tür riskierte.

Jetzt mussten sie sich wirklich überlegen, was sie nun machen sollten. Nur weil er nicht logisch nachgedacht hatte, waren sie geradewegs hier gelandet. Trish, Amanda, Michael und Brandon hatten ganz offensichtlich versucht, die Idee umzusetzen, und Nale war so erzürnt darüber gewesen, dass er ihre wahren Beweggründe nicht richtig hinterfragt hatte. Den Gedanken, der ihm vor seiner Bewusstlosigkeit im Kopf herumgegeistert war, räumte er beiseite. Er wollte nicht daran denken, dass Trish ihn so sehr hinters Licht geführt hatte. Wenn es doch so war und es zu einer Auseinandersetzung mit ihr käme, würde er ihr dies heimzahlen. Noch dazu hatte sie Brandon, Amanda und Michael mit hineingezogen. Er war auch schockiert darüber, dass es den beiden Zauberern gelungen war, Trish auf ihre Seite zu bekommen. Wenn er ordentlich nachgedacht und Umwege eingeschlagen hätte, wären sie nicht geradewegs und ohne Umschweife hier gelandet.

„Wir müssen uns schnellstens etwas überlegen, um hier rauszukommen", meinte Nale und wandte sich wieder Vyrira und Jason zu.

„Aber was können wir denn schon tun?", fragte das Mädchen verzweifelt. „Wir drei können doch nichts ausrichten. Uns wurden die Schwerter abgenommen. Jetzt, da Trish bei ihnen ist, haben wir erst recht keine Chance. Wir können nicht zu dritt aus dem Kerker verschwinden, denn wir würden nicht weit kommen. Und wenn Trish unter feindlicher Kontrolle ist, wird es den anderen ähnlich ergangen sein."

„Stimmt", pflichtete Jason ihr bei. „Falls wir ausbrechen könnten, würden sie uns mit Leichtigkeit aufspüren und wir wären wieder hier."

„Ist mir auch bewusst, aber irgendeine Möglichkeit muss es geben. Es kann nicht sein, dass wir auf Gedeih und Verderb ausgeliefert sind."

Der Zorn kehrte zurück. Dieses Mal ärgerte Nale sich über sich selbst. Nur wegen ihm waren sie in diesem Schlamassel gelandet. Verzweifelt nach einer Lösung suchend rieb er sich über das Kinn und schritt langsam durch den Raum zu den beiden, die immer noch auf dem Boden saßen und ebenfalls nachdachten. Einige Zeit war es ruhig und Nale war immer noch keine Idee gekommen. Überraschenderweise sprang plötzlich die Tür auf, obwohl der Zauberer nichts und niemanden dahinter gehört hatte. Der Knall der Tür gegen die Wand riss Nale und die anderen aus den Gedanken. Vyrira und Jason schnellten in die Höhe und starrten Richtung Tür. Währenddessen stellte sich Nale schützend vor die beiden und starrte ebenfalls in dieselbe Richtung. Licht strömte durch die offene Tür, doch ein Schatten schnitt einen Moment später die Helligkeit ab. Nach der Statur zu urteilen, hätte Nale gemeint, dass es ein Mann war. Vyrira klammerte sich an ihn und Nale drängte sie mit einer Hand weiter hinter sich. Jason versuchte genauso, das Mädchen zu verbergen, aber der Zauberer wollte auch ihn hinter sich haben. Er wollte es nicht riskieren, dass den beiden jungen Leuten, die noch weitaus mehr Jahre vor sich hatten, etwas zustieß. Er hatte sie in dieses

Schlamassel hineingeritten, also beschützte er sie auch, solange er am Leben war.

„Es ist schön, Euch wiederzusehen, Meister", sagte der Mann in der Tür.

Dieser trat in den Raum und ging auf Nale zu. Zwei Schritte vor ihm blieb der Mann stehen und der Zauberer merkte, dass sich ein Grinsen auf dessen Lippen widerspiegelte.

„Mit wem habe ich das Vergnügen?", fragte Nale grimmig und blickte hinunter.

„Ich habe doch gleich gesagt, dass er sich nicht mehr an dich erinnert", sagte ein weiterer Mann, der vor wenigen Augenblicken in der Tür erschienen war.

„Das habe ich mir auch schon gedacht, aber ich habe immer noch das hier", entgegnete der Mann vor Nale und begann die Knöpfe seines Hemdes zu öffnen.

Nachdem er ein paar davon geöffnet hatte, zog er beide Seiten des Hemdes zur Seite und entblößte eine große Narbe, die von der linken Schulter bis zu den untersten Rippen und noch ein Stück in den Bauchbereich führte. Nales Augen weiteten sich, als er die Narbe erblickte. Er konnte sich noch an ein paar Verletzungen erinnern, die er in all den Jahren Feinden zugefügt hatte. Zwar nicht an alle, aber die tödlichsten ganz bestimmt. Und diese war eine der tödlichsten, hatte er zumindest immer gedacht. Nun wusste er auch, wen er vor sich hatte.

„Das darf nicht wahr sein. Du lebst noch!", zischte der Zauberer und drängte Vyrira weiter nach hinten.

„Ich wusste, dass dies die Erinnerung zurückbringen würde", meinte der Mann grinsend und schloss sein Hemd wieder.

„Du kennst ihn", meinte Jason.

„Leider ja. Das hier ist Marcus, mein ehemaliger Schüler. Er verschrieb sich der falschen Seite der Magie. Somit hat er alles, was ich ihm beigebracht habe, und mich verraten. Ich hätte mir nicht gedacht, dass er überlebt."

„Das habe ich aber und Marcus heiße ich schon lange nicht mehr. Ich habe diesen Teil von mir abgelegt. Außerdem kann ich sagen, dass ich wirklich glücklich bin, endlich Rache zu nehmen, Meister."

„Für dich bin ich kein Meister mehr. Du hast kein Recht mehr, mich so anzusprechen. Ich bereue es dir nicht gleich das Herz herausgerissen zu haben, Marcus. Am besten wäre es gewesen, wenn ich dir noch dazu die Kehle durchgeschnitten hätte. Ich war damals einfach viel zu nett.“

Ein unerwarteter Windstoß traf Nale auf der Brust. Durch den heftigen Aufprall wurde ihm kurz die Luft abgeschnitten und er musste husten. Hustend beugte Nale sich ein wenig nach vorne, fing sich aber gleich wieder.

„Ich freue mich schon, Euch Schmerzen zuzufügen.“

Marcus starrte an Nale vorbei und verblieb in dieser Position. Plötzlich wurde Nale an die Wand geschleudert und am Hals durch eine unsichtbare Fessel an diese gekettet. Wie er bemerkte, war dasselbe auch Jason zugestoßen, bloß war der Junge an die gegenüberliegende Wand gefesselt. Vyrira war die Einzige, die noch stand. Sie schritt verängstigt zurück, doch die Wand hinter ihr hielt sie bald davon ab weiterzugehen. Marcus ging auf sie zu und hatte den Blick immer noch auf sie geheftet.

„Heute haben wir wirklich eine Glückssträhne, Ryan. Wir haben auch eine in der Anfangsphase“, meinte Marcus über die Schulter und ging dabei weiter auf Vyrira zu.

Mit einem Gegenzauber löste Nale seine Fesseln. Er war verblüfft, dass er sich überhaupt befreien hatte können. Vorhin konnte er nicht auf seine Gabe zurückgreifen, um Marcus eine überzuziehen. Schnell stellte er sich zwischen Marcus und das Mädchen.

„Lass sie in Ruhe!“, sagte er im Befehlston.

„Wie finde ich denn das? Sie weiß also noch gar nichts von ihrem Glück“, meinte Nales Gegenüber.

„Von Glück brauchst gerade du nicht reden. In deinem Fall war es eine Vergeudung von Potenzial. Außerdem soll sie auch nichts davon wissen, zumindest jetzt noch nicht, gerade nicht in solch einer Situation.“

„Über was redet ihr? Von welchem Glück ist hier die Rede?“, fragte Vyrira.

„Von gar keinem“, erwiderte der Alte schlicht über die Schulter und ließ seinen Blick weiter auf Marcus geheftet.

„Das ist aber nicht nett. Von Euch hätte ich mir nicht erwartet, dass Ihr so eine freudige Kunde der betreffenden Person verschweigt."

„Normalerweise ist es auch nicht meine Art, so etwas der betreffenden Person vorzuenthalten, aber das hier ist etwas anderes."

„Etwas anderes? Was meint Ihr denn damit?"

„Das geht dich nichts an! Es sind zu viele vertrauliche und persönliche Dinge darin verwickelt, sodass ich sie bestimmt nicht dir offenbare. Was rede ich denn da eigentlich von vertraulich? Von Vertraulichkeit verstehst du nichts!", meinte Nale sarkastisch.

Die linke Hand, die zu einer Faust geformt war, schnellte nach vorne und traf Nale wuchtig im Bauch, sodass er sogar kurz den Boden unter den Füßen verlor. Er krümmte sich über die Hand.

„Das wird Euch noch vergehen, das schwöre ich Euch. Ihr werdet so etwas nicht mehr so schnell sagen und noch dazu in diesem Ton", flüsterte Marcus ihm ins Ohr.

„Ich sage es so oft ich will und in jedem Ton, der mir beliebt", erwiderte Nale und packte schnell mit einer Hand den linken Unterarm.

Trotz der Schmerzen verdrehte der Zauberer mit aller Kraft, die er aufbringen konnte, den linken Arm von Marcus nach hinten und hielt diesen mit einer Hand in der Position. Mit der anderen Hand packte Nale einige Haare seines Gegenübers und drückte den Kopf mit aller Kraft nach unten. Gleichzeitig schoss ein Bein nach oben. Dies hatte zur Folge, dass Nales Knie gegen die Nase von Marcus krachte. Diese brach spür- und hörbar. Mit einer enormen Wut stieß Nale sein Gegenüber von sich gegen die Wand. Marcus donnerte mit seinem Kopf voran dagegen. Er taumelte leicht.

Nale setzte zu noch einem weiteren Schlag an, wurde aber daran gehindert, indem er mit einem Zauber wuchtig zur Seite geschleudert wurde. Er schlug seinerseits mit dem Kopf gegen die Wand, sodass ihm kurz schwarz vor Augen wurde. Außerdem wurde er abermals mit einem Zauber an der Wand gehalten. Dieses Mal konnte er sich nicht mehr mit einem Zauber retten. Nun waren seine Gegner dagegen gewappnet. Außerdem hatte

sich Marcus wieder so weit erholt, dass er zu einem Schlag aus-
holen konnte. Da Nale sich nicht wehren konnte, bekam er die
gesamte Ladung ab. Marcus schlug mehrmals in seinen Magen,
sodass ihm die Luft wegblieb. Ihm kam der Gedanke, dass seine Eingeweide nun völlig hinüber waren. Nach einer gefühlten
Ewigkeit ließ Marcus von ihm ab. Er ging einige Schritte zurück. Währenddessen wurde der Zauber von Nale genommen.
Nale drohte zu Boden zu rutschen. Seine Beine zitterten immens. Aber Vyrira war sofort zur Stelle und stützte ihn. Mit einer Hand auf seinem schmerzenden Bauch hielt sich der Zauberer gerade so auf den Beinen.

„Am besten erzählt Ihr es dem Mädchen, und zwar jetzt. Wer
weiß, ob Ihr heute lebend hierher zurückkehrt", sagte Marcus
und wischte sich dabei Blut von der Oberlippe.

„Warum sollte ich? Ich werde so oder so mein Leben verlieren.
Ihr zwei könnt eine, die keine Ahnung davon hat, nicht unterrichten. Ihr verfügt nicht über das nötige Wissen. Ich schon und
einige andere auch, aber bis ihr die findet, ist es schon längst zu
spät. Ich glaube sogar, dass ich bei Weitem der einzige noch Lebende bin, der davon eine Ahnung hat. Daher macht es keinen
Unterschied, ob ich es ihr sage oder nicht. Sterben werden wir
beide, egal ob ich ihr helfe oder nicht."

„Ihr wisst ja gar nicht, über welche Möglichkeiten wir verfügen. Dennoch will ich, dass Ihr es ihr sagt. Ihr wollt ja sicher
nicht, dass sie sich immer fragen muss, warum Ihr es verschwiegen habt", entgegnete Marcus.

„Nale, bitte. Sag es mir", meinte Vyrira.

„Nein. Du würdest mir wahrscheinlich nicht glauben. Ich
glaube ihm nicht, dass er irgendeine Möglichkeit dafür hat",
sagte der Alte.

„Wir haben genug Zeit", verkündete der Zauberer vor Nale.

Ein Brennen entstand in Nales bereits schmerzenden Einge-
weiden. Es fühlte sich an, als würde er von innen heraus verbren-
nen. Schwer atmend und sich den Bauch haltend, blieb Nale aufrecht auf den Beinen stehen. So schnell die Schmerzen gekommen
waren, so schnell waren sie auch wieder verschwunden. Genau

wie zu Beginn war seine Gabe für ihn verschlossen, wodurch er sich nicht aus dieser Situation retten konnte. Dieser einzige kleine Augenblick von vorhin war vorüber und Nale befürchtete, das würde auch der letzte Augenblick gewesen sein, in dem er jemals wieder seine Gabe hatte benützen können.

„Werdet Ihr nun reden?"

„Auf gar keinem Fall."

Das Brennen begann von vorn, aber dieses Mal war es um einiges schlimmer. Jetzt fingen ebenfalls seine Beine an zu schmerzen. Nale fiel auf ein Knie und stützte sich mit einer Hand am Boden ab. Mit der anderen hielt er sich immer noch den Bauch. Ihm entfuhr ein Stöhnen.

„Aufhören", rief das Mädchen.

Die Schmerzen erloschen und Nale konnte seine Muskeln entspannen. Da er sich nicht traute aufzustehen, ließ er sich zur Seite fallen und setzte sich auf den Boden. Vyrira kniete sich neben ihn.

„Bitte sag es mir einfach. Es bringt nichts, wegen eines Geheimnisses gequält zu werden. Bis jetzt habe ich dir immer alles geglaubt, also werde ich dir auch das glauben. Egal was es ist", flehte ihn das Mädchen an.

Nale schwieg einige Sekunden und blickte Vyrira ins Gesicht. Da er nicht den Mund aufmachte, traten abermals die Schmerzen auf. Marcus oder seine Begleitung wollten allem Anschein nach, dass er endlich anfing zu reden. Dieses Mal waren die Schmerzen im Brustbereich und verursachten einen Hustenreiz. Nale hustete und krümmte sich. Wie er erkennen konnte, hustete er Blut, das auf seinem Gewand zurückblieb. Nach einem weiteren Zwischenruf von Vyrira gab sich Nale geschlagen.

„Wie du willst. Ich hoffe nur, du hast Verständnis, dass ich es dir nicht schon früher erzählt habe", meinte Nale. Er hustete und spuckte noch einmal Blut, bevor er fortfuhr. „Du trägst Magie in dir. Genauer gesagt, besitzt du die Gabe."

„Ich besitze die Gabe? Da irrst du dich."

„Nein, tu ich nicht. Ich weiß es. Jeder, bei dem die Gabe gerade versucht, herauszukommen, strahlt etwas aus", begann Nale zu erklären. „Andere Zauberer und Magierinnen bemerken das, aber erst, wenn die Magie langsam anfängt, an die Öffentlichkeit zu treten. In deinem Fall weiß ich es schon seit deiner Geburt. Es gibt immer gewisse Anzeichen dafür, ob ein Kind die Gabe besitzt oder nicht. Bei dir war es eindeutig."

Nale blickte zu dem Mädchen. Vyrira sah ihn immer noch ungläubig an, aber er war sich sicher, dass sie ihm glaubte. Da sie nichts sagte, erklärte er weiter.

„Ich hätte dir sowieso bald von der Gabe erzählen müssen, denn die Symptome von vor Wochen sind die ersten Anzeichen dafür, dass die Magie in dir erwacht."

Ein paar Augenblicke starrte ihn Vyrira noch an. Dann ließ sie sich zur Seite fallen und blickte zu Boden.

„War doch gar nicht so schlimm, oder? Jetzt, da dies erledigt ist, kommt Ihr mit."

Nale wurde vom Boden gerissen und flog durch die offene Tür. Er fiel so hart auf den Boden, dass es ihm die Luft aus den Lungen presste. Doch es wurde ihm keine Pause gegeben. Einen Augenblick später wurde er weiter geschleudert und er traf abermals hart auf dem Boden auf. Die Prozedur wiederholte sich wieder und wieder. Gerade einmal Treppen durfte er selbst hinaufgehen. Oben angelangt, wurde er wieder weggeschleudert. Als er wieder auf dem Boden lag, konnte er sehen, dass sie in einem Gang waren, in dem es nur eine einzige Tür gab. Mit einem kräftigen Energiestoß krachte er gegen diese Tür und blieb anschließend in dem Raum nach Atem ringend liegen. Die Tür wurde geschlossen. Die beiden Zauberer schritten um Nale herum und blieben schließlich ein Stück vor ihm stehen. Nach wenigen Augenblicken hatte Nale seinen Atem halbwegs wieder unter Kontrolle.

„Gestatte mir noch eine Frage, bevor ich aus dieser Welt scheide. Warum ist er die ganze Zeit in deiner Nähe?", fragte er und rappelte sich hoch.

„Er passt auf, dass Ihr mich nicht angreift. Er beherrscht nämlich den Unantastbarkeitszauber und kann ihn auch auf andere übertragen. Ich sage nicht, dass ich mich nicht gegen Euch wehren könnte. Allerdings traue ich Euch den einen oder anderen Trick zu, sodass Ihr mich eventuell überwältigen könntet."

Nale war nicht lange auf den Beinen, als er mit dem Rücken an eine Wand donnerte und wie zuvor im Kerker an diese gekettet wurde. Marcus kam auf ihn zu und stellte sich dieses Mal einige Zentimeter vor ihm hin. Der Mann reichte Nale gerade einmal bis zu den Schultern.

„Ich frage mich, wie viele Schmerzen Ihr vertragen könnt. Vielleicht überlebt Ihr den heutigen Abend und wir können morgen noch etwas Spaß haben", sagte Marcus und fing an zu lächeln.

Ohne weitere Verzögerungen und ohne Vorwarnung brannte alles in seinem Körper. Das Brennen war das kleinste Übel. Zwischendurch bekam Nale kräftige Energiestöße ab und er konnte sich nicht einmal dagegen wehren. Einmal wurden ihm die Beine mit Magie nach hinten gezogen und er traf mit dem Gesicht auf dem Boden auf. Jetzt blutete er nicht nur aus einer Wunde an der Stirn und am Mundwinkel, sondern auch aus seiner gebrochenen Nase. Einige Male wurde er hochgehoben, prallte gegen die Decke und fiel wie ein Stein zu Boden. Es dauerte nicht lange, dann konnte er nicht einmal mehr stehen. Nale wusste nicht, wie lange die Prozedur dauerte, denn nachdem sein Kopf gegen eine Wand prallte, verlor er sein Bewusstsein.

Nale kam erst wieder zu sich, als er unangenehm auf dem Boden landete. Er rollte ein Stück, bis er auf dem Rücken liegend mit den Beinen gegen etwas stieß, das ihn am Weiterkommen hinderte. Die Tür wurde mit einem Ruck zugezogen und die Schritte dahinter wurden immer leiser. Nale versuchte nach einer Ewigkeit, wie er glaubte, sich benommen aufzusetzen. Obwohl sein Körper schmerzte, setzte er sich mit einem zitternden Arm langsam auf. Er schaffte es, sich stöhnend etwas aufzurichten und auf dem Ellbogen abzustützen. Nach einer kurzen Pause wollte Nale sich weiter aufrichten, doch in diesem Moment hatte er keine Kraft mehr in seinem Arm.

Der Zauberer drohte schwerfällig und ungebremst auf seinen Rücken zu fallen, aber jemand schob gerade noch rechtzeitig seine Hände hinter seinen Rücken. Nale tippte auf Vyrira, aber beschwören könnte er nicht, ob er richtig lag. Anstatt ihn vollständig in die aufrechte Position zu drücken, wurde sein

Oberkörper etwas zur Seite geneigt wieder gesenkt. Nun spürte Nale nicht mehr den harten Steinboden unter sich, sondern etwas Weicheres. Nale wusste zwar nicht, was genau unter ihm lag, aber im Grunde genommen war es ihm im Moment egal. Die Hauptsache war, dass er sich nicht selbst bewegen musste. Wie er aus dem Augenwinkel bemerkte, kniete sich Vyrira neben ihn hin und der Zauberer verdrehte etwas die Augen, um in ihr Gesicht zu sehen.

„Was haben sie dir nur angetan?", fragte sie.

„Sehe ich so schrecklich aus?", fragte er leise und hustete, was ihn wiederum schmerzte.

„Du siehst furchtbar aus. Wir können nur erahnen, was passiert ist", erklärte Jason über Nales Kopf.

„Ich fühle mich auch so. Mir tut alles weh, sodass ich nicht weiß, wo ich keine Schmerzen spüre. Mich wundert es, dass ich überhaupt noch lebe."

„Willst du so liegenbleiben?", fragte Vyrira, während sie mit einem Stoff Blut von seiner Stirn tupfte.

„Wäre im Moment das Beste. Mein Rücken schmerzt unvorstellbar und in dieser Position sind die Schmerzen halbwegs erträglich."

Schweigen breitete sich über die drei aus. Jason blieb dort sitzen, wo er war, und diente dem Zauberer als Kopfstütze. Vyrira hatte aufgehört, Blut aus seinem Gesicht zu wischen, hatte eine Hand auf seine Schulter gelegt und fuhr beruhigend darüber. Nale glaubte, dass einige Rippen angeknackst, wenn nicht sogar gebrochen waren. Denn das Atmen fiel ihm schwer und jedes Mal schmerzte ihm die Brust. Am meisten schmerzte es, wenn er husten musste. Da keiner etwas sagte, schloss er einfach seine Augen. Vor seinen Augen drehte sich alles und ihm wurde davon schlecht. Nale glaubte, er würde aufgrund der Schmerzen überhaupt nicht schlafen können. Wie der Zufall es jedoch wollte, schlief er ein.

Kapitel 20

Aus weiter Ferne ertönten Schreie und ein Stöhnen. Zwischen den Schreien erkannte Nale, dass jemand sprach, aber er verstand die Worte nicht. Zuerst glaubte er, dass er die Stimme, das Stöhnen und die Schreie träumte. Doch der Schmerz, den er spürte und der ihn aus dem Schlaf riss, bewiesen ihm, dass alles Wirklichkeit war. Nale konnte anfangs nicht verstehen, wieso das passierte, doch dann wurde ihm klar, dass nur Marcus dahinterstecken konnte. Marcus genügte es nicht, ihn, Nale, am Tage zu quälen, sondern er wollte ihn auch um den Schlaf bringen.

Jetzt, als ihm bewusst geworden war, was los war, merkte Nale, wie er sich bei jedem Schmerz krümmte. Er presste die Arme an seinen Oberkörper, weil dort die Schmerzen am schlimmsten waren. Jedes Mal, wenn er schrie oder schwer atmete, tat ihm die Brust furchtbar weh. Ihm war es im Moment egal, wer gerade hysterisch redete, er wollte nur wieder in seinen traumlosen Schlaf zurück und sich erholen. Es war unvorstellbar, wie schrecklich die Qual war, die er gerade durchmachte. In seinem Inneren fühlte es sich an, als würde in gewissen Abständen etwas explodieren und er konnte nichts dagegen tun. Nale versuchte zwar, sich mit seiner Gabe zu wehren, aber der Zugang zu dieser war ihm verwehrt. Es könnte sogar Marcus selbst sein, der dies tat. Er und sein Bruder hatten vielleicht, als der alte Zauberer bewusstlos war, einen Zauber über ihn geworfen, um ihn auch aus sicherer Entfernung zu verletzen.

Minuten vergingen, ohne dass die Folter stoppte. Als sich der Zauberer bereits wünschte, dass er doch endlich sterben würde, stellte er fest, dass nach einem schrecklich schmerzhaften Stoß in den Bauch die Schmerzen vorbei waren. Vor lauter Freude traten ihm Tränen in die Augen und rannen wenige Augenblicke danach aus den Augenwinkeln. Jemand ergriff eine seiner zitternden Hände und drückte sie so, als wolle die Person ihm damit signalisieren, dass jemand an seiner Seite war und ihm beistand. Es konnte sich nur um Vyrira handeln. Aufgrund der Größe und der Zierlichkeit der Hand wusste er es, denn die Hände von Jason waren größer.

Dankbar über diese Zuneigung umklammerte der Alte die Hand fester als stumme Antwort darauf, wie wertvoll die Hingabe war, auch wenn Vyrira nicht großartig helfen konnte. Aus unerfindlichen Gründen überkam ihn Erleichterung und seine Schmerzen waren mit einem Schlag verschwunden. Bevor er genauer darüber nachdenken konnte, entspannten sich seine verkrampften Muskeln auf unnatürliche Weise und er verlor das Bewusstsein.

Die nächsten Tage und Nächte ging es ähnlich weiter. Nale freute sich immer, wenn er nicht bei Bewusstsein war. Dann spürte er die Schmerzen nicht. Einmal bemerkte er sogar die Qual während der Ruhephase nicht. Er erfuhr erst davon, als er am nächsten Tag aufwachte und Jason ihm erzählte, was passiert war. Vyrira traute sich nicht, ihm irgendetwas davon zu erzählen. In seinem benommenen Zustand merkte Nale sogar, dass sie selbst bei Nales Anblick den Tränen nahe war.

Nach einer weiteren, qualvollen Nacht erwachte Nale aus dem Schlaf. Er wusste nicht, der wievielte Tag anbrach. Der Zauberer hatte jegliches Zeitgefühl verloren. Besonders die Bewusstlosigkeit hatte ihren Teil dazu beigetragen. Wie aber schon zuvor ging auch dieses Mal eine Tür mit einem Krachen auf. Sein innerer Schutz musste abermals etwas geholfen haben, denn ein Teil seiner Schmerzen war verschwunden. Sein Kopf lag auf etwas Weichem. Weder das Mädchen noch Jason waren zu sehen. Sie mussten sich in eine Ecke zurückgezogen haben, dachte sich der Alte. Das Licht, das an dem Schatten durch die Tür schien, schmerzte ihm in den Augen. Blinzelnd blickte er zur Tür.

„Da Ihr überlebt habt, geht der Spaß heute weiter", verkündete der Schatten, den Nale nun eindeutig Marcus zuordnete.

Eine blaue Energiekugel entstand in einer Hand von Marcus. Da es ihm immer noch schlecht ging, hatte Nale keine Chance der Kugel auszuweichen. Vyrira erschien auf einmal vor ihm und wollte ihn ganz offensichtlich vor der Kugel schützen. Nale wollte nicht, dass dem Mädchen etwas passierte. Deshalb war es ihm auch egal, wie schlimm die Schmerzen waren, und seine Arme schnellten nach vorne. Der Alte drückte das Mädchen zu Boden, bedeckte es mit seinem Körper und bekam die Kugel genau in den Rücken.

„Ich habe dich schützen wollen. Warum hast du mich davon abgehalten?", fragte Vyrira leise.

„Ich wollte nicht, dass dir etwas passiert. Ich tue alles, damit es dir gut geht. Du solltest so etwas wie ich nicht erleiden, zumindest jetzt noch nicht", entgegnete der Zauberer und wurde daraufhin durch Magie durch die Tür befördert.

Es erging ihm den ganzen Weg über wie am Vortag, bloß war es wegen der Schmerzen um einiges schlimmer. Als er wieder in dem Raum landete, blieb Nale liegen, denn er war sich sicher, dass seine Beine nachgeben würden.

„Holt die Magierin. Heute wird sie es übernehmen", befahl Marcus zwei Soldaten. Die Tür schloss sich und die Brüder stellten sich zum Fenster und warteten still ab.

„Ach, bevor ich es vergesse. Eins wollte ich Euch heute noch sagen, denn nach dem heutigen Tag werdet Ihr wohl nicht mehr in der Lage sein, etwas zu verstehen."

Marcus kam auf Nale zu und baute sich über ihm auf, weil er genau wusste, dass dieser ihm nichts anhaben konnte. „Es geht um Eure Familie. Ich weiß, dass sie auf so tragische Weise sterben musste. Und wisst Ihr, warum? Ich kann es Euch sagen. Die Antwort ist nämlich Folgende: Ich war es, der einer Gruppe von Tagedieben und Mördern den Auftrag gab, sie zu töten. Das war eine kleine Kostprobe meiner Rache."

Das Geständnis traf ihn wie ein Blitz. Nale wusste, wie sich Schmerzen anfühlten, aber die Gewissheit, sich im selben Raum mit dem Mörder seiner Familie zu befinden und nichts gegen ihn tun zu können, brach ihm das Herz. Diese Art des Schmerzes war unerträglicher als jegliche körperlichen Schmerzen.

Mehrere Minuten vergingen und es passierte nichts, bloß konnte Nale die Ruhe nicht wirklich genießen. Seine Gedanken kreisten wie wild herum und er konnte auf das, was Marcus preisgegeben hatte, einfach keinen klaren Gedanken fassen. In Gedanken sagte er mehrmals Gebete auf, in denen er die Seelen seiner Frau, seines Sohnes und seiner Schwiegertochter um Vergebung bat. Er hoffte inständig, dass sie ihm im Jenseits den Umstand verziehen, nicht Rache genommen zu haben. Die Tür knarrte plötzlich und riss ihn zu seiner Zufriedenheit aus seinen wirren Gedanken, und als sie wieder zu war, knurrte etwas. Nale drehte seinen Kopf und sah, was so knurrte. Brandon zeigte die Zähne und knurrte mit kleinen Unterbrechungen. Trish stand mit hinter dem Rücken verschränkten Armen dicht neben ihm. Es hatte sich etwas an ihr verändert, wie Nale auffiel. Dieses Mal war ein Schleier vor ihren Augen, der sie völlig erblinden ließ. Er wusste, dass dieser Schleier beim letzten Mal noch nicht in ihren Augen gelegen hatte. Und sie sah aus, als wäre sie geschlagen worden. Kratzer übersäten ihr Gesicht und an der Stirn war eine große, rot umrandete Wunde. Die Nase war auch schief. Es sah so aus, als hätte man ihr am Vortag diese gebrochen und provisorisch gerichtet.

„Ihr habt mich rufen lassen!", sagte sie.

„Ja, wir wollen, dass du etwas für uns erledigst", erklärte Marcus.

„Und das wäre?"

„Bringe den Zauberer um", meinte Marcus' Bruder.

„Nein, das nicht. Ich möchte, dass du ihn nur quälst, solange ich nicht da bin. Töten will ich ihn. Was macht eigentlich der Wolf hier?"

„Er hat mich geführt, Eure Lordschaft. Ich befinde mich zurzeit in einem Trancezustand. Ich bin zwar bei vollem Bewusstsein, sehe aber nichts. Genauso wenig kann ich mich mittels der Gabe durch die Gänge bewegen. Für diese Zeit leitet er mich durch dies Gebäude."

„Wie lange bist du noch in diesem Zustand? Ich will nicht, dass du etwas falsch machst. Ich will natürlich auch nicht, dass du dich dabei selbst verletzt, denn du siehst jetzt, da du keine Kratzer hast, besser aus", wollte Marcus wissen.

Keine Kratzer? Sie hatte jede Menge Kratzer im Gesicht, dachte sich Nale. Es stimmte, dass die Frau ohne diese um einiges besser aussah, aber jetzt war ihr Gesicht übersät mit Wunden.

„Nicht mehr lange. Ich schätze, in wenigen Augenblicken kann ich wieder sehen. Es tut mir außerordentlich leid, dass ich im ungünstigsten Moment in Trance bin. Ich hatte nicht erwartet, dass Ihr mich bereits heute für den Zauberer benötigt."

„Da bin ich aber beruhigt. Und es sei dir verziehen. Ich hatte erst vor Kurzem, als ich ihn holen ging, den Gedanken. Also, wie gesagt, quäle den Zauberer, bis ich wieder hier bin. Ich werde ungefähr eine Stunde weg sein. Bis dahin wünsche ich dir viel Spaß. Natürlich hat mein Bruder währenddessen die Befehlsgewalt. Wenn ihm etwas nicht gefällt, dann wirst du dich nach ihm richten. Ansonsten kannst du dich entscheiden, wie du willst."

Mit diesen Worten verschwand Leynfor aus dem Raum und ließ die vier allein. Panik machte sich in Nale breit. Auch wenn Trish den Schleier nicht vor ihren Augen hätte und Ryan nicht hier wäre, hätte die Magierin ihn auch so fertigmachen können. Wenn Nale bei Kräften wäre, dann wäre es ein Kampf um Leben und Tod, aber so wie er zugerichtet war, war er um ein Vielfaches im Nachteil.

Der Alte wurde mit Magie auf die Beine gehoben und konnte sich gerade so auf seinen Beinen halten. Trish und Brandon, der bereits aufgehört hatte zu knurren, kamen auf ihn zu und blieben zwei Schritte vor ihm stehen. Wenige Minuten vergingen und die Stille wurde für Nale schon unerträglich. Der Schleier verschwand auf einmal aus ihren Augen und sie richtete den Blick auf sein Gesicht.

„Trish! Brandon! Ich flehe euch an. Tut das nicht", sagte Nale leise, obwohl er glaubte, dass dies überhaupt nichts bringen würde.

Die beiden fingen auf einmal an, gegengleich um den Zauberer herum zu gehen. Ryan hatte sich vom Fenster entfernt und sich auf einen Stuhl neben der Tür gesetzt.

„Ich glaube, dass wir es nun hinter uns bringen können, Brandon. Es ist an der Zeit, etwas zu unternehmen", meinte Trish und blieb wieder vor Nale stehen. „Wie findest du das?"

„Ich konnte es beinahe nicht mehr aushalten, bis du endlich ein Zeichen von dir gibst", erklärte der Wolf und blieb ein Stück hinter der Frau stehen.

Nale verstand einfach nicht, worüber die beiden redeten. Er sah einen nach dem anderen verständnislos an. Trish produzierte einen Feuerball in einer Hand, aber anstatt diesen auf den Alten abzufeuern, drehte sie sich zeitgleich mit Brandon um. Ryan starrte die beiden mit aufgerissenen Augen an und wollte aufstehen.

„Sitzen bleiben und keine überstürzten Bewegungen, ansonsten wird das dein letzter Blödsinn sein", befahl Trish und richtete die Feuerkugel genau auf ihn. Ryan war etwas zu langsam, deshalb versetzte ihm die Frau mit ihrer Gabe einen Stoß und der Mann saß wieder auf dem Stuhl. Nale war genauso sprachlos wie der junge Zauberer. Dennoch blieb er angespannt und nervös. Er war sich nicht sicher, inwieweit diese Aktion zum Plan der Brüder gehörte.

„Was geschieht hier? Warum richtest du das Ding gegen mich? Und warum richtet sich der Wolf ebenfalls gegen mich?", fragte Ryan.

„Weil ich einfach nicht auf eurer Seite bin und nicht auf eure Befehle höre. Ich bin nicht der Typ, der sich schnell unterwirft."

„Für mich gilt dasselbe. Ich kämpfe bis zum Schluss. Lieber sterbe ich, bevor ich mich euch anschließe", verkündete Brandon und knurrte abermals.

Nale war sich nun sicher, dass Brandon wieder der war, den er schon immer gekannt hatte. Bei Trish war er sich aber immer noch unsicher.

„Was soll das heißen? Du und der Wolf wurdet doch gewandelt. Ihr hattet keine Chance zu entkommen."

„Hätten wir auch nicht gehabt", erwiderte die Frau. „Aber ihr hattet leider das Pech, mich im falschen Moment gefangen zu nehmen. Ich erwarte nämlich ein Kind."

„Wie konnte dir ein ungeborenes Kind helfen? Das ist unmöglich."

„In der Welt, in der ich lebe, werden alle Magierinnen, die ein Kind erwarten, von diesem geschützt. Egal in welchem Stadium das Kind ist, es schützt die Mutter vor jeglicher Art von Magie, die gegen sie angewandt wird. Es zapft die Gabe der Mutter an!"

„Das erklärt es nur für dich, aber was ist mit dem Wolf?", fragte Ryan verzweifelt.

„Einige Magierinnen können den Schutz ihres Kindes auch auf andere übertragen. Dumm für euch, dass ich es kann. Somit habe ich mein Leben und das von Brandon gerettet."

„Was ist dann mit meinem Unantastbarkeitszauber? Eigentlich dürftest du gar keinen Feuerball in der Hand haben."

„Du bist naiv, wenn du glaubst, dass dir dein Zauber jetzt noch was nützt", meinte Trish. „Erstens haben du und dein Bruder mich unter eure Fittiche genommen. Pech für dich, dass dich dein Bruder bei meinem Unterricht mitreden ließ. Wenn er dir nicht erlaubt hätte, meinen Unterricht zu übernehmen, wäre das nicht passiert. Wenn ich mich nicht täusche, erwähntest du, dass ich, wenn du mit mir fertig bist, auch den Unantastbarkeitszauber übernehme. Zweitens wird der Zauber gerade gegen mich gerichtet, was so viel heißt, dass mein Kind diesen aufhebt. Also setze ich nicht nur deinen Zauber gegen dich ein, sondern werde noch zusätzlich, obwohl es nicht mehr notwendig ist, vom Kind geschützt.

Die Schwierigkeit war zwar, den Schutz des Kindes so zu überbrücken, dass einerseits ihr nichts davon mitbekommt, während ihr mich bearbeitet. Und andererseits sollte er mich natürlich auch schützen. Dies war eine harte Angelegenheit und bescherte mir einige schlaflose Nächte, aber ich schaffte es, dass der Schutz zu einem minimalen Teil aktiv blieb, damit er mich schützte. Nachdem mein Unterricht nach eurem Geschmack beendet war, aktivierte ich den Schutz wieder vollständig. Er heilte mich sozusagen von innen heraus und holte mich zurück ins Bewusstsein. Ich musste von diesem Zeitpunkt an nur noch so tun, als ob. Deshalb stehe ich hier und wende mich gegen dich.

Aber nun genug davon! Du bekamst deine Antworten und wir werden uns von dir verabschieden. Ruhe in Frieden, falls du überhaupt Frieden findest."

Mittels ihrer Gabe zog sie ihn am Hals in die Luft. Keuchend strampelte Ryan in der Luft. Während er so hing, feuerte Trish den Feuerball ab. Der traf ihn im Bauchbereich und hinterließ eine stark blutende Wunde. Nachdem dies geschehen war, fiel der Zauberer wie ein Stein zu Boden und röchelte vor sich hin. Die Frau stützte sich nun auf ihren Knien ab, als hätte dies alles mächtig an ihren Kräften gezerrt.

„Geht es dir gut? Hältst du es noch eine Weile durch?", fragte Brandon.

„Es wird schon irgendwie funktionieren", antwortete sie. Wiederaufgerichtet drehte sich Trish zu Nale.

„Schau uns nicht so entsetzt an. Du kannst dich entspannen", meinte sie.

„Woher soll ich wissen, dass es ernst gemeint ist? Bei Brandon bin ich mir bereits sicher, aber bei dir habe ich noch Bedenken", gab der Zauberer zu und stützte sich an der Wand hinter sich ab, als er ein paar Schritte nach hinten getreten war.

„Kannst du dich noch an die vielen Nächte im Wald erinnern? Wenn ja, dann weißt du bestimmt noch, wie ich dir in einer dieser Nächte sagte, dass es mir mit einer Schwangerschaft ernst ist."

Und wie sich Nale noch erinnern konnte. Sie erwähnte das Minuten, bevor Soldaten sie beinahe unerwartet in ihrem Lager überrannt hätten. Da er sich an diese Nacht und die Worte erinnerte, entspannte er sich und atmete ruhig durch.

„Warum siehst du eigentlich so mitgenommen aus?", fragte Nale.

„Das erkläre ich dir unterwegs. Zuerst müssen wir Vyrira und Jason aus dem Kerker holen und dann von hier verschwinden. Am besten, wir stützen uns gegenseitig, du siehst nämlich auch nicht danach aus, als könntest du von selbst gehen. Wir holen zuerst noch jemanden und lassen uns von ihm heilen."

Trish reichte ihm einen Arm. Er nahm ihn dankend entgegen und die Frau schlang ihn dann um seine Hüfte. Er legte einen Arm auf ihre Schulter und gemeinsam gingen sie los. Brandon ging voraus und sie folgten ihm.

„Nun zu deiner Frage", meinte die Magierin nach einigen Augenblicken. „Ich sehe so aus, weil ich deine Schmerzen übernommen habe."

„Wie hast du das angestellt?"

„Da muss ich ganz von vorne beginnen, damit es verständlich ist. Brandon, ich, Amanda und Michael sind drei Tage, nachdem wir uns von euch getrennt haben, gefangen genommen worden. Ich habe uns vier und noch jemanden vor dem Wandlungszauber geschützt. Und als ich herausgefunden hatte, wo sich das Herz befindet, wollten wir aufbrechen, um euch zu suchen.

Aber ich hatte einen Zauber über euch geworfen, damit man euch nicht so schnell findet. Leider habe ich vergessen, dass ich euch auch würde suchen müssen, daher hat euch der Trupp vor mir gefunden. Um ehrlich zu sein, war ich davon überzeugt gewesen, dass wir schneller das Schloss verlassen, bevor ihr hierher kommt. Zu der Zeit waren wir alle normal und wir hatten vor, mit euch heimlich zu verschwinden. Da ich euch nicht zuerst fand, musste unser Plan geändert werden."

„Wen hast du noch gerettet?", fragte Nale verwirrt.

„Brian ist es. Ihn kennst du aus deinem Unterricht, denn er war damals recht talentiert und du warst regelrecht begeistert von ihm. Er wurde am gleichen Tag festgenommen wie wir. Wir wurden im gleichen Kerker eingeschlossen, und als er mich erkannte, haben wir uns zusammengeschlossen. Er wusste zum Glück noch, dass ich immer mit dir zusammen war und hat daraus geschlossen, dass du nicht weit weg sein konntest", erklärte der Wolf.

„Und warum hast du uns keine Nachricht zukommen lassen? Mittels Gedankenübertragung?"

„Ich hatte Angst, dass einer der beiden vielleicht heimlich einen Zauber über mich geworfen hätte und so vielleicht mitbekommen würde, dass ich mithilfe von Magie eine Nachricht verschicke."

„Wieso hast du eigentlich befohlen, dass man mir ein Schwert auf den Kopf schlug?"

„Einerseits wollte ich es dir ersparen, von jedem angestarrt zu werden, und andererseits konnte ich dich durch einen Zauber mit mir verbinden."

„Wir sind da!", verkündete Brandon und blieb vor einer Tür stehen.

Trish klopft an die Tür und diese wurde augenblicklich geöffnet. Ein junger Mann blickte durch den Spalt zu ihnen hinaus. Erleichtert zu sehen, wer vor der Tür stand, öffnete er sie weiter, damit die drei in den Raum hineingehen konnten.

„Gut euch zwei endlich zu sehen. Ich hatte schon Angst, dass etwas schief gegangen ist. Schön Euch wiederzusehen, Meister."

Brandon machte ihnen Platz, Trish und Nale gingen zu dem Bett und setzen sich nebeneinander hin.

„Kannst du uns heilen und die Blockade zu seiner Gabe aufheben, damit wir gleich weiterkönnen, Brian?"

„Also, welchen Zauber hast du über mich geworfen?", drängte der Alte, nachdem er geheilt war.

„Nachdem du bewusstlos warst, legte man dich auf mein Pferd. Zum Glück führte ich den Trupp an, daher konnte keiner sehen, was ich tat", begann Trish. „Ich warf einen Bindungszauber über dich. Dieser sollte dich mit mir verbinden und dir helfen zu überleben. Jedes Mal, wenn man dir Gewalt antat, bekam ich es auch ab. Und durch die Bindung hattest du auch die Möglichkeit, vom Schutz des Kindes etwas abzubekommen."

„Hättest du den Zauber nicht anders aussprechen können? Dann hätte ich keine Kopfschmerzen gehabt. Weshalb hast du dich nicht heilen lassen?"

„Anders ging es leider nicht und es tut mir auch leid deswegen. Wenn man dich nicht aufs Pferd gelegt hätte, hätte ich nie eine Verbindung herstellen können. Der Zauber war komplex, erst recht deswegen, weil das Kind es mir nicht gerade leicht gemacht hat. Ich hatte zwar versucht, über das Seil eine Verbindung herzustellen, aber es war mir einfach nicht gelungen. Vollständig heilen habe ich mich deswegen nicht lassen, weil ich befürchtete, dass du dann auch geheilt werden würdest, da der Bindungszauber zwischen uns noch bestand. Es war auch zu riskant, dich vollständig mit dem Schutz des Kindes zu verbinden. Das hätte die Brüder misstrauisch gemacht."

„Warum hast du nicht schon früher den Zauber aufgelöst?"

„Die Brüder versprachen mir, dass ich dich auch noch bearbeiten durfte. Aber nur dann, wenn du die ersten Nächte überleben würdest. Wie schon gesagt dachte ich nicht, dass es so weit käme. So konnte ich dich mit dem Zauber retten und konnte ihn auch unauffällig in deiner Nähe wieder aufheben."

„Du bist wirklich verrückt, aber ich danke dir dafür", sagte Nale.

„Nichts zu danken", entgegnete die Frau. „Jetzt sollten wir sehen, dass wir weiterkommen. Hast du alles bereitgestellt, Brian?"

„Ja habe ich. Die Sachen sind alle hier. Wir können aufbrechen."

„Dann ist ja alles in Ordnung. Du, Brandon und Nale geht voraus und wir treffen uns draußen. Ich hole noch die anderen. Die Schwerter nimmst am besten du mit. Zwei Rucksäcke nehme ich. Amanda und Michael sollten schon in der Stadt sein."

„Ich komme mit dir!", meldete sich Nale zu Wort.

„Meinetwegen. Dann nehmen wir vier Rucksäcke mit. Und ihr zwei macht euch auf und wartet, wie abgemacht."

Brian eilte zu einer anderen Tür und öffnete diese. Dahinter befand sich ein Abstellraum. In diesem waren alle Rucksäcke und die Schwerter von Vyrira, Jason und Nale. Der junge Zauberer reichte Trish und Nale vier Rucksäcke. Den seinigen warf sich Nale über die Schultern, den anderen hielt er in der Hand. Als die Sachen unter ihnen aufgeteilt waren, sprach Trish als Erste.

„Wir werden nicht lange brauchen."

Nacheinander marschierten sie aus der Tür, durch die sie in den Raum gekommen waren. Nale und die Magierin bogen nach links und die beiden anderen nach rechts. Mit schnellen Schritten eilten die beiden Gänge entlang oder stiegen Treppen hinunter. Unterdessen schwiegen sie. Trish musste schon öfters in den Gängen herumgestreift sein, denn sie nahm selbstsicher einen Gang nach dem anderen. Marcus und Ryan mussten ihr ziemlich viel Freizeit gegeben haben, kam es ihm in den Sinn.

Dennoch war es für Nale immer noch rätselhaft, wie Trish die anderen und sich selbst aus dem Wandlungszauber befreien konnte. Als sie gerade um eine Ecke bogen und dem Gang folgten, hielt es Nale nicht mehr aus und er platzte mit seiner Frage heraus.

„Stimmt das wirklich, was du vorhin zu Ryan gesagt hast?", fragte er leise, da er befürchtete, dass jemand in der Nähe war.

„Was meinst du?", entgegnete Trish ebenfalls leise.

„Ich frage mich, ob du wirklich ein Kind in dir trägst."

Vor der nächsten Abbiegung blieb die Frau stehen und setzte beide Rucksäcke ab. Nale tat es ihr gleich. Bevor Trish antwortete, lehnte sie sich mit dem Rücken an die Wand.

„Es stimmt. Ich erwarte ein Kind. Brandon kann es dir bestätigen, denn er hat es mit seiner Nase herausgefunden. Und Brian kann es ebenfalls bestätigen", sagte sie leise.

„Von wem ist es? Warst du bereits schwanger, als das in der Nacht im Gästezimmer zwischen uns passiert ist?", fragte er und stellte sich genau vor sie hin.

„Damals sagte ich dir doch, dass es mir ernst ist, Mutter zu werden. Ich frage dich daher: Falls ich damals schon schwanger gewesen wäre, was ich mit Bestimmtheit nicht war, warum haben wir es dann getan? Warum habe ich zugelassen, dass es zwischen uns passiert? In den letzten Monaten habe ich niemanden an mich rangelassen, außer einen einzigen. Und dieser jemand warst du selbst", antwortete Trish.

Nale dachte schon, dass sie solch eine Antwort geben würde, aber er war dennoch verwirrt. Er hatte geglaubt, dass es irgendjemand war, aber dass er es war, verschlug ihm die Sprache. Das Glücksgefühl, das er verspürte, gab ihm noch den Rest. Trish musste seine Ungläubigkeit in seinem Gesicht bemerkt haben, denn auf einmal nahm sie eine seiner Hände und führte sie an ihren Körper. Daraus schloss er, dass sie ihm den Beweis dafür liefern wollte und er ihr dadurch Glauben schenken sollte. Trish drückte seine Handfläche an ihren Bauch und blickte ihm entschlossen in die Augen. Wie er es schon öfters bei Frauen gemacht hatte, um herauszufinden, was mit ihnen nicht stimmte, setzte Nale seine Gabe ein und überprüfte diesen Teil des Körpers. Was er nun fühlte, überraschte ihn noch mehr. Es bestätigte das, was Trish ihm Augenblicke zuvor schon gesagt hatte. Der Zauberer schätzte, dass die Frau seit über einem Monat schwanger war. Genau vor über einem Monat hatten sie es getan. Nun gab es selbst für ihn keinen Zweifel mehr.

„Glaubst du mir jetzt?", fragte Trish.

„Mehr oder weniger. Es ist unglaublich, aber anscheinend dennoch wahr", gab er zu.

Sie ließ seine Hand los und nahm sein Gesicht in beide Hände.

„Ich kann dir sagen, dass ich es zuerst auch nicht glauben konnte, aber wie du gerade selbst festgestellt hast, ist es wahr."

Vor lauter Freude über dieses Geschenk schlang Nale seine Arme um die Hüfte der Magierin und hob sie hoch. Sie schlang ihre Arme um seinen Hals und drückte ihm einen Kuss auf die Lippen. Ein Stück löste Nale die seinen.

„Seit wann weißt du es schon?", fragte der Zauberer.

„Seit dem Tag, an dem wir uns auf dem Abhang wegen der Idee, uns zu trennen, wieder in die Haare gekriegt haben."

Verdutzt über diese Antwort sah er die Frau an. „Wenn du es schon seit dem Tag wusstest, wieso hast du dich gefangen nehmen lassen? Aus welchen Gründen hast du mir das verschwiegen?"

„Ich wusste, dass mich das Kind schützen würde. Ich wusste aber nicht, dass ich auch über die Fähigkeit verfüge, diesen Schutz auf andere zu übertragen. Aus reiner Intuition heraus habe ich es versucht und es hat funktioniert. Und ich habe es dir deshalb nicht erzählt, weil du dich erst recht dagegen gewehrt hättest. Dann hätten wir keine Ahnung, was hier abgeht. Und einer der Brüder würde nicht im Sterben liegen, falls er nicht schon tot ist."

„Du bist wirklich die verrückteste Frau, der ich jemals begegnet bin. Du bist sogar schlimmer als Vyrira. Aber das mag ich so an dir. Jetzt sollten wir die beiden aber holen. Vyrira und Jason werden froh sein, hier herauszukommen."

„Wir sind schon in ihrer Nähe. Einmal noch um die Ecke, dann können wir sie holen. Zuerst müssen wir die Wache erledigen."

Nale ließ die Frau wieder hinunter und sie machte sich gleich daran, um die Ecke zu gehen und sich in den Gang zu stellen. Er wartete, bis sie ihm ein Zeichen gab. Falls die Wache Trish kannte, würde sie keinen Verdacht schöpfen. So war das Überraschungsmoment auf ihrer Seite.

„Soldat. Ich soll dir etwas ausrichten. Es ist ziemlich wichtig."

Nach diesem Satz trat Nale um die Ecke und stellte sich zu der Magierin.

„Angenehme Träume von mir", verkündete der Zauberer und hob gleichzeitig mit Trish einen Arm. Der Soldat wurde durch einen kräftigen Energiestoß gegen die Tür geschleudert, und gemeinsam mit dieser fiel er krachend in den Raum. Trish trappte los und Nale folgte ihr. Als sie die Tür erreichte, stieß sie auf einmal einen Schmerzensschrei aus. Eine Hand auf dem Kopf wich sie von der Tür zurück. Und etwas fiel scheppernd zu Boden, wie Nale hörte.

„Wieso hältst du dir die Hand an den Kopf?", fragte Nale und blickte sie besorgt an.

„Ich habe irgendetwas auf den Kopf bekommen. Ich weiß aber nicht, was."

„Nale? Trish?", drang Jasons Stimme aus dem Raum.

„Ja, wir sind es."

Jason und Vyrira traten aus dem Raum. Beide hatten mehrere Steine in den Händen. Nale fragte sich, wie die beiden es geschafft hatten, so viele Steine zusammenzubekommen, aber dies war seine geringste Sorge. Alles, was er wollte, war, alle hier raus zu schaffen und dann schleunigst zu verschwinden. Immer noch in Angriffsposition blickte Vyrira zuerst die Magierin und dann Nale fragend an.

„Lasst die Steine fallen! Uns geht es gut", sagte Nale beruhigend.

„Woher soll ich wissen, ob du die Wahrheit sprichst? Der ohnmächtige Wachmann kann ein Täuschungsmanöver sein."

„Wir sind immer noch wir selbst. Würde Trish sonst noch so ruhig hier stehen und sich die Stirn reiben, wenn es nicht die Wahrheit wäre? Sie hätte dich bereits mit ihrer Gabe verletzt und ich hätte wahrscheinlich mit Jason dasselbe getan."

Nachdenklich huschten die Augen des Mädchens zwischen ihm und Trish hin und her, bis sie ihre Angriffsposition aufgab und sich normal hinstellte.

„Tut mir leid. Ich habe geglaubt, dass etwas passiert", sagte Vyrira entschuldigend und schmiss die Steine zurück in den Raum.

„Macht nichts. Du hast mich ja nicht umgebracht. Zum Glück wird es nur eine Beule", meinte die Magierin und rieb sich die schmerzende Stelle am Kopf. „Kommt, jetzt verschwinden wir aber von hier. Die anderen warten sicher schon."

„Wo sind Brandon, Amanda und Michael?", fragte Jason und folgte den anderen zu den Rucksäcken.

„Brandon, ein Mitgefangener und die beiden anderen warten bereits draußen auf uns", erklärte Trish über die Schulter.

Nale erreichte als Erster die Rucksäcke. Zwei reichte er Jason und Vyrira und einen schulterte er selbst. Da Trish sich besser hier auskannte, übernahm sie die Führung. Wie zuvor legten sie die Strecke in schnellem Tempo zurück. Erst als sie in eine große Halle einbogen, mäßigten sie ihre Schritte. Einige Meter vor der riesigen Flügeltür öffnete sich diese und die vier konnten hinaus an die frische Luft. Suchend ließ Trish ihren Kopf einmal in die eine, dann in die andere Richtung schweifen. Der Alte vermutete, dass sie nach Brandon und Brian Ausschau hielt. Nale suchte ebenfalls die Straßen nach den beiden ab.

„Dort hinten sind sie", verkündete Trish und wandte sich nach links.

Jetzt konnte Nale sie auch sehen. Der junge Zauberer, Amanda, Michael und der Wolf warteten in einer schmalen Gasse unweit der Hauptstraße.

„Brian! Ich kann es nicht fassen, dass ich dich hier treffe", meinte Jason, als die vier in der Gasse angekommen waren.

„Es war auch gar nicht vorgesehen, dass ich hier lande, aber durch einen blöden Zufall wurde ich gefangen genommen und hierhergebracht", erklärte der junge Zauberer und umarmte seinen Freund.

„Nun, da ihr euch begrüßt habt, können wir dann schnell Pferde besorgen und von hier verschwinden", warf Amanda höflich in die Runde.

Die beiden Männer lösten ihre Umarmung und alle folgten einige Zeit lang der Hauptstraße. Für Brian, Trish, Michael und Amanda waren Pferde von den Lords bereitgestellt worden, die sich die vier auch für die Reise nahmen. Die Magierin hatte die restlichen Pferde ebenfalls unauffällig zusammengestellt und diese mussten nun noch geholt werden. Zum Glück war der Stall, in dem alle Pferde standen, nicht weit von ihrem jetzigen Standort entfernt, sodass die Gruppe nur eine kurze Strecke gehen musste. Wie Trish feststellte, waren die Pferde gesattelt und als sie fragend zu Brian hinüberschaute, sagte dieser, dass er den Besitzer des Stalles aufgefordert hatte, ihm beim Satteln zu helfen. Da der Besitzer, wie der Zauberer weitererzählte, dachte, er würde eine Strafe bekommen, wenn er der Aufforderung nicht ordnungsgemäß nachkam, hatte er mithilfe seiner Kinder die Pferde gesattelt.

Mit ihrem Pferd vor dem Stall angekommen, sah sie, dass Jason und Vyrira auf den Pferden saßen und Brian sich elegant in den Sattel schwang. Trish tat es ihm gleich und spornte das Pferd an, während sie sich den Rucksack auf dem Rücken zurechtrückte. Brandon trabte vor ihr her und bahnte sich seinen Weg durch die Menschenmenge.

KAPITEL 21

Die Stunde war zwar noch nicht vorüber, aber die Freude ging mit ihm durch. Leynfor war so erfreut darüber, dass er nun endlich seinen Lehrmeister in der Gewalt hatte und er mit ihm alles machen konnte, was er wollte. In erster Linie ging es Leynfor darum, Rache zu üben. Leynfor hasste die Regierungsgeschäfte, aber die mussten erledigt werden. Er und sein Bruder teilten sich diese so gut es ging auf, aber meistens musste er alles über sich ergehen lassen. Die Generäle brauchten ihre Befehle, damit sie nicht faul herumsaßen, und das Volk musste auch zufriedengestellt werden. Leynfor bereute es direkt, nicht dabei gewesen zu sein, um zuzusehen, wie die Magierin seinen Meister quälte, aber er konnte nicht vorhersehen, dass man den Alten so schnell fassen würde. Er brachte die wichtigen Dinge schnell hinter sich, damit er schnell wieder bei den dreien sein konnte.

Er fand, dass sich Nale überhaupt nicht verändert hatte. Gerade einmal seine Haare waren etwas weißer geworden, aber sonst war er immer noch der Gleiche. Der Alte versprühte immer noch die gleiche Eleganz und dieselbe Intelligenz wie früher. Den Humor hatte er ebenfalls nicht verloren. Leynfor schritt durch das Schloss und näherte sich dem Raum, in dem er die drei zurückgelassen hatte. Langsam wunderte er sich, warum keine Schmerzensschreie durch die Gänge an seine Ohren drangen. Vielleicht hatten sein Bruder oder die Magierin einen Bann um den Raum gelegt, damit keiner von den Bediensteten etwas davon mitbekam, schoss es ihm in den Sinn. Wahrscheinlich war dies Ryans Werk gewesen. Er wusste, dass heute um diese Zeit ein wichtiges Treffen stattfand, und hatte deshalb einen Bann heraufbeschworen.

Der Zauberer bog in den Gang ein, an dessen Ende der besagte Raum war. Die Tür stand einen Spalt offen. Hinter der Tür war es totenstill und Leynfor konnte keine Bewegungen ausmachen. Die Freude verblasste bei jedem Schritt, mit dem er dem Raum näherkam, und Besorgnis ersetzte diese. Hoffentlich hatte die Magierin Nale nicht getötet. Wenn doch, musste sie dafür bezahlen. Vor der Tür angelangt, öffnete Leynfor diese vorsichtig. Er konnte weder die Frau noch den Alten sehen. Nur seinen Bruder, der japsend nach Luft schnappte und mit einer riesigen Wunde im Bauchbereich am Boden lag. Vor lauter Sorge um seinen Bruder kniete er sich neben Ryan hin und zwang ihn, ihn anzusehen.

„Ryan. Ich bin es! Was ist mit dir passiert? Wo sind sie?"

„Die Magierin!"

„Was ist mit ihr?"

„Sie hat es irgendwie geschafft, meinen Zauber zu überwinden!", meinte Ryan leise. „Sie hat es auch geschafft, sich und den Wolf aus unserem Wandlungszauber zu retten."

„Verdammt. Wenn die beiden und der Alte hier rausgekommen sind, dann haben sie bestimmt auch die anderen aus dem Kerker gerettet", meinte Leynfor. „Ich werde dich heilen. Dann werden wir Soldaten und einige andere zusammentrommeln und uns sofort nach Wyrland begeben. Die werden sicher auf dem Weg dorthin sein."

„Das ist alles meine Schuld. Ich hatte nicht aufgepasst."

„Nichts ist deine Schuld. Mir hätte es auch passieren können", gestand Leynfor seinem Bruder.

Er versuchte seinen Bruder zu heilen, was ihm jedoch nicht gelang. Ryan starb wenige Sekunden später an seiner schweren Verletzung. Sein jüngerer Bruder hatte anscheinend all seine Kräfte zusammengenommen, um ihn, Leynfor, noch zu informieren. Leynfor sprach leise Gebete vor sich hin. Anschließend sandte er den Körper seines Bruders mittels Magie in die für ihn vorgesehene Grabkammer weit unten in den Tiefen des Gebäudes. Wutentbrannt und mit dem Ziel, seinen Bruder zu rächen, eilte Leynfor aus dem Raum und traf die Vorkehrungen zum Aufbruch.

„Die Höhle ist mit Zaubern umgeben. Diese schützen sie, damit keiner unabsichtlich hinein geht und das Herz mitnimmt. Jedoch wurden die Zauber hauptsächlich auf normale Leute, vor allem Wanderer ausgerichtet, damit die nicht zufällig auf die Höhle treffen. Diejenigen, die die Gabe besitzen, haben Leynfor und Ryan nicht berücksichtigt, denn sie sind davon ausgegangen, dass sie sowieso alle unterwerfen oder töten würden", erklärte Trish.

„Aber sie haben eindeutig nicht mit uns gerechnet, was ihnen nun schadet", warf Vyrira ein.

„Genau. Sie dachten, dass sich eh keiner trauen würde, das Herz zu suchen, erst recht nicht im Gebirge von Wyrland. Wie du schon sagtest, kamen wir den Brüdern unerwartet in die Quere und jetzt müssen sie um das Drachenherz bangen. Da keine Zauber gegen die mit der Gabe Gesegneten eingerichtet wurden, können wir ungestört hinein. Und im Großen und Ganzen war es das auch schon, was ich euch erzählen musste."

Es hatte ziemlich lange gedauert, bis Trish alles erzählt hatte, aber Vyrira hing die ganze Zeit über an ihren Lippen. Das Interesse an Magie und den unzähligen Zaubern war schon seit dem Zeitpunkt vorhanden, als Vyrira von Nales wahrer Identität erfuhr. Doch nun war das Interesse noch intensiver geworden, seit das Mädchen erfahren hatte, dass es selbst die Gabe besaß. Nale hatte den Anschein gemacht, dass er nicht gerade sehr erfreut darüber gewesen war, Vyrira von ihrer Gabe zu erzählen. Es war verständlich, denn er musste es unter unangenehmen Bedingungen tun. Der Kerker, die Gefangenschaft und die danach hinzugekommene Folter waren nicht gerade die Umgebung oder die beste Gelegenheit gewesen, solch ein Geheimnis zu offenbaren. Vyrira musste zugeben, dass sie es auch lieber anderswo erfahren hätte.

Jedoch war dies nicht der einzige Punkt, der ihr ein unangenehmes Gefühl bereitete. Es ging um ein Gespräch zwischen Nale und dem Mann namens Brian, den Trish ebenfalls gerettet hatte. Die beiden Männer hatten es zwar nicht bemerkt, aber Vyrira hatte die beiden belauscht. Sie ritten etwas abseits der Gruppe und dachten wohl, dass sie leise miteinander sprachen. Das Mädchen hatte allerdings ein paar Worte auffangen können.

Brian sprach sein Beileid über den Tod von geliebten Menschen aus und wie sehr er es bedauere, dies erst jetzt zu tun. Nale klang danach so, als wäre er an etwas Schlimmes erinnert worden, dass ihn sehr belastete. Er hörte sich an, als wäre er traurig, wobei er sich bemühte, sich nicht allzu sehr davon ablenken zu lassen. Was Vyrira sonst vernahm, war eher belanglos. Sie nahm sich vor, Nale auszufragen, was es mit dem Beileid von Brian zu tun hatte. Denn seitdem war er durch den Wind, auch wenn er versuchte, sich auch dies nicht anmerken zu lassen.

„Viel mehr bräuchten wir auch nicht. Ich finde, dass uns diese Informationen sehr weiterhelfen", meinte Nale.

„Wer von uns wartet draußen?", fragte Brian vom Pferd aus. „Einer von uns sollte draußen bleiben, falls Leynfor mit seiner Delegation dort ankommt."

„Vergiss nicht, dass ich auch noch da bin, Brian", meldete sich Brandon zu Wort.

„Natürlich habe ich dich nicht vergessen. Ich meinte einfach nur, dass nicht alle da hineinsollten. Falls wirklich etwas Schlimmes dort drinnen vor sich geht, sollte wenigstens einer überleben."

„Du hast eine Familie, Brian. Daher finde ich, dass du bei ihnen bleibst. Die Aussichten sind nicht gerade besser, aber draußen weißt du wenigstens, was auf dich zu kommt. Ich will nicht schuld sein, dass du in einer Höhle einsam stirbst", schlug Nale vor.

„Wir sind nicht davon angetan, unbedingt in eine Höhle zu gehen, in der es von Zauberern nur so wimmelt", meinte Michael.

„Stimmt. Uns würden manche vielleicht nichts tun, aber wir sind zu unerfahren, um uns in solch eine riskante Situation einzumischen", stimmte ihm Amanda zu.

„Es wäre auf jeden Fall besser, wenn ihr draußen bleibt. Ich schätze, es reicht, wenn Nale und ich hinein gehen."

„Ich komme mit euch in die Höhle!", sagte Vyrira bestimmt.

„Nein, Vyrira, du bleibst draußen", meinte Nale über die Schulter.

„Wieso? Du sagtest doch selbst, dass ich die Gabe besitze. Da ich es jetzt weiß, will ich etwas mehr tun als nur in der Gegend stehen und warten."

Vyrira blieb stehen und blickte den Zauberer an. Eine Hand stemmte sie in die Hüfte und mit der anderen hielt sie die Zügel ihres Pferdes fest. Nale blieb einige Schritte vor ihr stehen und drehte sich zu ihr um, während er ebenfalls sein Pferd festhielt.

„Es stimmt, dass ich es gesagt habe, aber du bleibst trotzdem draußen. Du hast keine Erfahrung im Umgang mit der Gabe. Du würdest dir nur mehr Schaden zufügen, wenn du in die Höhle gehst."

„Ich will aber mitkommen."

Nale rieb sich mit einer Hand über die Stirn und seufzte schwer. „In all den Jahren hast du deine Gabe unkontrolliert und unbewusst eingesetzt. Wer weiß, welche Gefahren da drinnen auf uns lauern. Ich, Brian und Trish können unsere Gabe gezielt und kontrolliert einsetzen. Deshalb will ich nicht, dass du mitkommst. Da vertraue ich eher darauf, dass du dich mit dem Schwert gezielt gegen die Soldaten stellst, denn damit kannst du umgehen."

„Das ist nicht gerecht", sagte Vyrira und schmollte.

„Vyrira, versteh doch", begann der alte Zauberer und kam auf sie zu. „Du kannst dir gar nicht vorstellen, wie ich mich gefreut habe, dir von der Gabe zu erzählen. Jedoch hatte ich auch Angst. Ich wusste nämlich nicht, wie du auf dieses Detail reagieren würdest. Du hast auf manche Sachen, die ich dir über Magie erzählt habe, nie verstört oder ängstlich reagiert. Dennoch war ich mir nie sicher, wie du auf diese Information reagieren würdest. Du besitzt eine außergewöhnliche Gabe, die nicht viele haben. Du strahlst etwas Besonderes über deine Augen aus, was die Menschen schwach werden lässt. Als du mich immer angesehen hast, wenn du glaubtest, dass ich dir nicht die Wahrheit sage, hast du immer unbewusst die Gabe eingesetzt."

„Wir wollen dir nichts Schlechtes, Vyrira", meinte Trish hinter Nale. „Ich kann dich verstehen, dass du unbedingt mitkommen willst, aber ich stimme mit Nale überein. Es ist viel zu gefährlich mit einer Gabe, die man noch nicht unter Kontrolle hat und dadurch vielleicht im falschen Moment freisetzt, dort hineinzugehen. Ich kann dir sagen, dass selbst ich Angst davor habe, in die Höhle zu gehen, weil ich nicht weiß, was dort drinnen ist.

Auf solche Situationen bin ich zwar geschult worden, die Angst bleibt dennoch, obwohl ich sie nicht offen zeige."

Vyrira ließ ihren Kopf hängen und dachte darüber nach. Sie wusste nicht recht, was sie erwidern sollte. Ihre Neugier auf die Höhle war groß und sie wollte unbedingt da hinein, dennoch fand sie, dass die beiden auf gewisse Weise recht hatten. Vielleicht wäre es wirklich besser, wenn sie draußen wartete und Wache hielt, dachte sie sich.

„Doch meine Neugier ist groß und ich will nicht aufpassen."

„Weißt du was? Ich habe eine andere Aufgabe für dich!", erklärte Trish und rieb sich das Kinn.

„Was für eine?"

„Wenn wir beide noch in der Höhle sind und Leynfor unverhofft früher ankommt, dann schicke mir eine Nachricht."

„Wie soll ich denn das machen?"

„Schick sie mir über deine Gedanken. Es ist nicht schwer. Sag einfach mehrmals meinen Namen in deinen Gedanken und ich werde dir kurz antworten. Dann kannst du mir die Nachricht überbringen und wir beide sehen zu, dass wir schnell wieder bei euch sind. Natürlich nur für den Fall, wenn wir länger brauchen und Leynfor mit seinen Soldaten euch überrennt."

„Hört sich gar nicht so schwer an", gestand Vyrira. „Einverstanden. Ich werde vor der Höhle warten und falls sich etwas ergibt, werde ich es euch sagen."

„Weil du gerade von Nachricht sprichst. Ich muss jetzt auch eine versenden."

Nales Blick huschte herum und suchte die Landschaft ab. Offenbar fand er nicht, was er suchte, denn seine Augen stoppten und blickten in eine andere Richtung. Der Zauberer legte zwei Finger seiner rechten Hand in den Mund und pfiff. Eine Zeit lang passierte überhaupt nichts, es wurde nicht einmal gesprochen. Vyrira fragte sich schon langsam, wofür er das gemacht hatte, und sie wollte ihn gerade danach fragen, als Geräusche sie davon abhielten. Sie hörte etwas in der Luft und noch etwas, das im Schnee auf die Gruppe zukam. Ein Vogel landete plötzlich auf dem Sattel des Pferdes, das Vyrira an den Zügeln hielt, und sie schrie leise auf. Es war ein Habicht, der Nale anstarrte und wartete. Das Geräusch im Schnee kam jetzt auch näher und Vyrira erkannte nun, was auf sie zu kam. Sie wunderte sich, warum die Pferde nicht unruhig wurden, denn ein Wolf kam im Laufschritt auf sie zu und setzte sich neben ihrem Pferd in den Schnee. Es kam ihr jedoch in den Sinn, dass sich Michael in der Nähe der Pferde schon in einen Wolf verwandelt hatte und dass Brandon ebenfalls unter ihnen war. Aus diesem Grund waren die Pferde diesen Umstand gewohnt.

„Wie gut, dass ihr so schnell kommen konntet! Hoffentlich habe ich euch nicht gestört", sagte Nale beiläufig.

„Nein überhaupt nicht. Wir waren gerade hier in der Nähe unterwegs, als wir dich hörten!", antwortete der Habicht.

„Genau. Und Brandon ist auch noch in deiner Gesellschaft. Wie geht es dir, alter Junge? Hast dich ja lange nicht mehr bei mir blicken lassen."

„Ich kann mich nicht beklagen, Rak. Du kennst mich, ich bin immer unterwegs. Erst recht, wenn etwas mein Interesse weckt. Ich konnte außerdem nicht vorbeikommen, da ich momentan ziemlich beschäftigt bin", sagte Brandon.

Vyrira erstarrte und riss ihre Augen auf. Sie hatte gedacht, dass Brandon der einzige Wolf war, der sprechen konnte, und nun musste sie mit ansehen, was gerade vor ihren Augen passierte. Trish verzog keine Miene, sie wirkte eher gelangweilt. Amanda und Michael waren zwar erstaunt, doch das hielt nicht für lange. Nale schritt auf die Tiere zu und blieb vor ihnen und genau neben Vyrira stehen.

„Immer noch dieselbe Geschichte wie früher. Für euch heißt in der Nähe sein etwas völlig anderes als für mich. Trotzdem freue ich mich, denn ihr müsst etwas sehr Wichtiges für mich erledigen."

„Was immer du willst!", meinte der Wolf namens Rak.

Nale streckte seine Hände in ihre Richtung und spreizte die Finger. Das Mädchen schreckte zurück, als es sah, dass der Alte seine Augen weit aufriss und dass sich auf einmal ein undurchsichtiger Schleier in ihnen breitmachte. Die Tiere hingegen saßen einfach nur da und blickten auf seine Handflächen. Vyrira kam es vor, als würde die Luft stillstehen, und sie traute sich nicht einmal zu atmen. Mehrere Minuten, so kam es ihr vor, vergingen, doch es verging gerade einmal eine einzige, als Nale seine Arme senkte und der Schleier in seinen Augen verschwand.

„Ihr wisst, was zu tun ist. Trommelt so viele zusammen wie möglich und unterrichtet alle über die derzeitige Situation. Wenn sich einige zu euch gesellen, dann führt eure Gruppe nach Wyrland. Du versuchst Fredrik ausfindig zu machen, Luke. Du kannst dich schneller in dem Gebiet, wo er lebt, bewegen, somit spart ihr beide euch Zeit. Aber mit wem rede ich da? Ihr wisst ja besser als jeder andere, was ihr machen müsst. Sag ihm, er soll direkt und ohne Umschweife ins Gebirge von Wyrland kommen."

„Bin schon unterwegs", sagte der Habicht, spreizte seine Flügel und hob in die Lüfte ab.

„Ich auch", verabschiedete sich der Wolf und rannte fort.

Vyrira blickte ihm nach, bis er nur mehr ein Punkt in der Landschaft war. Dann wandte sie sich an Nale.

„Kannst du mir erklären, was gerade passiert ist?"

„Ich habe die beiden gerade über die jetzige Situation unterrichtet und ihnen eine Nachricht übermittelt. Sie werden allen, die noch Hoffnung auf Frieden in sich tragen, mitteilen, dass wir kurz davorstehen, das Herz an uns zu bringen und an seinen Platz zurückzubringen. Und alle werden erfahren, dass wir uns gegen die Brüder stellen und sie für alle Sünden, die sie begangen haben, büßen lassen werden. Außerdem fordere ich in der Nachricht all diejenigen auf, die kämpfen wollen, sich nach Wyrland zu begeben."

„Warum das? Glaubst du, wir schaffen es nicht gegen die Soldaten und Leynfor?", fragte Michael.

„Zusätzliche Unterstützung kann nicht schaden. Wir wissen nicht, über wie viele Soldaten Leynfor und sein Bruder die Befehlsgewalt haben, wobei ich glaube, dass nur mehr Leynfor die Befehle gibt. Ryan wird mit Bestimmtheit schon tot sein, außer natürlich sein Bruder hat ihn in einem Moment gefunden, wo er ihn noch hätte heilen können. Das bezweifle ich jedoch", warf

Trish ein. „Auf jeden Fall werde ich ebenfalls um Unterstützung bei meinem Unternehmen ansuchen. Wie ich ein paar vom Unternehmen einschätze, werden sie uns bestimmt behilflich sein."

„Die Welt ist riesig. Wie wollen zwei Tiere alle informieren?", warf Jason ein.

„Die beiden sind schnell und können mit Sicherheit alle informieren", meinte Nale. „Sie brauchen nur durch ein Gebiet durchzulaufen oder darüber zu fliegen und all die Menschen, die innerhalb eines halben Tagesmarsches von den beiden entfernt wohnen, werden informiert. So sparen sie Zeit. An den beiden haftet nämlich ein Zauber, der es ihnen ermöglicht, innerhalb kurzer Zeit Nachrichten zu übermitteln und zu verteilen, ohne durch jedes einzelne Dorf, jede einzelne Stadt oder jedes einzelne Herrschaftsgebiet laufen zu müssen. Ihr müsst euch das folgendermaßen vorstellen: Wenn Rak beispielsweise neben mir sitzen würde, würden alle in diesem Augenblick die Informationen in einem Durchmesser von einem halben Tag in alle Himmelsrichtungen verteilt werden."

„Trotzdem dauert es zu lange. Falls wirklich welche helfen wollen, dann brauchen sie Wochen, bis sie in Wyrland sind. Bis dahin ist alles vorbei und wir haben verloren", meinte Jason.

„Da kennst du uns mit der Gabe überhaupt nicht. Wir kennen so manchen Zauberspruch, der uns hilft, uns schnell von einem Ort zu einem anderen zu bewegen."

„Wer ist überhaupt Fredrik?", fragte Amanda.

„Ein Drache. Er ist ein sehr guter Freund und war immer ein treuer Gefährte in so manchen Situationen."

„Weshalb muss ein Drache nach Wyrland kommen?"

„Es geht vor allem um das Herz, aber auch darum, was ich im Haus der Brüder gerochen habe. Besonders die Brüder rochen extrem nach Schwefel. Daraus schließe ich, dass sie Kontakt zu Drachen haben. Falls sie mit einem nach Wyrland fliegen, kann uns Fredrik helfen."

Ein Grinsen breitete sich im Gesicht von Nale aus, doch war es auch ernst, wie Vyrira feststellte. Sie glaubte, dass Nale über Jasons Bemerkung erfreut war, doch sein ernster Gesichtsausdruck war beängstigend. Das, was noch auf sie zu kam, war auch für Vyrira beunruhigend und nicht angenehm, daher konnte sie ihn verstehen. Schweigend blickten alle in die weiße Landschaft.

„Wie lange wollen wir noch herumstehen und Löcher in die Luft starren? Wir müssen sehen, dass wir uns beeilen und vor unseren Gegnern die Höhle erreichen", durchbrach Michael die Stille.

„Dann vertrödeln wir nicht noch mehr Zeit und gehen weiter", sagte Vyrira.

Das Mädchen schaute noch einmal zu Nale, der immer noch in die Richtung blickte, in die der Wolf verschwunden war. Sie ließ die Zügel ihres Pferdes für einen Moment los und ging zum Zauberer hinüber.

„Hast du gehört? Wir sollten weiter gehen."

„Ja, ich habe es gehört."

Vyrira nahm die Zügel wieder auf, schlüpfte mit einem Fuß in den Steigbügel und stemmte sich in den Sattel. Amanda und Jason taten es ihr nach. Trish und Nale hingegen bevorzugten es, eine Weile zu Fuß zu gehen. Die Zeit drängte, und Vyrira erwähnte dies auch. Die beiden ließen sich dennoch nicht davon abbringen, zu Fuß zu gehen. Trish meinte, dass sie durch den scharfen Ritt in den letzten Tagen einen großen Vorsprung hätten. Selbst wenn Leynfor mit unzähligen Soldaten bereits unterwegs war, so würden sie dennoch als Erste im Gebirge ankommen, erklärte die Magierin weiter. Und wahrscheinlich hätten sie auch schon das Herz an sich genommen, bevor jemand etwas dagegen tun könnte.

„Du hast uns noch gar nicht erklärt, wie du dich aus dem Wandlungszauber gerettet hast", sagte Vyrira an Trish gewandt, während sie neben Nale, Trish und Brandon her ritt.

„Das hatte ich total vergessen. Danke, dass du mich daran erinnerst. Der Grund war der, dass in mir ein Kind heranwächst, das mich vor gegnerischen Zaubern schützt."

„Wie kann ein ungeborenes Kind seine Mutter schützen?", fragte Jason und ritt neben Vyrira.

„Soweit ich weiß, soll sich das Kind dabei der Gabe der Mutter bedienen und diese nach Belieben benutzen, wobei nur

Schutzschilde aufgebaut werden können. Mir wurde gesagt, dass das Kind, auch wenn es ohne die Gabe auf die Welt kommen sollte, im Mutterleib eine Schutzbarriere aufbaut, um die Mutter, die die Gabe besitzt, vor Gefahren zu schützen. Manche können diesen Schutz auch auf Dritte übertragen. Dadurch konnte ich zum Glück uns fünf retten."

„Und da hast du dich gefangen nehmen und Schmerzen über dich ergehen lassen", meinte Vyrira ungläubig. Zur Bestätigung bekam sie von der Magierin ein schlichtes Nicken.

„Aber woher wusstest du, dass das Kind dich und sogar andere schützen wird?", fragte Jason.

„Ich wusste nur, dass jede schwangere Magierin geschützt wird, aber nicht, dass ich den Schutz übertragen kann. Ich hatte nur so ein Gefühl und verließ mich einfach darauf. Die Chancen standen ziemlich schlecht, aber mein Gefühl hatte sich nicht getäuscht", erklärte Trish.

„Trotzdem war es riskant", wandte Nale ein, der die ganze Zeit neben ihr hergegangen war und nur zugehört hatte.

„Wenn sie es nicht getan hätte, dann hätten wir immer noch keine Ahnung, wo das Herz versteckt sein könnte", warf Amanda ein und schlug sich auf die Seite der Magierin. Vyrira stimmte dem Mädchen zu. Die Magierin hatte mit ihrem Leben gespielt, aber hatte es dennoch geschafft, sich und alle anderen herauszuholen.

„Weiß der Vater des Kindes schon davon?"

„Nein noch nicht, aber er wird es bald erfahren, wenn das alles hinter uns liegt."

Trishs Gesicht war bereits von der Kälte gerötet, aber nun war es noch röter. Vyrira verstand nicht, wieso, aber sie fragte auch nicht nach. Ohne ein weiteres Wort zu sagen, bahnten sie sich weiter ihren Weg durch den Schnee und kamen ihrem Ziel immer näher.

KAPITEL 22

Die Tage strichen dahin und sie waren schließlich früher als erwartet an ihrem Ziel angekommen. Und das, wie sie feststellen, zu ihrem Glück als Erste. Amanda hatte große Bedenken, was das Reiten und die Verfolger in ihrem Rücken anbetraf. Sie hatte Angst, dass sie eventuell zu spät kamen, da Trish in den letzten zwei Tagen darauf bestanden hatten, die Pferde nicht zu überanstrengen. Aber da die Gruppe das Gebirge nun erreicht hatte und niemand sie beim schmalen Pfad aufhielt, hatten sich Amandas Bedenken in Rauch aufgelöst.

Bevor sie sich daran machten, den schmalen Pfad durch die Gebirgswände zu gehen, entschied die Gruppe sich aufzuteilen. Jason, Brian, Michael und Brandon sollten in der Nähe des Pfades in Stellung gehen und den Bereich im Auge behalten, während die anderen vier sich zur Hölle aufmachten. Die Gruppe besprach noch, dass die Zurückgebliebenen die anderen warnen sollten, falls Ärger auf sie zukam. Und sie sollten, wenn es zu einem Kampf vor der Höhle kommen sollte, überraschend aus dem Hinterhalt angreifen. Und um nicht zu verraten, dass sich die Gruppe aufgeteilt hatte, sollten die Zurückgebliebenen sich ein geeignetes Versteck suchen und sich dann von hinten an den Feind anschleichen.

So hatte sich die Gruppe schließlich getrennt. Michael verschwand in der Wolfsgestalt, wie Amanda sah, bevor sie hinter Trish den Pass betrat. Hintereinander schritten sie den Pass entlang. Sie versuchten einerseits schnell voranzukommen, da sie nicht wussten, wann die Zauberer mit den Soldaten auftauchen würden. Andererseits mussten sie auch vorsichtig sein, da einige Felsbrocken so ungünstig in den geschlungenen Pfad hineinreichten, dass sie sich, wenn sie nicht aufpassten, hätten verletzen können.

Wie gut, dass sie die Pferde vor dem Gebirge frei gelassen hatten, dachte sich Amanda. Die hätten nur unnötig in der Gegend herumgestanden und verraten, dass die Gruppe im Gebirge war. Und andererseits hätten sie überhaupt nicht zwischen den Wänden hindurch gepasst. Es war schon schlimm genug, mit den Rucksäcken auf den Rücken mit Trish mitzuhalten. Beim erstbesten Felsbrocken, der in den Pfad hineinragte, oder bei der erstbesten starken Biegung wären die Pferde gar nicht erst durchgekommen oder stecken geblieben. Trish verschwand hinter einer Biegung und zwei Sekunden später hörte Amanda auf einmal, wie die Magierin aufschrie.

„Trish? Ist alles in Ordnung?", rief Amanda und beschleunigte so gut es ging ihr Tempo.

„Ja, alles in Ordnung, aber pass auf, wo du hintrittst, damit du nicht ausrutschst. Hier geht es steil hinunter und der Schnee hat unter meinen Füßen nachgegeben. Ich glaube, unter dem Schnee sind Stufen", antwortete Trish und die Vampirin verlangsamte sofort ihre Schritte.

Wie Amanda bemerkte, als sie die Biegung hinter sich gebracht hatte, stand Trish ungefähr zwei Meter unterhalb des Pfades. Und sie sah eine Schleifspur, die zur Magierin führte. Den Rat befolgend achteten Amanda, Nale und Vyrira, die hinter ihr her gingen, darauf, wohin sie trat. Es dauerte nicht lange, dann stand das Mädchen neben Trish und betrachtete das schneebedeckte Tal, während die anderen beiden noch mit den Stufen zu tun hatten. Es war ein riesiges Tal, in das mit Leichtigkeit eine Kleinstadt hineingepasst hätte, die aber durch das Gebirge von der Außenwelt abgeschirmt wäre.

„Wo genau ist die Höhle?", fragte Nale, als er zu den Frauen trat.

„In dieser Richtung und davor müssen Bäume stehen", sagte Trish und deutete etwas nach rechts gedreht nach vorne. „Und, da dort die einzigen Bäume weit und breit sind, kann sich die Höhle nur dort befinden."

„Dann mal los. Wer weiß, wann Leynfor und sein Gefolge hier auftauchen", meinte Nale und übernahm die Führung.

Schweigend legten sie die Strecke zurück. Amanda schaute sich um, denn sie spürte eine Gefahr, die von diesem Ort ausging. Trish hatte ihnen bereits erklärt, als die Gruppe noch hierher unterwegs war, dass ein Zauber, der für die Sicherheit zuständig war, über diesem Ort lag. Die Brüder hatten den Zauber so angelegt, dass unerwünschte Besucher, die sich doch in das Tal verirrten, von unsichtbaren Gestalten angegriffen würden. Die Gestalten bestanden hauptsächlich aus Stein. Es war eigentlich auch so schon schwer genug, gegen solche Gestalten zu kämpfen, aber um alles zu verschlimmern, hatten die Brüder sie auch noch unsichtbar gemacht. Amanda schätzte, dass die Zauberer ihren Spaß hatten, wenn unerwünschte Besucher Angst verspürten.

Doch da die Brüder Trish diese Information gaben, wussten es Nale und die anderen und konnten sich dagegen wappnen. Es war zwar trotzdem nicht gerade leicht, aber so waren ihre Augen und Ohren überall, während sie sich der Höhle näherten. Die nächsten Minuten ging die Gruppe schweigend weiter. Plötzlich rannte Trish los und wandte sich nach links. Während die Frau auf Etwas zusteuerte, vernahm Amanda hinter sich ein Geräusch. Nale wandte sich zu dem Mädchen um und streckte seinen linken Arm aus, als wolle er etwas aufhalten. Vyrira ging zu ihm und blieb hinter seinem Rücken stehen. Und in diesem Moment drehte sich Amanda um und stürmte los, ohne auf den Felsbrocken zu achten, den Nale mit seiner Gabe aufgehalten hatte und wegschleuderte.

Mithilfe ihres sehr guten Gehörs wusste Amanda, wohin sie laufen musste. Und mit ihrer Schnelligkeit und Stärke überrumpelte sie die unsichtbare Gestalt und zertrümmerte diese mit einem kräftigen Faustschlag in tausend Stücke. Als die Felsstücke auseinanderstoben, hob sich der Unsichtbarkeitszauber auf und man konnte nun beobachten, in welche Richtungen die Stücke flogen. In der Zeit, in der sich Amanda mit der Gestalt beschäftigt hatte, hatte Trish die andere erledigt und war bereits wieder zu Nale und den Mädchen unterwegs. Um nicht noch mehr Zeit zu verlieren, marschierten die vier weiter zu den Bäumen. Endlich vor der Höhle angekommen, meinte Nale: „Wie geplant werden Trish und ich hinein gehen und so schnell wie möglich mit dem Drachenherz wieder herauskommen. Wir lassen unsere Rucksäcke bei euch, damit wir kein unnötiges Zeug mit uns herumschleppen."

„Darf ich wirklich nicht mitkommen?", fragte Vyrira.

„Fang nicht schon wieder damit an. Ohne deine Gabe vollständig zu beherrschen, gehst du bestimmt nicht in die Höhle. Du bleibst bei Amanda und das ist mein letztes Wort", sagte der Zauberer und ließ seinen Rucksack in den Schnee fallen.

„Vergiss nicht uns mitzuteilen, falls unerwarteter Besuch auf euch zukommt. Wie schon gesagt glaube ich nicht, dass wir das Heulen von Brandon und Michael da drinnen hören würden. Falls ihr kämpfen müsst, während wir noch nicht hier sind, pass ja auf dich auf, Amanda. Überanstrenge dich nicht, hauptsächlich des Kindes wegen. Michael und deine Eltern werden es mir bestimmt nicht danken, wenn du das Leben des Kindes aufs Spiel setzt. Es reicht mir schon, dass Virginia mich fertigmacht, wenn ich nicht auf dich aufpasse."

„Das sagt gerade die Richtige", erwiderte Amanda.

„Ich weiß, das kommt gerade von mir. Ich werde genauso aufpassen, dass ich und das Kind heil herauskommen. In dieser Hinsicht müssen wir beide sehr gut aufpassen. Ganz wichtig ist jedoch Folgendes: Leg dich nicht allein mit Leynfor an! Das gilt auch für seinen Bruder, falls er noch leben sollte. Wie gesagt, glauben tu ich das nicht, aber man kann es nicht zu oft sagen", fügte Trish hinzu und legte ihren Rucksack neben den von Nale.

„Dasselbe gilt auch für dich, Vyrira. Kämpfe meinetwegen gegen Soldaten. Überlasse es Brian, ob er gegen Marcus kämpft oder nicht. Er wird außerdem darauf achten, dass du dich von ihm fernhältst", sagte Nale abschließend.

Vyrira und Amanda nickten zustimmend. Daraufhin marschierten Trish und Nale zur Höhle und verschwanden einen Augenblick später in der Dunkelheit. Zwar war Amanda bereits selbst auf die Idee gekommen, sich nicht mit den Zauberern anzulegen. Aber wenn Trish meinte, dass sie das Mädchen noch extra auf dieses Detail hinweisen musste, dann sollte sie es ruhig tun.

„Jetzt müssen wir uns irgendwie die Zeit vertreiben. Wer weiß, wie lange die beiden da drinnen brauchen. Hoffentlich bekommen wir in der Zwischenzeit keinen Besuch, während wir noch allein sind. Ansonsten müssen wir uns für eine Weile allein um die Horde kümmern, bis die beiden wieder bei uns sind", meinte Amanda, streifte ihren Rucksack von den Schultern und legte ihn zu den anderen.

„Hoffe ich auch nicht", sagte Vyrira und starrte geistesabwesend zur Höhle.

„Nale hat recht, Vyrira. Du musst erst einmal deine Gabe kontrollieren, bevor du dich Hals über Kopf in Gefahren hineinwirfst", sagte Amanda nach ein paar Minuten des Schweigens, da sie ahnte, worüber Vyrira nachdachte.

„Die ganze Reise bestand nur aus Gefahren und ich habe sie alle überstanden", erwiderte Vyrira und bestätigte somit Amandas Ahnung.

„Du darfst aber nicht vergessen, dass Nale, Brandon und Jason die ganze Zeit über in deiner Nähe waren. In den letzten Monaten befanden sich Trish, ich und Michael bei euch, wobei Trish die Geübteste von uns dreien war. Außerdem wusstest du da noch nicht, dass du die Gabe besitzt."

„Wenn ich aber lernen soll, sie zu kontrollieren und mit ihr zu hantieren, dann wäre es doch am besten, wenn ich in der Praxis übe, während man mir die Theorie herunterbetet."

„Das hört sich zwar leicht an, aber dem ist nicht so, das kannst du mir glauben. Ich dachte vor Monaten genauso und wurde schließlich eines Besseren belehrt."

„Wie meinst du das?", fragte Vyrira und ließ nun ihren Blick von der Höhle zu Amanda schweifen.

„Ich erfuhr von meinen Fähigkeiten erst vor acht Monaten. Ich war geschockt, da ich immer dachte, Vampire und dergleichen gibt es nur in Geschichtsbüchern", begann die Vampirin zu erklären. „Oder sie waren einfach ein Hirngespinst von irgendwelchen Leuten, die gerne andere mit solchen Spukgeschichten, in denen Vampire Blut tranken oder von den Toten auferstanden erschreckten. Aber dem war nicht so und so fand ich mich selbst als Vampirin in einer Familie wieder, die aus Zauberern, Werwölfen und Vampiren bestand.

Auf einmal war ich in ein neues Leben hineingeworfen worden und musste auch noch Fähigkeiten, von denen ich Jahre lang nichts ahnte, lernen. Als sich der Schock über die Erkenntnis gelegt hatte, fand ich Gefallen daran, etwas Neues zu lernen. Ich dachte, dass es bestimmt einfach sein würde, die Fähigkeiten zu erlernen, vor allem in der Praxis. Theorie hasste ich und wollte nie hören, was man mich lehrte. Ich machte immer das Gegenteil. Als schließlich ungefähr zwei Monate vergangen waren und keine Praxisübungen in Sicht kamen, bin ich einfach abgehauen."

„Wie, abgehauen? Hast du aufgehört zu lernen?"

„Kann man so sagen. Ich hatte die Nase voll von dieser ganzen Theorie. Meine Lehrerin wollte mir einfach keine Praxis gewähren und bestand darauf, dass ich erst einmal weiter die Theorie lerne. Michael lernte ich in diesen zwei Monaten kennen, da er zur gleichen Zeit zum Lernen angefangen hat wie ich. Er hatte dieselbe Einstellung wie ich und wir sind zusammen auf und davon. Aber gerade als wir auf dem Weg zum Haus meiner Eltern waren, trafen wir auf Trish, die uns vor einem magischen Wesen rettete.

Es war purer Zufall, dass wir uns trafen, aber an diesem Tag änderte ich meine Meinung, als Trish mir und Michael zum zweiten Mal an diesem Tag über den Weg lief. Der Tag hatte es in sich und nachdem Trish meiner Großmutter, die beinahe wegen eines Kampfes gestorben wäre, das Leben rettete, bat ich darum, mich und Michael zurück zu unserer Lehrerin zu bringen. Seit dem Tag haben wir Tag und Nacht gelernt, sodass wir zur Überraschung meiner Lehrerin vorzeitig mit der Praxis anfangen konnten."

„Aber ich verstehe dennoch nicht, was das mit mir zu tun haben soll."

„Ich will damit nur sagen, dass es besser ist, vorab eine theoretische Einführung in die neue Umgebung zu bekommen. So erfährt man einiges über die Vor- und Nachteile seiner Kräfte und auch über eventuelle Gefahren, die dann auf einen zukommen.

Und wie man auf diese Gefahren reagieren sollte. Ohne vormalige Erklärungen ins kalte Wasser zu springen, ist nicht so ratsam.

Deshalb will Nale dich auch von der Höhle fernhalten, bevor etwas Schlimmes passiert. Ich gebe zu, dass ich mich selbst nicht da hinein traue, zumindest jetzt nicht. Und Nale möchte dich bestimmt genauso auf manches hinweisen und dich dementsprechend darauf vorbereiten. Erst danach will er dir bestimmt zeigen und beibringen, wie du deine Gabe kontrollieren kannst. Und ich wette, er erlaubt dir dann auch, so waghalsig zu sein wie er gerade in der Höhle."

„Da kennst du mich schlecht. Ich kann auch ohne Gabe ziemlich waghalsig sein. Das würde dir zumindest Nale erzählen", sagte Vyrira grinsend. „Ich hoffe außerdem, dass du recht behältst. Vielleicht ist es doch besser, die Theorie über sich ergehen zu lassen. Ich kann dir versichern, dass ich sicher nicht lockerlassen werde, bis Nale mir schließlich doch praktische Übungen gibt."

Stille legte sich über die beiden, in der sie im Schutz der Bäume ihre Blicke über die weiße Landschaft streifen ließen. Zusätzlich spitzte Amanda ihre Ohren, um ja nicht das Heulen von Brandon oder Michael zu verpassen.

„Weißt du, was ich gerade nicht verstehe, Amanda?", fragte Vyrira auf einmal in die Stille hinein.

„Und was verstehst du nicht?", fragte die Vampirin zurück.

„Deine Lehrerin muss verrückt sein, wenn sie Michael und dir erlaubt, diese Reise mitzumachen. Euer Unterricht dauerte gerade einmal wenige Monate, in denen ihr wenige praktische Übungen hattet, aber dennoch seid ihr hier. Wenn man euch erlaubte, ungeübt hier unterwegs zu sein, dann verstehe ich nicht, weshalb ich nicht mit in die Höhle durfte."

„Stimmt schon, was du sagst. Aber du darfst nicht vergessen, dass Michael und ich alle theoretischen Teile, die es zu lesen und lernen gab, auch wirklich gelesen und größtenteils auswendig gelernt haben. Und das auch noch in einer beachtlich kurzen Zeit. Selbst die erfahrenen Schüler waren nicht so weit wie wir. Einen kleinen Teil davon haben wir schon in unserer Unterrichtszeit in die Tat umgesetzt und auf einem Übungsplatz miteinander geübt.

Ich versprach Trish nämlich, dass ich von dem Tag an, von dem ich dir vorhin erzählte, fleißig lernen würde. Und sie versprach mir im Gegenzug, mich und Michael zu informieren, falls sich etwas ergibt. Trish hat es erklärt, bevor wir durch das Tor in diese Welt gegangen sind. Meine Lehrerin hat davon erfahren und mit angehört, was Trish uns zu berichten hatte. Und da hat sie kurzerhand beschlossen, uns unter zwei Bedingungen zu erlauben, mit euch zu kommen. Einerseits sollte Trish auf uns aufpassen und andererseits sollten wir weiter üben.

Ihr habt es zwar nicht bemerkt, aber während ihr in den vielen Nächten geschlafen habt, übten wir weiter. Manchmal gesellten sich abwechselnd Brandon, Trish und Nale zu uns, um mit uns zu üben."

„Jetzt verstehe ich. In dem Sinne kann ich mich auf etwas gefasst machen, wenn Nale mit meinem Unterricht anfängt."

„Kopf hoch. So schlimm wird es bestimmt nicht werden", meinte Amanda aufmunternd.

Wiederum schwiegen sie und die Stille zog sich dieses Mal mehrere Minuten hindurch. Amanda schätzte, dass sich die Stille schon mehr als eine halbe Stunde hinzog. Sie konnte leider nur schätzen, da sie ihre Armbanduhr bei Virginia gelassen hatten. Trish meinte, als sie Amanda und Michael holte, dass es besser wäre, nicht allzu auffällig zu sein und die Armbanduhren wären eindeutig zu auffällig gewesen. Sie hätten zu unangenehmer Verständnislosigkeit, Auffälligkeit und Erklärungsbedarf geführt, was die Gruppe auf ihrer Reise vermeiden wollte.

Vyrira ging aufgeregt hin und her, während Amanda stur an einen Baum gelehnt stehen blieb. Nach weiteren geschätzt fünf Minuten vernahm die Vampirin ein Rauschen. Es hörte sich an, als würde sich etwas in der Luft bewegen und dabei immer näherkommen. Und währenddessen erklang ein Heulen, dem Sekunden später ein weiteres folgte.

„Mist. Wir bekommen Ärger", sagte Amanda und zückte ihre Messer, die sie die ganze Reise über in ihren Manteltaschen aufbewahrt hatte.

„Sag mir, dass es noch nicht so weit ist. Nicht gerade jetzt, wo Nale und Trish noch in der Höhle sind!", erwiderte Vyrira.

„Es ist leider doch so weit. Wir müssen uns so lange selbst helfen, bis die beiden wieder hier sind. Aber sieh erst einmal zu, dass du Trish informierst, dann kümmern wir uns um die Konfrontation."

Weiter im Schutz der Bäume stehend, beobachtete Amanda die Gegend, selbst den Luftraum. Das Rauschen war kurz nachdem das Heulen von Brandon und Michael an ihre Ohren gedrungen war, verstummt.

Aus heiterem Himmel, sodass Amanda sich mächtig erschreckte, tauchten überall im Tal Soldaten wie aus dem Nichts auf und rasten mit erhobenen Schwertern in Richtung Höhle. Amanda verstand sofort, dass es sich dabei nur um das Werk von einem der Zauberer handeln konnte, denn von allein konnten die Soldaten nicht aus dem Nichts auftauchen. Sie hätten normalerweise über den Weg, den auch Amanda, Vyrira, Trish und Nale benutzt hatten, kommen müssen. Wahrscheinlich war, dass die Brüder die Drecksarbeit den Soldaten überließen. Amanda hoffte, dass von ihnen nur noch einer lebte. Und deshalb schickte einer der Zauberer die Soldaten mit einem Zauber ins Tal, damit diese das Übel beseitigten. Oder sie sollten die Gruppe, die es gewagt hatte, die Brüder zu hintergehen, soweit schwächen, dass ihnen die Zauberer mit Leichtigkeit den Gnadenstoß versetzen konnten, ohne auf großen Widerstand zu stoßen.

Was auch immer der Grund war, Amanda würde mit Bestimmtheit kein leichtes Ziel abgeben und sich mit allem wehren, was sie hatte. Vor allem war es wichtig, Trish und Nale noch so viel Zeit zu verschaffen, wie sie eventuell noch in der Höhle benötigten. Die Vampirin verspürte ein mulmiges Gefühl in der Magengegend, da sie für die nächsten Minuten nicht darauf zählen konnte, von Trish gerettet zu werden. Wenigstens wusste Amanda, dass Michael und Brian in der Nähe waren. Brian war erfahren und wusste mit der Gabe umzugehen. In diesem Sinne besänftigte sie ihr mulmiges Gefühl, zumindest ein wenig.

Mit einem Blick zu Vyrira versicherte sich Amanda, dass diese bereit zum Kampf war. Und wie sie merkte, war es Vyrira auch. Denn sie hatte ihr Schwert bereits in den Händen, stand auf der anderen Seite des Baumes, an den sich Amanda lehnte, und lugte dahinter hervor. Während die Vampirin noch zu ihr hinüberblickte, wandte Vyrira ihren Blick von den Soldaten zu ihr. Beide nickten sich zu und verließen dann gemeinsam den Schutz der Bäume. Die Soldaten waren keineswegs überrascht und verminderten ihr Lauftempo nicht, was für ein paar von ihnen schlecht war. Amanda musste nicht viel von ihren Kräften einsetzen, um die ersten Feinde zu Boden zu reißen. Sie rannte so schnell sie konnte den Soldaten entgegen, und ehe diese realisierten, was passierte, wurden sie von den Füßen gerissen und landeten mit verdrehtem Genick oder verdrehten Gliedmaßen am Boden. Einige Male hielt Amanda an, um dem einen oder anderen ihren Willen aufzubürden, damit sie gegen ihre ehemaligen Kampfkameraden kämpften.

Ansonsten hielt sie nicht inne, nicht einmal, als Michael in Gestalt des Werwolfs und Brandon hinter ihrem Rücken gemeinsam vier Soldaten in vollem Lauf über den Haufen rannten. Obwohl Amanda keine Müdigkeit empfand, hatte sie allerdings das Gefühl, dass die Feinde immer mehr wurden anstatt weniger. Logischerweise sollten mithilfe der gewandelten Soldaten Unmengen von Leichen herumliegen. Aber auf sonderbare Weise waren bis auf eine Handvoll fast keine vorhanden. Dies fiel der Vampirin langsam auf, je länger der Kampf dauerte. Und ein weiterer Punkt stach ihr ins Auge, als sie einmal einen Moment vom Töten und Wandeln abließ.

Als Amanda mit blutverschmierten Messern in den Händen zwischen mehreren toten Soldaten stand, bemerkte sie, dass verrückterweise mehrere Leute im Tal anwesend waren. Während sie ein paar Leuten zusah, wie sie gegen die Soldaten kämpften, kam ihr der Gedanken, dass diese nur die Gabe besitzen konnten. Und sie trugen Gewänder, die ihr einerseits bekannt vorkamen, andererseits sehr fehl am Platz aussahen. Noch bevor Amanda einfiel, woher sie die Kleidung kannte, erschien zwischen mehreren

Soldaten ein weißer Tiger, der genau in ihre Richtung lief. Ohne jegliche Furcht trat die Vampirin zur Seite, das Tier schoss an ihr vorbei und überrumpelte einen Soldaten. Der Tiger hatte es geschafft, dass es Amanda wie Schuppen von den Augen fiel.

Trish musste wohl, als Amanda es nicht bemerkt hatte, mit Elisabeth in Kontakt getreten sein und um Hilfe gebeten haben. Und anscheinend hatte Elisabeth den Hilferuf wahrgenommen und war mit mehreren Angestellten des Unternehmens aufgebrochen. So ergab es auch Sinn, dass der weiße Tiger hier war. Sie mussten erst heute Morgen in Kenntnis gesetzt worden sein, denn Amanda, Michael und die anderen waren heute, nachdem es hell geworden war, aufgebrochen. Und sie waren erst nach Mittag hier angekommen. Das wusste Amanda genau, denn auf Nales Magen war bezüglich der Essenszeiten Verlass. Die Erleichterung, dass nun auch mehr Leute gegen die Soldaten kämpfen, milderte den Schrecken darüber, dass die Soldaten immer mehr wurden. Und während Amanda erleichtert dem Tiger hinterherblickte, bekam sie einen mächtigen Seitenhieb ab, der sie von den Füßen riss.

Nach ein paar Rollen im Schnee kam die Vampirin zum Stillstand und stand augenblicklich wieder auf. In mehreren Metern Entfernung stand Leynfor, der Amanda mit finsterem Blick fixierte. Nach ein paar Sekunden zeichnete sich ein Lächeln in seinem Gesicht ab und er sagte: „Wie es aussieht, komme ich zu spät. Aber immerhin bin ich noch früh genug gekommen, um meinem Meister und der falschen Schlange von Magierin eine böse Überraschung zu bereiten. Jetzt bist du fällig, du nichtsnutziges Stück Etwas."

Den Rat von Trish im Hinterkopf wich Amanda so gut es ging zurück und behielt dabei den Zauberer im Blick. Wie es aussah, war er allein, aber der Schein hätte trügen können. Trish hatte ihr erzählt, dass sie Ryan schwer verletzt hatte. Die Magierin glaubte, dass er an der Verletzung gestorben war, hatte jedoch nachdrücklich betont, dass die Möglichkeit einer Heilung bestünde. Leynfor hätte seinen Bruder vielleicht noch rechtzeitig heilen können, während Trish und die anderen geflohen waren.

Deshalb achtete Amanda darauf, ob nicht auf einmal Ryan auftauchte und sie aus einer anderen Richtung angriff.

Sie bemerkte gerade, dass Leynfor nach Minuten, in denen er einfach still dastand, seinen rechten Arm blitzschnell hob. Die Vampirin machte sich bereit, aus dem Weg zu springen oder zu laufen. Aber zum zweiten Mal an diesem Tag wurde Amanda zur Seite geschleudert, doch dieses Mal nicht mittels eines Zaubers, sondern durch eine Person, die sie zu Boden warf. Und diese Person blieb schließlich auf ihr liegen, als sie im Schnee gelandet war. Das Gute an dem Ganzen war, dass die Person gerade rechtzeitig gekommen war, denn die Stelle, wo Amanda Sekunden vorher gestanden hatte, stand in Flammen. Die Flammen züngelten auch ohne dass ein Holz sie am Brennen hielten, wie Amanda feststellte.

„Gerade noch rechtzeitig oder wie sehe ich das?", fragte die Person, die Amanda umgerissen hatte.

Die Vampirin blickte diese Person an und war äußerst erfreut, dass es sich um Trish handelte.

„Eindeutig rechtzeitig, sonst wäre ich zu Brennholz verarbeitet worden", antwortete Amanda.

„Zu schade. Ich hätte allzu gern gesehen, wie Eure Freundin brennt", meinte Leynfor bedrückt, aber auch etwas belustigt.

„Dafür werde ich sehen, wie du in Flammen aufgehst", verkündete Nale, der, wie Amanda aus dem Augenwinkel sah, gerade zu ihnen kam und dabei mit seiner Gabe ohne große Anstrengung einige Soldaten umwarf.

„Ich glaube, wir sehen zu, dass wir Abstand gewinnen. Während sie versuchen, sich gegenseitig die Köpfe einzuschlagen, werden wir die Anzahl der Soldaten verkleinern, ohne dass die beiden uns umbringen", erklärte Trish und stand zusammen mit Amanda auf.

KAPITEL 23

Trish fand es äußerst unfair, dass sie sich nicht verwandeln konnte wie Tiger. Wie Trish sah, riss ihre Freundin in Gestalt des Tigers so einigen Soldaten die Köpfe oder Gliedmaßen ab. Am liebsten hätte sich die Magierin auch verwandelt, aber die Schwangerschaft zog ihr die Energie ab, die sie eigentlich für den Kampf hätte verwenden müssen. Sie ermahnte sich, keine unnötige Kraft zu verschwenden und dachte daran, dass Elisabeth, Tiger und die andere aus dem Unternehmen nun hier waren. In diesem Sinne überließ Trish schweren Herzens ihnen den Teil, der die Verwandlung beinhaltete, und konzentrierte sich darauf, nur mit ihrer Gabe Soldaten auszuschalten.

„Habt ihr das Herz?", fragte Amanda auf einmal und schnitt gleichzeitig einem Soldaten die Kehle durch.

„Ja, Nale hat es an sich genommen", antwortete Trish und brachte selbst einige Soldaten mit ihrer Gabe um.

„Wieso hat das überhaupt so lange gedauert?"

„Es war doch kniffliger durch die Höhle zu gehen, als wir vorher angenommen hatten", erwiderte die Magierin und schleuderte mit aller Kraft einen muskelbepackten Soldaten von sich.

„Das glaube ich gern", meinte die Vampirin mit einem komischen Unterton.

„Du hörst dich ja so an, als hätten wir absichtlich herumgetrödelt. Die Brüder waren schlau und hatten mehrere Gänge und Zauber angelegt, um Eindringlinge in die Irre zu führen und von denen sie mir nichts erzählt hatten.

Leider nahmen wir oft den falschen Weg und mussten zurück, was uns wertvolle Minuten kostete. Die Gänge waren wie eine Art Labyrinth angeordnet und manchmal miteinander verbunden, sodass wir manchmal sogar an einen Platz kamen, wo wir schon gewesen waren. Du musst wissen, dass wir jeden Gang markierten, wenn wir uns für einen entschieden. Und als Vyrira mir die Nachricht zukommen ließ, wäre uns beinahe die Höhle um die Ohren geflogen. Nale und ich stützten dann die Höhlendecke mit Magie ab, was uns noch zusätzlich aufhielt."

„Wieso wäre die eingestürzt?"

„Keine Ahnung, vielleicht war es eine Reaktion auf die Gedankenübertragung. Ich schätze, dass ein Zauber darauf reagierte, um zu gewährleisten, dass Personen, die es wagten ohne Erlaubnis in die Höhle zu gehen, nie wieder rauskämen. Beinahe wären wir auch drinnen geblieben, wenn unsere Gaben vorher schlappgemacht hätten. Wir mussten uns anstrengen, damit uns nicht der gesamte Berg zusammenbrach, und der Einsatz unserer Kräfte erschöpfte uns recht schnell."

Eigentlich wollte Trish noch etwas hinzufügen, aber eine Explosion unterbrach sie. Die Explosion schmerzte einerseits in den Ohren und andererseits ließ sie den Boden unter den Füßen erzittern. Trish fand schnell deren Ursprung. Sie spürte, welche Kräfte diese Explosion ausgelöst hatten, und blickte nun fasziniert zu Leynfor und Nale hinüber, die sich mit ihren Kräften ein mächtiges Duell lieferten. Die Magierin war verwundert, denn der alte Zauberer deutete keinerlei Zeichen von Schwäche an.

Kurz bevor sie und Nale mitsamt Drachenherz aus der Höhle waren, war Nale vom Einsatz seiner Gabe geschwächt gewesen. In der Höhle war es nämlich so gewesen, dass er den Großteil der Decke gehalten hatte und nicht sie. Er hatte sich geweigert, ihr die Arbeit zu überlassen. Vor allem des Kindes wegen. Und nun sah es so aus, als hätte er keine tonnenschwere Höhlendecke gehalten. Woher er die Kraft nahm, war Trish ein Rätsel, aber sie dachte, dass er nicht umsonst einer der Mächtigen war. So wie sie es verstand, besaßen die Mächtigen eine Macht, die über der von anderen stand, also auch über Trish. Wer weiß, über welche Kräfte die mit der Gabe Gesegneten in diesem Teil der Welt verfügten, dachte sich Trish. Nale musste über Kräfte verfügen, von denen sie nur träumen konnte.

Ihre Ansicht bezüglich mächtig konnte sich zu der Ansicht von Nale unterscheiden. Für Trish war schon ihre Professorin eine mächtige Magierin, zumindest in ihrer Ausbildungszeit hatte Trish das Gefühl gehabt. Aber seit sie auf dieser Reise zusammen mit Nale unterwegs war, hatte sie so einiges überdenken müssen. Schließlich war sie zum Schluss gekommen, dass Nale bei Weitem besser war als all die Leute, die Trish kennengelernt hatte. Es war zwar nur ein Gefühl, dennoch war die Magierin sicher, dass sie nun zu sehen bekam, was er so an Kraft zu bieten hatte. Denn sie schätzte, dass der Zauberer alle Geschütze auffahren würde, die ihm zur Verfügung standen.

Durch ihr Staunen hatte sie glatt vergessen, dass sie Amanda noch etwas fragen wollte. Trish riss ihren Blick von den kämpfenden Zauberern ab und wandte sich zu Amanda.

„Habt ihr überhaupt gekämpft, bevor wir gekommen sind? Ihr hattet genügend Zeit, um einen Haufen an Soldaten ins Jenseits zu befördern", fragte Trish und riss dadurch die Vampirin aus dem Staunen heraus.

Anscheinend beleidigt, aufgebracht und wieder in der Realität angekommen, warf Amanda eines ihrer Messer einem Soldaten entgegen, das dann treffsicher in dessen Brust stecken blieb.

„Glaubst du etwa, wir hätten uns vor Angst verkrochen?", erwiderte das Mädchen säuerlich. „Ich habe genügend umgebracht oder gewandelt, das kannst du mir glauben. Mir ist selbst schon aufgefallen, dass die toten Soldaten verschwunden sind. Wenn du mich fragst, hat einer der Brüder seine Finger im Spiel und die Toten verschwinden lassen."

„Wenn das so ist, dann bin ich ganz deiner Meinung", sagte die Magierin entschuldigend und suchte mit ihrer Gabe die Gegend ab. „Ich bin mir sicher, dass nur Leynfor dahintersteckt, denn sein Bruder ist tot. Ich spüre ihn nämlich nirgends. Jetzt aber genug geredet. Mit der Unterstützung, die gerade eintrifft, sollten wir die Soldaten mit Leichtigkeit erledigen, wie viele auch immer noch kommen."

Trish hatte zwar Ryan nirgends entdeckt, dafür hatte sie bemerkt, dass einige Leute mit der Gabe ins Tal gekommen waren.

Und wie sie sah, kämpften die ebenfalls gegen die Soldaten, weshalb sie davon ausging, dass es sich nur um Unterstützung handeln konnte. Amanda und Trish ließen nicht locker und kämpften sich durch die Soldaten. Ein weiteres Mal musste Trish in ihrem Kampf innehalten, wobei dieses Mal nicht Nale und Leynfor der Grund waren. Ein Brüllen übertönte das Geschrei der Kämpfenden im Tal. Daraufhin hörte Trish, wie etwas gegen Gestein geschleudert wurde und wie Gestein in Bewegung kam.

Nun wurde die Magierin mit enormer Geschwindigkeit an einem Arm zur Seite gezogen. Und das keine Sekunde zu spät. Als Trish wieder stand, sah sie, wie ein grüner Drache mit dem Rücken auf einer großen Menge von Soldaten landete. Einige konnten entkommen, wie auch viele, wenn nicht sogar alle mit der Gabe Gesegneten, aber der Großteil der Soldaten wurde plattgedrückt. Ein weiterer Drache, ein grauer mit roten Streifen auf dem Bauch und am Rücken, erschien und stürzte sich auf den weitaus kleineren grünen Drachen.

„Ich hätte nie gedacht, dass ich jemals einen Drachen zu Gesicht bekommen würde, geschweige denn zwei an einem Tag", meinte Amanda erstaunt.

„Da bist du nicht die Einzige", erwiderte Trish. „In unserer Welt gibt es zwar auch welche, aber man bekommt sie nicht zu Gesicht. Sie dürfen nur in bestimmten Gegenden leben, wo man nicht hindarf. Außer man ist ausgebildeter Drachenpfleger. Und da ich das nicht bin, ich selbst habe auch noch nie einen gesehen."

Ihre Blicke waren aber nicht von Dauer auf die kämpfenden Drachen gerichtet, denn ein weiteres Ereignis trug sich wenige Augenblicke später zu. Nochmals erklang eine Explosion, die weitaus heftiger war als die erste. Erschrocken drehten sich Trish und Amanda um und konnten gerade noch sehen, wie sich grelle Funken von einem Punkt ausgehend in verschiedene Richtungen verteilten. Und Trish musste geschockt feststellen, dass Nale am Boden lag und nicht aufstand. Angst durchflutete sie. Sie hoffte, dass ihm nichts Ernstes passiert war. Und während sie gebannt zu Nale hinüberblickte und hoffte, dass er noch lebte, bemerkte sie nicht, dass Leynfor ganz in ihrer Nähe war. Er hatte klaffende

Wunden an der Schulter sowie am Bein, dennoch war er drauf und dran nun Trish fertigzumachen.

Unachtsam wie die Magierin momentan war, bemerkte sie auch nicht, dass der Zauberer einen Arm hob. Er produzierte eine leuchtende Kugel mit all seiner vorhandenen Kraft und schleuderte diese auf Trish. Diese erwachte in allerletzter Sekunde aus ihrem Starren, um mit ansehen zu müssen, wie ein Gepard zwischen sie und die leuchtende Kugel sprang. Die Kugel erfasste das Tier mit voller Wucht und es wurde zur Seite geschleudert. Trish wusste, dass es sich bei dem Gepard um Elisabeth handelte und wurde augenblicklich sauer.

Die Sorge, dass sie durch die Verwandlung geschwächt wurde, verschwand aus ihrem Kopf und die Magierin verwandelte sich in ihre zweite Gestalt, eine Löwin. Die Verwandlung verbrauchte Unmengen an Kraft, aber das störte sie im Augenblick nicht sonderlich. Mit enormem Zorn, der sich daraus gebildet hatte, dass Nale und nun auch Elisabeth verletzt worden waren, rannte sie zu Leynfor hinüber. Sie wusste nur zu gut, dass er ihr nichts anhaben konnte, da sie durch das Kind geschützt wurde. Er wehrte sich, zumindest versuchte er es. Trish warf sich auf ihn, versetzte ihm einige Hiebe mit ihren Vorderpfoten und kratzte ihn. Zu guter Letzt biss sie ihn noch in den Hals, zog daran und schleuderte den erschlafften Körper davon. Knurrend und mit spürbarer Erschöpfung wandte Trish sich ab und trabte schnell zu Elisabeth hinüber, die nun wieder ihre menschliche Gestalt angenommen hatte.

Neben der Frau verwandelte sich Trish zurück und kroch die letzten zwei Meter zu ihr. Wie die Magierin feststellen musste, hatte es ihre Freundin äußerst schlimm erwischt. Die gesamte linke Seite ab dem Hals abwärts war verbrannt und auf der Höhe des Bauches sowie am linken Oberschenkel blutete sie heftig. So wie Elisabeth nach Luft schnappte, war wohl auch in ihrem Inneren einiges durcheinandergekommen.

„Elisabeth! Weshalb bist du dazwischen gegangen?", fragte Trish den Tränen nahe, als sie bei ihrer Freundin und Vorgesetzten kniete.

„Er wollte dich umbringen, und das wollte und konnte ich nicht zulassen", erwiderte Elisabeth keuchend und verzog das Gesicht.

„Verdammt, er hätte mich nicht umbringen können. Ich bin schwanger!"

„Wirklich? Also war es doch gut, dass es so weit gekommen ist und ich wenigstens nicht umsonst sterbe."

„Was meinst du? Hast du das alles vorhergesehen?", fragte Trish verwirrt.

„Hör mir zu. Ich will, dass du die neue Leiterin meines Unternehmens wirst", sagte Elisabeth, als hätte sie die Fragen überhaupt nicht gehört. Ihr Keuchen wurde immer schlimmer und ihre Kraft war fast am Ende, wie Trish spürte. „Und ich will hier begraben werden, an diesem Ort, irgendwo zwischen den Bäumen, und das ohne große Beerdigungsfeier. Und eins noch: Verrate mir, wer der Vater ist!"

„Nale ist es", verriet Trish es ihr ohne zu zögern, da sie wusste, dass der Tod Elisabeth bald zu sich holen würde.

„Dachte ich es mir. Ich wusste von Anfang an, als ihr euch zum ersten Mal allein unterhalten habt, dass es zwischen euch gefunkt hat."

Ein paar Atemzüge später und mit einem Grinsen im Gesicht erlosch die Kraft von Elisabeth. Trish verspürte eine tiefe, schmerzende Leere in sich, und obwohl sie am liebsten nur noch geweint hätte, stand sie auf. Sie war erschöpft von der Verwandlung, aber das hielt sie nicht davon ab, den leblosen Körper von Elisabeth mit ihrer Gabe in die Luft zu heben und mit sich zu ziehen. Trish musste nicht weit gehen, denn ihre Freundin war nicht weit von den Bäumen gestorben, bei denen sie beerdigt werden wollte. Mit großer Anstrengung hob die Magierin ein Grab mit ihrer Gabe aus, legte den Körper von Elisabeth vorsichtig hinein und bedeckte diesen anschließend mit Erde. Nach einem kleinen Gebet, in dem sie der Frau im Grab eine angenehme Ruhe für alle Ewigkeiten wünschte, ging Trish zurück. Amanda kniete neben Nale, der glücklicherweise noch lebte und bereits mit schmerzverzerrtem Gesicht aufrecht im Schnee saß.

„Wie schwer hat es dich erwischt?", fragte Trish den Zauberer und kniete sich auf die andere Seite von ihm in den Schnee.

„Ziemlich schlimm. Mein rechter Arm ist taub und blutet wie verrückt", antwortete Nale.

„Und anscheinend hat Leynfor dich auch am Kopf verletzt. Du warst nicht ansprechbar, als ich zu dir rannte", fügte Amanda hinzu und begutachtete seine Stirn, wo ein dunkler Fleck die Haut verfärbt hatte.

„Muss wohl so sein, denn mir brummt mächtig der Schädel. Es tut mir leid, was Elisabeth zugestoßen ist", meinte der Zauberer an Trish gewandt.

„Ja, echt schrecklich", stimmte Amanda zu.

„Schrecklich wird es erst, wenn die anderen davon erfahren", meinte die Magierin.

Und die erfuhren es wenige Minuten später auch, aber es war nicht mal annähernd so schlimm, wie Trish es befürchtet hatte. Es war schlimmer. Alle waren überglücklich, als der letzte Soldat gefallen war, aber als Trish ihnen die schlechte Nachricht über den Tod von Elisabeth überbrachte, wurde es schlagartig still im Tal. Tiger war am Boden zerstört und stand einige Minuten am Grab. Als sie zurück war und wissen wollte, wer nun das Unternehmen leiten sollte, erzählte Trish allen, was Elisabeth in ihrem Todeskampf zu ihr gesagt hatte. Betrübt, aber anscheinend glücklich über die Wahl von Trish zur neuen Leiterin, erhellten sich die Mienen von denen, die von nun an Trishs Angestellte waren.

„Und wo ist das Drachenherz?", kam es nach kurzer Stille vom grauen Drachen mit den roten Streifen.

„Gut, dass du es erwähnst, Fredrik. Das habe ich glatt vergessen, obwohl wir deswegen solche Strapazen auf uns genommen haben. Es ist in meinem Rucksack, der noch in der Nähe der Höhle steht", antwortete Nale, während er mit schlaff herunterhängendem rechtem Arm zwischen Trish und Amanda stand.

„Wunderbar! Dann sollten wir es wieder an seinen Platz bringen. Zuerst will ich euch jedoch alle von euren Wunden erlösen, bevor wir aufbrechen."

„Kann ein Drache Menschen wirklich heilen?", fragte Trish Nale skeptisch.

„Soweit ich weiß, ist Fredrik der einzige Drache, der dazu fähig ist. Und er besitzt eine unerschöpfliche Kraft, was ihm das Heilen bei Weitem erleichtert. Vielleicht gibt es mehr von seiner Sorte, aber ich habe nie einen anderen mit dieser Fähigkeit zu Gesicht bekommen", antwortete dieser.

Trish fühlte sich erleichtert, als ihre Müdigkeit und ein paar kleinere Schmerzen verschwanden. Die Traurigkeit über den Verlust der Freundin blieb ihr jedoch, aber dafür fühlte sie sich wieder voll und ganz bei Kräften. Während Nale, Vyrira und Amanda ihre Rucksäcke holten, gab Trish ihren Angestellten die ersten Anweisungen. Sie sollten ins Unternehmen zurückkehren und alle anderen davon in Kenntnis setzten, was passiert war. Das Wichtigste war, dass sie nachsehen sollten, ob das Tor noch vorhanden war. Sie glaubte zwar immer noch nicht, dass es sich geschlossen hatte und Tiger versicherte ihr noch zusätzlich, dass das Tor noch da war, aber eine Kontrolle wäre dennoch nicht schlecht. Tiger meinte noch, dass man ihr mitgeteilt hätte, wenn sich das Tor geschlossen hätte, und niemand hatte es all die Zeit über getan, in der sie nun hier war. Dennoch wollte Trish auf Nummer sicher gehen und wies ihre neue Stellvertreterin an, sie ohne Umschweife zu informieren, falls doch etwas mit dem Tor sein sollte.

Und es sollten auf jeden Fall mindestens drei Personen in dieser Welt beim Tor auf Trish, Amanda und Michael warten. Trish würde nämlich Nale und den anderen das zweite Pergamentstück, das sie angefertigt hatte, überlassen und sich anders zum Tor bewegen. Deshalb wollte sie Kräfte spüren, die sie kannte, damit sie wusste, wohin sie sich mit ihrer Gabe teleportieren musste. Als Tiger fragte, weshalb sie nicht gleich mitkam, sagte Trish, sie wolle noch das letzte Stück der Reise hinter sich bringen. Sie wollte nämlich das Drachenherz bis zu seinem Bestimmungsort bringen. Und wie Michael versicherte, der neben ihr stand und zugehört hatte, wollten auch er und Amanda mitkommen und nicht sofort zurück in ihre Heimat. Alles in Bezug auf das

Unternehmen, die Strukturierung und all die andere Planung würde Trish dann mit Tiger, die sie nun als Stellvertreterin haben wollte, besprechen, wenn sie zurück war.

Als Nale, Vyrira und Amanda mitsamt Rucksäcken zurück waren, machten sie sich für den letzten Teil ihrer Reise bereit. Nale dankte noch den Leuten, die ihnen zur Hilfe gekommen waren und verabschiedete sich von allen, auch von Brian. Dieser jedoch hielt den alten Zauberer auf. Brian fragte ihn nämlich, ob es möglich wäre, dass er seine beiden Kinder unterrichtete, da beide die Gabe besaßen. Nale bejahte und meinte, er würde, sobald das Drachenherz wieder an seinem Platz war, sich bei Brian melden. Während Nale zuerst, hinter ihm Vyrira und hinter ihr wiederum Jason auf Fredriks Rücken Platz nahmen, verwandelte sich Michael in einen Werwolf. Sie hatten vereinbart, dass Amanda, Michael und Brandon am Boden blieben und Trish aus eigener Kraft neben dem Drachen herflog.

Mit kräftigen Schlägen seiner Flügel stieg Fredrik in die Luft und flog voraus. Trish beobachtete noch kurz, wie Michael, Amanda und Brandon im Pass verschwanden, bevor sie mit ihrer Gabe ebenfalls in die Luft stieg. Fredrik hatte schon einen großen Vorsprung, den die Magierin aber schnell verkürzte. Schließlich holte sie den Drachen ein und flog im selben Tempo wie er neben ihm her. Er versuchte, sie nicht von seinem Flügel zu erwischen.

Es dauerte ziemlich lange, bis sie die Stadt erreichten, in der das Drachenherz eigentlich aufbewahrt werden sollte. Trish schätzte, dass sie bereits mindestens eine Stunde unterwegs waren. In der Zeit achtete die Magierin darauf, ob die drei, die am Boden geblieben waren, immer noch auf demselben Kurs waren wie sie. Wie sie feststellte, waren sie das auch, aber ein ganzes Stück hinter ihnen. Brandon war bei Amanda und Michael und der wusste, wohin sie mussten, dachte sich Trish und konzentrierte sich wieder auf das Fliegen. Seit Trish das letzte Mal nach den dreien gesehen hatte, waren etwa fünf Minuten vergangen und hinter einer Bergkette erkannte sie schon eine Stadt. Mit einem großen Abstand zur Stadt landete Fredrik auf einer weiten Schneefläche und seine Passagiere stiegen ab.

„Ich glaube, ich kann nie wieder etwas essen", hörte Trish Nale sagen, als sie selbst wieder Boden unter den Füßen hatte.

„Und warum nicht?", fragte sie und ging zu den vieren hinüber.

„Vyrira hat sich während des gesamten Fluges fest an mich geklammert und dabei meinen Bauch abgeschnürt."

„Stimmt doch gar nicht. So fest habe ich mich auch nicht an dich geklammert", beschwerte sich Vyrira. „Ich wollte bloß nicht hinunterfallen."

„Ach, bald wirst du bestimmt wieder etwas essen können. Ich verwette dafür sogar meine Gabe."

„Die Wette wirst du verlieren, denn ich werde schmerzlich am Hungertod sterben", meinte Nale übertrieben und rieb sich seinen Bauch. „Wo sind die anderen?"

„Die sollten gleich kommen", antwortete Trish.

Die fünf mussten nicht lange warten, denn wenige Minuten später tauchten Amanda, Michael und Brandon auch schon auf und kamen schnell näher. Während Fredrik auf sie wartete, marschierte die Gruppe, angeführt von Nale und Brandon, auf die Stadt zu. Trish wusste von Nale, dass die Stadt den Namen Zentril trug und in früheren Jahren, als er mal dort war, prachtvoll aussah. Und es sollten dort jede Menge Menschen gelebt haben, sowohl normale Menschen wie Händler oder Schmiede mit deren Familien, wie auch Familien mit der Gabe. Die Stadt war der Sitz der Mächtigsten, wobei, wie Nale ihr erklärte, nicht alle Mächtigen in der Stadt blieben. Manche lebten auch außerhalb wie er.

Um ein riesiges Gebäude, das man schon von Weitem sah und das wie ein Schloss aussah, waren eine Stadt und eine Mauer angelegt. Das Schloss war an einer engen Stelle zwischen den beiden Gebirgsketten gebaut worden, sodass Teile des Gebirges zu den Mauern gehörten und sogar, wie Trish von Nale wusste, bewohnbar waren. Als die Gruppe die Stadt erreichte, war diese düster und sah beinahe wie eine Geisterstadt aus. Die Häuser waren teilweise zerstört worden und das Tor der Stadtmauer war ebenfalls zertrümmert.

„Die Stadt ist ja total verwüstet. Die Brüder müssen sich ganz schön ausgetobt haben", meinte Michael, als er die Trümmer betrachtete, während die Gruppe weiter auf das große Gebäude zusteuerte.

„Da stimme ich dir zu. Aber wie gut, dass Ryan und Leynfor nun tot sind", erwiderte Trish.

„Und ich schätze, dass die Stadt bald wieder nur so sprühen wird vor Leben. Sobald überall bekannt ist, dass der Schrecken vorbei, der Frieden wieder eingekehrt und das Herz an seinem Platz ist, werden die Leute ihre Häuser wiederaufbauen. Bald wird das alles hier nicht mehr zu sehen sein und die Stadt wird so randvoll von Menschen sein, wie ich es von früher kenne", fügte Nale hinzu.

Er und Brandon führten die anderen durch ein großes doppelflügeliges Eingangstor ins Innere des Schlosses. Die beiden gingen zielstrebig durch das Gebäude, als hätten sie Jahre ohne Unterbrechung hier gelebt. Sie gingen durch eine Art Eingangshalle in Richtung einer Tür, die sich rechts vom Eingangstor befand, und dann weiter durch verschlungene Korridore. Trish versuchte zwar, sich den Weg zu merken, aber nach der fünften Biegung gab sie es auf. Nachdem sie noch einige Stufen hinunter gegangen waren, erklärte Nale, dass sie endlich am Zielort angelangt waren. Es handelte sich um einen großen Raum, in dem nach Trishs Schätzung mehrere hundert Leute Platz hatten. Und in der Mitte des Raumes befand sich ein erhöhtes Podest. In der Nähe der Stufen, die Trish gerade hinunter gegangen war, konnte sie sehen, dass rechts und links vom Podest zwei große Treppen zu zwei Türen führten. Und diese führten wahrscheinlich noch tiefer ins Gebäude hinein. Trish fragte sich, wie viele Räume, Gänge und Treppen das Schloss überhaupt besaß und wie viele Menschen hier gelebt haben müssen.

Nale ging zum Podest, blieb ungefähr zwei Meter davor stehen und ließ seinen Rucksack von den Schultern auf den Boden gleiten. Er öffnete ihn und holte das Drachenherz heraus, das eine Größe von fast zwei Fußbällen hatte. Langsam stieg der Zauberer die drei Stufen hinauf und platzierte das Herz mit beiden Händen locker zwanzig Zentimeter über dem Podest. Es sah so aus, als würden unsichtbare Schnüre das Herz in der Luft halten, aber

Trish wusste, dass nur ein Zauber dies bewerkstelligen konnte. Nale kam wieder zu den anderen, streckte seinen rechten Arm aus und spreizte die Finger an der rechten Hand.

„Ich, Nale Chyser, mächtiger Zauberer, verspreche, dass das Herz nicht mehr von diesem Platz fortgerissen wird."

Trish wusste, worauf Nale hinauswollte, und hob ihrerseits ihren Arm und spreizte ebenfalls die Finger. Sie kannte den Zauber, den Nale heraufbeschwören wollte, hatte aber diesen noch nie selbst benutzt, was sie nun tun wollte. Bevor Nale fortfahren konnte, sagte sie: „Ich, Trish Layt, verspreche feierlich, bei meiner Gabe und bei meinem Leben, dass ich alles daransetze, dass das Herz hierbleibt."

Zeitgleich flossen silbrige und flüssig wirkende Fäden aus ihren Fingern. An manchen Stellen verbanden sich die Fäden, stoben dann jedoch in andere Richtungen wieder auseinander. Das ging so lange, bis die Fäden sich zu einem Netz zusammengeschlossen hatten, das sich um das gesamte Podest inklusive Herz und den drei Stufen gelegt hatte. Als die letzten Fäden sich verbunden hatten und das Netz mit dem Boden zwischen den Stufen und der Gruppe in Berührung kam, knisterte es und das Netz wurde unsichtbar. Nachdem es verschwunden war, ließen Nale und Trish die Arme sinken und Nale sagte: „Ich hatte nicht erwartet, dass du mitmachst."

„Das lasse ich mir nicht entgehen. Außerdem will ich auch, dass das Herz von nun an ewig an seinem Platz bleibt."

„Wozu habt ihr das gemacht?", fragte Michael.

„Einfach gesagt: Wir haben einen zusätzlichen Schutz aufgebaut", antwortete ihm der Alte. „Dieser hält alle zurück, die mit böswilligen Absichten versuchen, zum Herz zu gelangen. Der einzige Nachteil daran ist, dass jeder mit unserer Hilfe hindurch kann. Auch wenn man nur einen von uns gegen unseren Willen festhalten und zwingen würde, ihn hindurchzuführen, wäre dies möglich.

Und sei unbesorgt, Vyrira. Ich werde meine Spuren in dieser Hinsicht sehr gut verwischen, damit erst recht niemand eine Chance hat. Im Übrigen kann man nicht zurückverfolgen, wer das Netz angefertigt hat, nur die Anzahl der Personen, die daran beteiligt waren. Außer man weiß, wer solche Zauber heraufbeschwören kann und das können heutzutage leider nur mehr die wenigsten."

„Trotzdem kommt hier eine Schwierigkeit hinzu. Da ich daran beteiligt war und aus einer anderen Welt komme, erreicht niemand das Herz, außer er weiß von mir und der anderen Welt."

„Ihr seid wirklich kompliziert", meinte Amanda kopfschüttelnd.

„Da redet gerade die Richtige", entgegneten Trish und Nale wie aus einem Mund.

Lachend und froh darüber, dass die Reise ein mehr oder weniger glückliches Ende genommen hatte, ging die Gruppe durchs Gebäude zurück an die frische Luft. Einen bitteren Geschmack bekamen die letzten Schritte dennoch, denn nun hieß es Abschied nehmen. Wieder bei Fredrik angelangt, der geduldig gewartet hatte, sagte Jason: „Nun denn. Jetzt ist es wohl an der Zeit, nach der langen Reise Lebewohl zu sagen."

„Es sieht so aus. Aber ich bin mir sicher, dass wir uns wiedersehen werden", warf Nale ein.

Sein Blick verriet Trish, dass es wohl sicher zu einem Wiedersehen kommen würde. Und sie würde ihrerseits auch alles daransetzen, dass es dazu kam. Vor allem deshalb, weil Nale der Vater ihres Kindes war und sie wollte, dass er es mit ihr aufzog. Betrübt verabschiedeten sich Trish, Amanda und Michael von den anderen. Sie versprachen sich gegenseitig zu schreiben und mit Bestimmtheit, sich so bald wie möglich wiederzusehen. Wie sie bereits Tiger gesagt hatte, übergab die Magierin Nale ihr Pergamentstück und erklärte ihm, wie er mit diesen Nachrichten an sie schreiben konnte.

Da Trish keine Nachricht von Tiger empfangen hatte, wusste sie, dass das Tor noch existierte. Sie konzentrierte sich darauf und fand schließlich Kräfte, die ihr bekannt waren. Amanda und Michael berührten ihre Schultern. Kurz bevor sie verschwanden, winkten sie den anderen zu und wie Trish dem Blick von Nale entnehmen konnte, vermisste er sie jetzt schon. Mit diesem Blick und den grau-blauen Augen im Gedächtnis verschwand Trish mit ihren beiden Freunden und hoffte auf ein baldiges Wiedersehen.

Kapitel 24

„Mum! Beruhige dich gefälligst. Ihr zwei kommt heute vorbei und dann wirst du sehen, dass es mir blendend geht", sagte Trish in den Telefonhörer. „Daher brauchst du nicht alle zehn Minuten anzurufen. Das Kind kommt erst in über einem Monat."

Es war furchtbar, wie sich ihre Mutter aufführte. Jetzt war Trish im siebten, fast achten Monat schwanger, was ihrer Mutter anscheinend sehr zusetzte. Martha befürchtete nämlich, dass das Kind jeden Moment kommen könnte. Ihren Eltern hatte sie nicht erzählt, wer der Vater war, aber sie hatte ihnen versprochen, dass sie ihn kennenlernen würden. Eins hatte sie ihnen verraten, und das war, dass der Vater des Kindes ein Zauberer war. Und sie hatte ihnen erzählt, dass er heute anwesend sein würde. Die Tatsache, dass Nale weit älter war als Trish und ihre Eltern, würde alle bestimmt aus den Socken hauen.

Es waren nun schon ein paar Monate vergangen, als sie von ihrer Reise heimgekommen war. Im letzten Winter, zwei Wochen vor Weihnachten, war sie gemeinsam mit vier damals noch Fremden, Amanda und Michael aufgebrochen. Und erst in diesem Jahr waren die drei Mitte März wieder heimgekehrt. Während der Monate waren sie sich immer nähergekommen und wie es der Zufall so wollte, hatte sich Trish in den Zauberer verliebt. Und auch die Freundschaft zu Amanda und Michael war enger geworden, was dazu führte, dass die beiden jeden Monat mindestens einmal zu Besuch kamen.

Seitdem sich die Gruppe nach der erfolgreichen Reise vor Monaten getrennt hatte, schrieben Trish und Nale fast täglich über das Pergament miteinander, das Trish den vieren geschenkt hatte. Und vor über einem Monat hatten sie vereinbart, dass es endlich zu einem Wiedersehen kommen sollte, und entschieden sich für einen bestimmten Tag. Dieser Tag war heute und zu dem Anlass hatte Trish nicht nur ihre Eltern eingeladen, sondern auch ihren Bruder mitsamt seiner Frau und seiner Tochter. Natürlich durften Amanda und Michael nicht fehlen, die sie kurzerhand auch eingeladen hatte. Somit erfuhren gleich alle auf einen Schlag, wer der Vater von Trishs Kind war.

„Weißt du was, Mum? Ich lege jetzt auf", erklärte sie gerade ihrer Mutter und legte den Hörer auf, während ihre Mutter noch irgendetwas ins Telefon plapperte.

„Diese Frau macht mich fertig", sagte Trish in den Gang.

„Sei froh, dass sie dich nur anruft. Ich sehe meine jeden Tag. Und bei mir dauert es nicht mehr allzu lang, bis es so weit ist, was die Situation noch verschlimmert", erwiderte Amanda aus der Küche.

Sie, Michael, Trishs Bruder Terence, seine Frau Sara und deren gemeinsame Tochter Susanne waren vor zwei Stunden angekommen und saßen seitdem in der Küche.

„Da hätte ich sie lieber im selben Haus als diesen Telefonterror", sagte Trish laut.

„Sie kann es halt nicht erwarten, ihr Enkelkind in den Armen zu halten", meinte Michael.

„Eins hat sie zwar schon, aber sie kann es nicht glauben, dass sie bald noch eins bekommt", kam es von Terence, als seine Schwester in die Tür trat. „Um ehrlich zu sein, kann ich es auch nicht ganz glauben. Versteh mich nicht falsch, ich freue mich, und zwar sehr."

„Das will ich auch schwer hoffen, Terence. Rückgängig kann ich es nämlich nicht mehr machen. Ich glaube, Mum ist mit den Nerven am Ende, weil sie schon ganz gespannt auf den Vater ist. Und sie ist völlig außer sich, weil ich in diesem Zustand auf der Reise war."

„Sei nicht so fies. Sag es ihnen einfach", meinte Sara.

„Nein, werde ich nicht. Ich werde heute das Geheimnis lüften, aber bis dahin lasse ich euch alle zappeln", erwiderte Trish. Sie sah auf ihre Armbanduhr und musste feststellen, dass es schon langsam Zeit wurde, dass Nale und die anderen auftauchten.

„Ich gehe mal in den Garten, um nachzusehen, ob ich Unkraut zupfen muss. Natürlich nur, falls ich es auch bewerkstelligen kann", schlug Trish vor und ging zur Hintertür, die in den Garten führte.

„Übernimm dich nicht", rief ihr Bruder ihr noch nach.

Eine angenehme Brise wehte ihr durchs Haar, als sie zur Hintertür hinaus auf die Veranda trat. Obwohl es Mitte September war, strahlte die Sonne kräftig vom Himmel. Jetzt würde Trish im Büro der Unternehmensleiterin sitzen und sich auf den Papierkram stürzen. Bevor Elisabeth vor ihren Augen gestorben war, hatte sie Trish zur neuen Geschäftsführerin ernannt. Die Magierin war nicht glücklich darüber gewesen, aber dem letzten Willen eines sterbenden Zauberers oder wie in diesem Fall einer Magierin fügte sich jeder. Hätte Trish das Amt auf eine andere Art und Weise bekommen, dann wäre sie vielleicht glücklicher darüber gewesen. Obwohl sie es auch auf diesem Weg nie geworden wäre, was die Magierin wusste, denn sie hasste es, herumzusitzen und ständig Papierkram zu erledigen. Solange sie noch nicht zurück ins Unternehmen konnte, übernahm Tiger die Rolle der Leiterin und schickte ihr regelmäßig Berichte. Sobald Trish wieder einsatzfähig wäre, würde Tiger als ihre Stellvertreterin fungieren.

Die Magierin schlenderte an den schon vorbereiteten Bänken und Tischen vorbei zu ihren Blumen. Aus einer Laune heraus hatte sie vor ein paar Jahren Rosen gepflanzt. Sie glaubte und war sich insgeheim auch sicher, dass diese nicht lange überleben würden, aber die Rosen waren zäh. Jetzt waren sie zu wunderschönen Rosenstöcken herangewachsen. Trish war froh, dass sie so einen großen Garten hatte. Hier könnte sich ihr Kind so richtig austoben, wenn es alt genug war. Gemütlichen Schrittes ging sie an den Rosenstöcken vorbei. Wie sich herausstellte, musste sie gar kein Unkraut jäten, da überhaupt keins gewachsen war. Sie konnte sich nicht recht erinnern, wann sie das letzte Mal gejätet hatte, aber sie war froh, dass sie sich im Moment ausruhen konnte. Die Magierin blieb vor einem Stock mit roten Rosen stehen und roch an einer Blüte.

Plötzlich schoss etwas hinter einer Hecke hervor und flog genau auf sie zu. Es war ein Feuerball, der sie beinahe erwischt hätte, wenn das Kind nicht rechtzeitig einen Schutzschild errichtet hätte. Trish richtete ihren Blick auf die Hecke, nachdem der Feuerball am Schutzschild verpufft war. Diese wuchs im Schatten eines Baumes und die Sonne strahlte Trish noch zusätzlich in die Augen. Daher konnte sie nur sehen, wie sich die Hecke bewegte, als jemand oder etwas hindurch schritt. Ein alter Mann mit weiß-grauen Haaren trat aus dem Schatten in die Sonne, gefolgt von einem Wolf, und grinste verschlagen.

„Bist du verrückt geworden? Du hättest mich mit dem Scheißding treffen können!", schrie Trish ihnen entgegen, als sie die beiden erkannte.

Terence und Michael erschienen an der Hintertür. Da ihr Bruder die Fremden nicht kannte, richtete er einen Arm auf ihn. Michael hingegen grinste, als er die Besucher erkannte, und grüßte sie. Als Trish ihrem Bruder versicherte, dass ihr nichts geschehen würde und alles nur ein übler Scherz gewesen sei, ließ Terence seinen Arm sinken. Misstrauisch verschwand er einen Augenblick später mit Michael wieder im Haus.

„So, und nun zu euch", sagte sie und ging langsam auf den alten Mann zu, als sie sicher war, dass niemand mehr in der Nähe war. Zur Sicherheit legte sie noch einen Zauber über alle im Haus. „Erstens: Wie bist du nur auf den Gedanken gekommen mich anzugreifen? Und warum hast du ihm diese Idee nicht ausgeredet, Brandon? Zweitens: Wie ist es überhaupt möglich, dass ihr euch in meinem Garten aufhaltet, ohne dass ich etwas von eurer Anwesenheit bemerkt habe?"

„Tut mir leid, dass ich dich verärgert habe. Du weißt, dass es nicht ernst gemeint war. Ich hätte es nicht getan, wenn du nicht das Kind unter dem Herzen tragen würdest und es dich schützen würde. Und um auf deine zweite Frage zurückzukommen: Ich war so frei, dein Geschenk zu verfeinern. Ich dachte mir, wenn du es so verzaubert hast, dass es Schrift von einem Pergament zum nächsten überträgt, dann könnte es ja auch Personen von einem Ort zum anderen transportieren. Du hattest, als du die Rollen erschufst, dich auf deinen Arbeitsplatz beschränkt, was so viel heißt, dass wir bei einem Transport nur dort gelandet wären. Durch meine Verfeinerung kann man sich nicht nur zu einem Ort transportieren lassen, den man kennt, sondern auch zu einer oder mehreren Personen. Und auch zum Gegenstück des Pergaments.

Also wenn man ein Pergamentstück, das man besitzt, berührt und an eine Person denkt, dann wird man in die nähere Umgebung der Person transportiert, mit einigem Abstand natürlich. Eine Garantie gibt es nicht, wie weit entfernt von der Person man nun wirklich erscheint. Wie es jedoch scheint, lag ich mit meiner Einschätzung richtig, weshalb wir uns noch verstecken konnten. Und ich habe noch zusätzlich eingerichtet, dass ein oder wenn gewünscht mehrere Duplikate erstellt werden, falls wie zum Beispiel ich vor Vyrira und Jason mit dem Pergament reise. Die Duplikate werden bei Zeiten immer vernichtet, sodass nur mehr die beiden Originalstücke übrigbleiben. Vyrira und Jason haben beispielsweise nun eins. Wenn die beiden nun hierherkommen, wird ihr Pergament nach Erreichen des Ziels sofort vernichtet."

„Zu meiner Verteidigung muss ich sagen, dass ich es versucht habe, ihn aufzuhalten. Aber er ist stur, wie einer seiner Sorte nur sein kann. Du kannst mir glauben, dass ich alles getan habe, was letzten Endes sowieso nichts nutzte", meldete sich Brandon zu Wort und schritt derweil zur Hintertür, wo zuvor Terence und Michael gestanden hatten.

Sobald der Wolf im Haus war, der sich wahrscheinlich zu den anderen in die Küche gesellte, hob Trish ihre Arme und schlang sie um Nales Hals. Sie zog ihn näher an sich heran und ihre Lippen berührten sich. Wieder versank Trish in der Leidenschaft. Die Welt um sie herum existierte nicht mehr, so tief war sie versunken. Sie tauchte erst wieder aus dieser Welt auf, als sich ihre Lippen voneinander lösten. Trish öffnete ihre Augen und verlor sich daraufhin in seinen grau-blauen Augen. Diese waren so verführerisch für so manche Sünden. Nicht nur seine Augen, sondern sein ganzes Aussehen war beeindruckend. Sie konnte daher so manche Frau verstehen, die ihn wollte, aber dann traurig darüber war, wenn er sie zurückwies. Trish war die Glückliche gewesen, alles gesehen und ihn an ihrer Seite zu haben.

„Wie geht es dir und dem Kind?"

„Abgesehen davon, dass mir nun so manche Arbeit langsam zur Qual wird, jetzt Rückenschmerzen mich plagen und ich dich schrecklich vermisst habe, geht es mir gut. Dem Kind geht es dagegen prima. Wie sieht es bei dir aus? Macht Vyrira wirklich viele Fortschritte?"

„Ich kann mich nicht beschweren. Es waren heftige Tage, an denen ich mir von Vyrira etwas anhören konnte. Sie machte mich regelrecht fertig, weil ich ihr nie erzählt hatte, dass ich und sie die Gabe besitzen. Vyrira hat in den letzten Monaten sehr viel gelernt, aber es wird noch lange dauern, bis sie ihre Gabe beherrscht, und Jason ist ständig in ihrer Nähe. Die zwei sind ein wunderbares Paar und das Mädchen hätte keinen besseren Mann an seiner Seite bekommen können."

„Wie geht es eigentlich Carnia und Mayra? Haben sie sich an ihr neues Leben gewöhnt, nachdem sie zufällig bei dir aufgetaucht waren?"

„Denen könnte es gar nicht besser gehen", antwortete der Zauberer. „Mich wundert es, wie sie mich überhaupt gefunden haben. Aber ich konnte ihnen schlecht eine Abfuhr erteilen, nachdem sie freiwillig bei mir um Nachsehen gebeten hatten. Sie haben sich etwas außerhalb des Dorfes niedergelassen, in dessen Nähe ich wohne. Sie haben bereits Freunde gefunden. Leicht war es nicht für sie, sich an ihre neue Umgebung zu gewöhnen, vor allem an die Leute."

„Freut mich für sie! Ich hätte mir zwar nicht gedacht, dass sie nach allem noch ein Leben außerhalb ihres bisherigen Daseins aufbauen. Ich dachte, sie würden bei den Soldaten oder bei den anderen Frauen bleiben."

„Soweit ich weiß, haben die anderen Frauen sich ebenfalls anderweitig umgesehen und leben verstreut in den verschiedensten Dörfern. Die Soldaten haben sich anscheinend auch verzogen, wohin weiß ich jedoch nicht. Aber das Wichtigste kommt noch. Vor Kurzem fand ich heraus, dass nicht nur Mayra, sondern auch Carnia die Gabe besitzen. Frag mich nicht, wie dies solange unentdeckt geblieben ist. Meine Erklärung dafür ist, dass einer der Brüder es geschafft hatte, einen Zauber gegen die Symptome über die beiden zu legen und einen weiteren über jeden, der versuchte, die Frauen über die Gabe aufzuklären. Du kannst dir gar nicht vorstellen, welch ein Schock dies für die beiden war, als ich es ihnen erzählte. Seitdem helfe ich auch ihnen."

„Die beiden und die Gabe! Wirklich unfassbar. Komm gehen wir ins Haus. Amanda, Michael und mein Bruder mit seiner Frau und seiner Tochter warten dort und das sollten wir auch, solange die anderen noch nicht da sind."

Nale ließ ihr den Vortritt und folgte ihr ins Haus. In der Küche angelangt stellte die Magierin ihm ihren Bruder und dessen Frau vor, bloß deren Kind musste sie ihm nicht mehr vorstellen, weil Nale die Kleine bereits kannte. Kurz nachdem Nale auf der Bank vor dem Fenster Platz genommen hatte, hatte Susanna sich von Brandon abgewandt und stand neben Nale. Als er sie auf seine Beine gehoben hatte, spielte sie schon mit seinen Haaren.

„Susanne!", sagte ihre Mutter.

„Es ist schon in Ordnung", entgegnete Nale lächelnd.

Während er das Mädchen festhielt, wandte Trish sich an ihn, nachdem sie sich auf dem letzten freien Stuhl zwischen Michael und Nale niedergelassen hatte.

„Wie ich dir bereits geschrieben habe, ist es heute soweit. Heute werde ich meinen Eltern endlich sagen, wer der Vater des Kindes ist. Ich hoffe, das ist immer noch in deinem Sinne."

„Ganz und gar. Das Geheimnis hast du schon viel zu lange mit dir herumgetragen", meinte Nale nickend.

„Kannst du es uns nicht jetzt schon verraten?", fragte Terence.

„Du wirst es schon früh genug erfahren, aber bis dahin musst du dich noch gedulden."

„Ich verderbe dir auch bestimmt nicht die Überraschung, wenn du es Mum und Dad sagst."

„Dir traue ich nicht über den Weg!"

„Bitte, Trish. Ich bin dein Bruder!", flehte er.

„Vergiss es, Terence. Du warst immer derjenige, der zu unseren Eltern rannte, wenn man dir etwas anvertraute. Wegen dir bekam ich immer den größten Ärger", sagte die Magierin und drohte ihm, damit er es nicht noch einmal wagte, sie anzuflehen.

„Ist jemand zu Hause?", rief eine bekannte Stimme durch die Hintertür ins Haus.

Trish hievte sich aus dem Stuhl, auf den sie sich Sekunden zuvor gesetzt hatte, und ging gefolgt von den anderen in den Garten. Vyrira und Jason blickten sich im Garten um und warteten. Nachdem sie sich begrüßt und vorgestellt hatten, fragte Vyrira: „Weshalb habt ihr nicht auf uns gewartet? Wir hätten gemeinsam aufbrechen können."

„Ich hatte noch etwas zu erledigen und Brandon wollte unbedingt mitkommen. Außerdem habe ich noch bemerkt, dass ihr beide ein wenig allein sein wolltet, darum machte ich mich auf den Weg."

„Wie ich gehört habe, lernst du fleißig mit der Magie umzugehen. Wie geht es dir beim Lernen?", wollte Trish wissen.

„Ich kann nicht beschreiben, wie fantastisch Magie ist. Nie hätte ich mir erträumen lassen, sie selbst zu haben. Erlaubt ihr mir, etwas vorzuführen?"

Trish schaute fragend zu Nale. Dieser war nicht begeistert von der Idee, das konnte sie an seinem Gesichtsausdruck ablesen. Trish wäre es egal, denn was konnte Vyrira schon Großartiges anstellen. Außerdem waren sie, Nale, Terence und Sara noch da. Wenn etwas passieren sollte, könnten sie einschreiten.

„Sicher erlauben wir es. Pass aber auf. Erinnere dich an das, was ich dir bis jetzt beigebracht habe!", sagte Nale schließlich.

Mit einem Nicken drehte sich das Mädchen um und richtete ihren Blick auf eine Hecke. Trish wusste nicht, was das Mädchen eigentlich vorführen wollte, aber auf einmal fing der Rosenstock, an dem Trish einige Zeit zuvor gerochen hatte, Feuer. Aus dem Nichts ließ die Magierin Wasser aus ihrer Hand erscheinen und löschte so das Feuer. Die Rosen waren schwarz und verbrannt.

„Entschuldige. Eigentlich wollte ich die Hecke dort brennen lassen."

„Du kannst froh sein, dass ich nicht nachtragend bin."

Mit einer knappen Handbewegung ließ sie die Rosen wieder blühen. Sie ging zu dem Rosenstock und roch an einer Rose. Der Duft war wie zuvor, umwerfend und beruhigend. Vor ihrer Schwangerschaft hatte sie selten den Duft der Rosen aufgenommen, aber jetzt holte sie alles nach.

„Ich muss aber sagen, dass du wirklich gut gelernt hast. Ich hätte nicht gedacht, dass du nach nur wenigen Monaten etwas zum Brennen bringen kannst. Ich bin wirklich beeindruckt", gestand Trish und drehte sich wieder zu der kleinen Gruppe um.

„Nale kann es dir bestätigen. Ich habe immer alles sorgfältig gelernt."

Trish forderte alle auf, sich an den Tisch, der extra für diesen Tag im Garten mit den dazugehörigen Bänken aufgestellt worden war, zu setzen. Während sie, Sara, Susanne und Michael auf den Beinen blieben, kamen die anderen dem Angebot nach.

„Wie geht es euch beiden denn so? Soweit ich gehört habe, soll da etwas Ernsteres zwischen euch sein", wollte Amanda wissen.

„Mir geht es wunderbar. Eigentlich sollte das eine Überraschung werden, aber offenbar hat uns jemand bereits verraten", erwiderte Jason und schielte wohlweislich zu Nale hinüber, der so tat, als hätte er die Anspielung nicht gehört. „Es stimmt, was du gehört hast, und ich bin froh, Vyrira an meiner Seite zu haben."

„Das freut mich aber. Für eure Zukunft wünsche ich euch alle Hoffnung und Glück der Welt. Natürlich aber auch, dass ihr lange zusammenbleibt."

Danach wechselten sie so oft das Thema, dass bald keiner mehr wusste, worüber sie gerade gesprochen hatten. Einmal mussten alle so sehr über einen Witz lachen, dass Trish die Tränen kamen. Die Türklingel erklang auf einmal und Trish verstummte mitten im Lachen.

„Na, hast du auf einmal Angst?", fragte Terence grinsend.

Trish gab ihrem Bruder einen Schlag mit der Handrückseite auf den Hinterkopf und sein Grinsen erstarb. Sie ging ins Haus, um die Tür zu öffnen. Den Garten konnte man von der Vorderseite des Hauses durch eine Tür im Zaun erreichen, aber diese war aus Sicherheitsgründen immer abgeschlossen. Ihre Eltern konnten noch nicht da sein, dachte sie sich. Sie erwartete ihre Eltern erst in fünfzehn Minuten, aber ihre Gabe verriet ihr, dass sie zu früh dran waren. Bei der Tür angekommen, atmete Trish mehrmals tief durch und öffnete.

„Wie geht es unserer schwangeren Tochter?", begrüßte ihre Mutter sie und fiel ihr um den Hals.

„Vor einer dreiviertel Stunde sagte ich dir doch, dass es mir blendend geht. Hallo, Dad."

„Hallo, meine Kleine. Deine Mutter hat mich in den letzten Minuten so sehr genervt, dass wir bis zu dir sicher einige Geschwindigkeitsbegrenzungen überschritten haben. Wahrscheinlich bekomme ich dafür einige Rechnungen. Sie glaubte die ganze Zeit, dass das Kind jeden Moment auf die Welt kommen könnte und du vielleicht damit nicht zurechtkommst. Ich habe ihr immer wieder versichert, dass du sicher alles im Griff haben wirst, aber du kennst sie ja. Sind die anderen schon da?", entgegnete Ray und schloss die Tür hinter sich.

„Typisch! Es ist zwar mein erstes Kind, aber ich kann schon auf mich aufpassen. Und ja, sie warten im Garten. Ihr seid übrigens die Letzten."

Trish löste sich aus der Umarmung ihrer Mutter und ging voraus.

„Großmutter! Großvater!", rief Susanna ihnen entgegen, als die drei aus dem Haus traten.

„Susanne", meinte Martha und nahm die Kleine in die Arme, nachdem das Mädchen auf sie zugelaufen war. Nachdem sich alle vorgestellt hatten, wandte sich Terence an seine Eltern.

„Mum, Trish hat mich geschlagen."

„Ich habe dir oft genug gesagt, dass du das nicht tun sollst", fuhr Martha ihre Tochter an.

„Ich weiß, aber diese kleine Petze hatte es nicht anders verdient", entgegnete Trish und funkelte ihren Bruder grimmig an.

Am liebsten hätte sie sich auf ihn gestürzt, wenn sie nicht schwanger gewesen wäre. In ihrem hochschwangeren Zustand konnte sie leider nicht viel ausrichten, da ihr schnell die Puste ausging. Ihr wäre es sogar egal gewesen, wenn ihre Eltern es gesehen hätten, aber Terence hatte an diesem Tag Glück. Klar, sie hätte auch die Gabe benutzen können, aber damit wäre sie gegen die Schilde ihrer Mutter arm dran gewesen. Trish hatte oft genug probiert, die Schilde von Martha zu umgehen, und sie hatte es auch hier und da geschafft. Allerdings war ihre Mutter gerissener, als sie es sich anmerken ließ. Trish glaubte, dass sie eine Chance wegen ihrer Schwangerschaft hätte, aber sie ließ es schließlich doch sein.

„Was hat er denn getan?", fragte Ray.

„Als ihr geklingelt habt, waren wir gerade hier und haben über einen Witz gelacht. Ich bin nur kurz verstummt, weil ich mich erschreckt habe. Dann hat Terence gefragt, ob ich Angst habe. Angst deswegen, weil ich euch noch eine Erklärung schuldig bin."

„Wenn du Angst davor hättest, dann hättest du uns sicher nicht eingeladen. Der Schlag war daher gerechtfertigt."

„Pech für dich, Terence. Dad ist halt auf meiner Seite", meinte Trish und fuchtelte mit einem Zeigefinger vor der Nase ihres Bruders herum. „Wenn ihr nichts dagegen habt, dann werde ich mal das Essen holen."

„Ich helfe dir beim Tragen", verkündete ihre Mutter und folgte ihr.

Als Martha zuerst mit dem Essen und den Getränken zurückgekehrt war, verteilte Trish das Essen gleichmäßig am Tisch. Sie hatte extra daran gedacht, etwas mehr zu kochen. Wie sie Nale kannte, würde er sicher am meisten verdrücken, obwohl man ihm das nicht ansah. Trish setzte sich an ihren Platz und begann ihr Essen in den Mund zu schaufeln. Währenddessen warfen ihre Eltern Themen in die Runde und diskutierten abwechselnd mit ihrem Sohn, mit Nale und den anderen oder auch mit Amanda und Michael. Aber kein Thema drehte sich um ihr Kind. Bitte, sie sollen es vergessen haben, flehte sie innerlich. Als alle fertig waren und alles außer den Krügen mit Saft und den Gläsern abgewaschen war, redeten sie über Dinge, die Trish nie im Leben eingefallen wären. Doch auf einmal sagte Martha an ihre Tochter gewandt: „Du hast uns immer noch nicht den Vater vorgestellt, Trish."

Während des Essens hatte Trish hin und wieder zu Nale hinüber geschielt. Er war genauso angespannt wie sie, das konnte sie an seiner Haltung erkennen, aber er verbarg es so geschickt, dass es keiner mitbekam. Sie erhob sich schwer seufzend aus dem Stuhl und ging an Amanda und Michael vorbei zu ihren Eltern.

„Das, was ich jetzt sagen werde, wird vielleicht für den einen oder anderen ein Schock sein, aber es ist passiert und man kann nichts mehr daran ändern. Ich habe mich in ihn verliebt. Wenn du darüber einen blöden Scherz machst, Terence, dann verspreche ich dir, dass es bestimmt dein letzter war. Ich werde dich sicherlich fertigmachen, und zwar auf der Stelle. Auch wenn ihr es vielleicht nicht bemerkt habt, sage ich es gerne. Der Vater ist nämlich schon längst hier."

Sie stoppte hinter ihren Eltern und dachte kurz nach, was sie nun sagen sollte und vor allem, wie. Noch einmal atmete die Magierin tief durch und festigte ihren Entschluss, es nun ihren Eltern und den anderen zu sagen, und schließlich tat sie es, da es so oder so keinen Weg zurück gab. Ihre Eltern und ihr Bruder starrten sie an, als hätten sie nicht richtig gehört. Sie glaubten wahrscheinlich, dass Trish scherzte und bald loslachen würde, aber sie blieb bei dem, was sie gerade gesagt hatte. Ihre Miene blieb ernst und entschlossen. Der Schock musste ziemlich tief sitzen, denn keiner von den dreien sagte etwas. Sogar die anderen sahen sehr verdutzt drein, so als könnten sie es nicht glauben. Vyrira hingegen lächelte voller Freude.

„Das freut mich für euch. Du hättest wirklich keine bessere Frau finden können, Nale."

„Wie schön, dass du dafür Verständnis hast. Ich hatte schon die Befürchtung, du hättest etwas dagegen."

„Warum sollte ich? Ich habe mich gefragt, warum du immer allein bleibst. Damals habe ich dich nicht verstanden, aber jetzt schon. Du hast einfach auf die Richtige gewartet und ich finde, dass Trish perfekt zu dir passt."

„Mein Kind hat endlich den Richtigen gefunden! Warum bin ich nicht gleich draufgekommen?", rief Trishs Vater plötzlich und lächelte von einem Ohr zum anderen. Er stand auf, breitete seine Arme aus und umarmte seine Tochter.

„Dad, schrei nicht so rum. Die Nachbarn könnten dich sonst noch hören!"

„Sie sollen es ruhig hören."

Als sie die Umarmung löste und bemerkte, wie in den Augen ihres Vaters Tränen glitzerten, meinte die Magierin: „So traurig ist das Ganze nun auch wieder nicht."

„Das sind nur Freudentränen."

Terence stand auf einmal neben Ray und grinste ebenfalls. „Ich weiß, dass ich andauernd Scherze gemacht und dich aufgezogen habe, aber glaube mir, dass ich es nun ernst meine. Ich freue mich wirklich sehr für dich, Schwester. Für euch beide."

„Danke, kleiner Bruder."

„Und wenn ich höre, dass du meiner Tochter etwas Schlechtes antun willst, dann ist mein Mann dein kleinstes Problem!", drohte Martha in der Zwischenzeit Nale mit dem Zeigefinger an.

„Das werde ich beherzigen und ich werde nichts tun, was Trish schaden könnte. Ehrenwort als Zauberer", erwiderte Nale, der ebenfalls aufgestanden war.

„Ich lasse es sicher nicht so weit kommen, dass du ihm etwas antust", meinte Trish und trat neben Nale.

„Ich will nur klären, worauf er sich einlässt", entgegnete ihre Mutter mit einem Lächeln.

„Keine Drohung der Welt könnte mich davon abhalten, dich zu lieben."

Nale hob ihr Kinn mit einem Zeigefinger und küsste sie. Der Kuss war einnehmend, so als wollte der Alte noch einmal verdeutlichen, wie entschlossen er war, mit Trish zusammen zu sein. Trish musste sich eingestehen, dass sie den Kuss gleichermaßen erwiderte. Die beiden waren drauf und dran, sich wieder hinzusetzen, aber bevor sie einen Schritt machen konnten, knisterte die Luft im Schatten, aus dem Nale zuvor herausgetreten war. Wenige Augenblicke drehte sich alles an dieser Stelle, dann erschienen auf einmal zwei Frauen. Als sie verwirrt dreinschauend die Gruppe um den Tisch sahen, schritten sie etwas von ihnen weg. Ray und Terence sprangen auf und richteten ihre Arme in die Richtung der Frauen.

„Beruhigt euch. Ich kenne die beiden", sagte Nale auf einmal und ging zu den Frauen hinüber.

Vor Freude grinsend folgte Trish dem Alten, weil sie unbedingt wissen wollte, warum Carnia und Mayra hier waren.

„Was tut ihr hier? Solltet ihr nicht daheim sein?", fragte Nale.

„Eigentlich schon, aber mein liebenswerter Freund ging mir wieder einmal auf die Nerven. Da habe ich mich kurzerhand entschlossen, zu Euch zu kommen, aber ich dachte mir nicht, dass ich hier landen würde", antwortete die blondhaarige Frau.

„Meiner meinte wieder, dass er alles besser wüsste. Und ich hatte dann den gleichen Gedanken wie Carnia und machte mich auf den Weg zu Euch."

„Falls ihr wieder zurückwollt, dann bringe ich euch wieder nach Hause", bot Nale an.

„Nein, sicher nicht. Die beiden sollen schwitzen", sagten die beiden Frauen gleichzeitig.

„Dann heiße ich euch herzlich willkommen in meiner Welt. Fühlt euch wie zu Hause", meinte Trish.

„Wann begreift ihr endlich, dass ihr mich nicht so förmlich ansprechen sollt?"

„Wir wollten dich einfach nur auf den Arm nehmen", meinte Carnia und lachte.

Als sie sich dem Tisch zuwandten, standen bereits zwei zusätzliche Stühle bereit. Carnia und Mayra lehnten dankend ihr Angebot ab, da sie nach ihren Worten bereits gegessen hätten. Dieses Mal konnte sie sich ungestört neben Nale hinsetzen. Gerade wollte Trish ihren Stuhl holen, als Nale sie überholte und für sie den Stuhl neben seinen stellte.

„Nun erzählt uns, wie die Reise war."

Nale, Brandon, Vyrira und Jason begannen als Erste mit ihrer Geschichte. Trish erzählte ab dem Punkt weiter, an dem sie die vier kennengelernt hatte, bis hin zu dem Punkt, an dem sie sich wieder verabschiedet hatten. Amanda und Michael fügten dann abwechselnd hinzu, wie sie in die Sache hineingeschlittert waren und dann, wie sie zuerst Trish und anschließend die anderen kennengelernt hatten. Gerade in dem Moment, als sie das meiste von ihrer Reise erzählt hatten, klirrte und krachte es im Haus.

„Du bleibst hier!", befahl Ray seiner Tochter und ging mit vorsichtigen Schritten auf das Haus zu. Michael und Nale folgten ihm.

„Ich lasse mir doch nicht sagen, dass ich von meinem eigenen Haus fernbleiben soll, selbst jetzt nicht", meinte Trish und stand auf.

„Bleib doch hier!", hörte sie ihre Mutter rufen, aber da verschwand sie schon hinter der Tür.

Da die drei Männer sich in den Zimmern im Erdgeschoss verteilt hatten, wandte sich Trish sofort der Treppe zu, um ins nächste Stockwerk zu gelangen. Langsam nahm sie eine Stufe nach der anderen. Oben angelangt folgte sie dem Gang. Zuerst wollte sie die Zimmer ansehen, die etwas von der Treppe entfernt waren und sich dann systematisch zurück arbeiten. Das erste Zimmer, das sie unter die Lupe nehmen wollte, war das erste Gästezimmer von zweien. Dieses lag genau über dem Wohnzimmer und man konnte in den Garten hinunterblicken.

Vor der Tür entfachte die Magierin ein Feuer in ihrer rechten Hand und öffnete die Tür mit ihrer Gabe. Das Gästezimmer war ein einziger Trümmerhaufen. Alles lag kreuz und quer, und noch dazu zerstört auf dem Boden. Abgesehen von einem Bild, das schief an der gegenüberliegenden Wand hing, war nichts heil geblieben. Mitten in dem Haufen neben dem ehemaligen Bett bewegte sich etwas unter den Trümmern. Trish konnte einen Oberkörper und einen Teil eines Gesichts erkennen, das mit rot unterlaufenen Stellen und Schnittwunden übersät war. Es war Tiger, die sich gerade durch das Gerümpel über sich kämpfen wollte, es jedoch nicht schaffte. Die Energie von Tiger war so schwach, dass man sie nur aus so einer kurzen Entfernung richtig wahrnehmen konnte. Die Flamme erlosch, damit Trish beide Arme frei hatte, um die Trümmer von Tiger herunter zu räumen.

Trish schrie den anderen durch die offene Tür zu, dass sie Hilfe benötige, und ließ sich neben Tiger auf den Boden gleiten.

Schnelle und schwere Schritte polterten über die Stufen und durch den Gang. Nale erschien als Erster, dicht gefolgt von Ray. Mit großen Schritten kam Nale auf sie zu und hockte sich auf die andere Seite von Tiger. Er legte ihr zwei seiner Finger auf die Schläfen und schloss die Augen. Die rot unterlaufenen Stellen verschwanden langsam und die Schnittwunden hörten auf zu bluten und verschlossen sich wieder.

„Glück gehabt, meine Liebe. Ich will unbedingt von dir hören, wie du so zugerichtet werden konntest", sagte Trish bestimmt und half ihrer Freundin, sich aufzurichten.

„Ich werde dir alles erzählen. Entschuldige das Chaos, das ich hier veranstaltet habe."

„Mach dir keine Gedanken darüber. Die Möbel sind nicht wichtig, außerdem kann man sie wieder richten. Jetzt gehen wir erst einmal in den Garten."

„Was ist geschehen?", fragte Martha sofort, als einer nach dem anderen aus dem Haus trat.

Niemand antwortete ihr, und Trish hatte nicht einmal wahrgenommen, dass ihre Mutter überhaupt eine Frage gestellt hatte. Sobald Tiger Platz genommen hatte, forderte Trish sie nochmals auf, zu erzählen, wieso sie auf solch eine stürmische Weise in ihrem Gästezimmer aufgetaucht war.

„Es war schrecklich. Vor ein paar Wochen war noch alles in Ordnung. Alles lief wie am Schnürchen, aber an einem Tag, es war Anfang September überrumpelten Männer mit äußerst stark ausgeprägter schwarzer Magie das Unternehmen, als alle noch schliefen. Sie hatten außerdem Hilfe von den Larpaten."

„Was sind Larpaten?", fragte Vyrira verwirrt.

„Vierbeinige Kreaturen, die eigentlich in der Wüste oder in Wäldern leben sollten", erklärte Terence. „Sie sind gefährlich, vor allem, wenn sie sich mit Leuten mit der Gabe zusammenschließen. Man kann sie leicht bändigen oder gar töten, indem man sie mit einem Wasserzauber trifft. Sie reagieren nämlich sehr auf Wasser, da es ihren Körper zerstört. Aber wenn sie zusammen mit Zauberern oder Magierinnen auftreten, funktioniert das nicht. Denn die mit der Gabe Gesegneten können ihre Schwäche gegenüber Wasser mit Leichtigkeit aus der Welt schaffen."

„Haben sie gesagt, was sie wollen?", wollte Ray wissen.

„Sie wollten den Leiter sprechen, aber ich erklärte ihnen, dass dieser tot sei. Anfangs glaubte ich, sie nähmen mir diese Teilwahrheit nicht ab, aber sie taten es zum Glück doch. Auch wenn nicht, ich hätte ihnen bestimmt nicht verraten, wo man dich findet."

„Wie bist du entkommen?"

„Durch ein Ablenkungsmanöver", antwortete Tiger. „Wenige Male hatten wir die Chance, unter uns zu sein. Zwar nur ein paar Minuten, aber diese genügten, um eine Entscheidung zu treffen und auszumachen, wie alles ablaufen sollte. Ein paar gaben mir Deckung und lenkten unsere Bewacher ab. Kurz bevor ich verschwinden konnte, wurde ich jedoch in eine Auseinandersetzung verwickelt, der ich gerade noch so entkommen konnte."

„Was hättest du gemacht, wenn ich heute nicht daheim gewesen wäre?"

„Ich wusste, dass du daheim sein würdest, weil du seit einem Monat von diesem Tag geredet hast."

Mit aufsteigendem Zorn stand Trish auf und wanderte in ihrem Garten herum. Es war eine Schande, dass sie nicht schon früher davon erfahren hatte oder gar zu der Zeit im Unternehmen gewesen war. In letzter Zeit fing manches so gut an und endete auf eine Art, wie es nicht sein sollte.

„Oh, Mann. Schön langsam bereue ich es, dass ich vor Monaten nicht aufgepasst habe und Elisabeth dazwischen ging. Wenn sie noch leben würde, dann wäre wahrscheinlich alles wieder so, wie es sein sollte, oder es wäre nie geschehen."

„Wahrscheinlicher ist aber, dass sie vorausgesehen hat, dass so etwas passiert. Vielleicht wusste sie sogar schon lange vorher, dass wir Besuch aus einer anderen Zeitdimension bekommen würden. Du weißt doch, wie Elisabeth war und wie sie zu ihren eigenen Prophezeiungen stand. Die Prophezeiungen müssen nicht immer eintreffen, egal ob ganz oder nur zum Teil. Aber Elisabeth hatte das richtige Gespür dafür, welche bestimmt eintraf und welche nicht.

Ich schätze, sie wusste auch, dass du eine Zeit lang, aus welchen Gründen auch immer, nicht im Unternehmen sein würdest. Keine Ahnung, welche Gründe sich in einer ihrer Prophezeiungen gezeigt hatten. Dass du schwanger wirst, hatte sie, wie du mir sagtest, wahrscheinlich nicht eingeplant, aber sie war dennoch erfreut, dass du nicht im Unternehmen sein wirst. Durch die Schwangerschaft würdest du erst recht nicht im Unternehmen sitzen und kannst nun etwas unternehmen. Mit dem ungeborenen Kind bist du beinahe unschlagbar."

Trish musste sich eingestehen, dass ihre Freundin womöglich recht hatte. Elisabeth hatte immer ihre eigene Art gehabt, Dinge darzustellen und zu drehen, wie es ihr gerade passte. Vor allem wegen ihrer Vorahnungen zweifelte Trish nicht an ihrer Vorgängerin, die es wahrscheinlich so getrickst hatte, dass sie, Trish, nun an ihrer Stelle im Unternehmen war. Die Schwangerschaft hatte Elisabeth wohl nicht eingeplant, ansonsten hätte sie sich nicht zwischen Trish und Leynfor geworfen. Im Nachhinein verstand Trish auch, weshalb ihre Vorgängerin vor ihrem Tod über den Zuwachs so verwundert war. Die Lösung war einfach: Die Schwangerschaft hatte sie einfach nicht kommen sehen.

„Wenn das so ist, dann sollten wir etwas unternehmen, und zwar jetzt."

„Wie können wir dabei behilflich sein?", fragte Jason.

„Ihr werdet in gar keinem Punkt behilflich sein. Es ist nicht euer Krieg."

„Ach komm. Irgendetwas stimmt doch hier ganz und gar nicht. Ich hatte vor Monaten schon ein komisches Gefühl, obwohl ich dachte, das käme von der Reise, aber jetzt bin ich mir nicht mehr so sicher", entgegnete Michael gereizt und Amanda bestätigte, dass sie dies genauso sah.

Nale tippte sich mit einem Finger plötzlich an die linke Schulter. Es knisterte und langsam erschien ein Band. Das Band führte quer über den Brustkorb und verschwand oberhalb seiner rechten Hüfte hinter seinem Rücken. Nale griff nach hinten und zog das wunderschön verzierte Schwert, das er auch auf ihrer Reise benutzt hatte, aus der Scheide.

„Du hast uns in unserer Welt geholfen und nun werden wir dir helfen. Außerdem will ich nicht noch einmal einen geliebten Menschen verlieren, nur weil ich nicht in dessen Nähe war, um zu helfen. Den Fehler begehe ich kein zweites Mal, erst recht nicht dann, wenn ich helfen kann."

„Wir beide haben dir ebenfalls etwas zu verdanken", meldete sich Carnia.

„Wenn du nicht gewesen wärst, dann würden wir immer noch einen Hass auf die Magie haben. Aus diesem Grund helfen wir dir auch."

„Ich schätze genau diesen Tag hatte Elisabeth vorhergesehen", mischte sich Tiger noch einmal ein. „Zwar nicht genau diesen, aber sie wusste bestimmt, dass ihr alle euch treffen würdet. Und zwar genau zu der Zeit, in der das Unternehmen in Gefahr schwebt. Du brauchst die Unterstützung, Trish. Ich sagte zwar, dass du unschlagbar bist, aber dieser Umstand hält nicht für lange. Wenn du zu lange mit deiner Gabe während der Schwangerschaft hantierst, kann es vorkommen, dass du angegriffen und gerade in diesem Moment verletzt wirst. Das Kind ist kein Allheilmittel und der Schutz könnte bei zu oft gebrauchter Gabe eventuell nicht verfügbar sein."

Trish sah in jedes Gesicht, das entschlossen zurückblickte. Es war schön zu sehen, dass man auf Freunde zählen und sich auf sie verlassen konnte. Ihre Chancen waren nicht gerade toll, aber sie mussten es versuchen. Sie durften nicht vergessen, dass im Unternehmen auch Verbündete waren und diese konnten ebenfalls helfen. Mit einem zufriedenen Lächeln stimmte Trish zu und machte sich nun daran, den anderen ihre Idee vorzutragen.

KAPITEL 25

Vier Männer patrouillierten auf dieser Seite des Unternehmens im Wald. Sie schritten hin und her und blickten sich dabei zu allen Seiten um, damit niemand sich unbemerkt an ihnen vorbeischlich. Trish kannte ihr Unternehmen jedoch besser als die, deshalb konnte sie sich mit Leichtigkeit an sie anschleichen und trat nun hinter einem Baum hervor.

„Das sieht mir aber nicht gut organisiert aus, wenn ihr zu viert so dicht beieinander in der Gegend herum marschiert. Kein Wunder, dass es für mich so leicht war, so nahe heranzukommen", verkündete die Magierin und versetzte damit den vieren einen sichtlichen Schrecken.

„Sieht wirklich so aus, als hätten wir zu wenig aufgepasst, aber Sie allein gegen vier, das ist doch erbärmlich. Wie können Sie sich denn gegen vier Gegner gleichzeitig wehren?", meinte einer spöttisch.

„Wer sagt denn, dass ich allein hier bin?"

Mit einem Nicken deutete die Magierin hinter die vier. Diese drehten sich um und sahen vier Frauen, drei Männer und ein Tier. Die vier drehten sich wieder zu ihr um und erblickten drei weitere Frauen, einen Mann mittleren Alters und einen Alten.

„Jetzt steht es wohl vierzehn zu vier und neun von uns besitzen die Gabe. Also sieht es eher schlecht für euch aus", meinte Trish.

Gleichzeitig schossen neun Zauber auf die vier Zauberer zwischen ihnen, die so ausgelegt waren, dass niemand diese erfühlen konnte. So blieb die Truppe unbemerkt und konnte gleichzeitig ihre Gegner langsam minimieren. Die vier Männer bauten zwar Schutzzauber auf, aber diese halfen nichts mehr, denn die

Zauber waren zu stark für die Schilde, die unter der Wucht des Aufpralles zerbrachen. In diesem Sinne waren die Ersten erledigt.

Bevor die Gruppe die Steinmauer erreichte, teilte sie sich in zwei kleinere auf, von denen Trish eine leitete und direkt zum naheliegenden Hintereingang führte. Sie hatten sich auf den Punkt geeinigt, sich in zwei Gruppen aufzuteilen, um den Feind besser und schneller in die Enge zu treiben. Susanne hatten sie ihren Nachbarn anvertraut, da sonst keiner auf die Schnelle verfügbar war. Trishs Nachbarn, ein älteres Ehepaar, freuten sich jedes Mal, wenn sie auf Susanne aufpassen konnten, weil sie ansonsten nicht viel zu tun hatten, als sich gegenseitig zu nerven. Deren Kinder wohnten weit entfernt und hatten sehr wenig Zeit, um mit ihren Kindern ihre Eltern zu besuchen. Daher war das Ehepaar glücklich darüber, wenn Trish ihnen ihre Nichte anvertraute.

Tiger hatte ihnen noch erzählt, dass die Anführer das Büro des Unternehmensleiters als Kontrollpunkt benutzten. Trish hatte vor, dorthin zu gelangen. Falls einer aus der anderen Gruppe zuerst dort eintraf, sollte sich derjenige die Anführer vorknöpfen und bändigen. Und Trish würde sie sich dann schließlich vornehmen und sie zur Hölle schicken.

Trish öffnete die Tür und überließ den anderen den Vortritt. Nachdem alle eingetreten waren, huschte sie ebenfalls hinein und schloss die Tür. Mit leisen Schritten gingen sie den Gang entlang, der zur gegenüberliegenden Tür führte. Vor der ersten Biegung blieb Tiger stehen und spähte um die Ecke. Trish schlich vom Ende der Schlange an den anderen vorbei zu Tiger, weil die Warterei länger dauerte als erwartet.

„Was ist? Warum geht es nicht weiter?", fragte die Leiterin und blickte vorsichtig um die Ecke.

Trish sah zwei Männer, die eindeutig keine Lehrer waren und zwei Larpaten weiter unten im Gang stehen. Bei ihnen waren eine ältere Frau, die eine Kollegin von ihr war, und ein Mädchen. Bei diesem Anblick vergaß sie den Plan und trat um die Ecke.

„Vergreift euch nicht an zwei Personen, die keine Chance gegen euch haben."

„Seht mal. Hier ist ja eine mutig!", sagte der Zauberer, der Mary am nächsten war, und lachte.

Trish sah zu ihren Freunden, die still gewartet hatten. Nun nickte sie ihnen zu und einer nach dem anderen lief in den Gang, genau auf die vier zu. Michael und Tiger verwandelten sich und fielen über die Larpaten her. Vyrira, Jason und Amanda blieben zwischen Trish und den anderen stehen. Mary rannte zu Hanna, die das Kind hinter ihren Körper schob und sofort die Chance nutzte, um ihre Gabe anzuwenden. Obwohl sie nicht mehr die Jüngste war, hatte sie immer noch eine bemerkenswerte Treffsicherheit, die einen der Zauberer das Leben kostete. Amanda stieß währenddessen den anderen zu Boden und sah ihm tief in die Augen. Da wusste Trish, dass dieser von nun an auf ihrer Seite war und zwar für immer. Der Kampf war schnell vorbei und sie hatten zwei Verbündete mehr. Das Kind nicht mitgezählt, da es noch zu unerfahren war. Mary rannte auf Trish zu und fiel ihr um den Hals.

„Ich hätte nicht gedacht, dass du hier bist, aber sei unbesorgt, Mary. Wir holen dich hier raus und wenn ich deinen Vater sehe, werde ich ein Wörtchen mit ihm reden. Ist alles in Ordnung mit dir, Hanna? Hast du gewusst, dass Jay seine Tochter mitgenommen hat?"

„Mit mir ist alles bestens und ja, ich wusste es. Jay hat sie Minuten, bevor hier alles schief gegangen ist, hierher mitgenommen, aber er konnte sie nicht mehr fortschaffen. Ich glaubte für einen Moment, dass es aus wäre mit uns. Erst einmal etwas anderes: Was machen eigentlich ein Vampir und ein Werwolf hier?", antwortete Hanna verächtlich.

„Sie sind Freunde von mir und in diesem Fall helfen sie mir und das aus gutem Grund. Wenn ein Unternehmen, das auf solche Vorfälle vorbereitet sein sollte, eingenommen werden kann, dann wird sicher auch ihre Welt bald davon betroffen sein. Im Ernstfall müssen wir zusammenarbeiten, auch wenn es einigen nicht passt. Es heißt ja nicht gleich, dass man eine Freundschaft mit ihnen aufbauen muss. Danach kann jeder wieder seinen eigenen Weg nachgehen."

„Was machen wir nun?", fragte Amanda.

„Wir sollten uns trennen. So kommen wir einerseits schneller voran und andererseits können wir so die Bedrohung schneller auslöschen!", meinte Trish. „Tiger, du führst eine Gruppe an und du wirst mit ihr gehen, Hanna. Wir drei kämpfen uns zu meinem Büro durch. Ich schätze, dass in den Gängen in der Nähe des Büros nur mehr magische Geschöpfe sind und gegen die könntet ihr sogar antreten. Ich weiß nicht, ob es besser ist, aber du kommst trotzdem mit mir, Mary."

Das Mädchen lächelte glücklich. Trish nahm ihre Hand und schlug die Richtung ein, die für sie wichtig war. Noch einmal blickte sie über die Schulter. Gerade konnte sie sehen, wie Amanda, gefolgt von dem verwandelten Zauberer hinter der Ecke verschwand. Sie richtete ihren Blick wieder nach vorne. Unbeirrt und mit schnellen Schritten ging sie Gänge entlang. Vyrira und Jason hielten Schritt, aber das kleine Mädchen musste laufen, damit sie hinterherkam. Trish bog um eine Ecke in einen anderen Gang, als sie abrupt stehen blieb. Schnell bildete die Magierin einen Schutzschild um sie alle und der Zauber prallte an diesem ab.

„Glaubst du, dass du es schaffst?", fragte Vyrira.

„Ich muss es einfach probieren und schaffen, denn jetzt haben sie uns leider schon bemerkt."

Die Magierin löste den Schutzschild, streckte beide Arme aus und richtete ihre Handflächen zu den Kreaturen, die nicht ganz zehn Meter vor ihnen standen. Trish produzierte eine Kugel in jeder Handfläche und schoss sie auf die ersten beiden, damit die vier etwas Spielraum hatten und um ihrem eigentlichen Ziel näher zu kommen. Sie musste aufpassen, dass sie nicht zu viel Energie für diese Viecher verschwendete, denn sie wollte noch genug für die Zauberer aufbewahren. Die Schwangerschaft kostete sie Unmengen an Kraft, was sich auch auf ihre Zauber auswirkte. Sie machte einen Schwenker mit einer Hand und schon tröpfelte etwas Wasser aus ihren Fingerspitzen. Die Tropfen wurden immer mehr, bis mehrere Liter Wasser vor Trish schwebten. Diese sandte die Magierin zu den Tieren. Das Wasser traf einen Larpaten und dieser fing an zu dampfen. Da sein Körper hauptsächlich aus

Erde bestand, die nur von Feuer zusammengehalten wurde, war das Wasser die beste Möglichkeit, den Larpaten zu vernichten. Man musste zwar schnell sein, da die Tiere selbst rasend schnell im Umgang mit Feuer und Erde waren. Die Larpaten konnten Feuer spucken, das so heiß war, dass es, wenn eine Person von diesem getroffen wurde, sie bis auf die Knochen verbrannte. Das Vieh schrie vor Schmerzen auf und fiel zu Boden. Die Gegner trennten sich und ein Durchgang entstand.

„Lauft!", wies die Magierin die drei hinter sich an.

Vyrira hob das Mädchen auf und rannte zwischen den Kreaturen hindurch hinter Jason. Bevor sie angegriffen wurden, setzte Trish weitere Zauber ein, um die Gegner daran zu hindern. Noch ehe sie zum nächsten Angriff starten konnte, kam eine Feuerkugel auf sie zu. Der Schild des Kindes kam viel zu spät, denn die Kugel traf Trish an der rechten Schulter. Der Schmerz machte sie fast blind. Fünf waren immer noch zu viel für sie allein, zumindest in dem Zustand, in dem sie sich befand. Sie hätte doch Hanna mitnehmen sollen, aber sie hatte nicht daran geglaubt, dass so viele so nahe beim Büro aufgestellt waren. Das war ihr Fehler gewesen.

Eine weitere Kugel kam auf sie zu, aber sie hatte keine Chance auszuweichen. Kurz vor ihrem Gesicht blieb die Kugel plötzlich stehen und flog wieder zurück. Sie traf die Kreatur, die sie erzeugt hatte, und das Vieh fiel augenblicklich um. Aus einem Nebengang, der zwei Meter vor Trish zu ihrer Linken lag, kamen ihre Eltern, Terence und Mayra. Die vier stellten sich zwischen Trish und die Feinde. Ihre Mutter trat an ihre Seite und heilte ihre Schulter.

„Gerade noch im richtigen Moment. Habt ihr es geschafft, alle zu befreien?"

„Noch nicht alle, aber den Großteil haben wir schon erledigt. Jetzt mach, dass du weiterkommst."

Trish hob sich in die Luft und schwebte über die bissigen Vierbeiner hinweg zu Jason, Mary und Vyrira. Wieder auf dem Boden eilten sie sofort weiter in Richtung Büro. Sie legten das Stück ohne weitere Probleme zurück.

„Ihr bleibt hier. Meine Eltern, Mayra und Terence werden sicher gleich kommen. Gemeinsam mit ihnen werdet ihr aufpassen, dass kein ungebetener Gast ins Büro dazustößt."

Oben angekommen fackelte sie nicht lange und machte sich sofort daran, auf die Tür zuzugehen und danach einzutreten.

„Wer stört?", fragte eine Stimme.

„Die rechtmäßige Leiterin des Unternehmens", antwortete sie schlicht und trat in den Raum. Sie machte sich nicht einmal die Mühe, die Tür zu schließen. Wie sie erkannte, saßen um den Schreibtisch drei Männer, die sie anstarrten.

„Die Leiterin? Ich glaubte, dass das Unternehmen keinen Leiter mehr hat, weil dieser vor Monaten gestorben ist. Es gab gerade einmal eine Stellvertreterin."

„Da ist Ihnen leider eine Fehlinformation zu Ohren gekommen. Es stimmt, dass ein Leiter gestorben ist, aber es wurde sofort ein neuer auserwählt und der bin ich."

Ein Lachen drang von hinten an ihr Ohr. Die Tür wurde geschlossen und Schritte kamen auf sie zu.

„Wenn es stimmt, was du da sagst, dann frage ich mich, warum du mit einem Kind im Bauch hierherkommst", sagte der Mann hinter ihr, als er aufgehört hatte zu lachen.

„Ich riskiere lieber mein Leben und das meines Kindes, bevor ein ganzes Unternehmen mit ausgezeichneten Angestellten und heiklen Gegenständen zugrunde geht."

Augenblicklich schleuderte sie den Mann von sich weg und sandte Blitze durch ihre Finger auf die noch sitzenden Zauberer. Die Zauberer konnten den Blitzen ausweichen und die Blitze donnerten in den Schreibtisch. Gegenzauber wurden ausgesandt. Ein Zauber prallte an ihrem Schutzschild ab und einem konnte Trish ausweichen. Der dritte hingegen traf sie und sie verlor den Boden unter den Füßen und donnerte gegen die Wand. Noch ehe ihre Füße wieder auf dem Boden aufkamen, wurde sie an die Wand gehalten. Man hätte glauben können, sie wäre an einem Haken aufgehängt worden. Bloß hing sie nicht an einen Haken, sondern wurde durch Magie an die Wand gepresst und konnte sich nicht befreien. Trish war gefangen. *Jetzt ist es eindeutig mit mir zu Ende*, kam es ihr in den Sinn.

„Ich liebe Frauen, die sich so wehren können. Erst recht die Art von Frauen, die es schaffen, mich zu verletzen. Doch der Schutz des Kindes wird dir bei meiner Magie nicht helfen!", sagte der Mann, den es als Erstes erwischt hatte, grinsend und blieb mit schief gelegtem Kopf wenige Zentimeter vor Trish stehen.

Der Mann schlug ihr mit voller Wucht die Faust ins Gesicht. Eine Sekunde später spürte die Frau Blut, das ihr aus dem Mundwinkel über das Kinn rann. Sie spuckte auch noch einen ausgeschlagenen Zahn aus. Trish bekam es mit der Angst zu tun, als sie merkte, dass sich der Kerl vor ihr mit einer Hand auf ihren Bauch zubewegte, aber sie versuchte, weder Angst zu zeigen noch zu betteln. Da sie es nicht ertragen konnte, dabei zuzusehen, schloss sie die Augen und hoffte, dass es schnell ginge. Hätte sie doch Hanna mitgenommen oder hätte sie gar auf ihre Eltern und ihren Bruder gewartet! Einer hätte mitkommen und sie dabei unterstützen können.

„Finger weg, sonst passiert was!", sagte eine vertraute Stimme.

Trotz der Warnung spürte Trish, wie sich die Finger auf ihren Bauch legten. Explosionsartig knallte es im Raum. Ein Luftzug fuhr an ihr vorbei und riss die Hand mit sich. Trish hatte die Augen noch immer fest geschlossen, daher konnte sie nur hören, dass weitere Möbelstücke und Gegenstände splitterten und zerbrachen.

Der Zauber, der sie an der Wand hielt, löste sich und sie rutschte zu Boden. Ihre Beine fingen ihr Gewicht nicht auf. Daher kippte sie auf eine Seite und stützte sich mit beiden Händen ab. Schritte kamen auf sie zu und stoppten genau neben ihr. Trish öffnete die Augen und sah, dass alle vier Zauberer auf dem Boden lagen. Die Magierin blickte zu ihrem Helfer auf und musste schmunzeln, als sie das Gesicht zu der vertrauten Stimme sah. Dankend griff sie nach der Hand, die ihr entgegengestreckt wurde, und kam so wieder auf die Beine.

Nale bereitete sich bereits auf den Angriff seinerseits vor, als Trish ihn zurückhielt. Sie deutete auf den Kerl, der sie in der Mangel gehabt hatte. Während sie auf ihn zu ging, spuckte sie weiteres Blut aus und knackte mit den Fingern. Mit ihrer Gabe hob sie den Zauberer hoch und ließ ihn ein paar Zentimeter oberhalb des Bodens in der Luft hängen. Trish grinste und betrachtete eine von ihren Händen. Sie ließ ihre Kraft in diese fließen und um die Hand funkte es. Sie ballte die Finger zu einer Faust und schlug ihm ins Gesicht. Man konnte hören, wie der Kiefer und die Wangenknochen brachen.

„Das tut mir aber leid", sagte Trish mit gespieltem Mitleid.

Weit ausholend donnerte dieselbe Hand in seine Magengrube. Er röchelte und hustete Blut über ihre Schulter. Sekunden danach erstarb es. Trish ließ den leblosen Körper einfach fallen.

„Macht es gut, Jungs. Und grüßt euren Kumpel von uns", wandte die Magierin sich an die letzten drei und trat neben Nale.

Zeitgleich sandten er und Trish Zauber aus ihren Fingern auf die drei Zauberer. Es krachte und die drei waren auf der Stelle tot. Erleichterung breitete sich in Trish aus. Das Unternehmen war wieder in ihrem Besitz.

„Die anderen machen sich wahrscheinlich schon Sorgen. Am besten gehen wir zurück", schlug Nale vor.

Nebeneinander und eine Hand auf ihrem Rücken gingen sie über die Trümmer zur Tür hinaus. Trish war fix und fertig, obwohl die ganze Aktion nicht lange gedauert hatte. Sie erreichten die Treppe und nahmen im Gleichschritt eine Stufe nach der anderen. Die anderen warteten bereits und Trish konnte an ihren Gesichtern ablesen, dass sie gespannt auf die Neuigkeiten warteten.

„Warum hat das so lange gedauert und was war das für ein Krach?", fragte Vyrira sofort.

„Entschuldigt die Verzögerung. Wir hatten eine kleine Meinungsverschiedenheit mit denen dort drinnen, die wir tilgen konnten, wenn ihr versteht, was ich meine", erklärte Nale.

Jubelschreie hallten durch den Gang. Die sieben vor ihr und Nale sprachen ihre Glückwünsche aus und ließen ihrer Freude freien Lauf. Trish wandte sich an Nale. Sein Haar war zerzaust und in seinem Gesicht waren ein paar Kratzer, dennoch merkte sie, dass er genauso am Ende war wie sie.

„Gehst du wieder mit meinen Eltern und meiner Professorin mit? Ich, Vyrira und Jason versuchen in der Zwischenzeit, Tiger, Amanda und Michael zu finden."

Er nickte, gab ihr noch einen Kuss und folgte anschließend den anderen, die er bereits zu Beginn begleitet hatte. Vyrira, Jason, Mary und sie machten sich nun auf den Weg, die anderen zu suchen. Trish konnte zwar die Energien von Amanda und Michael spüren, aber sie war so müde, dass sie die Energien andauernd verlor. Minuten vergingen, ohne dass sie jemanden aus der anderen Gruppe trafen. Dafür kamen sie an Trümmern und Toten vorbei. Mary klammerte sich an Trish und sie hielt dem Mädchen die Augen zu.

„Bis das Gebäude wieder so ist wie es sein sollte, brauchen wir Stunden", meinte Jason.

„Das ist das kleinste Problem, denn dies wird schnell gelöst sein. Bei den Toten wird es problematischer. Aber im Moment sollten wir zusehen, dass wir die anderen finden."

Als sie in einen Gang abgebogen waren, kamen gerade Tiger und die anderen aus einem anderen Gang hinzu.

„Wir waren gerade auf dem Weg zu euch. Alles in Ordnung?", fragte Tiger.

„Alles bestens. Wir haben euch gesucht", antwortete Jason.

„Was ist mit den Zauberern?", wollte Amanda wissen.

„Da hat es am Anfang ein paar Probleme gegeben, aber die haben sich dann erledigt."

Tiger fiel ihr um den Hals und lachte vor Freude. Trish zog ihre Freundin an sich und sie umarmten sich. Als sie sich wieder gelöst hatten, beäugte Tiger die Frau vor sich von unten nach oben.

„Du siehst schrecklich aus. Du solltest dich ausruhen."

„Das muss warten. Ich will mich zuerst um die Verletzten kümmern."

„Dann lass mich dich heilen. Deine Wange sieht sehr in Mitleidenschaft gezogen aus."

„Ich weiß. Da hat mich einer von denen geschlagen und mir dabei einen Zahn ausgebrochen."

Tiger legte eine Hand auf Trishs Gesicht und das Pochen verschwand Sekunden später.

„Danke. Habt ihr den anderen geholfen?"

„Es sind alle befreit bis auf ein paar wenige. Für die kam leider jede Hilfe zu spät", sagte Michael.

„Gut, dann wäre es besser, wenn wir wieder getrennt durch das Unternehmen streifen und alle zusammentrommeln. Am besten wäre es erst einmal, wenn sich alle im Aufenthaltssaal zusammenfinden und eine Nacht dort verbringen. Katy soll dort alle behandeln, da der Saal groß genug ist, um alle unterzubringen. Dort sollte sie einen guten Überblick über die Verletzten haben."

Trish, Vyrira, Jason und Mary gingen geradeaus weiter, die anderen bogen in den anderen Gang ein, aus dem sie zuvor gekommen waren. Tiger hatte Trish zwar die Schmerzen aus der Wange genommen, aber nun überkam sie die Müdigkeit. Die Schmerzen hatten sie wenigstens etwas wachgehalten. Jetzt hätte sie sich gleich hier, genau an dieser Stelle auf den Boden legen und schlafen können. Ihre Beine fühlten sich an, als wären sie mit Blei gefüllt. Dennoch riss sie sich zusammen und stieg die Stufen hinauf. Sie war fast am Ende der Treppe angelangt, als sie plötzlich zwei Stufen vorher stehenbleiben musste. Flüssigkeit rann ihr an der Innenseite der Beine hinunter.

„Das darf nicht wahr sein", sagte sie und stützte sich mit einer Hand an der Wand ab.

Aus dem Augenwinkel sah sie, dass Vyrira und Jason neben ihr standen und sie fragten, was los sei. Nachdem sie es ihnen gesagt hatte, bekamen beide große Augen und in ihre Gesichter traten anstelle von Freude Angst und Besorgnis. Schmerzen fuhren durch ihren Körper, dennoch versuchte sie die letzten Stufen hinter sich zu bringen und sich sofort ins nächstbeste Büro aufzumachen. Sie wollte auf gar keinen Fall inmitten dieser Trümmerhaufen in den Wehen liegen. In dem Büro würde es zwar auch nicht besser aussehen, aber da lagen bestimmt keine Leichen herum. Hoffte sie zumindest. Vyrira und Jason griffen ihr unter die Arme und wollten sie kurz nach der letzten Stufe dazu bringen sich hinzulegen, aber Trish forderte die beiden auf weiterzugehen. Mary folgte ihnen die ganze Zeit über mit einem hilflosen und verzweifelten Blick. Sehr zu ihrer Freude befand sich nur wenige Meter von der Treppe eine Tür, die sie auch ansteuerte.

Jason öffnete die Tür und Trish und die beiden anderen folgten ihm. Als die Magierin eintrat, war sie glücklich, als sie das Sofa zu ihrer Linken erblickte, welches sie sogleich in Beschlag nahm. Sie wusste nicht, wem das Büro mitsamt dem Sofa gehörte, doch sie hoffte, dass er oder sie ihr vergab, wenn das Sofa für nichts mehr geeignet war. Trish nahm sich vor, der Person ein neues zu spendieren, wenn alles vorüber war. Es war ein großes Büro, wie Trish feststellte, mit zwei Regalen, so hoch wie der Raum und voll mit Mappen. Ein Regal stand zwischen Sofa und Fenster und das andere genau gegenüber. Genau in der Mitte des Raumes befand sich ein unaufgeräumter Schreibtisch. Gegenüber entdeckte sie einen weiteren raumhohen Schrank. Die obere Hälfte war mit Glastüren ausgestattet und die untere mit normalen Holztüren. Und wie Trish durch die Glasscheiben sehen konnte, waren dort Unmengen an Arzneimitteln, die ihr zwar nicht halfen, ihr aber Hoffnung gaben, dass auch Handtücher und Decken hier wären. Und neben diesem Schrank befand sich eine weitere Tür, die in ein anderes Büro führte. Als sie Vyrira anwies, die untere Hälfte des Schrankes nach Decken zu durchsuchen, sah sie Mary an, die auf dem Drehsessel neben dem Schreibtisch saß. Das Mädchen war völlig bleich um die Nase.

„Ist alles in Ordnung mit dir, Mary?", fragte Trish so ruhig, wie es bei den Schmerzen eben nur ging, und bekam als Antwort nur ein Schulterzucken. „Du brauchst dir keine Sorgen zu machen. Es verläuft alles so, wie es sein soll, bloß haben sich die Kinder einen dummen Zeitpunkt ausgesucht."

Vyrira hielt in der Bewegung inne, Handtücher aus dem Schrank zu holen. Sie wandte sich zur Magierin um und fragte entsetzt: „Hast du eben Kinder gesagt? Ich dachte die ganze Zeit, du würdest nur eins in dir tragen."

„Du hast richtig gehört. Es sind Zwillinge. Tut mir leid, dass ich es euch nicht früher gesagt habe. Ich wollte das Geheimnis eigentlich bei mir zu Hause lüften. Doch dann kam mir Tiger in die Quere und um nicht von meiner Mutter oder gar von Nale aufgehalten zu werden, behielt ich es weiter für mich. Es war auch so schon ein Wunder, dass sie mich haben ziehen lassen", antwortete Trish und löste den Tarnzauber von sich.

„Großartig! Hast du eine Idee, wie du es den anderen beibringst? Ich glaube, keiner wird so begeistert sein. Ich bin es zumindest nicht."

„Wärst du so freundlich und führst die Kleine in den Nebenraum, Jason? Und bleibt bitte alle beide dort, bis alles vorbei ist", bat Trish ihn, anstatt auf den Kommentar von Vyrira einzugehen.

Sie hatte das Gefühl, dass die Diskussion schlimmer werden könnte und diese sollte Mary nicht mit anhören. Das Büro verfügte über eine weitere Tür, die, wie die Magierin wusste, in ein anderes Büro führte. Und dort sollte Mary für die nächste Zeit bleiben und Jason würde dem Mädchen Gesellschaft leisten und es ablenken. Sie spürte außerdem schon, dass die Kinder nicht mehr lange auf sich warten ließen. Jason tat, was sie von ihm verlangte, und schloss die Tür hinter sich. Damit die beiden erst recht nichts mitbekamen, legte die Magierin einen Zauber an, der den Raum so abschirmte, dass nichts zu hören war, falls jemand an den Türen vorbeikam.

„So, und du fährst auf der Stelle deine Krallen ein und kommst runter", platzte Trish ohne Hemmungen heraus, da Mary nun nicht mehr zuhörte. „Du kannst dir nicht vorstellen, welche Schmerzen ich gerade verspüre, also wäre es jetzt wunderbar, wenn wir uns nachher darüber unterhalten, was falsch von mir war und was ich eigentlich hätte tun sollen. Wenn du nicht willst, dass ich ausfallend werde, dann hilf mir gefälligst."

„Wie kann ich dir denn helfen?", fragte Vyrira auf einmal verzweifelt. „Nale ist derjenige, der sich mit solchen Sachen auskennt. Ich hingegen habe keine Ahnung davon."

„Irgendwie werden wir das schon hinbekommen. Der einzige Rat, den ich dir momentan geben kann, ist: Verlass dich auf deine Intuition."

Zähneknirschend keuchte die Magierin und wünschte sich mehr als alles andere, dass die Schmerzen bald vorbei wären. Vyrira war für wenige Augenblicke so verwirrt und ängstlich, dass sie ziellos durch den Raum huschte und Decken und Tücher zurechtlegte. Aber der Rat musste anscheinend doch gewirkt haben, denn das Mädchen machte den Eindruck, als wüsste es nach gefühlten fünfzig Runden im Büro, was es als Nächstes tun sollte. Von da an war es die schlimmste und nervenaufreibendste Zeit, in der Vyrira trotz Widerspruch alle Arbeit leistete. Und noch dazu eine ausgesprochen gute. Ständig spornte sie die Magierin an, weiter zu machen, auch dann, als diese glaubte, die Schmerzen würden sie umbringen und sie könnte einfach nicht mehr. Jede weitere Minute war fürchterlich. Ihr Wunsch nach Ruhe zog sich immer weiter in die Ferne. Nichtsdestotrotz ging es plötzlich so schnell, dass sie nur darüber staunte.

Nach einer gefühlten Ewigkeit hielt sie erschöpft, aber glücklich, eine Decke über die Beine gelegt ein Kind, das gut in Handtücher eingewickelt war, in den Armen. Dasselbe galt auch für das zweite, das Vyrira in den Händen hielt. Obwohl Trish gewusst hatte, dass sie zwei Kinder in sich trug, wollte sie bis zum Schluss nicht erfahren, welches Geschlecht die beiden hatten. Zu ihrer Überraschung handelte es um einen Jungen, der zuerst das Licht erblickt hatte, und ein Mädchen. Jason lugte aus der Tür, weil er anscheinend die Lage sondieren wollte. Als er merkte, dass die Luft rein war und Trish ihm noch zusätzlich deutete, dass er heraustreten konnte, tat er das, gefolgt von Mary. Die Kleine erweckte den Anschein, als würde sie jederzeit zusammenbrechen. Wie gut, dass Trish Jason gebeten hatte, die Kleine, kurz bevor es ernst geworden war, ins andere Büro zu führen. Als die Magierin Mary sagte, sie solle sich aufs Sofa setzen, war das Mädchen skeptisch und zurückhaltend, tat es aber dennoch. Die Miene des Mädchens war anfangs fragend, hellte sich jedoch mit der Zeit auf und es strich mit einem Finger vorsichtig über eine Wange des Jungen.

„Weißt du schon, wie die beiden heißen sollen?", fragte Jason nach ein paar Minuten, in denen er das Mädchen in Vyriras

Armen betrachtet hatte. Sie standen mit dem Rücken zur Tür, durch die sie anfangs gegangen waren zwischen Schreibtisch und Fenstern, und wie Trish merkte, grinsten sowohl Jason als auch Vyrira.

„Nein, und um ehrlich zu sein, habe ich mir in all den Monaten keine Gedanken darüber gemacht. Ich warte auf Nale, dann entscheiden wir gemeinsam."

„Wichtig bleibt jedoch, wie du es ihm und deinen Eltern erklärst, dass du statt einem Kind zwei auf die Welt gebracht hast", beharrte Vyrira weiter auf dem Ausgangsthema.

„Ich weiß und leicht wird es bestimmt nicht", gab Trish seufzend zu. „Das einzig Gute an dem Ganzen ist, dass noch keiner von ihnen hier aufgetaucht ist. Da habe ich wenigstens noch Zeit, um mir eine Erklärung zurechtzulegen."

Kaum hatte sie den Satz ausgesprochen, öffnete sich auch schon die Tür und Terence erschien.

„Ah, hierhin seid ihr alle also verschwunden. Wir haben uns schon gewundert, wo ihr steckt", sagte er und trat zum Schrank mit den Arzneimitteln.

Vyrira hatte noch immer den Rücken zur Tür gedreht, war aber angespannt, soweit Trish es an ihrer Haltung erkennen konnte. Sie hatte über die Schulter geblickt, blieb jedoch weiter mit dem Rücken zur Tür gewandt stehen.

„Sehe ich richtig? Hast du etwa entbunden?", fragte Terence munter weiter und trat vollbepackt zu seiner Schwester.

„Nein, was denkst du denn? Ich habe mir kurzerhand ein fremdes Kind geschnappt und sitze hier aus Vergnügen", entgegnete seine Schwester sarkastisch. „Nichtsdestotrotz bist du genau richtig gekommen, denn du bist der Erste, der es erfährt. Dreh dich um, Vyrira."

Langsam und mit Bedacht drehte sie sich um. Terence blickte zu Vyrira. Als er das andere Kind sah, wurde er blass und seine Augen weiteten sich. Die Genugtuung, ihn geschockt zu haben, machte Trish noch glücklicher.

„Schau nicht so entgeistert. Du bist Onkel von zwei mit der Gabe gesegneten Kindern geworden."

Geschockt und wie in Zeitlupe legte Terence die Sachen, die er aus dem Schrank geholt hatte, auf dem Schreibtisch ab. Danach setzte er sich rechts neben seine Schwester, da auf der anderen Seite Mary saß. Während Terence kein einziges Wort von sich gab, betrachtete er seinen Neffen und schielte hier und da zu seiner Nichte hinüber. Als Trish schon vorschlagen wollte, dass einer den anderen Bescheid sagen sollte, was passiert war, ergriff ihr Bruder das Wort.

„Ist alles in Ordnung mit dir? Gab es Komplikationen?"

„Ich bin nur fertig, sonst geht es mir gut. Und nein, es gab keine Komplikationen. Das Einzige, was mir noch Sorgen bereitet, sind Mum und die anderen."

„Gut zu hören. Und ich glaube dir, dass du wegen der anderen Sorgen hast, vor allem wegen Mum. Wie wäre es, wenn ich mal vorfühle und Dad und Mum andeutungsweise vorbereite? Natürlich auch Nale. So hast du noch eine Verschnaufpause und musst dich darum nicht bemühen. Am besten wäre es auch, wenn Katy oder Tiger mitkommen. Und jemand sollte zwei Wiegen organisieren."

„Das würdest du tun?", fragte Trish verdutzt.

„Sicher, sonst würde ich es nicht vorschlagen."

„Ich danke dir, Terence. Ich hatte die Hoffnung aufgegeben, dass du jemals zu mir hältst."

„So fies bin ich nun auch wieder nicht", erwiderte Terence grinsend und stand auf. „Nur, weil ich so oft meine Scherze mit dir abziehe, heißt das noch lange nicht, dass ich nicht zu dir halte."

Nachdem er alles, was er zuvor auf dem Tisch abgestellt hatte, wieder eingesammelt hatte, warf Terence noch einen Blick auf die Kinder, bevor er schließlich ging. In der Zeit, die sie noch für sich hatte, blieb Trish still. Sie lehnte in der Zwischenzeit ihren Kopf nach hinten und blickte verträumt zu ihrem Sohn. Sie wusste nicht, wie lange es gedauert hatte, bis sich die Tür wieder öffnete, nachdem Terence gegangen war. Sie schätzte, dass ungefähr zehn Minuten vergangen waren. Es trat eine aufgebrachte Martha ein, gefolgt von ihrem Mann, Terence, Nale, Brandon und zum Schluss Tiger. Ihre Mutter war außer sich und hielt ihrer Tochter, die keine Chance hatte, ein Wort zu sagen, eine Standpauke. Trishs Vater und Nale redeten auf Martha ein und schafften es, sie endlich zum Schweigen zu bringen. Sie schmolz daraufhin beim Anblick ihrer Enkelkinder dahin. Die Freude war jedem anzusehen und während alle entweder um das Mädchen oder den Jungen herumstanden, hatte Terence mithilfe von Tiger zwei Wiegen organisiert und aufgestellt. Tiger kontrollierte nicht nur beide Kinder, bevor sie sie in die Betten legte, sondern zu guter Letzt auch Trish.

„Ihr bleibt am besten für die nächsten Stunden hier und erholt euch", meinte Tiger. „Dein Büro ist noch nicht aufgeräumt und nach Hause zu gehen wäre auch unklug. So wie ich Katy kenne, will sie nämlich auch noch vorbeischauen und dich durchchecken, bevor du nach Hause darfst."

„Ich glaube, das wird mir nicht erspart bleiben", erwiderte Trish und kratzte sich am Kopf.

„Ganz bestimmt nicht", warf ihre Mutter ein. „Ich werde mich selbst darum kümmern, dass Katy nach dir sieht. Und solange ich auch noch hier bin und es dir nicht erlaube, verschwindest du sicher nicht nach Hause."

„Wir haben es schon verstanden, Martha, also lasse sie in Ruhe", meinte nun Ray. „Jetzt, wo wir diese erfreuliche Nachricht erhalten und die Kinder begutachtet haben, sollten wir ihr und Nale mitsamt Kindern die nötige Zeit und Ruhe gönnen."

Trishs Vater schob Martha aus dem Raum und folgte ihr sofort. Er wollte ihr wahrscheinlich den Weg versperren, falls sie versuchen sollte zurückzugehen. Als alle bis auf Trish und Nale den Raum verlassen hatten und die Tür geschlossen war, platzte es aus Nale heraus.

„Du bist unmöglich. Weshalb hast du niemandem ein Zeichen gegeben, dass es so weit ist?"

„Ist das nicht verständlich?", antwortete die Magierin, während Nale neben einer der Wiegen stand. „Ich wollte, dass ihr euch um die anderen kümmert, anstatt um mich. Wenn etwas nicht mit rechten Dingen zugegangen wäre, dann hätte ich mich bestimmt irgendwie bemerkbar gemacht. Ich wollte es euch eigentlich bei mir zu Hause sagen, aber nachdem Tiger erschienen war, wollte ich lieber das Unternehmen retten."

„Deine Sturheit hätte mehr Schaden anrichten können, weißt du das?"

„Du brauchst erst gar nicht reden. Du solltest besser wissen, dass wir mit der Gabe sture Leute sind und dazu neigen, uns in Schwierigkeiten zu bringen."

„Da ist was Wahres dran. Schlimmer hätte es kommen können, aber beim Anblick der beiden kann man einfach nicht länger böse sein. Wer half dir?"

„Vyrira und das mehr oder weniger freiwillig. Anfangs dachte ich, sie würde mir an den Hals gehen und mich umbringen, aber nachdem ich ihr harte Worte an den Kopf geworfen habe, hat sie klein beigegeben."

„Mit einer Frau, die gerade in den Wehen liegt, ist nicht zu spaßen. Das habe ich des Öfteren schon miterlebt und Vyrira hat dies nun selbst in Erfahrung bringen müssen. Ich hoffe, sie hat sich nicht zu schusselig angestellt", meinte der Zauberer und setzte sich neben Trish.

„Nein, ganz und gar nicht. Allerdings muss ich zugeben, dass ich nicht viel mitbekommen habe."

Nale legte ihr einen Arm um die Schulter und gab ihr einen Kuss auf den Scheitel. Die nächsten Stunden verbrachten sie noch in diesem Büro. Wie bereits angekündigt kam Katy vorbei, um ein Auge auf Trish und die Neugeborenen zu werfen. Sie war genauso sauer wie Trishs Mutter, ließ sich aber nicht so einfach beruhigen. Die Frau erklärte, dass es nicht lange dauern würde, bis sie vor Ärger über den Wagemut von Trish und ihresgleichen noch tot umfiele. Katy fluchte und schimpfte während der Kontrolle leise vor sich hin. Sie hörte auch dann nicht auf, als Tiger hereinkam, um der Leiterin zu sagen, dass ihr Büro nun fertig aufgeräumt sei. Mithilfe von Katy und Tiger beförderten sie die Wiegen mitsamt Kindern ins andere Büro.

Trish hatte sich erhofft, dass sie nach dem Besuch von Katy bereits nach Hause könnte, aber bereits zum wiederholten Male wollte die Heilerin davon nichts hören. Sie hatte alle Hände im

Unternehmen zu tun, um die Mitarbeiter wieder auf Vordermann zu bringen. Und da Trish, wie Katy erklärte, in ihren Augen eine Höchstleistung ohne professionelle Betreuung hinter sich gebracht hatte, wolle sie erst recht nichts riskieren. Tiger enthielt sich der Meinung, obwohl sie ebenfalls Heilerin war. Nach dem Gesichtsausdruck ihrer Freundin zu schließen, war Trish zu der Überzeugung gelangt, dass auch Tiger der Meinung war, dass sie besser hierbleiben sollte. Trish hatte also keine andere Wahl, als die Nacht über im Unternehmen zu verbringen und tat dies schweren Herzens auch. Sie bot an, bei den Aufräumarbeiten zu helfen, um etwas Nützliches tun zu können. Aber selbst dies wurde ihr nicht nur von den Frauen verwehrt, sondern zusätzlich auch von Nale, der zusammen mit Brandon die Nacht über ein wachsames Auge auf sie warf.

KAPITEL 26

Die Aufräumarbeiten und die Versorgung der Verletzten hatten die ganze Nacht gedauert. Amanda und Michael waren bis in die Morgenstunden beschäftigt gewesen. Michael hatte ihr vieles abgenommen, weil er nicht wollte, dass sie sich überanstrengte. Er gab es zwar nicht zu, doch sein Verhalten war letzten Endes doch zu auffällig. Nach den anstrengenden Stunden waren die beiden von zwei Mitarbeitern aufgefordert worden, Schluss zu machen und sich auszuruhen. Weiters wurde ihnen gesagt, dass nur mehr Kleinigkeiten zu tun wären, für die sie nicht mehr gebraucht würden. Obwohl Amanda noch hätte weiterarbeiten können, musste sie sich eingestehen, dass der größte und anstrengendste Teil erledigt war. Die anderen hatten nun alles im Griff und konnten ohne ihre Hilfe den Rest erledigen. Somit machte sie sich zusammen mit Michael auf, um etwas frische Luft zu tanken.

Netterweise zeigte man ihnen einen Weg hinaus, denn allein hätten sie sich bestimmt verlaufen. Draußen angelangt wollte Amanda nur noch eines, nämlich sich hinsetzen, die Beine von sich strecken und dabei die Sonne beobachten, die gerade im Begriff war, am Horizont sichtbar zu werden. Zu ihrem Glück befanden sich genügend Sitzgelegenheiten in diesem Abschnitt des Grundstücks und das Schönste war, dass alle frei waren. Sie konnte sich aussuchen, wo sie Platz nahm, und suchte sich die Bank aus, von der sie mit Leichtigkeit die Sonne durch die Bäume erblicken konnte. Michael folgte ihr schweigend und setzte sich sichtlich erleichtert neben ihr hin. Schweigend blieben sie nebeneinandersitzen, während Amanda über ihren Bauch strich und den schön gestalteten Bereich begutachtete.

An gut platzierten Stellen, wie Amanda fand, waren Sträucher gepflanzt worden und diese sahen sehr gut gepflegt aus. Sie fand die Sträucher deshalb gut platziert, weil dazwischen die verschiedensten Blumen wuchsen. An wenigen Stellen befanden sich Bäume zwischen zwei Sträuchern. Und in der Nähe der Blumen oder unter einem Baum waren die Sitzgelegenheiten aufgestellt, an denen ein künstlich gefertigter Weg vorbeiführte. Zwischen den beiden Reihen von Bänken, Blumen und Sträuchern waren ebenfalls Blumenbeete angelegt. Wobei hier eine Grünfläche, die wie frisch gemäht aussah, überwog. Und genau in diesem baumfreien Bereich konnte man den Himmel erblicken, der momentan wolkenlos war.

Während Amanda dies alles betrachtete, dachte sie über den gestrigen Tag nach. Der Tag hatte so gut angefangen, hatte aber letzten Endes mit einer schier unmöglichen und kraftaufreibenden Anstrengung geendet. Alles war zwar gut ausgegangen, und es gab auch noch vortreffliche Neuigkeiten, aber Amanda hatte weiterhin ein ungutes Gefühl. Sie verstand schon, dass der Angriff und die Übernahme des Unternehmens aus heiterem Himmel kamen, dennoch war die Zurückeroberung ein wenig zu einfach gewesen. Gut, Trish hatte die Überraschung auf ihrer Seite, da das Kind sie schützte. Wie Amanda im Nachhinein erfahren hatte, waren es Zwillinge gewesen, somit war die Überraschung nicht nur bei den Fremden, sondern auch bei den Helfern gelungen. Und je mehr Mitarbeiter des Unternehmens sie von den unguten Bewachern befreien konnten, desto mehr Hilfe bekamen sie. Dies sprach natürlich für die schnelle Zurückeroberung, das musste sich Amanda eingestehen. Ihr schlechtes Gefühl, dass etwas Schlimmeres dahinterstecken könnte, ließ sie dennoch nicht los. Vielleicht lag es einfach nur daran, dass sie die ganze Nacht keine ruhige Minute gehabt hatte und ihre Nerven immer noch angespannt waren, weil sie in einem Gebäude voller mit der Gabe gesegneter war.

„Trish ist wirklich ein Glückspilz", meinte sie schließlich, um nicht mehr weiter nachdenken zu müssen.

„In welcher Hinsicht?"

„Noch Stunden bevor Tiger kam, beschwerte sie sich, dass es bei ihr noch länger dauert als bei mir. Und aus heiterem Himmel kamen die Kinder und das auch noch hier! Ich hoffe nur, dass ich das Kind in einem Krankenhaus auf die Welt bringen werde."

„Das hoffe ich auch, aber du hast noch ein paar Wochen Zeit."

„Hätte Trish auch gehabt, trotzdem kamen die Kinder zu früh."

Mit einer Hand strich Amanda weiter über ihren Bauch. Sie fragte sich nun, ob die Geburt ebenfalls reibungslos über die Bühne gehen würde.

„Worüber denkst du nach?", fragte Michael.

„Über alles Mögliche. Momentan will ich aber einfach die ruhige Zeit genießen und abschalten."

„Darf ich mit dir die Ruhe genießen und abschalten?"

Michael schlang einen Arm über ihre Schulter und rutschte nah an sie heran. Amanda richtete ihren Blick auf sein Gesicht und lächelte.

„Ich bitte sogar darum! Ohne dich wäre es nur halb so schön", meinte sie und gab ihm einen Kuss auf die Wange.

Amanda stand auf und ging langsam zu einem Blumenbeet, das wenige Schritte von der Bank entfernt war. All die Blumen in den unterschiedlichsten Farben sahen wunderbar aus, und als das Mädchen an mehreren roch, wäre es fast zusammengebrochen. Der Duft war einmalig und so angenehm, dass man auf ewig an den Blumen hätte riechen können. Amanda war gerade im Begriff, auch die übrigen Blumen zumindest bei diesem Beet zu betrachten und von einigen, die in ihrer Reichweite waren, ebenfalls den Duft aufzunehmen. Als sie nicht einmal die Hälfte des Weges um das Beet erreicht hatte, musste sie stoppen. Aus unerfindlichen Gründen schmerzte jeglicher Teil ihres Körpers und vor ihren Augen drehte sich alles. Vor allem jedoch schmerzte ihr Bauch. Michael hatte sie wohl die ganze Zeit über nicht aus den Augen gelassen. Er hatte dementsprechend bemerkt, dass sich etwas verändert hatte, denn er stand nun neben ihr und hielt sie sachte fest.

„Wir sollten lieber zurückgehen und jemand sollte dich kontrollieren", meinte er letztendlich.

„Wäre wohl besser", brachte Amanda gerade mal so heraus. Ihr wurde von Sekunde zu Sekunde immer übler und sie traute sich daher nicht mehr zu sagen. Langsam führte Michael sie zurück zur Tür und sie waren nur noch ungefähr zwei Meter davon entfernt, als Schmerzen durch ihren Körper fuhren. Es fühlte sich an, als würde irgendwo eine riesige Nadel in ihr Fleisch gestochen und von dort aus strahlten dann die Schmerzen durch ihren gesamten Körper. Dieses Mal waren die Schmerzen so heftig, dass ihr schwarz vor Augen geworden war. Aus weiter Ferne vernahm sie zusätzlich ein Stöhnen. Amanda merkte, dass sie aufgehoben und von nun an schnellen Schrittes getragen wurde. Damit ihre Arme nicht wie wild hin und her baumelten, schlang sie ihre Arme um Michaels Hals, während er durch die Gänge hastete.

„Wohin gehst du?", fragte die Vampirin nach einem weiteren schmerzlichen Stich.

„Zu Trish und Nale", antwortete Michael ohne Anzeichen von Anstrengung.

„Warum gerade zu den beiden? Es wäre doch besser zu Tiger zu gehen oder zu dieser Katy."

„Die haben auch so zu viel zu tun, auch wenn sie uns sagten, der Großteil wäre bereits getan. Trish und Nale habe ich seit gestern selten gesehen. Sie haben jetzt bestimmt Zeit und werden sich um dich kümmern."

Amanda fragte sich im Stillen, wie Michael nur den Weg zu ihrem Büro finden sollte. Das Gebäude war riesig und noch dazu liefen Dutzende von Leuten herum. Er konnte schon ziemlich gut mit seinen Fähigkeiten umgehen, aber dass er die Stimmen von Nale und Trish durch das Stimmengewirr in diesem Gebäude vernehmen konnte, war unwahrscheinlich. Das größte Problem war die Magie. Auf ihrer Reise war es in dem Gasthaus eine Leichtigkeit gewesen, da niemand mit Magie irgendwelche Schilde, Zauber fürs Heilen oder für sonst was ausgesprochen hatte. Doch in diesem Gebäude rannten unzählige mit der Gabe gesegnete herum und Michael und sie hatten wenig Übung darin, ihre Fähigkeiten unter diesen Bedingungen auszuprobieren.

Daher sollte es für Michael nicht allzu einfach sein, Trishs Büro zu finden. Ihre nicht ausgesprochene Frage wurde schließlich doch beantwortet, als sie hörte, wie Michael im Vorbeigehen oder von Weitem nach dem Büro von Trish fragte. Nach mehreren Antworten und einer Ewigkeit stieß Michael eine Tür mit einem Bein auf und trat ein.

„Was ist denn in dich gefahren, Michael? Du hättest die Tür ja anders auch öffnen können, anstatt sie gleich einzutreten", fragte die Stimme von Trish.

„Ist mir egal. Die Tür war mir im Weg. Ihr müsst jetzt Amanda helfen", erwiderte Michael gereizt.

„Was ist mit ihr?", fragte Nale.

Amanda spürte, wie Michael sich, nachdem er ein paar Schritte in den Raum gegangen war, bückte und sie vorsichtig auf etwas Weichem absetzte. Mit schmerzverzerrtem Gesicht löste sie ihre Arme von seinem Hals und versuchte, sich auf dem Sofa, das sie nun als solches erkannte, in eine angenehmere Position zu drücken. Dies gelang ihr nicht, dafür halfen Trish und Michael.

„Ich weiß nicht, was mit ihr ist", antwortete der Junge nun auf die Frage vom Zauberer. „Wir waren gerade draußen bei der Anlage mit den unzähligen Blumen, um uns dort eine Pause zu gönnen. Amanda roch gerade an einigen, als sie sich plötzlich verkrampfte, was sie auch getan hat, während ich sie hierher brachte."

„Tut dir etwas Bestimmtes weh, Amanda?", fragte Trish, die sich hinter Amandas Kopf aufs Sofa gesetzt hatte.

„Ja" war das Einzige, was das Mädchen sagen konnte.

Um zu verdeutlichen, wo es am meisten schmerzte, berührte Amanda mit einer Hand ihren Bauch. Nale berührte diesen ebenfalls und sagte wenige Sekunden später, dass es überraschenderweise auch bei Amanda schon so weit sei.

„Das alles hat sich für uns beide überhaupt nicht ausgezahlt, wie es aussieht. Aber wir werden dir helfen, sei unbesorgt", sagte die Magierin aufmunternd, während sie eine von Amandas Händen hielt.

Die nächsten Minuten waren schrecklich und Amanda tat alles, was ihr gesagt wurde. Am Rande bekam sie mit, wie Michael nicht auf die Anweisung vor die Tür zu gehen reagierte und stattdessen weiter nervös auf und ab schritt. Einmal passierte etwas, wofür Amanda keine Anweisung bekam. Sie lehnte einmal ihren Kopf zurück und war dabei seltsamerweise ruhig und ohne Sorgen und verspürte dabei auch keinerlei Schmerzen mehr. Allerdings wollte das Mädchen den Kopf wieder heben, aber nichts passierte. Amanda kam es so vor, als würde alles um sie herum in einem Nebel hängen und die Umgebung verblassen. Aus der Ferne vernahm sie, wie Trish mit ihr zu sprechen versuchte und ihr sogar einige zarte Schläge auf die Wangen gab.

„Amanda! Bleib ja wach. Mach keinen Blödsinn", forderte sie das Mädchen auf.

„Was ist mit ihr?", fragte Michael hysterisch.

„Mist, sie reagiert nicht mehr. Ausgerechnet jetzt muss das passieren. Und du gehst am besten vor die Tür."

Dies war das Letzte, was das Mädchen verstehen konnte. Langsam verdunkelte sich der Nebel vor Amandas Augen, bis sie schließlich in der Dunkelheit versank, in der sie weder etwas spürte noch etwas hörte. Plötzlich, als wäre sie nur für wenige Minuten eingenickt gewesen, wachte sie langsam wieder auf und aus der Ferne drangen Stimmen an ihre Ohren. Schritte näherten sich ihr. Amanda öffnete stöhnend die Augen und blickte direkt in Michaels Gesicht. Dieses erhellte sich und er nahm ihr Gesicht in beide Hände.

„Ist alles in Ordnung mit dir?", fragte er.

„Mehr oder weniger. Was ist überhaupt passiert?", entgegnete Amanda.

Sie wollte sich aufrecht hinsetzen, aber ihre Arme und ihr Oberkörper fühlten sich so dermaßen schwer an, dass sie Probleme hatte, sich überhaupt auf die Seite zu drehen. Michael half ihr und setzte sich als Stütze hinter sie.

„Du hast uns vielleicht einen Schrecken eingejagt, Kind. Wenn du jemals wieder ein Kind erwarten solltest, dann versprich uns eins: Werde nie wieder bewusstlos während der Geburt!", meinte Nale sichtlich erleichtert vom Fenster aus.

„Bewusstlos?"

„Du hast richtig gehört. Für uns kam es genauso überraschend, das kannst du uns glauben", meinte Trish, die auf einem von zwei Stühlen zwischen zwei Wiegen saß. „Wir hätten wirklich nicht erwartet, dass du uns wegkippst. Und das Verrückteste ist, dass wir nicht mit Gewissheit sagen können, weshalb. Ich schätze, dass du so eine Art Schwächeanfall hattest, der eben dazu geführt hat, dass du ohnmächtig wurdest."

„Und wie lange war ich weg? Wo ist mein Kind?", fragte Amanda.

Nale trat vom Fenster weg, bückte sich über eine Wiege und hob etwas heraus. Wieder aufgerichtet kam der Alte mit einem Bündel zurück. Amanda streckte ihre Arme aus und nahm das kleine Wesen entgegen.

„Hier ist die Kleine. Ihr habt ein gesundes und prächtiges Mädchen", sagte Nale und trat nach der Übergabe zu Trish.

„Du warst übrigens geschlagene sechs Stunden im Land der Träume. Du kannst mir das gerne glauben, denn ich habe auf die Uhr gesehen. Einmal, als man dich heute früh kurz nach sieben mit einem Fußtritt in mein Büro brachte. Das zweite Mal erst vor ein paar Minuten. Du kannst dir also ausrechnen, wie spät es jetzt ist", fügte die Magierin noch hinzu.

Amanda nickte nur, obwohl sie überhaupt nicht zugehört hatte. Ihr Blick war auf das in eine Decke eingewickelte Kind gerichtet und Amanda war hin und weg. Sekunden vergingen, als Amanda sich fragte, ob sie auch das richtige Kind in den Armen hielt. Freuen konnte sie sich ja über das Kind, aber wenn die Freude zur Unterhaltung der anderen diente, würde sich Amanda vor Wut nicht halten können.

„Ist das wirklich unser Kind oder hast du mir eins von euren Kindern gegeben?", fragte die Vampirin misstrauisch und blickte dabei Nale an.

„Zweifle ja nicht an mir, verstanden? Ich bin zwar nicht mehr der Jüngste, das gebe ich zu, aber ich leide zum Glück nicht an Gedächtnisschwund. Und meine Augen funktionieren ebenfalls noch sehr gut. Wenn du mir nicht glaubst, kannst du ruhig die beiden hier fragen", entgegnete Nale gleichzeitig beleidigt und lächelnd und deutete auf Trish und Michael.

Stille überkam die Gruppe. Etwas verschämt über die Frage blickte das Mädchen wieder ihr Kind an. Amanda war so glücklich, dass sie es nicht in Worte fassen konnte. Noch vor einem Jahr hatte sie davon geträumt, ohne Aussicht je eines zu haben. Damals hatte sie sich auch gedacht, dass sie nie einen Mann finden würde, der ihren Wunsch nach Kindern teilte. Entweder war es Glück oder Schicksal gewesen, als Amanda nach der erstaunlichen Beichte ihrer Eltern und ihrer Großmutter doch noch zugestimmt hatte, zu Virginia zu gehen. Und dort musste es auch passieren. Michael war ebenfalls dort und seit beinahe dem ersten Augenblick waren die beiden ein Herz und eine Seele gewesen. Das Schönste an der Begegnung war, dass Michael ihren Kinderwunsch respektierte und sogar tatkräftig mithalf. Und nun war es geschehen.

Schade, dass ihre Eltern nicht hier sein und es sehen konnten. Nichtsdestotrotz hatte dies auch sein Gutes. Wenn ihre Eltern hier wären, dann würden sie ganz sicher bei der Namensgebung mitbestimmen wollen. Amanda war sich in diesem Punkt vollkommen sicher. Solange die drei also noch in diesem Gebäude waren, sollten Amanda und Michael ihre Köpfe zusammenstecken und über einen passenden Namen nachdenken.

„Wie soll das Mädchen eigentlich heißen?", fragte auf einmal Amandas Großmutter.

Amanda war so in Gedanken über ihre Eltern und einen passenden Namen versunken gewesen, dass sie bei der plötzlichen Unterbrechung der Stille zusammenzuckte.

„Erschreck mich doch nicht so! Seit wann bist du schon hier?", entgegnete Amanda.

„Entschuldige, das wollte ich nicht. Wenn du mit deiner Frage meinst, wie lange ich schon hier im Gebäude bin, dann lautet meine Antwort, dass ich schätzungsweise seit fünf oder sechs Stunden hier bin. Aber so, wie ich dich kenne, willst du von mir wissen, wie lange ich schon in diesem Raum bin. Höchstens fünf Minuten, wenn überhaupt."

„Mich würde es ebenfalls interessieren, für welchen Namen ihr euch entschieden habt", warf Trish ein.

„Ich weiß nicht. Um ehrlich zu sein, haben wir in all den Monaten nicht darüber nachgedacht. Fällt dir vielleicht ein passender Name ein, Michael?"

„Ich überlasse dir die Wahl."

Amanda dachte angestrengt nach. Ihr fielen auf Anhieb mehrere Namen ein, aber keiner davon gefiel ihr so richtig. Nach langem Überlegen entschied sie sich für einen, der für sie am besten passte. Dieser musste nun nur noch für Michael in Ordnung sein.

„Wie wäre es mit Lara?"

„Klingt wunderbar. Er gefällt mir", bestätigte Michael und gab ihr einen Kuss auf den Hals.

„Finde ich auch. Einen Besseren hättest du dir nicht aussuchen können", meinte Helen glücklich. „Nun will ich euch mal wieder allein lassen. Wir sehen uns beim Abendessen wieder."

„Du weißt bestimmt, dass du von Kopf bis Fuß untersucht wirst", meinte Trish, nachdem Amandas Großmutter verschwunden war.

„Von wem? Ich wüsste nicht, dass ich noch zu einer Untersuchung müsste", fragte Amanda verdutzt.

„Da dein Kind die Frechheit besessen hat, ausgerechnet heute im Einflussbereich von Katy auf die Welt zu kommen, wird Katy nicht lange auf sich warten lassen", erklärte die Magierin. „Sie ist versessen darauf, alle Neugeborenen und deren Mütter sowie jegliche Verletzte, die in ihrem Einflussbereich sind, zu kontrollieren. Ihr Einflussbereich grenzt sich meistens auf das Gebäude oder die nähere Umgebung von Katy ein. Das soll heißen, dass du von der Frau kontrolliert werden wirst.

Sie war bereits hier, um sich einen Überblick zu verschaffen und ein Auge auf das Kind zu werfen. Dein Glück ist, dass sie anderweitig zu viel zu tun hat, sonst wäre sie bestimmt so lange geblieben, bis du aufwachst. Aber ich wette, sie wird bald noch einmal vorbeikommen, um nach dir zu sehen."

Und Trish behielt recht. Katy kam etwa eine halbe Stunde später vorbei, um eine Kontrolle durchzuführen. Die Heilerin kam jedoch nicht allein, sondern brachte zwei Personen mit, mit denen Amanda gar nicht gerechnet hätte. Ihre Eltern folgten der Frau und schlossen ihre Tochter und Lara in die Arme. Natürlich erst, nachdem die Magierin das Mädchen ordentlich durchgecheckt hatte, denn vorher ließ sie niemanden an die frischgebackene Mutter heran. Als Katy schließlich von dannen zog und die Gruppe im Büro von Trish allein ließ, begann erst die Freude. Nun, da Leonard und Miranda bei ihrer Tochter und ihrem Freund waren, konnten sie ihre Freude nicht mehr halten. Vor allem deswegen nicht, weil sie es nicht glauben konnten, dass ihre Enkelin endlich auf der Welt war und sie das für ihren Geschmack viel zu spät erfahren hatten.

In den nächsten Stunden bis zum Abendessen blieb die Gruppe in Trishs Büro und unterhielt sich ohne einen weiteren Besucher. Am Abend kam jedoch jemand, aber dieser wollte ihnen nur mitteilen, dass das Abendessen bereitstand. Für Amanda fühlten sich die Stunden wie wenige Minuten an. Die Zeit verging durch die Unterhaltungen so schnell, dass Amanda sich fragte, ob man sich eventuell nicht vertan hätte. Nach einem Blick auf ihre Armbanduhr und zu den Fenstern hinüber musste sie sich jedoch eingestehen, dass es wirklich spät geworden war. Vor den Fenstern dämmerte es bereits. Fünf Minuten nach der Mitteilung befanden sie sich schon auf dem Weg, wobei Trish die Führung innehatte. Sie führte die Gruppe durch bereits von Deckenleuchten erhellte Gänge.

„Ihr lasst vielleicht auf euch warten. Das Essen ist beinahe vollständig verspeist", meldete sich auf einmal eine Frauenstimme.

„Hast du etwa was dagegen, dass wir jetzt erst aufkreuzen, Mum?", entgegnete Trish. „Anscheinend hast du nicht mitbekommen, dass nun drei Neugeborene bei uns sind. Wir brauchen eben länger, bis wir in die Gänge kommen. Und ich schwöre euch, wenn ihr kein Essen übrig gelassen habt, raste ich aus."

Amanda folgte Trish in einen Raum, in dem sich mindestens ein Dutzend Leute befanden, die verteilt oder vor einem gedeckten Tisch standen. Wie sie erkennen konnte, war noch genügend Essen vorhanden, um die Neuankömmlinge ausreichend zu versorgen. Erstaunt jedoch war sie darüber, dass auch etwas für sie, ihre Eltern und Michael serviert worden war, falls sie Appetit hatten. Während ihre Mutter das Kind in der Zwischenzeit übernahm, holte sich Amanda einen Teller und Besteck und begann dann, alles zu begutachten und sich zu entscheiden. Das Mädchen war gerade dabei, ein großes Stück Fleisch auf dem Teller, den sie sicherheitshalber abgestellt hatte, zu zerkleinern, als auf einmal das Licht ausging.

„Was ist denn jetzt los? Hat jemand unabsichtlich den Lichtschalter betätigt?", fragte eine Männerstimme.

„Nein, es steht keiner in seiner Nähe. Auf dem Gang sind auch die Lichter aus", antwortete eine andere Stimme.

„Ist vielleicht nur ein Stromausfall. Es wäre angebracht, dass jemand mal die Sicherungen kontrolliert, und zwar jetzt! Im Dunkeln zu essen ist momentan nicht angesagt", forderte nun Trish auf.

Amanda ließ sich davon nicht stören, sondern schnitt einfach weiter, denn sie konnte auch so gut sehen. Jemand stellte etwas ab und war gerade dabei zu gehen, als das Geschrei anfing. Alles ging so schnell, dass Amanda nicht viel mitbekam. Das Einzige, was sie sah, als sie sich umdrehte, war, dass aus unerfindlichen Gründen der Raum voller Rauch war, der alle einhüllte. Als sie in dem dichten Rauch stand, konnte sie nur noch Schmerzensschreie und Gebrüll hören, aber nichts mehr sehen. Durch einen kräftigen Stoß, von dem Amanda nicht wusste, woher er kam, wurde sie von den Füßen gerissen und stürzte zu Boden. Genauso schnell wie der Rauch gekommen war, war er auch schon wieder verschwunden und das Licht war, ohne dass jemand es eingeschaltet hatte, wieder an.

„Verdammt, wo sind meine Kinder?", fragte Trish aufgebracht.

Wie Amanda erkennen konnte, war das Kind, das die Magierin von ihrem Büro hierhergetragen hatte, verschwunden. Und Trish sah sich verwirrt und aufgelöst im ganzen Raum um. So wie Nale, der ebenfalls nicht so recht wusste, was geschehen war. Mit einem Seitenblick zu ihrer Mutter wollte sich Amanda vergewissern, dass wenigstens ihr Kind wohlauf war. Jedoch musste das Mädchen feststellen, dass Miranda ohne Kind auf dem Boden lag und sich den Kopf rieb. Noch bevor Amanda sich umsehen konnte, hörte sie vom Gang her eine Stimme.

„Hallo Amanda!", drang es an ihre Ohren.

Überraschung und Schock durchfuhren sie. So schnell sie konnte, war sie auf den Beinen und eilte zur Tür hinaus. Amanda blickte nach links und entdeckte sofort die Person, an die sie seit einem Jahr nicht mehr gedacht hatte. Das durfte nicht wahr sein, dachte sie sich. Hunter stand ungefähr fünf, vielleicht sechs Meter vor ihr und starrte sie mit einem Grinsen im Gesicht an. Hinter ihm standen fünf weitere Personen, von denen drei ihr Kind und die Zwillinge in den Armen hielten.

„Rück sofort die Kinder heraus!", sagte Amanda im Befehlston und wurde von Sekunde zu Sekunde immer wütender.

„Tut mir leid, aber das geht nicht", meinte ihr Gegenüber immer noch grinsend.

„Und warum nicht?"

„Dein Kind ist von großer Bedeutung für mich, in mehr als einer Hinsicht. Darum habe ich es so arrangiert, dass ihr euch begegnet. Dass ihr euch ineinander verliebt habt, war ein glücklicher Zufall, der mir auch sehr gelegen kam. Es war zwar von mir beabsichtigt, dass ihr euch näherkommt, aber ich musste nicht mehr allzu viel tun. Ich muss auch zugeben, dass die Zwillinge ein purer Zufall waren, aber dieser kam mir ebenfalls gelegen!"

„Für welchen Zweck benutzt du drei wenige Stunden alte und unschuldige Kinder?", erkundigte sich Trish.

Die Magierin war Amanda dicht gefolgt, um dem Ursprung der Stimme nachzugehen. Aus ihrer Stimme war Zorn zu hören, aber sie hielt diesen besser im Zaum als Amanda. Des Weiteren konnte Amanda hören, wie die Luft um die Magierin knisterte.

„Ich will eine kleine Armee aufstellen", antwortete Hunter. Nach einer langatmigen Pause fügte er ernst hinzu. „Nein, Scherz beiseite. Es stimmt, dass ich eine Armee aufstellen will, und die Kinder helfen mir dabei. Einerseits weiß ich, wie ich sie in der Armee gebrauchen kann. Andererseits sollen sie mir als

Versicherung dienen, damit ihr mir nicht weiter in die Quere kommt. Ihr habt mir meinen Plan, dieses Unternehmen unter meine Kontrolle zu bringen, zunichtegemacht. Es war das einzige Gebäude in der ganzen Gegend, das den perfekten Standort für meine weiteren Schritte gehabt hätte.

Doch da ich nicht mitbekommen hatte, welch grandioses Ass ihr im Ärmel hattet, waren natürlich dementsprechend wenige Sicherheitsvorkehrungen getroffen worden. Nun ist das Gebäude für meine Zwecke nicht mehr brauchbar, da es wahrscheinlich zu sehr zerstört würde, wenn ich es wieder einnehmen wollte. Ich werde wohl keinen Fuß mehr hierher setzen und keinen meiner Leute mehr herschicken. In diesem Sinne geht dieser Punkt an euch. Die Niederlage hat jedoch meinen weiteren Plänen nur geringfügig geschadet."

„Welche weiteren Pläne meinst du?", fragte Amanda.

„Meine Pläne verrate ich dir nicht, aber da es du bist, will ich dir sagen, was mein Hauptanliegen ist. Ich will die Abkommen abschaffen, nach denen alle leben."

„Aber ohne diese würden sich alle an die Gurgel gehen und gegenseitig umbringen!", kam es nun von Amandas Großmutter.

„Das ist auch Teil meines Planes."

Blitze zuckten an Amanda vorbei und trafen Hunter im Gesicht und an der Schulter. Mit finsterem Blick sah Hunter an Amanda vorbei.

„Du wirst uns jedoch nicht mit unseren Kindern erpressen", sagte Nale mit erhobener Hand, wie Amanda mit einem Blick über die Schulter erkennen konnte.

„Und wie ich das kann. Nehmt euch den Zauberer vor!"

Die beiden, die ganz hinten standen, bewegten sich und stellten sich genau zwischen Hunter und Amanda und die anderen. Einen erkannte Amanda wieder. Dieser, von ihr aus links gesehen, kämpfte vor ein paar Monaten mit ihnen gegen die beiden Zauberer in der Welt von Vyrira, Jason, Brandon und Nale. Stöhnen klang durch den Raum.

„Ramon, du verlogener Drecksack. Ich habe dir vertraut. Wir alle haben das!", rief auf einmal Trish.

„So sehr kann man sich täuschen", sagte Ramon und sandte einen Zauber aus.

Nale blockte diesen mit einem Schutzschild ab und Ramon und der andere bekamen viermal so viele Zauber von verschiedenen Seiten des Ganges zurück. Diese wurden geschickt von den beiden abgeblockt, aber dem darauffolgenden Angriff konnten sie nicht ausweichen. Amanda war zur Stelle und fiel über Ramon her. In der Zwischenzeit hatte Michael den anderen zur Strecke gebracht. In Angriffsstellung blickten sie zu Hunter hinüber, der zwar grinste, aber nicht mehr so selbstsicher wirkte.

„Gib uns die Kinder zurück!", befahl Michael.

„Die müsst ihr euch selbst holen. Doch bis ihr sie jemals wiederseht, ist alles zu spät und ich habe meine Ziele erreicht", erwiderte Hunter und verschwand zusammen mit seinen Kumpeln und den Kindern.

Die Autorin

HERZ FÜR AUTOREN A HEART FOR AUTHORS À L'ÉCOUTE DES AUTEURS MIA ΚΑΡΔΙΑ ΓΙΑ ΣΥΓΓΡ
ARTA FÖR FÖRFATTARE UN CORAZÓN POR LOS AUTORES YAZARLARIMIZA GÖNÜL VERELIM SZI
RE PER AUTORI ET HJERTE FOR FORFATTERE EEN HART VOOR SCHRIJVERS TEMOS OS AUTO
ZÖINKÉRT SERCE DLA AUTORÓW EIN HERZ FÜR AUTOREN A HEART FOR AUTHORS À L'ÉCOU
RAÇÃO BCEЙ ДУШOЙ K ABTOPAM ETT HJÄRTA FÖR FÖRFATTARE Á LA ESCUCHA DE LOS AUTO
URS MIA ΚΑΡΔΙΑ ΓΙΑ ΣΥΓΓΡΑΦΕΙΣ UN CUORE PER AUTORI ET HJERTE FOR FORFATTERE EEN
ARIMIZ VER ÖINKÉRT SERCE DLA AUTORÓW EIN HERZ FÜ
SCHRI OS S A ÃO BCEЙ ДУШOЙ K ABTOPAM ETT HJÄRTA FÖ

Die Autorin Sophia Dill wurde 1989 in St. Pölten
geboren und lebt nach wie vor in Niederösterreich.
Seit ihrem Abschluss an der Handelsakademie ist
sie als archäologische Fachkraft tätig. In der Freizeit
liest sie gerne. Ihrer Berufung zum Schreiben folgte
sie mit ihrem Erstlingswerk „Das Drachenherz".

Der Verlag

*Wer aufhört
besser zu werden,
hat aufgehört
gut zu sein!*

Basierend auf diesem Motto ist es dem novum Verlag
ein Anliegen, neue Manuskripte aufzuspüren, zu ver-
öffentlichen und deren Autoren langfristig zu fördern.
Mittlerweile gilt der 1997 gegründete und mehrfach
prämierte Verlag als Spezialist für Neuautoren in
Deutschland, Österreich und der Schweiz.

**Für jedes neue Manuskript wird innerhalb
weniger Wochen eine kostenfreie, unverbind-
liche Lektorats-Prüfung erstellt.**

Weitere Informationen zum Verlag und
seinen Büchern finden Sie im Internet unter:

www.novumverlag.com